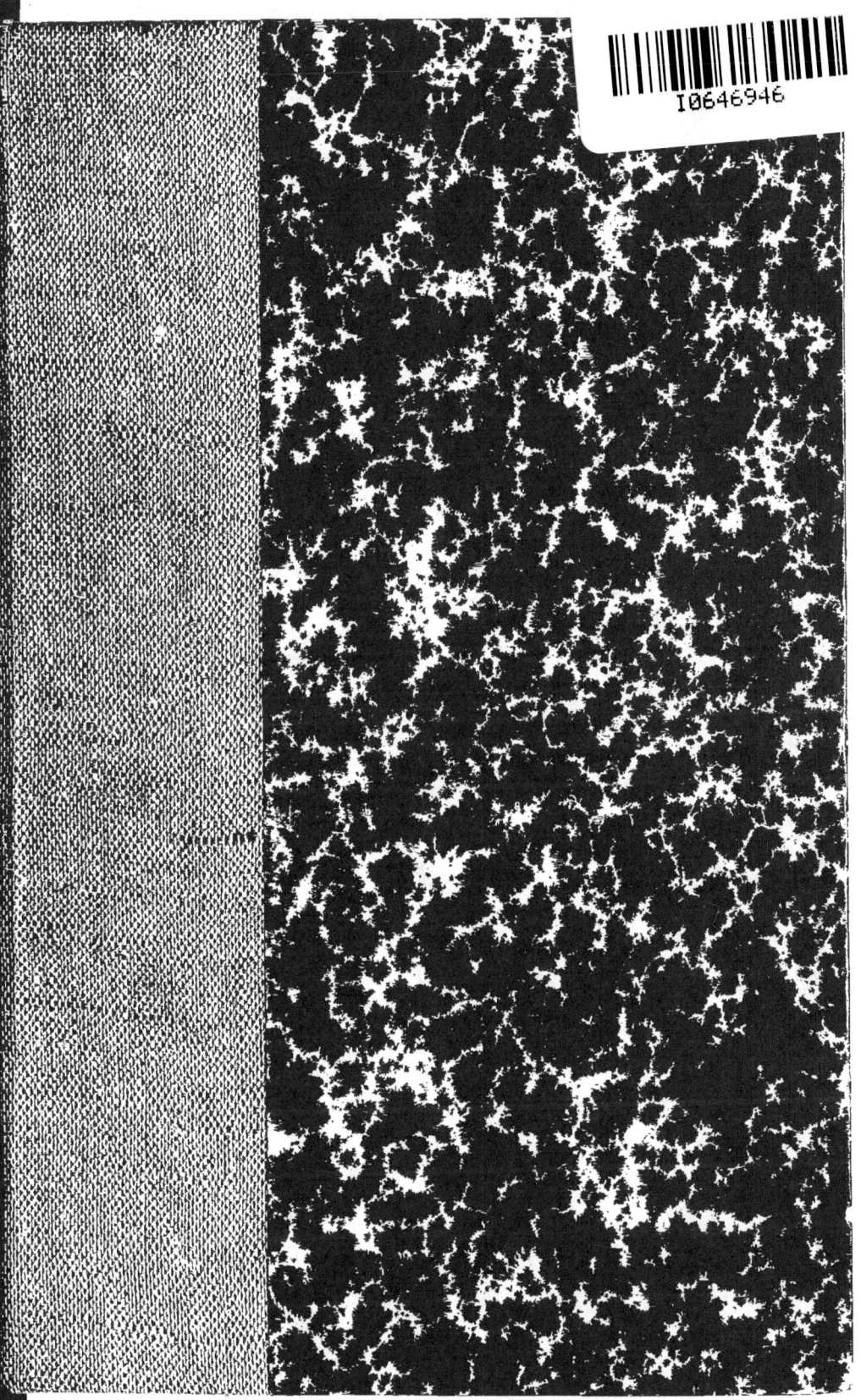

I0646946

J. EBRARD

CHEFS-D'ŒUVRE

ORATOIRES

DE

FLÉCHIER, BOURDALOUE

PETIT CARÊME

DE MASSILLON

PARIS

FURNE ET Cⁱᵉ, ÉDITEURS

45 RUE SAINT-ANDRÉ-DES-ARTS

1853

FLÉCHIER

—

BOURDALOUE

—

MASSILLON

IMPRIMERIE DE J. CLAYE ET Cᵉ.

RUE SAINT-BENOIT, 7.

CHEFS-D'ŒUVRE

ORATOIRES

DE

FLÉCHIER, BOURDALOUE

PETIT CARÊME

DE MASSILLON

PARIS

FURNE ET Cie, ÉDITEURS

RUE SAINT-ANDRÉ-DES-ARTS, 45

—

1853

FLÉCHIER

NOTICE SUR FLÉCHIER

FLÉCHIER (Esprit) naquit à Pernes le 1er juin 1632, de parents obscurs et pauvres ; il fut élevé par son oncle, le père Hercule Audiffret, supérieur général de la Doctrine chrétienne, homme d'esprit et de mérite. Fléchier, tant que son oncle vécut, fut membre de la congrégation ; mais, après la mort d'Audiffret, un autre général voulut imposer à ses confrères de nouveaux règlements, auxquels Fléchier ne jugea pas à propos de se soumettre.

Devenu libre, et sans autre ressource que lui-même, Fléchier vint à Paris. Il fut d'abord poëte, et commença par l'être en vers latins, dans une description qu'il fit du fameux carrousel donné par Louis XIV. Cette description fit d'autant plus d'honneur au poëte, qu'il était très-difficile d'exprimer dans la langue de l'ancienne Rome un genre de divertissement et de spectacle que l'ancienne Rome n'avait pas connu, et pour lequel Virgile et Ovide auraient été presque obligés de créer une langue nouvelle.

Comme le jeune poëte, malgré les talents qu'il annonçait, était sans protecteurs, parce qu'il était sans manége et sans intrigue, il fut réduit à se confiner dans une paroisse, où cet homme, destiné à briller un jour par son éloquence, fut chargé du modeste emploi de faire le catéchisme aux enfants. Mais bientôt l'impulsion opiniâtre et irrésistible de la nature le fit entrer dans la véritable carrière qui convenait à son génie. Il se livra au ministère de la chaire, et s'y fit une réputation à laquelle il mit le comble par ses oraisons funèbres.

La réputation des oraisons funèbres de Fléchier s'est conservée jusqu'à nos jours ; on peut ajouter qu'elles en sont dignes, si l'on se souvient qu'elles ont été prononcées dans un temps où les véritables lois de l'éloquence étaient encore bien peu connues. Le style est non-seulement pur et correct, mais plein de douceur et d'élégance : à la pureté de la diction l'orateur joint une harmonie douce et facile, quoique pleine et nombreuse ; harmonie que nos plus illustres écrivains n'avaient mise jusqu'alors que dans leurs vers, et que personne n'avait encore su introduire dans la prose française. La poésie, à laquelle Fléchier s'était adonné avant de se montrer dans la chaire, et par laquelle il avait comme préludé à l'éloquence, l'avait rendu très-sensible au charme qui résulte de l'heureux arrangement des paroles; on sent, en le lisant, qu'il avait commencé par être poëte : rien n'est en effet plus utile à un orateur, pour se former l'oreille, que de faire des vers bons ou mauvais, comme il est utile aux jeunes gens de prendre quelques leçons de danse pour acquérir une démarche noble et distinguée. Une teinte de pathétique se faisait sentir quand Fléchier prononçait ses oraisons funèbres : son action un peu triste, et sa voix un peu faible et traînante, mettaient l'auditeur dans la disposition convenable pour s'affliger avec lui; l'âme se sentait lentement pénétrée par l'expression simple du sentiment, et l'oreille par la molle cadence des périodes. Aussi était-il quelquefois obligé de s'interrompre lui-même dans la chaire, pour laisser un libre cours aux applaudissements; non à ces éclats tumultueux dont retentissent nos spectacles profanes, mais à ce murmure universel et modeste que l'éloquence sait arracher à des auditeurs vivement émus.

L'éloquence de Fléchier l'appelait à l'Académie Française. Il y fut reçu le même jour que Racine; il y parla le premier, et obtint de si grands applaudissements, que l'auteur d'*Andromaque* et de *Britannicus* désespéra de pouvoir atteindre au même succès. Le grand poëte fut tellement intimidé et déconcerté en présence de ce public qui tant de fois l'avait couronné au théâtre, qu'il ne fit que balbutier en prononçant son discours; on l'entendit à peine, et on le jugea néanmoins comme si on l'avait entendu. Sa chute, plus marquée encore par le succès de Fléchier, lui parut à lui-même si complète et si irréparable, que l'amour-propre d'auteur n'eut pas même en cette occasion sa ressource ordinaire, d'espérer à l'impression plus de justice : il supprima, sans regret et sans murmure, cette production infortunée.

Fléchier s'est aussi exercé dans le genre historique. L'histoire de Théodose, quoique écrite d'un ton qui s'éloigne de la simplicité historique, se fait lire avec intérêt. Il écrivit encore celle du fameux cardinal Ximenès. C'est là qu'il rapporte un trait qui seul vaut tout l'ouvrage. « Ce cardi-« nal, dit-il, avait pour principe qu'un particulier calomnié doit rare-« ment son apologie aux autres hommes, mais qu'un prince injuste-« ment accusé la doit toujours à ses sujets. »

Les talents de Fléchier furent récompensés comme l'étaient sous le règne de Louis XIV tous les talents; il fut nommé à l'évêché de Lavaur : « Je « vous ai fait un peu attendre une place que vous méritiez depuis long-« temps, » lui dit ce monarque, qui savait donner un nouveau prix à ses bienfaits par la manière dont il les accordait; « mais je ne voulais pas me

priver sitôt du plaisir de vous entendre. » De l'évêché de Lavaur il fut
transféré à celui de Nîmes ; ce ne fut pas sans avoir résisté longtemps : il écrivit au roi une lettre touchante, pour lui faire agréer son
refus. Louis XIV ne vainquit sa répugnance qu'en lui représentant qu'il
aurait beaucoup plus de bien à faire dans sa nouvelle Église que dans
celle qu'il avait tant de peine à quitter ; qu'on lui offrait non de plus
grandes richesses, mais un plus grand travail ; et qu'un intérêt si puissant devait être pour lui la mesure et la règle de l'ambition. En effet,
le diocèse de Nîmes était alors rempli de calvinistes, et par conséquent
d'autant plus difficile à gouverner, qu'il fallait joindre au zèle de faire
des conversions la patience qui sait les préparer et les attendre. L'édit
de Nantes venait d'être révoqué ; la persécution violente que les réformés essuyaient agitait et échauffait toutes les têtes : il était nécessaire
de donner pour pasteur, à ces âmes aigries et exaltées par l'idée du martyre, un prélat dont les lumières, l'éloquence et la douceur fussent également propres à détruire leurs préjugés et à calmer leurs murmures. Personne n'en était plus capable que Fléchier : aussi remplit-il les espérances
qu'on avait conçues de sa sagesse et de ses talents ; il fit plus de prosélytes
par sa modération, que l'intendant de la province par ses rigueurs.

La charité qu'il exerçait envers la partie de son troupeau séparée de
l'Église se faisait encore plus sentir à celle qui, dans le sein de l'Église
même, avait besoin de son indulgence et de ses secours. Une malheureuse
fille, que des parents barbares avaient contrainte à se faire religieuse, mais
à qui la nature donnait le besoin d'aimer, avait eu le malheur de se permettre ce sentiment que lui interdisait son état, le malheur plus grand d'y
succomber, et celui de ne pouvoir cacher à sa supérieure les déplorables
suites de sa faiblesse. Fléchier apprit que cette supérieure l'en avait punie
de la manière la plus cruelle en la faisant enfermer dans un cachot, où,
couchée sur un peu de paille, réduite à un peu de pain qu'on lui donnait à
peine, elle attendait et invoquait la mort comme le terme de ses maux.
L'évêque de Nîmes se transporta dans le couvent, et, après beaucoup de
résistance, se fit ouvrir la porte du réduit affreux où cette infortunée se
consumait dans le désespoir. Dès qu'elle aperçut son pasteur, elle lui tendit
les bras comme à un libérateur que daignait lui envoyer la miséricorde
divine. Le prélat, jetant sur la supérieure un regard d'horreur et d'indignation : « Je devrais, lui dit-il, si je n'écoutais que la justice humaine,
« vous faire mettre à la place de cette malheureuse victime de votre bar-
« barie, mais le Dieu de clémence, dont je suis le ministre, m'ordonne
« d'user, même envers vous, de l'indulgence que vous n'avez pas eue pour
« elle. Allez ; et, pour votre unique pénitence, lisez tous les jours dans
« l'Évangile le chapitre de la femme adultère. » Il fit aussitôt tirer la

religieuse de cette horrible demeure, ordonna qu'on eût d'elle les plus grands soins, et veilla sévèrement à ce que ses ordres fussent exécutés. Mais ces ordres charitables, qui l'avaient arrachée à ses bourreaux, ne purent la rendre à la vie; elle mourut après quelques mois de langueur, en bénissant le nom de son vertueux évêque, et en espérant de la bonté suprême le pardon que lui avait refusé la sévérité monastique

Fléchier, quelque temps avant de mourir, eut un songe qui fut pour lui un pressentiment de sa fin prochaine : il ordonna sur-le-champ à un sculpteur de faire le dessin très-modeste de son tombeau ; car il craignait que la reconnaissance ou la vanité ne voulût élever à sa cendre un monument trop remarquable, et le forcer en quelque manière, après sa mort, au faste qu'il avait tant méprisé pendant sa vie. Il mourut en effet peu de temps après, le 16 février 1710, pleuré des catholiques, regretté des protestants, et ayant toujours été pour ses confrères un digne modèle de zèle et de charité, de simplicité et d'éloquence. Son oraison funèbre, faite par un orateur très-médiocre, ne fut pas même prononcée.

Le seul Fénelon fit en deux mots l'éloge funèbre de l'évêque de Nîmes : « Nous avons, dit-il, perdu notre maître. » Ainsi le seul de tous les confrères de Fléchier qui lui fût alors supérieur, car Bossuet n'existait plus, fut le seul dont la modestie rendit hommage aux talents de celui qui avait imité ses vertus.

FLÉCHIER

ORAISON FUNÈBRE

DE

JULIE-LUCINE D'ANGENNES DE RAMBOUILLET [1]

DUCHESSE DE MONTAUSIER

DAME D'HONNEUR DE LA REINE

*Mulierem fortem quis inveniet? Procul et de
ultimis finibus pretium ejus.* (PROV., XXXI,
10.)

Qui trouvera une femme forte ? Son prix passe
tout ce qui vient des pays les plus éloignés.

MESDAMES,

Le plus sage de tous les rois, éclairé des lumières de l'esprit de Dieu, inspiré de laisser à la postérité le portrait d'une femme héroïque, nous la représente revêtue de force et de bonne grâce; occupée à de grandes choses, sans sortir de la modestie de son sexe; comblée des biens mêmes de la fortune; mais toujours prête à les répandre dans le sein des pauvres; pénétrée de la crainte de Dieu, et convaincue de la vanité des

1. Julie-Lucine d'Angennes de Rambouillet, que Fléchier compare à la femme forte des Écritures, naquit en 1607, et fut la quatrième fille de Charles d'Angennes, marquis de Rambouillet, marié en 1600 à Catherine de Vivonne : ses trois sœurs embrassèrent la profession religieuse; et c'est en présence de deux d'entre elles, mesdames les abbesses de Saint-Étienne de Reims, et d'Hyères, que fut prononcée son oraison funèbre. Son père, qui en 1627 avait été envoyé en ambassade à Turin, pour travailler à réconcilier la Savoie avec l'Espagne, mourut à Paris, en 1652, chevalier des ordres du roi, conseiller d'État et maréchal de camp : treize ans après, en 1665, elle perdit sa mère, dont elle retraçait les rares qualités et les éminentes vertus : Catherine de Vivonne, qui ouvrit dans son hôtel de Rambouillet un asile aux lettres naissantes, était en effet une des femmes dont le mérite a le plus honoré leur sexe.

Cette oraison funèbre a été prononcée en présence de madame l'abbesse de Saint-Étienne de Reims, et de madame l'abbesse d'Hyères, ses sœurs, en l'église de l'abbaye d'Hyères, le 2 janvier 1682.

grandeurs humaines; tirant sa gloire d'une solide vertu, et non de l'éclat trompeur d'une fragile beauté; mourant avec un visage tranquille et riant : digne d'être reçue dans le ciel, où elle se présente accompagnée de ses bonnes œuvres, et chargée des trésors d'honneur et de grâce qu'elle a amassés; digne enfin après sa mort des regrets et des louanges de son époux, après avoir mérité sa tendresse et sa confiance pendant sa vie. Mais avant que de nous dépeindre cette femme forte et courageuse, il nous avertit qu'il est difficile de la rencontrer; il nous en donne une idée, mais il semble qu'il n'en ait jamais trouvé d'exemple. Il la forme dans son imagination; et, doutant qu'elle se puisse trouver dans la nature, il s'écrie : Qui est-ce qui la trouvera ? *Mulierem fortem quis inveniet ?*

Mais cette haute vertu qu'il a cherchée avec si peu de succès, et dont il semble que son siècle n'était pas capable, s'est rencontrée en la personne de l'illustre Julie-Lucine d'Angennes de Rambouillet, duchesse de Montausier. Dans tout le cours de sa vie et de ses actions, elle a exprimé ce parfait original par sa générosité naturelle, par le bon usage des biens et de la faveur, par la connaissance de son néant et de la grandeur de Dieu, par son aveu sincère des faiblesses et des vanités humaines, par une mort douce et tranquille, par le regret universel de tous ceux qui l'avaient connue. Que Salomon ait désespéré de la trouver cette femme forte et courageuse, nous pouvons nous vanter de l'avoir trouvée.

Mais, hélas! ces pieux devoirs que l'on rend à sa mémoire, ces prières, ces expiations, ce sacrifice, ces chants lugubres qui frappent nos oreilles, et qui vont porter la tristesse jusque dans le fond des cœurs; ce triste appareil des sacrés mystères; ces marques religieuses de douleur, que la charité imprime sur vos visages, me font souvenir que vous l'avez perdue. Tout l'éclat de sa fortune est donc réduit à la célébration d'une pompe funèbre! De tout ce qu'elle était, il ne vous reste plus que cette funeste pensée, qu'elle n'est plus. Cette amitié même, et ce nom de sœur, que la chair et le sang vous rendaient si doux, sont retournés dans leur principe, et se sont perdus dans le sein de la charité de Dieu. Il ne vous reste que le déplaisir de sa perte et la mémoire de ses vertus; et vous ne pouvez que trop redire désormais les paroles de mon texte : « Qui trouvera maintenant une femme forte ? »

Quand je considère pourtant que les chrétiens ne meurent point ; qu'ils ne font que changer de vie ; que l'apôtre nous avertit de ne pas pleurer ceux qui dorment dans le sommeil de paix, comme si nous n'avions point d'espérance ; que la foi nous apprend que l'Église du ciel et celle de la terre ne font qu'un corps ; que nous appartenons tous au Seigneur, soit que nous mourions, soit que nous vivions, parce qu'il s'est acquis par sa résurrection et par sa vie nouvelle une domination souveraine sur les morts et sur les vivants ; quand je considère, dis-je, que celle dont nous regrettons la mort est vivante en Dieu, puis-je croire que nous l'ayons perdue ? Non, non, c'est assez pleurer sa séparation, il est temps de penser à son bonheur : la douleur doit céder à la foi, et la compassion naturelle doit faire place à la consolation chrétienne.

Je prétends vous remettre aujourd'hui devant les yeux sa vie mortelle, afin de vous persuader de son immortalité bienheureuse. Je veux retracer dans votre mémoire les grâces que Dieu lui a faites, afin que vous louiez la miséricorde qu'il vient de lui faire. Autant de vertus qu'elle a pratiquées sont autant de sujets de confiance en la bonté de Dieu, qui se plaît à récompenser ceux à qui il inspire de le servir. Partagez donc avec moi les trois états différents de sa vie. Examinez sa sagesse dans une condition privée, sa modération dans les plus grandes dignités de la cour, et sa patience dans une longue et ennuyeuse maladie. Admirez cette femme forte qui résiste aux faiblesses de son sexe dès son enfance, à l'orgueil dans sa plus grande élévation, à la douleur dans le temps de son abattement et de sa mort même. Voilà tout le sujet de ce discours. Je n'ai besoin ni de paroles étudiées, ni de figures excessives, ni de louanges flatteuses. Je suis en la présence du Dieu de la vérité ; je parle à des âmes pures et sincères, qui ont horreur du soupçon même de la vanité et du mensonge ; et je vous propose les vertus d'une vie dont je déplore en même temps la misère et la fragilité.

Si j'avais à parler devant des personnes que l'ambition ou la fausse gloire attachent au monde, je m'accommoderais à leur faiblesse et à la coutume; et, relevant la naissance de notre illustre duchesse, j'irais leur chercher dans l'histoire ancienne les sources de la noble famille d'Angennes, dont la gloire, la grandeur et l'ancienneté sont assez connues. Je descendrais jusqu'aux derniers siècles, où l'on a vu tout à la fois cinq frères de cette illustre maison, trois chevaliers des ordres du roi, un cardinal et un évêque, tous ambassadeurs en même temps, qui remplissaient de l'éclat de leurs vertus différentes presque toutes les cours de l'Europe. Je leur dirais que son aïeule, Julie Savellie, était sortie d'une des plus anciennes familles d'Italie; qu'elle comptait des rois, des conquérants, des souverains pontifes pour ses ancêtres, et trois de nos rois pour ses alliés. Je les exciterais après insensiblement à imiter les vertus de celle dont ils auraient révéré la noblesse; et, faisant semblant de flatter leur vanité, je leur insinuerais des exemples de modération et de sagesse.

Mais oserais-je, Mesdames, vous entretenir d'une gloire à laquelle vous avez renoncé? Ne sais-je pas qu'ayant abandonné le monde pour mener une vie plus sainte et plus cachée dans la retraite, vous ne prétendez plus qu'à l'honneur d'être de la famille de Jésus-Christ? Il suffit de vous dire qu'il y a une noblesse d'esprit plus glorieuse que celle du sang, qui inspire des sentiments généreux et une louable émulation, et qui fait descendre par une heureuse suite d'exemples les vertus des pères dans les enfants. La sage Julie d'Angennes semblait avoir recueilli cette succession spirituelle; et cette gloire qui donne ordinairement de l'orgueil et de la fierté, ne lui donna que des sentiments modestes, et des désirs ardents d'assister ceux qui pouvaient avoir besoin de son secours.

Que si elle sut régler les mouvements de son cœur, elle ne régla pas moins les mouvements de son esprit. Qui ne sait qu'elle fut admirée dans un âge où les autres ne sont pas encore connues; qu'elle eut de la sagesse en un temps où l'on n'a presque pas encore de la raison; qu'on lui confia les secrets les plus importants dès qu'elle fut en âge de les entendre; que son naturel heureux lui tint lieu d'expérience dès ses plus tendres années, et qu'elle fut capable de donner des conseils en un temps où les autres sont à peine capables d'en recevoir?

Une si heureuse naissance la rendit d'abord la passion de tout ce qu'il y avait de vertueux et d'élevé dans la cour : on se fit honneur d'avoir part en son amitié; elle eut le bonheur de plaire à des reines. Des princesses d'un mérite extraordinaire, des dames que la faveur élevait presque au rang des princesses, la désirèrent à l'envi pour favorite; et telle fut son adresse, que, sans user d'aucun art indigne de son grand courage, elle se conserva toujours dans leur confidence, du consentement même de celles qui auraient pu la lui disputer : tant son esprit avait de charmes, tant elle était élevée au-dessus même de l'envie.

Quand la nature ne lui aurait pas donné tous ces avantages, elle aurait pu les recevoir de l'éducation; et, pour être illustre, il suffisait d'avoir été élevée par madame la marquise de Rambouillet. Ce nom, capable d'imprimer du respect dans tous les esprits où il reste encore quelque politesse; ce nom, qui renferme je ne sais quel mélange de la grandeur romaine et de la civilité française; ce nom, dis-je, n'est-il pas un éloge abrégé et de celle qui l'a porté, et de celles qui en sont descendues? C'était d'elle que l'admirable Julie tenait cette grandeur d'âme, cette bonté singulière, cette prudence consommée, cette piété sincère, cet esprit sublime, et cette parfaite connaissance des choses qui rendirent sa vie si éclatante.

Vous dirais-je qu'elle pénétrait dès son enfance les défauts les plus cachés des ouvrages d'esprit, et qu'elle en discernait les traits les plus délicats? que personne ne savait mieux estimer les choses louables, ni mieux louer ce qu'elle estimait? qu'on gardait ses lettres comme le vrai modèle des pensées raisonnables et de la pureté de notre langue? Souvenez-vous de ces cabinets que l'on regarde encore avec tant de vénération, où l'esprit se purifiait, où la vertu était révérée sous le nom de l'incomparable Artenice [1], où se rendaient tant de personnes de qualité et de mérite qui composaient une cour choisie, nombreuse sans confusion, modeste sans contrainte, savante sans orgueil, polie sans affectation. Ce fut là que, tout enfant qu'elle était, elle se fit admirer de tous ceux qui étaient eux-mêmes l'ornement et l'admiration de leur siècle.

---

1. Nom que les habitués de l'hôtel de Rambouillet donnaient à Julie d'Angennes.

Il est assez ordinaire aux personnes à qui le ciel a donné de l'esprit et de la vivacité d'abuser des grâces qu'elles ont reçues. Elles se piquent de briller dans les conversations, de réduire tout à leur sens, et d'exercer un empire tyrannique sur les opinions. L'affectation, la hauteur, la présomption corrompent leurs plus beaux sentiments; et l'esprit qui les retiendrait dans les bornes de la modestie, s'il était solide, les porte, ou à des singularités bizarres, ou à une vanité ridicule, ou à des indiscrétions dangereuses. A-t-on jamais remarqué la moindre apparence de ces défauts en celle dont nous faisons aujourd'hui l'éloge? Y eut-il jamais un esprit plus doux, plus facile, plus accommodant? Se fit-elle jamais craindre dans les compagnies? Était-elle éloignée de la cour, on eût dit qu'elle était née pour les provinces. Sortait-elle des provinces, on voyait bien qu'elle était faite pour la cour. Elle se servait toujours de ses lumières pour connaître la vérité des choses et pour entretenir la charité, et croyait que c'était n'avoir point d'esprit que de ne point l'employer, ou à s'instruire de ses devoirs, ou à vivre en paix avec le prochain.

En effet, qu'est-ce que l'esprit, dont les hommes paraissent si vains? Si nous le considérons selon la nature, c'est un feu qu'une maladie et qu'un accident amortissent sensiblement, c'est un tempérament délicat qui se dérègle, une heureuse conformation d'organes qui s'usent, un assemblage et un certain mouvement d'esprits qui s'épuisent et qui se dissipent; c'est la partie la plus vive et la plus subtile de l'âme qui s'appesantit, et qui semble vieillir avec le corps; c'est une finesse de raison qui s'évapore, et qui est d'autant plus faible et plus sujette à s'évanouir, qu'elle est plus délicate et plus épurée. Si nous le considérons selon Dieu, c'est une partie de nous-mêmes plus curieuse que savante, qui s'égare dans ses pensées; c'est une puissance orgueilleuse qui est souvent contraire à l'humilité et à la simplicité chrétienne, et qui, laissant souvent la vérité pour le mensonge, n'ignore que ce qu'il faudrait savoir, et ne sait que ce qu'il faudrait ignorer.

Cette généreuse fille se mit au-dessus des opinions vulgaires. Parmi les erreurs et les faux jugements du monde, elle s'appliqua à découvrir ce point de vérité qui fait regarder la vanité des choses humaines; et c'est d'elle que le Sage semble avoir dit que ses lumières ne s'éteindraient point dans la nuit, *non extinguetur in nocte lucerna ejus* [1]. On estime les biens : elle a cru qu'il fallait les recevoir de la Providence, et les communiquer par la charité. On recherche les honneurs : elle a jugé qu'il suffisait de s'en rendre digne. On s'attache à la vie : elle l'a méprisée dès qu'elle a pu la connaître.

Agréez, Mesdames, que je m'arrête à ces dernières paroles; que je me serve de toute votre attention, et que je loue ici une de ses actions célèbres, où la force d'esprit et la charité chrétienne ont également éclaté. Dieu, qui imprime de temps en temps la terreur de ses jugements dans les cœurs des hommes par des punitions publiques, affligea la capitale de ce royaume d'une maladie contagieuse [2] : la corruption se répandit d'abord sur le peuple; elle passa dans les maisons des grands; elle approcha du palais des rois; elle n'épargna pas votre famille, et vous enleva un frère dans un âge encore tendre, presque sous les yeux de votre charitable mère. Hélas ! suis-je destiné à rouvrir toutes les plaies de votre famille? et de combien de morts faut-il vous renouveler le souvenir à l'occasion d'une seule ! Ce fut en cette rencontre que cette fille forte et courageuse donna un exemple mémorable de sa fermeté. La frayeur de la mort ne lui fit point abandonner sa maison; elle voulut assister ce frère mourant, sans craindre ces souffles mortels qui portent le poison dans les cœurs.

Vous savez l'horreur qu'on a de recueillir ces soupirs contagieux, qui sortent du sein d'un mourant pour faire mourir ceux qui vivent. Le mal qui consume l'un menace les autres : le danger est presque égal en celui qui souffre et en celui qui l'assiste; et l'on ne peut avoir, en servant ces sortes de malades, que la malheureuse consolation de les voir mourir, ou la triste espérance de les survivre de quelques jours. La nature en cette occasion relâche beaucoup de ses droits et de ses obligations ordinaires. Les lois de la chair et du sang ne sont pas si fortes que l'horreur d'une mort presque inévitable. La religion même dispense de ces funestes devoirs ceux qui n'y sont pas engagés

1. Prov. xxxi, 18.
2. Il est ici question du typhus de 1641.

par un caractère particulier. Il est permis d'acheter des secours et d'employer des âmes que l'avarice jette dans les dangers, ou qu'une charité surabondante a dévouées au bien public. Mais Julie s'élève au-dessus des sentiments d'une piété commune. Elle semble être née pour faire des actions héroïques; elle sacrifie volontairement une vie douce, heureuse, illustre dès ses premières années; et, par une constance admirable, elle demeure ferme au milieu d'un péril qui fait trembler les plus courageux.

Vous admirez sans doute cette fermeté que Dieu a récompensée de tant de prospérités et de tant de grâces; et vous croiriez, Mesdames, que c'est le dernier effort de sa constance, que ce sacrifice qu'elle a fait de sa propre vie, si je ne vous faisais souvenir qu'ayant enfin trouvé un mérite et un cœur digne d'elle, il y eut des dangers qu'elle craignit plus que les siens mêmes; il y eut une vie qui lui fut plus chère que la sienne propre.

Vous pensez déjà aux combats, aux blessures, aux victoires de son illustre époux : vous repassez dans votre mémoire ces exemples de fidélité qu'ils ont donnés dans des temps de confusion et de révolte : l'un forçant des villes par sa valeur, l'autre gagnant des cœurs par son adresse : l'un rangeant des rebelles à leur devoir, par la terreur et par l'effort de ses armes; l'autre excitant la fidélité dans l'esprit des peuples, par la vénération qu'on avait pour elle : l'un perçant lui seul des escadrons entiers, sans craindre ni la force, ni la multitude, ni le danger, ni la mort même; l'autre le voyant revenir après un glorieux combat, tout couvert de sang et de plaies, sans que l'affliction domestique l'empêchât de travailler elle-même à la sûreté et au repos de la province.

Jamais cœur ne fut pressé d'une plus vive douleur que le sien : jamais cœur ne fut si constant. Sa tristesse n'empêchait pas sa prévoyance. Ce qu'elle allait, ce semble, perdre, ne lui faisait pas oublier ce qu'elle devait conserver. La tendresse pour son époux s'accordait en elle avec les soins pour la république. Soulageant les blessures mortelles de l'un, et calmant les mouvements dangereux de l'autre, elle s'acquittait en même temps de tous les devoirs d'une fidèle épouse et d'une fidèle sujette. Il

n'en faut pas davantage pour vous faire voir qu'elle a résisté aux
faiblesses de son sexe. Il reste à vous montrer qu'elle a résisté
à l'orgueil de son élévation.

Un ancien [1] disait autrefois que les hommes étaient nés pour
l'action et pour la conduite du monde, et que les dieux leur
avaient donné en partage la valeur dans les combats, la prudence dans les conseils, la modération dans les prospérités, et
la constance dans la mauvaise fortune; que les dames n'étaient
nées que pour le repos et pour la retraite; que toute leur vertu
consistait à être inconnue, sans s'attirer ni blâme ni louange;
et que celle-là était sans doute la plus vertueuse, de qui l'on
avait le moins parlé. Ainsi il les retranchait de la république,
pour les renfermer dans l'obscurité de leur famille : de toutes
les vertus morales, il ne leur accordait qu'une pudeur farouche;
il leur ôtait même cette bonne réputation, qui semble être attachée à l'honnêteté de leur sexe; et, les réduisant à une oisiveté
qu'il croyait louable, il ne leur laissait pour toute gloire que
celle de n'en avoir point.

Il est aisé de reconnaître l'injustice de ce sentiment; car,
outre que la philosophie nous apprend que l'esprit et la sagesse
sont de tout sexe; que les âmes d'une même espèce ont des
mouvements semblables, et qu'ayant des principes communs
de raison et d'équité naturelles, elles sont capables des mêmes
vertus; l'expérience nous apprend encore que Dieu suscite de
temps en temps des femmes fortes qu'il élève au-dessus des
faiblesses ordinaires de la nature, à qui il paraît qu'il donne
un tempérament particulier, et qu'il rend dignes de soutenir
de grands emplois, et de servir d'exemple et d'ornement à
leur siècle.

Telle fut l'incomparable Julie, que toute la France a si longtemps admirée, et que toute la France regrette aujourd'hui.
Elle eut toutes les qualités naturelles qui composent un mérite
éminent, et qui attirent l'estime et la vénération publique. Que
ne puis-je vous décrire cet air de grandeur, et cette majesté
accompagnée de tant de grâces; cet esprit si solide et si délicat
tout ensemble; ce jugement si éclairé et si incapable d'être

[1]. Thucydide.

surpris; cette âme si noble et si généreuse; ce cœur si sensible
à l'honneur et à la véritable gloire? Que ne puis-je vous marquer
ici cette inclination bienfaisante qui n'a jamais perdu une occasion de servir ceux qui ont eu besoin de son secours ; ces manières civiles, humaines, officieuses, qui lui ont gagné tant de
cœurs; cette façon de s'exprimer si juste et si naturelle; ce tour
d'esprit particulier qui rendait sa conversation si agréable; ces
pensées toujours fondées sur les principes de la raison, et sur
l'expérience du grand monde, dont elle connaissait si bien toutes
les humeurs, tous les intérêts et tous les usages? Que ne puis-je
vous dire enfin ce que vous sauriez mieux que moi, si la douleur de l'avoir perdue ne vous faisait oublier pour un temps le
plaisir que vous avez eu de la posséder?

Quand vous ne sauriez ni le nom, ni l'histoire de la personne
dont je vous parle; quand vous auriez oublié toute la gloire de
votre maison, ne reconnaîtriez-vous pas dans ce portrait que je
viens de faire tous les traits d'une dame illustre, capable de
former l'esprit et le cœur des enfants du plus grand monarque
du monde, de leur inspirer des paroles et des pensées dignes
de leur rang et de leur naissance, d'imprimer dans leurs âmes
encore tendres ces sentiments élevés qui distinguent les âmes
royales d'avec les âmes du commun ; de leur apprendre l'art de
se faire aimer de leurs sujets avant qu'ils sachent se faire craindre de leurs ennemis, de soutenir la gloire et les espérances
d'un grand royaume; en un mot, d'être gouvernante d'un
Dauphin de France? On pouvait connaître par ce qu'on voyait
en elle ce qu'on en devait espérer; et, dans le temps de la naissance de ce jeune prince, il était aisé de juger que Dieu, dont
la providence veille sur les rois et sur les royaumes, l'avait destinée à son éducation, et que le roi, dont le discernement est
si juste, la devait choisir entre toutes les personnes de sa cour
pour un emploi si important.

Il la choisit en effet, Mesdames, pour lui confier ce royal
enfant qui fait aujourd'hui l'amour et les délices des peuples.
L'ambition ni le hasard n'eurent point de part à ce choix. Toute
la France l'avait prévenu par ses vœux et par ses désirs, et le
souverain le fit avec connaissance et avec justice. En ce temps
qu'il commençait à se charger lui-même du poids des affaires;

qu'il méditait ces glorieux desseins qu'il a depuis exécutés, de réprimer l'injustice, de rétablir la discipline, de corriger les abus qui s'étaient glissés dans les lois mêmes, d'affermir la paix dans ses provinces, et d'entrer dans ses droits, ou en conquérant, ou en prince pacifique, en ce temps, dis-je, que, rempli de ces grandes maximes d'équité qu'il a depuis toujours pratiquées, il commençait à récompenser par lui-même le mérite de ses sujets, il crut qu'il ne pouvait donner une plus grande idée de son discernement et de sa justice, qu'en donnant à la personne de son royaume la plus fidèle et la plus éclairée le soin le plus important de son État.

C'est elle donc qui a eu la gloire de former les premiers sentiments et les premières paroles de ce jeune prince. Pouvait-il penser, pouvait-il parler plus dignement? Elle lui a montré à lever ses mains pures et innocentes vers le ciel, à tourner ses premiers regards vers son Créateur. Elle lui a inspiré ses premiers vœux et ses premières prières : elle a tiré de son cœur ses premiers soupirs. Combien de fois, en essuyant ses larmes, a-t-elle demandé à Dieu qu'il lui inspirât de la tendresse pour son peuple ! Combien de fois, en le corrigeant, a-t-elle demandé pour lui un cœur sage, et docile aux inspirations du ciel ! Combien de fois a-t-elle prié Dieu, qui tient en ses mains les cœurs des rois, d'en faire un prince selon le sien ! Et combien de fois a-t-elle fait cette prière du prophète : « Seigneur, donnez « au roi votre jugement, et votre justice au fils du roi[1] ! » Je laisse ces instructions si utiles et ces maximes si pures qu'elle lui a depuis insinuées; je laisse celles qu'elle eût pu lui insinuer, si Dieu lui eût prolongé le cours de ses années. Je me contente de dire qu'il n'y eut jamais d'attachement plus fort que celui qu'elle eut pour ce prince. Qui pourrait exprimer la joie qu'elle ressentait, lorsqu'elle voyait paraître ses bonnes inclinations, croître ses bonnes habitudes, et germer ces précieuses semences de gloire et de vertu qu'elle avait jetées avec tant de soin dans son cœur? Mais qui pourrait exprimer la douleur qu'elle ressentit, lorsque la providence de Dieu la retira de cet emploi, où elle était autant liée par l'inclination et par la tendresse, que par la fidélité et par le devoir?

1. Psalm., LXXI, 1.

En effet, il n'y a rien de si aimable que l'enfance des princes destinés à l'empire, lorsqu'ils donnent des marques d'un naturel heureux. On voit en eux des rayons de la majesté de Dieu, tempérés des ombres de la faiblesse des hommes. Ce sont des soleils dans leur orient, qui réjouissent les yeux, et qui ne les éblouissent pas encore : chacun cherche sur leur visage des présages de son bonheur à venir. On croit trouver dans toutes leurs petites actions les fondements des espérances publiques. Ils sont d'autant plus aimés, qu'ils n'ont rien qui les fasse craindre ; et ils règnent d'autant plus fortement dans les cœurs, qu'ils ne règnent pas encore dans leurs États.

La majesté des rois inspire plus de respect que de tendresse. C'est une espèce de religion civile et de culte politique, qui nous fait révérer ces traits que la main de Dieu a gravés sur le front de ceux à qui il daigne communiquer sa puissance. Ils ont beau descendre jusqu'à nous, nous n'oserions nous élever jusqu'à eux. Quoiqu'ils soient les pères des peuples, ils en sont les maîtres et les souverains. Quelque faiblesse qu'ils puissent avoir, l'homme se cache, pour ainsi dire, sous le monarque ; et quelque bonté qu'aient les rois, ils ont toujours l'éclat et la pompe de la royauté. Mais lorsqu'ils n'ont que ces agréments que l'âge donne, qu'on ne voit dans leurs yeux et sur leur visage que des traits de douceur et d'innocence, qu'ils sont encore assez dociles pour entendre la vérité, et qu'au lieu d'une grâce, qu'un ancien [1] disait que Dieu donne à chaque souverain pour tempérer l'austérité du commandement, il semble que toutes les grâces ensemble les accompagnent : alors il se fait des impressions d'amour et de tendresse dans les cœurs de ceux qui les voient, et beaucoup plus de ceux qui les gouvernent, et qui doivent être les instruments de la félicité publique.

Y eut-il jamais de gouvernante plus zélée? Y eut-il jamais de jeune prince plus aimable? Jugez par là combien cette séparation lui fut sensible. Elle ne put s'en consoler que par l'obéissance qu'elle rendait au plus grand et au plus sage de tous les rois, et par l'honneur qu'elle avait de passer au service de la plus grande et de la plus pieuse reine du monde.

Mais, hélas! il fallait se préparer à des séparations bien plus

1. Xénophon

sensibles. O mort! cruelle mort! que ne lui laissais-tu plus longtemps le plaisir de voir le fruit de ses travaux ! Que n'a-t-elle vu
accomplir la plus grande partie de ses espérances ! Que n'a-
t-elle vu éclater ces grandes qualités dont elle avait formé les
principes ! Belle âme, qui reposez maintenant dans le sein de
la paix et du repos éternel, je sais que c'est presque la seule
douceur qui vous a fait souhaiter de vivre. Mais s'il vous reste
encore quelque sentiment pour le monde que vous avez quitté,
pensez que ces vertus naissantes se fortifient; que votre ouvrage
se perfectionne tous les jours; qu'une partie de vous-même
achève ce que vous avez commencé; que votre illustre époux
emploie à cette éducation si importante cet esprit que vous avez
tant estimé, cette âme qui est encore unie si étroitement à la
vôtre, ce cœur où vous êtes encore vivante, et que, dans la douleur de vous avoir perdue, il a la consolation de trouver encore
quelque chose de vous dans l'esprit et dans les actions de cet
admirable enfant qu'il élève.

Pourquoi interrompre, Mesdames, par ces idées funestes, la
relation glorieuse de ses honneurs et de ses charges? Ce serait
ici le lieu de vous la représenter dans le plus grand éclat de sa
vie, honorée de l'estime et de la confiance de ses maîtres,
comblée de toutes les grâces qui pouvaient tomber sur sa personne ou sur sa famille, suivie de tous ceux qui reconnaissaient
le mérite, ou qui adoraient la faveur. Mais je sais qu'elle n'a
jamais mis sa confiance qu'en Dieu seul; et je me souviens que
je parle à des épouses de Jésus-Christ, qui mènent une vie
humble et pénitente, et pour qui toute grandeur humaine n'est
que vanité. Ne pensons donc à cette gloire, à cet éclat, à ces
dignités, que pour connaître le bon usage qu'elle en a fait.

Les honneurs sont institués pour récompenser le mérite, pour
exercer la sagesse, et pour être des occasions de faire du bien :
aussi ils n'appartiennent de droit qu'à des âmes modérées, justes,
charitables, qui les reçoivent sans empressement, qui les possèdent sans orgueil, qui les retiennent sans intérêt. Mais l'esprit
du monde en a perverti le véritable usage. On les brigue sans
les mériter; on en abuse quand on les a obtenus; on n'en veut
jouir que pour soi quand on les possède. L'ambition les acquiert
par des voies même criminelles; la vanité les regarde comme

des préférences et des distinctions du reste des hommes; et l'injustice fait qu'on en retient tout le fruit qui devrait se communiquer aux autres. Notre illustre duchesse a évité ces écueils. Elle n'a pas recherché les honneurs, quoiqu'elle les ait mérités. Elle ne s'est pas toujours servie de toute l'autorité qu'elle aurait pu prendre, du moins elle a employé tout son crédit pour assister tous ceux qui ont eu besoin de son secours.

Si la grandeur et la tranquillité de son âme avaient été moins connues, je vous dirais seulement qu'elle n'a employé aucun de ces artifices que les ambitieux appellent la science du monde et le secret de parvenir, et qu'elle ne s'est insinuée à la cour ni par de pressantes sollicitations, ni par de lâches flatteries. Mais je puis passer plus avant, et dire qu'elle a élevé son esprit au-dessus des fausses idées des hommes; qu'elle a regardé sans envie ce qui était au-dessus de sa fortune, comme elle a vu sans mépris tout ce qui paraissait au-dessous d'elle; qu'elle a recherché la vertu pour elle-même, et non pour son éclat et pour ses récompenses; et qu'enfin les honneurs l'ont trouvée, sans qu'elle ait eu le soin de les chercher.

Rappelez dans votre mémoire, Mesdames, les commencements de ses emplois. Elle était accablée d'une dangereuse maladie: et comment eût-elle fait des vœux pour sa fortune, elle qui n'en faisait presque pas pour sa guérison? Eût-elle eu des prétentions pour la gloire de la terre, lorsqu'elle approchait si fort de celle du ciel? Pouvait-on briguer pour elle des charges, lorsqu'on était assez occupé à lui conserver un reste de vie? On ne demandait pas de si grandes prospérités; c'était assez de ne la point perdre; et, dans le danger où elle était, on n'avait à solliciter que le ciel pour elle. Dieu exauça les vœux de sa famille, en même temps qu'il exauçait ceux de la France. Il fit naître un prince qui devait être l'héritier de ce grand royaume: il empêcha de mourir celle que sa providence avait destinée pour sa gouvernante.

Ce n'est pas assez que d'entrer ainsi dans les honneurs, si l'on n'en use avec modération quand on les possède. Ceux qui savent régler leurs désirs ne règlent pas toujours leur autorité. L'orgueil, qui est presque inséparable de la faveur, est un poison pénétrant et subtil qui se glisse insensiblement dans l'âme des grands; et ceux mêmes qui n'étaient pas ambitieux dans une condition médiocre deviennent quelquefois insolents lorsqu'ils se trouvent dans une plus grande élévation. Mais l'admirable Julie ne se laissa point éblouir à l'éclat des dignités du siècle. Plus elle fut élevée, plus elle parut modeste. Elle connaissait le fond de la vanité; et pleine de ces réflexions judicieuses qui fortifient l'esprit contre les fausses opinions du monde : « Qu'est-« ce que nous faisons, disait-elle un jour, et qu'est-ce que nous « prétendons avec notre orgueil? Toutes nos charges tomberont « bientôt avec nous; la mort confondra les cendres de celles qui « brillent à la cour, et de celles qui sont obscures dans la retraite; « et toute la différence ne va qu'à quelques titres de plus ou de « moins dans nos épitaphes. » Toute son étude était d'employer utilement son crédit; et l'on peut dire d'elle qu'ayant eu, selon le monde, des sujets, et souvent des occasions favorables de se ressentir des injustices qu'on lui avait faites, elle a toujours sacrifié ses ressentiments, et n'a jamais voulu nuire, non pas même à ceux qu'elle pouvait croire ses ennemis, ou, pour mieux dire, ses envieux.

Comment aurait-elle voulu nuire, elle dont le propre caractère était d'être bienfaisante, et qui, pour me servir des termes d'un célèbre Romain[1], ne paraissait pas tant une dame mortelle qu'une divinité favorable à tous les malheureux? Elle savait que ceux qui ont accès auprès des rois doivent, selon leur pouvoir, leur présenter les supplications et les larmes de leurs sujets, comme font ces anges de paix, qui portent vers le trône de Dieu les vœux des justes et les encens de leurs sacrifices. Elle savait que les grands sont d'autant plus les images de Dieu, qu'ils ont plus de moyens de bien faire, et qu'ils ne semblent être nés que pour exercer la charité. Elle savait enfin qu'on a besoin d'intercession et de faveur à la cour, où les injures sont plus fréquentes que les bienfaits, où l'on méprise ceux que la fortune a abandonnés, où toute l'envie attaque les puissants, et nulle pitié n'assiste les faibles, et où l'on croit faire grâce à des malheureux, quand on n'achève pas de les opprimer.

Elle aimait mieux employer son crédit pour les intérêts des

---

1. Valer. Max., lib. iv, 8, extr. 2.

autres que de le ménager pour les siens propres. La crainte de
faire des ingrats, ou le déplaisir d'en avoir trouvé, ne l'ont
jamais empêchée de faire du bien. Fallait-il appuyer une prétention raisonnable, faire connaître un mérite caché, obtenir une
grâce douteuse, donner de bonnes impressions d'une fidélité
rendue suspecte, faire valoir un service rendu, adoucir une
faute pardonnable, donner un avis salutaire, procurer un petit
établissement ; elle était toujours prête à solliciter : semblable à
ces fleuves qui, roulant leurs flots avec majesté, arrosent des
terres stériles et sèches, et, recueillant des eaux qui se perdaient
dans les campagnes, vont porter à la mer leur tribut, et celui
des ruisseaux dont ils sont grossis.

Sa manière de faire du bien était toujours plus agréable que
le bienfait. Elle écoutait, sans se rebuter, les importuns mêmes,
et les grâces accompagnaient jusqu'à ses refus. Sa sagesse lui
faisait choisir les moments favorables pour demander ; et je dis
d'elle ce que le Sage a dit de la femme forte, qu'il y avait une
loi de douceur qui conduisait sa langue, et un esprit de prudence et de discernement qui réglait toutes ses paroles : *Os suum
aperuit sapientia, et lex clementiœ in lingua ejus*[1]. Aussi lorsque Dieu l'a retirée de ce monde, où il l'avait rendue si utile,
et où sa mémoire est en bénédiction ; en un temps où chacun
juge de son prochain avec liberté, où l'on fait le recueil des
bonnes et des mauvaises qualités de ceux qui meurent, et où
chacun, retraçant dans son esprit les sujets qu'il a de s'en louer
ou de s'en plaindre selon ses passions, fait leur épitaphe à sa
mode ; que de regrets sincères ! que d'éloges non suspects ! que
de témoignages publics d'estime et de reconnaissance ! Ceux
dont elle a présenté les vœux ou les plaintes offrent pour elle
de tous côtés les sacrifices de leurs larmes ou de leurs prières.
Les familles qu'elle a assistées, et qui lui doivent le repos dont
elles jouissent, lui souhaitent incessamment le repos éternel
devant Dieu. Les villes les plus nombreuses assemblent leurs
peuples pour lui rendre pompeusement des devoirs funèbres.
Les provinces qu'elle a autrefois édifiées par sa piété et par les
aumônes qu'elle y a répandues, retentissent du bruit de ses

---

1. PROV , XXXI, 26.

louanges. Les prêtres offrent pour elle le sacrifice de Jésus-Christ sur les autels, et les pauvres qu'elle a secourus demandent à Dieu pour elle la miséricorde qu'elle leur a faite.

Auriez-vous pensé, Mesdames, vous qui avez connu les dangers du monde dès votre enfance, et qui en avez craint la corruption, qu'on en pût faire un si bon usage, et qu'on pût tirer les moyens de son salut de cet éclat et de cette abondance, qui sont si souvent des occasions de malheur et de ruine pour les âmes? Ne croyez pas pourtant que, pour consoler ou pour flatter votre douleur, je veuille exagérer la vertu de celle que vous pleurez, et la justifier elle et le monde tout ensemble. A Dieu ne plaise que je cherche des matières d'éloges aux dépens de la vérité, et que par une fausse complaisance je tâche d'accorder l'esprit du siècle et l'esprit de Jésus-Christ contre les règles de l'Évangile!

Je sais que sa vie a été réglée; mais peut-elle avoir été assez pure, assez dégagée, assez chrétienne? Dieu l'a délivrée des grands dérèglements qui sont presque inséparables de la faveur et de la fortune; mais a-t-elle évité ces faiblesses attachées à la nature, ces désirs séculiers dont parle saint Paul, ces considérations humaines, ces intentions demi-bonnes, demi-mauvaises, ces molles condescendances, cette inutilité de vie, ces affections tièdes pour son salut? a-t-elle été exempte de ces défauts qui sont inévitables dans le monde, où la cupidité domine sur les âmes les plus désintéressées, où les esprits les plus fermes sont entraînés par l'exemple et par la coutume, où, si l'on ne se perd, au moins on s'égare souvent, et si l'on ne refuse son cœur à Dieu, au moins on le partage entre lui et les créatures?

Ainsi, quelques vertus que nous ayons remarquées, je craindrais encore pour elle. Mais, outre qu'elle a passé ces années dangereuses auprès d'une reine aussi illustre par sa piété que par son rang et par sa naissance, qui est plus souvent au pied des autels que sur le trône, et de qui l'on peut apprendre des vertus capables de sanctifier la cour même, je considère qu'elle a racheté ses péchés par les aumônes qu'elle a répandues secrètement dans le sein des pauvres, et qu'elle les a expiés par une longue pénitence qu'elle a soutenue avec beaucoup de force. C'est la troisième partie de ce discours.

Si l'illustre duchesse dont nous avons vu les prospérités eût fini ses jours dans les plaisirs et dans la joie du siècle; si, tout éblouie de l'éclat de sa fortune, elle fût entrée dans l'horreur et dans les ténèbres du tombeau; si, sortant du palais des rois, elle se fût trouvée devant le tribunal de Dieu, je ne parlerais de sa mort qu'en tremblant, et je vous exciterais à la pleurer, dussiez-vous interrompre le cours de cet éloge funèbre par vos soupirs et par vos larmes.

Je sais bien que l'Église, qui connaît le prix et l'efficace du sang de Jésus-Christ, ne désespère jamais du salut de ceux qui meurent dans sa foi et dans l'usage de ses sacrements; que Dieu exerce, quand il veut, ses jugements de miséricorde sur ses élus; qu'il a des grâces vives et pénétrantes qui consument en peu de temps toute l'impureté que le commerce des hommes et l'air contagieux du monde laissent dans les cœurs, et qu'il y a de précieux moments de charité qui valent des années de pénitence. Mais je sais aussi qu'il faut avoir souffert avec Jésus-Christ pour régner avec Jésus-Christ; qu'il faut se réconcilier avec Dieu par la prière, par les larmes, par la retraite, quand on a suivi le monde son ennemi. Je sais que la pénitence de ceux qui se laissent surprendre à la mort doit être suspecte; que leur tristesse est souvent un regret de mourir, plutôt qu'une douleur d'avoir mal vécu; que leur abattement vient de la faiblesse de la nature, plutôt que du zèle de la charité; et que leurs soupirs sont plutôt des effets d'une crainte humaine, que les fruits d'une solide pénitence.

Je rends grâces à Notre-Seigneur Jésus-Christ de nous avoir délivrés de ces craintes. Je parle avec confiance d'une mort chrétienne préparée par des infirmités sensibles et humiliantes, par un retranchement des plaisirs et des consolations humaines, par une langueur affligeante, par une soumission entière à la volonté de Dieu, et par une longue patience.

Les saints canons ordonnaient autrefois aux pénitents d'être plusieurs années dans un état d'expiation, avant que d'être admis à la participation des sacrés mystères. Ils se sacrifiaient eux-mêmes, pour avoir part au sacrifice de Jésus-Christ; ils demeuraient prosternés aux portes des temples sacrés, avant que d'oser approcher du sanctuaire : trop heureux d'entrer dans la joie du Seigneur par les larmes et par les souffrances, et de tâcher d'apaiser sa justice, avant que de jouir de ses faveurs! Ce que la discipline de l'Église avait établi, la provi-dence de Dieu l'a exécuté sur votre vertueuse sœur, Mesdames. Il a rompu les liens qui l'attachaient au monde, pour l'attirer dans la céleste Jérusalem; il l'a purifiée par l'exercice de sa patience, afin qu'elle fût digne d'entrer dans sa gloire; il l'a humiliée devant les hommes, pour l'élever jusqu'à lui; et, par trois ans de pénitence, il l'a disposée à jouir d'une éternelle félicité.

Vous représenterai-je ici ses infirmités naissantes, ses forces qui diminuent tous les jours? Je ne sais quel poids qui l'accable insensiblement, une faiblesse imprévue qui l'arrête au milieu de ses grands emplois. Vous dirai-je qu'elle recueillit mille fois ce qui lui restait de force pour s'acquitter de ses devoirs ordi-naires; que son cœur ne se ressentit jamais de l'abattement de son corps; que son zèle la soutint dans les défaillances de la nature; qu'elle sacrifia sa santé, toute faible et tout usée qu'elle était, à l'honneur d'être auprès d'une grande reine; et que, de tous les maux qu'elle souffrit, elle ne se plaignit jamais que de l'impuissance où elle était de la servir? Laissons ces circonstances, qui tiennent encore un peu du monde, et passons de ces vertus civiles aux vertus chrétiennes qu'elle a pratiquées.

Sa retraite fut le commencement de sa pénitence; et la vio-lence qu'elle se fit en s'éloignant de la cour, où l'habitude, les honneurs, les grâces, l'inclination même respectueuse qu'elle avait pour le prince, la tenaient si étroitement liée; cette vio-lence, dis-je, fut le premier sacrifice qu'elle offrit à Dieu. Qu'il est difficile de se réduire à la solitude, lorsqu'on a vécu long-temps dans la cour des rois! Les yeux accoutumés à voir la figure de ce monde qui passe par les endroits les plus éclatants sont toujours prêts à se fermer lorsqu'ils ne trouvent rien qui flatte leur curiosité ou leur convoitise. L'esprit rempli d'idées magnifiques, qui se plaît à se perdre dans ses vastes pensées, s'ennuie dès qu'il se trouve renfermé en lui-même, et resserré en un petit nombre d'objets languissants, qui ne le frappent que faiblement. L'âme accoutumée à être émue par de grandes

passions qui l'agitent vivement n'est plus touchée de ces impressions faibles et légères qu'elle reçoit dans la retraite. De là vient
l'attachement qu'on a à cette vie, quoique difficile et tumultueuse. Ceux qui s'en plaignent tous les jours le plus éloquemment ne laissent pas enfin de s'y plaire. La patience y est
soutenue par le désir, et le désir par l'espérance. C'est cet
enchantement dont parle le Sage [1]. Il s'y fait un engagement
presque involontaire. On y reconnaît sa servitude, et l'on n'y
craint rien tant que la liberté : quelque peine qu'on ait à y
être, il est insupportable d'en être éloigné. Il n'appartient qu'à
vous, mon Dieu, de briser les chaînes de ces esclaves, de rompre le charme qui les éblouit, et de remplir de vos vérités
adorables des esprits et des cœurs que le monde que vous avez
vaincu occupe de ses vanités.

Voilà la grâce qu'il a faite à cette illustre morte que nous
pleurons. Il l'a conduite dans la solitude, pour parler à son
cœur dans le secret et dans le silence. Elle est sortie de l'Égypte;
et, par des déserts secs et stériles, elle a passé dans cette terre
heureuse où coulent le lait et le miel. Elle a regardé ses dernières années comme des restes d'une vie qu'elle avait partagée,
et qu'elle ne voulait plus consacrer qu'à Dieu seul. Cette imagination autrefois si vive ne lui représentait plus le monde qu'en
éloignement. Cette mémoire qui avait été si prompte et si présente devint toute vide des espèces et des images du siècle, Dieu
voulant, par un triste mais heureux abattement, qu'elle ne
pensât plus qu'à lui, qu'elle ne se souvînt que de lui, qu'elle ne
fût sensible que pour lui.

Après cette séparation, accablée sous le poids de ses infirmités, elle s'appliqua à les souffrir chrétiennement; et cette
grandeur d'âme qui avait éclaté dans toutes les actions de sa
vie parut encore dans sa patience. Quelqu'un dira peut-être
qu'elle n'a pas ressenti de ces douleurs aiguës qui font qu'on
regarde la mort comme une consolation, et la vie comme un
supplice; que sa croix a été plus incommode que pesante, et
que cette langueur qui la consumait insensiblement était plutôt
une privation de plaisir qu'une peine. Il est vrai qu'elle n'a pas

1. *Fascinatio nugacitatis.* SAP., IV, 12.

souffert de ces cruelles pointes de douleur qui percent le corps, qui déchirent l'âme, et qui épuisent en un moment toute la constance d'un malade. Dans la défiance où elle était de ses propres forces, elle avait souvent demandé à Dieu qu'il l'en délivrât : il semblait qu'il l'eût exaucée. Mais si sa miséricorde a adouci la rigueur de sa pénitence, sa justice en a augmenté la durée ; et il n'a pas fallu moins de force à soutenir cette longue épreuve que si elle avait été plus courte et plus rigoureuse.

En effet, dans les maux violents la nature se recueille tout entière, le cœur se munit de toute sa constance : on sent beaucoup moins à force de trop sentir ; et si l'on souffre beaucoup, on a toujours la consolation d'espérer qu'on ne souffrira pas longtemps. Mais les maladies de langueur sont d'autant plus rudes, que l'on n'en prévoit pas la fin. Il faut supporter et les maux et les remèdes, aussi fâcheux que les maux mêmes. La nature est tous les jours plus accablée ; les forces diminuent à tous moments, et la patience s'affaiblit aussi bien que celui qui souffre. C'est ici que nous pouvons appliquer à notre femme forte ce que Salomon a dit de la sienne : *Accinxit fortitudine lumbos suos*[1] ; qu'elle a ramassé toutes ses forces pour combattre cette langueur ennemie qui lui ôtait incessamment quelque partie d'elle-même, et qui lui portait tous les jours quelque trait mortel dans le sein.

Une patience de trois ans a-t-elle jamais été plus égale ? La douleur a-t-elle jamais tiré de sa bouche ou de son cœur, je ne dis pas une plainte amère, une parole de murmure, mais un seul mouvement d'impatience, une parole d'inquiétude ? A-t-elle trouvé sa pénitence trop longue ou trop rigoureuse ? A-t-elle cru que sa croix était trop dure ou trop affligeante ? Ames saintes devant qui je parle, accoutumées à porter le joug du Seigneur dès vos plus tendres années, élevées au pied des autels, à l'ombre de la croix de Jésus-Christ, consommées dans l'exercice d'une pénitence austère, souffrez–vous avec plus de constance et de foi les peines que Dieu vous envoie ? J'atteste vos cœurs et vos consciences, conservez-vous plus religieusement qu'elle la paix intérieure dans vos solitudes ? Non, non : lorsque la

1. Prov., XXXI, 17.

providence de Dieu l'a séparée du monde, elle a quitté les honneurs avec autant de générosité que vous en avez eu à les fuir. Sortant du Louvre, elle a pratiqué des vertus que l'on n'apprend, ce semble, que dans les cloîtres ; et, après s'être acquittée de tous ses devoirs à la cour, elle a souffert comme vous souffrez dans vos cellules, sans murmurer et sans se plaindre. Que dis-je, Mesdames, sans se plaindre ? Oublié-je ce que j'ai vu, ce que j'ai ouï ? ces soupirs sortis du fond de son cœur, cette tristesse peinte sur son visage, ces paroles mêlées de douleur et de crainte ? Ne craignez rien qui fasse tort à sa mémoire et à sa vertu. Cette émotion dont je vous parle n'était pas une faiblesse d'esprit, c'était un zèle de pénitence ; ce n'était pas une marque d'attachement à la vie, c'était le regret d'avoir eu sujet de s'y attacher. Elle craignait d'avoir été trop heureuse, et de ne souffrir pas assez ; et, rappelant dans l'amertume de son âme ces années qu'elle avait passées dans les honneurs et dans la gloire : « Je ne me plains pas de mourir, disait-elle, je « me plains d'avoir vécu trop heureusement. Les peines que le « ciel m'envoie ne sont pas proportionnées aux prospérités que « j'en ai reçues ; et je souffre de ce que je ne souffre pas assez. » Et nous rechercherons après cela, pécheurs et mortels que nous sommes, une joie qui passe et qui ne laisse que du regret ! et nous prendrons pour objet de notre ambition ces honneurs qui doivent être un jour des sujets de tristesse et de crainte ! Et nous appellerons bonheur de notre vie ce qu'il faut quitter, ce qu'il faut haïr, ce qu'il faut expier à notre mort !

Pardonnez, Mesdames, ce mouvement de zèle. Ce que je dis pour confondre les personnes du siècle doit servir à vous consoler, et à vous faire comprendre que vous êtes heureuses d'avoir renoncé vous-mêmes aux grandeurs et aux prospérités mondaines : heureuses encore de ce que votre illustre sœur, après en avoir eu tout l'éclat, en a reconnu toute la misère. Oui, elle a reconnu qu'il y avait en elles je ne sais quelle malignité qui les rendait souvent criminelles, et toujours au moins dangereuses. Elle a cru qu'il fallait employer une partie de sa vie à pleurer celle où le monde avait eu trop de part ; elle n'a plus pensé qu'à accomplir son temps de pénitence, elle n'a pas même voulu souhaiter d'être moins infirme.

Souffrir la maladie avec patience, être dans l'indifférence de la maladie ou de la santé, ne regretter pas ses prospérités passées, ne désirer pas même d'être délivrée des langueurs présentes : cette suspension de désirs entre la vie et la mort, et cette volonté soumise à celle de Dieu, ne sont-ce pas des caractères d'une âme chrétienne ? Tristes mais fidèles témoins de ses derniers sentiments, combien de fois vous a-t-elle dit : « Je ne « fais point de vœux pour ma santé; j'en fais qui sont plus « dignes de Dieu, qui sont plus importants pour moi : je lui « demande qu'il me sauve, et non pas qu'il me guérisse. » Qu'elle était éloignée de la faiblesse ordinaire de ceux qui tombent dans les infirmités ! Ils se flattent incessamment de l'espérance de leur guérison : accablés de douleur et d'ennui, ils emploient toute la force qui leur reste à faire des vœux pour leur santé. S'ils ne peuvent lever les mains ni les yeux au ciel, ils y adressent leurs soupirs. Une partie d'eux-mêmes est déjà morte, que l'autre désire de vivre. Lors même qu'ils souhaitent l'immortalité, ils voudraient arrêter la mort qui les y conduit; et, s'approchant du ciel où ils aspirent, ils regardent encore, presque sans y penser, la terre qu'ils quittent : tant le désir de vivre est naturel à tous les hommes ! tant on espère ce qu'on désire !

Notre généreuse malade s'est regardée comme une victime destinée au sacrifice; elle a vu venir le coup sans demander grâce. Elle n'a pas souhaité de vivre, quoiqu'elle eût vécu avec tant d'éclat et tant de douceur; elle n'a pas souhaité de mourir, quoique sa vie languissante lui fût à charge. Abattue par ses maux et non par ses chagrins, elle n'avait que le désir d'accomplir la volonté du Seigneur, dût-il prolonger ses jours pour prolonger ses peines, dût-il augmenter ses douleurs pour consommer sa pénitence.

La providence de Dieu a permis, Mesdames, que vous l'ayez vue en cet état. Ceux qui admiraient sa fermeté perdirent la leur; ceux qui la plaignaient paraissaient presque les seuls à plaindre. La pitié fut plus cruelle que la douleur; et ceux qui voyaient le mal étaient plus tristes et plus changés que celle même qui le souffrait. Je recueillerais ici volontiers tous les sentiments tendres et généreux de son illustre époux. Je vous renouvellerais le souvenir de cette affliction si chrétienne, de ces prières si touchantes, de ces exhortations si vives et si pieuses, de cette tristesse si sage et si forte tout ensemble, et de cette charité sensible qui, selon les termes de l'épouse des Cantiques [1] fait sur nous les mêmes impressions que la mort. Mais faut-il vous attendrir par la douleur de ceux qui vivent, vous qui êtes déjà si touchées par la perte que vous avez faite !

Éloignons encore un peu, si nous pouvons, ces idées funestes de mort : cessons de penser à notre héroïne, pour admirer la tendresse et la piété de son illustre fille. Nous l'avons vue deux ans entiers dans toutes les fonctions de la charité. Tantôt elle employait ses pieuses mains au soulagement de la malade, tantôt elle les levait au ciel pour demander à Dieu sa santé. Attachée auprès de son lit, où elle sacrifiait toute sa joie, prosternée au pied des autels, où elle offrait à Dieu toutes ses peines, elle se partageait entre ses soins et ses prières, en un âge où les devoirs domestiques passent pour contrainte, et où il semble qu'on ne doive vivre que pour soi ; en un siècle où la discipline des mœurs est relâchée, où les liens du sang et de la nature ne serrent presque plus les cœurs, et où il ne reste de l'ancienne piété qu'autant qu'il en faut pour la bienséance. Que Dieu et la nature lui rendent ce qu'elle a fait pour l'un et pour l'autre, et lui donnent des enfants qui soutiennent la gloire de leur naissance, et, pour dire encore plus, qui lui ressemblent, et qui aient pour elle ces sentiments tendres et respectueux qu'elle a conservés pour son incomparable mère jusqu'à sa mort.

Mais, hélas ! je prononce, sans y penser, cette funeste parole, et, quelque digression que je cherche, je reviens malgré moi à ce cruel sujet de mon discours. Retenons nos larmes ; ce serait faire tort à la mémoire de cette femme forte que de montrer de la faiblesse. Parlons de sa mort, s'il se peut, aussi constamment qu'elle est morte.

Qui est celui qui ne frémisse au seul nom de la mort ? qui ne soit saisi d'horreur et de crainte à la vue de la mort d'autrui, et à la simple pensée de la sienne propre, soit par une prévention d'esprit qui nous fait regarder la fin de notre vie comme le plus

1. *Fortis est ut mors dilectio.* CANT. VIII, 6.

grand de tous nos malheurs ; soit par une providence de Dieu, qui veut que l'homme ressente l'amertume des maladies et de la mort, depuis qu'il a perdu par son péché le plaisir d'être sain et d'être immortel ; soit enfin par un juste mais terrible jugement de Dieu, qui laisse quelquefois dans les frayeurs de la mort ceux qui ont passé leur vie dans les plaisirs et dans la mollesse, et qui abandonne à leur crainte et à leur douleur ceux qui se sont abandonnés à leurs désirs et à leurs passions déréglées. Alors on s'effraie à la vue d'un confesseur, comme s'il ne venait que pour prononcer des arrêts de mort. On éloigne les derniers sacrements, comme si c'étaient des mystères de mauvais augure. On rejette les vœux et les prières que l'Église a institués pour les mourants, comme si c'étaient des vœux meurtriers et des prières homicides. La croix de Jésus-Christ, qui doit être un sujet de confiance, devient à ces esprits lâches un objet de terreur ; et, pour toute disposition à la mort, ils n'ont que l'appréhension ou la peine de mourir. Quels funestes égards ! quels ménagements criminels n'a-t-on pas pour eux ! Bien loin de leur faire voir leur perte infaillible, à peine les avertit-on de leur danger ; et lors même qu'ils sont mourants, on n'ose presque leur dire qu'ils sont mortels. Cruelle pitié, qui les perd de peur de les effrayer ! crainte funeste, qui les rend insensibles à leur salut !

La mort de notre illustre duchesse n'a pas été de ces morts imprévues ou dissimulées. Elle l'a vue plusieurs fois dans son plus terrible appareil sans en être émue ; elle l'a sentie sur elle-même sans s'étonner. Cette langueur, ces abattements, ces diminutions, que Tertullien appelle des portions de la mort, ne la lui faisaient-ils pas éprouver par avance ? Ces rechutes, ces agonies fréquentes, ne lui servaient-elles pas comme d'apprentissage à bien mourir ? La main de Dieu, qui donne la vie et la mort, qui conduit sur le bord du tombeau, et qui en retire, semblait l'immoler et la faire revivre plusieurs fois, pour la disposer à son dernier sacrifice. La désolation de ses domestiques, les entretiens et les avis pieux et sincères de son directeur, le corps et le sang de Jésus-Christ reçus plusieurs fois comme viatique, la sainte onction des mourants appliquée deux fois en moins d'une année, n'était-ce pas des avertissements qu'il fallait

se préparer à la mort? Ces derniers remèdes, que l'Eglise emploie pour le salut des fidèles, ne faisaient-ils pas voir l'extrémité de sa maladie?

Le courage qu'elle témoignait en souffrant faisait qu'on lui
parlait hardiment de ses souffrances. Ceux-là même qui pre-
naient le plus de part à sa vie osaient lui annoncer sa mort.
Cependant vîtes-vous changer son visage? ses yeux furent-ils
jamais moins sereins? perdit-elle quelque chose de sa tranquillité
ordinaire? sa voix fut-elle moins ferme jusqu'à la fin? Il est vrai
qu'elle n'en eut que pour Dieu dans ses derniers jours. L'inter-
rogeait-on sur ses maux, lui faisait-on des questions plus nécessaires pour son soulagement que pour son salut, elle était
muette, elle était insensible. Lui parlait-on des dispositions à
la mort, elle recueillait dans son sein tout ce qui lui restait de
force et de sentiment, pour rendre raison des mouvements de
son âme; et, ne prenant plus aucune part au monde, elle ne
parlait qu'à ceux à qui elle devait répondre de sa résignation
et de sa foi.

Je n'aurais plus qu'à reprendre les paroles de mon texte, et
à finir par où j'ai commencé. Car que me reste-t-il à vous dire,
Mesdames? Vous représenterais-je des exemples? votre profession vous engage assez à une vie pénitente. Vous marquerais-
je la fragilité des grandeurs et des plaisirs du siècle? je vous ai
déjà dit que vous y avez renoncé. Vous exhorterais-je à modérer
votre douleur? vous n'êtes pas de ces âmes païennes qui, n'ayant
point d'espérance solide, n'ont point aussi de véritable consolation. Je chercherais peut-être dans les raisonnements des
philosophes et dans la persuasion de la sagesse humaine ce
qu'il faut trouver dans les pures sources de la vérité. Il faut que
Jésus-Christ vous parle lui-même, comme il parlait autrefois à
deux sœurs illustres par leur piété, par leur retraite, par les
fonctions de la charité qu'elles avaient exercées, et par une
affliction pareille à la vôtre. Il vous dira : Cette sœur que vous
pleurez n'est pas morte [1]. Tous ceux qui croient et vivent en moi
ne mourront jamais. Vous l'avez, ce semble, perdue; au moins
vous l'avez pleurée. Cependant elle est vivante en moi, qui suis

---

1. JOAN., XI, 26

la résurrection et la vie. Ne le croyez-vous pas ainsi? Si je pénètre dans vos sentiments, si j'entends bien la voix de votre
cœur, il me semble que chacune de vous, animée d'une foi
vive et d'une espérance sincère, pense ce que pensaient ces filles
affligées et soumises, et qu'elle répond ce qu'une d'elles répondit : Je le crois, Seigneur, je le crois.

Pour vous, chrétiens, qui tenez encore au monde par vos
passions, par vos désirs, par vos espérances, rentrez en vous-
mêmes, reconnaissez les illusions et les tromperies du monde;
que cette mort qui vous a touchés vous serve de disposition à la
vôtre. Plut à Dieu que cette illustre morte pût encore vous
exhorter elle-même ! Elle vous dirait : Ne pleurez pas sur moi,
Dieu m'a retirée par sa grâce des misères d'une vie mortelle;
pleurez sur vous, qui vivez encore dans un siècle où l'on voit,
où l'on souffre, et où l'on fait tous les jours beaucoup de mal;
apprenez en moi la fragilité des grandeurs humaines. Qu'on
vous couronne de fleurs, qu'on vous compose des guirlandes;
ces fleurs ne seront bonnes qu'à sécher sur votre tombeau : que
votre nom soit écrit dans tous les ouvrages que la vanité de
l'esprit veut rendre immortels : que je vous plains, s'il n'est pas
écrit dans le livre de vie ! Que les rois de la terre vous honorent :
il vous importe seulement que Dieu vous reçoive dans ses tabernacles éternels. Que toutes les langues des hommes vous louent :
malheur à vous, si vous ne louez Dieu dans le ciel avec ses
anges ! Ne perdez pas ces moments de vie, qui peuvent vous
valoir une éternité bienheureuse. Trois ans de langueur, trois
ans de pénitence, ne sont pas donnés à tout le monde. Profitons
de ces instructions; bénissons Dieu avec elle, et tâchons de nous
rendre dignes des grâces qu'il lui a faites et de la gloire qu'il
lui a donnée.

ORAISON FUNÈBRE

DE

HENRI DE LA TOUR-D'AUVERGNE

VICOMTE DE TURENNE [1]

Fleverunt eum omnis populus Israël planctu magno, et lugebant dies multos, et dixerunt : Quomodo cecidit potens, qui salvum faciebat populum Israël? (I Mach., 9 .)

Tout le peuple le pleura amèrement; et, après avoir pleuré durant plusieurs jours, ils s'écrièrent : Comment est mort cet homme puissant, qui sauvait le peuple d'Israël?

Je ne puis, Messieurs, vous donner d'abord une plus haute idée du triste sujet dont je viens vous entretenir, qu'en recueillant ces termes nobles et expressifs dont l'Écriture sainte se sert pour louer la vie et pour déplorer la mort du sage et vaillant Machabée [2] : cet homme, qui portait la gloire de sa nation jusqu'aux extrémités de la terre; qui couvrait son camp du bouclier, et forçait celui des ennemis avec l'épée; qui donnait à des rois ligués contre lui des déplaisirs mortels, et réjouissait Jacob par ses vertus et par ses exploits, dont la mémoire doit être éternelle.

Cet homme qui défendait les villes de Juda, qui domptait l'orgueil des enfants d'Ammon et d'Ésaü, qui revenait chargé des dépouilles de Samarie, après avoir brûlé sur leurs propres autels les dieux des nations étrangères; cet homme que Dieu

---

1. Ce fut pendant la seconde année du règne de Louis XIII que Turenne vint au monde, le 11 de septembre 1611 ; il était le second fils de Henri de la Tour-d'Auvergne, duc de Bouillon, prince souverain de Sedan, et d'Élisabeth de Nassau, fille de Guillaume Ier de Nassau, prince d'Orange.

Cette oraison a été prononcée à Paris, dans l'église de Saint-Eustache, le dixième jour de janvier 1676.

2. I Mac., iii, 4, 5, etc.

avait mis autour d'Israël, comme un mur d'airain où se brisè-
rent tant de fois toutes les forces de l'Asie, et qui, après avoir
défait de nombreuses armées, déconcerté les plus fiers et les
plus habiles généraux des rois de Syrie, venait tous les ans,
comme le moindre des Israélites, réparer avec ses mains triomphantes les ruines du sanctuaire, et ne voulait d'autre récompense des services qu'il rendait à sa patrie que l'honneur de
l'avoir servie. Ce vaillant homme poussant enfin, avec un courage invincible, les ennemis qu'il avait réduits à une fuite honteuse, reçut le coup mortel, et demeura comme enseveli dans
son triomphe. Au premier bruit de ce funeste accident, toutes
les villes de Judée furent émues, des ruisseaux de larmes coulèrent des yeux de tous leurs habitants. Ils furent quelque temps
saisis, muets, immobiles. Un effort de douleur rompant enfin
ce long et morne silence, d'une voix entrecoupée de sanglots
que formaient dans leurs cœurs la tristesse, la pitié, la crainte,
ils s'écrièrent : « Comment est mort cet homme puissant, qui
« sauvait le peuple d'Israël! » A ces cris Jérusalem redoubla
ses pleurs; les voûtes du temple s'ébranlèrent, le Jourdain se
troubla, et tous ses rivages retentirent du son de ces lugubres
paroles : « Comment est mort cet homme puissant, qui sauvait
« le peuple d'Israël! »

Chrétiens qu'une triste cérémonie assemble en ce lieu, ne
rappelez-vous pas en votre mémoire ce que vous avez vu, ce
que vous avez senti il y a cinq mois? Ne vous reconnaissez-vous
pas dans l'affliction que j'ai décrite, et ne mettez-vous pas dans
votre esprit, à la place du héros dont parle l'Écriture, celui
dont je viens vous parler? La vertu et le malheur de l'un et de
l'autre sont semblables; et il ne manque aujourd'hui à ce dernier qu'un éloge digne de lui. O si l'esprit divin, l'esprit de
force et de vérité, avait enrichi mon discours de ces images
vives et naturelles qui représentent la vertu, et qui la persuadent
tout ensemble, de combien de nobles idées remplirais-je vos
esprits, et quelle impression ferait sur vos cœurs le récit de tant
d'actions édifiantes et glorieuses!

Quelle matière fut jamais plus disposée à recevoir tous les
ornements d'une grave et solide éloquence que la vie et la mort

de très-haut et très-puisant prince Henri de la Tour-d'Auvergne, vicomte de Turenne, maréchal général des camps et armées du roi, et colonel général de la cavalerie légère? Où brillent avec plus d'éclat les effets glorieux de la vertu militaire, conduites d'armées, siéges de places, prises de villes, passages de rivières, attaques hardies, retraites honorables, campements bien ordonnés, combats soutenus, batailles gagnées, ennemis vaincus par la force, dissipés par l'adresse, lassés et consumés par une sage et noble patience? Où peut-on trouver tant et de si puissants exemples que dans les actions d'un homme sage, modeste, libéral, désintéressé, dévoué au service du prince et de la patrie; grand dans l'adversité par son courage, dans la prospérité par sa modestie, dans les difficultés par sa prudence, dans les périls par sa valeur, dans la religion par sa piété?

Quel sujet peut inspirer des sentiments plus justes et plus touchants qu'une mort soudaine et surprenante, qui a suspendu le cours de nos victoires, et rompu les plus douces espérances de la paix? Puissances ennemies de la France, vous vivez, et l'esprit de la charité chrétienne m'interdit de faire aucun souhait pour votre mort. Puissiez-vous seulement reconnaître la justice de nos armes, recevoir la paix que, malgré vos pertes, vous avez tant de fois refusée, et dans l'abondance de vos larmes éteindre les feux d'une guerre que vous avez malheureusement allumée! A Dieu ne plaise que je porte mes souhaits plus loin! les jugements de Dieu sont impénétrables. Mais vous vivez, et je plains en cette chaire un sage et vertueux capitaine, dont les intentions étaient pures, et dont la vertu semblait mériter une vie plus longue et plus étendue.

Retenons nos plaintes, Messieurs; il est temps de commencer son éloge, et de vous faire voir comment cet homme puissant triomphe des ennemis de l'État par sa valeur, des passions de l'âme par sa sagesse, des erreurs et des vanités du siècle par sa piété. Si j'interromps cet ordre de mon discours, pardonnez un peu de confusion dans un sujet qui nous a causé tant de trouble. Je confondrai quelquefois peut-être le général d'armée, le sage, le chrétien. Je louerai tantôt les victoires, tantôt les vertus qui les ont obtenues. Si je ne puis raconter tant d'actions, je les découvrirai dans leurs principes; j'adorerai le Dieu des armées,

j'invoquerai le Dieu de la paix, je bénirai le Dieu des miséri
cordes, et j'attirerai partout votre attention, non par la force
de l'éloquence, mais par la vérité et par la grandeur des vertus
dont je suis engagé de vous parler.

PREMIÈRE PARTIE.

N'attendez pas, Messieurs, que je suive la coutume des orateurs, et que je loue M. de Turenne comme on loue les hommes
ordinaires. Si sa vie avait moins d'éclat, je m'arrêterais sur la
grandeur et la noblesse de sa maison; et si son portrait était
moins beau, je produirais ici ceux de ses ancêtres. Mais la gloire
de ses actions efface celle de sa naissance, et la moindre louange
qu'on peut lui donner, c'est d'être sorti de l'ancienne et illustre
maison de la Tour-d'Auvergne, qui a mêlé son sang à celui des
rois et des empereurs, qui a donné des maîtres à l'Aquitaine,
des princesses à toutes les cours de l'Europe, et des reines
mêmes à la France.

Mais que dis-je? il ne faut pas l'en louer ici, il faut l'en
plaindre. Quelque glorieuse que fût la source dont il sortait,
l'hérésie des derniers temps l'avait infectée. Il recevait avec ce
beau sang des principes d'erreur et de mensonge; et, parmi
ses exemples domestiques, il trouvait celui d'ignorer et de combattre la vérité. Ne faisons donc pas la matière de son éloge
de ce qui fut pour lui un sujet de pénitence, et voyons les voies
d'honneur et de gloire que la providence de Dieu lui ouvrit dans
le monde, avant que sa miséricorde le retirât des voies de la per-
dition et de l'égarement de ses pères.

Avant sa quatorzième année, il commença de porter les
armes. Des siéges et des combats servirent d'exercice à son
enfance, et ses premiers divertissements furent des victoires.
Sous la discipline du prince d'Orange, son oncle maternel, il
apprit l'art de la guerre en qualité de simple soldat, et ni l'orgueil ni la paresse ne l'éloignèrent d'aucun des emplois où la
peine et l'obéissance sont attachées. On le vit en ce dernier rang
de la milice ne refuser aucune fatigue et ne craindre aucun
péril; faire par honneur ce que les autres faisaient par néces-

sité, et ne se distinguer d'eux que par un plus grand attachement au travail, et par une plus noble application à tous ses
devoirs.

Ainsi commençait une vie dont les suites devaient être si
glorieuses, semblable à ces fleuves qui s'étendent à mesure
qu'ils s'éloignent de leur source, et qui portent enfin partout
où ils coulent la commodité et l'abondance. Depuis ce temps
il a vécu pour la gloire et pour le salut de l'État. Il a rendu tous
les services qu'on peut attendre d'un esprit ferme et agissant,
quand il se trouve dans un corps robuste et bien constitué. Il
a eu dans la jeunesse toute la prudence d'un âge avancé, et
dans un âge avancé toute la vigueur de la jeunesse. Ses jours
ont été pleins [1], selon les termes de l'Écriture ; et comme il ne
perdit pas ses jeunes années dans la mollesse et dans la volupté,
il n'a pas été contraint de passer les dernières dans l'oisiveté et
dans la faiblesse.

Quel peuple ennemi de la France n'a pas ressenti les effets de
sa valeur, et quel endroit de nos frontières n'a pas servi de
théâtre à sa gloire ? Il passe les Alpes ; et, dans les fameuses
actions de Casal, de Turin, de la route de Quiers, il se signale
par son courage et par sa prudence ; et l'Italie le regarde comme
un des principaux instruments de ces grands et prodigieux succès qu'on aura peine à croire un jour dans l'histoire. Il passe
des Alpes aux Pyrénées, pour assister à la conquête de deux
importantes places [2] qui mettent une de nos plus belles provinces
à couvert de tous les efforts de l'Espagne. Il va recueillir au delà
du Rhin les débris d'une armée défaite ; il prend des villes [3], et
contribue au gain des batailles [4]. Il s'élève ainsi par degrés, et
par son seul mérite, au suprême commandement, et fait voir
dans tout le cours de sa vie ce que peut pour la défense d'un
royaume un général d'armée qui s'est rendu digne de commander en obéissant, et qui a joint à la valeur et au génie l'application et l'expérience.

Ce fut alors que son esprit et son cœur agirent dans toute leur

1. *Dies pleni inveniuntur in eis.* PSALM., LXXD, 10.
2. Perpignan et Collioure.
3. Trèves, Aschaffembourg, etc.
4. Combat de Fribourg, bataille de Nordlingen.

étendue. Soit qu'il fallût préparer les affaires, ou les décider;
chercher la victoire avec ardeur, ou l'attendre avec patience;
soit qu'il fallût prévenir les desseins des ennemis par la hardiesse, ou dissiper les craintes et les jalousies des alliés par la
prudence; soit qu'il fallût se modérer dans les prospérités, ou
se soutenir dans les malheurs de la guerre, son âme fut toujours
égale. Il ne fit que changer de vertus quand la fortune changeait
de face : heureux sans orgueil, malheureux avec dignité, et
presque aussi admirable lorsque, avec jugement et avec fierté,
il sauvait les restes des troupes battues à Mariendal, que lorsqu'il battait lui-même les Impériaux et les Bavarois, et qu'avec
des troupes triomphantes il forçait toute l'Allemagne à demander la paix à la France [1].

On eût dit qu'un heureux traité allait terminer toutes les
guerres de l'Europe, lorsque Dieu, dont les jugements [2], selon le
prophète, sont des abîmes, voulut affliger et punir la France par
elle-même, et l'abandonner à tous les dérèglements que causent
dans un État les dissensions civiles et domestiques. Souvenez-
vous, Messieurs, de ce temps de désordre et de trouble, où
l'esprit ténébreux, l'esprit de discorde, confondait le devoir avec
la passion, le droit avec l'intérêt, la bonne cause avec la mauvaise; où les astres les plus brillants souffrirent presque tous
quelque éclipse, et les plus fidèles sujets se virent entraînés,
malgré eux, par le torrent des partis, comme ces pilotes qui,
se trouvant surpris de l'orage en pleine mer, sont contraints de
quitter la route qu'ils veulent tenir, et de s'abandonner pour un
temps au gré des vents et de la tempête. Telle est la justice de
Dieu, telle est l'infirmité naturelle des hommes. Mais le sage
revient aisément à soi, et il y a, dans la politique comme dans
la religion, une espèce de pénitence plus glorieuse que l'innocence même, qui répare avantageusement un peu de fragilité
par des vertus extraordinaires et par une ferveur continuelle.

Mais où m'arrêté-je, Messieurs! Votre esprit vous représente
déjà sans doute M. de Turenne à la tête des armées du roi. Vous
le voyez combattre et dissiper la rébellion; ramener ceux que
le mensonge avait séduits, rassurer ceux que la crainte avait

---

1. La paix de Munster.
2. *Judicia tua abyssus.* Psalm., xxxv, 7.

ébranlés, et crier comme un autre Moïse à toutes les portes
d'Israël : « Que ceux qui sont au Seigneur se joignent à moi [1]. »
Quelles furent alors sa fermeté et sa sagesse ! Tantôt sur les rives
de la Loire, suivi d'un petit nombre d'officiers et de domestiques, il court à la défense d'un pont [2], et tient ferme contre
une armée ; et, soit la hardiesse de l'entreprise, soit la seule
présence de ce grand homme, soit la protection visible du ciel,
qui rendait les ennemis immobiles, il étonna par sa résolution
ceux qu'il ne pouvait arrêter par la force, et releva par cette
prudente et heureuse témérité, l'État penchant vers sa ruine [3].
Tantôt, se servant de tous les avantages des temps et des lieux,
il arrête avec peu de troupes une armée qui venait de vaincre,
et mérite les louanges mêmes d'un ennemi qui, dans les siècles
idolâtres, aurait passé pour le dieu des batailles. Tantôt, vers
les bords de la Seine [4] il oblige par un traité un prince étranger,
dont il avait pénétré les plus secrètes intentions, de sortir de
France, et d'abandonner les espérances qu'il avait conçues de
profiter de nos désordres.

Je pourrais ajouter ici des places prises, des combats gagnés
sur les rebelles. Mais dérobons quelque chose à la gloire de
notre héros, plutôt que de voir plus longtemps l'image funeste
de nos misères passées. Parlons d'autres exploits qui aient été
aussi avantageux pour la France que pour lui-même, et dont nos
ennemis n'aient pas eu sujet de se réjouir.

Je me contente de vous dire qu'il apaisa par sa conduite
l'orage dont le royaume était agité. Si la licence fut réprimée,
si les haines publiques et particulières furent assoupies, si les
lois reprirent leur ancienne vigueur, si l'ordre et le repos furent
rétablis dans les villes et dans les provinces, si les membres
furent heureusement réunis avec leur chef, c'est à lui, France,
que tu le dois. Je me trompe, c'est à Dieu, qui tire, quand il
veut, des trésors de sa providence, ces grandes âmes qu'il a
choisies comme des instruments visibles de sa puissance, pour
faire naître du sein des tempêtes le calme et la tranquillité pu-

1. Exod., 32.
2. Le pont de Gergeau.
3. A Bleneau.
4. A Villeneuve-Saint-Georges.

blique, pour relever les États de leur ruine, et réconcilier, quand sa justice est satisfaite, les peuples avec leurs souverains.

Son courage, qui n'agissait qu'avec peine dans les malheurs de sa patrie, sembla s'échauffer dans les guerres étrangères, et l'on vit redoubler sa valeur. N'entendez pas par ce mot, Messieurs, une hardiesse vaine, indiscrète, emportée, qui cherche le danger pour le danger même, qui s'expose sans fruit, et qui n'a pour but que la réputation et les vains applaudissements des hommes. Je parle d'une hardiesse sage et réglée, qui s'anime à la vue des ennemis; qui, dans le péril même, pourvoit à tout et prend tous ses avantages, mais qui se mesure avec ses forces; qui entreprend les choses difficiles, et ne tente pas les impossibles; qui n'abandonne rien au hasard de ce qui peut être conduit par la vertu; capable enfin de tout oser quand le conseil est inutile, et prêt à mourir dans la victoire, ou à survivre à son malheur, en accomplissant ses devoirs.

J'avoue, Messieurs, que je succombe ici sous le poids de mon sujet. Ce grand nombre d'actions dont je dois parler m'embarrasse : je ne puis les décrire toutes, et je voudrais n'en omettre aucune. Que n'ai-je le secret de graver dans vos esprits un plan invisible et raccourci de la Flandre et de l'Allemagne! Je marquerais sans confusion dans vos pensées tout ce que fit ce grand capitaine, et vous dirais en abrégé, selon les lieux : Ici [1] il forçait des retranchements, et secourait une place assiégée; là il surprenait les ennemis, ou les battait en pleine campagne : ces villes [2], où vous voyez les lis arborés, ont été, ou défendues par sa vigilance, ou conquises par sa fermeté et son courage; ce lieu couvert d'un bois et d'une rivière, c'est le poste où il rassurait ses troupes effrayées après une honorable retraite [3] : ici il sortait de ses lignes pour combattre, et d'un seul coup il prenait une ville et gagnait une bataille [4]; là, distribuant ce qui lui restait de son propre argent, il achevait un siége [5], et il allait en faire lever un au même temps.

Je recueillerais ensuite tant de succès, et vous ferais souvenir

1. Le secours d'Arras.
2. Condé, Landrecies, Ypres, Oudenarde, etc.
3. Retraite de Valenciennes.
4. Bataille des Dunes, et prise de Dunkerque.
. Saint-Venant pris, Ardres secourue.

de ces mauvaises nuits que le roi d'Espagne avoua qu'il avait passées, et de cette paix, recherchée par des traités et des alliances [1], sans laquelle, Flandre, théâtre sanglant où se passent tant de scènes tragiques, triste et fatale contrée, trop étroite pour contenir tant d'armées qui te dévorent, tu aurais accru le nombre de nos provinces, et, au lieu d'être la source malheureuse de nos guerres, tu serais aujourd'hui le fruit paisible de nos victoires.

Je pourrais, Messieurs, vous montrer vers les bords du Rhin [2] autant de trophées que sur les bords de l'Escaut et de la Sambre. Je pourrais vous décrire des combats gagnés, des rivières et des défilés passés à la vue des ennemis, des plaines teintes de leur sang, des montagnes presque inaccessibles, traversées pour les aller repousser loin de nos frontières. Mais l'éloquence de la chaire n'est pas propre au récit des combats et des batailles : la langue d'un prêtre, destinée à louer Jésus-Christ, le Sauveur des hommes, ne doit pas être employée à parler d'un art qui tend à leur destruction, et je ne viens pas pour vous donner des idées de meurtre et de carnage devant ces autels où l'on n'offre plus le sang des taureaux en sacrifice au Dieu des armées, mais au Dieu de miséricorde et de paix une victime non sanglante.

Quoi donc ! n'y a-t-il point de valeur et de générosité chrétienne ? l'Écriture [3], qui commande de sanctifier les guerres, ne nous apprend-elle pas que la piété n'est pas incompatible avec les armes ? Viens-je condamner une profession que la religion ne condamne pas, quand on en sait modérer la violence [4] ? Non, Messieurs : je sais que ce n'est pas en vain que les princes portent l'épée ; que la force peut agir quand elle se trouve jointe avec l'équité ; que le Dieu des armées préside à cette redoutable justice que les souverains se font à eux-mêmes ; que le droit des armes est nécessaire pour la conservation de la société, et que les guerres sont permises pour assurer la paix, pour protéger l'innocence, pour arrêter la malice qui se déborde, et pour retenir la cupidité dans les bornes de la justice.

1. Paix des Pyrénées.
2. A Entk, Sentkein, Mulhausen, etc.
3. JOEL, VII.
4. *Epist. ad Rom.*, XIII.

Je sais aussi que la modération et la charité doivent régler les guerres parmi les chrétiens; que les capitaines qui les conduisent sont les ministres de la providence de Dieu, qui est toujours sage, et de la puissance des rois, qui ne doit jamais être injuste; qu'ils doivent avoir le cœur doux et charitable, lors même que leurs mains sont sanglantes; et adorer intérieurement le Créateur, lorsqu'ils se trouvent dans la triste nécessité de détruire ses créatures.

C'est ici que j'atteste la foi publique, Messieurs, et que, parlant de la douceur et de la modération de M. de Turenne, je puis avoir pour témoins de ce que je dis tous ceux qui l'ont suivi dans les armées. S'est-il fait un plaisir de se servir du pouvoir qu'il a eu de nuire à ceux mêmes qu'on regarde et qu'on traite comme ennemis? Où a-t-il laissé des marques terribles de sa colère, ou de ses vengeances particulières? Laquelle de ses victoires a-t-il estimée par le nombre des misérables qu'il accablait, ou des morts qu'il laissait sur le champ de bataille? Quelle vie a-t-il exposée pour son intérêt, ou pour sa propre réputation? Quel soldat n'a-t-il pas ménagé comme un sujet du prince et une portion de la république? Quelle goutte de sang a-t-il répandue qui n'ait servi à la cause commune?

On l'a vu, dans la fameuse bataille des Dunes, arracher les armes des mains des soldats étrangers, qu'une férocité naturelle acharnait sur les vaincus. On l'a vu gémir de ces maux nécessaires que la guerre traîne après soi, que le temps force de dissimuler, de souffrir et de faire. Il savait qu'il y a un droit plus haut et plus sacré que celui que la fortune et l'orgueil imposent aux faibles et aux malheureux, et que ceux qui vivent sous la loi de Jésus-Christ doivent épargner, autant qu'ils peuvent, un sang consacré par le sien, et ménager des vies qu'il a rachetées par sa mort.

Il cherchait à soumettre les ennemis, non pas à les perdre. Il eût voulu pouvoir attaquer sans nuire, se défendre sans offenser et réduire au droit et à la justice ceux à qui il était obligé par devoir de faire violence.

Enfin il s'était fait une espèce de morale militaire qui lui était propre. Il n'avait pour toute passion que l'affection pour la gloire du roi, le désir de la paix, et le zèle du bien public. Il n'avait pour ennemis que l'orgueil, l'injustice et l'usurpation. Il s'était accoutumé à combattre sans colère, à vaincre sans ambition, à triompher sans vanité, et à ne suivre pour règle de ses actions que la vertu et la sagesse. C'est ce que je dois vous montrer dans cette seconde partie.

SECONDE PARTIE.

La valeur n'est qu'une force aveugle et impétueuse, qui se trouble et se précipite, si elle n'est éclairée et conduite par la probité et par la prudence; et le capitaine n'est pas accompli, s'il ne renferme en soi l'homme de bien et l'homme sage. Quelle discipline peut établir dans un camp celui qui ne sait régler ni son esprit ni sa conduite? Et comment saura calmer ou émouvoir, selon ses desseins, dans une armée, tant de passions différentes, celui qui ne sera pas maître des siennes? Aussi l'Esprit de Dieu nous apprend dans l'Écriture que l'homme prudent l'emporte sur le courageux[1], que la sagesse vaut mieux que les armes des gens de guerre[2], et que celui qui est patient et modéré est quelquefois plus estimable que celui qui prend des villes et qui gagne des batailles[3].

Ici vous formez sans doute, Messieurs, dans votre esprit des idées plus nobles que celles que je puis vous donner. En parlant de M. de Turenne, je reconnais que je ne puis vous élever au-dessus de vous-mêmes; et le seul avantage que j'ai, c'est que je ne dirai rien que vous ne croyiez, et que, sans être flatteur, je puis dire de grandes choses. Y eut-il jamais homme plus sage et plus prévoyant, qui conduisît une guerre avec plus d'ordre et de jugement; qui eût plus de précautions et plus de ressources; qui fût plus agissant et plus retenu; qui disposât mieux toutes choses à leur fin, et qui laissât mûrir ses entreprises avec tant de patience? Il prenait des mesures presque infaillibles; et, pénétrant non-seulement ce que les ennemis avaient fait, mais encore ce qu'ils avaient dessein de faire, il pouvait être mal-

1. *Melior est sapientia quam vires; et vir prudens quam fortis.* SAP., VI, 1.
2. *Melior est sapientia quam arma bellica.* ECCLES., IX, 18.
3. *Melior est patiens viro forti; et qui dominatur animo suo, expugnatore urbium.* PROV. XVI, 32.

heureux, mais il n'était jamais surpris. Il distinguait le temps
d'attaquer et le temps de défendre. Il ne hasardait jamais rien
que lorsqu'il avait beaucoup à gagner, et qu'il n'avait presque
rien à perdre. Lors même qu'il semblait céder, il ne laissait
pas de se faire craindre. Telle enfin était son habileté, que, lorsqu'il vainquait, on ne pouvait en attribuer l'honneur qu'à sa
prudence, et lorsqu'il était vaincu, on ne pouvait en imputer
la faute qu'à la fortune.

Souvenez-vous, Messieurs, du commencement et des suites
de la guerre, qui, n'étant d'abord qu'une étincelle, embrase
aujourd'hui toute l'Europe. Tout se déclare contre la France.
On soulève les étrangers, on débauche les alliés, on intimide
les amis, on encourage les vaincus, on arme les envieux. Sur
des craintes imaginaires et des défiances artificieusement inspi-
rées, les intérêts sont confondus, la foi violée, et les traités
méprisés. Il fallait, je l'avoue, pour résister à tant d'armées
jointes ensemble contre nous, des troupes aussi vaillantes et
des capitaines aussi expérimentés que les nôtres. Mais rien
n'était si formidable que de voir toute l'Allemagne, ce grand et
vaste corps, composé de tant de peuples et de nations différentes, déployer tous ses étendards, et marcher vers nos frontières, pour nous accabler par la force, après nous avoir effrayés
par la multitude.

Il fallait opposer à tant d'ennemis un homme d'un courage
ferme et assuré, d'une capacité étendue, d'une expérience
consommée, qui soutînt la réputation et qui ménageât les forces
du royaume; qui n'oubliât rien d'utile et de nécessaire, et ne
fît rien de superflu; qui sût, selon les occasions, profiter de
ses avantages, ou se relever de ses pertes; qui fût tantôt le
bouclier, et tantôt l'épée de son pays: capable d'exécuter les
ordres qu'il aurait reçus, et de prendre conseil de lui-même
dans les rencontres.

Vous savez de qui je parle, Messieurs; vous savez le détail de
ce qu'il fit, sans que je le dise. Avec des troupes considérables,
seulement par leur courage et par la confiance qu'elles avaient
en leur général, il arrête et consume deux grandes armées, et
force à conclure la paix par des traités, ceux qui croyaient venir
terminer la guerre par notre entière et prompte défaite. Tantôt

il s'oppose à la jonction de tant de secours ramassés, et rompt
le cours dè tous ces torrents qui auraient inondé la France. Tantôt
il les défait ou les dissipe par des combats réitérés. Tantôt il les
repousse au delà de leurs rivières, et les arrête toujours par des
coups hardis, quand il faut rétablir la réputation ; par la modération, quand il ne faut que la conserver.

Villes que nos ennemis s'étaient déjà partagées, vous êtes
encore dans l'enceinte de notre empire. Provinces qu'ils avaient
déjà ravagées dans le désir et dans la pensée[1], vous avez encore
recueilli vos moissons. Vous durez encore, places que l'art et la
nature ont fortifiées, et qu'ils avaient dessein de démolir ; et
vous n'avez tremblé que sous des projets frivoles d'un vainqueur
en idée, qui comptait le nombre de nos soldats, et qui ne son-
geait pas à la sagesse de leur capitaine.

Cette sagesse était la source de tant de prospérités éclatantes.
Elle entretenait cette union des soldats avec leur chef, qui rend
une armée invincible ; elle répandait dans les troupes un esprit de
force, de courage et de confiance, qui leur faisait tout souffrir,
tout entreprendre dans l'exécution de ses desseins ; elle rendait
enfin des hommes grossiers capables de gloire ; car, Messieurs,
qu'est-ce qu'une armée ? C'est un corps animé d'une infinité de
passions différentes, qu'un homme habile fait mouvoir pour la
défense de la patrie ; c'est une troupe d'hommes armés qui suivent aveuglément les ordres d'un chef, dont ils ne savent pas
les intentions ; c'est une multitude d'âmes, pour la plupart viles
et mercenaires, qui, sans songer à leur propre réputation,
travaillent à celle des rois et des conquérants ; c'est un assemblage confus de libertins qu'il faut assujettir à l'obéissance,
de lâches qu'il faut mener au combat, de téméraires qu'il faut
retenir, d'impatients qu'il faut accoutumer à la constance.
Quelle prudence ne faut-il pas pour conduire et réunir au seul
intérêt public tant de vues et de volontés différentes ! Comment
se faire craindre sans se mettre en danger d'être haï, et bien
souvent abandonné ? Comment se faire aimer, sans perdre un
peu de l'autorité, et relâcher de la discipline nécessaire ?

Qui trouva jamais mieux tous ces justes tempéraments, que

---

1. Salluste dit, en parlant de Jugurtha : *Totum Adherbalis regnum animo jam invaserat.*
JUGURTH., XX.

ce prince que nous pleurons? Il attacha par des nœuds de respect et d'amitié ceux qu'on ne retient ordinairement que par la crainte des supplices, et se fit rendre par sa modération une obéissance aisée et volontaire. Il parle, chacun écoute ses oracles; il commande, chacun avec joie suit ses ordres; il marche, chacun croit courir à la gloire. On dirait qu'il va combattre des rois confédérés avec sa seule maison[1], comme un autre Abraham; que ceux qui le suivent sont ses soldats et ses domestiques; et qu'il est et général et père de famille tout ensemble. Aussi rien ne peut soutenir leurs efforts : ils ne trouvent point d'obstacles qu'ils ne surmontent ; point de difficultés qu'ils ne vainquent; point de péril qui les épouvante; point de travail qui les rebute; point d'entreprise qui les étonne; point de conquête qui leur paraisse difficile. Que pouvaient-ils refuser à un capitaine qui renonçait à ses commodités pour les faire vivre dans l'abondance; qui, pour leur procurer du repos, perdait le sien propre; qui soulageait leurs fatigues, et ne s'en épargnait aucune; qui prodiguait son sang, et ne ménageait que le leur?

Par quelle invisible chaîne entraînait-il ainsi les volontés? Par cette bonté avec laquelle il encourageait les uns, il excusait les autres, et donnait à tous les moyens de s'avancer, de vaincre leur malheur, ou de réparer leurs fautes; par ce désintéressement qui le portait à préférer ce qui était plus utile à l'État à ce qui pouvait être plus glorieux pour lui-même; par cette justice qui, dans la distribution des emplois, ne lui permettait pas de suivre son inclination au préjudice du mérite; par cette noblesse de cœur et de sentiments, qui l'élevait au-dessus de sa propre grandeur, et par tant d'autres qualités qui lui attiraient l'estime et le respect de tout le monde. Que j'entrerais volontiers dans les motifs et dans les circonstances de ses actions! Que j'aimerais à vous montrer une conduite si régulière et si uniforme, un mérite si éclatant et si exempt de faste et d'ostentation; de grandes vertus produites par des principes encore plus grands; une droiture universelle qui le portait à s'appliquer à tous ses devoirs; et à les réduire tous à leurs fins

1. GEN., XIV.

justes et naturelles, et une heureuse habitude d'être vertueux, non pas pour l'honneur, mais pour la justice qu'il y a de l'être ! Mais il ne m'appartient pas de pénétrer jusqu'au fond de ce cœur magnanime; et il était réservé à une bouche plus éloquente que la mienne d'en exprimer tous les mouvements et toutes les inclinations intérieures.

Pour récompenser tant de vertus par quelque honneur extraordinaire, il fallait trouver un grand roi qui crût ignorer quelque chose, et qui fût capable de l'avouer. Loin d'ici ces flatteuses maximes, que les rois naissent habiles, et que les autres le deviennent; que leurs âmes privilégiées sortent des mains de Dieu, qui les crée, toutes sages et intelligentes; qu'il n'y a point pour eux d'essai ni d'apprentissage; qu'ils sont vertueux sans travail, et prudents sans expérience. Nous vivons sous un prince qui, tout grand et tout éclairé qu'il est, a bien voulu s'instruire pour commander; qui, dans la route de la gloire, a su choisir un guide fidèle, et a cru qu'il était de sa sagesse de se servir de celle d'autrui. Quel honneur pour un sujet d'accompagner son roi, de lui servir de conseil, et, si je l'ose dire, d'exemple dans une importante conquête ! Honneur d'autant plus grand que la faveur n'y put avoir part; qu'il ne fut fondé que sur un mérite universellement connu, et qu'il fut suivi de la prise des villes les plus considérables de la Flandre[1].

Après cette glorieuse marque d'estime et de confiance, quels projets d'établissement et de fortune n'aurait pas faits un homme avare et ambitieux ! Qu'il eût amassé de biens et d'honneurs, et qu'il eût vendu chèrement tant de travaux et de services ! Mais cet homme sage et désintéressé, content des témoignages de sa conscience, et riche de sa modération, trouve dans le plaisir qu'il a de bien faire la récompense d'avoir bien fait. Quoiqu'il puisse tout obtenir, il ne demande et ne prétend rien; il ne désire, à l'exemple de Salomon[2], qu'un état frugal et honnête entre la pauvreté et les richesses; et, quelques offres qu'on lui fasse, il n'étend ses désirs qu'à proportion de ses besoins, et se resserre dans les bornes étroites du seul nécessaire. Il n'y eut qu'une ambition qui fut capable de le toucher,

1. Charleroi, Douai, Tournai, Ath, Lille, etc.
2. PROV., c. 30.

ce fut de mériter l'estime et la bienveillance de son maître. Cette ambition fut satisfaite, et notre siècle a vu un sujet aimer son roi pour ses grandes qualités, non pour sa dignité ni pour sa fortune; et un roi aimer son sujet plus pour le mérite qu'il connaissait en lui, que pour les services qu'il en recevait.

Cet honneur, Messieurs, ne diminua point sa modestie. A ce mot, je ne sais quel remords m'arrête. Je crains de publier ici des louanges qu'il a si souvent rejetées, et d'offenser après sa mort une vertu qu'il a tant aimée pendant sa vie. Mais accomplissons la justice, et louons-le sans crainte, en un temps où nous ne pouvons être suspects de flatterie, ni lui susceptible de vanité. Qui fit jamais de si grandes choses? qui les dit avec plus de retenue? Remportait-il quelque avantage, à l'entendre, ce n'était pas qu'il fût habile, mais l'ennemi s'était trompé. Rendait-il compte d'une bataille, il n'oubliait rien, sinon que c'était lui qui l'avait gagnée. Racontait-il quelques-unes de ces actions qui l'avaient rendu si célèbre, on eût dit qu'il n'en avait été que le spectateur, et l'on doutait si c'était lui qui se trompait, ou la renommée. Revenait-il de ces glorieuses campagnes qui rendront son nom immortel, il fuyait les acclamations populaires, il rougissait de ses victoires, il venait recevoir des éloges comme on vient faire des apologies, et n'osait presque aborder le roi, parce qu'il était obligé, par respect, de souffrir patiemment les louanges dont Sa Majesté ne manquait jamais de l'honorer.

C'est alors que, dans le doux repos d'une condition privée, ce prince se dépouillant de toute la gloire qu'il avait acquise pendant la guerre, et se renfermant dans une société peu nombreuse de quelques amis choisis, il s'exerçait sans bruit aux vertus civiles: sincère dans ses discours, simple dans ses actions, fidèle dans ses amitiés, exact dans ses devoirs, réglé dans ses désirs, grand même dans les moindres choses. Il se cache; mais sa réputation le découvre; il marche sans suite et sans équipage, mais chacun dans son esprit le met sur un char de triomphe. On compte, en le voyant, les ennemis qu'il a vaincus, non pas les serviteurs qui le suivent; tout seul qu'il est, on se figure autour de lui ses vertus et ses victoires qui l'accompagnent; il y a je ne sais quoi de noble dans cette honnête sim-

4

plicité; et moins il est superbe, plus il devient vénérable.

Il aurait manqué quelque chose à sa gloire, si, trouvant partout tant d'admirateurs, il n'eût fait quelques envieux. Telle est l'injustice des hommes, la gloire la plus pure et la mieux acquise les blesse; tout ce qui s'élève au-dessus d'eux leur devient odieux et insupportable; et la fortune la plus approuvée et la plus modeste n'a pu se sauver de cette lâche et maligne passion. C'est la destinée des grands hommes d'en être attaqués; et c'est le privilége de M. de Turenne d'avoir pu la vaincre. L'envie fut étouffée, ou par le mépris qu'il en fit, ou par des accroissements perpétuels d'honneur et de gloire : le mérite l'avait fait naître, le mérite la fit mourir. Ceux qui lui étaient moins favorables ont reconnu combien il était nécessaire à l'État; ceux qui ne pouvaient souffrir son élévation se crurent enfin obligés d'y consentir, et, n'osant s'affliger de la prospérité d'un homme qui ne leur aurait jamais donné la misérable consolation de se réjouir de quelqu'une de ses fautes, ils joignirent leur voix à la voix publique, et crurent qu'être son ennemi, c'était l'être de toute la France.

Mais à quoi auraient abouti tant de qualités héroïques, si Dieu n'eût fait éclater sur lui la puissance de sa grâce, et si celui dont sa providence s'était si noblement servie eût été l'objet éternel de sa justice? Dieu seul pouvait dissiper ses ténèbres, et il tenait en sa puissance l'heureux moment qu'il avait marqué pour l'éclairer de ses vérités.

Il arriva ce moment heureux, ce point où se rapportait toute sa véritable gloire. Il entrevit des piéges et des précipices que sa prévention lui avait jusqu'alors entièrement cachés. Il commença à marcher avec précaution et avec crainte dans ces routes égarées où il se trouvait engagé. Certains rayons de grâce et de lumières lui firent apercevoir qu'en vain remplirait-il les plus beaux endroits de l'histoire, si son nom n'était écrit dans le livre de vie; qu'en vain gagnerait-il le monde entier, s'il perdait son âme; qu'il n'y avait qu'une foi et un Jésus-Christ, et une vérité simple et indivisible, qui ne se montre qu'à ceux qui la cherchent avec un cœur humble et une volonté désintéressée. Il n'était pas encore éclairé; mais il commençait d'être docile. Combien de fois consulta-t-il des amis savants et

fidèles? Combien de fois, soupirant après ces lumières vives et
efficaces, qui seules triomphent des erreurs de l'esprit humain,
dit-il à Jésus-Christ, comme cet aveugle de l'Évangile : « Seigneur, faites que je voie[1]? » Combien de fois essaya-t-il d'une
main impuissante d'arracher le bandeau fatal qui fermait ses
yeux à la vérité? Combien de fois remonta-t-il jusqu'à ces
sources anciennes et pures que Jésus-Christ a laissées à son
Église, pour y puiser avec joie les eaux d'une doctrine salutaire?

Habitude, prétextes, engagement, honte de changer, plaisir
d'être regardé comme le chef et le protecteur d'Israël, vaines
et spécieuses raisons de la chair et du sang, vous ne pûtes le
retenir. Dieu rompit tous ses liens, et, le mettant dans la liberté,
de ses enfants, le fit passer de la région des ténèbres au royaume
de son Fils bien-aimé, à qui il appartenait par son élection éternelle : ici un nouvel ordre de choses se présente à moi. Je vois
de plus grandes actions, de plus nobles motifs, une protection
de Dieu plus visible. Je parle désormais d'une sagesse que la
véritable piété accompagne, et d'un courage que l'esprit de
Dieu fortifie. Renouvelez donc votre attention en cette dernière
partie de mon discours, et suppléez dans vos pensées à ce qui
manquera à mes expressions et à mes paroles.

TROISIÈME PARTIE.

Si M. de Turenne n'avait su que combattre et vaincre; s'il
ne s'était élevé au-dessus des vertus humaines; si sa valeur et
sa prudence n'avaient été animées d'un esprit de foi et de charité, je le mettrais au rang des Scipion et des Fabius, je laisse-
rais à la vanité le soin d'honorer la vanité, et je ne viendrais
pas dans un lieu saint faire l'éloge d'un homme profane. S'il
avait fini ses jours dans l'aveuglement et dans l'erreur, je
louerais en vain des vertus que Dieu n'aurait pas couronnées;
je répandrais des larmes inutiles sur son tombeau; et si je parlais de sa gloire, ce ne serait que pour déplorer son malheur.
Mais, grâce à Jésus-Christ, je parle d'un chrétien éclairé des
lumières de la foi, agissant par les principes d'une religion

1. MARC., c. 10.

pure, et consacrant par une sincère piété tout ce qui peut flatter l'ambition ou l'orgueil des hommes. Ainsi les louanges que
je lui donne retournent à Dieu qui en est la source; et comme
c'est la vérité qui l'a sanctifié, c'est aussi la vérité qui le loue.

  Que sa conversion fut entière, Messieurs! et qu'il fut différent de ceux qui, sortant de l'hérésie par des vues intéressées,
changent de sentiments sans changer de mœurs; n'entrent
dans le sein de l'Église que pour la blesser de plus près par
une vie scandaleuse, et ne cessent d'être ennemis déclarés
qu'en devenant enfants rebelles! Quoique son cœur se fût
sauvé des dérèglements que causent d'ordinaire les passions,
il prit encore plus de soin de le régler; il crut que l'innocence
de sa vie devait répondre à la pureté de sa créance. Il connut
la vérité, il l'aima, il la suivit. Avec quel humble respect assis-
tait-il aux sacrés mystères! Avec quelle docilité écoutait-il
les instructions salutaires des prédicateurs évangéliques! Avec
quelle soumission adorait-il les œuvres de Dieu, que l'esprit
humain ne peut comprendre! Vrai adorateur en esprit et en
vérité, cherchant le Seigneur, selon le conseil du Sage[1], dans
la simplicité du cœur, ennemi irréconciliable de l'impiété, éloigné de toute superstition, et incapable d'hypocrisie.

  A peine a-t-il embrassé la saine doctrine, qu'il en devient le
défenseur; aussitôt qu'il est revêtu des armes de lumière, il
combat les œuvres de ténèbres; il regarde en tremblant l'abîme
d'où il est sorti, et il tend la main à ceux qu'il y a laissés. On
dirait qu'il est chargé de ramener dans le sein de l'Église tous
ceux que le schisme en a séparés : il les invite par ses conseils,
il les attire par ses bienfaits; il les presse par ses raisons, il les
convainc par ses expériences; il leur fait voir les écueils où la
raison humaine fait tant de naufrages, et leur montre derrière
lui, selon les termes de saint Augustin, le pont de la miséricorde de Dieu, par où il vient de passer lui-même. Tantôt il
allume le zèle des docteurs, et les exhorte d'opposer au faste
du mensonge la force de la vérité. Tantôt il leur découvre ces
voies douces et insinuantes qui gagnent le cœur pour gagner
l'esprit. Tantôt il fournit, selon son pouvoir, les fonds néces-

----

1. Sap. i.

saires pour assister ceux qui abandonnent tout pour suivre Jésus-Christ, qui les appelle. Vous le savez, évêques confidents de son zèle; tout occupé qu'il est dans le cours de ses dernières actions de guerre, il concerte avec vous des entreprises de religion, et n'oublie rien de ce qui peut contribuer ou à instruire ceux qu'une longue prévention aveugle, ou à gagner ceux que la cupidité et l'intérêt retiennent encore dans leurs erreurs; digne fils de cette Église dont la charité s'étend à tout, à l'imitation de celle de Dieu; et qui procure à ses enfants, outre l'héritage éternel, le soulagement même de leurs nécessités temporelles.

Telle était la disposition de son âme, Messieurs, lorsque la providence de Dieu permit que le roi, justement irrité, allât porter la guerre au milieu des États d'une république injuste et ingrate, et fit sentir la force de ses armes à ceux qui méprisaient ses bienfaits, et qui voulaient s'opposer à sa gloire. Ce fut alors que notre héros reprit les armes, et qu'à la suite de son maître, et à la tête de ses armées, il exposa son sang dans une guerre non-seulement heureuse, mais sainte, où la victoire avait peine à suivre la rapidité du vainqueur, et où Dieu triomphait avec le prince. Quelle était sa joie, lorsque, après avoir forcé des villes [1], il voyait son illustre neveu, plus éclatant par ses vertus que par sa pourpre, ouvrir et réconcilier des Églises! Sous les ordres d'un roi aussi pieux que puissant, l'un faisait prospérer les armes, l'autre étendait la religion; l'un abattait des remparts, l'autre redressait des autels; l'un ravageait les terres des Philistins, l'autre portait l'arche autour des pavillons d'Israël : puis unissant ensemble leurs vœux comme leurs cœurs étaient unis, le neveu avait part aux services que l'oncle rendait à l'État, et l'oncle avait part à ceux que le neveu rendait à l'Église.

Suivons ce prince dans ses dernières campagnes, et regardons tant d'entreprises difficiles, tant de succès glorieux, comme des preuves de son courage et des récompenses de sa piété. Commencer ses journées par la prière, réprimer l'impiété et les blasphèmes, protéger les personnes et les choses

---

1. Arnheim, Nimègue, les forts de Boritk, de Skein, etc.

saintes contre l'insolence et l'avarice des soldats, invoquer dans tous les dangers le Dieu des armées; c'est le devoir et le soin ordinaire de tous les capitaines. Pour lui, il passe plus avant. Lors même qu'il commande aux troupes, il se regarde comme un simple soldat de Jésus-Christ. Il sanctifie les guerres par la pureté de ses intentions, par le désir d'une heureuse paix, par les lois d'une discipline chrétienne. Il considère ses soldats comme ses frères, et se croit obligé d'exercer la charité dans une profession cruelle, où l'on perd souvent l'humanité même. Animé par de si grands motifs, il se surpasse lui-même, et fait voir que le courage devient plus ferme quand il est soutenu par des principes de religion; qu'il y a une pieuse magnanimité qui attire les bons succès, malgré les périls et les obstacles; et qu'un guerrier est invincible quand il combat avec foi, et quand il prête des mains pures au Dieu des batailles qui le conduit.

Comme il tient de Dieu toute sa gloire, aussi la lui rapporte-t-il tout entière, et ne conçoit autre confiance que celle qui est fondée sur le nom du Seigneur. Que ne puis-je vous représenter ici une de ces importantes occasions [1] où il attaque avec peu de troupes toutes les forces de l'Allemagne! Il marche trois jours, passe trois rivières, joint les ennemis, les combat et les charge. Le nombre d'un côté, la valeur de l'autre, la fortune est longtemps douteuse. Enfin le courage arrête la multitude; l'ennemi s'ébranle et commence à plier. Il s'élève une voix qui crie : Victoire! Alors ce général suspend toute l'émotion que donne l'ardeur du combat, et d'un ton sévère : « Arrêtez, dit-il; notre « sort n'est pas en nos mains, et nous serons nous-mêmes vain- « cus, si le Seigneur ne nous favorise. » A ces mots il lève les yeux au ciel d'où lui vient son secours, et, continuant à donner ses ordres, il attend avec soumission, entre l'espérance et la crainte, que les ordres du ciel s'exécutent.

Qu'il est difficile, Messieurs, d'être victorieux et d'être humble tout ensemble ! Les prospérités militaires laissent dans l'âme je ne sais quel plaisir touchant, qui la remplit et l'occupe tout entière. On s'attribue une supériorité de puissance et de force;

1 Combat d Eutzheim.

on se couronne de ses propres mains; on se dresse un triomphe secret à soi-même; on regarde comme son propre bien ces lauriers qu'on cueille avec peine, et qu'on arrose souvent de son sang : et lors même qu'on rend à Dieu de solennelles actions de grâces, et qu'on pend aux voûtes sacrées de ses temples des drapeaux déchirés et sanglants qu'on a pris sur les ennemis, qu'il est dangereux que la vanité n'étouffe une partie de la reconnaissance, qu'on ne mêle aux vœux qu'on rend au Seigneur des applaudissements qu'on croit se devoir à soi-même, et qu'on ne retienne au moins quelques grains de cet encens qu'on va brûler sur ses autels !

C'était en ces occasions que M. de Turenne, se dépouillant de lui-même, renvoyait toute la gloire à celui à qui seul elle appartient légitimement. S'il marche, il reconnaît que c'est Dieu qui le conduit et qui le guide; s'il défend des places, il sait qu'on les défend en vain, si Dieu ne les garde ; s'il se retranche, il lui semble que c'est Dieu qui lui fait un rempart pour le mettre à couvert de toute insulte; s'il combat, il sait d'où il tire toute sa force; et s'il triomphe, il croit voir dans le ciel une main invisible qui le couronne. Rapportant ainsi toutes les grâces qu'il reçoit à leur origine, il en attire de nouvelles. Il ne compte plus les ennemis qui l'environnent; et, sans s'étonner de leur nombre ou de leur puissance, il dit avec le prophète : « Ceux-là se fient au nombre de leurs combattants et « de leurs chariots : pour nous, nous nous reposons sur la pro- « tection du Tout-Puissant [1]. » Dans cette fidèle et juste confiance, il redouble son ardeur, forme de grands desseins, exécute de grandes choses, et commence une campagne qui semblait devoir être si fatale à l'Empire.

Il passe le Rhin, et trompe la vigilance d'un général habile et prévoyant. Il observe les mouvements des ennemis. Il relève le courage des alliés. Il ménage la foi suspecte et chancelante des voisins. Il ôte aux uns la volonté, aux autres les moyens de nuire; et, profitant de toutes ces conjonctures importantes qui préparent les grands et glorieux événements, il ne laisse rien à la fortune de ce que le conseil et la prudence humaine

1. Ps. xix.

lui peuvent ôter. Déjà frémissait dans son camp l'ennemi confus et déconcerté. Déjà prenait l'essor pour se sauver dans les montagnes cet aigle, dont le vol hardi avait d'abord effrayé nos provinces. Ces foudres de bronze que l'enfer a inventés pour la destruction des hommes tonnaient de tous côtés pour favoriser et pour précipiter cette retraite; et la France en suspens attendait le succès d'une entreprise qui, selon toutes les règles de la guerre, était infaillible.

Hélas! nous savions tout ce que nous pouvions espérer, et nous ne pensions pas à ce que nous devions craindre. La Providence divine nous cachait un malheur plus grand que la perte d'une bataille. Il en devait coûter une vie que chacun de nous eût voulu racheter de la sienne propre; et tout ce que nous pouvions gagner ne valait pas tout ce que nous allions perdre. O Dieu terrible[1], mais juste en vos conseils sur les enfants des hommes, vous disposez et des vainqueurs et des victoires. Pour accomplir vos volontés et faire craindre vos jugements, votre puissance renverse ceux que votre puissance avait élevés. Vous immolez à votre souveraine grandeur de grandes victimes, et vous frappez, quand il vous plaît, ces têtes illustres que vous avez tant de fois couronnées.

N'attendez pas, Messieurs, que j'ouvre ici une scène tragique; que je représente ce grand homme étendu sur ses propres trophées; que je découvre ce corps pâle et sanglant, auprès duquel fume encore la foudre qui l'a frappé; que je fasse crier son sang comme celui d'Abel, et que j'expose à vos yeux les tristes images de la religion et de la patrie éplorée. Dans les pertes médiocres, on surprend ainsi la pitié des auditeurs; et, par des mouvements étudiés, on tire au moins de leurs yeux quelques larmes vaines et forcées. Mais on décrit sans art une mort qu'on pleure sans feinte. Chacun trouve en soi la source de sa douleur, et rouvre lui-même sa plaie; et le cœur, pour être touché, n'a pas besoin que l'imagination soit émue.

Peu s'en faut que je n'interrompe ici mon discours. Je me trouble, Messieurs : Turenne meurt, tout se confond, la fortune chancelle, la victoire se lasse, la paix s'éloigne, les bonnes

---

1. Ps. LXV.

intentions des alliés se ralentissent, le courage des troupes est abattu par la douleur et ranimé par la vengeance; tout le camp demeure immobile. Les blessés pensent à la perte qu'ils ont faite, et non pas aux blessures qu'ils ont reçues. Les pères mourants envoient leurs fils pleurer sur leur général mort. L'armée en deuil est occupée à lui rendre les devoirs funèbres; et la renommée, qui se plaît à répandre dans l'univers les accidents extraordinaires, va remplir toute l'Europe du récit glorieux de la vie de ce prince, et du triste regret de sa mort.

Que de soupirs alors, que de plaintes, que de louanges retentissent dans les villes, dans la campagne! L'un, voyant croître ses moissons, bénit la mémoire de celui à qui il doit l'espérance de sa récolte. L'autre, qui jouit encore en repos de l'héritage qu'il a reçu de ses pères, souhaite une éternelle paix à celui qui l'a sauvé des désordres et des cruautés de la guerre. Ici, l'on offre le sacrifice adorable de Jésus-Christ pour l'âme de celui qui a sacrifié sa vie et son sang pour le bien public. Là, on lui dresse une pompe funèbre, où l'on s'attendait de lui dresser un triomphe. Chacun choisit l'endroit qui lui paraît le plus éclatant dans une si belle vie. Tous entreprennent son éloge; et chacun, s'interrompant lui-même par ses soupirs et par ses larmes, admire le passé, regrette le présent, et tremble pour l'avenir. Ainsi tout le royaume pleure la mort de son défenseur; et la perte d'un homme seul est une calamité publique.

Pourquoi, mon Dieu, si j'ose répandre mon âme en votre présence et parler à vous, moi qui ne suis que poussière et que cendre, pourquoi le perdons-nous dans la nécessité la plus pressante, au milieu de ses grands exploits, au plus haut point de sa valeur, dans la maturité de sa sagesse? Est-ce qu'après tant d'actions dignes de l'immortalité, il n'avait plus rien de mortel à faire? Ce temps était-il arrivé, où il devait recueillir le fruit de tant de vertus chrétiennes, et recevoir de vous la couronne de justice, que vous gardez à ceux qui ont fourni une glorieuse carrière? Peut-être avions-nous mis en lui trop de confiance, et vous nous défendez dans vos Écritures[1] de nous faire un bras de chair, et de nous confier aux enfants des

1. Paral., I. II, c. 32.

hommes. Peut-être est-ce une punition de notre orgueil, de notre ambition, de nos injustices. Comme il s'élève du fond des vallées des vapeurs grossières, dont se forme la foudre qui tombe sur les montagnes, il sort du cœur des peuples des iniquités dont vous déchargez les châtiments sur la tête de ceux qui les gouvernent ou qui les défendent. Je ne viens pas, Seigneur, sonder les abîmes de vos jugements, ni découvrir ces ressorts secrets et invisibles qui font agir votre miséricorde ou votre justice; je ne veux et ne dois que les adorer. Mais vous êtes juste; vous nous affligez; et, dans un siècle aussi corrompu que le nôtre, nous ne devons chercher ailleurs que dans le déréglement de nos mœurs toutes les causes de nos misères.

Tirons donc, Messieurs, tirons de notre douleur des motifs de pénitence, et ne cherchons qu'en la piété de ce grand homme de vraies et solides consolations. Citoyens, étrangers, ennemis, peuples, rois, empereurs, le plaignent et le révèrent; mais que peuvent-ils contribuer à son véritable bonheur? Son roi même, et quel roi! l'honore de ses regrets et de ses larmes : grande et précieuse marque de tendresse et d'estime pour un sujet, mais inutile pour un chrétien. Il vivra, je l'avoue, dans l'esprit et dans la mémoire des hommes [1]; mais l'Écriture m'apprend que ce que l'homme pense, et l'homme lui-même, n'est que vanité [2]. Un magnifique tombeau renfermera ces tristes dépouilles; mais il sortira de ce superbe monument, non pour être loué de ses exploits héroïques, mais pour être jugé selon ses bonnes ou mauvaises œuvres. Ses cendres seront mêlées avec celles de tant de rois qui gouvernèrent ce royaume qu'il a si généreusement défendu; mais, après tout, que leur reste-t-il à ces rois, non plus qu'à lui, des applaudissements du monde, de la foule de leur cour, de l'éclat et de la pompe de leur fortune, qu'un silence éternel, une solitude affreuse, et une terrible attente des jugements de Dieu sous ces marbres précieux qui les couvrent? Que le monde honore donc, comme il voudra, les grandeurs humaines : Dieu seul est la récompense des vertus chrétiennes.

O mort trop soudaine, mais pourtant, par la miséricorde du

1. *Dominus scit cogitationes hominum quoniam vanæ sunt.* (PSALM., XCIII, 11.)
2. *Universa vanitas omnis homo vivens.* (PSALM. XXXVIII, 6.)

Seigneur, depuis longtemps prévue, combien de paroles édifiantes, combien de saints exemples nous as-tu ravis! nous eussions vu, quel spectacle! au milieu des victoires et des triomphes,
mourir humblement un chrétien. Avec quelle attention eût-il
employé ses derniers moments à pleurer intérieurement ses
erreurs passées, à s'anéantir devant la majesté de Dieu, et à
implorer le secours de son bras, non plus contre des ennemis
visibles, mais contre ceux de son salut? Sa foi vive et sa charité
fervente nous auraient sans doute touchés; et il nous resterait
un modèle d'une confiance sans présomption, d'une crainte
sans faiblesse, d'une pénitence sans artifice, d'une constance
sans affectation, et d'une mort précieuse devant Dieu et devant
les hommes.

Ces conjectures ne sont-elles pas justes, Messieurs? Que dis-je?
conjectures? c'étaient des desseins formés. Il avait résolu de
vivre aussi saintement que je présume qu'il fût mort. Prêt à
jeter toutes ses couronnes au pied du trône de Jésus-Christ,
comme ces vainqueurs de l'Apocalypse [1]; prêt à ramasser toute
sa gloire, pour s'en dépouiller par une retraite volontaire, il
n'était déjà plus du monde, quoique la Providence l'y retînt
encore. Dans le tumulte des armées, il s'entretenait des douces
et secrètes espérances de sa solitude. D'une main il foudroyait
les Amalécites, et il levait déjà l'autre pour attirer sur lui les
bénédictions célestes. Ce Josué, dans le combat, faisait déjà la
fonction de Moïse sur la montagne, et, sous les armes d'un
guerrier, portait le cœur et la volonté d'un pénitent.

Seigneur, qui éclairez les plus sombres replis de nos consciences, et qui voyez dans nos plus secrètes intentions ce qui
n'est pas encore, comme ce qui est, recevez dans le sein de
votre gloire cette âme qui bientôt n'eût été occupée que des
pensées de votre éternité. Recevez ces désirs que vous lui aviez
vous-même inspirés. Le temps lui a manqué, et non pas le
courage de les accomplir. Si vous demandez des œuvres avec
ses désirs, voilà des charités qu'il a faites ou destinées pour le
soulagement et pour le salut de ses frères; voilà des âmes égarées
qu'il a ramenées à vous par ses assistances, par ses conseils,

1. Apoc., IV, 10.

par son exemple; voilà ce sang de votre peuple qu'il a tant de fois épargné; voilà ce sang qu'il a si généreusement répandu pour nous; et, pour dire encore plus, voilà le sang que Jésus-Christ a versé pour lui.

Ministres du Seigneur, achevez le saint sacrifice. Chrétiens, redoublez vos vœux et vos prières, afin que Dieu, pour récompense de ses travaux, l'admette dans le séjour du repos éternel, et donne dans le ciel une paix sans fin à celui qui nous en a trois fois procuré une sur la terre, passagère à la vérité, mais toujours douce et toujours désirable.

ORAISON FUNÈBRE

DE MONSIEUR LE PREMIER PRÉSIDENT

DE LAMOIGNON[1]

Diligite justitiam, qui judicatis terram; sen-
tite de Domino in bonitate, et in simplicitate
cordis quærite illum. (SAP., I, 1.)

Aimez la justice, juges de la terre ; ayez des
sentiments conformes à la bonté de Dieu, et
cherchez-le dans la simplicité du cœur.

Je ne viens pas ici, Messieurs, renouveler dans vos esprits
le triste souvenir d'une mort que vous avez déjà pleurée. Laissons aux infidèles ces longues et sensibles douleurs que la religion ne modère pas. Comme leurs pertes sont irréparables, leur
tristesse peut être sans bornes; et comme ils n'ont point d'espérance, ils n'ont pas aussi de consolation. Pour nous, à qui
Dieu par sa grâce a révélé ses vérités, nous avons lu dans ses
Écritures[2] qu'il y a un temps de pleurer, et une mesure de
larmes; que le soleil, qui ne doit jamais se coucher sur notre
colère, ne doit pas se coucher plus de sept fois sur notre affliction; et que la même charité qui nous fait regretter la mort des
fidèles nous fait espérer leur résurrection, et nous invite à nous
réjouir de leur bonheur.

---

1. Guillaume de Lamoignon sortit d'une des plus nobles et des plus anciennes familles du
Nivernais, « qui, après s'être distinguée dans les emplois militaires, avant même le règne de
« saint Louis, entrant depuis, sous Henri II, dans les premières dignités de la robe, a soutenu,
« dans le parlement, la gloire qu'elle avait acquise dans les armées.» Il naquit en 1617; son père,
Chrétien de Lamoignon, qui mourut en 1636, était président à mortier au parlement de Paris;
son grand-père Charles, mort en 1573, premier auteur de la nouvelle illustration de cette famill
antique, avait été conseiller au parlement, maître des requêtes, et conseiller d'État.

Cette oraison funèbre a été prononcée à Paris, dans l'église de Saint-Nicolas-du-Chardonnet,
le 18 février 1679.

2. ECCL., III, 4; PSALM. LXXIX; ECCL., XXII, 11.

Pourquoi rouvrirais-je donc une plaie que le temps et la raison doivent avoir déjà fermée ? N'attendez pas, Messieurs, que je déplore ici le néant et la misère des hommes ; je ne viens que louer la grandeur et la miséricorde du Seigneur. Je veux vous apprendre à chercher Dieu, dont la durée est éternelle, et non pas vous affliger pour des créatures qui finissent ; et dans l'éloge que j'entreprends de messire Guillaume de Lamoignon, premier président du parlement, ce n'est pas mon dessein d'exagérer la perte que vous avez faite d'un homme juste, mais de vous porter à aimer comme lui la justice : *Diligite justitiam*.

Dans ces jours de trouble et de deuil, où l'on se sent comme frappé du spectacle sensible d'une mort récente et inopinée, on se renferme tout en soi-même, et l'on s'occupe de sa douleur. Si l'on fait quelques réflexions, c'est en général sur l'inconstance et sur la vanité des choses humaines, sans descendre jusqu'à ses propres défauts ou à ses infirmités particulières. On cherche à se consoler plutôt qu'à s'instruire ; et si l'on parle des bonnes œuvres de ceux qui sont morts, c'est pour justifier les larmes qu'on verse sur eux, plutôt que pour profiter de leurs exemples. Mais il est temps de nous élever par la foi au-dessus des faiblesses de la nature. C'est peu de reconnaître la nécessité de mourir, l'importance même de bien mourir, si l'on n'en tire des motifs et des conséquences pour bien vivre ; et c'est en vain qu'on croit honorer la mémoire des gens de bien qui sont décédés, si l'on ne va recueillir les restes de leur esprit sur ces tombeaux où l'on rend des honneurs funèbres aux tristes dépouilles de leur corps mortel.

C'est dans cette vue, Messieurs, que je dois vous représenter aujourd'hui un magistrat qui n'a rien ignoré ni rien négligé dans son ministère, et qu'aucun intérêt ne détourna jamais du droit chemin de l'équité ; un homme doux et secourable, qui a a su tempérer l'austérité des lois et de la justice par tous les adoucissements qu'inspirent la miséricorde et la charité ; un chrétien qui a consacré ses vertus morales et politiques par une piété simple et sincère. Je laisse à Dieu, qui seul est le maître du cœur des hommes, et qui les touche quand il veut par l'efficace qu'il donne aux bons exemples, à graver dans vos cœurs ces sentiments de droiture, de bonté et de religion que je vous

propose. Pour moi, je ne puis que vous redire de sa part ces
paroles de mon texte : « Aimez la justice, ayez des sentiments
« conformes à la bonté du Seigneur, et cherchez-le dans la sim-
« plicité du cœur. »

PREMIÈRE PARTIE.

Dieu, dont la providence destine les juges pour gouverner
son peuple, comme elle destine les prêtres pour le sanctifier, et
qui conduit les uns et les autres par les sentiers de sa justice et
par la voie de sa vérité; Dieu, Messieurs, disposa lui-même,
par une heureuse naissance, M. de Lamoignon à porter ses
lois et à exercer ses jugements dans le plus auguste sénat du
monde.

Il naquit d'une des plus nobles et des plus anciennes maisons
du Nivernais, qui, après s'être distinguée dans les emplois militaires, avant le règne même de saint Louis, entrant depuis,
sous Henri II, dans les premières dignités de la robe, a soutenu
dans le parlement la gloire qu'elle avait acquise dans les armées;
et quoiqu'elle ait changé de profession, elle n'a rien diminué
de l'éclat et de la grandeur de son origine, semblable à ces
fleuves qui, trouvant de nouvelles pentes, et se creusant avec
le temps un nouveau canal, vont arroser d'autres campagnes,
et ne perdent rien de l'abondance ni de la pureté de leurs eaux,
encore qu'ils aient changé de lit et de rivage.

Mais ne louons de sa naissance que ce qu'il en loua lui-même,
et disons qu'il sortait d'une famille où l'on ne semble naître
que pour exercer la justice et la charité, où la vertu se communique avec le sang, s'entretient par les bons conseils, s'excite
par les grands exemples; où les pères ont plus de soin du salut
de leurs héritiers que de l'accroissement de leurs héritages; où
les enfants aiment mieux succéder à la probité qu'à la fortune
de leurs pères : et où la crainte de Dieu, la miséricorde et la
paix sont les règles de la discipline domestique.

Privé dans ses jeunes ans de l'instruction et des secours d'un
père dont il n'avait fait qu'entrevoir les bons exemples, et dont
il devait longtemps ressentir la perte, il demeura sous la conduite d'une mère que les pauvres avaient toujours regardée

comme la leur. Aussi la tendresse qu'elle eut pour l'un ne diminua pas la pitié qu'elle avait des autres : elle crut que ses aumônes ne seraient pas infructueuses; qu'elle recueillerait dans
sa famille ce qu'elle semait dans les hôpitaux; qu'ayant soin des
pauvres de Jésus-Christ, Jésus-Christ aurait soin de ses enfants;
et qu'elle ne pouvait leur apprendre rien de plus important que
les maximes évangéliques, ni leur laisser un bien plus solide
que la succession de sa charité.

Ses espérances ne furent pas trompées, Messieurs : Dieu pré-
sida lui-même à l'éducation de ce fils, qu'elle lui avait tant de
fois offert. Il le prévint de ses bénédictions spirituelles, et lui
fit éviter par sa grâce ces dangereuses passions, qui sont comme
les écueils où l'ardeur de l'âge, la licence du siècle, la corruption de la nature, le mauvais exemple, et souvent le mauvais
conseil, poussent une jeunesse inconsidérée.

Aussi remarqua-t-on bientôt en lui tout ce qui fait les grands
magistrats : un cœur docile pour recevoir les impressions de la
vérité, noble pour s'élever au-dessus des passions et des intérêts, tendre pour assister les malheureux, ferme pour résister
à l'iniquité; un esprit avide de tout savoir et capable de tout
apprendre; prompt à concevoir les matières les plus élevées;
heureux à les exprimer quand il les avait une fois conçues;
discernant non-seulement le bon d'avec le mauvais, mais encore
le meilleur d'avec le bon; appliqué à examiner les difficultés et
à les résoudre; à chercher la vérité, et à la suivre après qu'il
l'avait découverte; à connaître tout, et à tirer toujours quelque
fruit de ses connaissances. Cette sagesse avancée le fit dispenser
des règles ordinaires de l'âge. On connut la maturité de son
jugement, et l'on ne compta pas le nombre de ses années; il
s'assit à dix-huit ans avec les anciens d'Israël, et se mit à juger
comme eux les différends qui naissent parmi le peuple.

Ne croyez pas, Messieurs, qu'il fût entré sans vocation dans
le sanctuaire de la justice : il savait que les premières lois qu'il
faut étudier sont celles de la Providence; que la judicature est
une espèce de sacerdoce où il n'est pas permis de s'engager
sans l'ordre du ciel; et que Jésus-Christ n'a pas moins été
fait juge que pontife par son père. Aussi, avant que d'entrer
dans les charges, il voulut en connaître les devoirs. Le premier

tribunal où il monta fut celui de sa conscience, pour y sonder le fond de ses intentions. Il n'écouta ni l'orgueil, ni l'ambition, ni l'avarice. Il consulta Dieu, à qui appartient le conseil et l'équité, et Dieu lui marqua la route qu'il voulait lui faire suivre.

Ce fut alors que, se considérant dans une profession où les questions sont si différentes et les droits si difficiles à démêler; où l'on décide des biens, de l'honneur et de la vie des hommes, et où les fautes ne sont jamais petites, et sont presque toujours irréparables, il ne craignit rien tant que l'erreur dans ses jugements. Il passa les jours et les nuits à l'étude; et quels progrès n'y fait-on pas, quand on soutient de longues veilles par la santé et par la constance; quand, outre ses propres lumières, on a le conseil et la communication des grands hommes, et quand on joint à l'assiduité du travail la facilité du génie! Il aurait cru manquer à la partie la plus essentielle de son état, si, comme il sentait ses intentions droites, il ne les rendait éclairées. Aussi, disait-il ordinairement qu'il y avait peu de différence entre un juge méchant et un juge ignorant. L'un au moins a devant ses yeux les règles de son devoir et l'image de son injustice; l'autre ne voit ni le bien ni le mal qu'il fait : l'un pèche avec connaissance, et il est plus inexcusable; mais l'autre pèche sans remords, et il est plus incorrigible. Mais ils sont également criminels à l'égard de ceux qu'ils condamnent, ou par erreur ou par malice. Qu'on soit blessé par un furieux ou par un aveugle, on ne sent pas moins sa blessure : et pour ceux qui sont ruinés, il importe peu que ce soit ou par un homme qui les trompe, ou par un homme qui s'est trompé.

Ces réflexions, Messieurs, redoublèrent son ardeur. Il acquit une parfaite connaissance du droit humain et du droit divin, une intelligence profonde des lois et de la coutume, un usage familier des formalités et des procédures. Savants et immenses recueils où il renferma la jurisprudence ancienne et nouvelle, vous pourriez être des témoins publics de ce que je dis; du moins serez-vous entre les mains de ses descendants comme un dépôt sacré, et un monument précieux de son esprit et de son travail.

Ce serait ici le lieu de vous le faire voir dans la justice du conseil, où son mérite l'avait appelé, favorisant la bonne cause, décidant la douteuse, développant la difficile, renonçant à tous les plaisirs, hormis à celui qu'il recevait en accomplissant ses devoirs. Je le donnerais pour exemple à ceux qui, renversant l'ordre des choses, se font une occupation de leurs amusements et qui ne donnent à leurs charges que les restes d'une oisiveté languissante, comme s'ils n'étaient juges que pour être de temps en temps assis sur les fleurs de lis, où ils vont rêver à leurs divertissements passés, dont ils ont l'imagination encore remplie, ou réparer par un mortel assoupissement les veilles qu'ils ont données à leurs plaisirs.

Je ne veux que vous faire souvenir de la cause célèbre de ces étrangers que l'espérance du gain avait attirés des bords du Levant, pour porter en Europe les richesses de l'Asie. Contre la liberté des mers et la fidélité du commerce, des armateurs français leur avaient enlevé et leurs richesses, et le vaisseau qui les portait. Ceux qui devaient les secourir aidaient eux-mêmes à les opprimer. On avait oublié pour eux non-seulement cette pitié commune qu'on a pour tous les malheureux, mais encore cette politesse singulière que notre nation a coutume d'avoir pour les étrangers. Éloignés de leurs amis par tant de terres et par tant de mers, dans un pays où l'on ne pouvait les entendre, où l'on ne voulait pas même les écouter, ils eurent recours à M. de Lamoignon, comme à un homme incorruptible, qui prendrait le parti des faibles contre les puissants, et qui débrouillerait ce chaos d'incidents et de procédures dont on avait enveloppé leur cause.

Il le fit, Messieurs : il alluma tout son zèle contre l'avarice, il leva les voiles qui couvraient ce mystère d'iniquité, et rapporta durant trois jours, au conseil du roi, cette affaire avec tant d'ordre et de netteté, qu'il fit restituer à ces malheureux ce qu'ils croyaient avoir perdu, et les obligea d'avouer ce qu'ils avaient eu peine à croire, qu'on pouvait trouver parmi nous de la fidélité et de la justice.

Mais je passe à des choses plus importantes. Voyons-le dans la première charge du parlement, et montrons par la dignité, comme disait un ancien, quel a été l'homme qui l'a possédée. Les rois, en des siècles plus innocents, furent autrefois eux-mêmes les juges du peuple. Rappelez en votre mémoire ces premiers âges de la monarchie. La fraude, l'ambition, l'intérêt, vices encore naissants et peu connus, avaient à peine commencé d'altérer la bonne foi et l'heureuse simplicité de nos pères. Ils vivaient la plupart contents de ce qu'ils avaient reçu de la fortune, ou de ce qu'ils avaient acquis par leur travail. Comme ils possédaient leur propre bien sans inquiétude, ils regardaient celui des autres sans envie. Leurs espérances ne s'étendaient pas au delà de leur condition; et les bornes de leurs héritages étaient les bornes de leurs désirs.

Comme les procès étaient rares, et qu'il ne fallait pour les juger que les principes communs d'une équité naturelle, les souverains tenaient eux-mêmes leur parlement. Ils descendaient du trône pour monter sur le tribunal; et, se partageant entre le bien public et le repos des particuliers, après avoir calmé ces grandes tempêtes qui troublent les régions supérieures de l'État, ils venaient dissiper ces petits orages qui s'élèvent quelquefois dans les inférieures.

Mais depuis que la justice gémit sous un amas de lois et de formalités embarrassées, et qu'on s'est fait un art de se ruiner les uns les autres par la chicane, les rois n'ont pu suffire à cette fonction. Occupés à soutenir de longues et sanglantes guerres, à rompre des ligues que forme contre eux la jalousie qu'on a de leur puissance, à réunir une infinité d'intérêts, pour donner au monde une paix durable, ils sont contraints de remettre, comme Moïse, cette justice tumultueuse à des hommes sages qui craignent Dieu, en qui se trouve la vérité, et qui haïssent l'avarice.

L'importance, Messieurs, c'est de leur choisir un chef; et jamais choix ne fut plus louable que celui qu'on fit de M. de Lamoignon. Quelles pensez-vous que furent les voies qui le conduisirent à cette fin? La faveur? Il n'avait eu d'autres relations à la cour que celles que lui donnèrent ou ses affaires ou ses devoirs. Le hasard? On fut longtemps à délibérer; et, dans une affaire aussi délicate, on crut qu'il fallait tout donner au conseil, et ne rien laisser à la fortune. La cabale? Il était du nombre de ceux qui n'avaient suivi que leur devoir; et ce parti, quoique le plus juste, n'avait pas été le plus grand. L'habileté à

se servir des conjonctures? Ces temps difficiles étaient passés, où
l'on donnait les charges par nécessité plutôt que par choix, et
où chacun, voulant profiter des troubles de l'État, vendait
chèrement, ou les services qu'il pouvait rendre, ou les moyens
qu'il avait de nuire. La réputation qu'il s'était acquise dans le
parlement et dans le conseil fut la seule sollicitation auprès des
puissances. Elles lui déclarèrent qu'il ne devait son élévation
qu'à son mérite, et qu'il n'aurait pas été préféré, si l'on eût
connu dans le royaume un sujet plus fidèle, et plus capable de
cet emploi.

Quelle fut alors son application! Il crut que Dieu l'avait mis
dans le palais, comme Adam dans le paradis, pour y travailler,
et répondit depuis à ceux qui le priaient de se ménager : « que
« sa santé et sa vie étaient au public, et non pas à lui. » Vous
dirai-je qu'il se fit une religion d'écouter les raisons des parties,
et de lire tous leurs mémoires, quelque longs et ennuyeux
qu'ils pussent être, sans se fier à ces extraits mal digérés, et
souvent tracés à la hâte par des mains infidèles ou négligentes,
qui confondent les droits et défigurent une bonne cause? Vous
dirai-je que, s'étant engagé à ne donner jamais les rapporteurs
qu'on lui demandait, il fit agréer à un grand ministre et à une
grande reine qu'il ne s'en dispensât pas en leur faveur, ôtant
ainsi aux particuliers l'espérance d'obtenir de lui, par impor-
tunité ou par amitié, ce qu'il n'avait accordé ni à la reconnaissance qu'il avait pour son bienfaiteur, ni au respect qu'il devait
à la plus grande reine du monde?

Passons de ses actions à ses principes, et disons qu'il se dé-
pouilla de certains intérêts délicats, qui sont les sources de la
faiblesse et de la corruption des hommes. Qu'il était éloigné de
l'humeur de ces hommes vains et intéressés qui n'aiment la
vertu que pour la réputation qu'elle donne, et qui n'auraient
point de plaisir à bien faire, s'ils n'avaient l'art de faire valoir
tout le bien qu'ils font! Il s'était mis au-dessus de ce faux honneur. S'il fallait faire réussir une grande affaire, d'autres auraient choisi les moyens les plus éclatants, il choisissait les plus
sûrs et les plus utiles. S'il devait donner ses avis, il regardait
non pas ce qui serait le plus approuvé, mais ce qu'il croyait le
plus équitable. Il ne se piquait pas d'être l'auteur des bonnes

résolutions qu'il avait fait prendre ; c'était assez pour lui qu'on les eût prises.

Combien de projets a-t-il faits ou réformés ! combien d'ouvertures a-t-il données ! combien de services a-t-il rendus, dont il a dérobé la connaissance à ceux qui en ont ressenti les effets ! Ainsi, utile sans intérêt, vertueux sans vouloir se faire honneur de sa vertu, il s'acquitta de ses devoirs pour la seule satisfaction de s'en être acquitté, et ne voulut dans toutes ses actions d'autre règle que sa fidélité, d'autre but que l'utilité publique, d'autre récompense que la gloire de bien faire.

C'est dans ce même esprit qu'il méprisa souvent les bruits du vulgaire ; et même, se renfermant dans ses bonnes intentions, il lui abandonna les apparences. Il crut qu'un magistrat devait penser, non pas à ce qu'on disait de lui, mais à ce qu'il se devait lui-même ; et que, pour servir le public, il fallait quelquefois avoir le courage de lui déplaire. C'est ainsi que, suivant le conseil d'un des plus grands hommes de l'antiquité [1], il ne considéra ni la fausse gloire ni le faux déshonneur, et que ni les louanges ni les murmures ne purent jamais le détourner de son devoir.

C'est par ce désintéressement qu'il se réserva cette liberté d'esprit si nécessaire dans la place qu'il occupait. Car, Messieurs, qu'est-ce qu'un premier magistrat, sinon un homme sage qui est établi pour être le censeur de la plupart des folies des hommes, et qui, voyant autour de lui toutes les passions, n'en doit avoir aucune en lui-même ? L'un tâche à l'émouvoir par des images affectées de sa misère ; l'autre travaille à l'éblouir par des apparences de droit et par des raisons spécieuses. Celui-ci, par des soupçons artificieux, veut l'animer contre l'innocence de sa partie ; celui-là emploie l'autorité, et quelquefois même l'amitié, corruption d'autant plus dangereuse qu'elle est plus douce. Chacun voudrait lui communiquer ses préventions, lui dicter l'arrêt qu'il se dresse lui-même dans son esprit selon son caprice, et, de juge qu'il est de sa cause, en faire le complice de sa passion. M. de Lamoignon se sauva de tous ces piéges ; il jugea comme les lois jugent, par les seules

____

1. *Q. Fabius Max. apud Liv.* I, 3 Dec. 3.

règles de l'équité, et non pas par aucune impression étrangère.

Que ne puis-je vous faire voir, du moins en éloignement, des espérances rejetées, quand elles ont pu l'engager à quelque basse complaisance! des ressentiments étouffés, lorsqu'il a eu le pouvoir de se venger! des reproches soutenus constamment, quand il a eu pour lui le témoignage de sa conscience! l'amitié et le respect mis au-dessous de la justice, et sa propre réputation sacrifiée au bien public! Ici, Messieurs, mon silence le loue plus que mes paroles. Il vous paraît sans doute plus grand par les actions que je ne dis pas, que par celles que j'ai dites. La postérité les verra, quand le temps, qui dévore tout, aura rongé les voiles qui les couvrent, et qu'il ne restera plus d'intérêt que celui de la vérité. Cependant Dieu les voit, et il en est lui-même la récompense.

Mais avons-nous besoin, pour louer son intégrité, de découvrir ses actions secrètes? En cherchons-nous un témoignage plus éclatant que celui qu'en donna le roi, quand il consentit que les premières places du parlement fussent occupées par sa famille? Il voulut donner cette marque extraordinaire de confiance à celui de qui il avait reçu tant de preuves de fidélité. Il jugea que ceux qui appartenaient à ce grand homme n'étaient capables de conspirer que pour son service et pour le bien de ses sujets, et que, recevant de plus près les influences pures et lumineuses du chef, ils les communiqueraient après à leur compagnie.

Ainsi, ne craignant pas pour eux ces conséquences dangereuses qu'il avait sagement prévues pour d'autres, il crut qu'il pouvait violer une de ses lois en faveur de ceux qui feraient observer toutes les autres; et que les unir dans un même corps, ce n'était pas donner lieu à la corruption, ou renverser l'ordre, mais récompenser la vertu, et fortifier le parti de la justice. Les services que chacun d'eux rend tous les jours dans ses fonctions justifient assez le jugement qu'en a fait le prince. N'avais-je pas raison de vous exhorter à imiter la sagesse et l'équité de ce célèbre magistrat? Je ne suis pas moins fondé à vous dire : « Imitez comme lui la bonté de Dieu. »

SECONDE PARTIE.

C'est une vérité, Messieurs, et Jésus-Christ même nous l'enseigne dans son Évangile [1], que la bonté, à proprement parler,
est le caractère de Dieu seul, soit parce qu'il n'appartient qu'à
lui de se communiquer aux hommes par cette variété de dons
et de grâces qui sont les trésors de sa miséricorde et les richesses
de sa bonté, soit parce qu'étant infiniment puissant, comme
il est infiniment bon, il veut tout le bien qu'il peut faire, et il
fait tout le bien qu'il veut. Toutefois il s'élève dans tous les
temps certaines âmes bienfaisantes qui, servant comme d'instrument à cette bonté souveraine, ne donnent d'autres bornes
à leur charité que celles que Dieu a données à leur pouvoir.

Tel était M. de Lamoignon. S'il m'était libre d'alléguer ici
ces expressions vives et nobles dont il s'est servi pour exprimer
les nécessités des peuples, vous verriez combien il était sensible à toutes leurs peines. Je laisse ces audiences secrètes où
la vérité prudente, mais courageuse, a soutenu dans les occasions l'autorité des lois et de la justice. Il ne m'appartient pas
de révéler ce qui s'est passé dans le sanctuaire. Je parle de ces
remontrances où, mêlant le respect que doit un sujet à son
souverain avec cette confiance que doit avoir un magistrat qui
porte la parole de la justice devant le roi du monde le plus juste,
il a parlé des intérêts publics selon les règles de sa conscience.

Mais il faudrait avoir sa prudence pour ne dire que ce qu'il
faut, son éloquence pour le dire efficacement, sa voix et son
action pour conserver tout le poids et toute la grâce qu'il avait
accoutumé de donner à ses paroles.

Voyons-le dans l'exercice ordinaire de sa charge. Éloignez
de vos esprits cette idée qu'on a d'ordinaire de la justice, qu'elle
doit être toujours aveugle, toujours effrayante, toujours armée.
Il la rendit, sans l'amollir, douce et traitable; il leva le bandeau
qui fermait ses yeux, et lui laissa jeter des regards de pitié sur
les misérables; et, sans lui retrancher aucun de ses droits, il
lui ôta toute sa rudesse. Je puis attester ici la foi publique.
Ceux qui eurent besoin de son secours trouvèrent-ils jamais

1. *Nemo bonus, nisi unus Deus.* MARC. X, 18.

entre eux et lui des barrières impénétrables ? Fallut-il essuyer
à sa porte de mauvaises heures, pour attendre un de ses moments commodes ? Fut-il jamais inaccessible, je ne dis pas à ses
amis, je dis aux indiscrets et aux importuns ? Refusa-t-il à quelqu'un la liberté de lui dire les choses nécessaires ? N'accorda-
t-il pas à plusieurs la consolation de lui en dire de superflues ?
Quelqu'un, lui parlant d'une affaire, put-il, par quelque marque
de chagrin ou d'impatience, s'apercevoir qu'il en eût d'autres ?
Affligea-t-il les malheureux ? et leur fit-il acheter par quelque
dureté la justice qu'il leur a rendue ? Je parle avec d'autant plus
de confiance, que j'ai pour témoins de ce que je dis la plupart
de ceux qui m'entendent.

Il ne régla jamais sur la faveur ou sur la disgrâce des personnes le bon ou le mauvais accueil qu'il leur pouvait faire.
Il écoutait avec patience, et répondait avec douceur. « N'ajou-
« tons pas, a-t-il dit souvent, au malheur qu'ils ont d'avoir des
« procès, celui d'être mal reçus de leurs juges ; nous sommes
« établis pour examiner leurs droits, et non pas pour éprouver
« leur patience. » Loin d'ici ces juges sévères qui, selon le langage du Prophète [1], rendent les fruits de la justice amers comme
de l'absinthe, qui perdent le mérite de leur équité par leur
austérité chagrine, et qui, fiers de leur pouvoir et même de
leur vertu, redoutables indifféremment aux innocents et aux
coupables, font croire qu'ils ne rendent la justice aux uns qu'à
regret, et aux autres qu'avec colère ! Celui que nous louons
avait une conduite bien différente. Il ne rebuta jamais personne. Favorable à ceux qui méritaient sa protection, civil à
ceux à qui il ne pouvait être favorable, il faisait connaître aux
bons qu'il eût voulu les satisfaire sans leur donner la peine de
solliciter, et aux méchants qu'il eût voulu les corriger sans
avoir le déplaisir de les punir.

Combien de fois a-t-il essayé de bannir du palais ces lenteurs
affectées, et ces détours presque infinis que l'avarice a inventés
afin de faire durer les procès par les lois mêmes qu'on a faites
pour les finir, et de profiter en même temps des dépouilles de
celui qui perd et de celui qui gagne sa cause ! Combien de fois
a-t-il arrêté la licence de ceux qui, sur la foi et sur la tradition

---

1. *Convertistis in amaritudinem judicium, et fructum justitiæ in absinthium.* AMOS, VI, 13.

des ennemis et des envieux, débitent impunément en plaidant des médisances, et qui, par des railleries piquantes, tâchent de rendre au moins ridicules ceux qu'ils ne peuvent rendre criminels! Combien de fois, par des accommodements raisonnables, a-t-il arrêté le cours de ces divisions qui passent des pères aux enfants, et qui se perpétuent dans les familles!

Peut-être doutez-vous, Messieurs, qu'étant éloigné des yeux du public, il fût encore égal à lui-même. Entrons dans sa vie privée. Que ne puis-je vous le montrer parmi ce nombre de gens choisis, qui formaient chez lui une assemblée que le savoir, la politesse, l'honnêteté, rendaient aussi agréable qu'utile! C'est là que, ne se réservant de son autorité que cet ascendant que lui donnait sur le reste des hommes la facilité de son humeur et la force de son esprit, il communiquait ses lumières, et profitait de celles des autres. C'est là qu'il a souvent éclairci les matières les plus embrouillées, et que, sur quelque genre d'érudition que tombât le discours, on eût dit qu'il en avait fait son occupation et son étude particulière. C'est là qu'après avoir écouté les autres, il reprenait quelquefois les sujets qu'on croyait avoir épuisés, et que, recueillant les épis qu'on avait laissés après la moisson, il en faisait une récolte plus abondante que la moisson même.

Que ne puis-je vous le représenter tel qu'il était, lorsque après un long et pénible travail, loin du bruit de la ville et du tumulte des affaires, il allait se décharger du poids de sa dignité, et jouir d'un noble repos, dans sa retraite de Bâville! Vous le verriez tantôt s'adonnant aux plaisirs innocents de l'agriculture, élevant son esprit aux choses invisibles de Dieu par les merveilles visibles de la nature : tantôt méditant ces éloquents et graves discours qui enseignaient et qui inspiraient tous les ans la justice, et dans lesquels, formant l'idée d'un homme de bien, il se décrivait lui-même sans y penser : tantôt accommodant les différends que la discorde, la jalousie ou le mauvais conseil font naître parmi les habitants de la campagne; plus content en lui-même, et peut-être plus grand aux yeux de Dieu, lorsque dans le fond d'une sombre allée, et sur un tribunal de gazon, il avait assuré le repos d'une pauvre famille, que lorsqu'il décidait des fortunes les plus éclatantes sur le premier trône de la justice.

Vous le verriez recevant une foule d'amis, comme si chacun eût été le seul; distinguant les uns par la qualité, les autres par le mérite; s'accommodant à tous et ne se préférant à personne. Jamais il ne s'éleva sur son front serein aucun de ces nuages que forment le dégoût ou la défiance. Jamais il n'exigea ni de circonspection gênante, ni d'assiduité servile. On l'entendit, selon les temps, parler des grandes choses comme s'il eût négligé les petites, parler des petites comme s'il eût ignoré les grandes. On le vit, dans des conversations aisées et familières, engageant les uns à l'écouter avec plaisir, les autres à lui répondre avec confiance, donnant à chacun le moyen de faire paraître son esprit, sans jamais s'être prévalu de la supériorité du sien.

Ces actions, Messieurs, vous semblent peut-être communes. Mais qui ne sait que la véritable vertu s'étend et se resserre quand il le faut, et qu'il y a de la grandeur à s'acquitter constamment des moindres devoirs? Dans les affaires d'éclat, où l'on est soutenu par le désir de la gloire, par les espérances de la fortune, par le bruit des acclamations et des louanges, souvent on se contraint et l'on se déguise. Mais dans une vie particulière et retirée, où l'âme, sans intérêt et sans précaution, s'abandonne à ses mouvements naturels, on se découvre tout entier. Ce fut dans cette conduite ordinaire que M. de Lamoignon fit paraître ce qu'il était. Jamais il ne se démentit, jamais il ne se relâcha. Dans les choses les moins importantes, il ne laissa pas de suivre les grandes règles. Quoiqu'il agît différemment, l'esprit qui le fit agir fut toujours le même; et l'on reconnut aisément que la sagesse lui était devenue comme naturelle, et que sa bonté constante et toujours égale ne venait pas d'un effort de réflexion, mais du fond de l'inclination qu'il y avait, et de l'habitude qu'il s'en était faite.

Je me hâte, Messieurs, de passer aux plus nobles effets de cette bonté; je veux dire aux soins qu'il eut des pauvres de Jésus-Christ. Près des murs de cette ville royale s'élève un vaste et superbe édifice [1], que l'autorité des magistrats et les aumônes des citoyens entretiennent depuis trente ans, et que Dieu, par

1. L'hôpital général.

des moyens que la prudence humaine ne prévoit pas, et que sa providence a marqués, soutiendra dans la suite des temps, malgré les relâchements du siècle et le refroidissement de la piété. C'est là que la faim est rassasiée, que la nudité est revêtue, que l'infirmité est guérie, que l'affliction est consolée, que l'ignorance est instruite, et que chaque espèce de misère de l'âme ou du corps trouve une espèce de miséricorde qui la soulage.

L'amour qu'on a naturellement pour l'ordre; l'honneur qu'on se fait d'avoir pris part aux grandes œuvres de piété; certaine ferveur qu'on a d'ordinaire pour les nouveaux établissements, et surtout la grâce de Jésus-Christ, qui ranime de temps en temps les âmes tièdes, tout contribua d'abord à fonder cette sainte maison. Mais elle fut bientôt ébranlée. Ceux qui avaient entrepris de la soutenir tombèrent eux-mêmes par des accidents imprévus. On vit tarir tout d'un coup les principales sources de la charité. M. le premier président, par le droit de sa charge, et plus encore par sa propre inclination, entreprit de maintenir un ouvrage que son illustre prédécesseur [1] avait commencé avec tant de succès.

Quel soin ne prit-il pas de chercher des fonds en un temps où la misère étant augmentée et la charité refroidie, les pauvres avaient plus besoin de secours, et les riches avaient moins de volonté et moins de moyens de les secourir! Quelle application n'eut-il pas pour établir la discipline parmi cette troupe de mendiants renfermés, qui regardent souvent leur asile comme une prison, et qui croient n'avoir rien à ménager, parce qu'ils sentent bien qu'ils n'ont rien à perdre! Quel ordre ne donna-t-il pas pour les accoutumer au travail et à la piété, afin qu'ils devinssent plus agréables à Dieu, et moins à charge à la charité des fidèles!

Ce fut en ce temps qu'on le vit paraître à la cour, et y demander avec empressement des audiences. Qui n'eût dit que, sous prétexte de rendre compte de son emploi, il cherchait l'heureux moment de faire valoir ses services, et de hâter les grâces qu'il pouvait espérer du prince? Qui n'eût pensé que c'était un hom-

1. M. de Bellièvre.

mage qu'il allait rendre à la fortune, et qu'après avoir obtenu
les dignités, il recherchait les biens qui manquaient encore à
sa famille? Vous vous trompiez, prudents du siècle; il demandait pour les pauvres, en un lieu où l'on se fait un point
d'habileté de ne demander que pour soi, et où l'on ignore
aisément les misères d'autrui, parce qu'on n'en ressent aucune.
Il ne se piqua jamais tant d'être persuasif que dans ces sollicitations charitables, et il ne fut pas si sensiblement touché des
grâces qu'on fit à sa maison, que des secours qu'il obtint pour
les hôpitaux.

Il ne s'arrêta pas à la protection, Messieurs; il passa jusqu'aux assistances effectives, et il joignit à son crédit ses propres
aumônes; car, sans compter ces rosées fréquentes qu'il répandit
sur les terres de sa dépendance, ni ces secours abondants qu'il
contribua dans les calamités publiques, il consacra ce qu'il
retirait tous les ans du travail actuel du palais à la subsistance
des pauvres. Il n'était pas content de leur avoir distribué du
pain, s'il ne l'avait gagné lui-même. Il ne leur offrait pas les
restes de sa vanité ou de sa fortune, mais les fruits de ses propres mains. Il leur distribuait par la miséricorde ce qu'il avait
acquis par la justice. Cette portion de son bien lui était sacrée;
il y mettait son cœur comme son trésor. Vous le savez, pieuse
confidente de ses aumônes secrètes[1], qui lui rendez aujourd'hui
les offices publics d'une sainte amitié; vous le savez, avec quelle
joie il dispensait ces revenus de sa charité pour racheter ses
péchés, et pour honorer Dieu de sa substance.

Que diront ici ceux qui, parce qu'ils n'ont pas volé le bien
d'autrui, croient être en droit d'abuser du leur; comme si l'aumône n'était pas une obligation indispensable pour tous les
chrétiens, comme si l'on pouvait abandonner les pauvres de
Jésus-Christ, parce que d'autres les ont opprimés : et comme
si l'on ne devait rien à Dieu, parce qu'on n'a rien pris aux
hommes? Que diront ceux qui veulent donner par dévotion ce
qu'ils ont ravi par violence; qui se promettent les récompenses
des justes, parce qu'ils font quelques largesses de ces biens qui
sont le prix de leurs injustices, et qui se font honneur auprès

1. Madame de Miramion.

des pauvres des larcins même qu'ils leur ont faits? Qu'ils suivent l'exemple d'un homme juste, qui a ouvert son cœur et ses entrailles à ses frères, qui leur a fait une offrande pure du bien le plus légitimement acquis, et qui, après avoir imité la bonté du Seigneur, l'a cherché par la piété.

TROISIÈME PARTIE.

Ce n'est pas sans raison, Messieurs, que l'esprit de Dieu, qui donne à chaque état les instructions qui lui sont propres, ordonne aux juges de la terre de chercher le Seigneur, parce que étant, d'un côté, liés à une infinité de devoirs, et, de l'autre, étant regardés comme les arbitres du sort des hommes, il est difficile que leur esprit ne s'arrête ou à cette multiplicité d'affaires qui les occupe, ou à la complaisance de cette autorité qui les distingue. Il faut donc qu'ils sortent comme d'eux-mêmes, pour aller à Dieu par une piété simple et sincère[1].

Je dis par une piété simple et sincère; car, Messieurs, il s'est élevé dans l'Église une espèce de chrétiens qui, se faisant, aux dépens même de la dévotion, une réputation d'être dévots, couvrent leurs passions sous une apparence de piété et sous un air extérieur de réforme, pour arriver plus facilement à leurs fins, et pour surprendre l'approbation du monde, en lui faisant accroire qu'ils ont déjà celle de Dieu. Ce sont ces hommes qui deviennent humbles pour pouvoir dominer, utiles afin de se rendre nécessaires, et qui, jugeant de tout, se mêlant de tout, et remuant mille ressorts, dont la religion est toujours le plus apparent, s'ils ne se font estimer par leur vertu, du moins se font craindre par leur cabale.

Je parle ici d'un véritable chrétien, qui n'eut pour guide que la foi; qui ne s'attacha qu'aux maximes de l'Évangile; qui ne fut ni d'Apollo, ni de Céphas, ni de Paul, mais de Jésus-Christ; qui réprima les impies, et n'eut point de part avec les hypocrites; et qui, suivant, non pas son intérêt, mais son devoir, et ramenant toutes choses à leur principe, conserva sa religion pure, et trouva Dieu, parce qu'il ne le chercha que pour lui-même.

1. *In simplicitate cordis et sinceritate Dei.* II Cor., 1, 12.

Entrerai-je, Messieurs, dans les exercices secrets de sa piété ? Dirai-je qu'il dérobait le temps de son sommeil pour le donner à la prière ? qu'il commença toutes ses journées par un sacrifice qu'il fit à Dieu de lui-même ? que, lisant tous les jours à genoux quelques articles de la loi de Dieu, il puisait dans les pures sources de la vérité les règles de la véritable sagesse ? qu'il ne laissa passer aucune semaine sans rallumer sa ferveur par l'usage des sacrements ? qu'il se rendait compte à lui-même de tous les jugements qu'il avait rendus, et repassait de temps en temps toutes les années de sa vie dans l'amertume de son âme, pour s'exciter à la pénitence ? Dirai-je qu'il se renferma soigneusement en lui-même, et ne montra de ses bonnes œuvres qu'autant qu'il en fallait pour édifier les peuples ; qu'il n'en interrompit jamais le cours dans ses plus grands embarras d'affaires, et que la coutume et la longue habitude qu'il en avait ne diminua rien de sa ferveur ni de sa tendresse ?

Mais il a donné plus d'étendue à sa piété, et j'ai de plus grandes choses à dire que celles qui sont bornées à son salut particulier. Quel amour n'eut-il pas pour Jésus-Christ ! quel zèle n'eut-il pas pour la religion ! D'où venait ce soin qu'il prit de ramener les anciens ordres à la première pureté de leur institut, et de renouveler dans les enfants l'esprit de leurs pères, en réparant les brèches que le temps avait faites à leur discipline ? D'où venait cette protection qu'il donnait à tous ces ouvriers évangéliques, qui vont planter la croix sur les rivages étrangers, et semer la foi de Jésus-Christ dans les îles du nouveau monde ? D'où venait cette joie intérieure qu'il ressentait, lorsqu'il voyait dans le clergé des hommes dignes de leur ministère s'unir et conspirer ensemble, pour dissiper par leurs instructions et par l'exemple de leur vie les maximes d'erreur que le monde inspire à ceux qui le suivent ? Quel fut le principe qui le fit agir en ces occasions, sinon le zèle qu'il eut pour l'Église ?

Permettez, Messieurs, que je reprenne ici mes esprits, et que je recueille ce qui me reste de force, pour vous représenter ce qu'il a fait pour la discipline. Qui ne sait que l'Église était dans une espèce de servitude ? La juridiction séculière ne laissait presque plus rien à faire à la spirituelle. Sous prétexte d'empê-

cher une trop austère domination, ou de maintenir dès privi-
léges que la nécessité des temps a fait accorder, on renversait
l'ordre, et souvent on autorisait la rébellion. Ceux qui secouaient
le joug de l'obéissance, et qui ne défendaient leur liberté que
pour entretenir leur libertinage, ne laissaient pas d'être écoutés
et de trouver des protecteurs. Les évêques n'avaient plus de
droits qui fussent incontestables. Voulaient-ils punir un pécheur
obstiné, une justice étrangère leur ôtait des mains ces armes
que Jésus-Christ même leur a données. Entreprenaient-ils de
réprimer la licence, leur zèle passait pour une entreprise contre
les lois. Ils gémissaient en secret, et ils portaient en vain de
temps en temps leurs plaintes jusqu'au pied du trône.

Mais, sous un chef si religieux, on a changé de jurisprudence. Le droit naturel n'est plus étouffé par les exemptions.
La brebis qui s'égare est renvoyée à son pasteur. On confirme
dans le palais ce qu'on ordonne dans le sanctuaire. Les pécheurs ne trouvent plus de refuge que dans leur propre pénitence; et les lois du prince n'étant plus armées que pour faire
observer celles de Dieu, chaque prélat peut faire le bien et
corriger le mal sans opposition. Sacrés ministres de Jésus-
Christ, dont ce grand homme a si souvent soutenu les droits,
vous le louâtes dans vos assemblées; vous lui rendîtes par vos
députés des témoignages publics de reconnaissance. La capacité, la sagesse et la piété de son illustre successeur vous promettent les mêmes secours; et vos vœux seront accomplis,
quand cet auguste parlement, qui doit être la règle et le modèle
de tous les autres, leur aura communiqué son esprit et ses
maximes.

Quelque gloire que M. de Lamoignon ait acquise en faisant
observer la discipline, je n'en parlerais qu'en tremblant, s'il
ne l'avait lui-même observée : je louerais son autorité, et je me
défierais de son désintéressement. Mais, comme ses jugements
ont été justes, sa conduite de même a toujours été irréprochable. Ne refusa-t-il pas une grande abbaye qu'on lui offrit
pour un de ses fils, parce qu'il n'était pas encore capable de se
déterminer par son propre choix, et que la jouissance d'un
grand revenu lui pouvait être dans la suite un engagement à
demeurer sans vocation dans l'état ecclésiastique? Où sont les

pères scrupuleux qui négligent des moyens si sûrs et si faciles
d'établir la fortune de leurs enfants; qui n'attirent sur eux du
patrimoine de Jésus-Christ, quand ils ne peuvent leur donner
du leur; et qui ne rachètent par des dispenses la faiblesse de
leur volonté et l'incapacité de leur âge? Heureux qui n'alla pas
après les richesses! Plus heureux qui les refusa quand elles
allèrent à lui!

Il n'eut pas moins de soin d'examiner la vocation de ses deux
vertueuses filles, qui portent le joug du Seigneur dans un des
plus saints ordres de l'Église[1]. De quelle adresse n'usa-t-il pas
pour découvrir si le désir qu'elles avaient de se consacrer à Dieu
était une résolution constante, ou une ferveur passagère! combien
de fois leur représenta-t-il les conséquences dangereuses d'une
retraite précipitée! avec quelle tendresse demanda-t-il à Dieu
qu'il les déterminât par sa divine volonté, et qu'il les conduisît par sa sagesse! Après leur avoir montré les vanités du
monde qu'elles avaient résolu de quitter, il leur fit voir les
croix où elles devaient être attachées, et n'oublia rien de ce
qui pouvait l'assurer de la solidité d'un dessein qu'il lui était
important de connaître, et qu'il ne lui était pas permis de
traverser.

Des vertus si pures et si chrétiennes furent comme autant de
dispositions à une sainte et heureuse mort. Il ne fallut pas l'y
préparer par de lentes infirmités, ni la lui faire ressentir par
de cruelles douleurs. L'ayant considérée depuis longtemps non-
seulement comme nécessaire à tous les hommes, mais encore
comme avantageuse aux chrétiens, il en fut frappé, mais il n'en
fut pas surpris. Son esprit, heureusement rempli de funestes
pressentiments de sa fin prochaine, se fortifia contre les craintes
de l'avenir par de longues et sérieuses réflexions qu'il y fit.
Il regarda, sans s'étonner, l'appareil de son sacrifice[2]. Il vit
le monde prêt à s'évanouir pour lui, mais il ne l'avait jamais
cru solide. Il vit l'éternité s'approcher, et il redoubla ses forces
pour achever ce qui restait à fournir de sa carrière. Il vit les
jugements de Dieu, il les craignit; mais il les attendit avec
confiance. Cet amour si vif et si tendre qu'il avait eu pour sa

1. La Visitation.
2. *Spiritu magno vidit ultima.* ECCL, XLVII, 27.

famille se confondit insensiblement dans la charité qu'il avait pour Dieu. Ainsi, dépouillé de toutes les affections du monde, il ne pensa qu'à son salut; et, ramenant toutes les créatures dans le sein de leur Créateur, il s'y rendit lui-même pour s'aller joindre à son principe, et pour y recevoir la récompense de ses vertus.

N'attendez pas, Messieurs, que je fasse ici un dernier effort pour vous émouvoir à la pitié et à la douleur. J'offenserais cette âme sainte, qui, après avoir lavé dans le sang de Jésus-Christ ces taches que le péché laisse en nous après notre mort, jouit sans doute d'un bonheur éternel dans les tabernacles du Dieu vivant. Vous le savez, mon Dieu, et je ne fais que le présumer; mais tant de grâces que vous lui fîtes, et tant de vœux qu'on vous a faits; Jésus-Christ tant de fois invoqué, tant de fois même immolé pour lui sur l'autel, sans entrer trop avant dans vos jugements, me donnent cette confiance.

Puisse-t-il avoir reçu de vos mains cette couronne de justice que vous donnez à ceux qui vous aiment! Puissent ces flambeaux que la piété chrétienne a rallumés être les marques de sa gloire, plutôt que les ornements de ses funérailles! Puisse ce sacrifice d'expiation qu'on offre pour lui être aujourd'hui un sacrifice d'actions de grâces! Et vous, Messieurs, puissiez-vous faire revivre après sa mort les vertus qu'il a pratiquées, afin d'arriver à la gloire qu'il s'est acquise!

BOURDALOUE

NOTICE SUR BOURDALOUE

Louis Bourdaloue naquit à Bourges d'une famille considérable de la ville, le 20 août 1632. Dès l'âge de quinze ans, il entra dans la Compagnie de Jésus. Étienne Bourladoue, son père, homme très-recommandable, surtout par son exacte probité et par une grâce singulière à parler en public, avait eu dans sa jeunesse la même vocation, et ne l'avait pas suivie. Le ciel voulut que le fils remplaçât le père, qui se crut obligé, après quelques difficultés, de condescendre aux instances de son fils, et d'en faire le sacrifice. Il le fit. Bourdaloue passa par tous les exercices de la Compagnie, et les dix-huit premières années qu'il y vécut furent employées soit à ses propres études, soit à enseigner les belles-lettres, et à professer la philosophie et la théologie.

Ce n'étaient là néanmoins encore que des dispositions. Comme il n'avait pas moins d'atiptude pour les sciences que de talent pour la chaire, il fut d'abord incertain du choix qu'il devait faire, et de l'emploi où le ciel le destinait; mais divers sermons qu'il prêcha pendant qu'il enseignait la théologie morale furent si bien reçus et tellement applaudis, que ses supérieurs se déterminèrent à l'appliquer uniquement au ministère de la prédication.

Bourdaloue continua donc pendant quelques années à prêcher en province; mais on ne tarda pas à l'en retirer, dès qu'on le crut en état de paraître dans Paris. Il y vint, et ce fut là que la Providence ouvrit à son zèle le plus vaste et le plus beau champ. Quoique l'on attendît beaucoup de lui, il surpassa encore toutes les espérances qu'on en avait conçues. A peine eut-il paru dans l'église de la maison professe des Jésuites, que de tout Paris et de la cour même une foule prodigieuse d'auditeurs y accourut.

Aussi avait-il à un éminent degré tout ce qui peut former un parfait prédicateur. Il tenait de la nature un fonds de raison qui, joint à une imagination vive, pénétrante, lui faisait trouver d'abord dans chaque chose le solide et le vrai. C'était là proprement son caractère, et ce ut avec les lumières de la foi, cette raison droite qui le dirigea dans tous les sujets de la morale chrétienne et dans les mystères de la religion qu'il eut à traiter.

Son expression répond parfaitement à ses pensées ; elle est noble et naturelle tout ensemble : il parle bien, et ne fait point voir qu'il veut bien parler. Quand il s'élève, ce n'est point avec emphase, mais avec une certaine magnificence, où, sans qu'il y ait rien d'outré, tout est majestueux et grand ; quand il se communique, c'est toujours avec la même dignité, et dans les plus petits détails, il n'a rien de petit ni de rampant.

Voilà par où cet excellent prédicateur s'acquit une si haute réputation ; il l'a conservée jusqu'à sa mort, et, comme il n'y en eut peut-être jamais de plus juste, ni de plus universelle, il n'y en a point eu de plus constante. Il prêcha durant trente-quatre ans soit à la cour, soit à Paris, et pendant ces trente-quatre années, il a eu l'avantage, peu commun, d'être toujours également goûté des grands, des savants et du peuple. On n'en doit point être surpris, dès qu'on fait réflexion au caractère de son éloquence. Ce qui est naturel et fondé sur la raison plaît partout, et est de tous les goûts et de tous les temps.

Quoique Bourdaloue eût abondamment de quoi s'occuper et de quoi glorifier Dieu dans le saint ministère qu'il exerçait, il n'y renferma pas tout son zèle. Tant de personnes touchées de ses prédications s'adressèrent à lui, et lui confièrent leur âme, qu'il ne crut pas pouvoir leur refuser son secours ; il comprit que rien ne convenait mieux à un prédicateur que de cultiver, selon le langage de l'Écriture, ce qu'il avait planté, et de perfectionner dans le tribunal de la pénitence ce qu'il n'avait proprement encore qu'ébauché dans la chaire.

On sait quelle était son assiduité à entendre les confessions : il y passait cinq et six heures de suite ; et quiconque l'a connu jugera aisément que la vue seule de Dieu et du salut des âmes pouvait accorder une telle patience avec sa vivacité naturelle.

Mais où il redoublait sa vigilance et ses soins, c'était auprès des mourants. On avait souvent recours à lui pour leur annoncer leur dernière heure et pour les y disposer, et, se croyant alors responsable de leur salut, il leur parlait en homme vraiment apostolique. Ce n'était pas sans réflexion et sans étude ; il savait trop de quelle conséquence il est de ménager des moments si précieux, et de ne les pas perdre en des discours vagues et peu utiles. Outre le long usage qui l'avait formé à ce saint exercice, outre la méthode particulière qu'il s'en était lui-même tracée, il prévoyait ce qu'il avait à dire, et, s'abandonnant ensuite à l'esprit de Dieu, il disait tout ce qui peut porter une âme à la pénitence. C'est ainsi qu'il s'est acquitté des derniers devoirs d'une amitié solide et chrétienne envers tant d'amis, que leur naissance, leur nom, leur mérite personnel et une liaison de plusieurs années lui rendaient également respectables et chers. et à qui il a été fidèle jusqu'à la mort.

Il fallait un cœur aussi détaché que le sien pour former, au milieu des applaudissements du monde, le dessein qu'il prit dans les dernières années de sa vie. Touché d'un saint désir de la retraite, et voulant lui-même se préparer à la mort, il résolut de quitter Paris, et de finir ses jours en quelque maison de la province où il pût se recueillir et vaquer uniquement à sa perfection. Il jugea bien qu'il aurait sur cela des obstacles à surmonter de la part de ses supérieurs en France, et, pour lever toutes les difficultés, il s'adressa au général de la Compagnie. Mais cette première tentative ne réussit pas; on le remit à une autre année, et on le pria de faire encore de nouvelles réflexions sur le parti qu'il voulait prendre. Mais, sans se rebuter, dès l'année suivante il redoubla ses instances auprès du Père général. La lettre qu'il lui écrivit est si remplie de l'esprit de Dieu, qu'on sera bien aise d'en voir un extrait. La voici, traduite du latin :

« Mon très-révérend Père, Dieu m'inspire et me presse même d'avoir
« recours à votre paternité, pour la supplier très-humblement, mais très-
« instamment, de m'accorder ce que je n'ai pu, malgré tous mes efforts,
« obtenir du révérend Père provincial. Il y a cinquante-deux ans que je
« vis dans la Compagnie, non pour moi, mais pour les autres; du moins
« plus pour les autres que pour moi. Mille affaires me détournent et
« m'empêchent de travailler autant que je le voudrais à ma perfection,
« qui néanmoins est la seule chose nécessaire. Je souhaite de me retirer,
« et de mener désormais une vie plus tranquille; je dis plus tranquille,
« afin qu'elle soit plus régulière et plus sainte. Je sens que mon corps
« s'affaiblit et tend vers sa fin. J'ai achevé ma course, et plût à Dieu que
« je pusse ajouter : j'ai été fidèle ! Je suis dans un âge où je ne me trouve
« plus guère en état de prêcher. Qu'il me soit permis, je vous en conjure,
« d'employer uniquement pour Dieu et pour moi-même ce qui me reste de
« vie, et de me disposer par là à mourir en religieux. La Flèche, ou
« quelque autre maison qu'il plaira au supérieur (car je n'en demande
« aucune en particulier, pourvu que je sois éloigné de Paris), sera le lieu
« de mon repos. Là, oubliant les choses du monde, je repasserai devant
« Dieu toutes les années de ma vie dans l'amertume de mon âme. Voilà
« le sujet de tous mes vœux, etc. »

Cette lettre eut tout l'effet qu'il désirait; il lui fut libre de faire ce qu'il jugerait à propos, et dès qu'il eut reçu la réponse de Rome, il prit jour pour partir. Mais les mêmes supérieurs qui l'avaient arrêté la première fois, se crurent encore en droit de retarder son départ et de suspendre la permission jusqu'à ce qu'ils eussent pu faire à Rome de nouvelles remontrances. La conclusion fut que le P. Bourdaloue demeurerait à Paris, et continuerait à s'acquitter de ses fonctions ordinaires. Voilà ce que le public n'a su qu'après sa mort. Il a toujours tenu la chose secrète, il n'en a fait confidence qu'à quelques-uns de ses amis les plus intimes.

Bourdaloue n'insista pas. Il crut obéir à l'ordre du ciel en se soumettant à la volonté de ses supérieurs ; il n'en déploya même que plus d'activité et plus d'ardeur. Mais il approchait de son terme, et son travail désormais ne fut pas long ; Dieu le retira au moment qu'on s'y attendait le moins.

Il tomba malade le 11 de mai, et, dès le premier jour de sa maladie, il se sentit frappé à mort. Il ne perdit rien dans un péril si pressant de la présence de son esprit, et il est difficile de marquer plus de fermeté et de constance qu'ii en fit paraître. Quoiqu'il connût son état, il voulut néanmoins encore s'en faire instruire, et il pria qu'on ne lui déguisât rien. On lui parla comme il le souhaitait, et sans attendre que la personne qui lui portait la parole eût achevé : *C'est assez*, répondit-il, *je vous entends ; il faut maintenant que je fasse ce que j'ai tant de fois prêché et conseillé aux autres.*

Dès le lendemain matin, il se prépara par une confession de toute sa vie à recevoir les derniers sacrements. Ce fut après cette confession qu'il épancha son cœur ; se regardant comme un criminel condamné à la mort par l'arrêt du ciel. Dans cet état il se présenta à la justice divine : il accepta l'arrêt qu'elle avait prononcé contre lui, et qu'elle allait exécuter. En de si saintes dispositions il reçut les sacrements, et s'étant de nouveau entretenu quelque temps avec Dieu, il mit ordre à divers papiers dont il était dépositaire. Il se sentit même un peu soulagé tout le reste de la journée, et il donna quelque espérance de guérison. Mais ce ne fut qu'une lueur ; car sur le soir, il lui reprit un redoublement auquel il n'eut pas la force de résister ; l'accès fut si violent qu'il lui causa un délire dont il ne revint point, et le mardi, 13 de mai de l'année 1704, il expira vers cinq heures du matin, dans la soixante-douzième année de son âge.

BOURDALOUE

SERMON

SUR LA PROVIDENCE

*Cum sublevasset ergo oculos Jesus, et vidisset
quia multitudo maxima venit ad eum, dixit
ad Philippum : Unde ememus panes, ut man-
ducent hi? Hoc autem dicebat tentans eum :
ipse enim sciebat quid esset facturus.*

Jésus levant les yeux, et voyant qu'une grande
foule de peuple venait à lui, dit à Philippe :
D'où pourrons-nous acheter assez de pain pour
donner à manger à tout ce peuple? Or il disait
ceci pour l'éprouver; car il savait bien ce qu'il
allait faire.　　　Jean, vi.

Sire,

Si ce qu'a dit saint Augustin est vrai, que les miracles sont la
voix de Dieu, et qu'autant de fois qu'il fait paraître ces signes
visibles de sa toute-puissance, son intention est de nous parler,
de nous instruire et de nous découvrir quelque importante vérité; il est aisé de reconnaître ce que le Sauveur du monde a
voulu nous faire entendre par ce grand miracle de la multipli-
cation des pains. Car, que voyons-nous dans ce miracle, et que
nous représente notre Évangile? tout un peuple qui s'abandonne
à la conduite de Jésus-Christ, des milliers d'hommes qui, sans
provision, sans subsistance, quittent leurs maisons pour le
suivre; un Dieu touché de compassion pour eux, un Dieu qui
pourvoit lui-même à leurs besoins, un Dieu qui lui-même leur
distribue ses dons libéralement, simplement, magnifiquement;

et cette nombreuse multitude enfin nourrie et rassasiée au milieu d'une solitude : tout cela ne nous prêche-t-il pas hautement la providence divine et l'obligation indispensable de nous reposer sur ses soins et de nous confier en elle ? *Interrogemus*, ce sont les paroles de saint Augustin, *ipsa Christi miracula; habent enim, si intelligantur, linguam suam* (Augustin). Interrogeons les miracles de Jésus-Christ, écoutons-les, et rendons-nous-y attentifs; car comme Jésus-Christ est substantiellement le verbe de Dieu, il n'y a rien dans lui qui ne parle, et ses actions même ont pour nous leur langage et leur expression. Or, ce que nous dit en particulier le miracle de ces pains si promptement et si abondamment multipliés, c'est qu'il y a une providence qui gouverne le monde; une providence à laquelle nous devons tous nous soumettre, non pas comme le reste des créatures par une soumission de nécessité, mais comme des créatures raisonnables par un libre consentement de notre volonté. Voilà, mes frères, la voix de Dieu, et ce qu'elle nous apprend. Cependant, quelque intelligible et quelque éclatante que soit cette voix, il y a encore des hommes qui ne veulent pas l'entendre. Il y en a qui, pour l'avoir entendue, n'en sont pas plus dociles ni plus soumis : et c'est pour cela que je joins à cette voix du miracle de Jésus-Christ celle de la prédication qui, fortifiée et soutenue par la grâce intérieure que le Saint-Esprit répandra dans nos cœurs, y produira, comme je l'espère, tout le fruit que j'attends de ce discours. Adressons-nous à Marie, et disons-lui, *Ave, Maria.*

Deux choses, selon saint Augustin, sont capables de toucher l'homme, et de faire impression sur son cœur, le devoir et l'intérêt; le devoir, parce qu'il est raisonnable; et l'intérêt, parce qu'il s'aime lui-même. Voilà les deux ressorts qui le font communément agir. Mais il faut, ajoute saint Augustin, que ces deux ressorts soient remués tout à la fois pour avoir dans le cœur de l'homme un plein effet. Car le devoir sans l'intérêt est faible et languissant, et l'intérêt sans le devoir est bas et honteux. L'un et l'autre, joints ensemble, ont une vertu presque infaillible, et une efficace à laquelle il est comme impossible de résister. J'entreprends aujourd'hui, chrétiens, de vous inspirer

une parfaite soumission à la providence de Dieu ; j'entreprends
de vous représenter l'indispensable obligation que nous avons
tous de nous attacher à cette providence souveraine, de nous
confier en elle, de nous conformer à ses ordres, et d'en faire la
règle de notre vie. Or, pour nous y engager, je veux vous faire
voir le désordre et le malheur de l'homme lorsqu'il refuse à Dieu
cette soumission : le désordre de l'homme par rapport à son
devoir, et le malheur de l'homme par rapport à son intérêt :
son désordre inséparable de son malheur, puisqu'il en est
évidemment et infailliblement la source : son malheur inséparable de son désordre, puisque, selon les lois de Dieu, il en est,
comme vous verrez, la juste punition. En deux mots, rien de
plus criminel que l'homme du siècle, qui ne veut pas se soumettre à la providence, c'est la première partie. Rien de plus
malheureux que l'homme du siècle, qui ne veut pas se conformer à la conduite de la providence, c'est la seconde. Mais aussi,
par deux conséquences toutes contraires, rien de plus sage que
l'homme chrétien qui prend pour règle de toutes ses actions la
foi de la providence : rien de plus heureux que l'homme chrétien qui fait consister tout son appui dans la foi de la providence. Deux vérités édifiantes et touchantes qui vont partager
ce discours.

PREMIÈRE PARTIE.

Pour corriger un désordre, il faut d'abord s'appliquer à le
connaître, et pour le connaître il en faut chercher et découvrir
le principe. Je parle ici, chrétiens, d'un homme du monde qui
vit dans un profond oubli de Dieu, qui semble avoir secoué le
joug de Dieu, qui s'est fait comme une habitude et un état de
se rendre indépendant de Dieu ; enfin qui, sans se déclarer
néanmoins ouvertement, mais par la malheureuse possession
où il s'est établi d'agir selon son gré et en libertin, est devenu,
si j'ose m'exprimer ainsi, un déserteur, ou si vous voulez, un
apostat de la providence de Dieu : conduite la plus déplorable,
mais effet le plus commun de la dépravation du siècle. Je veux
vous en faire voir le dérèglement : voici comme je le conçois. Quiconque renonce à la providence et veut se soustraire à

l'empire de Dieu, ne le peut faire qu'en l'une ou en l'autre de ces deux manières : savoir, par un esprit d'infidélité, parce qu'il ne reconnaît pas cette providence et qu'il ne la croit pas; ou par une simple révolte de cœur, parce qu'en la croyant même et en la supposant, il ne veut pas se soumettre à elle : or, examinons ces deux principes, et voyons dans lequel des deux l'aveuglement de l'impie est plus grossier et plus criminel.

Si c'est par un esprit d'infidélité, et parce qu'il ne croit pas la providence, je vous demande quel désordre est comparable à celui-là, de ne pas croire ce qui est sans contestation la chose non-seulement la plus croyable, mais le fondement de toutes les choses croyables; de ne pas croire ce qu'ont cru les païens les plus sensés par la seule lumière de la raison; de ne pas croire ce qu'indépendamment de la foi nous éprouvons nous-mêmes sans cesse, ce que nous sentons, ce que nous sommes forcés de confesser en mille rencontres par un témoignage que nous arrachent les premiers mouvements de la nature; mais surtout de ne pas croire la plus incontestable vérité par les raisons mêmes qui l'établissent et qui seules sont plus que suffisantes pour nous en convaincre. Or, tel est l'état du mondain, qui ne veut pas reconnaître la providence. Suivons ceci de point en point, et instruisons-nous.

Car le mondain s'aveugle, dit saint Chrysostome, dans la source même des lumières qui est l'être de Dieu, puisque la première et la plus immédiate conséquence qui se tire de l'être de Dieu ou de l'existence de Dieu, c'est qu'il y a une providence. D'où il s'ensuit qu'en renonçant à cette providence, ou bien il ne connaît plus de Dieu; affreuse impiété! ou bien il fait un Dieu monstrueux, c'est-à-dire un Dieu qui n'a nul soin de ses créatures; un Dieu qui ne s'intéresse ni à leur conservation, ni à leur perfection; un Dieu qui n'est ni juste, ni sage, ni bon, puisqu'il ne peut rien être de tout cela sans providence. De là il se réduit, ajoute saint Chrysostome, a être plus que païen dans le christianisme, ou, tout chrétien qu'il est, à prendre parti avec ce qu'il y a eu dans le paganisme de plus vicieux et de plus corrompu; car à peine s'est-il trouvé des sectes païennes qui aient nié la providence, ou qui en aient douté, sinon celles qui, par leurs abominables maximes, portaient les hommes aux plus infâmes excès et aux plus sales voluptés, celles pour qui il était à souhaiter qu'il n'y eût dans le monde ni Dieu, ni loi, ni châtiment, ni récompense, ni providence, ni justice.

Ce n'est pas assez : comme le mérite de la foi est de nous faire espérer contre l'espérance même, *contra spem, in spem* (ROM. IV), le crime du mondain sur le sujet de la providence est de se rendre incrédule et insensé contre sa raison même. Car enfin le mondain lui-même, suivant le seul instinct de sa raison, admet, sans l'apercevoir, une providence à laquelle il ne pense pas. Comment cela? Je m'explique. Il croit qu'un État ne peut être bien gouverné que par la sagesse et le conseil d'un prince; il croit qu'une maison ne peut subsister sans la vigilance et l'économie d'un père de famille; il croit qu'un vaisseau ne peut être bien conduit sans l'attention et l'habileté d'un pilote; et quand il voit ce vaisseau voguer en pleine mer, cette famille bien réglée, ce royaume dans l'ordre et dans la paix, il conclut sans hésiter qu'il y a un esprit, une intelligence qui y préside. Mais il prétend raisonner tout autrement à l'égard du monde entier; et il veut que sans providence, sans prudence, sans intelligence, par un pur effet du hasard, ce grand et vaste univers se maintienne dans l'ordre merveilleux où nous le voyons. N'est-ce pas aller contre ses propres lumières et contredire sa raison? Ajoutez les preuves sensibles et personnelles que le mondain, sans sortir hors de lui-même, trouve dans lui-même, mais sur lesquelles son obstination l'aveugle et l'endurcit. Car il n'y a point d'homme qui, repassant dans son esprit les années de sa vie, et rappelant le souvenir de tout ce qui lui est arrivé, ne doive s'arrêter à certains points fixes, je veux dire à certaines conjonctures où il s'est trouvé, à certains périls d'où il est échappé, à certains événements heureux ou malheureux, mais extraordinaires et singuliers, qui l'ont surpris et frappé, et qui sont autant de signes visibles d'une providence. Or, si cela est vrai de tous les hommes sans exception, beaucoup plus encore l'est-il de ceux qui font quelque figure dans le monde, de ceux qui ont part aux intrigues du monde, de ceux qui entrent plus avant dans le commerce et dans le secret du monde; et plus enfin de ceux qui vivent dans le centre du monde, qui est la Cour. Car qu'est-ce que le monde, disait Cassiodore, sinon le grand théâtre et la grande école de la providence, où pour peu que l'on fasse de réflexion, l'on apprend à tous moments qu'il y a dans l'univers une puissance et une sagesse supérieure à celle des hommes, qui se joue de leurs desseins, qui ordonne de leurs destinées, qui élève et qui abaisse, qui appauvrit et qui enrichit, qui mortifie et qui vivifie, qui dispose de tout comme l'arbitre suprême de toutes choses. Il n'y a donc point d'hommes dans le monde qui, selon les règles ordinaires, dussent croire d'une foi plus ferme la providence, que ceux qui se piquent d'avoir la science du monde et d'être les sages du monde : mais par un secret jugement de Dieu, il n'y en a point qui soient communément plus infidèles, touchant la providence, et qui semblent plus la méconnaître. Et comme il n'y aura jamais d'hommes sur la terre, et qu'il n'y en a jamais eu à qui il eût été moins pardonnable de former quelque doute sur la providence qu'au patriarche Joseph, après les miracles éclatants que Dieu avait opérés dans sa personne, aussi ces prétendus sages du monde sont-ils plus coupables, en rejetant la providence, de refuser à Dieu l'hommage d'un attribut dans la connaissance duquel Dieu prend plaisir, pour ainsi dire, à les élever.

Leur aveuglement va encore plus loin, et il consiste en ce qu'ils ne veulent pas rendre librement et chrétiennement à la providence un aveu qu'ils lui rendent souvent par nécessité, ou plutôt par emportement de chagrin et de désespoir. Car prenez garde, chrétiens, ce mondain qui oublie Dieu et la providence, tandis qu'il est dans la prospérité et que tout lui succède selon ses désirs, est le premier à murmurer contre cette même providence et contre Dieu, quand il lui survient une disgrâce qu'il n'avait pas prévue; comme si c'était un soulagement pour lui d'avoir à qui s'en prendre dans son malheur, il en accuse Dieu, et par la plus étrange contradiction il l'attribue à cette providence même qu'il niait par une fière et orgueilleuse impiété. Or qu'y a-t-il de plus bizarre que de ne vouloir pas reconnaître une providence pour lui obéir et pour se conformer à elle, et d'en reconnaître une pour l'outrager? Voici quelque chose encore de plus surprenant; c'est que souvent le libertin veut douter de la providence par les raisons même qui prouvent invinciblement la providence, et qui seules devraient suffire pour la lui persuader. Car sur quoi fonde-t-il ses doutes touchant la providence d'un Dieu? sur ce qu'il voit le monde rempli de désordres; et c'est pour cela même, dit saint Chrysostome, qu'il doit conclure nécessairement qu'il y a une providence. En effet, pourquoi ces désordres dont le monde est plein, sont-ils des désordres? et pourquoi lui paraissent-ils désordres, sinon parce qu'ils sont contre l'ordre et qu'ils répugnent à l'ordre? Or qu'est-ce que cet ordre auquel ils répugnent, sinon la providence? Il se fait donc une difficulté de cela même qui résout la difficulté, et il devient infidèle par ce qui devait affermir sa foi. Mais s'il y avait, dit-il, une providence, arriverait-il dans la société des hommes tant de choses dont les hommes eux-mêmes sont scandalisés? Et moi, je réponds : mais de ce que les hommes eux-mêmes en sont scandalisés, n'est-ce pas une preuve authentique de la providence, qui ne permet pas que ces choses soient autorisées, et qui veut pour cela que parmi les hommes elles passent et qu'elles aient toujours passé pour scandaleuses? Si les hommes ne se scandalisaient plus de rien, c'est alors que l'on pourrait peut-être douter qu'il y eût une providence, et que peut-être l'impie pourrait dire dans son cœur, qu'il n'y a point de Dieu : mais tandis qu'on se scandalise de l'insolence du vice, tandis que la censure même du monde condamne le libertinage, tandis qu'on abhorre l'impiété, tandis que la haine publique s'élève contre l'iniquité, la providence est à couvert, et rien de tout cela ne prévaut contre elle. Or on se scandalisera toujours de tout cela, parce qu'il y aura toujours un Dieu et une providence. Il est vrai, on commettra dans le monde des crimes honteux, des perfidies noires, des trahisons lâches; mais ces crimes ne seront honteux que parce qu'il y a une providence qui y attache un caractère de honte et qui nous le fait voir; ces perfidies ne seront détestées comme perfidies, que parce qu'il y a une providence qui fait aimer la bonne foi; ces trahisons ne seront réputées lâches, que parce qu'il y a une providence qui met en crédit l'honneur et la probité. On fera des actions dont on rougira, qu'on se reprochera, qu'on désavouera; mais ces désaveux, ces remords, cette confusion, seront dans ces actions-là même autant d'arguments en faveur de la providence. Au contraire, quel avantage contre elle l'impie ne tirerait-il pas,

si l'on ne les désavouait plus, si l'on ne s'en cachait plus, si l'on
n'en rougissait plus? Voilà le désordre de celui qui renonce à
la providence par un esprit d'incrédulité.

Mais supposons qu'il le fasse sans préjudice de sa foi, et par
une simple révolte de cœur : autre désordre encore moins soutenable, de croire une providence qui préside au gouvernement
du monde, et de ne vouloir pas se soumettre à elle, de ne vouloir pas se régler par elle, ni agir de concert avec elle; d'être
assez téméraire, ou plutôt assez insensé, non-seulement pour
affecter de s'en rendre indépendant, mais pour prétendre arriver malgré elle aux fins qu'on se propose, et venir à bout de
ses entreprises par d'autres moyens que ceux qu'elle a marqués.
Tel est néanmoins le désordre où conduit insensiblement l'esprit du monde. En croyant même une providence, on vit dans le
monde comme si on ne la croyait pas. Car on croit une providence (appliquez-vous, mon cher auditeur, et reconnaissez-vous
ici), on croit une providence et toutefois on agit dans les affaires
du monde avec les mêmes inquiétudes, avec les mêmes empressements, avec les mêmes impatiences, avec le même oubli
de Dieu dans les succès, avec le même abattement dans les afflictions, avec la même présomption dans les entreprises, que
si cette providence était un nom vide et qu'elle ne décidât de
rien, ni n'eût part à rien. En effet, si la foi de la providence
entrait dans la conduite de notre vie autant qu'elle y devrait entrer, c'est-à-dire si nous ne perdions jamais cette providence de
vue, et si chacun de nous ne se regardait que comme un sujet
né pour exécuter ses ordres, dès là il n'y aurait rien dans nous
que de raisonnable : nous ne serions ni passionnés, ni emportés, ni vains, ni inquiets, ni fiers, ni jaloux, ni ingrats envers
Dieu, ni injustes envers les hommes; soumis à cette providence,
nous aurions dans le monde des intérêts sans attachement,
des prétentions sans ambition, des avantages sans orgueil; nous
n'abuserions ni des biens ni des maux, et nous conserverions
en toutes choses cette sainte modération de sentiments et de
désirs qui, selon la maxime de saint Paul, nous rendrait modestes dans la prospérité et patients dans l'adversité. Pourquoi?
parce que tout cela est essentiellement renfermé dans ce que
j'appelle la subordination ou la soumission d'une âme fidèle à

la providence de Dieu. Mais parce que l'esprit du monde qui prédomine en nous, nous fait abandonner cette providence, par une suite inévitable nous tombons en mille désordres. Nous recevons de Dieu des bienfaits sans les reconnaître, et des châtiments sans en profiter : ce qui devrait nous convertir, nous endurcit; et ce qui devrait nous sanctifier, nous irrite et nous désespère : nous nous élevons où il faudrait nous humilier, et nous nous troublons où il faudrait bénir Dieu et nous consoler : des succès d'autrui nous nous faisons par envie de honteux chagrins, et des chagrins d'autrui de malignes joies. Il n'y a pas un mouvement de notre cœur qui ne soit, pour ainsi parler, hors de sa place; et cela parce que ce n'est plus du premier mobile, je veux dire de la foi d'une providence que nous recevons l'impression. Or, dès là, Seigneur, comment ne serions-nous pas de toutes vos créatures les plus criminelles, puisqu'en nous retirant d'une conduite aussi sainte et aussi droite que la vôtre, il ne nous reste plus que des voies trompeuses et détournées où nous faisons autant de chutes que de pas?

Prenez garde, chrétiens; et pour bien comprendre la vérité que je vous prêche, remarquez que cet homme du siècle, qui se détache de la providence pour ne plus dépendre d'elle, ne le fait, ou que pour vivre au hasard et pour suivre en aveugle le cours de la fortune, dont le torrent entraîne toutes les âmes faibles, ou que pour se gouverner selon les vues de la prudence humaine, dont les sages du monde prennent le parti. Or, je soutiens que l'un et l'autre est pour Dieu l'outrage le plus sensible, et il n'y a personne de vous qui n'en doive convenir avec moi; car de n'avoir plus d'autre principe de sa conduite que la fortune, et d'en vouloir suivre le cours, n'est-ce pas tomber dans l'idolâtrie des païens, qui, comme l'observe saint Augustin, au lieu d'adorer les conseils de Dieu dans les événements du monde, aimèrent mieux se faire une divinité bizarre, qu'ils appelèrent Fortune, jusqu'à lui ériger des temples, jusqu'à l'invoquer dans leurs besoins, jusqu'à lui offrir des sacrifices pour l'apaiser, jusqu'à lui rendre des actions de grâces quand ils supposaient qu'elle leur était favorable? Idolâtrie dont les sages même du paganisme ne pouvaient supporter l'abus. Quelle indignité, disait un d'entre eux, de voir aujourd'hui la Fortune

7

adorée partout, invoquée partout, et au mépris des dieux
même, révérée partout comme la divinité du monde? *Quid enim
est quod nunc toto orbe locisque omnibus fortuna invocatur, una
cogitatur, una nominatur, una colitur?* (Plin.)

Et n'est-ce pas aussi, chrétiens, ce que Dieu reprochait aux
Israélites, quand il leur disait par la bouche d'Isaïe : *Et vos qui
dereliquistis Dominum, qui obliti estis montem sanctum meum,
qui ponitis fortunæ mensam, et libatis super eam : numerabo vos
in gladio* (Is. LXV). Pour vous qui avez méprisé mon culte, vous
qui dressez un autel à la fortune, et qui par une apostasie secrète lui faites dans le fond de vos cœurs des sacrifices, sachez
que ma justice vengeresse ne vous épargnera pas. Or, ce sacrilége n'a pas seulement été le crime des juifs et des païens; on
le voit encore au milieu du christianisme, surtout à la cour, et
c'en est un des plus grands scandales. Oui, mes chers auditeurs,
et vous le savez mieux que moi, l'idole de la cour, c'est la fortune, c'est à la cour qu'on l'adore; c'est à la cour qu'on lui sacrifie toutes choses, son repos, sa santé, sa liberté, sa conscience
même et son salut; c'est à la cour qu'on règle par elle ses amitiés, ses respects, ses services, ses complaisances, jusqu'à ses
devoirs. Qu'un homme soit dans la fortune, c'est une divinité
pour nous; ses vices nous deviennent des vertus, ses paroles
des oracles, ses volontés des lois. Oserai-je le dire? qu'un démon
sorti de l'enfer se trouvât dans un haut degré d'élévation et de
faveur, on lui offrirait de l'encens. Mais que ce même homme
qu'on idolâtrait, vienne à déchoir et qu'il ne se trouve plus en
place, à peine le regarde-t-on. Tous ces faux adorateurs disparaissent, et sont les premiers à l'oublier : pourquoi? parce que
cette idole de la fortune qu'on respectait en lui ne subsiste plus.
Je sais qu'en tout cela l'on se regarde soi-même; mais c'est justement le désordre, de se regarder et de se rechercher ailleurs
soi-même qu'en Dieu et dans sa providence. Il n'y a pas jusqu'aux
gens de bien et aux spirituels, qui ne se laissent surprendre à
l'éclat d'une fortune mondaine, et qui n'aient quelque part à
cette idolâtrie. Non pas, après tout, qu'il soit absolument défendu de se servir de ceux qui sont en crédit, pourvu qu'on les
considère comme les ministres de la providence; mais alors on
ne s'appuie sur eux que selon les vues de Dieu; et l'on ne les

emploie pas, ainsi que nous le voyons tous les jours, pour opprimer l'un, pour supplanter l'autre, pour soutenir l'injustice et pour faire triompher l'iniquité.

Il semble que le parti de ceux qui abandonnent la providence pour se conduire selon la prudence humaine, devrait être exposé à moins de désordres; mais c'est en quoi nous nous trompons. Dans ces partisans de la fortune il y a plus de témérité; mais dans ces sages du monde il y a plus d'orgueil. Or, rien n'offense plus Dieu que l'orgueil; et n'est-ce pas ici qu'il paraît évidemment? Car quel orgueil qu'un homme faisant fond sur soi-même, s'assurant de soi-même, ne comptant que sur soi-même, se croie suffisamment éclairé pour se gouverner soi-même, et pour avoir droit ensuite de s'applaudir à soi-même de ses avantages, jusqu'à dire intérieurement, comme ces impies dans l'Écriture : *Manus nostra excelsa, et non Dominus fecit hæc omnia* (DEUTER. XXXII); c'est moi qui me suis fait ce que je suis; c'est par mon industrie et par mon travail que je suis parvenu là; l'établissement de ma maison, le succès de mes affaires, le rang que je tiens, tout cela est l'ouvrage de mes mains et non de la main du Seigneur. Quel orgueil, que n'ayant pas assez de lumières pour nous passer en mille conjonctures du conseil des hommes, nous pensions en avoir assez pour n'être pas obligés de consulter Dieu? et afin de réduire cette vérité à quelque espèce particulière, quel désordre, par exemple, qu'un père, suivant les seules maximes de la sagesse mondaine, s'estime capable de disposer souverainement de ses enfants, de déterminer leur vocation, de les engager en tels emplois, de leur procurer tels bénéfices, de leur faire prendre telle ou telle route, sans examiner si ce sont les voies de Dieu? A quoi s'expose-t-il par là, et quelles en sont pour lui, aussi bien que pour ses enfants, les affreuses conséquences; puisque tout cela, et pour ses enfants et pour lui-même, a de si étroites liaisons avec le salut? Car enfin, du moment que l'homme entreprend de se gouverner indépendamment de Dieu, il se charge devant Dieu de toutes les suites. Si elles sont malheureuses, il en prend sur lui le crime; et comme la prudence humaine, même la plus raffinée, est sujette à mille erreurs, qui peut dire combien de dettes il accumule les unes sur les autres, dont il faudra rendre

compte un jour au souverain juge? Quand j'ai recours à Dieu,
c'est-à-dire quand après avoir mûrement délibéré selon l'esprit
de ma religion, et tâché de bonne foi à connaître l'ordre de
Dieu, je viens à décider et à conclure, je puis alors avoir cette
confiance, ou que je conclus sûrement, ou que si je manque,
Dieu suppléera à mon défaut : que si je m'égare, Dieu aura
d'autres voies pour me redresser, et qu'il ne m'imputera pas
mon égarement; pourquoi? parce qu'autant qu'il était en moi,
j'ai suivi les règles de la prudence chrétienne, en le priant de
m'éclairer, et usant des moyens qu'il m'a donnés pour m'instruire de sa volonté. Mais quand je veux moi-même me conduire, je dois répondre de moi-même, et en répondre à un Dieu
jaloux de ses droits, et qui, offensé de mon orgueil, n'est pas
dans la disposition de me faire grâce. De là en quels abîmes vais-
je me précipiter? Car, pour demeurer toujours dans le même
exemple, qu'un père dispose de ses enfants selon les idées de
cette damnable politique du monde qui lui sert de règle, qu'arrive-t-il? vous le savez : pour en élever un, il sacrifie tous les
autres; par prédilection pour ceux-ci, il ne fait à ceux-là nulle
justice : il destine à l'Église ceux qui pouvaient faire leur devoir
dans le monde, et il engage ceux qui pouvaient utilement servir
l'Église; et parce qu'il est néanmoins vrai que leur destinée
temporelle a un enchaînement presque infaillible avec leur
prédestination éternelle, en pensant les établir tous, il les damne
tous, et lui-même se damne avec eux et pour eux. S'il s'était, en
père chrétien, adressé à Dieu, il se fût préservé de tous ces
désordres : mais il n'en a voulu croire que lui-même, et n'en
croyant que lui-même, il s'est perdu, il a perdu ses enfants, et
s'est rendu devant Dieu personnellement responsable de leur
perte et de la sienne.

   Voilà pourquoi le plus sage des hommes, Salomon, faisait à
Dieu cette excellente prière : *Da mihi sedium tuarum assistri-*
cem sapientiam, ut mecum sit, et mecum laboret, et sciam quod
acceptum sit apud te. Donnez-moi, Seigneur, cette sagesse qui
est assise avec vous sur votre trône, afin qu'elle travaille avec
moi, que sans me tromper jamais elle m'apprenne comment je
dois agir et ce qui vous est agréable. Prière, mes chers auditeurs
que nous devons faire, chacun dans nos conditions, tous les

jours de notre vie : prière que Dieu écoutera, parce que ce sera un hommage que nous rendrons à sa providence : prière qui fera descendre sur nous les plus abondantes bénédictions du ciel, parce qu'en honorant Dieu elle engagera Dieu à s'intéresser pour nous. Sans cela, sans cette soumission à la providence de notre Dieu, nous ne serons pas seulement les plus criminels, mais les plus malheureux de tous les hommes. Vous l'allez voir dans la seconde partie.

SECONDE PARTIE.

C'est un sentiment de saint Augustin qui ne peut être contesté, et qui me paraît aussi propre à nous imprimer une haute idée de Dieu, qu'à nous donner une connaissance parfaite de nous-mêmes : savoir que Dieu ne serait pas Dieu, si hors de lui nous pouvions trouver un bonheur solide, et que la preuve la plus convaincante et la plus sensible qu'il est notre dernière fin et notre souveraine béatitude, est qu'en nous éloignant de lui par le péché nous devenons malheureux : *Jussisti, Domine, et sic est, ut omnis animus inordinatus pœná sit ipse sibi* (AUGUST.). Vous l'avez ordonné, Seigneur, disait ce grand homme faisant à Dieu l'humble confession de ses misères et les déplorant, vous l'avez ainsi ordonné, et l'arrêt s'exécute tous les jours, que tout esprit qui se dérègle et qui veut sortir des bornes de la sujétion et de la dépendance en se séparant de vous, trouve sa peine dans lui-même. Or, c'est là justement, chrétiens, la seconde proposition que j'ai avancée, et c'est assez de l'avoir conçue pour en être persuadé : le plus grand malheur de l'homme est de se détacher de Dieu, et de vouloir se soustraire aux lois de sa providence; pourquoi cela? en voici les raisons. C'est qu'en renonçant à cette providence adorable, l'homme demeure, ou sans conduite, ou abandonné à sa propre conduite, source infaillible de tous les maux. C'est qu'en quittant Dieu, il oblige pareillement Dieu à le quitter, et à retirer de lui cette protection paternelle qui fait, selon l'Écriture, toute la félicité des justes sur la terre. C'est qu'il se prive par là de la plus douce, ou plutôt de l'unique consolation qu'il peut avoir en certaines adversités, où la foi seule de la providence le pourrait soutenir. Enfin c'est

que ne voulant pas dépendre de Dieu par une soumission libre
et volontaire, il en dépend malgré lui par une soumission
forcée; et que, refusant de se captiver sous une loi d'amour, il
ne peut éviter d'être assujetti aux lois les plus dures d'une
rigoureuse justice. Quatre raisons qui demanderaient autant de
discours pour être traitées dans toute leur étendue et toute leur
force, mais dont l'exposition simple et courte servira pour vous
convaincre et pour vous toucher.

Imaginez-vous donc d'abord, disait saint Chrysostome, un
vaisseau en pleine mer, battu des vents et des tempêtes, bien
équipé néanmoins et bien pourvu de tout le reste, mais qui n'a
ni pilote ni gouvernail : tel est l'homme dans le cours du monde
quand il n'a plus Dieu pour règle de sa conduite. Au défaut de
la providence, sur quoi peut-il faire fond, et à quoi peut-il
s'attacher ? S'il trouvait hors de cette providence quelque chose
de stable qui l'arrêtât et qui le fixât, son état peut-être serait
moins à plaindre ; mais il faut qu'il convienne avec moi, qu'en
renonçant à la providence et en secouant le joug de Dieu, il ne
lui reste que l'un ou l'autre de ces deux partis, je veux dire, ou
de mettre son appui dans les hommes, ou d'être réduit à n'avoir
plus d'autre ressource que lui-même. Or, des deux côtés sa
condition est également déplorable ; et quoi qu'il fasse, il est
inévitablement et incontestablement malheureux. Car d'être
réduit à n'avoir plus d'autre ressource que lui-même, qu'y a-t-il
à le bien prendre, de plus terrible ? et pour peu que l'homme se
connaisse, est-il rien qui soit plus capable de le désoler et de le
consterner ? Si je me trouvais seul et sans guide dans une solitude affreuse, exposé à tous les risques d'un égarement sans
retour, je serais dans des frayeurs mortelles. Si dans une pressante maladie je me voyais abandonné, n'ayant que moi-même
pour veiller sur moi, je n'oserais plus compter sur ma guérison.
Si dans une affaire capitale, où il s'agirait pour moi non-seulement de ma fortune, mais de ma vie, tout autre conseil que le
mien me manquait, je me croirais perdu et sans espérance.
Comment donc au milieu du monde, de tant d'écueils et de
piéges qui m'environnent, de tant de périls qui me menacent,
de tant d'ennemis qui me poursuivent, de tant d'occasions où
je puis périr, sans autre secours que moi-même, pourrai-je vivre

en paix et n'être pas dans de continuelles alarmes? Aussi, chrétiens, ce qui fait tous les jours le malheur de l'homme, c'est
l'homme même obstiné à ne vouloir dépendre que de lui-même :
ce qui rend l'homme malheureux, ce n'est point ce qui est hors
de lui, ni ce qui est au-dessus de lui, ni ce qui paraît même plus
déclaré contre lui ; mais il est lui-même la source de ses peines,
parce qu'il veut être lui-même la règle de ses actions. Et il faut
par nécessité que cela soit ainsi. Car comme, selon l'Écriture,
les pensées des hommes sont incertaines, confuses, timides,
surtout à l'égard de ce qui les touche, *cogitationes mortalium
timidæ*, si l'homme réduit à lui-même ne suit que ses propres
vues, dès lors le voilà dans l'inquiétude, dans l'irrésolution,
dans le trouble, ne pouvant plus s'assurer de rien, obligé à se
défier de tout, livré à ses caprices, à ses inégalités, à ses inconstances, esclave d'une imagination qui le joue, sujet aux alté-
rations d'un tempérament qui le domine. Comme il est rempli
de passions, et de passions toutes contraires, il doit s'attendre à
en être déchiré ; et s'il se renferme dans lui-même, dès lors le
voilà selon les différentes situations accablé de tristesse, saisi de
crainte, envenimé de haine, infatué d'amour, dévoré d'une
ambition démesurée, desséché des plus malignes envies, transporté de colère, outré de douleur, trouvant en lui-même, non
pas un supplice, mais un enfer.

Je sais, chrétiens, qu'il y a une raison supérieure à tout cela,
dont il peut et dont il doit s'aider : mais si d'une part elle lui
est de quelque secours, que ne lui fait-elle pas souffrir de l'autre?
A quoi lui sert, dit saint Augustin, cette raison non soumise à
Dieu et bornée à ses faibles lumières, sinon à le rendre encore
plus malheureux, à lui découvrir des biens auxquels il ne peut
parvenir, à lui représenter des maux qu'il ne saurait éviter, à
exciter en lui des désirs qu'il ne contente jamais, à lui causer
des repentirs qui le tourmentent toujours, à lui donner du
dégoût pour ce qu'il a, à lui faire sentir la privation de ce qu'il
n'a pas, à lui faire apercevoir dans le monde mille injustices qui
le désespèrent et mille indignités qui le révoltent? Il raisonne
sur tout, mais ses raisonnements l'affligent; il prévoit tout,
mais ses prévoyances le tuent; il affecte d'être prudent et sage,
mais n'est-ce pas de cette prudence même et de cette vaine

sagesse que naissent ses amertumes et ses chagrins? S'il se
laissait conduire à Dieu, la seule vue d'une providence occupée
à veiller sur lui, fixerait ses pensées, bornerait sa cupidité,
adoucirait ses passions, fortifierait sa raison; et dans ce calme
de toutes les puissances de son âme, il serait heureux : mais
parce qu'il veut l'être sans Dieu et par lui-même, il ne trouve
hors de Dieu et dans lui-même que misère et affliction d'esprit.

Que fera-t-il donc! convaincu de son insuffisance, et ne voulant
pas s'attacher à Dieu, mettra-t-il sa confiance dans les hommes?
Ah! mes chers auditeurs, autre misère encore plus grande :
car, dit le Saint-Esprit, malheur à celui qui s'appuie sur l'homme
et sur un bras de chair : *Maledictus homo qui confidit in homine,
et ponit carnem brachium suum* (JER. XVII). Et, en effet, sans parler du reste, à quelle servitude cet état n'engage-t-il pas? quelle
bassesse en secouant le joug de Dieu, de s'imposer le joug de
l'homme, c'est-à-dire de ne plus vivre qu'au gré de l'homme,
de ne plus subsister que par son crédit, de n'avoir plus d'autres
volontés que les siennes, de ne plus faire que ce qui lui plaît,
d'être obligé sans cesse à le prévenir, à le ménager, à le flatter;
d'être toujours en peine si l'on est dans ses bonnes grâces ou si
l'on n'y est pas, s'il est content ou s'il ne l'est pas? est-il un
esclavage plus ennuyeux et plus fatigant? Mais dépendre de
Dieu, dont je suis sûr que la providence ne me peut manquer,
voilà ce qui fait ma félicité, et ce qui faisait celle de saint Paul,
quand il disait : *Scio cui credidi* (2 TIM.), je sais à qui j'ai confié
mon dépôt. Au contraire, quand je pense qu'au défaut de Dieu
sur qui je ne veux pas me reposer, je confie ce dépôt, c'est-à-
dire, ma destinée et mon sort, à des hommes volages, à des
hommes intéressés, à des hommes amateurs d'eux-mêmes, qui
ne me considèrent que pour eux-mêmes, et qui compteront
pour rien de m'abandonner dès que je commencerai de leur
être à charge, ou que je cesserai de leur être utile : ah! chrétiens, pour peu que j'aie de sentiments, il faut que j'avoue qu'il
n'est rien de comparable à mon malheur. Et certes, dit saint
Chrysostome, si cette providence aimable d'un Dieu pouvait être
suppléée à notre égard par la protection des hommes, ce serait
surtout par celle des princes, que nous regardons comme les
dieux de la terre, ou par celle de leurs ministres et de leurs fa-

voris qui nous semblent tout-puissants dans le monde. Or, ce sont justement là ceux sur qui l'Ecriture nous avertit de ne pas établir notre espérance, à moins que nous ne voulions bâtir sur un fondement ruineux : *Nolite confidere in principibus* (Ps. XLV) : et afin que l'expérience nous rendît sensible ce point de foi, ce sont ceux dont la faveur opiniâtrément recherchée et inutilement entretenue, par une juste punition de Dieu, fait tous les jours plus de misérables, plus d'hommes trompés, délaissés, sacrifiés, et par conséquent plus de témoins de cette grande vérité, que dans les enfants des hommes, je dis même selon le monde, il n'y a point de salut : *in filiis hominum, in quibus non est salus* (IBIDEM).

Cependant, chrétiens, voici le comble de l'aveuglement du siècle ; quelque persuadé que l'on soit d'une vérité dont on a tant de preuves et qu'il nous est si important de bien comprendre, on s'obstine à la combattre, et l'on aime mieux être malheureux en dépendant de la créature, que d'être heureux en s'assujettissant au Créateur. Malgré les rigoureuses épreuves qu'on fait tous les jours de l'indifférence, de la dureté, de l'insensibilité de ces fausses divinités de la terre, par une espèce d'enchantement, on consent plutôt à souffrir et à gémir en comptant sur elles, qu'à jouir de la liberté par une sainte confiance en Dieu. Demandez à ces adorateurs de la faveur, à ces partisans et à ces esclaves du monde ce qui se passe en eux, et voyez s'il y en a un seul qui ne convienne que sa condition a mille dégoûts, mille déboires, mille mortifications inévitables, et que c'est une perpétuelle captivité. N'est-ce pas ainsi qu'ils en parlent dans le cours même de leurs prospérités? Mais quand après bien des intrigues, leur politique vient à échouer, et que par une disgrâce imprévue qui les déconcerte et qui dérange tous leurs desseins, ils se voient oubliés, négligés, méprisés : ah! mes frères, s'écrie saint Augustin, c'est alors qu'ils rendent un hommage solennel à cette providence dont ils n'ont pas voulu dépendre : et c'est alors même aussi que Dieu a son tour, et que par une espèce d'insulte que lui permet sa justice, et qui ne blesse en rien sa miséricorde, il croit avoir droit de leur répondre avec ces paroles du Deutéronome : *Ubi sunt Dii corum in quibus habebant fiduciam? Surgant, et opitulentur vobis*

(Deuter. xxxii). Où sont ces dieux dont vous vous teniez sûrs
et qui devaient vous maintenir, ces dieux dont la protection
vous rendait si fiers, où sont-ils? *Surgant, et in necessitate vos
protegant* (Ibidem): qu'ils paraissent maintenant et qu'ils viennent
vous secourir; c'étaient vos dieux, et vous faisiez plus de fond
sur eux que sur moi : hé bien! adressez-vous donc à eux dans
l'extrémité où vous êtes, et puisque vous les avez servis comme
des divinités, qu'ils vous tirent de l'abîme et qu'ils vous re-
lèvent : *Surgant et opitulentur vobis.*

De là, chrétiens, quelle consolation pour un homme ainsi
abandonné de Dieu, après qu'il a lui-même abandonné Dieu?
quelle consolation, dis-je, surtout en certains états de la vie où
la foi seule d'une providence nous peut soutenir? Car tandis que
cette foi m'éclaire, et que je suis bien persuadé de ce principe,
qu'il y a un Dieu dispensateur des biens et des maux, en sorte
qu'il ne m'arrive rien que par son ordre et que pour mon salut
et pour sa gloire, j'ai dans moi un soutien contre tous les accidents. Quelque indocile, quelque révolté même que je sois,
selon les sentiments naturels, je ne laisse pas au moins dans la
partie supérieure de mon âme, et suivant les vues que me
donne la foi, de me dire à moi-même : J'ai tort de murmurer et
de me plaindre : Dieu l'a ainsi ordonné; et puisque c'est sa
volonté, je dois m'y soumettre. Or, en me condamnant de la
sorte, je me console et cette pensée me fortifie : quoique je ne la
goûte pas peut-être d'abord, il suffit que je l'approuve et que j'y
puisse revenir quand il me plaira, pour qu'elle me soit une ressource toujours présente dans ma douleur. Mais quand j'ai une
fois effacé de mon esprit cette idée de la providence, s'il me survient une affliction de la nature de celles où la raison de
l'homme est à bout, et qui ne peuvent recevoir de la part du
monde aucun soulagement, où en suis-je, et que me reste-t-il,
sinon de boire tout le calice et de le boire tout pur, comme les
pécheurs, sans tempérament et sans mélange? *Verumtamen fœx
ejus non est exinanita, bibent omnes peccatores terræ* (Ps. lxxiv.)
Or, dans le cours de la vie et des révolutions qui y sont si ordinaires, il n'est rien de plus commun que ces sortes d'états; et
Dieu le permet, chrétiens, pour nous convaincre encore plus
sensiblement de la nécessité où nous sommes de nous attacher

à sa providence, et pour nous faire voir la différence de ceux qui se confient en elle, et de ceux qui refusent de marcher dans ses voies : car de là vient qu'un juste affligé, persécuté, et si vous voulez opprimé, demeure tranquille, possède son âme dans la patience et dans une paix qui, selon l'apôtre, surpasse tout sentiment humain, tire de ses propres maux sa consolation ; pourquoi ? parce qu'il envisage dans l'univers une providence à qui il se fait un plaisir de se conformer : *Dominus dedit, Dominus abstulit ; sicut Domino placuit ita factum est* (Job. I). C'est le Seigneur qui m'avait donné ces biens, c'est lui-même qui m'en a dépouillé, que son nom soit à jamais béni. Au lieu que l'impie frappé du coup qui l'atterre, fait, pour ainsi dire, le personnage d'un réprouvé, blasphémant contre le ciel, trouvant tout odieux sur la terre, accusant ses amis, plein de fureur contre ses ennemis, se désespérant, et dans son désespoir n'ayant pas même, non plus que le riche de l'enfer, une goutte d'eau, c'est-à-dire, d'onction et de consolation ; pourquoi ? parce que c'était dans le sein de la providence qu'il la pouvait puiser, et que cette source est tarie pour lui ; ce qui faisait dire à saint Chrysostome, que quiconque combat la providence, combat son bonheur, parce que le grand bonheur de l'homme est de croire une providence dans le monde ; et de lui être soumis.

Que dis-je, chrétiens ? et le mondain, tout rebelle qu'il est, n'est-il pas encore sous le domaine de la providence ? Oui, il y est, et malgré lui il y sera ; mais c'est cela même qui achève son malheur ; car de deux sortes de providences que Dieu exerce sur les hommes, l'une de sévérité et l'autre de bonté, l'une de justice et l'autre de miséricorde, au même temps qu'il se soustrait à cette providence favorable en qui il devait chercher son repos, il se trouve livré à cette providence rigoureuse qui le poursuit pour lui faire sentir son empire le plus dominant ; comme si Dieu lui disait : Tu n'as pas voulu te ranger sous celle-ci, tu souffriras de celle-là ; car je les ai substituées l'une à l'autre par une loi éternelle et irrévocable ; et dans l'étendue que je leur ai donnée, rien ne peut être hors de leur ressort. La providence de mon amour n'a pu t'engager ; ce sera donc désormais la providence de ma justice qui te contiendra, qui te réprimera ; qui par des vengeances tantôt secrètes, tantôt éclatantes, se fera sentir à toi; qui tantôt par des humiliations, tantôt par des afflictions, tantôt par des prospérités dont tu seras enivré, tantôt par des adversités dont tu seras accablé, tantôt par des douceurs qui t'empoisonneront le cœur, tantôt par des amertumes qui t'aigriront, qui te soulèveront et ne te corrigeront pas, te réduira malgré toi dans la dépendance. Et voilà comment Dieu tant de fois en a usé envers certains pécheurs de marque; voilà comment il a traité un Pharaon, un Nabuchodonosor, un Antiochus, et bien d'autres. Ils n'ont pas voulu le reconnaître comme père; ils ont été forcés à le reconnaître comme juge; ils n'ont pas voulu servir à glorifier sa providence aimable et bienfaisante; ils ont servi à glorifier sa providence souveraine et toute-puissante : *Ponam te in exemplum* (NAH. III). Je ferai un exemple de toi, disait-il, par son prophète à un libertin, et c'est ce qu'il a fait et ce qu'il fait encore du peuple juif. Miracle subsistant de la providence d'un Dieu irrité : miracle qui seul peut convaincre les esprits les plus incrédules, qu'il y a un premier maître et un Dieu dans le monde, devant lequel toute créature doit s'humilier et à qui il est juste que tout homme mortel obéisse. Si donc, mes frères, nous avons quelque égard à notre devoir ou à notre intérêt, soumettons-nous à lui et à sa providence. Soumettons-lui toutes nos entreprises; et sans négliger les moyens raisonnables qu'il nous permet d'employer pour les faire réussir, sans y épargner nos soins, du reste, reposons-nous tranquillement et absolument sur lui du succès. Bénissons-le également, et dans les biens et dans les maux : dans les biens, en les recevant avec reconnaissance; dans les maux, en les supportant avec patience. Demandons-lui sans cesse que sa volonté s'accomplisse en nous; qu'elle s'accomplisse sur la terre et qu'elle s'accomplisse dans le ciel : sur la terre, où il veut nous sanctifier; et dans le ciel, où il veut nous couronner. C'est ce que je vous souhaite, etc.

SERMON

SUR LA RELIGION CHRÉTIENNE

Responderunt Jesu quidam de Scribis et Phari-
sœis, dicentes : Magister, volumus à te signum
videre. Qui respondens , ait illis : Generatio
mala et adultera signúm quærit : et signum
non dabitur ei nisi signum Jonœ Prophetœ.

Quelques-uns des Scribes et des Pharisiens dirent
à Jésus : Maître, nous voudrions bien voir
quelque prodige de vous. Jésus leur répondit :
Cette nation méchante et adultère demande
un prodige, et il n'y en aura point d'autre
pour elle que celui du prophète Jonas.
MATTH. XII.

MADAME [1],

Ce fut une curiosité, mais une curiosité présomptueuse, une
curiosité captieuse et maligne, qui porta les Pharisiens à faire
cette demande au Sauveur du monde. Curiosité présomptueuse,
puisque au lieu d'engager le Fils de Dieu par une humble prière,
à leur accorder comme une grâce ce qu'ils demandaient, ils pa-
rurent l'exiger, comme s'ils n'eussent eu qu'à le vouloir pour
être en droit de l'obtenir : *Magister, volumus.* Curiosité captieuse,
puisque, selon le rapport d'un autre évangéliste, ils ne lui firent
cette proposition que pour le tenter et que pour lui dresser un
piége : *Tentantes eum, signum de cœlo quærebant* (LUC II). Curiosité maligne, puisqu'en cela même ils n'avaient point d'autre
dessein que de le perdre, déterminés qu'ils étaient à tourner
contre lui ses miracles mêmes, dont ils lui faisaient autant de
crimes, et dont enfin ils se servirent pour le calomnier et pour
l'opprimer. Car de là vint que le Fils de Dieu ne leur répondit

1. La reine.

qu'avec un zèle plein de sagesse d'une part, mais de l'autre plein d'indignation ; qu'il ne satisfit à leur curiosité que pour leur reprocher au même temps leur incrédulité ; qu'il les traita de nation méchante et infidèle, *Generatio mala et adultera ;* enfin qu'il les cita devant le tribunal de Dieu, parce qu'il prévoyait bien que le prodige qu'il allait leur marquer, mais auquel ils ne se rendraient pas, ne servirait qu'à les confondre : *Viri Ninivitæ surgent in judicio cum generatione ista* (MATTH. XII).

Voilà, mes chers auditeurs, le précis de notre Évangile, et dans l'exemple des pharisiens, ce qui se passe encore tous les jours entre Dieu et nous. Je m'explique. Nous voudrions que Dieu nous fît voir des miracles pour nous confirmer dans la foi ; et Dieu nous en fait voir actuellement dont nous ne profitons pas, à quoi nous sommes insensibles ; et qui, par l'abus que nous en faisons, rendent notre endurcissement d'autant plus criminel qu'il est volontaire, puisqu'il ne procède, aussi bien que celui des pharisiens, que de notre perversité et de la corruption de nos cœurs. Or c'est ce que notre divin Maître condamne aujourd'hui dans ces prétendus esprits forts du judaïsme, et ce qui doit, si nous tombons dans leur infidélité, nous condamner nous-mêmes. Tertullien a dit un beau mot, et qui exprime parfaitement le caractère de la profession chrétienne ; savoir, qu'après Jésus-Christ la curiosité n'est plus pour nous de nul usage, et que désormais elle ne nous peut plus être utile, beaucoup moins nécessaire ; parce que depuis la prédication de l'Évangile le seul parti qui nous reste est celui de croire et de soumettre notre raison, en la captivant, sous le joug de la foi : *Nobis curiositate opus non est post Christum, nec inquisitione post Evangelium* (TERTULL.). C'est ainsi qu'il s'en expliquait. Mais pour moi j'ose enchérir sur sa pensée, et j'ajoute que quand il nous serait permis dans le christianisme de faire de nouvelles recherches, quand nous aurions droit de raisonner sur notre foi et sur les mystères qu'elle nous révèle, nous trouvons dans Jésus-Christ et dans son Évangile, non-seulement de quoi convaincre nos esprits, mais de quoi contenter pleinement notre curiosité : pourquoi? parce que Jésus-Christ nous a fait voir dans sa personne des prodiges si éclatants et d'une telle évidence que nul esprit raisonnable n'y peut résister, et que si nous n'en sommes pas touchés, ce ne peut être que l'effet d'une mauvaise disposition, dont nous serons responsables à Dieu, et qui ne suffira que trop pour attirer sur nous toutes les rigueurs de son jugement.

C'est l'importante matière que j'ai entrepris de traiter dans ce discours : et le puis-je faire, Madame, avec plus d'avantage qu'en présence de Votre Majesté, dont les sentiments et les exemples doivent être pour tout cet auditoire autant de preuves sensibles et convaincantes de ce que je veux aujourd'hui lui persuader? Car quel effet plus merveilleux peut avoir la religion chrétienne, que de sanctifier au milieu de la cour et jusque sur le trône, la plus grande reine du monde ? et cela seul ne doit-il pas déjà nous faire conclure que cette religion est néces-sairement l'ouvrage de Dieu, et non pas des hommes? Plaise au ciel, chrétiens, qu'un tel miracle ne serve pas un jour de témoi-gnage contre nous ! mais ne puis-je pas bien vous faire la même menace que nous fait à tous le Fils de Dieu dans notre Évangile, en nous proposant l'exemple d'une reine ? *Regina surget in ju-dicio* (MATTH. XII). Le Sauveur du monde parlait d'une reine infidèle, et je parle d'une reine toute chrétienne. Cette reine du midi n'est tant vantée, que pour être venue entendre la sagesse de Salomon : *Quia venit audire sapientiam Salomonis* (MATTH. XII) : mais, Madame, outre que vous écoutez ici la sa-gesse même de Jésus-Christ et sa parole, que n'aurais-je point à dire de la pureté de votre foi, de l'ardeur de votre zèle pour les intérêts de Dieu, de la tendresse de votre amour pour les peu-ples, des soins vigilants et empressés de votre charité pour les pauvres, de ces ferventes prières au pied des autels, de ces longues oraisons dans le secret de l'oratoire, de tant de saintes pratiques qui partagent une si belle vie, et qui font également le sujet de notre admiration et de notre édification? Cependant, Madame, Votre Majesté n'attend point aujourd'hui de moi de justes éloges, mais une instruction salutaire ; et c'est pour seconder sa piété toute royale, que je m'adresse au Saint-Esprit, et que je lui demande par l'intercession de Marie les lumières nécessaires. *Ave, Maria.*

Ce n'est pas sans raison que les pharisiens de notre Évangile, dans le dessein, quoique peu sincère, de connaître Jésus-Christ et de savoir s'il était Fils de Dieu, lui demandèrent un prodige qui vînt de lui, et dont il fût l'auteur : *Magister, volumus à te signum videre.* Car il faut convenir, dit saint Augustin, qu'il y a des prodiges de deux différentes espèces ; les premiers qui viennent de Dieu, et les seconds qui viennent de l'homme ; les uns qui excitent l'admiration, parce que ce sont les témoignages visibles de l'absolue puissance du Créateur, et les autres qui ne causent que de l'horreur, parce que ce sont les tristes effets du déréglement de la créature ; ceux-là que nous révérons et que nous appelons miracles, et ceux-ci que nous regardons comme des monstres dans l'ordre de la grâce. Faites-nous voir un prodige qui vienne de vous, disent les pharisiens à Jésus-Christ. Que fait ce Sauveur adorable? Écoutez-moi ; en ceci consiste tout le fond de cette instruction. De ces deux genres de prodiges ainsi distingués, il leur en fait voir un qui n'avait pu venir que de Dieu, et qui fut un miracle évident, et incontestable ; je veux dire la foi des Ninivites convertis par la prédication de Jonas. Mais au même temps il leur en découvre un autre bien opposé et qui ne pouvait venir que d'eux-mêmes, savoir, le prodige ou le désordre de leur infidélité. Or nous n'avons, mes chers auditeurs, qu'à nous appliquer ces deux sortes de prodiges, pour nous reconnaître aujourd'hui dans la personne de ces pharisiens, et pour être obligés, par la comparaison que nous ferons de leur état et du nôtre, d'avouer que le reproche du Fils de Dieu ne nous convient peut-être pas moins qu'à ces faux docteurs de la loi ; que dans le sens qu'il l'entendait, peut-être ne sommes-nous pas moins qu'eux une nation corrompue et adultère, et qu'il pourrait avec autant de raison nous appeler à ce jugement redoutable, où il les cita en leur adressant ces paroles : *Viri Ninivitæ surgent in judicio cum generatione istâ.*

Car je prétends, et en deux propositions, voici le partage de ce discours, comprenez-les : je prétends que Jésus-Christ, dans l'établissement de sa religion, nous a fait voir un miracle plus authentique et plus convaincant que celui des Ninivites convertis, et c'est le grand miracle de la conversion du monde et de la propagation de l'Évangile, que j'appelle le miracle de la foi : ce sera le premier point. Je prétends que nous opposons

tous les jours à ce miracle un prodige d'infidélité, mais d'une
infidélité bien plus monstrueuse et plus condamnable que celle
même des Pharisiens : ce sera le second point. Deux prodiges
encore une fois ; l'un surnaturel et divin, c'est le monde sanctifié par la prédication de l'Évangile ; l'autre trop naturel et
trop humain, mais néanmoins prodige, c'est le désordre de
notre infidélité. Deux titres de condamnation que Dieu produira
contre nous dans son jugement, si nous ne pensons à le prévenir, en nous jugeant dès à présent nous-mêmes. Miracle de la
foi : prodige d'infidélité. Miracle de la foi, que Dieu nous a
rendu sensible, et que nous avons continuellement devant les
yeux : prodige d'infidélité, dont nous n'avons pas soin de nous
préserver et que nous tenons caché dans nos cœurs. Miracle de
la foi, qui vous remplira d'une confusion salutaire, en vous faisant connaître l'excellence et la grandeur de votre religion :
prodige d'infidélité, qui peut-être, si vous n'y prenez garde,
après avoir été la source de votre corruption, sera le sujet de
votre éternelle réprobation. L'un et l'autre demande une attention particulière.

PREMIÈRE PARTIE.

Il s'agit donc, chrétiens, pour entrer d'abord dans la pensée
de Jésus-Christ et dans le point essentiel que j'ai présentement
à développer, de bien concevoir ce grand miracle de la conversion du monde et de l'établissement du christianisme, que je
regarde, après saint Jérôme, comme le miracle de la foi. Et
parce qu'il est indubitable que ce miracle doit être une des plus
invincibles preuves que Dieu emploiera contre nous, si jamais
il nous réprouve, il faut aujourd'hui vous et moi nous en
former une idée capable de réveiller dans nos cœurs les plus vifs
sentiments de la religion. Le sujet est grand, je le sais ; il a
épuisé l'éloquence des Pères de l'Église, et il passe toute l'étendue de l'esprit de l'homme. Mais attachons-nous à l'exposition
simple et nue que saint Chrysostome en a faite dans une de ses
homélies. Pour en mieux comprendre la vérité, jugeons-en par
ce qu'il nous marque en avoir été la figure ; je dis par la conversion des Ninivites et par l'effet prodigieux et miraculeux de la
prédication de Jonas. Le voici.

8

Jonas fugitif, mais, malgré sa fuite, ne pouvant se dérober au pouvoir de Dieu qui l'envoie, confus et touché de repentir, reçoit de la part du Seigneur un nouvel ordre d'aller à Ninive. Il y va : quoique étranger, quoique inconnu, il y prêche, et il se dit envoyé de Dieu. Il menace cette grande ville et tous ses habitants d'une destruction entière et prochaine. Point d'autre terme que quarante jours, point d'autre preuve de sa prédiction que la prédiction même qu'il fait ; et sur sa parole, ce peuple abandonné à tous les vices, ce peuple pour qui, ce semble, il n'y avait plus ni Dieu ni foi, ce peuple indocile aux remontrances et aux leçons de tous les autres prophètes, par un changement de la main du Très-Haut, écoute celui-ci et l'écoute avec respect, revient à lui-même, et se met en devoir d'apaiser la colère de Dieu, fait la plus austère et la plus exemplaire pénitence ; ni état, ni âge, ni sexe n'en est excepté ; le roi même, dit l'Écriture, pour pleurer et pour s'humilier, descend de son trône ; les enfants sont compris dans la loi du jeûne ordonné par le prince ; chacun revêtu de cilice et couvert de cendres, donne toutes les marques d'une douleur efficace et prompte. Enfin la réformation des mœurs est si générale, que la prophétie s'accomplit à la lettre : *Et Ninive subvertetur* (Jon. iii, 4) : puisque, selon la belle réflexion de saint Chrysostome, ce n'est plus cette Ninive débordée que Dieu avait en abomination, mais une Ninive toute nouvelle et toute sainte, édifiée sur les ruines de la première et par qui ? par le ministère d'un seul homme qui a parlé ; et qui, plein de l'Esprit de Dieu, a sanctifié des milliers d'hommes dont il a brisé les cœurs. Voilà, disait le Fils de Dieu aux Juifs incrédules, le miracle qui vous condamnera et qui confondra votre impénitence : et je dis à tout ce qu'il y a de chrétiens endurcis dans leur libertinage, voilà le miracle que le Saint-Esprit vous propose comme la figure d'un autre miracle encore plus étonnant, encore plus au-dessus de l'homme, encore plus capable de vous convaincre et de vous élever à Dieu. Écoutez-le sans prévention, et vous en conviendrez.

Le miracle de la prédication de Jonas était un signe pour les Juifs ; mais en voici un pour vous, que je regarde comme le miracle du christianisme : heureux, si je puis par mes paroles l'imprimer profondément dans vos esprits ! C'est la conversion, non plus d'une ville, ni d'une province, mais d'un monde entier, opérée par la prédication de l'Évangile et par la mission d'un plus grand que Jonas, qui est l'Homme-Dieu, Jésus-Christ : *Et ecce plus quàm Jonas hic* (MATTH. XII). Ne supposons point qu'il est Dieu, mais oublions-le même pour quelque temps : il ne s'agit pas encore de ce qu'il est, mais de ce qu'il a fait. Qu'a-t-il fait? en deux mots, chrétiens, ce que nous ne comprendrons jamais assez, et ce que nous devrions éternellement méditer. Donnez-moi la grâce, Seigneur, pour le mettre ici dans toute sa force par un récit aussi touchant qu'il sera exact et fidèle. Jésus-Christ, fils de Marie et réputé fils de Joseph, cet homme dont les Juifs demandaient s'il n'était pas le fils de cet artisan : *Nonne hic est filius fabri* (MATTH.)? entreprend de changer la face de l'univers et de purger le monde de l'idolâtrie, de la superstition, de l'erreur, pour y faire régner souverainement la pureté du culte de Dieu. Dessein digne de lui, mais vaste et immense, et toutefois dessein dont vous allez voir le succès. Pour cela qui choisit-il? douze disciples grossiers, ignorants, faibles, imparfaits, mais qu'il remplit tellement de son esprit, que dans un jour, dans un moment il les rend propres à l'exécution de ce grand ouvrage.

En effet, de grossiers, et pour user de son expression, de lents à croire qu'ils étaient, par la vertu de cet esprit qu'il leur envoie du ciel, il en fait des hommes pleins de zèle et pleins de foi. Après les avoir persuadés, il s'en sert pour persuader les autres : ces pécheurs, ces hommes faibles, que l'on regardait, dit saint Paul, comme le rebut du monde, *Tanquam purgamenta hujus mundi*, fortifiés de la grâce de l'apostolat, partagent entre eux la conquête et la réformation du monde. Ils n'ont point d'autres armes que la patience, point d'autres trésors que la pauvreté, point d'autre conseil que la simplicité; et cependant ils triomphent de tout, ils prêchent des mystères incroyables à la raison humaine, et on les croit; ils annoncent un Évangile opposé contradictoirement à toutes les inclinations de la nature, et on le reçoit; ils l'annoncent aux grands de la terre, aux doctes et aux prudents du siècle, à des mondains sensuels, voluptueux, et l'on s'y soumet. Ces grands reçoivent la loi de ces pauvres, ces doctes se laissent convaincre par ces ignorants, ces

voluptueux et ces sensuels se font instruire par ces nouveaux
prédicateurs de la croix, et se chargent du joug de la mortification et de la pénitence : de tout cela se forme une chrétienté si
sainte, si pure, si distinguée par toutes les vertus, que le paganisme même se trouve forcé à l'admirer.

Ce n'est pas tout, et ce que j'ajoute vous doit encore paraître
plus surprenant : car à peine la foi publiée par ces douze Apôtres
a-t-elle commencé à se répandre, qu'elle se voit attaquée de mille
ennemis ; toutes les puissances de la terre s'élèvent contre elle ;
un Dioclétien, le maître du monde, veut l'anéantir, et s'en fait
un point politique : mais malgré lui, malgré les plus violents
efforts de tant d'autres persécuteurs du nom chrétien, elle s'établit si solidement, cette foi, que rien ne peut plus l'ébranler.
Des millions de martyrs la défendent jusqu'à l'effusion de leur
sang, des gens de toutes les conditions font gloire d'en être les
victimes, et de s'immoler pour elle ; des vierges sans nombre,
dans un corps tendre et délicat, lui rendent le même témoignage, et souffrent avec joie les tourments les plus cruels. Elle
s'étend, elle se multiplie, non-seulement dans la Judée où elle
a pris naissance, mais jusqu'aux extrémités de la terre, où dès le
temps de saint Jérôme, c'est lui-même qui le remarque comme
une espèce de prodige, le nom de Jésus-Christ était déjà révéré
et adoré ; non-seulement parmi les peuples barbares, mais parmi
les nations les plus polies ; dans Rome, où la religion d'un Dieu
crucifié se trouve bientôt la religion dominante ; dans le palais
des Césars, où Dieu, pour l'affermissement de son Église au
milieu de l'iniquité, suscite les plus fervents chrétiens ; enfin,
observez ceci, dans le plus éclairé de tous les siècles, dans le
siècle d'Auguste, que Dieu choisit pour marquer encore davantage le caractère de cette loi, qui seule devait surmonter toute
la prétendue sagesse de l'homme de tout l'orgueil de sa raison.

Avouons-le, mes chers auditeurs, avec saint Chrysostome :
quand la religion chrétienne, dès son berceau, aurait trouvé
dans le monde toute la faveur et tout l'appui nécessaire, quand
elle serait née dans le calme, par mille autres endroits elle ne
laisserait pas d'être toujours l'œuvre de Dieu. Mais qu'elle se
soit établie dans les persécutions, ou plutôt par les persécutions, et qu'il soit vrai qu'elle n'a jamais été plus florissante

que lorsqu'elle a été plus violemment combattue ; que le sang
de ses disciples inhumainement répandu ait été, comme parle
un Père, le germe de sa fécondité ; que plus il en périssait par
le fer et par le feu, plus elle en ait formé par l'Évangile ; que la
cruauté exercée sur les uns ait servi d'attrait aux autres pour
les appeler, et qu'à la lettre l'expression de Tertullien se voit
vérifiée, *in christianis crudelitas illecebra est sectæ;* que sans
rien faire autre chose que de voir ses membres souffrir et
mourir, ce grand corps du christianisme ait eu de si prompts
et de si merveilleux accroissements ; ah ! mes frères, c'est un
des prodiges où il faut que la prudence humaine s'humilie, et
qu'elle fasse hommage à la puissance de Dieu. Voilà néanmoins
ce que nous voyons, et c'est la merveille subsistante dont nous
sommes témoins nous-mêmes, et que nous avons devant les
yeux. Car nous voyons, malgré l'enfer, le monde devenu chrétien, et soumis au culte de cet Homme-Dieu dont le Juif s'est
scandalisé, et dont le Gentil s'est moqué. Voilà ce que le
Seigneur a fait : *A Domine factum est istud, et est mirabile in
oculis nostris* (Ps. cxvii).

Et afin que cette merveille fît encore sur nous une plus vive
impression, le même Seigneur l'a renouvelée dans les derniers
siècles de l'Église. Vous le savez : un François Xavier, seul et
sans autre secours que celui de la parole et de la vérité qu'il
prêchait, a converti dans l'Orient tout un nouveau monde ;
c'était des païens et des idolâtres, et il leur a persuadé la même
foi, et il les a formés à la même sainteté de vie, et il leur a
inspiré la même ardeur pour le martyre, et il a fait voir dans
eux tout ce qu'on a vu de plus héroïque et de plus grand dans
cet ancien christianisme si parfait et si vénérable. Et comment
l'a-t-il fait ? Par les mêmes moyens, malgré les mêmes obstacles,
avec les mêmes succès : comme si Dieu eût pris plaisir à repro-
duire dans ce successeur des Apôtres, ce que sa main toute-puissante avait opéré par le ministère des Apôtres mêmes, et qu'il
eût voulu par ces exemples présents nous rendre plus croyable
tout ce que nous avons entendu des siècles passés.

Or, je soutiens, mes chers auditeurs, qu'après cela nous
n'avons plus droit de demander à Dieu des miracles, et que
nous sommes plus infidèles que les Pharisiens, si nous avons

la présomption de dire comme eux : *Volumus signum videre.*
Pourquoi? Parce qu'il est constant que cette conversion du
monde telle que je l'ai représentée, quoique très-imparfaite-
ment, est en effet un perpétuel miracle. Sur quoi il y a trois
réflexions à faire, ou trois circonstances à remarquer. Miracle
qui surpasse, sans contredit, tous les autres miracles; miracle
qui présuppose nécessairement tous les autres miracles; miracle
qui, dans l'ordre des desseins de Dieu, justifie tous les autres
miracles. Et par une triste conséquence, mais inévitable, miracle qui nous rend dignes de tous les châtiments de Dieu, s'il
ne sert pas à notre propre instruction et à notre conversion.
Mon Dieu, que n'ai-je une de ces langues de feu qui descen-
dirent sur les Apôtres, et que ne suis-je rempli du même
Esprit, pour graver une aussi grande vérité que celle-là dans
tous les cœurs !

Oui, chrétiens, la conversion du monde est un miracle perpétuel, que jamais l'infidélité ne détruira. Ainsi a-t-elle été
regardée de tous les Pères, et en particulier de saint Augustin,
dont le jugement peut bien nous servir ici de règle. Car c'est
par là que ce grand homme fermait la bouche aux païens, quand
il leur disait : Puisque vous vous opiniâtrez à ne vouloir pas
croire les autres miracles, qui sont pour nous des preuves
incontestables de notre foi, au moins confessez donc que dans
votre système il y en a un dont vous êtes obligés de convenir;
c'est le monde converti à Jésus-Christ sans aucun miracle : car
cela même qui n'est pas, et qui n'a pu être, ce serait le miracle
des miracles. Et à quoi donc, poursuivait saint Augustin, attri-
buerons-nous ce grand ouvrage de la sanctification du monde
par la loi chrétienne, si nous n'avons recours à la loi infinie de
Dieu? Ce n'est point aux talents de l'esprit, ni à l'éloquence que
la gloire en est due; car quand les apôtres auraient été aussi
éloquents et aussi savants qu'ils l'étaient peu, on sait assez ce
que peut l'éloquence et la science humaine, ou plutôt, on ne
sait que trop combien l'une et l'autre est faible, quand il est
question de réformer les mœurs; et l'exemple d'un Platon, qui
jamais avec tout le crédit et toute l'estime que lui donnait dans
le monde sa philosophie, n'a pu engager une seule bourgade à
vivre selon ses maximes, et à se gouverner selon ses lois, montre

bien que saint Pierre agissait par de plus hauts principes, quand il réduisait les provinces et les royaumes sous l'obéissance de l'Évangile. Ce n'est point par la force ni par la violence que la foi a été plantée; car le premier avis que reçurent les disciples de Jésus-Christ fut qu'on les envoyait comme des agneaux au milieu des loups : *Ecce ego mitto vos sicut agnos inter lupos* (Luc x); et ils le comprirent si bien, que, sans faire nulle résistance, ils se laissèrent égorger comme d'innocentes victimes. Le mahométisme s'est établi par les conquêtes et par les armes, l'hérésie par la rébellion contre les puissances légitimes, la loi de Jésus-Christ seule par la patience et par l'humilité. Ce n'est point la douceur de cette loi, ni le relâchement de sa morale, qui fut le principe d'un tel progrès; car cette loi, toute raisonnable qu'elle est, n'a rien que d'humiliant pour l'esprit, et de mortifiant pour le corps. On conçoit comment sans miracle le paganisme a eu cours dans le monde, parce qu'il favorisait ouvertement toutes les passions, qu'il autorisait tous les vices, et qu'il n'est rien de plus naturel à l'homme que de suivre ce parti; mais ce qu'on ne conçoit pas, c'est qu'une loi qui nous ordonne d'aimer nos ennemis, et de nous haïr nous-mêmes, ait trouvé tant de partisans. Ce n'est point l'effet du caprice; car jamais le caprice, quelque aveuglé qu'il puisse être, n'a porté les hommes à s'interdire la vengeance, à renoncer aux plaisirs des sens et à crucifier leur chair. Que s'ensuit-il de là? je le répète : qu'il n'y a qu'un Dieu, mais un Dieu aussi puissant que le nôtre, qui ait pu conduire si heureusement une pareille entreprise et la faire réussir, et que Jésus-Christ, l'oracle de la vérité, a donc eu sujet de conclure, quoiqu'il parlât en sa faveur. *A Domino factum est istud*, c'est l'œuvre du Seigneur, et le doigt de Dieu est là; *Et est mirabile in oculis nostris.*

Ce n'est pas assez : j'ai dit que ce miracle surpassait tous les autres miracles. En pouvons-nous douter, et si dans la pensée de saint Grégoire pape, la conversion particulière d'un pécheur invétéré coûte plus à Dieu, et est en ce sens plus miraculeuse que la résurrection d'un mort, qu'est-ce que la conversion de tant de peuples, élevés et comme enracinés dans l'idolâtrie? Rendons cette comparaison plus sensible. Il y a encore dans ce

monde, je dis dans le monde chrétien, des hommes sans religion, vous en connaissez; des athées de créance et de mœurs,
tellement confirmés dans leurs désordres, qu'à peine tous les
miracles suffiraient pour les en retirer : peut-être n'avez-vous
avec eux que trop de commerce. Quel effort du bras de Dieu, et
quel miracle n'a-t-il donc pas fallu, pour gagner à Jésus-Christ
un nombre presque infini, ne disons pas de semblables libertins, mais encore de plus obstinés et de plus inconvertibles,
dont le changement également prompt et sincère a toutefois été
la gloire et l'honneur du christianisme? Que diriez-vous (ceci
va donner jour à ma pensée et vous convaincre de ce que j'appelle miracle au-dessus du miracle même), que diriez-vous si
par la vertu de la parole que je vous prêche, un de ces impies
dont vous n'espérez plus désormais aucun retour, se convertis-
sait néanmoins en votre présence; en sorte que renonçant à son
libertinage, il se déclarât tout à coup et hautement chrétien, et
qu'en effet il commençât à vivre en chrétien? Que diriez-vous,
si toujours inflexible depuis de longues années, il sortait aujourd'hui de cet auditoire, pénétré d'une sainte componction,
résolu à réparer par une humble pénitence le scandale de son
impiété? y aurait-il miracle qui vous touchât davantage? Or, je
vous dis que ce miracle dont vous seriez encore plus surpris
que touchés, est justement ce qu'on a vu mille et mille fois dans
le christianisme, et qu'un des triomphes les plus ordinaires de
notre religion a été de soumettre ces esprits fiers, ces esprits
durs et opiniâtres, de les faire rentrer dans la voie de Dieu et
de les rendre souples et dociles comme des enfants; que c'est
par là qu'elle a commencé, et que malgré toutes les puissances
des ténèbres elle nous en donne encore de nos jours d'illustres
exemples, quand il plaît au Seigneur, dont la main n'est pas
raccourcie, d'ouvrir les trésors de sa grâce et de les répandre
sur ces vases de miséricorde qu'il a prédestinés pour sa gloire.
Exemples récents que nous avons vus et que nous avons admi-
rés. En cela seul n'en dis-je pas plus que si j'entrais dans le détail
de tant de miracles qui composent nos histoires saintes, et que
nous trouvons autorisés par la tradition la plus constante?

J'ai ajouté, et ceci me paraît encore plus fort, que ce miracle
présupposait nécessairement tous les autres miracles. Car enfin,

demande saint Chrysostome, et après lui le docteur angélique saint Thomas, dans la Somme contre les Gentils, quel autre motif que les miracles dont ils étaient eux-mêmes témoins oculaires, put engager les premiers sectateurs du christianisme à embrasser une loi odieuse selon le monde, et contraire au sang et à la nature? Julien l'Apostat condamnait les apôtres de légèreté et de trop de crédulité, prétendant que 'sans raison ils s'étaient attachés au Fils de Dieu : mais pour en juger de la sorte, répond saint Chrysostome, ne fallait-il pas être impie comme Julien? Car, poursuit ce Père, était-ce légèreté de suivre un homme qui pour gage de ses promesses guérissait devant eux les aveugles-nés et rendait la vie aux morts de quatre jours. Aussi défiants et aussi intéressés qu'ils l'étaient et que l'Évangile nous l'apprend, auraient-ils tout quitté pour Jésus-Christ s'ils n'eussent été persuadés de ses miracles; et pouvaient-ils les voir et se défendre de croire en lui? Après l'avoir abandonné dans sa passion, après s'être scandalisés de lui jusqu'à le renoncer, se seraient-ils ralliés et déclarés en sa faveur plus hautement que jamais, si le miracle authentique de sa résurrection n'avait, comme parle saint Jérôme, ressuscité leur foi? Auraient-ils pris plaisir à se laisser emprisonner, tourmenter, crucifier, pour être les confesseurs et les martyrs de cette résurrection glorieuse, si l'évidence d'un tel miracle n'avait dissipé tous leurs doutes?

Par où saint Paul dans un moment fut-il transformé de persécuteur de l'Église en prédicateur de l'Évangile? ce miracle put-il se faire sans un autre miracle? et jamais ce zélé défenseur du judaïsme, jamais cet homme si passionné pour les traditions de ses pères, en eût-il été le déserteur pour devenir le disciple d'une secte dont il avait entrepris la ruine, si Dieu tout à coup le renversant par terre, et le remplissant d'effroi sur le chemin de Damas, n'eût formé en lui un cœur nouveau? ne confessait-il pas lui-même dans les synagogues, qu'il avait été obligé de se convertir pour n'être pas rebelle à la lumière dont il s'était vu investi, et à la voix foudroyante qu'il avait entendue : *Saule, Saule, quid me persequeris* (Act. xii, xxvi)? Et n'est-ce pas de là qu'il conçut un désir si ardent de se sacrifier et de souffrir pour la gloire de ce Jésus dont il avait été l'ennemi? était-ce simplicité? était-ce prévention? était-ce intérêt du monde? Mais n'est-il pas certain que saint Paul se trouvait dans des dispositions toutes contraires, et que ne respirant alors que sang et que carnage, il ne pouvait être arraché à l'ancienne loi dont il était un des plus fermes appuis, ni gagné à la loi nouvelle qu'il voulut détruire, par un moindre effort que l'effort miraculeux et divin qui le terrassa et qui l'emporta?

On est étonné quand on lit de saint Pierre, que dès la première fois qu'il prêcha aux Juifs, après la descente du Saint-Esprit, il convertit trois mille hommes à la foi. Mais en faut-il être surpris, dit saint Augustin? On voyait un pêcheur jusque-là sans autre connaissance que celle de son art, expliquer en maître les plus hauts mystères du royaume de Dieu, parler toutes sortes de langues, et par un prodige inouï se faire entendre tout à la fois à autant de nations qu'une grande cérémonie en avait assemblé à Jérusalem de tous les pays du monde. Miracle rapporté par saint Luc, et rapporté dans un temps où l'évangéliste n'eût pas eu le front de le publier si la chose n'eût été constamment vraie, puisqu'il aurait eu contre lui, non pas un ni deux témoins, mais toute la terre; puisqu'un million de juifs contemporains auraient pu découvrir la fausseté et le démentir; puisque son imposture lui eût fait perdre toute créance, et qu'elle n'eût servi qu'à décrier la religion même dont il voulait faire connaître l'excellence et la sainteté. Supposé, dis-je, ce miracle, est-il étonnant que tant de juifs se soient alors convertis, et n'est-il pas plus surprenant, au contraire, qu'il y en eût encore d'assez entêtés et d'assez aveugles pour demeurer dans leur incrédulité?

On a peine à comprendre les conversions extraordinaires et presque sans nombre qu'opérait saint Paul parmi les Gentils; mais en prêchant aux Gentils, n'ajoutait-il pas toujours à la parole qu'il leur portait, d'insignes miracles, comme la marque et le sceau de son apostolat? N'est-ce pas ainsi qu'il le témoignait lui-même écrivant à ceux de Corinthe, et ne les priait-il pas de se souvenir des œuvres merveilleuses qu'il avait faites au milieu d'eux? Si tous ces miracles eussent été supposés, leur eût-il parlé de la sorte? en eût-il eu l'assurance? se serait-il adressé à eux-mêmes? en eût-il appelé à leur propre témoignage? et par une telle supposition, se fût-il exposé à décréditer son ministère et à détruire ce qu'il voulait établir?

Vous me demandez ce qui attachait si étroitement saint Augustin à l'église catholique; n'a-t-il pas avoué que c'étaient en partie les miracles, et lui en fallait-il d'autres que ceux qu'il avait vus lui-même? En fallait-il d'autres que ce fameux miracle arrivé de son temps à Carthage dans la personne d'un chrétien subitement et surnaturellement guéri par l'intercession de saint Étienne, dont ce grand saint proteste avoir été spectateur, dont il nous a laissé, au livre de la Cité de Dieu, la description la plus exacte. Quand il n'eût eu jusque-là qu'une foi chancelante, cela seul ne devait-il pas l'affermir pour jamais? Dirons-nous que saint Augustin était un esprit faible, qui croyait voir ce qu'il ne voyait pas? dirons-nous que c'était un imposteur, qui par un récit fabuleux se plaisait à tromper le monde? Mais puisque ni l'un ni l'autre n'est soutenable, ne conclurons-nous pas plutôt avec Vincent de Lérins, que comme les miracles de notre religion ont servi à la conversion du monde, aussi la conversion du monde est elle-même une des preuves les plus infaillibles des miracles de notre religion?

Et c'est ici, chrétiens, que nous ne pouvons assez admirer la sagesse et la providence de notre Dieu, qui n'a pas voulu nous obliger à croire des mystères au-dessus de la raison, sans avoir fait lui-même pour nous des miracles au-dessus de la nature. Car, à notre égard, cette conversion du monde fondée sur tant de miracles, non-seulement est un miracle éternel, mais un miracle qui justifie tous les autres miracles, dont il n'est que la suite et l'effet. Après quoi nous pouvons bien dire à Dieu, comme Richard de Saint-Victor : *Domine, si error est, quem credimus, à te decepti sumus* (RICHARD VICTOR) : oui, mon Dieu, si nous étions dans l'erreur, nous aurions droit de vous imputer nos erreurs; et tout Dieu que vous êtes, nous pourrions vous rendre responsable de nos égarements : pourquoi? voici la raison qu'il en apportait : *Quoniam iis signis prædita est ista religio, quæ nonnisi à te esse potuerunt* (IBID.); parce que cette religion où nous vivons, sans parler de sa sainteté et de son irrépréhensible pureté, est confirmée par des miracles qu'on ne peut attribuer à nul autre qu'à vous. Il est vrai, mes frères, mais

ce sont aussi ces miracles qui nous confondront au jugement
de Dieu : ce sera surtout le grand miracle de la conversion du
monde à la foi de Jésus-Christ. Ces païens, ces idolâtres, devenus
fidèles, s'élèveront contre nous et deviendront nos accusateurs ;
viri Ninivitæ surgent in judicio: et que diront-ils pour notre
condamnation ? ah ! chrétiens, que ne diront-ils pas, et que ne
devons-nous pas nous dire à nous-mêmes ? En effet, pour peu
de justice que nous nous fassions, il nous doit être, je ne dis
pas bien honteux, mais bien terrible devant Dieu, que cette foi
ait fait paraître dans le monde une vertu si admirable, et qu'elle
soit maintenant si languissante et si oisive parmi nous ; qu'elle
ait produit dans le paganisme le plus aveugle et le plus corrompu tant de sainteté, et qu'elle soit peut-être encore à produire dans nous le moindre changement de vie, le moindre
retour à Dieu, le moindre renoncement au péché. S'il nous reste
un rayon de lumière, ce qui doit nous faire trembler, n'est-ce
pas que cette foi ait eu la force de s'établir par toute la terre
avec des succès si prodigieux, et qu'elle ne soit pas encore bien
établie dans nos cœurs ? Nous la confessons de bouche, nous en
donnons des marques au dehors, nous sommes chrétiens de
cérémonie et de culte ; mais le sommes-nous de cœur et d'esprit ?
Or, c'est néanmoins dans le cœur que doit particulièrement
résider notre foi, pour passer de là dans nos mains et pour
animer toutes nos œuvres.

Quel reproche contre nous, si nous n'avons pas entièrement
étouffé tous les sentiments de la grâce ; quel reproche, que
cette foi ait surmonté toutes les puissances humaines conjurées
contre elle, et qu'elle n'ait pas encore surmonté dans nous de
vains obstacles qui s'opposent à notre conversion ? Car, qu'est-ce
qui nous arrête ? une folle passion, un intérêt sordide, un point
d'honneur, un plaisir passager, des difficultés que notre imagination grossit, et que notre foi, toute victorieuse qu'elle est, ne
peut vaincre. Quel sujet de condamnation, si je veux devant
Dieu le considérer dans l'amertume de mon âme, que cette foi
se soit soutenue, et même qu'elle se soit fortifiée au milieu des
persécutions les plus sanglantes, et que je la fasse tous les jours
céder à de prétendues persécutions que le monde lui suscite
dans ma personne, c'est-à-dire à une parole, à une raillerie, à

un respect humain, ou plutôt à ma propre lâcheté? car voilà mon désordre et ma confusion : si j'avais le courage de me déclarer et de me mettre au-dessus du monde, il y a des années entières que je serais à Dieu, mais parce que je crains le monde, que je ne puis me résoudre à lui déplaire, j'en demeure là, et malgré moi-même je retiens ma foi captive dans l'esclavage du péché.

Ah! mon Dieu, que vous répondrai-je quand vous me ferez voir que cette foi, qui a confondu toutes les erreurs de l'idolâtrie et de la superstition, n'a pu détruire dans mon esprit je ne sais combien de faux principes et de maximes dont je suis préoccupé? Comment me justifierai-je quand vous me ferez voir que cette foi qui a soumis l'orgueil des Césars à l'humilité de la croix, n'a pu déraciner de mon cœur une vanité mondaine, une ambition secrète, un amour de moi-même qui m'a perdu? Enfin que vous dirai-je, quand vous me ferez voir que cette foi qui a sanctifié le monde, n'a pu sanctifier un certain petit monde qui règne dans moi, et qui m'est bien plus pernicieux que le grand monde qui m'environne et qui est hors de moi? Aurai-je de quoi soutenir le poids de ces accusations? m'en déchargerai-je sur vous, Seigneur? m'en prendrai-je à la foi même? dirai-je qu'elle n'a pas fait assez d'impression sur moi, et que je n'en étais point assez persuadé pour en être touché? Ah! chrétiens, peut-être notre infidélité va-t-elle maintenant jusqu'à vouloir s'autoriser de ce prétexte; mais c'est ce même prétexte qui nous rendra plus condamnables; car Dieu nous représentera l'infidélité où nous serons tombés, comme un prodige que nous aurons opposé au miracle de la foi. Prodige qui ne vient plus de Dieu, mais de nous, et dont j'ai à vous parler dans la seconde partie.

SECONDE PARTIE.

Être infidèle, sans avoir jamais eu nulle connaissance de la foi, c'est un état qui, tout funeste et tout déplorable qu'il est, n'a rien, à le bien prendre, de surprenant ni de prodigieux. Ainsi, dit saint Chrysostome, l'infidélité dans un païen peut être un aveuglement, et un aveuglement criminel, mais on ne peut pas

toujours dire que cet aveuglement même criminel soit un prodige. Il faut donc, pour bien concevoir le prodige de l'infidélité,
se le représenter dans un chrétien, qui, selon les divers désordres auxquels il se laisse malheureusement entraîner, ou renonce
à sa foi, ou corrompt sa foi, ou dément et contredit sa foi :
renonce à sa foi par un libertinage de créance, qui lui en fait
secouer le joug, et qui se forme peu à peu dans son esprit :
corrompt sa foi, par un attachement secret ou déclaré aux
erreurs qui la combattent, mais particulièrement à l'hérésie et
au schisme, qui en détruisent l'unité, et par conséquent la
pureté et l'intégrité : dément et contredit sa foi, par un dérèglement de mœurs qui la déshonore, et par une vie licencieuse
qui en est l'opprobre et le scandale. Trois désordres qui dans un
chrétien perverti ont je ne sais quoi de monstrueux, et que
j'appelle pour cela non plus simples désordres, mais prodiges
de désordre. Trois états où, même à ne considérer que ce qui
peut et ce qui doit passer pour prodige évident, l'homme fournit à Dieu des titres invincibles pour le condamner. Appliquez-
vous à ces trois pensées.

Car pour commencer par ce qu'il y a de plus scandaleux, je
veux dire par ce libertinage de créance dont on se fait une habitude, et qui consiste à renoncer la foi, n'est-il pas étonnant,
mes chers auditeurs, de voir des hommes nés chrétiens, et se
piquant partout ailleurs d'habileté et de prudence, devenir
impies sans savoir pourquoi, et secouer intérieurement le joug
de la foi, sans en pouvoir apporter une raison, je ne dis pas
absolument solide et convaincante, mais capable de les satisfaire
eux-mêmes? Cette foi dont par le baptême ils ont reçu le caractère, et en vertu de laquelle ils portent le nom de chrétiens;
cette foi si nécessaire, supposé qu'elle soit vraie, et à quoi ils
conviennent eux-mêmes que le salut est attaché; cette foi par
qui seule, comme ils ne l'ignorent pas, ils peuvent espérer de
trouver grâce devant Dieu, s'il y a grâce à espérer pour eux;
cette foi sur laquelle ils avouent qu'ils seront jugés, si jamais ils
le doivent être : n'est-il pas, dis-je, inconcevable qu'ils l'abandonnent, comment? en aveugles et en insensés, sans examen,
sans connaissance de cause, par emportement, par passion,
par légèreté, par caprice, par une vaine ostentation, par un

attachement honteux à de sales et d'infâmes plaisirs, se condui-
sant avec moins de sagesse que des enfants, dans une affaire
où néanmoins il s'agit du plus grand intérêt, puisqu'il y va de
leur sort éternel. Cela se peut-il comprendre ? telle est cependant
la triste disposition où sont aujourd'hui presque tous les libertins du siècle. Observez-les, et dans ce portrait vous les recon-
naîtrez.

Car enfin, qu'un d'eux, après une mûre délibération, après
une longue étude, toutes choses considérées et pesées dans une
juste balance, autant qu'il lui est possible, se déterminât à
quitter le parti de la foi, je déplorerais son malheur, et je l'en
visagerais comme la plus terrible vengeance que Dieu pût exercer sur lui, puisque, selon l'Écriture, Dieu ne punit jamais avec
plus de sévérité que lorsqu'il permet que le cœur de l'homme
tombe dans l'aveuglement : *Excœca cor populi hujus* (Isaïe vi).
Mais, après tout, il n'y aurait rien en cela de prodigieux. Et,
en effet, jusque dans son aveuglement il y aurait quelque reste
de bonne foi, qui le rendrait sinon pardonnable, au moins
digne de compassion. Mais ceux à qui je parle, et dans ce nombre je comprends la plupart des impies du siècle au milieu de
qui et avec qui nous vivons, savent assez que ce n'est point par
là qu'ils sont parvenus au comble du libertinage, et que le parti
qu'ils ont pris de renoncer à la foi, n'a point été de leur part une
résolution concertée de la manière que je l'entends. En quoi,
d'ailleurs, souffrez que je fasse ici cette remarque : tout criminels et tout inexcusables qu'ils sont devant Dieu, je ne laisse pas
aussi de trouver pour eux une ressource, et comme une espèce
de consolation, puisque au moins est-il certain qu'on revient plus
aisément d'un libertinage sans principes, que d'un autre dont
on s'est fait, par de faux raisonnements, une opinion particulière et une irréligion positive et consommée. Quoi qu'il en soit,
l'infidélité que j'attaque et qui me semble la plus commune, ne
peut disconvenir qu'elle n'ait ce faible, d'être évidemment téméraire et sans preuves. Car demandez à un libertin pourquoi
il a cessé de croire ce qu'il croyait autrefois ; et vous verrez si,
dans tout ce qu'il allègue pour sa défense, il y a seulement quelque apparence de solidité ; demandez-lui si c'est à force de raisonner qu'il a découvert une démonstration nouvelle contre celle

infaillible révélation de Dieu à laquelle il était soumis. Obligez-le à répondre sincèrement, et à vous dire s'il a examiné les choses; si, cherchant, avec une intention droite et pure, la vérité, il s'est mis en état de la connaître; s'il a eu soin de consulter ceux qui pouvaient le détromper et résoudre ses doutes; s'il a lu ce qu'ont écrit les Pères sur ces matières de religion, qu'il ne goûte pas, parce qu'il ne les entend pas et qu'il ne veut pas s'appliquer à les entendre; s'il est jamais entré sérieusement dans le fond des difficultés; en un mot, s'il n'a rien omis de ce que tout homme judicieux et bien sensé doit faire dans une pareille conjoncture, pour s'instruire et pour s'éclaircir. Interrogez-le sur tous ces points, et qu'il vous parle sans déguisement : il conviendra qu'il n'a point tant pris de mesures, ni tant fait de perquisitions. Il fallait au moins tout cela, avant que de franchir un pas aussi hardi qu'il l'est de se soustraire à l'obéissance de la foi; mais il s'en est soustrait, chrétiens, et il s'en est soustrait à bien moins de frais. Il s'est déterminé à ne plus croire, et s'il s'y est déterminé sans conviction, sans réflexion même, au hasard de tout ce qui pourrait en arriver, et n'ayant rien qui l'assurât, ni qui le fixât dans l'abîme affreux où il se précipitait, voilà ce que j'appelle prodige. Or, dans combien de mondains ce prodige, tout prodige qu'il est, ne s'accomplit-il pas tous les jours?

Mais encore, me dites-vous, puisque ce n'est pas par raison que ce libertinage se forme, par quelle autre voie l'homme chrétien peut-il donc se pervertir jusqu'à devenir infidèle? Ah! mes chers auditeurs, je le répète, il se pervertit en mille manières, toutes opposées aux règles d'une sage conduite; mais que je regarde d'autant plus comme des prodiges, qu'elles choquent plus la droite raison. Prodige d'infidélité : il renonce à sa foi; comment? Apprenez-le, et point d'autre preuve ici que votre expérience et l'usage que vous avez du monde : il renonce à sa foi par un esprit de singularité, pour avoir le ridicule avantage de ne pas penser comme pensent les autres, de dire ce que personne n'a dit, et de contredire ce que tout le monde dit, pour se figurer une religion à sa mode, une Divinité selon son sens, une providence arbitraire, et telle qu'il la veut concevoir; se faisant des systèmes chimériques, qu'il établit ou qu'il renverse, selon l'humeur présente qui le domine; suivant aveuglément toutes ses idées, et à force de les suivre, ne sachant bien ni ce qu'il croit ni ce qu'il ne croit pas; rejetant aujourd'hui ce qu'il soutenait hier, et pour vouloir contrôler Dieu, ne se trouvant plus d'accord avec lui-même. Prodige d'infidélité : il renonce à sa foi par un sentiment d'orgueil, mais d'un orgueil bizarre, ne voulant pas assujettir sa raison à la parole d'un Dieu, quoiqu'il se fasse une vertu et même une nécessité de l'assujettir tous les jours à la parole des hommes; confessant en mille affaires temporelles qu'il a besoin d'être conduit et gouverné par autrui; mais prétendant qu'il est assez éclairé pour se conduire lui-même dans la recherche des vérités éternelles, et, pour me servir des termes de saint Hilaire, avouant humblement son insuffisance sur ce qui regarde les plus petits secrets de la nature, et décidant avec hardiesse quand il est question des mystères de Dieu les plus sublimes : *Æquanimiter in terrenis imperitus, et in Dei rebus impudenter ignarus.* Prodige d'infidélité : il renonce à sa foi par intérêt, et tout ensemble par désespoir, parce que la foi lui est importune, parce qu'elle le trouble dans ses plaisirs, parce qu'elle s'oppose à ses desseins, parce qu'elle lui reproche ses injustices, parce qu'il ne peut plus autrement étouffer les remords dont il est déchiré, aimant mieux n'avoir point de foi que d'en avoir une qui le censure et qui le condamne sans cesse; et par un dérèglement de raison qui ne manque guère à suivre le péché, croyant les choses non plus telles qu'elles sont, mais telles qu'il souhaiterait et qu'il serait de son intérêt qu'elles fussent; comme s'il dépendait de lui qu'elles fussent ou qu'elles ne fussent pas, et que l'intérêt qu'il y prend en dût déterminer le vrai ou le faux. Prodige d'infidélité : il renonce à la foi par prévention, se piquant en toute autre chose de n'être préoccupé sur rien, et en matière de religion l'étant sur tout; ne se choquant point des opinions les plus paradoxes d'une nouvelle philosophie, et s'il s'agit d'une décision de l'Église, naturellement disposé à la critiquer; craignant toujours d'avoir trop de facilité à croire, et ne craignant jamais de n'en avoir pas assez; se défendant sur ce point, de la simplicité, comme d'un faible, et ne pensant pas à se défendre d'un autre faible encore plus grand, qui est l'opiniâtreté; en un mot, évitant comme une petitesse de génie ce qui serait équité à l'égard de la foi, et prenant pour force d'esprit ce que j'appelle entêtement contre la foi. Car sans m'étendre davantage sur d'autres espèces de libertinage qui se rapportent à celles-ci, voilà comment se forme tous les jours l'infidélité, voilà comment la foi se perd.

Il y a plus : non-seulement ce libertin abandonne sa foi sans raison, mais ce qui doit vous paraître plus étrange, il l'abandonne contre la raison et malgré la raison; et au lieu que le mérite d'Abraham fut, selon l'Écriture, de croire contre la foi même, et d'espérer contre l'espérance même, *Contra spem in spem* (Rom. iv), le désordre de l'impie est d'être infidèle contre la raison même, et déserteur de la foi contre la prudence même. Car cette foi que nous professons, est appuyée sur des motifs qui, pris séparément, pourraient bien chacun nous tenir lieu d'une raison souveraine; mais qui tous réunis et pris ensemble, ont visiblement quelque chose de divin; et en effet ils ont paru si forts que les premiers hommes du monde en ont été touchés et persuadés. Que fait le libertin? Il s'endurcit et il se révolte contre tous ces motifs. Ne prenons que celui des miracles, puisqu'il a servi de fonds à ce discours. On lui dit que Dieu a confirmé notre foi par des miracles éclatants, il s'inscrit en faux contre ces miracles et contre tous les témoins qui les rapportent et qui assurent les avoir vus. Et parce qu'entre ces miracles il y en a eu d'incontestables, qui sont les seuls dont je parle, et auxquels un prédicateur de l'Évangile doit s'attacher; miracles du premier ordre, sur quoi le christianisme est essentiellement fondé; miracles reconnus par les ennemis mêmes de la foi, vérifiés par toutes les preuves qui rendent des faits authentiques, et qu'on ne peut contredire sans recourir à des suppositions insoutenables : par exemple, que les Évangélistes ont été des imposteurs et des insensés; des imposteurs qui se sont accordés pour nous tromper, et des insensés qui, pour soutenir leur imposture, se sont fait condamner aux plus cruels tourments : que saint Paul s'est imaginé faussement avoir été frappé du ciel et renversé par terre sur le chemin de Damas; et qu'il imposait à ceux de Corinthe, ou plutôt qu'il se jouait d'eux, quand il leur rappelait le souvenir des miracles qu'il avait faits en leur présence : que saint Augustin était un esprit faible qui donnait comme les autres dans les illusions populaires, quand il se figurait et qu'il protestait avoir vu lui-même à Carthage ce qu'en effet il n'avait pas vu : parce qu'il y a, dis-je, des miracles de cette nature, et que le libertin n'en peut éluder la force que par de si extravagantes idées, tout extravagantes qu'elles sont, il les reçoit, il les prend, et ce qu'il aurait honte de dire, il n'a pas honte de le penser et de donner le démenti à tout ce qu'il y a eu dans l'antiquité de plus vénérable et de plus saint. Or, rien mérita-t-il jamais mieux le nom de prodige ? O mon Dieu, est-il donc vrai que l'impiété puisse pervertir jusqu'à ce point l'esprit de l'homme, et qu'au même temps, Seigneur, qu'elle l'éloigne de vous, elle le plonge dans de si affreuses ténèbres ?

Je serais infini si je voulais poursuivre et traiter ce sujet dans toute son étendue. Ainsi je ne dis qu'un mot du second prodige, c'est la corruption de la foi, par un attachement secret ou même public aux erreurs qui lui sont opposées, et en particulier à l'hérésie. Abîme où Tertullien confesse qu'il se perdait toutes les fois qu'il voulait l'approfondir et sonder les jugements de Dieu : abîme où j'ose néanmoins dire que de son temps il n'apercevait pas encore certains désordres que nous avons vus dans la suite. Car sans considérer l'hérésie en elle-même, que les pères ont regardée comme un monstre composé de tout ce que le dérèglement de l'esprit est capable de produire, il me suffirait maintenant de faire avec vous la réflexion que faisait un grand cardinal de notre siècle, savoir, que de tant de fidèles qui dans les derniers temps ont corrompu la pureté de leur religion, en se laissant infecter du venin de l'hérésie, à peine s'en est-il trouvé quelques-uns que leur bonne foi ait pu justifier, je ne dis pas devant Dieu, mais même devant les hommes, et dont par conséquent l'apostasie n'ait pas été une espèce de prodige. Je n'aurais même qu'à m'en tenir à l'hérésie du siècle passé, et à ce que l'histoire nous en apprend : je n'aurais, si le temps me le permettait, qu'à vous montrer des catholiques sans nombre qui, suivant la multitude et emportés par le torrent, se déclaraient pour la secte de Calvin, les uns sans la connaître ni se donner la peine d'en démêler les questions et les controverses, les autres

peut-être positivement convaincus de sa fausseté. Car combien
en vit-on à qui la doctrine de cet hérésiarque, touchant la réprobation des hommes, faisait horreur, et qui, toutefois, ne laissaient
pas d'être ses partisans les plus zélés? Que si vous me demandiez
pourquoi donc ils s'attachaient à lui? pourquoi? autre prodige,
chrétiens, qui n'est pas moins surprenant. Car je vous répon-
drais, et toute l'histoire m'en servirait de témoin, qu'ils ne se
conduisaient en cela que par les motifs les plus indignes et les
plus injustes : les uns par un fonds de chagrin contre l'Église, et
par une opposition générale à ses sentiments ; gens qui dans le
siècle d'Arius auraient été infailliblement ariens, et qui du
temps de Pélage seraient immanquablement devenus pélagiens :
les autres par des antipathies particulières, ne combattant la
vérité que parce qu'elle était soutenue par leurs ennemis, et
déterminés à la soutenir si leurs prétendus ennemis avaient
entrepris de la combattre : quelques-uns par de lâches intérêts,
plusieurs par un esprit de cabale : ceux-ci par une maligne curiosité et pour être de l'intrigue ; ceux-là par une malheureuse
ambition et pour être chefs du parti : les grands par politique,
et parce qu'ils en faisaient une raison d'État ; les petits par nécessité, et parce qu'ils dépendaient des grands : les femmes par
une vaine affectation de passer pour savantes et pour spirituelles ; les hommes par une complaisance pour elles encore
plus vaine, et jusqu'à régler par elles leur religion : les génies
médiocres, pour s'attirer la réputation et l'estime attachées à la
nouveauté ; les génies plus élevés, par crainte de s'attirer la
haine des novateurs et d'être en butte à leurs traits : les amis
entraînés par leurs amis, les proches gagnés par leurs proches :
le peuple sans autre raison que la mode et parce que tout le
monde allait là, chacun pour satisfaire sa passion : ne sont-ce
pas là des prodiges, mais des prodiges dont notre foi même
serait troublée, si la prédiction de l'apôtre ne nous rassurait ;
et si dans la vue d'une tentation si dangereuse, il ne nous avait
averti non-seulement que toutes choses arriveraient, mais
qu'elles étaient nécessaires pour le discernement des élus :
Oportet hæreses esse, ut qui probati sunt, manifesti fiant in vobis
(I Cor. xi).

Mais n'insistons pas là-dessus davantage, et finissons, mes

chers auditeurs, par le dernier prodige qui nous regarde, et qui n'est plus ni le renoncement à la foi, ni la corruption de la foi, mais une affreuse contradiction qui se rencontre entre notre vie et notre foi. Je m'explique. Nous sommes chrétiens, et nous vivons en païens; nous avons une foi de spéculation, et dans la pratique toute notre conduite n'est qu'infidélité; nous croyons d'une façon, et nous agissons de l'autre. Dans tout le reste, nos actions et nos affections s'accordent avec nos persuasions et nos connaissances : car nous aimons, nous haïssons, nous fuyons, nous recherchons, nous souffrons, nous entreprenons selon que nous sommes éclairés. Il n'y a que le salut et tout ce qui le concerne, où, par le plus déplorable renversement, nous fuyons ce que nous jugeons être notre souverain bien, et nous recherchons ce que nous jugeons être notre souverain mal; nous profanons ce que nous reconnaissons être adorable, et nous idolâtrons ce que nous méprisons dans le cœur; nous abhorrons ce qui nous sauve, et nous adorons ce qui nous perd. Si, chrétiens en effet, comme nous le sommes de nom, nous vivions conformément à la foi que nous professons, notre vie, il est vrai, dit saint Jérôme, serait un continuel miracle, mais elle n'aurait rien de prodigieux. Si, païens de profession et n'ayant pas la foi, nous vivions selon la chair et selon les sens, quelque désespérés que nous fussions, il n'y aurait rien dans nos désordres que de naturel. Mais avoir la foi et vivre en infidèles, voilà ce qui fait le prodige. Prodige dont les impies ne veulent point convenir, prétendant que la vie et la créance se suivent toujours, c'est-à-dire, que l'on vit toujours comme l'on croit, et que l'on croit comme l'on vit, pour avoir droit par là de rejeter tous leurs désordres sur le défaut de persuasion, sans les imputer jamais à leur malice. Mais erreur dont il est bien aisé de les détromper, puisqu'il n'est pas plus difficile d'avoir la foi et d'agir contre la foi, que d'avoir la raison et d'agir contre la raison; or, n'est-ce pas de leur propre aveu ce qu'ils font eux-mêmes tous les jours? Ah! chrétiens, faisons cesser ce prodige; accordons-nous avec nous-mêmes; accordons nos mœurs avec notre foi, autrement que n'avons-nous point à craindre de cette foi profanée, de cette foi scandalisée, de cette foi déshonorée? Faisons-la servir à notre pénitence, si nous nous sommes retirés de ses voies; faisons-la servir à notre persévérance, si nous y sommes déjà rentrés, ou que nous y soyons toujours demeurés ; marchons à la faveur de ses divines lumières, et ne les éteignons pas en nous livrant à nos passions et aux aveugles appétits de la chair : car rien ne nous expose plus à perdre la foi, qu'une vie sensuelle et volup_ tueuse ; c'est par là que tant d'impies l'ont perdue, et c'est encore ce qui les attache à leur libertinage, et ce qui les empêche d'en sortir. Ah ! Seigneur, vous avez dans les trésors de votre justice bien des châtiments dont vous pouvez punir nos désordres. Frappez, mon Dieu ; et fallût-il nous affliger de toutes les calamités temporelles, ne nous épargnez pas, mais conservez-nous la foi : ce n'est pas assez ; ranimez-la, réveillez-la, ressuscitez-la cette foi languissante, cette foi mourante, et même cette foi morte sans les œuvres : autant et selon qu'elle vivra en nous, nous vivrons avec elle et par elle, et le terme où elle nous conduira, c'est l'éternité bienheureuse que je vous souhaite, etc.

SERMON

SUR LA PRIÈRE

Dixit Jesus discipulis suis : Amen, amen, dico vobis; si quid petieritis Patrem in nomine meo, dabit vobis. Usquemodò non petistis quidquam in nomine meo : petite et accipietis.

Jésus parla de cette sorte à ses disciples : Je vous le dis en vérité, si vous demandez quelque chose à mon Père en mon nom, il vous l'accordera. Vous n'avez encore rien demandé en mon nom; demandez et vous recevrez.

JEAN, XVI.

Il n'appartient qu'à un Dieu aussi grand que le nôtre, de faire une promesse si magnifique et si étendue, parce qu'il n'appartient qu'à lui de la pouvoir exécuter. Le Fils de Dieu ne nous dit pas seulement dans la personne de ses disciples, si vous demandez telle ou telle chose, vous l'obtiendrez; mais si vous demandez quelque chose, quoi que ce soit, mon Père vous le donnera : *Si quid petieritis, dabit vobis.* Il ne nous dit pas précisément, demandez ceci ou cela, mais indéterminément et en général, demandez et vous recevrez : *Petite et accipietis.* Encore une fois, chrétiens, il fallait une puissance et une miséricorde infinie pour être en état de s'engager de la sorte et pour le vouloir : c'est donc là qu'éclate la souveraine grandeur du Dieu que nous adorons; c'est là qu'il fait également paraître et ce pouvoir suprême qui le rend maître de tout, et cette bonté sans mesure qui le fait descendre et compatir à tous nos besoins. Aussi est-ce de là même que les Pères ont pris occasion de tant exalter l'efficace de la prière; qu'ils l'ont regardée comme la mère de toutes les vertus, comme la source de tous les biens, comme le trésor de l'âme chrétienne et comme un fonds de richesse inépuisable, parce que c'est le moyen de parvenir à tout et d'avoir tout : *Si quid petieritis Patrem, dabit vobis.* Il est vrai qu'elle requiert certaines conditions : Dieu n'est pas le dissipateur, mais le dispensateur de ses grâces ; et par conséquent il n'écoute pas sans distinction toute prière, mais une prière animée par la foi, une prière sanctifiée par l'humilité, une prière soutenue par la persévérance, une prière non des lèvres et de la bouche seulement, mais de l'esprit et du cœur : tout cela est incontestable, et tout cela est bien raisonnable. Ce qui m'étonne, chrétiens, et ce qui est en effet bien surprenant, c'est le peu de soins que nous avons de mettre en œuvre auprès de Dieu ce qui devrait nous servir en toute rencontre : car ne puis-je pas bien faire à la plupart de mes auditeurs le même reproche que faisait le Sauveur du monde à ses disciples : *Usquemodò non petistis quidquam ;* vous n'avez rien demandé jusqu'à présent ? Est-ce que rien ne vous manque ? mais vous êtes tous les jours si éloquents à exposer aux hommes les nécessités ou temporelles ou spirituelles qui vous affligent. Est-ce que vous n'avez point encore appris à demander ni à prier ? si cela est, comme je n'ai que trop lieu de le croire, appliquez-vous à ce discours, où je prétends vous entretenir de la prière, après avoir prié moi-même, en m'adressant à Marie, et lui disant : *Ave, Maria.*

Exercer le ministère de l'Évangile, c'était, dans l'idée de saint Paul, faire profession d'être redevable à tous, aux ignorants et aux savants, aux charnels et aux spirituels, à ceux qui sont encore enfants en Jésus-Christ, et à ceux qui sont déjà des hommes formés et parfaits ou qui travaillent à le devenir ; aux ignorants pour les instruire, aux savants pour les persuader, aux charnels pour les convertir, aux spirituels pour les affermir, à ceux qui sont encore enfants pour les nourrir de lait, aux parfaits pour leur préparer des viandes solides, à tous pour leur prêcher la vérité, mais d'une manière proportionnée à leur état et à leurs dispositions. Ainsi ce grand apôtre le pratiquait-il ; ainsi en servait-il d'exemple aux ministres qui devaient être chargés après lui du même emploi : et voilà, mes chers auditeurs, l'engagement où je me trouve aujourd'hui : j'ai à vous entretenir de la matière la plus importante, savoir, de l'oraison ou de la prière ;

et par un dessein particulier de Dieu, je me trouve obligé à en instruire tout à la fois deux sortes de personnes : les chrétiens du siècle qui marchent dans les routes de la religion, et ceux qui aspirent et qui s'élèvent aux voies les plus sublimes de la perfection. Il semble que, pour l'utilité publique, j'aurais pu me contenter de l'instruction des premiers, mais Dieu par son adorable providence a permis que dans notre siècle il ne fût pas moins nécessaire de s'appliquer à l'édification des seconds ; et c'est pourquoi je me suis senti inspiré de parler ici aux uns et aux autres : aux premiers pour les convaincre de la nécessité de l'oraison, et aux seconds pour leur découvrir les abus de l'oraison. Mais parce que le terme d'oraison, par rapport à ces deux sortes de chrétiens, est comme un terme équivoque, qui signifie pour les premiers l'action commune de prier, et pour les seconds quelque chose de plus relevé que nous appellerons oraison extraordinaire, afin d'ôter toute ambiguïté et de vous déclarer nettement ma pensée, mon dessein est de faire voir aux uns le besoin qu'ils ont de l'oraison commune, et de marquer aux autres comment ils peuvent abuser de l'oraison extraordinaire ; c'est-à-dire, d'engager les uns à prier, et d'empêcher les autres de mal prier ; d'attirer ceux-là au saint exercice de l'oraison, qui nous est commandé, et de retirer ceux-ci des fausses voies d'une oraison dangereuse et inutilement pratiquée. Voilà ce que j'entreprends en deux mots : l'indispensable nécessité de l'oraison ordinaire fondée sur les principes de la foi les plus évidents, c'est le premier point ; l'abus de l'oraison extraordinaire reconnu et découvert par les règles de la foi les plus solides, c'est le second point. Commençons.

PREMIÈRE PARTIE.

Jamais décision de la foi n'a été ni plus authentique ni reçue dans le monde chrétien avec plus de soumission et plus de respect, que celle où l'Église, foudroyant autrefois le pélagianisme, établit, disons mieux, déclara la nécessité de la grâce intérieure de Jésus-Christ pour toutes les œuvres du salut ; et jamais conséquence n'a été ni plus infaillible ni plus évidemment tirée de son principe que celle que je tire aujourd'hui de cette décision de l'Église pour prouver la nécessité de la prière. Sans la grâce du Rédempteur, quelque fond de vertu naturelle que je puisse avoir, et quelque bon usage que je fasse de ma raison et de ma liberté, je suis dans une impuissance absolue de parvenir au terme du salut ; c'est ce que le grand saint Augustin soutint avec tant de zèle, et ce qui fut enfin solennellement conclu contre l'hérésiarque Pélage. Sans le secours de la grâce, non-seulement je ne puis parvenir à ce bienheureux terme du salut, mais je ne puis même m'y disposer, je ne puis même commencer à y travailler, je ne puis pas même le désirer, je ne puis pas même y penser ; c'est ce qu'ont depuis défini tant de conciles et tant de papes, pour exterminer le semipélagianisme, rejeton pernicieux de l'erreur que saint Augustin avait si glorieusement combattue. Or, les mêmes armes dont se servait alors l'Église pour défendre la grâce de Jésus-Christ contre les hérétiques qui l'attaquaient, sont celles qu'elle me fournit encore pour justifier l'indispensable obligation de la prière, contre les mondains et les lâches chrétiens qui la négligent. Car voici, mes chers auditeurs, comment je raisonne, et comment chacun de vous doit raisonner avec moi.

Sans la grâce il n'y a point de salut ; donc il n'y a point de salut sans la prière, parce que hors la première grâce qui est indépendante de la prière, comme étant, dit saint Prosper, le principe de la prière même, il est de la foi que la prière est le moyen efficace et universel par où Dieu veut que nous obtenions toutes les autres grâces, et que toutes les autres grâces, dans l'ordre de la providence et de la prédestination, sont essentiellement attachées à la prière : *Petite et accipietis;* demandez et vous recevrez. Voilà la règle que Jésus-Christ nous a prescrite, et qui, étant limitée à ce don parfait, à ce don souverain et excellent qui nous vient d'en haut, je veux dire la grâce du salut, n'a jamais manqué. Voilà la clef de tous les trésors de la miséricorde ; voilà le divin canal par où tous les biens célestes nous doivent être communiqués. Demandez le royaume de Dieu et sa justice, ou plutôt, demandez sans restriction tout ce qui vous est nécessaire pour y arriver, et soyez sûrs que vous l'aurez : *Petite et accipietis.* Voilà, dis-je, l'oracle de la vérité éternelle, dont il ne nous est pas permis de douter.

D'où il faut conclure, reprend le docteur angélique saint Thomas, que nul homme, soit juste, soit pécheur, mais encore moins le pécheur que le juste, n'a droit d'espérer en Dieu qu'en conséquence de ce qu'il le prie, et que toute confiance en Dieu qui n'est pas fondée sur la prière et soutenue, ou, si j'ose ainsi m'exprimer, autorisée du crédit de la prière, est une confiance vaine, une confiance présomptueuse, une confiance même réprouvée de Dieu : et la raison est que Dieu, dit saint Thomas, qui ne nous doit rien par justice, et qui est incapable de nous rien devoir autrement que par la miséricorde, tout au plus par fidélité, ne s'est engagé à nous par ces titres même de fidélité et de miséricorde, que sous condition et dépendamment de la prière. Il peut donc non-seulement sans être injuste, mais sans cesser d'être fidèle et miséricordieux, ne nous point accorder ses grâces, quand nous ne le prions pas. Je dis plus, et dans le cours ordinaire de sa providence, il le doit en quelque façon, parce que des grâces aussi précieuses que les siennes, c'est la réflexion de saint Chrysostome, des grâces aussi importantes que celles qui nous conduisent au salut, méritent bien au moins qu'il nous en coûte de les demander, et de les demander avec empressement et avec ferveur.

Vous me direz qu'indépendamment de nos prières Dieu sait nos besoins spirituels, et sans que nous nous mettions en peine de les lui faire connaître, qu'il y peut pourvoir. Il est vrai, répondait saint Jérôme à Vigilantius, qui, préoccupé de son sens, et renversant sous ce prétexte le fondement de la religion, voulait conclure de là l'inutilité de la prière : il est vrai, Dieu connaît par lui-même nos besoins ; mais quoiqu'il les connaisse par lui-même et qu'il y puisse pourvoir sans nous, il veut y être déterminé et engagé par nous ; c'est-à-dire il veut être excité par nos prières à nous accorder les secours qu'il nous a préparés ; il veut que nos prières soient le ressort qui remue sa miséricorde et qui la fasse agir. Car il est, ajoutait ce saint docteur, le maître de ses biens, et en cette qualité de maître, c'est à lui de nous les donner et d'en disposer aux conditions qu'il lui plaît. Or, encore une fois, il lui a plu que la prière fût une de ces conditions, et même la principale, et qu'elle entrât dans le pacte qu'il a fait avec nous comme notre Dieu, en nous disant : *Petite et acci-*

pietis. Il lui a plu, en faisant servir nos besoins à sa gloire, de nous intéresser par là à l'honorer, de nous attacher à son culte par ce sacré lien, de nous tenir par là dans l'exercice de cette continuelle dépendance où nous devons être à son égard : en un mot, il lui a plu de vouloir être prié et de mettre comme à ce prix les dons de sa grâce, et les effets continuels de sa charité divine. Car c'est ainsi que s'expliquait saint Jérôme, en réfutant l'hérésie des Adamistes, qui consistait à rejeter la prière comme superflue : hérésie que Jovinien avait osé renouveler, et dont Vigilantius était alors l'un des plus zélés partisans. Mais de là, chrétiens, s'ensuivent trois autres vérités, qu'il est du devoir de mon ministère de vous faire bien comprendre, et que vous ne pouvez ignorer sans un préjudice notable de votre religion et de votre foi.

Première vérité. Il s'ensuit que dans le cours de la vie chrétienne il nous peut arriver et qu'il nous arrive souvent de manquer en effet de certaines grâces pour accomplir le bien auquel nous sommes obligés et pour éviter le mal que la loi de Dieu nous défend, sans que nous ayons droit d'alléguer notre impuissance pour excuse de nos désordres, sans que nous puissions prétexter devant Dieu nulle impossibilité d'obéir à ses commandements, sans que sa loi dans ces occasions nous devienne impraticable ; l'obligation que Dieu s'est faite de nous exaucer autant de fois que nous le prierons utilement pour le salut, étant alors contre nous une raison invincible qui nous ferme la bouche, et qui confond ou notre lâcheté ou notre erreur. Ceci mérite votre attention. Il vous est impossible, par exemple, dites-vous, d'aimer sincèrement votre ennemi et de lui pardonner de bonne foi l'injure que vous en avez reçue ; et persuadé que cela vous est impossible, vous prétendez par là vous disculper des sentiments de haine et de vengeance que vous conservez dans le cœur : ainsi le malheureux esprit du monde, qui est un esprit d'infidélité, vous aveugle-t-il ? Mais écoutez les paroles de saint Augustin, bien opposées à ce langage, ou plutôt écoutez toute l'Église assemblée dans le dernier concile, et se servant des paroles de saint Augustin : Vous vous trompez, mon frère, dit ce saint docteur cité par le concile, vous vous trompez ; Dieu, qui est le meilleur et le plus sage de tous les législateurs, en vous commandant d'aimer votre ennemi, ne vous commande rien d'impossible ; mais par ce commandement adorable, il vous avertit de faire ce que vous pouvez et de demander ce que vous ne pouvez pas, et il vous aide à le pouvoir : *Deus impossibilia non jubet, sed jubendo monet, et facere quod possis, et petere quod non possis, et adjuvat ut possis* (CONCIL. TRID.). Voilà en deux mots ou la réfutation de votre erreur, ou la conviction de votre libertinage : vous ne vous sentez pas encore prévenu de cette grâce toute-puissante qui inspire la charité pour les ennemis même, et cette grâce vous manque, je le veux ; mais vous avez une autre grâce qui ne vous manque pas, une autre grâce qui vous tient lieu de celle-là et avec laquelle il ne vous est jamais permis de rien imputer au défaut de celle-là. Quelle est cette autre grâce ? la prière que Dieu vous a mise en main comme un instrument avec quoi vous pouvez tout, et qu'il ne tient qu'à vous de mettre en œuvre pour vous attirer cette grâce de la charité héroïque et de l'amour des ennemis que vous n'avez pas. Vous ne pouvez pardonner, mais vous pouvez prier, et le pouvoir de prier est pour vous une assurance et un gage du pouvoir de pardonner : car il suffit que vous puissiez l'un ou l'autre, ou plutôt que vous puissiez l'un pour l'autre ; et du moment que l'un ou l'autre de ces deux pouvoirs vous est donné, le pardon de l'injure vous est possible. Or, après la promesse de Jésus-Christ, l'un des deux vous est assuré et vous est acquis ; autrement saint Augustin ne vous aurait pas dit : *Et facere quod possis, et petere quod non possis*, de faire ce que vous pouvez, et de demander ce que vous ne pouvez pas, puisqu'il serait également hors de votre pouvoir et de demander et de faire. Il faut donc que la grâce de faire ne vous manque que parce que vous n'usez pas de celle de prier et de demander ; et c'est, mon cher auditeur, le secret que je vous apprends, et ce qui éclaircit parfaitement la théologie des pères de l'Église, quand ils avancent sur cette matière des propositions dures en apparence, mais d'ailleurs d'une connexion admirable entre elles ; car voici le nœud de cette connexion. La grâce nous manque quelquefois : qui en doute et qui peut en disconvenir ? mais nous manque-t-elle parce que Dieu nous la refuse, ou parce que nous ne la demandons pas à Dieu ? nous manque-t-elle par le défaut de celui qui la

donne, ou par notre indisposition et notre indifférence à la rece_
voir? nous manque-t-elle parce que Dieu ne veut pas nous exau_
cer, ou parce que nous négligeons de le prier? Voilà, homme du
monde, ce qui vous condamnera un jour : jugez-vous et écoutez-
moi. Vous êtes trop faible pour surmonter la passion qui vous
domine et pour résister à la tentation et à l'habitude du'hon_
teux péché dont vous vous êtes fait esclave; je le sais et j'en
gémis pour vous ; mais avez-vous bonne grâce de vous en
prendre à votre faiblesse, tandis qu'il vous est aisé de pratiquer
ce qui vous rendrait fort et invincible si vous vouliez y recourir?
Or, telle est la vertu de la prière.

De dire qu'il y a des états où cette prétendue faiblesse s'étend
jusqu'à la prière même, des états où l'homme tenté n'a pas
même la force de prier, je sais que raisonner ainsi, c'est encore
une de ces pensées malignes que notre esprit suggère à notre
cœur, pour chercher des excuses dans le péché: *Ad excusandas
excusationes in peccatis* (Ps. CXL). Mais, comme remarque saint
Chrysostome, si cela était, pourquoi l'apôtre de Jésus-Christ
nous assurerait-il le contraire, et pourquoi ferait-il consister la
fidélité de Dieu, en ce que Dieu ne permet point et ne permettra jamais que nous soyons tentés au-dessus de nos forces?
*Fidelis autem Deus est, qui non patietur vos tentari supra id quod
potestis* (I COR. X). Car s'il y avait des états où nous n'eussions
ni la force de vaincre la tentation, ni la force de prier pour en
obtenir la victoire, c'est-à-dire des états où la grâce pour l'un
et pour l'autre nous manquât également, il faudrait que saint
Paul l'eût mal entendu, et qu'en voulant nous consoler par ce
motif de la fidélité de Dieu, il nous eût donné une fausse idée,
puisqu'il serait vrai qu'étant trop faibles pour prier, aussi bien
que pour résister, nous serions évidemment tentés au delà de
ce que nous pouvons, et qu'ainsi Dieu permettrait ce que cet
apôtre a soutenu qu'un Dieu fidèle ne pouvait permettre. Mais
non, mon frère, poursuit saint Chrysostome, il n'en va pas
ainsi : vous êtes faible jusqu'à l'excès; mais vous ne l'êtes que
parce que malheureusement vous quittez l'exercice de la prière;
car dans le dessein de Dieu c'était la prière qui devait vous fortifier, qui devait vous fournir des armes, qui devait vous servir
de bouclier pour repousser les attaques du démon. Et en effet,

par la prière les saints, quoique fragiles comme vous, ont toujours été victorieux, et sans la prière, quoique saints d'ailleurs,
ils auraient été comme vous vaincus. Cessez donc encore une
fois d'excuser par là vos chutes : et de l'expérience funeste que
vous avez de votre fragilité, ne concluez autre chose que la nécessité absolue où vous êtes d'observer le précepte de Jésus-
Christ qui vous commande de prier, et de prier sans relâche :
Oportet semper orare, et non deficere (Luc xviii).

Il en est de même de ces chrétiens froids et languissants, peu
touchés des devoirs de leur religion, qui se voyant dans la séche-
resse et le dégoût, et même dans l'insensibilité et l'endurcissement, se plaignent que Dieu les délaisse, au lieu de s'accuser
devant Dieu de leur propre infidélité, et de reconnaître avec gémissements et avec larmes que leur malheur au contraire est
qu'eux-mêmes ils délaissent Dieu, en renonçant à la prière et
ne faisant nul usage de cet excellent moyen sur lequel roule
toute l'espérance chrétienne. Car c'est encore un autre point de
la créance catholique, qui nous est déclaré par le concile, qu'à
l'égard de ceux qui sont une fois justifiés ou par la pénitence ou
par le baptême, Dieu ne les abandonne jamais, s'ils ne l'ont au-
paravant abandonné. *Deus gratiâ suâ semel justificatos nunquam
deserit, nisi priùs ab eis deseratur* (Concil. Trident.). Or, il est
néanmoins hors de doute que ce serait Dieu qui les abandonne-
rait le premier, si, lorsqu'il leur fait un commandement, il ne
leur donnait pour l'accomplir ni la grâce de la prière, ni,
comme parlent les théologiens, la grâce de l'action. Mais il n'est
pas moins évident qu'il ne les abandonne qu'après qu'ils l'ont
déjà abandonné, quand il ne les prive de la grâce de l'action
que parce qu'ils ne sont pas fidèles à la grâce de la prière. Quel
est donc l'ordre de cet abandon terrible que nous devons
craindre? le voici : nous commençons, et Dieu achève; nous
abandonnons Dieu en négligeant de recourir à lui et de nous
attirer par la prière sa grâce et son secours; et Dieu qui, selon
le prophète, méprise celui qui le méprise, nous abandonne, en
nous laissant, par une juste punition, dépourvus de ce secours
et de cette grâce. Mais l'abandon de Dieu suppose le nôtre; et
sans le nôtre qui est volontaire, et dont nous nous rendons coupables, nous ne devrions jamais craindre celui de Dieu. Hors de

là nous aurions droit de compter sur Dieu, et ce droit ou cette sûreté pour nous serait la prière : mais avec quel front osons-nous nous en prendre à Dieu, et dire qu'il s'éloigne de nous, pendant que nos consciences nous reprochent que c'est nous-mêmes qui le forçons à cet éloignement, et qui, par le mépris que nous faisons de la prière, sommes les premiers à nous éloigner et à nous détacher de lui !

Seconde vérité. Il s'ensuit de là que le plus grand de tous les désordres et en même temps de tous les malheurs où puisse tomber l'homme chrétien, c'est d'abandonner la prière : pourquoi? parce que abandonner la prière, c'est renoncer au plus essentiel et au plus irréparable de tous les moyens du salut. Prenez garde, s'il vous plaît. Au défaut de tout autre moyen, quelque avantageux ou même nécessaire qu'il puisse être pour le salut éternel, l'homme chrétien peut trouver des ressources dans la religion. Il n'y a point de sacrement dont l'efficace et la vertu ne puisse être suppléée par les dispositions de la personne qui le désire de bonne foi, mais qui ne peut le recevoir : il n'y a point d'œuvre ni méritoire, ni satisfactoire, qu'une autre de pareil mérite et d'égale satisfaction ne puisse remplacer : la contrition pure et parfaite peut tenir lieu de la confession des péchés; l'aumône, selon la doctrine des Pères, peut par l'acceptation de Dieu, être substituée au jeûne : mais rien ne peut à notre égard être le supplément de la prière, parce que, dans l'ordre du salut et de la justification, la prière, dit saint Chrysostome, est comme la ressource des ressources même, comme le premier mobile qui doit donner le mouvement à tout le reste, et, quand tout le reste viendrait à manquer, comme la dernière planche pour sauver du naufrage l'homme pécheur. Si je suis incapable d'agir pour Dieu, je puis au moins souffrir pour lui; si l'infirmité de mon corps m'empêche d'exercer sur moi les rigueurs de la pénitence, je puis racheter mes péchés par la miséricorde envers les pauvres : mais dans quelque état que je me suppose, si je cesse de prier, je n'ai plus rien sur quoi je puisse faire fond, et par nul autre moyen je ne puis racheter ni réparer la perte que je fais en me privant du fruit de la prière. Ne priant plus, toutes les ressources de la grâce sont taries pour moi, et mon âme, Seigneur, est devant vous comme une terre sèche et aride, qui n'est plus arrosée des pluies du ciel. Ne priant plus, je n'ai plus ni humilité, ni foi, ni patience, parce que, bien loin de m'efforcer à pratiquer ces saintes vertus, je ne me donne pas même la peine de vous les demander. Ne priant plus, je me laisse emporter à mes passions et à mes désirs déréglés, parce que, bien loin de les combattre, je n'ai pas même recours à vous, qui pouvez seul m'aider à les réprimer. Ne priant plus, toute l'harmonie de la vie chrétienne est en moi déconcertée, parce que la prière, qui en était l'âme, cesse et n'est plus pour moi d'aucun usage. Car c'est à quoi se termine l'indévotion que je remarque et que je déplore dans je ne sais combien de lâches chrétiens.

Cependant, mes chers auditeurs, voilà le désordre du siècle, et tel de vous à qui je parle doit actuellement se dire à soi-même, voilà mon état. C'est un pécheur d'habitude accablé du poids de ses iniquités, mais dont le dernier des soins est de représenter à Dieu sa misère et de s'adresser à lui comme à son libérateur, en s'écriant avec l'apôtre : *Quis me liberabit de corpore mortis hujus* (ROM. VII)? qui me délivrera de ce corps de mort? C'est une femme mondaine remplie de l'amour d'elle-même et idolâtre de sa personne, mais qui n'a jamais dit à Dieu sincèrement : Seigneur, détruisez en moi cet amour profane, et faites-y régner le vôtre. C'est un homme exposé par sa condition aux occasions les plus prochaines du péché, qui à tous les moments du jour devrait soupirer vers le ciel et implorer l'assistance du Très-Haut; mais qui, tranquille au milieu des dangers les plus présents, passe les années entières sans rendre à Dieu le moindre culte, ni lui offrir le sacrifice d'une humble prière. Voilà, dis-je, ce que j'appelle la désolation du christianisme. Je ne parle point de certains pécheurs endurcis qui, rebelles à la loi de Dieu et obstinés dans leurs vices, ont une opposition formelle à la prière, parce qu'ils craindraient d'être exaucés, et que, livrés dès cette vie à l'esprit de réprobation, ils ne voudraient pas que Dieu leur accordât la grâce de leur conversion. Il y en a de ce caractère, et Dieu veuille que personne de vous ne se reconnaisse dans la peinture que j'en fais! Je parle de ceux et de celles qui par esprit de dissipation, qui par accablement des soins temporels, qui par attachement aux plaisirs du monde, qui

10

par froideur pour Dieu, qui par indifférence pour le salut, qui par oubli de leur religion, se sont mis dans la position malheureuse de ne plus prier : c'est à ceux-là que je parle, les conjurant par le plus pressant de tous les motifs, d'ouvrir aujourd'hui les yeux et d'avoir compassion d'eux-mêmes. Car, que peut-on, mes frères, espérer de vous, si vous quittez ce qui est la base et l'appui de toutes les espérances des hommes? Destitués du secours de la prière, que devez-vous attendre de Dieu? Sans la prière, quelle part avez-vous aux mérites de Jésus-Christ? de quel bien êtes-vous capables? quel mal pouvez-vous éviter? Comment le péché vous a-t-il portés jusque-là, de renoncer à ce qui devrait être votre souveraine et votre unique consolation? est-ce paresse? est-ce endurcissement de cœur? est-ce doute et incrédulité? Si c'est paresse, en fut-il jamais une plus léthargique que celle de se damner et de se perdre, faute de dire à Dieu, sauvez-moi? Si c'est endurcissement, en peut-on concevoir un plus affreux que celui d'être couvert de plaies et de plaies mortelles, manque de dire à Dieu, guérissez-moi? Si c'est incrédulité, y en a-t-il de plus insensée que celle de supposer un Dieu plein de bonté, et de n'en faire jamais l'épreuve, en lui disant, soutenez-moi, fortifiez-moi, convertissez-moi?

Troisième vertu. Il s'ensuit que le comble du malheur pour un chrétien est de perdre absolument l'esprit de la prière. J'entends par l'esprit de la prière une certaine estime que l'on conserve toujours pour ce saint exercice, quoiqu'on ne le pratique pas; j'entends une certaine confiance en ce moyen de conversion et de satisfaction, quoiqu'on néglige de s'en servir; j'entends un certain sentiment intérieur du besoin que nous en avons, et un fonds de disposition à l'employer dans les rencontres, quoique actuellement et dans les conjonctures présentes on n'en fasse aucun usage. Car avoir perdu cette estime, cette confiance, ce sentiment, cette disposition secrète, c'est avoir perdu jusqu'aux principes les plus éloignés de la vie de l'âme, et c'est être dans l'ordre de la grâce, ce qu'est dans l'ordre de la nature un arbre dont on a coupé, non point seulement les branches, mais jusqu'à la dernière racine. Tandis qu'on a cet esprit encore, ou qu'on en a quelque reste, tout assoupi qu'il est, il peut dans l'occasion se réveiller, nous exciter à la prière, nous y faire avoir recours, et par l'efficace de notre prière nous pouvons toucher le cœur de Dieu, et impétrer une grâce qui nous touche enfin nous-mêmes et qui nous ramène à Dieu. Si ce n'est pas aujourd'hui que cet esprit agit, ce sera peut-être dans la suite des années, et le moment viendra où nous éprouverons sa vertu. Mais si cet esprit est absolument éteint, si nous n'avons plus ni estime de la prière, ni confiance en la prière, ni goût pour la prière, ah! mes chers auditeurs, où en sommes-nous, et quelle espérance y a-t-il que jamais nous nous dégagions des piéges du monde, que nous nous délivrions jamais de l'esclavage de nos passions, que nous surmontions jamais la chair qui nous sollicite sans cesse et qui nous entraîne, que nous revenions de nos égarements et que nous rentrions dans les voies de Dieu? La grâce de la prière ne nous manquera pas pour cela : mais nous manquerons à cette grâce, parce que n'ayant plus nul esprit de prière, nous manquerons de dispositions pour recevoir cette grâce et pour y répondre. Voilà pourquoi le prophète royal regardait comme un des bienfaits de Dieu les plus signalés, et le bénissait de n'avoir point permis que l'esprit de prière lui fût enlevé : *Benedictus Deus qui non amovit orationem meam à me* (Ps. LXV). Voilà pourquoi Dieu voulant marquer son amour à son peuple, lui promettait de répandre sur lui un esprit de grâce et un esprit de prière : *Effundam super domum David, et super habitatores Jerusalem, spiritum gratiæ et precum* (ZACH. XII). Et voilà pourquoi nous vous exhortons si fortement, chrétiens, à ne pas dissiper ce précieux talent : or on le perd, en perdant l'habitude de la prière, et en demeurant les semaines entières, les mois, les années, sans nul usage de la prière.

Heureux donc, si ce discours peut rallumer votre zèle pour une pratique si salutaire et si nécessaire! Allons, mes frères, allons nous jeter aux pieds de notre Père céleste, et lui présenter avec foi, avec humilité, avec persévérance, le religieux hommage de nos vœux. Nous ne pouvons ignorer d'une part nos besoins, et de l'autre la parole qu'il nous a donnée de nous accorder son secours, quand nous prendrons soin de l'implorer. Quoique cette parole soit générale, et qu'elle s'étende à tout, aux besoins temporels comme aux spirituels, à ce qui regarde le corps et la vie présente, comme à ce qui concerne l'âme et le

salut éternel, *Quodcumque petieritis*, souvenons-nous néanmoins de cette autre leçon qu'il nous fait ailleurs, de chercher
d'abord le royaume de Dieu et sa justice, et de nous reposer de
tout le reste sur sa providence, qui y pourvoira. Demandons-
lui, selon l'ordre que le Fils de Dieu nous a prescrit, que son
nom soit sanctifié, et que nous puissions contribuer nous-
mêmes à sa gloire par la sainteté de nos œuvres; que son règne
arrive, et que dès ce monde il établisse son empire dans nos
cœurs, afin que nous régnions éternellement avec lui dans le
séjour bienheureux; que sa volonté soit faite dans le ciel et sur
la terre, mais par-dessus tout qu'elle s'accomplisse en nous et
que nous lui soyons toujours soumis. Demandons-lui que chaque jour il nous fournisse le pain qui doit entretenir la vie de
nos âmes, le pain de sa grâce, ce pain substantiel, pour me
servir de l'expression même de l'Évangile; que tout pécheur que
nous sommes, il jette sur nous un regard de miséricorde, et
qu'il nous pardonne tant d'offenses dont [nous devons nous reconnaître coupables et pour lesquelles nous ne pouvons le satisfaire, s'il ne se relâche en notre faveur de la sévérité de ses
jugements. Demandons-lui qu'il nous défende des traits empoisonnés de l'esprit tentateur, et des attaques de ce lion rugissant
qui tourne sans cesse autour de nous pour nous surprendre;
qu'il nous défende des charmes trompeurs du monde et de ses
prestiges; mais qu'il nous défende encore plus de nous-mêmes
et de la malheureuse cupidité qui nous domine. Enfin demandons-lui qu'il nous préserve de tout mal; qu'il nous aide à réparer les maux passés, et à nous relever de nos chutes, à guérir
les maux présents et à redresser nos inclinations vicieuses, à
détourner les maux à venir et à éviter le plus affreux de tous,
qui est celui d'une éternelle damnation : car si nous sommes
éclairés d'une sagesse solidement et vraiment chrétienne, voilà
où doivent tendre nos prières, et à quoi elles doivent se réduire;
en voilà le précis et l'abrégé. Mais après avoir vu la nécessité de
l'oraison commune et ordinaire, il me reste à vous faire voir les
abus de l'oraison particulière et extraordinaire : c'est la seconde
partie.

SECONDE PARTIE.

Quand je parle des abus de l'oraison extraordinaire, ne pensez pas, chrétiens, que je prétende ni la condamner ni la combattre, puisqu'il est évident au contraire que de condamner ceux qui en abusent, c'est faire hautement profession de la reconnaître et de l'honorer. Je sais que Dieu, dont la miséricorde est infinie, se communique aux âmes justes par plus d'une voie, et qu'il ne nous appartient pas de limiter ses dons et ses faveurs, beaucoup moins d'entreprendre de les censurer. Je sais, pour me servir des termes de saint Paul, qu'en ce qui regarde ces communications divines, quoique ce soit toujours le même esprit, il y a une diversité de grâces, *Divisiones verò gratiarum sunt, idem autem Spiritus* (I Cor. xii), et que de la part même de la créature il y a une diversité d'opérations, quoique ce soit toujours le même Dieu qui opère tout en tous : *Et divisiones operationum sunt, idem verò Deus qui operatur omnia in omnibus.* (Idem.) C'est-à-dire, je sais qu'outre la manière commune de prier, en méditant la loi de Dieu, en contemplant ses mystères, en se remplissant de sa crainte, en s'excitant à son amour, en le remerciant de ses bienfaits, en implorant ses grâces et son secours, qui est le genre d'oraison que pratiquait David et que les saints à son exemple ont de tout temps pratiqué, il y en a un autre différent de celui-là, où Dieu par des impressions fortes, prévenant l'âme et s'en rendant le maître, l'élève au-dessus d'elle-même, tient ses puissances liées et suspendues, la fixe à un seul objet, fait qu'elle agit moins qu'elle ne souffre, lui ôte cette application libre qui ne laisse pas, quoique bonne, d'être un effort pour elle et un travail, l'établit dans un saint repos, lui parle et se découvre à elle, tandis qu'elle est devant lui dans un profond et respectueux silence. Je sais, dis-je, que c'est tout cela qu'on a coutume de comprendre sous le nom d'oraison extraordinaire, et à Dieu ne plaise qu'il m'arrive jamais de la critiquer ni de l'improuver! Mais je veux pour votre instruction et pour votre édification vous en faire connaître les abus, et par là encore une fois, j'en suppose donc pour les âmes prudentes et éclairées le bon usage possible. Je ne prétends pas même vous en faire voir les abus grossiers, tels que sont ceux qui de nos jours ont éclaté à la honte de la religion, et qui ont scandalisé toute l'Église. L'Église animée d'un saint zèle a pris soin elle-même de nous en donner toute l'horreur que nous en devons avoir, et après ce qu'elle a fait, en vain voudrais-je y rien ajouter, persuadé d'ailleurs, comme je le suis, que votre piété n'a nul besoin de ce remède.

Je parle d'abus moins scandaleux, mais toujours très-pernicieux dans leurs conséquences, d'autant plus à craindre qu'ils sont plus ordinaires et qu'on les craint moins. Je parle de ces abus où nous voyons tomber tant d'âmes chrétiennes, qui, abandonnant la voie de l'humanité et de sa simplicité, se laissent emporter à suivre des voies plus hautes en apparence, mais fausses et trompeuses. Malheur que l'illustre Thérèse déplorait autrefois devant Dieu; et nous pouvons dire que Dieu l'avait suscitée pour nous apprendre à nous en préserver, puisqu'il nous a donné dans sa personne l'idée de la plus sage et de la plus solide conduite. Or je réduis, mes chers auditeurs, ces abus à quatre espèces. La première, de ceux qui par une illusion visible confondent l'oraison extraordinaire avec des choses qui ne sont rien moins qu'oraison, et qui sous ce nom spécieux déshonorent plutôt la religion. La seconde, de ceux qui par erreur et par un défaut de discernement, soit en spéculation, soit en pratique, préfèrent l'oraison extraordinaire à l'oraison commune. La troisième, de ceux qui par un mouvement de présomption s'ingèrent d'eux-mêmes, ou du moins tâchent de s'élever à l'oraison extraordinaire, sans y être appelés de Dieu et même contre l'ordre de Dieu. Et la dernière, de ceux qui par un fonds de lâcheté et de paresse, et pour ne vouloir pas se captiver, sous ombre d'oraison extraordinaire, négligent les règles générales auxquelles le Saint-Esprit dans l'Écriture veut que nous nous assujettissions pour prier saintement et chrétiennement. Ne craignez pas que je m'étende sur aucun de ces quatre articles : j'ai cru, pour l'accomplissement de mon ministère, devoir une fois vous les proposer, et je ne m'y suis résolu qu'après qu'une expérience confirmée m'en a fait reconnaître la nécessité; mais en vous marquant ces abus, j'aurai soin moi-même de ne pas lasser votre patience. Écoutez-moi; ceci ne sera pas indigne de votre attention.

On se croit dans la voie et dans l'état d'une oraison extraordinaire, mais on est dans l'égarement d'une pitoyable illusion : on se croit prévenu des dons du ciel, mais on est, si j'ose le dire, préoccupé de ses imaginations et de ses pensées : on croit avoir part aux communications de Dieu, mais on est livré à son propre sens dans lequel on abonde et qu'on suit uniquement : en un mot, on confond ce que les Pères entendent par oraison sublime, avec des choses qui n'en approchèrent jamais, qui sont de pures visions de l'esprit humain, qui bien souvent en sont les extravagances, qui n'ont nul caractère de solidité et qui ne se trouvent fondées sur aucun des principes de la religion. C'est en quoi je fais consister le premier abus. Car j'appelle oraison chimérique, celle dont l'Évangile ne nous parle point, et que Jésus-Christ ni saint Paul ne nous ont jamais enseignée, n'étant ni vraisemblable ni possible que, dans le dessein qu'ils ont eu de nous apprendre toute perfection, ils nous eussent laissés dans une ignorance profonde de ce qui devait être en matière d'oraison le plus haut degré de la perfection même. Or c'est justement ce qui serait arrivé : car en quel endroit, ou de l'Évangile, ou des autres livres sacrés, paraît-il le moindre vestige de cent choses que le raffinement des derniers siècles a inventées, et qu'on a voulu faire passer dans le monde pour oraison extraordinaire ? J'appelle oraison chimérique celle qui, réduite aux principes, ne se trouve pas à l'épreuve de la plus exacte et la plus sévère théologie : la théologie, dit le savant chancelier Gerson, devant être particulièrement en ceci comme la pierre de touche, pour distinguer le faux et le vrai, ce qui est suspect et ce qui est sûr, ce qui est vicieux et ce qui est louable et soutenable, et tout ce qui ne s'accorde pas avec cette théologie ne pouvant être que la production d'un esprit trompeur ou trompé. Or vous savez combien de ces manières d'oraisons, que la nouveauté ou l'entêtement avaient fait valoir dans le monde, soumises ensuite à la censure des docteurs, et par là au jugement de l'Église, ont été rejetées et réprouvées, non-seulement comme vaines et frivoles, mais comme dangereuses et préjudiciables à la vraie piété. J'appelle oraison chimérique celle qui choque le bon sens, et contre laquelle la droite raison se révolte d'abord ; ayant toujours été convaincu que le bon sens, quelque voie qu'on suive, doit être de tout, et que là où le bon sens manque, il n'y a ni oraison ni don de Dieu. Or cela seul ne devait-il pas suffire pour discerner la fausseté de tant d'espèces d'oraisons qui ont servi de piége aux âmes faibles? et n'est-il pas étonnant que malgré ce bon sens universel qui a toujours réclamé contre un tel désordre, c'est-à-dire, que malgré l'opposition de tous les esprits judicieux et de tous les hommes sages, on n'ait pas laissé de courir après ces fantômes d'oraison, et qu'à la honte du christianisme on ait vu ces fantômes l'emporter souvent sur l'oraison solide et véritable? J'appelle oraison chimérique, celle dont les termes et les expressions même semblent n'être propres qu'à décrier la religion et à la faire tomber dans le mépris : la religion, disait Lactance, ne devant rien admettre ni rien autoriser qui ne soit digne de la majesté et de la sainteté du culte de Dieu, et l'oraison pour peu qu'elle se démente de ce caractère, cessant d'être ce qu'elle est, et ne méritant plus le nom qu'elle porte. Or voilà, chrétienne compagnie, ce qui fait le sujet de ma douleur, quand je vois se répandre dans le monde tant de livres sans choix où, sous prétexte d'oraison, la religion est toute défigurée, et qui, par un goût dépravé du siècle où nous vivons, ont néanmoins leurs approbateurs. J'appelle oraison chimérique celle qui de la manière qu'on la propose est absolument inintelligible, et où les plus pénétrants et les plus éclairés théologiens ne conçoivent rien. Vous me direz qu'entre Dieu et l'âme il peut se passer dans l'oraison des mystères ineffables et inexplicables; et moi je réponds premièrement que si ces mystères sont inexplicables, on ne doit donc pas entreprendre de les expliquer; que si ces mystères sont inexplicables, il faut donc se tenir dans le silence, et imiter au moins saint Paul, qui, après son ravissement au troisième ciel, avouait humblement l'impuissance où il était de rapporter ce qu'il y avait entendu : *Et audivit arcana verba, quæ non licet homini loqui* (II Cor. XII). Car c'est ainsi qu'en usait ce grand apôtre : mais voici l'abus, mes chers auditeurs; on se croit plus capable que saint Paul, et ce que saint Paul n'a pas cru lui être permis, on le présume de soi-même; c'est-à-dire, quelque ineffables et inexplicables que soient ces mystères d'oraison, un homme particulier et sans aveu, s'estime assez

habile pour en parler, pour les développer aux autres, pour les
réduire en art et en méthode, pour en faire des leçons, pour
en donner des préceptes, pour en composer des traités, et pour
en discourir éternellement avec des âmes peut-être aussi vaines
que lui et souvent séduites par lui; au lieu de renfermer en
soi-même, comme saint Paul, ce que Dieu pourrait lui avoir
fait entendre, il produit indiscrètement et inutilement hors de
soi ce qu'il a pour l'ordinaire imaginé et ce qu'il n'entendit
jamais : combien d'exemples tout récents n'en avons-nous pas ?
Mais en second lieu, je soutiens que nul genre d'oraison ne
doit être approuvé, beaucoup moins admis sous cette notion
de mystères élevés, mais inexplicables : autrement il n'y aurait
point d'insensé ni de visionnaire qui ne fût reçu à débiter dans
l'Église de Dieu, comme mystères d'oraison, ses folies et ses
rêveries; car il n'appartient qu'à saint Paul de pouvoir dire :
Audivi arcana verba : dans ce commerce intime avec mon Dieu,
j'ai entendu ce que je ne puis exprimer. Quand saint Paul parlait de la sorte, je suis sûr qu'il avait entendu quelque chose de
divin, parce que étant, comme il était, l'organe du Saint-Esprit,
il ne pouvait se rendre à soi-même que des témoignages infaillibles. Mais quand tout autre que saint Paul me tient ce langage, j'ai droit et je suis même dans l'obligation de m'en défier; pourquoi? parce que sans cela je serais exposé à tous les
écueils du mensonge et de l'imposture, et parce qu'il n'y aurait
plus d'erreur dont je pusse me garantir. Mais présupposons
toujours une espèce d'oraison sublime, exempte d'oraison et
de tromperie, et qui soit en effet de Dieu; ce que je vais dire
demande une réflexion toute nouvelle.

On préfère l'oraison extraordinaire à l'oraison commune;
c'est le second abus que je combats; car il est évident, chrétiens, que l'oraison la plus commune est celle dont le fils de
Dieu nous a lui-même prescrit la forme, et que nous appelons
pour cela oraison dominicale, et il est d'ailleurs de la foi que cette
oraison que nous avons reçue du Seigneur même, quoique la
plus commune et la plus simple, est celle qui nous doit être
plus vénérable, et à laquelle, préférablement à toute autre, nous
devons nous attacher : pourquoi? non-seulement, dit saint
Cyprien, parce que c'est Jésus-Christ qui en est l'auteur, et qui

nous l'a apportée du ciel, mais parce qu'en effet toute commune
et toute simple qu'elle est, c'est l'oraison la plus parfaite et la
plus capable de rendre les hommes parfaits. Qu'il y en ait
d'autres plus mystérieuses, et, si vous voulez, d'une plus haute
élévation, c'est ce que je vous laisse à décider; mais anathème à
quiconque en reconnaîtra une plus sainte et plus sanctifiante.
Or selon toutes les maximes de la vraie religion, nous devons
préférer, comme chrétiens, l'oraison qui nous sanctifie à celle
qui nous élève : il est vrai, celle qui élève l'âme à ces degrés
sublimes de contemplation, peut être une grâce et un don de
Dieu; mais prenez garde, s'il vous plaît, que c'est l'une de ces
grâces stériles qui, quoique infuses de Dieu, ne rendent l'homme
ni plus juste ni plus agréable à Dieu; l'une de ces faveurs de
Dieu qui ne donnent point de mérite; l'un de ces dons qui
peuvent être quelquefois les effets de la sainteté, les récompenses de la sainteté, les marques de la sainteté, mais jamais ni
la cause de la sainteté ni la sainteté même : au lieu que l'oraison
commune, par l'exercice et par les actes des plus méritoires
vertus auxquelles elle tient l'âme appliquée, est une source
féconde et abondante de toutes les grâces qui font devant Dieu
la sanctification de l'homme. Or pesant les choses dans la balance du sanctuaire, ce qui produit la sainteté, ce qui opère le
mérite, ce qui enrichit l'âme de vertus, doit avoir dans notre
estime une préférence infinie sur ce qui n'est que pure grâce et
que pure faveur : et comme la foi nous enseigne que le moindre
degré d'humilité, de charité, de patience, est quelque chose selon
Dieu de plus estimable que le don de faire des miracles et de
ressusciter les morts, parce que le don des miracles est une
grâce infructueuse qu'ont eue quelques saints, mais qui n'a
point aidé à les faire saints, et sans laquelle il y en a eu d'aussi
saints et de plus saints; aussi du même principe devons-nous
conclure que le moindre degré de cette oraison, où l'âme par
un usage libre de ses puissances, et fidèle à la grâce de son
Dieu, travaille à se purifier et à se perfectionner, qui est l'oraison commune, quoique moins élevée, vaut mieux et est d'un
mérite plus grand que toutes les extases et tous les dons imagi-
nables, où l'on suppose l'âme sans action et dans le repos de la
contemplation : pourquoi? parce que Dieu encore une fois ne

discerne point les élus par la sublimité, mais par la fidélité, et parce que toutes les extases ne sont pas comparables dans l'idée de Dieu à la moindre vertu acquise par le travail d'une humble prière. Désirer donc de parvenir à ces grâces extraordinaires, les rechercher, y aspirer; abus, chrétiens, qu'on ne peut aujourd'hui assez déplorer. Ainsi en usent, pour ne rien dire encore de plus, les âmes ignorantes et imprudentes; mais ce n'est pas ainsi qu'en ont usé les âmes spirituelles et intelligentes; ce n'est pas ainsi qu'en a usé la célèbre Thérèse, qui, dans le moment où Dieu par ces voies extraordinaires se communiqua plus abondamment à elle, lui demandait qu'il modérât l'excès de ses faveurs, qu'il ne l'élevât pas si haut, qu'il suspendît un peu les effets de ses opérations divines, afin, disait-elle, qu'elle pût dans l'amertume de son cœur pleurer ses fautes passées, et qu'elle n'en perdît pas sitôt le souvenir : *Exclamans, petebat beneficiis in se divinis modum imponi, nec celeri oblivione culparum suarum memoriam aboleri* (Offic. Eccl. in Fest. S. Theres.). Elle concevait donc que l'exercice de pleurer ses péchés, en repassant devant Dieu les années de sa vie, était meilleur pour elle que l'extase et le ravissement, et qu'il lui était plus avantageux de ressentir dans la prière les amertumes d'une componction salutaire, que de goûter les délices d'une oraison plus élevée, mais moins profitable. Et voilà, mes chers auditeurs, ce que je vous prêche : *Æmulamini charismata meliora* (I Cor. xii); à l'exemple de cette grande sainte, entre les dons de Dieu, désirez et enviez les plus excellents; c'est saint Paul qui vous le permet et même qui vous l'ordonne; mais ne vous aveuglez pas jusqu'à prendre pour les plus excellents ceux qui sont les plus éclatants. Désirez ceux qui vous sont les plus utiles, enviez ceux qui sont les plus propres à vous convertir, ceux qui vous inspirent plus le zèle de la pénitence, ceux dont l'effet particulier est de vous rendre plus humbles, plus obéissants, plus charitables, plus mortifiés, plus désintéressés; car ce sont là dans le sens de l'apôtre les plus excellents pour vous : *Charismata meliora*. Mais souvenez-vous que les dons de ce caractère sont attachés à l'oraison commune, que le Fils de Dieu nous a lui-même pour cela particulièrement recommandée. Ce n'est pas tout, et voici quelque chose de plus essentiel.

On entre dans ces voies extraordinaires sans y être appelé de Dieu, et même contre l'ordre de Dieu. Troisième abus qui surpasse tous les autres. Car n'est-ce pas entrer contre l'ordre de Dieu dans l'oraison extraordinaire, de prétendre s'y adonner, quand on a d'ailleurs un évident, un extrême, un pressant besoin de demeurer dans la pratique de l'oraison commune? quand, par exemple, on est rempli de défauts qu'on ne peut espérer de corriger sans le secours de l'oraison commune; quand on est dominé par des passions dont la victoire doit être le fruit, et ne peut être le fruit que de l'oraison commune; quand on a des devoirs à accomplir, auxquels on ne satisfait point, et dont on ne s'instruit jamais que par des réflexions et les lumières de l'oraison commune? Malgré tous ces besoins, abandonner l'oraison commune pour se jeter dans d'autres voies qui ne conduisent à rien de tout cela, et pour lesquelles par conséquent on n'a ni vocation ni disposition; et au lieu de vaquer à l'étude de soi-même, à la réformation de soi-même, au changement et à l'anéantissement de soi-même, se proposer un genre d'oraison, dont le fond est, pour ainsi dire, une abstraction totale de soi-même et un oubli de toutes les choses dont on devrait être occupé, n'est-ce pas renverser l'ordre de Dieu? Or c'est ce renversement qui me fait pitié, je l'avoue, dans la conduite de je ne sais combien d'âmes censées intérieures. Car voilà sur ce point l'illusion du siècle: on se pique d'oraison, et d'oraison sublime, et cependant on suit le mouvement de ses passions les plus vives et les plus ardentes, et cependant on ne connaît pas ses imperfections les plus grossières, et cependant on se confirme dans ses plus dangereuses habitudes, et cependant on manque à ses plus importants devoirs. Preuve infaillible, âme chrétienne, que ce n'est point à l'oraison sublime que vous êtes appelée de Dieu: pourquoi? parce qu'il est indubitable que l'oraison à laquelle vous êtes appelée de Dieu, doit être proportionnée à votre état. Or il n'y a nulle proportion entre cet état de lâcheté, de dissipation, de désordre où vous vivez, et l'oraison sublime dont vous vous piquez. Ce n'est donc point à vous que cette oraison, dans le dessein de Dieu, peut convenir. Remédier à vos faiblesses, vous détromper de vos erreurs, combattre les passions et les vices qui règnent en vous, voilà à quoi Dieu veut que votre oraison soit employée; si celle dont vous usez ne se rapporte là, quelque sublime qu'elle vous paraisse, ce n'est plus Dieu qui vous attire, c'est votre propre sens qui vous y porte. Or dès là, fût-elle aussi sublime qu'elle vous paraît, quel bien en devez-vous attendre, et quel succès devez-vous vous en promettre? Il est vrai, cette espèce d'oraison extraordinaire a été saintement pratiquée dans le christianisme; mais par qui? par des âmes parfaites, qui avaient pour cela toutes les marques de la vocation de Dieu, par des âmes réglées qui, s'acquittant de leurs devoirs, accomplissaient toute justice; par des âmes dont la vie était pure, exemplaire, irrépréhensible, qui par de longues épreuves d'elles-mêmes s'étaient rendues capables des dons divins, et à l'égard desquelles on pouvait dire avec toute sûreté, que la grâce de l'oraison sublime était la récompense de leur sainteté. Vous, dans l'éloignement où vous êtes de leur sainteté, vous voulez avoir part à leurs récompenses et vous arroger cette grâce; voilà votre égarement. Car dans la vie imparfaite que vous menez, la grande règle d'oraison pour vous, est qu'au lieu de vous élever, il faut descendre; qu'au lieu de vous abîmer et de vous perdre dans les communications que vous avez avec Dieu, il faut vous y chercher et vous y trouver, c'est-à-dire, y reconnaître vos obligations, y examiner vos actions, y modérer vos désirs et vos affections, y acquérir le renoncement à vous-même et à vos passions : sans cela plus votre oraison est sublime, et plus elle est vaine; car j'entends par oraison vaine, celle qui ne corrige aucun défaut, celle qui n'est suivie dans la pratique d'aucune réforme, celle en vertu de laquelle on ne renonce à rien et on ne se détache de rien. Or combien n'en a-t-on pas vu servir d'un triste exemple de ce que je dis! Combien d'âmes présomptueuses qui, en même temps qu'elles faisaient profession de marcher dans ces voies intérieures dont je parle, n'en étaient pour cela ni moins déréglées, ni moins emportées, ni moins aigres, ni moins entières dans leurs sentiments, ni moins hautaines, ni moins dominantes; en un mot, qui pour être élevées dans l'oraison n'en étaient ni plus saintes devant Dieu, ni plus édifiantes devant les hommes! Vous me demandez comment elles tombaient dans un abus aussi énorme que celui-là : je vous l'ai dit, chrétiens, par la séduction de l'esprit qui les

conduisait: elles entraient dans ces voies d'oraison par esprit de
vanité, de curiosité et de singularité : elles y demeuraient par
esprit d'opiniâtreté, d'indépendance, d'indocilité; éblouies de
ces termes de quiétude, de repos, de silence, elles y entretenaient leur oisiveté. Dieu ne les y appelait pas; faut-il s'étonner
si elles en abusaient et si, bien loin d'en profiter, elles en étaient
encore plus imparfaites?

Enfin, sous prétexte d'oraison extraordinaire, on méprise et
on néglige les règles dont le Saint-Esprit nous a fait des préceptes 'indispensables pour le saint exercice de la prière.
Quatrième et dernier abus, qui mériterait un discours entier.
Car dans quelque voie que vous marchiez, fussiez-vous de ces
âmes du premier ordre que Dieu prévient de ses plus exquises
faveurs, c'est à vous, comme au reste des fidèles, qu'a prétendu
parler le Saint-Esprit, quand il a dit : *Ante orationem præpara
animam tuam*, *et noli esse quasi homo qui tentat Deum*
(Eccles. XVIII). Avant la prière préparez votre âme, et ne soyez
pas semblable à l'homme qui tente Dieu. C'est à vous, dis-je,
comme à moi que ce commandement s'adresse; et de vous
flatter que vous ayez un privilège qui vous en dispense, de vous
persuader qu'en qualité d'âme choisie vous n'êtes pas sujette à
cette loi, et qu'il vous est permis ensuite, sans aucune préparation, de vous présenter devant Dieu avec un esprit vide de
toute pensée, attendant tout de Dieu, mais sans rien faire de
votre part qui vous dispose à recevoir ses dons et ses lumières;
de vous figurer que ce qui s'appellerait dans un autre tenter
Dieu, soit en vous une perfection, parce que Dieu qui vous a
élevé, n'exige plus de vous ni cette dépendance de sa grâce, ni
cet assujettissement à ce que sa sainte parole prescrit en termes
exprès; de vous prévenir de ces idées, ce serait un orgueil qui
devrait vous faire trembler. Cependant, chrétiens, on en vient
là : parce qu'on se croit dans une voie différente des voies
communes; on ne se tient plus obligé à prendre soin de préparer son âme : quelque générale et absolue que soit la loi, on
s'en exempte : au hasard de tenter Dieu, on va à l'oraison sans
savoir pourquoi l'on y va; on s'y présente sans aucune vue, sans
s'y proposer rien, sans y chercher rien; on a un entendement
capable d'y découvrir et d'y connaître les plus solides vérités, et

on se fait un mérite de ne l'y pas appliquer, une volonté capable d'y former les plus saints désirs et d'y concevoir les plus fer_ ventes affections, et on se détermine par avance à s'y tenir oisif et sans action. Or, je vous dis que tout cela est illusion : pourquoi? parce que, indépendamment des voies que vous suivez, ou plutôt que vous croyez suivre, il faut que la parole de Dieu soit observée : *Ante orationem præpara animam tuam.* Vous êtes donc grossièrement et visiblement trompé, quand, au préjudice de cette divine loi, vous n'apportez à la prière nulle préparation : de même, sous ombre d'être élevé à un don particulier de communication avec Dieu, on ne demande plus rien à Dieu, et l'on porte l'erreur jusqu'à s'imaginer que le commandement de Jésus-Christ : *Petite et accipietis*, demandez et vous recevrez, n'est que pour les âmes du dernier ordre; que les âmes élues sont occupées dans l'oraison de quelque chose de plus saint et de plus épuré; et moi, je veux bien déclarer ici que j'aime mieux pour jamais être dans le dernier ordre, en accomplissant le commandement de Jésus-Christ, que d'être des âmes privilégiées et distinguées, en ne l'accomplissant pas. Et où en serions-nous, mes chers auditeurs, si, sous ce nom spécieux d'oraison sublime, on anéantissait un devoir aussi essentiel et aussi inséparable de la religion que celui de demander à Dieu les grâces du salut? Où en serions-nous si un devoir de ce caractère n'était plus le devoir des parfaits chrétiens, et que pour être élevé dans l'oraison il y fallût renoncer? Mais qui l'aurait cru, qu'on eût dû se faire dans le christianisme une perfection aussi bizarre que celle-là ·

Ah! chrétiens, ne tombez pas en de pareilles erreurs, et pour vous en préserver, attachez-vous aux règles que Jésus–Christ et ses apôtres nous ont laissées. Ne croyez pas à toutes sortes d'esprits, disait saint Jean; mais éprouvez-les, pour connaître s'ils sont de Dieu : *Nolite omni spiritui credere* (I Joan. iv). Quand on vous propose des voies extraordinaires, soyez en garde, non-seulement contre ceux qui vous les proposent, mais contre vous-mêmes. Quand on vous dira qu'il paraît un homme de Dieu, dont la conduite dans le gouvernement des âmes est toute nouvelle : *Ecce hic est* (Matth. xxiv), quelque éloge que vous en entendiez faire, ne suivez pas une ardeur précipitée qui vous y porte : *Nolite credere*. Attachez-vous à ceux qui vous conduisent par les voies d'une foi soumise et agissante, de l'humilité, de la mortification, de la pénitence, de toutes les vertus chrétiennes. Dans le choix que vous ferez, n'oubliez jamais le précepte de Jésus-Christ, *Petite et accipietis;* et si quelqu'un vous parle autrement, j'ose vous dire, comme saint Paul, que quand ce serait un ange du ciel, vous le devez traiter d'anathème. Soit que vous soyez pécheurs, soit que vous soyez justes, ce précepte du Fils de Dieu vous convient. Si vous êtes pécheurs, demandez, *petite,* afin que Dieu vous touche le cœur par des grâces de conversion. Si vous êtes justes, demandez, *petite,* afin que Dieu verse sans cesse sur vous des grâces de sanctification : surtout demandez, *petite,* afin d'obtenir de Dieu cette grâce de la persévérance finale, qui vous mettra en possession de la gloire éternelle que je vous souhaite, etc.

SERMON

SUR LE PARDON DES INJURES

Tunc vocavit illum dominus suus, et ait illi :
Serve nequam, omne debitum dimisi tibi,
quoniam rogasti me : nonne ergo oportuit et
te misereri conservi tui, sicut et ego tui mi-
sertus sum ? Et iratus dominus ejus, tradidit
eum tortoribus.

Alors son maître le fit appeler, et lui dit : Méchant serviteur, je vous ai remis tout ce que
vous me deviez, parce que vous m'en avez
prié : ne fallait-il donc pas avoir pitié de
votre compagnon, comme j'ai eu pitié de
vous ? Sur cela, le maître indigné le livra
aux exécuteurs de la justice.

MATTH. XVIII

Jamais reproche ne fut plus convaincant, ni jamais aussi
châtiment ne fut plus juste. Pour peu que nous ayons de lumière
et de droiture naturelle, il n'y a personne qui ne sente toute la
force de l'un, et qui n'approuve toute la rigueur de l'autre :
car que pouvait répondre ce serviteur impitoyable, et si dur à
se faire payer sans délai une somme de cent deniers, lors même
que son maître, touché pour lui de compassion et ayant égard
à sa misère, venait de lui remettre jusqu'à dix mille talents?
Si donc, irrité d'une telle conduite, le maître ne diffère pas à
punir ce misérable; s'il le traite comme ce malheureux a traité
son débiteur, et s'il le fait enfermer dans une obscure prison,
c'est un arrêt dont l'équité se présente d'abord à l'esprit et dont
la raison est évidente. Voilà, mes chers auditeurs, la figure, et
dès que nous en demeurons là, nous n'y voyons rien qui nous
surprenne, ni rien qui ne soit conforme aux lois d'une étroite
justice. Mais laissons la figure, et faisons-en l'application : Jésus-

11

Christ l'a faite lui-même dans notre Évangile, et il y a sans doute de quoi nous étonner : car c'est ainsi, dit le Fils de Dieu, que votre Père céleste se comportera envers vous : *Sic et Pater vester cœlestis faciet vobis* (MATTH. XVIII). Quelle menace, et à qui parle le Sauveur du monde? à vous, chrétiens, et à moi, si nous ne pratiquons pas à l'égard du prochain la même charité que ce Dieu de miséricorde a tant de fois exercée en notre faveur, et qu'il exerce encore tous les jours; si dans les offenses que nous recevons du prochain, nous nous livrons à nos ressentiments et à nos vengeances : si nous ne pardonnons pas, si nous ne remettons pas libéralement toute la dette, ou si nous ne la remettons pas sincèrement et de bonne foi : *Sic et Pater vester cœlestis faciet vobis, si non remiseritis unusquisque fratri suo de cordibus vestris.* De là, mes frères, vous jugez de quelle importance il est de vous exhorter fortement au pardon des injures. Or c'est ce que j'entreprends aujourd'hui. Matière d'une conséquence infinie; matière où je n'aurais pas la confiance de m'engager, si je ne comptais, Seigneur, sur l'onction divine et l'efficace toute-puissante de votre parole. Soutenez-moi, mon Dieu, dans un sujet où votre grâce m'est plus nécessaire que jamais. Je la demande par la médiation de Marie. *Ave.*

   Si je parlais à des païens et en philosophe, je pourrais trouver, dans les principes même de la prudence du siècle, de quoi réprimer les saillies de la vengeance, et de quoi condamner les excès d'une passion aussi aveugle qu'elle est violente et emportée. Mais du reste, mes chers auditeurs, convenons qu'avec toutes les preuves de la philosophie humaine, je discourrais beaucoup et avancerais peu, et que les plus spécieux raisonnements n'aboutiraient tout au plus qu'à satisfaire votre curiosité, et non point à convaincre vos esprits, ni à toucher vos cœurs. Il faut donc prendre la chose de bien plus haut, et c'est à la religion que je dois avoir recours; il faut vous parler, non en sage du monde, mais en prédicateur de Jésus-Christ; il faut, pour vous soumettre, employer l'autorité de Dieu même, et pour vous engager, vous proposer un intérêt éternel : appliquez-vous, s'il vous plaît, à mon dessein, que j'explique

en deux mots. Je viens vous entretenir d'un des plus grands
commandements de la loi; et, afin de vous en persuader solidement la pratique, je viens établir deux propositions, qui
partageront ce dicours. Dieu a droit de nous ordonner, en
faveur du prochain, le pardon des injures que nous en avons
reçues : c'est la première proposition et la première partie. Si
nous refusons au prochain ce pardon, nous donnons à Dieu
un droit particulier de ne nous pardonner jamais à nous-
mêmes : c'est la seconde proposition et la seconde partie.
Prenez garde, mon cher auditeur : voulez-vous disputer à
Dieu son droit? je vais le justifier : prétendez-vous que Dieu
vous pardonnant, après que vous n'aurez pas pardonné, se relâche ainsi de son droit? c'est de quoi je vais vous détromper. Il n'est point ici question de belles paroles, ni des agréments de l'éloquence chrétienne; mais il s'agit de vous faire
vivement comprendre deux des plus grandes vérités. Commençons.

PREMIÈRE PARTIE.

Je l'avoue, chrétiens, le pardon des injures est difficile, et il
n'y a rien dans le cœur de l'homme qui n'y répugne : c'est ce
que le christianisme a de plus sublime, de plus héroïque, de
plus parfait. Pardonner sincèrement et de bonne foi, pardonner
pleinement et sans réserve, voilà, dis-je, à en juger par les
sentiments naturels, la plus rude épreuve de la charité, et l'un
des plus grands efforts de la religion. Mais après tout, je soutiens que Dieu a droit de l'exiger de nous, et je dis qu'il l'exige
en effet : comment cela? comme maître, comme père, comme
modèle, comme juge. Comme maître, par la loi qu'il nous
impose; comme père, par les biens dont il nous comble;
comme modèle, par les exemples qu'il nous donne; et comme
juge, par le pardon qu'il nous promet. Tout ceci est d'une extrême importance, n'en perdons rien.

Pardonner les injures et aimer ses ennemis, c'est un précepte, mes chers auditeurs, fondé sur toutes les lois divines, et
aussi ancien que la vraie religion. Dans la loi de nature, dans la
loi écrite, dans la loi de grâce, cet amour des ennemis a été

d'une obligation indispensable : et quand on disait aux Juifs, vous aimerez votre prochain et vous haïrez votre ennemi, ce n'était pas Dieu qui le disait, remarque saint Augustin, mais ceux qui interprétaient mal la loi de Dieu. Ce n'était pas une tradition de Moïse, mais une tradition des pharisiens, qui, corrompant la loi de Moïse, croyaient que le commandement d'aimer le prochain leur laissait la liberté de haïr leurs ennemis. Jésus-Christ n'a donc point établi une loi nouvelle, lorsque usant de toute sa puissance de législateur, il nous a dit : aimez vos ennemis et pardonnez-leur; mais il a seulement renouvelé cette loi, qui était comme effacée du souvenir des hommes : il a seulement expliqué cette loi, qui était comme obscurcie par l'ignorance et les grossières erreurs des hommes; il a seulement autorisé cette loi, qui était comme abolie par la corruption où vivaient la plupart des hommes. Car si vous n'aimez que ceux qui vous aiment, poursuivait le Sauveur du monde, que faites-vous en cela plus que les publicains? et si vous n'avez de la charité que pour vos frères, qu'y a-t-il là qui vous relève au-dessus de païens? Toute votre charité alors ne peut être digne de Dieu, ni telle que Dieu la demande, puisque ce n'est point une charité surnaturelle, mais une charité purement humaine. Et voilà pourquoi, concluait le Fils de Dieu, il vous est or-donné d'aimer jusqu'à vos ennemis, de remettre à vos ennemis les offenses que vous pensez en avoir reçues, de conserver la paix avec vos ennemis, et même de la rechercher. Ainsi l'a-t-on dû de tout temps, et ainsi la devez-vous maintenant, en vertu de l'ordre que je vous intime ou que je réitère, et que je vous fais entendre dans les termes les plus formels : *Ego autem dico vobis, diligite inimicos vestros* (MATTH. v).

Or, supposé ce précepte, je prétends, chrétiens, que Dieu a un droit incontestable de nous y assujettir, parce qu'il est le maître; et par conséquent que nous sommes indispensablement obligés de nous y soumettre et d'y obéir, pour reconnaître là-dessus, aussi bien que sur tout le reste, notre dépendance, et pour rendre à son souverain pouvoir l'hommage que nous lui devons. Précepte appuyé sur les raisons les plus solides et les plus sensibles; mais quand il s'agit de l'autorité de Dieu, et de l'absolue soumission qu'il attend de nous en qualité de souve-

rain Être, ce serait en quelque sorte lui faire outrage que de
vouloir traiter avec lui par raison. Il commande, c'est assez ; il
dit : *Ego autem dico vobis*, il n'en faut pas davantage. Et qui
êtes-vous en effet, ô homme, pour entrer en discussion avec
votre Dieu ? et vous appartient-il de raisonner sur ses adorables
et suprêmes volontés ? *O homo, tu quis es, qui respondeas Deo ?*
(Rom. IX.)

Quelle est donc d'abord la réponse la plus courte et la plus
décisive pour renverser toutes vos excuses, et pour détruire
toutes les prétendues justifications dont votre vengeance tâche
de se couvrir ? La voici, comprenez-la : c'est que Dieu veut que
vous pardonniez, et que vous pardonniez de cœur, c'est-à-dire,
que vous ne vous contentiez pas de garder certains dehors et de
ne vous porter à nul éclat, mais que vous bannissiez de votre
cœur toute animosité volontaire et tout ressentiment. Dieu le
veut, et je vous l'annonce de sa part : *Ego autem dico vobis*. A
cela vous ne pouvez plus rien répliquer qui ne tombe de lui-
même. Mais ce sacrifice me coûtera bien cher ! Dès qu'il est
nécessaire, il n'y a point à examiner s'il vous coûtera beaucoup
ou s'il vous coûtera peu, puisqu'il n'y a rien, de quelque prix
qu'il puisse être, que vous ne deviez sacrifier à Dieu. Mais c'est
un effort au-dessus de la nature : aussi n'est-ce pas selon la
nature qu'on l'exige de vous, mais selon la grâce, qui ne vous
manquera pas, et qui est assez puissante pour vous soutenir.
Mais j'y sens une répugnance que je ne puis vaincre ; et le
moyen que je me fasse une pareille violence ? Abus, répond
saint Jérôme : quand Dieu vous l'ordonne, la chose dès là vous
est possible, puisque Dieu n'ordonne rien d'impossible. Et qu'y
a-t-il, ajoute le même saint docteur, de plus possible pour vous
que ce qui dépend de vous et de votre volonté ? Il n'y a point
ici, comme à l'égard de bien d'autres préceptes, à alléguer,
ou la distance des lieux, ou la fortune, ou l'âge, ou la santé,
ni le reste. Mais que dira le monde ? il dira que vous êtes
chrétien, et que vous vous comportez en chrétien ; il dira
que vous êtes soumis à Dieu, et votre fidélité l'édifiera ; ou s'il
ne pense ni ne parle de la sorte, quoi qu'il pense et quoi
qu'il dise, vous mépriserez ses jugements et ses discours,
et vous vous souviendrez que c'est à l'ordre de Dieu, et non

aux idées du monde, que vous devez vous conformer. Mais on me traitera d'esprit faible, et il y va de mon honneur. Votre plus grand honneur est de renoncer en vue de Dieu à tout honneur mondain, et l'acte le plus héroïque de la vraie force est de triompher ainsi tout à la fois, et de vous-même et du siècle profane. Mais cet homme se prévaudra de mon indulgence, et n'en deviendra que plus hardi à m'attaquer. Peut-être sera-t-il touché de votre religion; ou s'il ne l'est pas, et qu'il en devienne plus mauvais pour vous, vous en deviendrez meilleur devant Dieu, à qui seul il vous importe de plaire. Ah! chrétiens, que notre amour-propre est fécond en subtilités pour se justifier, et pour se soustraire impunément à la loi de Dieu! Si j'entreprenais de découvrir tous ses artifices, c'est une matière que je ne pourrais épuiser : mais fût-il mille fois plus artificieux et plus subtil, il faudra toujours qu'il plie sous l'empire dominant du maître qui nous interdit toute haine, et qui s'en est déclaré si expressément par ces paroles : *Ego autem dico vobis, diligite inimicos vestros.*

Mais ce n'est point, après tout, par une obéissance pure et par une soumission forcée, qu'il prétend nous engager à l'observation de sa loi; il veut que la reconnaissance y ait part, et le pardon qu'il sollicite pour le prochain, c'est encore plus comme bienfaiteur et comme père qu'il s'y intéresse, que comme législateur et comme maître. S'il nous commandait d'aimer nos ennemis, et de leur pardonner pour eux-mêmes, son précepte pourrait nous paraître dur et rigoureux : car il est vrai qu'à considérer précisément la personne d'un ennemi qui s'élève contre nous, nous n'y trouvons rien que de choquant, rien qui ne nous pique et qui ne soit capable d'exciter le fiel le plus amer. Mais que fait Dieu? Il se présente à vous, mon cher auditeur; et détournant vos yeux d'un objet qui les blesse, il vous ordonne de l'envisager lui-même. Il ne vous dit pas, c'est pour celui-ci, c'est pour celle-là que je vous enjoins de leur pardonner; mais il vous dit, c'est pour moi. Il ne vous dit pas : pardonnez-leur, parce qu'ils le méritent; mais il vous dit : pardonnez-leur, parce que je l'ai bien mérité moi-même. Il ne vous dit pas : ayez égard à ce que vous leur devez; mais il vous dit : ayez égard à ce qui m'est dû et à ce que je leur ai cédé. Ce fut ainsi que les enfants

de Jacob touchèrent le cœur de Joseph leur frère, qu'ils avaient
si indignement vendu, et qu'ils obtinrent de lui le pardon de
l'attentat même le moins pardonnable, où leur envie les avait
portés contre sa propre personne. Votre père, lui dirent-ils,
et le nôtre, nous a chargés de vous faire une demande en son
nom : c'est que vous ne pensiez plus aux crimes de vos frères;
et que vous oubliiez l'énorme injustice qu'ils ont commise envers
vous : *Pater tuus præcepit nobis ut hæc tibi verbis illius dice-
remus : obsecro ut obliviscaris sceleris fratrum tuorum, et pec-
cati, atque malitiæ quam exercuerunt in te.* (GEN. L.). Au souvenir de Jacob, de ce père que Joseph aimait, et dont il avait
été si tendrement aimé, ses entrailles s'émurent, les larmes lui
coulèrent des yeux; et bien loin d'éclater en menaces, et de
reprocher à ses frères parricides leur barbare inhumanité, il
les rassura : *Nolite timere* (IBID.); il prit lui-même leur défense,
et les excusa en quelque manière : *Vos cogitatis de me malum,
sed Deus vertit illud in bonum* (IBID.); il se fit leur soutien et
leur protecteur : *Ego pascam vos et parvulos vestros.* (IBID.)

Or, chrétiens, ce n'est point au nom d'un père temporel, ni
au nom d'un homme comme vous; c'est au nom du Père céleste, au nom d'un Dieu créateur, d'un Dieu rédempteur, que
je m'adresse à vous. Combien de fois peut-être, vous retraçant
l'idée de ses bienfaits, vous êtes-vous écriés comme David, dans
un renouvellement de piété et de zèle : *Quid retribuam Domino
pro omnibus quæ retribuit mihi?* (Ps. cxv.) Que vous donnerai-
je, ô mon Dieu, pour tout ce que vous m'avez donné, et que
ferai-je pour vous, Seigneur, après tout ce que vous avez fait
pour moi? Combien de fois avez-vous désiré l'occasion où vous
puissiez, par une marque solide, lui témoigner votre amour?
N'en cherchez point d'autre que celle-ci; et dès que vous par-
donnerez pour Dieu, comptez avec assurance que vous aimez
Dieu. Je ne sais si vous concevez bien toute ma pensée : elle est
vraie, elle est indubitable; et pour une âme encore susceptible
de quelque sentiment de religion, je ne vois rien de plus engageant ni de plus consolant : expliquons-nous. La plus grande
consolation que je puisse avoir sur la terre est de pouvoir
croire, avec toute la certitude possible en cette vie, que j'aime
Dieu, et que je l'aime, non d'un amour suspect et apparent,

mais d'un amour réel et véritable ; car autant que je suis certain
de mon amour pour lui, autant suis-je certain de son amour
pour moi et de sa grâce. Or, de tous les témoignages que je puis
là-dessus souhaiter, il n'en est point de moins équivoque et de
plus sûr que de pardonner à un ennemi ; pourquoi ? parce qu'il
n'y a que l'amour de Dieu, et le plus pur amour, qui me puisse
déterminer à ce pardon. Ce n'est point la nature qui m'y porte,
puisqu'il la combat directement ; ce n'est point le monde,
puisque le monde a des maximes toutes contraires. D'où il
s'ensuit que Dieu seul en est le motif ; que le seul amour de
Dieu en est le principe, et qu'en disant à Dieu, Je vous aime,
Seigneur, et pour preuve que je vous aime, je remets de bonne
foi telle injure qui m'a été faite, je suis, en parlant de la sorte,
à couvert de toute illusion.

Et quelle onction, mes chers auditeurs, n'accompagne point
ce témoignage secret qu'on se rend à soi-même ? J'ai sujet de
penser que j'aime mon Dieu, et que je l'aime vraiment ; je fais
quelque chose pour mon Dieu, que je ne puis faire que pour
lui, et par conséquent que je fais purement pour lui. Quel goût
ne trouve-t-on point en cette réflexion ? Mais le mal est que, sans
regarder jamais Dieu dans l'homme, nous ne regardons que
l'homme même ; et de là ces longues et vaines déclamations
sur l'indignité du traitement qu'on a reçu, sur l'audace de l'un,
sur la perfidie de l'autre, sur mille sujets qu'on défigure souvent, qu'on exagère, qu'on représente avec les traits les plus
noirs. Hé ! chrétiens, qu'il en soit comme vous le dites, et
comme il vous plaît de l'imaginer, j'y consens ; mais ne com-
prendrez-vous jamais que ce n'est point là de quoi il s'agit ? que
quand nous vous exhortons à pardonner, nous ne prétendons
pas justifier à vos yeux le prochain, puisque, s'il était innocent,
il n'y aurait point de pardon à lui accorder. Que voulons-nous
donc ? c'est que vous vous éleviez au-dessus de l'homme ; c'est
que vous donniez à Dieu ce que vous refuseriez à l'homme ;
c'est que vous pensiez que Dieu se tiendra honoré, glorifié, et,
si j'ose dire, obligé de ce que vous ferez en faveur de l'homme.
Du moment que vous vous serez bien imprimé dans l'esprit cette
vérité fondamentale et essentielle, y aura-t-il effort qui vous
étonne, ou qui doive vous étonner et vous arrêter ?

Allons plus avant, et si, pour nous exciter encore et nous
régler, il nous faut un grand exemple, Dieu lui-même, comme
modèle, nous en servira et nous convaincra par la vue de ses
miséricordes envers nous et par la douceur de sa conduite; car
nous avons beau nous plaindre et relever nos droits, il n'y a
jamais eu ni jamais il n'y aura de réplique à l'argument que
Dieu nous fait aujourd'hui sous la figure de ce maître de l'Évangile : *Omne debitum dimisi tibi; nonne ergò oportuit et te misereri conservi tui* (MATTH. XVIII)? J'aime mes ennemis, et je leur
pardonne; je vous ai vous-même aimé, combien de fois vous
ai-je pardonné? Ne devez-vous donc pas m'imiter en cela et pardonner comme moi? Raison qui nous ferme la bouche et qui
nous accable du poids de son autorité; et pour l'examiner à
fond, prenez-la, mon cher auditeur, dans tous les tours qu'il
vous plaira : considérez-y les offenses de part et d'autre, et com-
parez la personne qui les reçoit, celle qui les fait, le pouvoir
et la manière de se venger, l'intérêt qui se trouve à pardonner,
la fin que l'on peut, dans l'un ou dans l'autre, se proposer :
pesez, dis-je, exactement tout cela, et en tout cela vous verrez
comment l'exemple d'un Dieu vous condamne, et que c'est
assez de ce seul exemple, si vous ne le suivez pas pour vous
rendre criminel. De là vos vengeances vous paraîtront pleines
d'injustice, de faiblesse, de lâcheté, d'aveuglement, d'ingratitude envers Dieu, et d'oubli de vous-même. Toutes ces considérations sont dignes de vous et demandent une attention particulière.

Car, pour en venir au détail, nous sommes piqués d'une injure, et quelquefois nous nous en prenons à Dieu même; mais
combien lui-même en souffre-t-il tous les jours et en a-t-il souffert? Nous ne pouvons supporter qu'un homme se soit attaqué
à nous et qu'il nous ait outragés; mais Dieu nous fait voir des
millions d'hommes, ou plutôt tous les hommes ensemble qui
se soulèvent contre lui et qui le déshonorent : nous avons peine
à digérer que tel et tel, depuis si longtemps, nous rendent de
mauvais offices; mais Dieu nous répond que depuis qu'il a créé
le monde, le monde n'a pas un moment cessé de l'insulter. Il
nous est fâcheux d'avoir un ennemi dans cette famille, dans
cette compagnie; mais Dieu en a par toute la terre. A quoi

sommes-nous si sensibles, et sur quoi faisons-nous paraître tant de délicatesse? sur une parole souvent mal entendue, sur une raillerie mal prise, sur une contestation dans l'entretien, sur une vivacité qui sera échappée, sur un mépris très-léger, sur un air froid et indifférent, sur une vaine prétention qu'on nous dispute, sur un point d'honneur. Car voilà, vous le savez, voilà ce qui fait naître parmi les hommes les plus grandes inimitiés, et même parmi ces hommes si jaloux de passer dans le monde pour sages et pour esprits forts. Mais, dit saint Chrysostôme, à regarder les inimitiés des hommes dans leur principe, qu'elles sont frivoles! Et qu'y a-t-il de comparable à tout ce qui s'est fait et à tout ce qui se fait contre notre Dieu; aux impiétés, aux sacriléges, aux imprécations et aux blasphèmes, aux profanations de ses autels, de son nom, de ses plus sacrés mystères; aux révoltes perpétuelles et les plus formelles contre sa loi. Mais encore, qu'est-ce que ce souverain maître, Créateur de l'univers; et qu'est-ce que de faibles créatures, qu'il a formées de sa main et tirées du néant? Si donc, vils esclaves, nous nous récrions si hautement en toutes rencontres et sur les moindres blessures, n'a-t-il pas droit de nous confondre par son exemple, et de nous dire : *Omne debitum dimisi tibi, nonne ergò oportuit et te misereri?* Moi, la grandeur même, moi digne de tous les hommages, mais exposé à toute l'insolence des pécheurs et à tous les excès de leurs passions les plus brutales, j'oublie en quelque sorte pour eux, et la supériorité de mon être et l'innombrable multitude, la grièveté, l'énormité de leurs offenses; moi-même je leur tends les bras pour les rappeler, moi-même je leur ouvre le sein de ma miséricorde pour les y recueillir, moi-même je les préviens de ma grâce et leur communique mes plus riches dons. C'est ainsi que j'en use, tout Dieu que je suis; mais vous, ennemis irréconciliables, vous n'écoutez que la vengeance qui vous anime et la colère qui vous transporte; mais vous, hommes, vous voulez traiter dans toute la rigueur des hommes comme vous : *Nonne oportuit et te misereri conservi tui?* Mais vous, sans vous souvenir de votre commune origine, qui vous égale tous devant mes yeux, vous prétendez vous prévaloir de je ne sais quelle distinction humaine, pour exagérer tout ce qui se commet à votre égard, et pour le mettre au rang des fautes irrémissibles. Mais vous, mesurant tous vos pas et craignant de rien relâcher de vos droits plus imaginaires que réels, vous passez les années, et quelquefois toute la vie dans des divisions scandaleuses, plutôt que de faire une démarche; et pour une occasion, pour un moment où votre frère a manqué, vous demandez des réparations qui ne finissent point. Mais vous, comptant pour beaucoup de ne pas porter les choses à l'extrémité, vous demeurez dans une indifférence qui ne témoigne que trop l'éloignement et l'aliénation de votre cœur. Sont-ce là les règles de la charité que je vous ai recommandée, et dont j'ai voulu être le modèle?

Malheur à nous, mes frères, si nous ne nous conformons pas à ce divin exemplaire. Le péché original de l'homme a été de vouloir être semblable à Dieu : mais ici Dieu, non-seulement nous permet, mais nous conseille, mais nous exhorte, mais nous ordonne d'être parfaits comme lui : comment accorder ensemble l'un et l'autre? Rien de plus aisé, répond saint Augustin, expliquant cette apparente contradiction. Le premier péché de l'homme a été de vouloir être semblable à Dieu en ce qui regarde la prééminence de cet Être suprême, c'est-à-dire, qu'il a souhaité d'être grand comme Dieu, éclairé comme Dieu, indépendant comme Dieu (Isaï. iv). Or, c'était là un orgueil insupportable et une criminelle présomption. Mais la perfection est de ressembler à Dieu par l'imitation de sa sainteté et de ses vertus; je veux dire, d'être charitable comme Dieu, miséricordieux comme Dieu, patient comme Dieu : *Estote perfecti sicut Pater vester cœlestis perfectus est* (Matth. v).

Je dis plus, et je soutiens, mon cher auditeur, que cet exemple doit avoir sur vous d'autant plus d'efficace, qu'il vous est personnel : concevez bien ceci. Je ne vous ai parlé qu'en général de tout ce que Dieu reçoit d'outrages de la part des hommes, et de tout ce qu'il leur remet si libéralement et si aisément; mais que serait-ce, si de toutes les personnes qui composent cet auditoire, prenant chacun en particulier, je lui mettais devant les yeux tout ce qu'il a fallu que Dieu, dans le cours de sa vie, lui pardonnât, et tout ce qu'il se flatte en effet que Dieu lui a pardonné? Que serait-ce si je présentais à ce mondain toutes les abominations d'une habitude vicieuse, où il s'est livré à ses désirs les plus déréglés; où, sans retenue et sans frein, il s'est abandonné aux plus honteux débordements; où, mille fois révolté contre sa propre conscience, il a étouffé la voix de Dieu, qui se faisait entendre à lui; il a rejeté la grâce de Dieu qui l'éclairait et qui le pressait, il a foulé aux pieds la loi de Dieu, qui l'importunait et qui le gênait, il a raillé les plus saints mystères de Dieu, dont la créance le condamnait, et dont l'idée le fatiguait et le troublait; il a sacrifié Dieu et tous les intérêts de Dieu à l'objet périssable qui l'enchantait et le possédait? Que serait-ce si, parcourant tous les autres états, j'appliquais cette morale à l'impie, à l'ambitieux, à l'avare (car il n'y a que trop lieu de croire que dans cette assemblée il se trouve de toutes ces sortes de pécheurs) que serait-ce, dis-je, mon cher frère, si je vous retraçais le souvenir de toutes vos iniquités, et que je raisonnasse ainsi avec vous : voilà ce que Dieu a toléré, voilà sur quoi il a usé à votre égard de toute son indulgence, voilà ce qu'il a cent fois oublié pour vous rapprocher de lui, et pour se rapprocher de vous? Par où jamais pourrez-vous vous défendre de suivre un exemple si puissant et si présent? Or, ce que je vous dirais, Dieu vous le dit actuellement dans le fond de l'âme : *Serve nequam, omne debitum dimisi tibi;* méchant serviteur, c'est spécialement à vous que j'ai tout remis : *Tibi;* je pouvais vous perdre, et je me suis employé à vous sauver; je pouvais vous bannir éternellement de ma présence, je vous ai recherché; vous étiez pour moi dans une indocilité, dans une insensibilité, dans une dureté de cœur capable de tarir toutes les sources de ma miséricorde, et rien ne les a pu épuiser; de quel front et par quelle monstrueuse opposition, un débiteur à qui l'on a fait grâce, et grâce sur des dettes accumulées, et dont il serait accablé, peut-il poursuivre avec une sévérité inexorable l'acquit d'une dette aussi légère que celle qui vous intéresse? *Omne debitum dimisi tibi; nonne ergò oportuit et te misereri conservi tui ?*

Mais peut-être, chrétiens, doutez-vous de ce pardon de la part de Dieu, et par rapport à vous; car qui sait s'il est digne d'amour ou de haine, et qui peut être certain de la rémission de ses péchés? Hé bien! si vous craignez de ne l'avoir pas encore obtenue, je viens vous enseigner le moyen infaillible de l'obtenir, en vous faisant considérer Dieu comme juge; et s'il y a une vérité qui doive faire impression sur vos cœurs, n'est-ce pas celle-ci par où je conclus cette première partie? Il est vrai; telle est en cette vie notre triste sort, et l'affreuse incertitude où nous nous trouvons : nous savons que nous avons péché, et nous ne savons si Dieu nous a pardonné; les plus grands saints ne le savaient pas eux-mêmes; et des pénitents par état, après avoir passé de longues années dans les plus rigoureux exercices d'une mortification accablante, saisis néanmoins de frayeur, se demandaient les uns aux autres, comme nous l'apprend saint Jean Climaque : ah! mon frère, pensez-vous, et puis-je penser que mes péchés devant vous soient effacés? Si des saints étaient pénétrés de ce sentiment, quel doit être celui de tant de pécheurs? Or, dans le sujet que je traite, j'ai de quoi les tirer de cette incertitude qui les trouble : j'ai de quoi leur donner l'assurance la plus solide et la plus ferme, puisqu'elle est fondée sur la parole même de Dieu, sur l'oracle de la vérité éternelle : car c'est Dieu qui nous l'a dit; et s'il nous ordonne de pardonner, c'est en ajoutant à son précepte cette promesse irrévocable et si engageante, je vous pardonnerai moi-même : *Dimitte, et dimittemini* (Luc vi). En deux mots, quel fonds d'espérance et quel motif pour animer notre charité! il n'y a là ni ambiguïté, ni équivoque, il n'y a point de restriction ni d'exception, tout y est intelligible, tout y est précis et formel, remarquez-le bien. Dieu par la bouche de son Fils ne nous dit pas : pardonnez, et je vous pardonnerai certains péchés; mais de quelque nature qu'ils puissent être, vos péchés vous seront remis : *Et dimittemini*. Il ne nous dit pas : pardonnez, et je vous pardonnerai plusieurs péchés; mais leur nombre, selon l'expression du prophète, fût-il plus grand que celui des cheveux de votre tête, tous vos péchés en général vous seront remis : *Et dimittemini*. Il ne nous dit pas : pardonnez, et après un temps marqué pour satisfaire à ma justice, je vous pardonnerai; mais du moment que vous aurez pardonné, vos péchés dès là vous seront remis : *Et dimittemini*. Tellement, chrétien, que dès que je pardonne et que je pardonne en vue de Dieu et par amour pour Dieu, je puis autant compter sur le pardon de mes péchés, que sur l'infaillibilité de Dieu et sur son inviolable fidélité. Rempli de cette

confiance, je vais à l'autel du Seigneur, et sans oublier le respect dû à cette infinie majesté, j'ose lui parler de la sorte : je
suis un pécheur, et je le reconnais en votre présence, ô mon
Dieu ! mais tout pécheur que je suis, vous me recevrez en grâce,
parce que selon vos ordres j'ai moi-même fait grâce; dans le
sacrifice que je viens vous présenter, je n'ai point d'autre victime à vous offrir que mon cœur et que son ressentiment; je
vous l'immole, Seigneur, et c'est une hostie digne de vous,
puisqu'elle est purifiée du feu de la charité; et si vous rejetiez
cette hostie, j'en appellerais à votre parole; et si vous m'impu-
tiez encore quelque chose après l'avoir racheté par cette hostie,
je dirais, Seigneur, et vous me permettiez de le dire, ou que
m'avez trompé, ou que vous avez changé : or, ni l'un ni l'autre
ne vous peut convenir.

N'en doutez point, mon cher auditeur, quand vous aurez fait
un pareil effort, et que vous adresserez à Dieu une telle prière,
il vous écoutera, il vous répondra dans le secret du cœur ce
qu'il fit entendre à Madeleine en la renvoyant : Allez en paix,
vos péchés vous sont pardonnés : *Remittuntur tibi peccata, vade
in pace* (Luc vii). Le ministre de la pénitence, témoin d'une
disposition si sainte, et comptant sur toutes les autres qui s'y
trouvent renfermées, prononcera sans hésiter la sentence de
votre absolution, et répandra sur vous toutes les bénédictions
du ciel : vous vous retirerez content de Dieu, et content de vous-
même. Or, à toutes ces conditions, et par tous ces titres, dites-
moi si Dieu n'a pas droit d'exiger de vous le pardon qu'il vous
ordonne, et dont il vous a fait une loi ? Mais vous, dès que vous
ne le voulez pas accorder, ce pardon si légitimement dû et si
expressément enjoint, ne donnez-vous pas à Dieu un droit particulier de ne vous pardonner jamais à vous-même ? C'est ce que
vous allez voir dans la seconde partie.

SECONDE PARTIE.

Ce que nous craignons communément le plus, et ce qui nous
serait dans la vie plus fâcheux et moins soutenable, c'est,
chrétiens, qu'on nous traitât comme nous traitons les autres,
qu'on nous jugeât comme nous jugeons les autres, qu'on nous

poursuivît et nous condamnât comme nous poursuivons et condamnons les autres. Notre injustice va jusqu'à ce point, de ne vouloir rien supporter de ceux avec qui nous sommes liés par le nœud de la société humaine, et de prétendre qu'ils nous passent tout, qu'ils nous cèdent tout, qu'en notre faveur ils se démettent de tout; si, par un retour bien naturel, ils se comportent envers nous selon que nous nous comportons envers eux, s'ils s'élèvent contre nous de même que nous nous élevons contre eux, et s'ils nous font ressentir toute la rigueur qu'ils ressentent de notre part, nous en paraissons outrés et désolés; mais à combien plus forte raison devons-nous donc craindre encore davantage que Dieu ne se serve pour nous de la même mesure dont nous nous servons pour le prochain, c'est-à-dire qu'il ne devienne aussi implacable pour nous que nous le sommes pour nos frères, et que le pardon que nous ne voulons pas leur accorder, il ne nous l'accorde jamais à nous-mêmes? Or, c'est justement à quoi nous nous exposons par notre inflexible dureté et par nos inimitiés, en ne voulant pas nous conformer à sa conduite; nous l'obligeons de se conformer à la nôtre, et, nous obstinant à ne rien pardonner, nous lui donnons un droit particulier de ne nous pardonner jamais. Pourquoi cela? Le voici : parce qu'alors nous nous rendons singulièrement coupables, et coupables en quatre manières : observons-les. Coupables envers Dieu, coupables envers Jésus-Christ, fils de Dieu, coupables envers le prochain, substitué en la place de Dieu, et coupables envers nous-mêmes. Coupables envers Dieu, dont nous violons un des préceptes les plus essentiels; coupables envers Jésus-Christ, fils de Dieu, que nous renonçons en quel_ que sorte dès que nous renonçons au caractère le plus distinctif et le plus marqué du christianisme; coupables envers le prochain substitué en la place de Dieu, et à qui nous refusons ce qui lui est dû en conséquence du transport que Dieu lui a fait de ses justes prétentions; enfin, coupables envers nous-mêmes, soit en nous démentant nous-mêmes, et la prière que nous faisons tous les jours à Dieu, soit en prononçant contre nous-mêmes, par cette prière, notre propre condamnation. Quelle ample matière et quel nouveau fonds de morale! Écoutez-moi, tandis que je le vais développer.

Car il ne faut point se persuader, chrétiens, qu'il vous soit indifférent de pardonner ou de ne pardonner pas, et que devant Dieu vous en soyez quittes pour lui représenter la justice de vos ressentiments et de vos vengeances, par la grièveté des injures qui vous offensent. Tout offensés que vous pouvez être, Dieu vous défend de suivre les mouvements de votre cœur aigri et envenimé, et quelque violente que soit la passion qui vous anime, il veut que vous l'étouffiez. Pourquoi? Parce qu'il s'est réservé à lui seul le droit de vous venger et de vous faire justice, quand il lui plaira et selon qu'il lui plaira : *Mihi vindicta, et ego retribuam* (Rom. xii). Il ne prétend pas que sans sujet et sans égard on s'attaque à vous, ni que le tort que vous recevez demeure impuni; mais parce que s'il vous permettait d'être vous-mêmes les juges et les exécuteurs de la juste satisfaction que vous pouvez attendre, tout le lien de la société serait bientôt rompu, et toute la charité éteinte dans le monde; pour la maintenir cette société qu'il a établie, et pour conserver entre les hommes cette charité si nécessaire, il vous ordonne de lui abandonner votre cause, de vous en reposer sur lui, et de réprimer jusqu'au moindre sentiment qui vous porterait aux dissensions et à une fatale désunion. Précepte si exprès et d'une obligation si étroite, qu'il entend même que sur le point de lui présenter tout autre sacrifice, vous quitterez l'autel, vous y laisserez la victime, et vous irez avant toutes choses vous réconcilier avec votre ennemi. Sans cela, quelque présent que vous apportiez à son sanctuaire et que vous ayez à lui mettre dans les mains, il le rejette et le réprouve. Que faites-vous donc, mon cher auditeur, quand, par une division scandaleuse ou par une secrète aliénation, vous séparez ce que Dieu avait uni, et vous troublez la paix dont il était le garant et le sacré nœud? Outre l'ennemi visible que vous avez sur la terre, et que vous aigrissez encore davantage, vous en suscitez contre vous un autre dans le ciel, mais plus puissant mille fois et plus redoutable, tout invisible qu'il est : c'est Dieu même. Or, se rendre ainsi coupable et condamnable aux yeux de Dieu, n'est-ce pas l'autoriser spécialement à vous punir, et à vous punir sans rémission.

Non, chrétiens, tant que vous serez inflexibles pour vos frères, n'espérez pas que Dieu jamais se laisse fléchir en votre faveur. Vous vous prosternerez à ses pieds, vous gémirez devant lui, vous vous frapperez la poitrine et vous éclaterez en soupirs pour le toucher; mais la même dureté que vous avez à l'égard d'un homme comme vous, il l'aura envers vous; et malgré vos gémissements et vos soupirs, n'attendez de lui d'autre réponse que ce foudroyant anathème. Point de miséricorde à celui qui n'a pas fait miséricorde : *Judicium sine misericordiâ illi qui non fecit misericordiam* (Jacob. II). Il est vrai que dans son Église il y a un tribunal de miséricorde pour les pécheurs et pour le pardon de leurs péchés, et qu'il a revêtu ses ministres de son pouvoir pour vous absoudre; mais ce pouvoir par rapport à vous est suspendu, dès que vous voulez fomenter dans votre âme le mauvais levain qui l'environne, et le ministre alors doit vous dire en vous renvoyant : *Judicium sine misericordiâ illi qui non fecit misericordiam*. Il est vrai qu'à la mort Dieu commande aux prêtres de redoubler leurs soins pour votre secours, et de vous communiquer abondamment et libéralement toutes les grâces qu'ils ont à dispenser; mais s'ils ne peuvent vous engager à une réunion sincère et de cœur, et s'ils n'en ont de solides témoignages, il leur défend à ce moment même, à ce formidable moment, de vous faire part des remèdes spirituels, dont une telle disposition vous rend indignes; et plutôt que de vous les appliquer en cet état, il veut qu'ils vous laissent mourir sans sacrements et en réprouvés, afin que sa parole s'accomplisse : *Judicium sine misericordiâ illi qui non fecit misericordiam*. Ah! combien de pécheurs sont ainsi passés au jugement de Dieu; et si plusieurs ont consenti dans cette extrémité à de prétendues réconciliations, combien sous de trompeuses apparences sont morts aussi ennemis qu'ils l'étaient depuis de longues années! Car il est certain que de toutes les passions il n'en est point qui s'imprime plus profondément que la haine, ni qu'il soit plus difficile de déraciner. On a vu des chrétiens, après avoir enduré pour l'Évangile de cruels supplices, et triomphé de tous les efforts des tyrans, s'oublier eux-mêmes à la vue d'un ennemi, et sur le point de consommer leur victoire, céder à un ressentiment, et perdre avec la foi la couronne du martyre.

Je ne m'en étonne point, puisque rien n'est plus directement

opposé à l'esprit de Jésus-Christ, que l'esprit de vengeance et
les aversions qui l'entretiennent dans un cœur. Autre sujet de
la colère et de l'indignation de Dieu ; car entre les caractères
de la loi évangélique, un des plus propres, et je puis le dire,
le premier, c'est cette charité, qui sans distinction d'amis et
d'ennemis, nous lie tous ensemble, et ne fait de tous les cœurs
qu'un même cœur, et de toutes les âmes qu'une même âme.
Cette charité, qui va jusqu'à bénir ceux qui nous chargent de
malédictions, jusqu'à prier pour ceux qui nous persécutent et
qui forment contre nous les plus injustes entreprises, jusqu'à
les embrasser, jusqu'à les secourir dans leurs besoins, jusqu'à
les aider de tout notre pouvoir. Cette charité que pratiqua sur
la croix le Fils de Dieu, notre Sauveur et notre divin exemplaire, lorsque s'adressant à son père, il prit la défense des
Juifs qui poursuivaient sa mort, des juges qui l'avaient condamné, et de ses bourreaux même, qui l'outrageaient encore
après l'avoir crucifié : *Pater, dimitte illis, non enim sciunt quid
faciunt* (Luc XXIII). Voilà, dis-je, la perfection de la loi de grâce,
voilà le précepte que Jésus-Christ semble avoir eu plus à cœur,
le précepte qu'il a spécialement adopté comme son précepte,
auquel il s'est particulièrement attaché, sur lequel il a plus
fortement insisté ; voilà à quoi il veut qu'on nous connaisse en
qualité de chrétiens : *In hoc cognoscent omnes quia discipuli mei
estis* (JOAN. XIII). Quand donc, contre toutes les règles de cette
charité si hautement et si expressément recommandée, nous
nous éloignons les uns des autres, et que nous vivons dans une
guerre, ou déclarée, ou d'autant plus dangereuse et plus mortelle, qu'elle est plus couverte ; quand à la première atteinte
qui nous blesse, nous nous récrions, nous nous emportons,
nous ne pensons qu'à rendre reproche pour reproche, médisance pour médisance, mal pour mal, quel qu'il puisse être ;
quand retenus par un respect tout humain et par une modération feinte, nous conservons cependant au fond de notre âme
un venin qui l'empoisonne, et qui ne manque pas de se répandre dans l'occasion, quoique subtilement et sans bruit ; quand
nous nous consumons de réflexions, de désirs, d'envies, que
nous inspire une secrète malignité, et qui ne tendent qu'à la
satisfaire ; quand nous nous laissons préoccuper des idées com-

munes, que nous nous faisons une gloire d'avoir vengé une injure, que nous regarderions comme un opprobre de n'en avoir point effacé la tache, que nous aurions honte de n'en avoir pas eu raison par quelque voie que ce soit; n'est-ce pas alors renoncer Jésus-Christ, sinon de bouche, au moins d'effet, puisque c'est renoncer une des maximes fondamentales de la sainte religion qu'il nous a prêchée? N'est-ce pas rougir de Jésus-Christ, puisque c'est rougir de sa morale et de l'obser- vation de sa loi? Or, ne nous y trompons pas, et comprenons bien deux choses: premièrement, qu'il n'y a point d'autre médiateur par qui nous puissions obtenir la rémission de nos péchés, que Jésus-Christ; secondement, que quiconque aura renoncé Jésus-Christ, Jésus-Christ le renoncera, et que qui- conque aura rougi de Jésus-Christ devant les hommes, Jésus- Christ devant son Père rougira de lui; par conséquent, que si nous ne pardonnons comme Jésus-Christ, et selon la loi de Jésus-Christ, nous ne pouvons compter sur sa médiation, ni espérer par ses mérites l'abolition de nos offenses; mais si ce n'est par lui que nous l'avons, par qui l'aurons-nous?

Chose étrange, mes chers auditeurs! Nous sommes chrétiens, ou nous prétendons l'être en vertu de la profession que nous en faisons; nous n'avons pas une fois recours à Dieu pour im- plorer sa grâce, que ce ne soit au nom de Jésus-Christ, comme frères de Jésus-Christ, comme membres de Jésus-Christ; et ce- pendant nous prenons des sentiments tout opposés à ceux de Jésus-Christ, nous tenons une conduite toute contraire à la sienne, nous le désavouons et nous le déshonorons en dés- avouant son Évangile et déshonorant le christianisme, où par une vocation particulière il nous a spécialement appelés. Autre- fois le signe des chrétiens et la gloire du christianisme, c'était l'esprit de paix qui régnait entre eux; c'était, comme je l'ai déjà dit, ce concours unanime de tant de volontés dans une même volonté, et de tant d'intérêts dans un même intérêt; tellement que de toute une multitude il ne se faisait, pour ainsi dire, qu'un même homme. Les païens le remarquaient, et c'est ce qui les étonnait, ce qui les édifiait, ce qui les charmait. Qu'y avait-il en effet de plus admirable et de plus grand? Ils voyaient parmi des gens de tous les pays et de tous les caractères une concorde que rien ne troublait; ils voyaient des martyrs endurer sans se plaindre, et même avec joie, les fausses accusations, les calomnies atroces, les ignominies publiques, tout ce qu'il y a de plus outrageant et de plus diffamant; ils voyaient ces généreux soldats de Jésus-Christ, et ces fidèles imitateurs de sa charité, pardonner à leurs tyrans toute la fureur qui les animait contre eux, et embrasser ceux qui les tourmentaient, qui les déchiraient, qui les brûlaient. C'était là le triomphe de la religion; mais en voici le scandale : c'est que parmi les successeurs de ces chrétiens si patients et si charitables, il ne se trouve presque plus de patience dans les injures ni de charité. On voit des disciples de Jésus-Christ en de perpétuelles contestations et en des discordes éternelles; on emploie toutes les considérations divines et humaines pour les adoucir et pour les accommoder; mais souvent on y perd ses soins et l'on n'y peut réussir. Ce qu'il y a de plus déplorable, c'est que, par la plus funeste de toutes les illusions, ce sont quelquefois les plus chrétiens en apparence et les plus déclarés pour la piété, qui gardent dans le cœur plus d'amertume et plus de fiel. Ils viennent à l'autel de Jésus-Christ, ils participent au sacrement de Jésus-Christ, ils prêchent la plus sévère morale de Jésus-Christ; et cependant il roule dans leur esprit mille projets de la vengeance la plus vive et la plus dure; cependant ils forment mille intrigues et mille cabales, non point seulement contre quelques particuliers, mais contre des sociétés, contre des corps entiers, pour les noter, pour les décrier, pour les ruiner; et cependant ils n'épargnent ni le sacré ni le profane, ni l'artifice ni le mensonge, pourvu qu'ils puissent parvenir à la fin qu'ils se proposent d'humilier, de confondre, de perdre quiconque ose les contredire, et ne donner pas aveuglément dans leurs idées, ou plutôt dans leurs erreurs. Encore prétendent-ils agir en cela pour Jésus-Christ et défendre la cause de Jésus-Christ, comme si cet Homme-Dieu, ce Dieu de charité, qui pour la défense de sa propre personne ne proféra pas une parole, autorisait dans eux, sous le vain prétexte de sa gloire, les plus aigres sentiments, les plus iniques préjugés, les plus noires médisances et les plus injustes pratiques.

Mais revenons. De ne vouloir pas pardonner, c'est se rendre

coupable envers Dieu, coupable envers Jésus-Christ, Fils de Dieu, et je dis encore, coupable envers le prochain, substitué en la place de Dieu : troisième raison qui engage Dieu à nous juger nous-mêmes selon toute la sévérité de sa justice et sans indulgence. Car quel que puisse être cet homme contre qui vous vous tournez, et pour qui vous vous montrez si intraitable, il est revêtu de tous les droits de Dieu, et c'est de lui que Dieu vous a dit ce que l'apôtre saint Paul disait à son disciple Philémon, au sujet d'Onésime : Recevez-le comme moi-même, et usez-en avec lui comme vous en devez user avec moi-même : *Suscipe illum sicut me* (PHILEM., v. 7). Il vous a déplu dans une occasion, il s'est échappé à votre égard, et c'est une dette dont vous pourriez lui demander compte; mais cette dette, je la prends sur moi, et pour une juste compensation, je lui transporte celles que je pourrais à meilleur titre exiger de vous; car souvenez-vous que vous vous devez vous-même à moi, et que j'ai sur vous un droit absolu et sans réserve : *Si autem aliquid nocuit tibi, aut debet, hoc mihi imputa; ego reddam ut non dicam tibi quod et te ipsum mihi debes* (IBID., v. 18). C'est ainsi, dis-je, que Dieu s'en est expliqué, et c'est ainsi que votre frère, tout redevable qu'il vous est, a droit d'attendre de votre part un traitement favorable, et une remise entière. Mais vous, violant tous ses droits, vous n'êtes occupé que des vôtres; vous les relevez, vous les exagérez, vous les redemandez avec une hauteur et une exactitude que vous appelez droiture, justice, équité; mais que j'appelle, moi, inhumanité, que j'appelle cruauté, que quelquefois même je puis appeler férocité. Car qui ne sait pas quels sont les emportements d'une passion de vengeance? on se croit tout permis, et l'on ne garde nulle mesure. Dans la fausse idée que l'on se forme d'une offense que l'imagination grossit, et que notre délicatesse fait croître à l'infini, quoi qu'on dise, quoi qu'on entreprenne, quoi qu'on exécute, ce n'est jamais trop. Pour un trait, on en renvoie mille autres; pour un mot, on en vient à mille discours remplis d'invectives les plus injurieuses et qui nont point de fin; pour une fois et pour un moment, on passe les années, et souvent toute la vie, à butter sans cesse un homme, à le chagriner, à le traverser, et s'il est possible à le désoler et à l'accabler : pourquoi? parce que, aveuglés d'un amour-propre qui ne se prescrit point de bornes, nous nous infatuons de nos prétendus droits, et nous perdons tout souvenir du droit réel et solide que Dieu a transmis au prochain.

Après cela, mes chers auditeurs, allez à l'autel faire la prière que le Sauveur vous a lui-même tracée; allez aux pieds de Dieu prononcer contre vous-mêmes l'arrêt le plus foudroyant; allez à la face de ce Dieu de majesté vous démentir vous-mêmes, vous condamner vous-mêmes, et vous rendre enfin coupables envers vous-mêmes; c'est la dernière preuve par où je finis et dont vous devez être touchés. Nous disons tous les jours à Dieu : Seigneur, pardonnez-nous nos offenses comme nous pardonnons à ceux qui nous ont offensés : *Dimitte nobis, sicut et nos dimittimus* (MATTH. VI). Nous le disons; mais si nous comprenons le sens de cette prière, et que nous ayons l'âme ulcérée d'un sentiment qui la pique et qu'elle n'ait pas encore guéri, cette prière de sanctification devient pour nous une prière d'abomination; et je soutiens que nous ne la devons proférer qu'en tremblant; que nous la devons regarder comme une sentence de mort, et comme l'anathème le plus terrible qui puisse tomber sur nos têtes. Et en effet, n'est-ce pas ou nous démentir nous-mêmes, ou nous condamner nous-mêmes? Nous démentir nous-mêmes, si nous pensons d'une façon etque nous parlions de l'autre; si, ne voulant pas sincèrement et de bonne foi que Dieu nous mette égalité parfaite entre son jugement et le nôtre, nous osons néanmoins lui tenir un langage tout opposé. Nous condamner nous-mêmes, si, consentant à ce que Dieu ne nous pardonne qu'autant que nous pardonnerons, nous ne pardonnons; et si pour rentrer en grâce auprès de lui, nous ne remplissons pas une condition sans laquelle nous semblons conséquemment lui demander qu'il nous réprouve.

Car, qu'est-ce à dire : Pardonnez-nous, mon Dieu, de même que nous pardonnons, lorsque réellement et dans la pratique nous ne pouvons nous résoudre à pardonner? *Dimitte nobis, sicut et nos dimittimus.* Faites-y, mon cher frère, toute l'attention nécessaire, et je m'assure que vous en serez saisi de frayeur. C'est dire à Dieu : Seigneur, comme je porte dans mon sein une aversion que rien n'en peut arracher, ayez pour moi la même haine; et comme je ne veux jamais voir cet ennemi, ni qu'il me voie, ne souffrez pas que moi-même je vous voie jamais dans votre royaume : travaillez à ma perte, comme je travaille à la sienne, et couvrez-moi dans l'enfer d'une confusion éternelle, comme je voudrais sur la terre le combler d'opprobres : *Sicut et nos.* C'est dire à Dieu : Ne me pardonnez pas mieux, Seigneur, que je pardonne ; et comme cette réconciliation où l'on m'engage n'est qu'apparente, ne vous réconciliez point autrement avec moi ; je suis toujours votre ennemi, soyez toujours le mien ; malgré la parole que j'ai donnée, je n'attends pour me venger que l'occasion qui me manque : servez-vous, pour vous venger de moi, de toutes celles qui se présenteront et qui ne vous manqueront pas : *Sicut et nos.* C'est dire à Dieu : De même, Seigneur, qu'il me suffit, ou que je veux qu'il me suffise, en pardonnant, de ne point agir contre la personne, et que du reste je ne prétends la gratifier en rien, l'aider en rien, abandonnez tous mes intérêts, et ne prenez part à aucune chose qui me concerne : privez-moi de tous vos dons, et refusez-moi toute faveur, tout secours, tout bien : *Sicut et nos.* Est-ce ainsi, mon cher auditeur, que vous l'entendez ? Du moins c'est ainsi que vous le dites, et c'est ainsi que Dieu, dans son jugement, l'accomplira. Quelle horreur ! Ah ! pensez-y, chrétiens, quelle conviction et quelle horreur, quand Dieu, en vous rejetant de sa présence, vous dira : *De ore tuo te judico!* (Luc. xix.) Il ne faut point d'autre juge que vous-même. L'arrêt de ma justice, qui vous éloigne de moi, vous paraît rigoureux, il vous consterne, il vous désespère ; mais c'est vous-même qui l'avez dicté, et vous l'avez eu cent fois vous-même dans la bouche. De quoi pouvez-vous vous plaindre ? je suis la règle que vous m'avez marquée ; je vous pardonne comme vous avez pardonné ; ou plutôt, parce que vous n'avez jamais pardonné, ne comptez jamais que je vous pardonne ; retirez-vous : *De ore tuo te judico!*

C'est à vous, mes frères, à le bien méditer, ce funeste arrêt ; et c'est à vous à prendre sur cela votre parti ; car il n'y a point de tempérament, point de milieu ; ou pardon de votre part, ou de la part de Dieu affreuse réprobation : choisissez de l'un ou de l'autre. Mais quoi, voudrais-je donc à ce prix me donner une satisfaction si vaine ? M'est-il donc si important de réparer une injure, que je veuille qu'il m'en coûte mon éternité, mon salut, mon âme? En poursuivant un ennemi, et en le haïssant, ne serait-ce pas être mille fois encore plus ennemi de moi-même, et en repoussant un mal, ne serait-ce pas m'attirer le plus grand de tous les maux, le souverain mal? Comment en jugerai-je à la mort, et comment en jugent tant d'autres? Oserais-je mourir alors dans l'état d'inimitié où je vis, et ne serait-ce pas un scandale pour le monde même, qui, malgré ses faux principes sur les injures, par la contradiction la plus sensible et par le témoignage qu'il se trouve forcé de rendre à la vérité, condamnerait lui-même un mourant assez endurci pour emporter avec lui son ressentiment dans le tombeau? Or, pourquoi ne pas faire maintenant et utilement ce qu'il faudra faire nécessairement un jour, et peut-être sans fruit? Car, qu'est-ce que ces réconciliations de la mort, et que peut-on se promettre de ce qui n'est souvent qu'une cérémonie et qu'un usage? S'il y a quelques difficultés à surmonter, et quelques victoires à remporter sur moi, j'en serai bien dédommagé par l'onction divine qu'on y goûte. Jamais Joseph ne ressentit plus de consolation que lorsqu'il embrassa ses frères, qui l'avaient vendu : il en pleura, non pas de douleur, mais de la joie la plus douce et la plus solide. Quoi qu'il en soit, chrétiens, nous sommes pécheurs (car voilà toujours où il en faut revenir), et pécheurs en toutes manières. Comme pécheurs, nous avons un besoin infini que Dieu nous pardonne. Pardonnons, et espérons tout de sa miséricorde dans le temps et dans l'éternité bienheureuse, où nous conduise, etc.

SERMON

SUR L'AUMONE

*Et ego dico vobis : facite vobis amicos de mam-
mond iniquitatis, ut cùm defeceritis, reci-
piant vos in æterna tabernacula.*

**Et moi je vous dis de même : faites-vous des
amis de vos richesses, afin que, quand vous
serez réduits à l'extrémité, ils vous reçoivent
dans les demeures éternelles.** LUC. XVI.

C'est la conclusion que tire aujourd'hui le Fils de Dieu de la
parabole de l'Évangile, et c'est de tous les conseils de Jésus-
Christ, ou plutôt de tous les préceptes de la sainte loi, que ce
Sauveur de nos âmes est venu nous enseigner, un des plus salutaires et des plus indispensables. Est-il rien de plus avantageux
et de plus à souhaiter pour nous que d'avoir de fidèles amis et
de puissants intercesseurs, qui prennent en main nos intérêts,
qui défendent auprès de Dieu notre cause, qui fléchissent en
notre faveur ce souverain Juge, et qui, par l'efficace de leur
médiation, nous ouvrent ce royaume céleste où nous aspirons,
et nous fassent entrer avec eux dans la gloire? Mais, afin de
parvenir à cet heureux terme, et de nous en assurer la possession, est-il rien en même temps de plus nécessaire et d'une
obligation plus étroite, que de nous enrichir de mérites et de
trésors spirituels, de nous purifier devant Dieu, d'acquitter nos
dettes, et d'avoir même de quoi acheter cette terre promise,
qui doit être le centre de notre repos et de notre éternelle béatitude? Or, c'est à cela, mes chers auditeurs, que vous peuvent
servir ces biens temporels dont vous jouissez dans la vie; voilà
l'emploi que vous en devez faire. Ce sont des richesses d'iniquité, selon la parole de mon texte, c'est-à-dire, des richesses

qui nous rendent communément injustes : *Mammona iniquitatis;* mais ces richesses d'iniquité et de damnation deviendront,
par l'exercice de la charité chrétienne, des richesses de justice,
si je puis parler de la sorte, des richesses de salut et de prédestination. Je viens donc, mes frères, vous entretenir de l'aumône. Matière, dit saint Chrysostôme, qu'un ministre évangélique ne peut omettre, sans manquer à l'un des devoirs les plus
essentiels de son ministère ; et il est bien remarquable que de
tant de prédications et d'exhortations que fit à son peuple ce
saint évêque, il n'y en a presque pas une où l'aumône ne soit
expressément recommandée, comme si toute là morale du
christianisme se réduisait là, et que c'en fût le point capital.
Je n'ai ni la pénétration ni l'éloquence de cet incomparable
prédicateur; mais votre grâce, Seigneur, me soutiendra, et je
la demande par l'intercession de Marie : *Ave.*

C'est une question dont tout homme chrétien peut être édifié,
et qui parut autrefois à saint Chrysostôme assez importante
pour en faire le sujet d'une de ses homélies; savoir qui des deux
est le plus redevable à la providence de Dieu, de la conduite
qu'elle a tenue en établissant le précepte de l'aumône, ou le
riche qui est dans l'obligation de la donner, ou le pauvre qui
est dans la nécessité de la recevoir. A en juger par les apparences, on croirait d'abord, dit ce saint docteur, que cette loi
de l'aumône est bien plus favorable au pauvre qu'au riche,
puisqu'elle a pour fin de soulager la misère du pauvre, et qu'au
contraire elle impose au riche un devoir onéreux dont il ne
peut se dispenser. Mais d'ailleurs, le riche tire de l'accomplissement même de cette loi, de tels avantages, qu'il a raison de
douter s'il n'est pas encore plus de son intérêt que de celui du
pauvre, qu'elle subsiste. Décidons cette question, chrétiens, et
pour y observer quelque ordre, distinguons deux choses dans la
matière que nous traitons, je veux dire le précepte de l'aumône et l'efficace de l'aumône. Le précepte de l'aumône peu
connu, et l'efficace de l'aumône souvent très-mal entendue; le
précepte que l'on néglige, et l'efficace dont on ne profite pas.
Car de là, mes chers auditeurs, dépend l'éclaircissement de la
question que je me suis proposée, et le voici. Je dis que dans

l'établissement de l'aumône, la providence de notre Dieu s'est montrée également bienfaisante envers le pauvre et envers le riche. Bienfaisante envers le pauvre, d'avoir pourvu, par une loi particulière, au soulagement de sa pauvreté; ce sera la pre mière partie. Bienfaisante envers le riche, de lui avoir donné un moyen aussi infaillible que celui de l'aumône pour apaiser Dieu dans l'état de son iniquité; ce sera la seconde partie. Érigeant l'aumône en précepte, Dieu a considéré le pauvre; et en attribuant à l'aumône une vertu aussi souveraine qu'elle l'a, Dieu a eu égard au riche. Deux points d'instruction que je vais développer selon les principes de la plus exacte théologie. Dans le premier, vous pourrez reconnaître à quoi le devoir de l'aumône engage un riche chrétien; et dans le second, je vous ferai voir de quelle ressource et de quelle consolation la pratique de l'aumône est pour un riche pécheur. L'un et l'autre méritent une attention toute particulière.

PREMIÈRE PARTIE.

A considérer en elle-même, et selon les vues du monde, la condition du pauvre, nous y trouvons trois désavantages bien remarquables et trois grandes disgrâces. La première est cette inégalité de biens qui le distingue du riche; en sorte que l'un dans l'opulence et dans la fortune, se voit abondamment pourvu de toutes choses, tandis que l'autre, sans revenus et sans héritages, a les mains vides et ne possède rien, ni ne peut disposer de rien. La seconde est la nécessité où le pauvre languit et les besoins qu'il souffre, en conséquence de cette même inégalité qui se rencontre entre lui et le riche; tellement qu'il endure toutes les misères de l'indigence, pendant que le riche goûte toutes les douceurs d'une vie aisée et commode. Enfin, la troisième est l'état de dépendance où la disette réduit le pauvre, et les mépris qu'il est souvent obligé d'essuyer dans le rang inférieur où le met sa pauvreté, au lieu que tous les honneurs et toutes les grandeurs du siècle sont pour le riche. Or voilà, mes chers auditeurs, à quoi la providence de notre Dieu a suppléé par la loi de la charité, et en particulier par le précepte de l'aumône; et c'est ce qui me la fait regarder, dans ce divin commandement, comme une providence miséricordieuse et bienfaisante à l'égard des pauvres. J'en donne les preuves, et vous en allez être pleinement convaincus.

Je l'ai dit, et vous le voyez, le malheur du pauvre, j'entends son malheur temporel, c'est d'abord ce partage si inégal de facultés et de biens, qui le dépouille de tout, et qui comble au contraire le riche de trésors. Selon la première loi de la nature, remarque saint Ambroise, tous les biens devaient être communs : comme tous les hommes sont également hommes, l'un, par lui-même et de son fonds, n'a pas des droits mieux établis que ceux de l'autre, ni plus étendus; ainsi, il paraissait naturel que Dieu les ayant créés, et voulant après le bienfait de la création, leur fournir à tous par celui de la conservation, l'entretien et la subsistance nécessaire, leur abandonnât les biens de la terre pour en recueillir les fruits, chacun selon ses nécessités présentes, et selon que les différentes conjonctures le demanderaient. Mais cette communauté de biens, si conforme d'une part à la nature et à la droite raison, ne pouvait d'ailleurs, par la corruption du cœur de l'homme, longtemps subsister; chacun emporté par sa convoitise, et maître de s'attribuer telle portion qu'il lui eût plu, n'eût pensé qu'à se remplir aux dépens des autres, et de là les divisions et les guerres. Nul qui volontairement et de gré se fût assujetti à certains ministères pénibles et humiliants; nul qui eût voulu obéir, qui eût voulu servir, qui eût voulu travailler et agir, parce que nul n'y eût été forcé par le besoin; d'où vous jugez assez quel renversement eût suivi dans le monde, livré par là, si j'ose ainsi m'exprimer, à un pillage universel et à tous les maux que la licence ne manque point de traîner après soi.

Il fallait donc qu'il y eût une diversité de conditions, et surtout il fallait qu'il y eût des pauvres, afin qu'il y eût dans la société humaine de la subordination et de l'ordre : c'est une infortune, il est vrai, pour les pauvres, que cette variété d'états où ils se trouvent si mal partagés et qui les prive des avantages accordés aux riches. Mais, providence de mon Dieu, que vous êtes aimable et bienfaisante, lors même que vous semblez plus rigoureuse et plus sévère, et que vous savez bien rendre, par vos soins paternels, ce que vous ôtez selon les conseils de votre adorable sagesse ! En effet, chrétiens, qu'a fait Dieu en faveur du pauvre ? il a établi le précepte de l'aumône ; il a dit au riche ce que saint Paul, son interprète et son apôtre, disait aux premiers fidèles : vous ferez part de vos biens à vos frères, car dès que ce sont vos frères, vous devez vous intéresser pour eux, et je vous l'ordonne, non pas que je vous oblige de leur donner tout, ou la meilleure partie de ce que vous avez reçu de moi. Je n'entends pas que vous alliez jusqu'à vous appauvrir vous-mêmes pour les enrichir, ni qu'ils soient par vos largesses dans l'abondance et vous dans la peine : *Non ut aliis sit remissio, vobis autem tribulatio* (II Cor. viii) ; mais vous mesurerez les choses de telle manière, qu'il y ait entre eux et vous une espèce d'égalité : *Sed ex æqualitate.* Comme riches, vous avez non-seulement ce qu'il vous faut, mais au delà de ce qu'il vous faut, et le pauvre n'a pas même le nécessaire : or, pour le pourvoir de ce nécessaire qu'il n'a pas, vous emploierez ce superflu que vous avez, si bien que l'un soit le supplément de l'autre : *Vestra abundantia illorum inopiam suppleat* (Ibid.). Par cette compensation, tout sera égal : le riche, quoique riche, ne vivra point dans une somptuosité et une mollesse aussi pernicieuses pour lui-même que dommageables au pauvre, ni le pauvre, quoique pauvre, ne périra point dans un triste abandon ; chacun aura ce qui lui convient. *Ut fiat æqualitas sicut scriptum est : qui multum, non abundavit; et qui modicum, non minoravit* (Ibid.).

Voilà, dis-je, riches du monde, la règle inviolable que Dieu vous a prescrite dans le commandement de l'aumône. Ce Père commun s'est souvenu qu'il avait d'autres enfants que vous dont sa providence était chargée : si, pour de solides considérations, il ne les a pas traités aussi favorablement que vous, ce n'est pas qu'il ait prétendu les délaisser ; et si vous avez eu le partage des aînés, si vous êtes les dépositaires de ses trésors, c'est pour les répandre et les dispenser avec équité, et non pour les retenir et vous les réserver par une avare cupidité : comme ils sont à lui, puisque tout lui appartient, il les donne à qui il lui plaît, et de la manière qu'il lui plaît : or, c'est ainsi qu'il lui a plu de les donner aux pauvres, et qu'il les leur a destinés. De là, conclut saint Chrysostôme, quand le riche fait l'aumône, qu'il ne se flatte pas en cela de libéralité ; car cette aumône, c'est une dette dont il s'acquitte, c'est la légitime du pauvre, qu'il ne peut refuser sans injustice. Je le veux; il honore Dieu par son aumône; mais il l'honore comme un vassal qui reconnaît le domaine de son souverain, et lui rend l'obéissance qui lui est due; il l'honore comme un fidèle économe qui administre sagement les biens qu'on lui a confiés, et les distribue, non point en son nom, mais au nom du maître : *Fidelis dispensator et prudens, quem constituit Dominus super familiam suam, ut det illis in tempore tritici mensuram* (Luc xii). Prenez garde à ces paroles, dont vous n'avez peut-être jamais pénétré tout le sens; c'est un dispensateur, mais Dieu est le Seigneur, *Fidelis servus :* il a l'intendance sur toute la maison, il la conduit et il la gouverne, mais c'est le Seigneur qui l'a constitué pour cela : *Quem constituit Dominus super familiam suam.* Les pauvres font partie de cette maison de Dieu; et il y a assez de biens pour tous les membres qui la composent : il doit donc, dans une juste compensation, les leur communiquer à tous : *Ut det illis.* Mais du reste, tous les besoins n'étant pas les mêmes, il est de sa prudence d'y faire attention, et d'examiner l'état de chacun, afin de lui donner une mesure proportionnée : *Ut det illis tritici mensuram.* Et parce qu'il y a des temps où les uns sont plus pressés et les autres moins, c'est encore un devoir pour lui d'y avoir égard et d'y veiller, augmentant ou diminuant les secours, selon les divers changements qui arrivent et dont il est instruit : *Ut det illis in tempore tritici mensuram.* Voilà le secret de cette égalité que Dieu, dans la loi qu'il a portée pour le soulagement des pauvres, a eu en vue de remettre parmi les hommes; voilà ce qui justifie sa providence. Car quand les biens, selon l'intention et l'ordre de Dieu, seront ainsi appliqués, il n'y aura plus proprement ni riches ni pauvres, mais toutes les conditions deviendront à peu près semblables : le pauvre qui n'a rien, aura néanmoins de quoi subsister, parce que le riche le lui fournira : *Tanquam nihil habentes et omnia possidentes* (Cor. vi); et le riche qui a tout, n'aura pourtant rien au delà du pauvre, parce qu'il lui sera tributaire de tout ce qu'il se trouvera avoir de trop, et qu'en effet il s'en privera : *Ut et qui habent, tanquam non habentes sint* (I Cor. vii).

Mais allons plus avant, et admirons toujours les charitables desseins de cette providence dont je parle, et le soin qu'elle a pris des pauvres dans le précepte de l'aumône. Un malheur attire un autre malheur; et du premier désavantage du pauvre, qui est l'inégalité des biens, laquelle le rabaisse au-dessous du riche, s'ensuit conséquemment un second, je veux dire l'état des souffrances et les désolantes extrémités où expose la pauvreté. Vous en êtes témoins, mes chers auditeurs, et je puis bien là-dessus en appeler à vos propres connaissances : vous savez ce que souffrent tant de misérables qui se présentent tous les jours à vos yeux; et si vous vouliez l'ignorer, leurs seules figures, malgré vous, vous l'apprendraient; leurs visages exténués, leurs corps décharnés vous le donneraient à connaître; leurs plaintes, leurs cris, leurs gémissements, et souvent leurs désespoirs, vous le feraient assez entendre. Et que serait-ce, si je pouvais, outre ce que vous voyez, vous découvrir encore tant de calamités secrètes qui vous sont cachées? Que serait-ce, si tant de malades sans assistance, si tant de prisonniers sans consolation, si tant de familles obérées, ruinées sans ressource, et tombées dans la dernière mendicité, dont elles ressentent toutes les suites, et quelles suites! si, dis-je, tous, et tout à coup ils venaient s'offrir à votre vue, et vous tracer l'affreuse peinture des maux dont ils sont accablés ?

N'est-ce pas là, mon Dieu, à en juger selon les premières idées que fait naître dans l'esprit un si pitoyable et si douloureux spectacle, n'est-ce pas le scandale le plus apparent de votre providence? Hé, Seigneur, les avez-vous donc formés, ces hommes sortis de votre sein, et leur avez-vous donné l'être pour les abandonner à leur infortune, et pour les laisser périr de faim, de soif, de froid, d'infirmités, de chagrins? Qu'ont-ils fait? et par où se sont-ils rendus devant vous assez coupables pour mériter une telle destinée? Je sais, mon Dieu, que vous ne leur devez rien; mais après tout, je sais que vous êtes Père, et que, comme vous ne haïssez rien de tout ce que vous avez créé, surtout entre les créatures raisonnables, vous n'avez rien aussi créé pour le perdre, même temporellement. Non, sans doute, répond à cette difficulté saint Chrysostôme, la providence d'un Dieu si sage et si bon n'a point prétendu manquer à tant d'hommes qui tiennent de lui la vie; et si nos pauvres périssent dans la nécessité et le besoin, ce n'est point à lui qu'il s'en faut prendre, mais à ceux qu'il a mis en pouvoir de les assister, et à qui il a commandé, sous des peines si grièves, d'en être, par leurs charités, après lui les conservateurs. Parce qu'en conséquence de l'inégalité de qualités et de fortunes qu'il a autorisées pour le règlement du monde, il était infaillible que plusieurs, dans leurs conditions, se trouveraient destitués de tous moyens pour se sustenter et pour subsister, il a bien su, en le prévoyant, y pourvoir; par où? par son précepte; et quiconque comprendra toute la force et toute l'étendue de ce commandement, sera forcé de rendre gloire à la miséricorde et à la vigilance du maître qui l'a porté.

Car, pour en venir à un détail qui contient de si importantes leçons pour vous, mes chers auditeurs, faisons, s'il vous plaît, ensemble quelques réflexions, sur ce commandement, si peu connu de la plupart des chrétiens, et de là si mal pratiqué. Prenez garde : Dieu, touché de zèle pour le pauvre, en qui il voit sa ressemblance, et qu'il aime comme l'ouvrage de ses mains, ne conseille pas seulement au riche de l'entretenir et de le nourrir, ne l'y exhorte pas seulement, mais le lui enjoint et lui en fait un devoir rigoureux : il use pour cela de toute son autorité; et afin de donner encore plus de poids à sa loi, il transporte au pauvre tous ses droits sur les biens du riche; il le choisit, si j'ose le dire, pour être comme son trésorier, et c'est à lui qu'il assigne toutes les contributions qu'il peut exiger légitimement, et que le riche est indispensablement tenu de lui payer. Ce n'est pas assez, mais joignant à l'ordre la menace, et la plus terrible menace, il annonce au riche qu'il y va de son âme, de sa damnation, de son salut; que celui qui dans le temps n'aura point exercé la miséricorde, n'a point de miséricorde à espérer dans l'éternité; qu'il sera le vengeur du pauvre, le vengeur de la veuve et de l'orphelin, s'ils ont été négligés, et qu'il n'emploiera point d'autre titre pour condamner tant de riches, et pour les frapper de toute sa malédiction. Cela même encore ne lui suffit pas pour assurer aux pauvres le soutien qu'il leur a ménagé; mais voulant prévenir les fausses interprétations qui pourraient servir de prétexte et de retranchement à l'avarice, et ne bornant point l'obligation de son précepte à certaines nécessités extrêmes et rares, il l'étend aux besoins communs, aux besoins présents, tant il est sensible aux intérêts de ses pauvres, et tant il paraît avoir à cœur qu'ils soient aidés et secourus.

C'est donc ici qu'usant des paroles du Saint-Esprit, je dois m'écrier : *Tua, Pater, Providentia gubernat* (SAP. XXIV). Oui, Seigneur, quelque sévère que semble d'ailleurs votre conduite envers le pauvre, il est évident qu'il y a dans le ciel une providence qui pense à lui, qui veille sur lui, qui travaille pour lui, et si les soins de cette Providence demeurent inutiles et sans effet, ah! mes frères, c'est ce qui doit vous faire trembler, parce que c'est votre crime, et que ce sera le sujet de votre réprobation : car, dit saint Ambroise, si c'est incontestablement un crime digne de la haine de Dieu et de ses vengeances éternelles, que d'enlever au riche ce qu'il possède, ce n'est pas une moindre injustice devant Dieu de refuser au pauvre ce qu'il attend de vous, et ce que vous pouvez lui procurer.

Quoi qu'il en soit de cette comparaison, et sans examiner le plus ou le moins, ce que j'avance avec une certitude entière, et ce que vous ne devez jamais oublier, c'est qu'au jugement de Dieu vous rendrez compte de l'un aussi bien que de l'autre. Et qu'aurez-vous à répondre, mon cher auditeur, quand Dieu, vous montrant cette foule de misérables dont sa providence vous avait chargés, et dont les voix plaintives retentissaient à vos oreilles, sans pénétrer jusqu'à votre cœur, il vous reprochera cette inflexible dureté que rien n'a pu amollir, et qu'il vous en demandera raison? Quand il vous dira : je voulais que celui-là fût vêtu, et vous avez sans humanité et sans compassion retenu la robe qui le devait couvrir : je voulais que celui-ci fût nourri, et vous avez détourné le pain qui devait être son aliment : je voulais que ce débiteur insolvable par le désordre de ses affaires, et languissant dans une obscure prison, fût encouragé, fût consolé, fût délivré, et vous n'avez ni fait un pas pour le visiter, ni ouvert une fois la main pour le racheter : je voulais leur adoucir à tous leur état, et vous leur en avez laissé ressentir toutes les disgrâces et tous les malheurs. Or, est-ce là ce que je vous avais prescrit? est-ce ainsi que je l'avais arrêté dans mes décrets et que je l'avais marqué dans ma loi? Mais surtout est-ce

ainsi que je vous avais traité vous-même? Et puisque vous jouis-
siez si abondamment de mes dons, et que j'avais été si libéral pour vous, comment étiez-vous si resserré et si insensible
pour vos frères? *Nonne opportuit et te misereri conservi tui?*
(MATTH. XVIII) Je le répète, chrétiens, et je vous le demande;
que répondrez-vous à ces reproches? qu'alléguerez-vous pour
votre excuse? et qui vous mettra à couvert de ce foudroyant
arrêt : Retirez-vous de moi, maudits! *Discedite à me maledicti*
(MATTH. XXV).

Ce n'est pas là néanmoins encore tout le bienfait du Seigneur,
et je prétends que par le précepte de l'aumône il a pleinement
remédié à une dernière disgrâce du pauvre, qui sont les rebuts
et les mépris où l'expose ordinairement sa condition, vile par
elle-même et abjecte. C'est l'injustice du monde de n'estimer
les hommes que par un certain extérieur qui brille, que par le
faste et la splendeur, que par l'équipage et le train, que par la
richesse des ornements et la magnificence des édifices, que par
les trésors et les dépenses. Tout cela répand sur les opulents et
les grands de la terre je ne sais quel éclat dont le vulgaire est
ébloui, et dont ils ne se laissent que trop éblouir eux-mêmes.
De là qu'arrive-t-il? Accoutumés à ces honneurs qu'ils reçoivent
partout, et à cette pompe qui les environne, quand ils voient
les pauvres dans l'abaissement et l'humiliation, de quel œil les
regardent-ils, ou, pour mieux dire, les daignent-ils même
regarder? Il semble que ce ne soient pas des hommes comme
eux; et si quelquefois ils les gratifient d'une légère et courte
aumône, il faut que ce secours leur soit porté par des mains
étrangères, parce qu'il n'est pas permis au pauvre de les approcher, parce que la personne du pauvre leur inspirerait du dégoût,
parce qu'ils se feraient ou une peine ou une confusion de traiter
avec le pauvre, de converser avec lui. Divin Maître, que nous
adorons, Sauveur des hommes, vous êtes né pauvre, vous avez
vécu pauvre, vous êtes mort pauvre; et voilà parmi des chrétiens, c'est-à-dire parmi vos disciples, où en est réduite cette
pauvreté que vous avez consacrée.

Mais sans recourir à l'exemple de cet Homme-Dieu, cette loi
doit aujourd'hui me suffire pour confondre tous les jugements
humains sur le sujet des pauvres, et pour nous apprendre à

les respecter : car puisque c'est par l'estime de Dieu que nous devons régler la nôtre, des hommes si chers à Dieu, des hommes qu'il a estimés jusqu'à faire dépendre d'eux et de leur soulagement le salut du riche, jusqu'à récompenser d'un royaume éternel la moindre assistance qu'ils auront reçue de nous, comment et avec quels sentiments la foi que nous professons et qui nous les représente sous de si hautes idées, nous oblige-t-elle de les envisager? Le mondain orgueilleux et aveugle par son orgueil, rougirait de leur appartenir; mais le Fils même de Dieu ne rougit point, en nous les recommandant, de les appeler ses frères, et de les reconnaître pour les membres de son corps mystique; il ne rougit pas d'être spécialement à eux et dans eux, d'y être par l'étroite liaison qui les unit à lui comme à leur chef, d'y être comme dans ses images vivantes, qui le retracent à nos yeux avec ses caractères les plus marqués; il ne rougira point à la face de l'univers, d'en faire la déclaration publique, et de se substituer en leur place, quand il dira aux réprouvés : J'ai eu faim, *Esurivi* (MATTH. xxv); j'étais pressé de la soif, *Sitivi*; j'étais sans demeure, exposé aux injures de l'air, nu, infirme et souffrant, *Hospes eram, nudus, infirmus* (IBID.). Mais, Seigneur, en quel temps et où vous avons-nous vu dans tous ces états? Vous m'y avez vu, lorsque vous y avez vu ce pauvre, parce que tout pauvre qu'il était, je le regardais comme une portion de moi-même, ou plutôt comme un autre moi-même, *Quamdiù non fecistis uni de minoribus his, nec mihi fecistis* (IBID.). Or, voilà tout ce qui est exprimé dans le précepte de Jésus-Christ, et l'un des plus solides fondements dans le christianisme sur quoi il est appuyé.

Après cela, chrétiens, je ne suis pas surpris que l'esprit de l'Évangile nous fasse considérer les pauvres avec tant de vénération; je ne m'étonne plus de la règle que nous donne saint Chrysostôme, d'écouter la voix des pauvres comme la voix de Jésus-Christ même, de les honorer comme Jésus-Christ, de les recevoir comme Jésus-Christ. Je n'ai plus de peine à comprendre une autre parole de ce saint docteur, savoir, que les mains des pauvres sont aussi respectables et en quelque sorte plus respectables pour nous que les autels, parce que sur les autels on sacrifie Jésus-Christ, et que dans les mains des pauvres on sou-

lage Jésus-Christ. J'entre aisément dans les vues toutes saintes
de la religion, lorsqu'elle a tant de fois humilié, et qu'elle humilie encore aux pieds des pauvres les monarques et les poten-
tats : nous en voyons renouveler chaque année la pieuse cérémonie : toute la grandeur du siècle rend hommage dans leurs
personnes à Jésus-Christ, je dis à Jésus-Christ pauvre, et non
point à Jésus-Christ glorieux et triomphant ; les têtes couronnées s'inclinent profondément en leur présence, et des mains
royales sont employées à le servir. Enfin, je reconnais comment les saints ont toujours témoigné tant de zèle pour les
pauvres, les prévenant, les recherchant, les appelant auprès
d'eux et les accueillant avec une distinction digne du maître
dont ils portent le sacré sceau et les plus précieuses livrées ; en
tout cela, dis-je, je ne trouve rien que de convenable ; rien que
de juste, rien qui ne leur soit légitimement dû.

C'est donc ainsi, pauvres, que votre condition est relevée ; et
s'il a plu à la providence de votre Dieu de vous faire naître dans
les derniers rangs, c'est ainsi qu'il a su par son précepte et par
les termes dans lesquels il l'a énoncé, vous dédommager de
cette bassesse apparente. Qui vous méprise le méprise, et par
l'affinité qu'il y a entre lui et vous, tous les outrages qui vous
sont faits lui deviennent personnels : ils ne demeurent pas impunis ; mais le temps viendra où vous en aurez une satisfaction
pleine et authentique. Quel est-il ce temps ? vous n'y pouvez
faire, mes chers auditeurs, une trop sérieuse réflexion : c'est ce
grand jour où le riche et le pauvre seront cités devant le tribunal de Dieu ; ce jour où tant de riches présomptueux et si fiers
à l'égard des pauvres qu'ils éloignaient, qu'ils rejetaient avec
dédain, à qui même quelquefois ils insultaient, seront à leur
tour, et par la plus affreuse révolution, couverts eux-mêmes
d'ignominie et d'opprobre. Que penseront-ils et que diront-ils,
lorsque, placés à la gauche, vils restes de la nature et sujets
d'horreur, ils verront à la droite et sur leurs têtes ces pauvres
qu'ils laissaient ramper dans la poussière, ces pauvres autrefois
si petits, mais alors comblés de gloire et si hautement exaltés ?
*Hi sunt quos habuimus aliquandò in derisum et in similitudinem
improperii* (SAP. v). Sont-ce là ces hommes à qui nous faisions
si peu d'attention, pour qui nous avions si peu de ménage-

ments, qui nous semblaient si fort au-dessous de nous, envers
qui nous étions si indifférents, si impérieux, si absolus? Quel
retour et quel changement! les voilà parmi les enfants de Dieu,
parmi les élus de Dieu, héritiers du royaume de Dieu, pendant
qu'il nous fait sentir toute son indignation, et qu'il nous frappe
des plus rudes coups de sa justice. *Ecce quomodò computati sunt
inter Filios Dei, et inter sanctos sors illorum est* (IBID.). C'est à
vous, chrétiens, d'y prendre garde, de concevoir d'autres sentiments pour les pauvres, de seconder les vues de la Providence
sur eux, de faire ainsi pour vous-mêmes du précepte de l'aumône, un moyen de sanctification et de salut. Car la même
Providence, qui dans l'établissement de ce précepte s'est montrée si bienfaisante envers le pauvre, ne l'est pas moins envers
le riche, comme vous le verrez dans la seconde partie.

SECONDE PARTIE.

De quelque manière qu'en juge le monde, et quelque adroit
que soit l'amour-propre à séduire le cœur de l'homme, en lui
donnant de fausses idées de tout ce qui flatte ses désirs; pour
peu qu'un riche chrétien ait de religion, trois choses, dit saint
Chrysostôme, doivent réprimer en lui l'orgueil secret que la
possession des richesses a coutume d'inspirer aux âmes mondaines. Cette opposition qui se rencontre entre l'état des riches
et celui de Jésus-Christ pauvre; ce choix que Jésus-Christ a fait
pour soi-même de la pauvreté préférablement aux richesses; ce
caractère de malédiction qu'il semble avoir attaché aux richesses,
en béatifiant et en canonisant la pauvreté, c'est la première.
Cette espèce de nécessité qui engage presque inévitablement les
riches en toutes sortes de péchés, cette facilité qu'ils trouvent à
satisfaire leurs passions les plus déréglées, ce pouvoir de faire le
mal, c'est la seconde. Enfin cette affreuse difficulté, ou, pour
me servir du terme de l'Évangile, cette impossibilité morale où
sont les riches de se sauver, c'est la troisième. Car malgré les
préventions du monde, et malgré les avantages que peut procurer aux hommes la jouissance des biens temporels, s'ils veulent raisonner selon les principes du christianisme, il n'est pas
possible qu'un état si différent de l'état du Dieu-Homme qui les

a sauvés, et qu'ils regardent comme le modèle de leur prédestination ; qu'un état exposé et comme livré à tout ce qu'il y a sur
la terre de plus contagieux et de plus contraire au salut, qu'un
état qui de lui-même conduit à une éternelle damnation ; il
n'est pas, dis-je, possible qu'un tel état, bien loin de les enfler
d'une vaine complaisance, ne les saisisse de frayeur, ne les
trouble, ne les désole, et du moins ne les oblige à prendre
toutes les précautions nécessaires pour marcher sûrement dans
la voie de Dieu.

Il était, ajoute saint Chrysostôme, de la providence et de la
bonté de Dieu, de donner aux riches du siècle quelque consolation dans cet état, et c'est ce qu'il a prétendu, lorsque, par
une conduite bienfaisante, il les a mis en pouvoir de pratiquer
la miséricorde chrétienne par le soulagement des pauvres, et
qu'il leur a imposé le précepte de l'aumône. Car si le riche peut
dans sa condition, non-seulement diminuer, mais entièrement
corriger l'opposition de son état avec celui de la pauvreté de
Jésus-Christ ; si le riche peut réparer tant de péchés et tant de
désordres où le plonge l'usage du monde, surtout l'usage des
biens du monde, et si le riche par conséquent peut se promettre quelque sûreté pour le salut et contre une malheureuse
réprobation, tout cela doit être le fruit de sa charité, et c'est le
seul fondement solide qui reste à son espérance.

La première vérité est évidente ; car du moment, chrétiens,
que vous partagez vos biens avec Jésus-Christ dans la personne
des pauvres, dès là vos biens, sanctifiés par ce partage, n'ont
plus de contrariété avec la pauvreté de cet Homme-Dieu, puisque cet Homme-Dieu entre par là comme en société de biens
avec vous : et voilà l'admirable secret, ou plutôt l'artifice innocent dont le riche miséricordieux se sert pour mettre Jésus-
Christ dans ses intérêts, et pour en faire d'un juge redoutable
un protecteur ; voilà par où il se garantit de ces anathèmes ful-
minés dans l'Évangile contre les riches. En effet, remarque
saint Chrysostôme, Jésus-Christ est trop fidèle pour donner sa
malédiction à des richesses dont il reçoit lui-même sa subsistance, et qui contribuent à le nourrir en nourrissant ceux qui
le représentent en ce monde. Cette seule considération ne
devrait-elle pas nous suffire, et que faudrait-il davantage pour

nous remplir d'une sainte ardeur dans l'accomplissement du précepte de l'aumône?

Mais la seconde n'est pas moins touchante, et c'est que Dieu par le moyen de l'aumône a pourvu les riches d'un remède général et souverain contre tous les péchés où les expose leur condition, et dont il est si rare qu'ils se préservent. Car n'est-ce pas une chose bien surprenante, poursuivit toujours l'éloquent avocat des pauvres, dont j'emprunte si souvent dans ce discours les pensées et les paroles, n'est-il pas bien étonnant de voir en quels termes l'Écriture s'exprime quand elle parle du pouvoir de l'aumône et de sa vertu pour effacer le péché? Jamais elle n'a rien dit de plus fort, ni de l'efficace des sacrements de la loi nouvelle, ni du sang même du Rédempteur, qui en est la source; et nous ne lisons rien de plus décisif en faveur du baptême, que ce qui est écrit au chapitre onzième de saint Luc, à l'avantage de l'aumône : *Date eleemosynam, et ecce omnia munda sunt vobis* (Luc. xi); faites l'aumône, et tout, sans exception, vous est remis. D'inférer de là que l'aumône autorise donc la liberté de pécher, et que de satisfaire à ce seul devoir est une espèce d'impunité à l'égard de tout le reste, c'est la maligne conséquence que voudraient tirer quelques mondains peu instruits de leur religion. Mais non, mes frères, répond là-dessus saint Augustin dans le livre de la Cité de Dieu; il n'en est pas ainsi, et cette doctrine que toutes les Écritures nous prêchent, ne favorise en nulle manière la licence des mœurs; pourquoi? parce-que si l'aumône remet le péché, ce n'est qu'en disposant Dieu à écouter vos prières, qu'il aurait autrement rejetées; à accepter vos sacrifices, dont il n'eût tenu nul compte et qu'il aurait rebutés; à être touché de vos larmes, qui ne l'auraient point fléchi; ce n'est qu'en vous attirant les grâces de la pénitence, et d'une véritable conversion, que vous n'auriez sans cela jamais obtenues; ce n'est qu'en satisfaction à la justice divine, qui se fût endurcie contre vous et rendue inexorable. *Propter hoc ergò eleemosynæ faciendæ, ut de præteritis compungnantur, non ut in eis perseverantes malè vivendi licentiam comparemus* (AUGUST.). C'est pour cela et par là que l'aumône est toute-puissante, et que le pécheur peut sans témérité faire fond sur elle, parce que c'est par elle qu'il trouve grâce devant Dieu, pour mériter le pardon de son péché, pour le pleurer, pour l'expier, et non pas pour avoir droit d'y persévérer.

Or, supposé cette vertu de l'aumône dans le sens que je viens de l'expliquer, admirez avec moi, chrétiens, la douceur de la Providence envers le riche, et reconnaissez-la en trois points dont je me contente de vous donner une simple idée. Premièrement, quelle providence du Seigneur, et combien est-elle aimable d'avoir établi pour les riches pécheurs un moyen de justification si conforme à leur état, si proportionné à leur faiblesse, si aisé par rapport à eux dans la pratique, et néanmoins si infaillible? Car voilà sans doute un des plus beaux traits, non-seulement de la miséricorde, mais de la sagesse de Dieu. Comme chaque condition a ses péchés qui lui sont propres, aussi Dieu a-t-il voulu que chaque condition eût ses ressources particulières pour la pénitence. Le pauvre satisfait Dieu par les souffrances, et le riche par ses charités. La satisfaction du riche paraît plus douce que celle du pauvre : ainsi a-t-il plu au Seigneur, qui, d'ailleurs dans l'ordre de la grâce, avait assez privilégié le pauvre au-dessus du riche. A peine aurait-on pu espérer du riche qu'il se fût soumis aux autres remèdes plus violents, ordonnés contre le péché. Hé bien! lui dit Dieu, en voici un que j'ai choisi pour vous : vous n'aurez nul prétexte pour vous en défendre, car il dépendra toujours de vous : ni la délicatesse de votre complexion, ni vos infirmités ne vous en dispenseront jamais; car il ne consistera point en des exercices pénibles et incommodes; il ne vous exposera point à la censure du monde, puisque le monde, tout perverti qu'il est, ne pourra vous refuser ses éloges, quand il vous le verra mettre en œuvre : il vous coûtera peu; mais avec ce peu il n'y aura rien que vous ne gagniez. *Divina res eleemosyna*, s'écrie saint Cyprien, *res posita in potestate facientis, res grandis et facilis sine periculo persecutionis* (CYPR.).

Pourquoi pensez-vous que Daniel, suivant l'inspiration qu'il avait reçue d'en haut, et déclarant au roi de Babylone que le ciel était irrité contre lui, et qu'il était temps qu'il pensât à l'apaiser, ne lui proposa point d'abord de prendre le sac et le cilice, de se couvrir de cendres, de jeûner et de macérer son corps, mais seulement de racheter ses crimes par l'aumône :

Quamobrem, rex, consilium meum placeat tibi, et peccata tua eleemosynis redime, et iniquitates tuas misericordiis pauperum (DAN. IV). Ah! chrétiens, il en usa de la sorte par une prudence qui ne fut ni humble ni lâche, et qui ne ressentit point le courtisan, mais le prophète; car il ne voulut point plaire à son prince qu'autant qu'il le pouvait sans blesser les intérêts de son Dieu, et il ne voulut sacrifier la satisfaction qui était due à son Dieu, qu'autant que le permettait la fidélité qu'il devait à son prince. Il jugea donc et avec raison que l'aumône était de toutes les œuvres sanctificatoires celle qui serait plus au goût de ce prince déjà touché, mais non encore converti, et il savait que celle-là serait suivie de toutes les autres et de sa conversion même. D'où vient qu'il se contente de lui dire : Agréez, Seigneur, le conseil que je vous donne, et rachetez vos péchés par vos largesses envers les pauvres. Sur quoi saint Ambroise fait une observation aussi vraie qu'elle est ingénieuse, quand il dit que cette facilité qu'a le riche d'expier ainsi les désordres de sa vie, nous est excellemment figurée par le miracle qu'opéra le Fils de Dieu dans la personne d'un malade dont parle saint Luc. Il était paralytique d'une main, et Jésus-Christ ne fit autre chose que de lui commander d'étendre cette main qui dans le moment même se trouva saine : *Extende manum tuam, et restituta est* (MATTH. XII). Le remède était aisé, mais ce qui fut alors un effet visible de la puissance du Sauveur, est ce qui se passe tous les jours spirituellement et intérieurement dans la personne du riche; car Dieu lui dit : *Extende manum tuam,* étendez, par un effet de charité, cette main si longtemps resserrée par une criminelle avarice, et vous sentirez la vertu de Dieu qui agira en vous; étendez-la, et cette seule action sera le principe de la guérison de votre âme : *Bene dicitur, extende,* ce sont les paroles de saint Ambroise, *quia nihil ad curandum plus proficit quam eleemosyna largitas* (AMBR.).

Autre trait de la Providence, j'entends toujours d'une providence favorable au riche dans l'établissement de l'aumône, les richesses qui avaient été l'instrument du péché, deviennent la matière de la réparation du péché même : pour nous faire comprendre ce que dit saint Paul, que tout contribue au bien de ceux qui cherchent Dieu ou qui retournent à Dieu. Nous

voyons des plantes dont le suc est pour l'homme un poison
mortel, mais nous admirons en même temps l'auteur de la
nature, en ce qu'elles ne croissent jamais qu'accompagnées
d'une autre plante qui leur sert de contre-poison. L'aumône
fait quelque chose de plus; car elle trouve le remède du mal
dans la cause même du mal; ce sont vos richesses qui vous ont
perdu, continue saint Ambroise, parlant à un riche avare, et
ce sont vos richesses qui vous sauveront : *Pecunia tua venun-
datus es, redime te pecunia tua* (AMBR.).

Ajoutons encore un nouveau trait de cette conduite de Dieu
si bienfaisante à l'égard du riche : le voici. Qu'est-ce que le
riche dans l'état du péché? c'est un sujet disgracié de Dieu,
qui ne peut point par lui-même avoir d'accès auprès de Dieu,
dont les actions les plus louables ne sont de nul mérite devant
Dieu, à qui la porte de la miséricorde de Dieu semble être fermée, et qui, livré à sa justice rigoureuse, n'aurait plus d'autre
parti à prendre que celui du désespoir. Mais que fait Dieu? en
lui donnant de quoi être charitable, il lui donne de quoi se
ménager de puissants intercesseurs, qui par reconnaissance,
qui par devoir, qui par intérêts, soient obligés à solliciter et à
demander grâce pour lui; et ces intercesseurs, ce sont les pauvres : ces pauvres, amis de Jésus-Christ, et selon l'Évangile
devenus les siens : *Facite vobis amicos de mammona iniquitatis*
(LUC. XVI) : ces pauvres, dont les vœux s'élèvent jusqu'au trône
de Dieu, et que Dieu exauce : *Iste pauper clamavit, et Dominus
exaudivit eum* (PSALM. XXXIII) : ces pauvres, circonstance bien
remarquable, ces pauvres dont le crédit auprès de Dieu ne dépend ni de leur mérite ni de leur innocence; car ils intercèdent
pour ceux qui les soulagent sans parler, sans agir, sans y penser, et même sans le vouloir : c'est assez qu'ils paraissent revêtus
de vos aumônes, afin que Dieu les entende, et qu'en leur considération il s'adoucisse pour vous : pourquoi cela? la raison en
est belle, et c'est la réflexion de saint Augustin, parce que,
dans le langage de l'Écriture, ce n'est pas proprement le pauvre,
mais l'aumône faite au pauvre qui intercède pour le riche :
Conclude eleemosynam in corde pauperis, et hæc pro te exorabit
(ECCL. XXIX); mettez votre aumône dans le sein du pauvre, et
elle priera pour vous. Le Saint-Esprit ne dit pas : *et ipse exorabit*

pro te; comme si c'était ce pauvre que vous avez secouru, qui
fût devant Dieu votre patron : il dit que l'aumône, indépendamment de lui, parle en votre faveur, plaide votre cause,
mais d'une voix si éloquente et si forte que Dieu, quoique indigné et courroucé, ne peut néanmoins lui résister : *Et hæc pro
te exorabit.*

Voilà ce que la foi nous apprend, et de là s'ensuit cette dernière et consolante vérité, que si le riche peut avoir quelque
assurance de sa prédestination éternelle, et quelque préservatif
contre cette malheureuse réprobation dont il est menacé, c'est
par l'aumône. Ah! mes chers auditeurs, combien de riches
sont heureusement parvenus au port du salut, après avoir marché bien des années dans les voies corrompues du monde!
A voir les égarements où ils se laissaient emporter en certains
temps de leur vie, qui jamais eût espéré pour eux une telle fin?
Qu'ont-ils dit à Dieu lorsqu'ils sont entrés dans sa gloire; et
conservant le souvenir de leurs désordres passés, combien ont-
ils béni et béniront-ils éternellement ce Père des miséricordes
qui les a ramenés, qui les a sanctifiés, qui les a éclairés, qui
les a touchés, qui les a couronnés! Mais que leur a-t-il répondu,
et que leur répondra-t-il pendant toute l'éternité, où ils auront
sans cesse devant les yeux ce mystère de grâce? *Eleemosynæ
tuæ accenderunt in conspectu Dei.* Il est vrai, vous méritez mes
châtiments les plus sévères, et ma justice en mille rencontres
devait éclater contre vous, mais vous lui avez opposé une bar-
rière qui l'a arrêtée, ce sont vos aumônes. Au milieu de vos
déréglements, vous aviez toujours un cœur libéral et compatissant pour les pauvres, et c'est ce qui m'a désarmé; tout le bien
que vous avez fait à vos frères, j'étais engagé à vous le rendre;
je l'avais promis, et je l'ai exécuté : ma providence a eu pour
cela de secrets ressorts qu'elle a fait agir, et qui vous ont fait
agir vous-même, afin que ma parole s'accomplît : donnez, et on
vous donnera. *Date et dabitur vobis.*

Mais du reste, chrétiens, ne vous y trompez pas, et ne pensez
pas compter sur vos aumônes, si elles n'ont toute l'étendue et
toute la mesure nécessaire. Et quelle est pour vous cette mesure? Observez ceci, et imprimez-le fortement dans vos esprits.
Quand un riche du siècle serait exempt devant Dieu de tout

péché et de toute satisfaction, le superflu de ses biens, ainsi que je l'ai dit, devrait toujours être employé pour les pauvres comme leur patrimoine et leur partage : or, de là concluez quelle est donc l'obligation d'un riche pécheur, d'un riche criminel. Je prétends qu'alors le nécessaire même de l'état, ou du moins qu'une partie de ce nécessaire ne doit pas être épargnée, et je me fonde sur l'autorité des Pères, qui tant de fois ont obligé les riches pénitents à diminuer la dépense de leur maison, à se vêtir avec plus de modestie, à vivre avec plus de frugalité, à rabattre non-seulement de leur luxe immodéré, mais de l'éclat honnête et raisonnable où selon leur condition ils auraient pu d'ailleurs paraître, et à convertir en aumône pour l'acquit de leurs dettes auprès de Dieu, et pour l'expiation de leurs péchés, ce qu'ils retranchaient à leurs aises et à leurs commodités. Aussi est-il juste qu'il en coûte davantage à celui qui se trouve plus redevable : et c'est un renversement bien étrange dans le christianisme, que ce soient les plus innocents et les plus saints qui fassent les aumônes les plus abondantes; et au contraire les plus grands pécheurs qui se dispensent plus aisément d'un devoir si essentiel, ou qui l'accomplissent plus imparfaitement! Profitez, mes frères, du talent que vous avez dans les mains; c'est votre rançon, et si vous ne vous en servez pas, à quoi vous exposez-vous? Vous vivrez dans l'esclavage du péché et vous y mourrez pour en ressentir éternellement le regret et la peine. Comme pécheurs, vous êtes ennemis de Dieu, et il faut vous réconcilier avec lui. Ce n'est pas une petite affaire à traiter entre lui et vous, que cette réconciliation; mais tout importante qu'elle est, vous pouvez la terminer en peu de temps et à peu de frais. Présentez à Dieu le sacrifice de vos aumônes, et il fera descendre sur vous les trésors de sa grâce. Hâtez-vous, et ne différez pas : car le Seigneur n'est pas loin, et son bras peut-être va bientôt s'appesantir sur vous : il le tient encore suspendu; mais s'il vient enfin à frapper, le coup sera sans remède. Plaise au ciel que cet avertissement vous soit salutaire, et que par la charité du prochain vous fassiez revivre dans vos cœurs la charité de Dieu, afin de le retrouver dans cette vie et de le posséder dans l'éternité bienheureuse, que je vous souhaite, etc.

SERMON

SUR LES AFFLICTIONS DES JUSTES

ET

LA PROSPÉRITÉ DES PÉCHEURS

Ascendente Jesu in naviculum, secuti sunt eum discipuli ejus : et ecce motus magnus factus est in mari, ita ut navicula operiretur fluctibus. Ipse vero dormiebat; et suscitavérunt eum discipuli ejus, dicentes : Domine, salva nos, perimus. Et dixit eis : Quid timidi estis, modicœ fidei?

Jésus étant entré dans une barque, ses disciples le suivirent, et aussitôt il s'éleva sur la mer une grande tempête, en sorte que la barque était couverte de flots. Lui cependant dormait, et ses disciples le réveillèrent, en lui disant : Seigneur, sauvez-nous, nous allons périr. Jésus leur répondit : Pourquoi craignez-vous, hommes de peu de foi ? MATTH. VIII.

Voilà, chrétiens, une image bien naturelle de ce qui se passe tous les jours à nos yeux et parmi nous. Il semble que le Saint-Esprit, en nous la traçant dans cet Évangile, ait expressément voulu nous représenter un des plus grands mystères de la conduite de Dieu sur les hommes, et en faire le sujet de notre instruction. Les disciples de Jésus-Christ, c'est-à-dire, les justes et les élus de Dieu, vivent dans le monde, que nous pouvons considérer comme une mer orageuse, et s'y trouvent embarqués par les ordres mêmes de la Providence; Dieu est avec eux et ne les quitte jamais; il les suit dans toutes leurs voies, il les éclaire et les soutient : mais du reste, à en juger par les apparences, on dirait en mille rencontres qu'il s'en éloigne, qu'il les oublie, qu'il les abandonne, qu'il est à leur égard comme endormi, *Ipse vero dormiebat.* Il permet qu'ils soient assaillis et battus des

plus violents orages, qu'ils soient exposés aux plus rudes tentations, qu'ils soient affligés et presque accablés des misères de
cette vie. Or, qui croirait alors qu'il y a une providence qui
prend soin de leurs personnes, ou qui ne croirait pas au moins
que cette providence est ensevelie dans un profond sommeil,
et qu'elle ignore leurs besoins, surtout lorsqu'on voit les impies
prospérer sur la terre, vivre dans le calme, tenir les premiers
rangs, jouir de l'abondance, être en possession de tout ce qui
s'appelle fortune et bonheur humain? C'est en vue de ce partage si surprenant et si peu conforme à nos idées, que David
s'écriait et disait à Dieu : *Exsurge, quare obdormis, Domine?*
(Ps. XLIII) levez-vous, Seigneur, et pourquoi demeurez-vous
dans cette espèce d'assoupissement? Et c'est ainsi que nous lui
disons encore nous-mêmes comme les apôtres : *Domine, salva
nos, perimus;* hé! Seigneur, où êtes-vous? nous périssons et
vous nous délaissez; tous les maux viennent nous assaillir, et
il semble que vous y soyez insensible. Mais à cela, chrétiens,
point d'autre réponse de la part de Dieu que celle de Jésus-
Christ à ses disciples effrayés et consternés : *Quid timidi estis,
modicæ fidei?* où est votre foi? où est la confiance que vous devez
avoir en votre Dieu? que craignez-vous quand je suis avec vous?
Mystère de la Providence, dont je veux aujourd'hui, mes chers
auditeurs, vous entretenir, et dont il est d'une importance
extrême que vous soyez instruits. Ce n'est point précisément
aux pécheurs que j'ai à parler; c'est aux âmes fidèles, c'est
aux prédestinés du Seigneur, c'est à ceux qui font état de le
servir, et qui, tout attachés qu'ils sont à son service, voient
souvent tomber sur eux tous les fléaux du ciel, tandis que les
mondains passent leurs jours dans le plaisir et dans la joie. Je
vais là-dessus les rassurer et les consoler après que nous aurons
demandé le secours du Saint-Esprit par l'intercession de Marie.
Ave, Maria.

C'est de tout temps que la foi des chrétiens a été troublée
et leur confiance en Dieu ébranlée, de voir les méchants dans
la prospérité et dans le repos, pendant que les justes sont dans
l'adversité et dans le travail. Ce partage, à ce qu'il paraît, si
injuste, a toujours été, pour ainsi dire, le scandale de la Provi-

dence. Car de là les pécheurs ont pris sujet de triompher inso-
lemment dans la vie; et de là les plus gens de bien se sont
relâchés dans le chemin de la vertu : de là même les plus
grands saints en sont venus presque jusqu'à former des doutes
au préjudice de leur foi. Écoutez-en parler David : *Mei autem
pene moti sunt pedes, pene effusi sunt gressus mei* (Ps. LXXII).
Pour moi, disait-il, je le confesse, j'ai senti ma foi chanceler;
et quelque solide que fût le fondement de mon espérance, je
me suis vu sur le point de succomber : et pourquoi? parce qu'il
s'est élevé dans mon cœur un mouvement de zèle et d'indignation, à la vue des pécheurs qui goûtent la paix, qui réussissent
dans leurs desseins, qui établissent leurs maisons, à qui rien
ne manque dans la vie : *Quia zelavi super iniquos, pacem
peccatorum videns* (IBIDEM). En effet, ai-je dit, comment est-il
possible que Dieu sache ce qui se passe ici-bas, et comment
puis-je croire qu'il y prenne garde? *Quomodo scit Deus, et est
scientia in excelso?* (IBID.) Les libertins et les impies sont les
plus heureux, les plus honorés, les plus riches : *Ecce ipsi peccatores et abundantes in sæculo obtinuerunt divitias* (IBID.). D'où
j'ai presque conclu, ajoute le prophète, qu'il m'était donc
inutile de conserver mon cœur dans l'innocence, et d'avoir
les mains nettes de toute injustice : *Et dixi, ergo sine causa
justificavi cor meum, et lavavi inter innocentes manus meas*
(Ps. LXXII). Ainsi parlait le plus saint roi du peuple de Dieu,
et c'était le reproche que faisaient les païens aux fidèles. Quel
Dieu servez-vous, leur disaient ces idolâtres? où est sa justice
envers vous et sa bonté? Il vous voit pauvres et languissants,
et il ne prend nul soin de vous : est-ce qu'il ne le peut, ou qu'il
ne le veut pas? Si c'est impuissance, il n'est pas Dieu, et aussi
peu l'est-il, si c'est insensibilité. Vous vous promettez l'immortalité dans un autre monde que celui-ci; mais quelle apparence
qu'un Dieu que vous vous figurez assez puissant et assez bon
pour vous ressusciter après la mort, ne vous secourût pas dans
la vie? Cependant vous renoncez à tous les plaisirs, vous ne
venez point à nos spectacles, vous souffrez la faim et la soif,
vous endurez les plus rigoureux tourments; d'où il arrive que
vous ne jouissez ni de la vie présente où vous êtes, ni de cette
vie future et imaginaire que vous attendez. A cela les Pères fai-

saient diverses réponses : la plupart niaient la supposition,
pour établir une vérité tout opposée; car ils soutenaient que
jamais les justes ne sont malheureux sur la terre, et que jamais
les impies n'y goûtent un véritable bonheur. *Intelligat homo*,
disait saint Augustin, *nunquam Deus permittit malos esse
felices* (AUGUST.). Que l'homme s'applique à bien comprendre
ceci : jamais Dieu ne permet que les méchants soient heureux;
ils passent néanmoins pour l'être, ajoutait ce saint docteur,
mais on ne les croit heureux que parce qu'on ignore en quoi
consiste la vraie félicité : *Ideo malus felix putatur, quia quid
sit felicitas ignoratur* (IDEM). Et il n'en faut point juger par
de certains dehors. Tel, dit saint Ambroise, me paraît avoir
la joie dans le cœur, dont le cœur est déchiré de mille chagrins; il est à son aise selon mon estime, mais dans son idée
et en effet il est misérable : *Meo affectu beatus est, et suo,
miser* (AMBR.). C'est ainsi, dis-je, que les Pères s'en expli-
quaient. Mais, chrétiens, je prends la chose tout autrement;
ne disputons point aux impies et aux pécheurs la possession
des joies humaines, et convenons que les justes sont aussi malheureux dans le temps que les mondains le pensent. Cela posé,
je prétends que nous sommes toujours coupables, si nous nous
défions de la divine Providence qui l'a ordonné de la sorte;
et pour vous en convaincre, j'avance deux propositions qui renferment tout ce qu'on peut dire de plus solide sur cette matière
et qui partageront ce discours. Je soutiens d'abord que dans
cette conduite de Dieu il n'y a rien qui doive ni qui puisse
ébranler notre foi; c'est la première proposition et la première
partie. Je dis plus, et je soutiens même que cette conduite de
Dieu a de quoi établir et confirmer notre foi; c'est la seconde
proposition et la seconde partie. Développons l'une et l'autre,
et ne croyez pas que je veuille là-dessus m'arrêter à de vaines
subtilités : j'ai des preuves à produire également sensibles et
touchantes. Commençons.

PREMIÈRE PARTIE.

Saint Augustin dit un beau mot : que les secrets de Dieu
doivent nous imprimer du respect, doivent nous rendre attentifs

à les considérer, doivent nous exciter à en faire la recherche, autant que l'humilité de la foi nous le permet; mais qu'ils ne doivent jamais trouver d'opposition dans nos esprits, et qu'il ne nous appartient pas d'en vouloir juger ni d'entreprendre de les contredire : *Secretum, Dei intentos nos habere debet, non adversos* (AUGUST.). Voilà, mes chers auditeurs, une maxime bien chrétienne et bien importante; car un des plus grands désordres de notre esprit est de se révolter d'abord contre tout ce qui paraît contraire à nos lumières et à nos vues; et c'est de ce principe que procèdent toutes les erreurs où nous tombons à l'égard de Dieu : Or, écoutez comment je me sers de la maxime du saint docteur, pour établir ma première proposition touchant ce partage si inégal des biens et des maux de cette vie, qui fait que les justes souffrent, pendant que les impies prospèrent. Je prétends qu'il n'y a rien en cela qui doive troubler notre foi; et en effet, quand je ne verrais nulle raison de cette conduite de Dieu, quand ce serait un abîme où je ne découvrirais rien, et que mon esprit s'y perdrait, ma foi n'en devrait point être altérée, et tout ce que j'aurais à faire, ce serait de m'écrier avec saint Paul, *ô altitudo!* et de reconnaître que c'est un secret de la Providence que je dois adorer, et non pas pénétrer. Ainsi quand je ne conçois pas l'auguste et incompréhensible mystère d'un Dieu en trois personnes, je ne crois pas dès lors avoir droit de le révoquer en doute; je ne crois pas pouvoir conclure : il n'y a donc point de Dieu, il n'y a donc point de souverain Être; mais je conclus que ce souverain Être est au-dessus de toute intelligence humaine, et je n'en demeure pas moins inviolablement attaché à ma créance. Pourquoi ne serais-je pas ici le même? et quand il s'agit d'un point qui regarde la providence de Dieu et sa conduite dans le gouvernement du monde, pourquoi en voudrais-je douter, et pourquoi me troublerais-je, parce que je ne le comprends pas?

Car enfin, j'ai d'ailleurs mille preuves qui me convainquent qu'il y a une Providence dans l'univers et que tout ce qui arrive sur la terre est de l'ordre de Dieu. Je n'ai qu'à ouvrir les yeux, je n'ai qu'à contempler le ciel, je n'ai qu'à considérer toutes les créatures; il n'y en a pas une qui ne me rende témoignage de cette vérité, et qui n'en soit pour moi une démonstration. Les

païens et les barbares l'ont reconnue, et je serais plus infidèle
que les infidèles mêmes si je refusais de m'y soumettre : cependant contre tous ces témoignages il se forme une difficulté dans
mon esprit. S'il y a une Providence, me dis-je à moi-même,
comment souffre-t-elle que les justes soient opprimés, et les
impies exaltés? Voilà ce qui me fait peine. Or, je vous demande,
chrétiens, est-il raisonnable que pour cette seule difficulté, je
me départe d'un principe de foi aussi infaillible et aussi solidement établi que l'est celui d'une Providence; et que parce qu'il
y a un certain point où la conduite de cette Providence sur les
hommes me paraît obscure, je la tienne pour douteuse, et j'ose
même absolument la rejeter? N'est-il pas plus juste que j'oppose
à la difficulté qui m'embarrasse toutes les maximes de ma foi et
toutes les lumières de ma raison; et que n'ayant pas assez de
vue pour approfondir le mystère de cette Providence si rigoureuse, ce semble, à l'égard des justes, et si libérale envers les
pécheurs, je me réserve à le connaître un jour dans sa source,
c'est-à-dire dans Dieu même?

   Et c'est là aussi que le prophète royal en revenait, après avoir
confessé devant Dieu qu'il n'entendait rien à ce procédé, et
qu'un traitement si peu conforme aux mérites des uns et à l'iniquité des autres, passait toutes ses connaissances et confondait
toutes ses idées. J'espère bien, disait-il, Seigneur, que vous me
découvrirez là-dessus l'ordre de vos jugements, et que vous me
ferez voir, comme dans un miroir, les raisons secrètes que vous
avez eues de disposer ainsi des choses; alors je saurai pourquoi
vous avez permis que ce juste fût vexé et persécuté, et que le
crédit de cet impie l'emportât sur l'innocence et la vertu; que
cet homme de bien n'eût aucun succès dans ses entreprises, et
que ce mondain sans foi et sans conscience réussît dans tous ses
desseins : que cette femme pieuse et remplie d'honneur passât
ses jours dans l'amertume et dans de mortels déplaisirs, et que
cette autre idolâtre du monde, et livrée à ses passions, menât
une vie douce et commode. Vous nous apprendrez, ô mon Dieu,
quels étaient les ressorts de tout cela; et par un seul rayon de
la lumière que vous répandrez dans nos esprits, vous dissiperez
tous les nuages, et vous ferez évanouir tous les doutes qui naissent maintenant malgré nous contre votre adorable providence.

Je me figurais qu'à force de réflexions et de considérations, je pourrais dès cette vie démêler cet embarras, et sonder les impénétrables conseils de votre sagesse : *Existimabam ut cognoscerem hoc* (Ps. LXXII) : mais je me trompais bien, et je me suis bien aperçu que je m'arrêtais à d'inutiles recherches : *Labor est ante me* (IBID.). D'où j'ai conclu qu'il fallait attendre que je fusse entré dans votre sanctuaire, et que je visse où se devaient terminer les espérances des uns et des autres : *Donec intrem in sanctuarium Dei et intelligam in novissimis eorum* (IBID.). Voilà comment raisonnait ce saint roi, et c'était l'esprit de Dieu qui lui inspirait ce sentiment.

Mais là-dessus, mes chers auditeurs, nous n'en sommes pas encore après tout réduits à la simple soumission et à la seule obéissance de la foi, nous avons sur ce mystère de quoi contenter notre esprit, autant et peut-être plus que sur aucun autre; et c'est par où nous devenons tout à fait inexcusables, quand nous nous troublons et que nous tombons dans la défiance, parce que nous voyons les justes affligés, et que les pécheurs ont toutes les commodités et toutes les douceurs de la vie; car nous trouvons nous-mêmes des raisons qui nous justifient parfaitement la conduite de Dieu, et qui nous persuadent que Dieu a fait sagement d'en user de la sorte. Or, si moi, avec un esprit plein d'erreurs et de ténèbres, je découvre néanmoins des raisons pour cela, ne dois-je pas être convaincu que Dieu en a de plus solides encore et de plus relevées que je ne vois pas; et ces raisons de Dieu que je ne vois pas, mais que je conjecture des miennes, ne doivent-elles pas calmer mon cœur et le rassurer? Tout ce qui me reste donc, c'est de suivre le conseil de saint Augustin et de m'appliquer non pas à connaître pleinement, mais du moins à entrevoir le secret de Dieu, afin que ce que j'en puis apercevoir m'apprenne à juger ce qui échappe à ma vue, et que l'un et l'autre affermissent ma confiance : *Secretum Dei intentos nos habere debet, non adversos.*

Mais qu'est-ce en effet que j'en aperçois de ce secret de Dieu, et quelles sont les raisons que je puis imaginer d'un partage qui semble choquer la raison même? Vous me le demandez, chrétiens, et, sans une longue discussion, voici celles qui se présentent d'abord à moi : Que Dieu veut éprouver ses élus, et leur

donner occasion de lui marquer par leur constance leur fidélité :
Que Dieu, selon la comparaison du prophète Roi, veut les purifier par le feu de la tribulation, comme l'on épure l'or dans le
creuset ; que Dieu veut assurer leur salut et les mettre à couvert
du danger inévitable qui se rencontre dans les prospérités du
siècle ; que Dieu, par une aimable violence, dit saint Bernard,
veut les forcer, en quelque sorte, de se tenir unis à lui, en leur
rendant tout le reste amer, et ne leur offrant partout ailleurs
que des objets qui leur inspirent du dégoût; que Dieu veut
leur fournir une continuelle matière de combats, afin que ce
soit en même temps pour eux une continuelle matière de
triomphe, et par conséquent de mérite ; que tout justes qu'ils
sont, ils ne laissent pas d'être redevables à Dieu par bien des
endroits, puisque le plus juste, comme parle Salomon, tombe
jusqu'à sept fois par jour; mais que Dieu d'ailleurs veut les
punir en père et non en juge, et pour cela qu'il les châtie en
ce monde, selon sa miséricorde, afin de ne les pas punir en
l'autre selon sa justice. A s'en tenir là, mes chers auditeurs, et
sans vouloir pénétrer plus avant dans les desseins de Dieu,
n'est-ce pas assez pour soutenir la foi du juste, et une seule de
ces raisons ne suffit-elle pas pour lui servir de défense et le fortifier contre les plus rudes attaques? que Dieu donc ordonne
selon qu'il lui plaît, qu'il détruise et qu'il renverse, qu'il abaisse
et qu'il humilie, qu'il frappe à son gré, jamais le juste n'aura
que des bénédictions à lui rendre; et s'il pensait à se plaindre, ce
serait bien alors que Dieu pourrait lui faire le même reproche
que fit le Sauveur du monde à saint Pierre : *Modicæ fidei, quare
dubitasti?* Homme aveugle, laissez agir votre Dieu, il vous aime,
et il fait ce qui vous convient; s'il vous traite maintenant avec
rigueur, ce n'est qu'une rigueur apparente, et tout sensibles
que peuvent être les coups que son bras vous porte, c'est son
amour qui le conduit.

Pensées touchantes et puissants motifs d'une consolation toute
chrétienne ! Dans ce vaste et nombreux auditoire, il est impossible qu'il ne se rencontre bien de ces âmes chéries de Dieu, et
que Dieu toutefois abandonne aux traverses et aux disgrâces du
monde. Or, c'est à moi de leur faire goûter ces vérités : c'est à
moi, mes chers auditeurs, de vous relever par là de l'abattement

où vous jette peut-être l'état de pauvreté, l'état d'humiliation, l'état de souffrances qui vous accable et qui vous rend la vie si ennuyeuse et si pénible : c'est à moi, comme prédicateur évangélique, de vous faire trouver tout l'appui nécessaire dans votre foi. Car je ne suis point seulement ici pour vous reprocher vos infidélités, ni pour vous remplir d'une terreur salutaire des jugements éternels : je l'ai fait selon les occurrences, je le fais encore, et je ne puis assez bénir le ciel de l'attention que vous donnez à mes paroles, ou plutôt à la parole de Dieu que je vous annonce. Mais l'autre partie de mon devoir est de vous consoler dans vos peines ; et puisque je tiens la place de Jésus-Christ, qui vous parle par ma bouche, et dont je suis l'ambassadeur et le ministre, *Pro Christo legatione fungimur* (II Cor. v), c'est à moi de vous dire aujourd'hui ce que ce divin Sauveur disait au peuple : *Venite ad me, omnes qui laboratis et onerati estis, et ego reficiam vos* (Matth. xii) ; venez, âmes tristes et affligées ; venez, vous qui gémissez sous le poids de la misère humaine et dans la douleur, venez à moi. Le monde n'a pour vous que des mépris et des rebuts, et vous en éprouvez tous les jours l'injustice : les plus déréglés et les plus vicieux y font la loi aux plus justes, et c'est ce qui vous flétrit le cœur et qui vous remplit d'amertume. Mais, encore une fois, venez ; et sans rien changer à votre condition, je l'adoucirai : *Venite, et ego reficiam vos*. Je ne suis qu'un homme faible comme vous, et plus faible que vous ; mais avec la grâce de mon Dieu, avec l'onction de sa parole et les maximes de son Évangile, j'ai de quoi vous rendre inébranlables au milieu des plus violentes secousses ; j'ai de quoi réveiller toute votre foi, et de quoi ranimer toute votre espérance ; de quoi vous apprendre à ne rien désirer de tout ce que le monde a de plus flatteur, et de quoi vous faire connaître le précieux avantage d'un état, où Dieu veille avec d'autant plus de soin sur vous et d'autant plus d'amour, qu'il semble moins ménager vos intérêts et moins vous aimer.

Car pour reprendre avec ordre et pour mieux développer ce que je n'ai fait encore que parcourir, et ce qui demande toutes vos réflexions, puisque ce doit être pour vous comme un trésor et un fonds inépuisable de patience, je dis que si Dieu traite le juste avec une sévérité apparente, que s'il l'afflige, c'est pour l'éprouver. Ainsi s'en explique-t-il en mille endroits de l'Écriture, où il déclare en termes formels que c'est un des offices de sa Providence, et que par cette raison il laisse tomber ses fléaux sur ceux qui le servent, encore plus que sur les autres : de sorte que l'affliction dans le texte sacré est appelée communément épreuve ou tentation, et que, suivant le même langage, ce que le Saint-Esprit appelle tentation n'est autre chose que l'affliction. C'était la belle et solide réponse que faisait un des plus zélés défenseurs de la foi chrétienne aux idolâtres et aux infidèles, lorsqu'ils lui reprochaient l'extrême abandon où l'on voyait le peuple fidèle, et qu'ils prétendaient de là tirer une conséquence, ou contre le pouvoir, ou contre la miséricorde du Dieu que nous adorons. Vous vous trompez, leur disait-il : notre Dieu ne manque ni de moyens ni de bonté pour nous secourir : *Deus ille noster, quem colimus, necnon potest subvenire, nec despicit* (Minut. Felix). Mais que fait-il? il nous examine chacun en particulier; et à quoi se réduit cet examen? à nous priver des biens de la vie, et à nous tenir dans l'adversité : *Sed in adversis unumquemque explorat* (Idem). Ces paroles sont remarquables : Dieu sonde le cœur de l'homme, il l'interroge, par où? par les souffrances et les afflictions; *Vitam hominis sciscitatur*. Comme si Dieu disait au juste : déclarez-vous, et faites-moi voir ce que vous êtes; je ne l'ai point encore bien su jusqu'à présent, et je veux l'apprendre de vous-même. Tandis que vous avez été heureux sur la terre, et que vous y goûtiez le calme et la paix, vous me l'avez dit, il est vrai, que vous vouliez être à moi; mais on ne pouvait guère compter alors sur votre témoignage. Dans cet état de prospérité, vous ne vous connaissiez pas encore assez bien, et vous ne pouviez juger sûrement à qui des deux vous étiez, ou à moi ou à vous-même : mais maintenant qu'un revers a troublé toute la douceur de votre vie, maintenant que vous êtes dans l'infirmité, dans le besoin, et que tous les maux sont venus, ce semble, vous assaillir, c'est en cette situation que vous pouvez me donner des assurances de votre foi, et que je puis faire fond sur votre parole. Si donc je vous vois persévérer dans mon service, si je vous entends au pied de mon autel me faire toujours les mêmes protestations d'un attachement inviolable, je vous écouterai et je vous croirai; car un amour ainsi éprouvé ne doit plus être suspect. A cela que pouvons-nous répondre, chrétiens auditeurs? Si Dieu ne met pas l'impie à de pareilles épreuves, de quel sentiment, à la vue de son prétendu bonheur, devons-nous être touchés? est-ce d'une envie, ou n'est-ce pas plutôt d'une horreur secrète, puisque, si Dieu l'épargne, c'est que Dieu ne le juge plus digne de lui, c'est que Dieu ne s'intéresse plus, en quelque sorte, à le former pour lui, c'est que Dieu le regarde comme un faux métal que l'ouvrier abandonne, au lieu qu'il jette l'or dans la fournaise, et qu'il le fait passer par le feu. De là cette sainte prière que David faisait à Dieu : *Proba me, Domine, et tenta me* (Ps. xxv) : Ah! Seigneur, éprouvez-moi, et ne me refusez pas la consolation et l'inestimable avantage de pouvoir vous montrer qui je suis, et quelles sont pour vous les véritables dispositions de mon cœur; mais parce que je ne puis mieux vous les faire connaître qu'en souffrant, frappez, brûlez et me consumez, s'il le faut, de misères et de peines; je consens à tout : *Ure renes meos.*

Nous devons y consentir nous-mêmes, mes frères, d'autant plus aisément, qu'un autre dessein de Dieu sur le juste affligé est de le purifier de toutes les affections de la terre. En effet, si les prospérités temporelles étaient attachées à la vertu, nous ne servirions Dieu que dans cette vue, et par conséquent nous ne l'aimerions pas pour lui-même. C'est ce que saint Augustin a si bien observé, et sur quoi il raisonne si solidement et avec sa subtilité ordinaire. Quand vous voyez, dit-il, les ennemis de Dieu et les libertins dans l'état d'une riche fortune, vous y êtes sensibles, et vous vous dites à vous-mêmes : Il y a si longtemps que je sers Dieu, que j'accomplis ses commandements et que je m'acquitte de tous les exercices de la religion; cependant mon sort est toujours le même, mes affaires n'en ont pas une meilleure issue, et il semble au contraire que Dieu prenne à tâche de les arrêter et de les renverser? Ceux-ci vivent dans le crime, sans règle, sans retenue, sans piété, et avec cela ils ne laissent pas de jouir d'une santé florissante, d'accumuler biens sur biens, d'être honorés et distingués : Mais, reprend ce saint docteur, c'était donc là ce que vous cherchiez? *Talia ergo quæ-rebas ?* (AUGUST.) C'était donc pour la santé du corps, pour les biens du monde, pour les honneurs du siècle que vous vouliez plaire à Dieu? Or, voilà justement pourquoi il était convenable que Dieu vous en privât, afin que vous apprissiez à l'aimer, non pour ce qu'il donne aux hommes, mais pour ce qu'il est en lui-même. Car, souvenez-vous, ajoute le même père, que si vous êtes juste, vous vivez dans l'état de la grâce et dans l'ordre de la grâce; comme donc cette grâce est toute gratuite de la part de·Dieu, elle vous engage à aimer Dieu d'un amour gratuit : *Si ideo gratiam tibi dedit Deus, quia gratis dedit, gratis ama* (IDEM); et vous ne devez point l'aimer pour une autre récompense que lui-même, puisqu'il veut être lui-même toute votre récompense : *Noli ad præmium diligere Deum, qui ipse est præmium tuum.* Les biens de la terre rendraient votre·amour mercenaire; et si vous vous plaignez quand Dieu vous les refuse ou qu'il vous les enlève, vous faites voir par là que ces biens vous sont·plus chers que Dieu même, et par conséquent que vous ne méritez pas de le posséder.

Biens tellement contagieux, qu'ils peuvent pervertir les plus justes, et que souvent ils les ont précipités dans l'abîme le plus affreux et dans une corruption entière. Les exemples n'en ont été que trop éclatants et que trop fréquents : mais par un trait encore tout nouveau de providence et de miséricorde à l'égard de ses élus, comment Dieu les garantit-il de ce danger? par une pauvreté qui leur sert de préservatif contre la contagion des richesses temporelles, par une obscurité qui leur tient lieu de sauvegarde contre la contagion des grandeurs périssables, par une langueur et une maladie qui les met à couvert de la contagion des plaisirs sensuels et des flatteuses illusions de la chair. Le juste, il est vrai, peut maintenant ne pas voir à quoi il se trouvait exposé, lui, dis-je, en particulier plus que bien d'autres, si Dieu n'eût usé pour lui d'une telle précaution : mais ce qu'il ne voit pas à présent, il le verra à la fin des siècles et au grand jour de la révélation; car c'est là que Dieu l'attend, c'est là que Dieu se réserve à lui mettre devant les yeux toutes les injustices où l'eût emporté une avare et insatiable convoitise, tous les projets criminels, et toutes les intrigues où l'eût engagé une ambition démesurée et sans bornes; tous les excès, toutes les habitudes et les abominations où l'eût plongé une passion

aveugle et une brutale volupté, si le frein de l'affliction ne l'eût
retenu, et si les disgrâces de la vie n'eussent empêché le feu de
s'allumer dans son cœur : et par une suite immanquable, c'est
là qu'éclairé d'une lumière divine, et découvrant les salutaires
et favorables secrets de la sagesse éternelle qui l'a conduit, il
bénira Dieu mille fois de ce qui semblait devoir exciter contre
Dieu tous ses murmures; il regardera comme un coup de prédestination de la part de Dieu, comme une grâce de Dieu, et
une des grâces les plus précieuses, ce que le monde regardait
comme un délaissement total et comme une espèce de réprobation.

Cependant, parce qu'il ne suffit pas de s'éloigner du monde
et de l'occasion du péché, si ce n'est afin de s'attacher à Dieu ;
je vais plus loin, et peu à peu développant le bienfait du Seigneur et tout ce que je puis découvrir des desseins de sa providence, j'ajoute et je prétends qu'il ne fait souffrir ses élus que
pour les attirer à lui, que pour les mettre dans une heureuse
nécessité de recourir à lui. Car il y a, selon saint Bernard,
quatre sortes de prédestinés. Les uns emportent le royaume du
ciel par violence, et ce sont les pauvres volontaires, qui d'eux-
mêmes quittent tout et renoncent à tout. Les autres trafiquent
en quelque manière pour l'acheter, et ce sont ces riches qui,
comme parle l'Évangile, se font, par leurs aumônes, des intercesseurs auprès de Dieu, et des amis qui les doivent un jour
recevoir dans les tabernacles éternels. D'autres, pour ainsi dire,
semblent vouloir le dérober, et qui sont-ils? ce sont ces humbles
de cœur, qui fuient la lumière, non par un respect humain,
mais par un saint désir de l'abjection, et qui dans une vie
retirée cachent aux yeux des hommes toutes les bonnes œuvres
qu'ils pratiquent. Enfin plusieurs n'y entrent que parce qu'ils y
sont forcés ; et voilà ces justes qui ne se sont déterminés à chercher Dieu, que parce que Dieu n'a pas permis qu'ils trouvassent
rien ailleurs qui les arrêtât. Si le monde eût été à leur égard ce
qu'il est à l'égard de tant de mondains; c'est-à-dire, si le monde
les eût flattés, les eût idolâtrés, n'eût eu pour eux que des distinctions, que des respects, que des agréments, ah ! Seigneur,
auraient-ils jamais pensé à vous? Comme ce peuple charnel que
vous aviez formé avec tant de soin, et engraissé du suc de la

terre, ils auraient oublié leur créateur et leur bienfaiteur, ils ne se seraient plus souvenus que vous étiez leur Dieu, et tout leur encens eût monté vers d'autres autels que les vôtres : *Incrassatus, impinguatus, dilatatus, dereliquit Deum factorem suum* (DEUTER. XXXII). Mais parce que vous avez appesanti sur eux votre bras, parce qu'en leur faveur vous avez rempli le monde d'épines qui les ont piqués, de chagrins qui les ont désolés, d'accidents et de malheurs qui les ont obligés à disparaître et à ne plus sortir de leur retraite, en leur donnant la mort, vous leur avez donné la vie, et les perdant en apparence, vous les avez sauvés. Ils n'ont point trouvé d'autre ressource que vous, et c'est pour cela qu'ils sont venus à vous : ils se sont jetés dans votre sein comme dans leur asile, et vous les y avez reçus; vous les y tenez en assurance, et vous les y conservez. *Cùm occideret eos revertebantur, et diluculò veniebant ad eum* (Ps. LXXVII).

Ce n'est pas qu'ils n'aient toujours bien des combats à soutenir; et c'est aussi ce que Dieu prétend : pourquoi? parce que ce sont ces combats, répond saint Ambroise, qui font leur mérite. Sans combat, point de victoire à remporter, et sans victoire, point de couronne à espérer. Vous vous étonnez, continue ce Père, que Dieu exerce ainsi ses plus fidèles serviteurs, et qu'il laisse au contraire les plus grands pécheurs dans une paix profonde : vous voulez savoir la raison de cette différence; elle est essentielle et très-naturelle : c'est que Dieu ne couronne que les vainqueurs et qu'il veut couronner ses élus; d'où il s'ensuit, par une conséquence nécessaire, qu'il doit donc leur fournir des sujets de triomphe. Mais la couronne n'étant point réservée aux pécheurs, il les laisse par une conduite tout opposée, sans leur donner ni à combattre ni à vaincre. Il en use comme les princes de la terre, ou plutôt les princes de la terre en usent eux-mêmes comme lui, et nous n'en sommes point surpris : nous ne croyons pas qu'ils abandonnent ceux qu'ils destinent à certaines dignités, quand, pour les mettre en état de s'avancer, ils les chargent de tant de soins, ou qu'ils les exposent à tant de périls; ce n'est dans l'estime du monde ni indifférence ni rigueur pour eux, c'est faveur et grâce.

Que dirai-je encore? et supposons même que ce soit, à l'égard des justes, rigueur de la part de Dieu; ne sera-ce pas toujours

une rigueur paternelle et toute miséricordieuse? Voici ma
pensée. Il n'est point d'homme de bien, quelque juste qu'il
puisse être, qui n'ait ses chutes à réparer et ses infidélités à
expier. Le plus innocent et le plus juste, selon l'idée que nous
en devons avoir dans la vie présente, n'est pas celui qui n'a
jamais péché, et qui ne pèche jamais; où est-il maintenant, et
où le trouve-t-on? mais celui qui a moins péché, et qui pèche
moins; celui qui a plus légèrement péché, et qui pèche encore
plus rarement; celui qui s'est relevé, et qui se relève plus
promptement de son péché. Quel qu'il soit, il est comptable à
Dieu de bien des dettes, et il faut indispensablement qu'il les
acquitte. Mais quand les acquittera-t-il? Si c'est après la mort,
quel jugement aura-t-il à subir, et quel châtiment! Il vaut donc
mieux pour lui que ce soit pendant la vie, et par les peines de
la vie. Or, voilà le temps en effet que Dieu choisit, voilà le
moyen qu'il emploie pour le châtier. C'est ce que saint Jérôme
écrivait à l'illustre Paule, et c'était ainsi qu'il la consolait dans
les pertes qu'elle avait faites, et dans la sensible douleur qu'elles
lui causaient. Pourquoi tant de larmes, lui remontrait-il, et
tant de regrets? Choisissez, et tenez-vous-en, pour vous soutenir,
à l'une de ces deux réflexions: Ou par le bon témoignage de
votre conscience, et sans blesser les sentiments d'humanité
chrétienne, vous vous considérez comme juste; et alors votre
consolation doit être que Dieu perfectionne votre vertu, qu'il
la met en œuvre, et lui fait sans cesse acquérir de nouveaux
degrés: ou le souvenir de vos chutes et la connaissance de vos
faiblesses vous portent à vous regarder comme criminelle; et
dans cette vue vous devez, pour soulager votre peine, et pour
la rendre non-seulement supportable, mais aimable, penser
que Dieu vous corrige, et qu'il vous donne de quoi le satisfaire
à peu de frais: *Elige; aut sancta es, probaris; aut peccatrix, et
emendaris* (HIERON.). Mais que ne corrige-t-il ce libertin? Ah!
mon cher auditeur, contentez-vous que votre Dieu vous aime,
et ne l'obligez point à vous rendre compte de la terrible justice
qu'il exerce sur les autres. Je vous l'ai déjà dit tant de fois, et
je ne puis trop vous le faire entendre; Dieu se venge d'autant
plus rigoureusement, qu'il diffère plus ses vengeances; et malheur à ces riches du siècle, à ces puissants du siècle, à ces su-

perbes et à ces orgueilleux du siècle, qu'il engraisse comme des victimes pour les jours de sa colère! C'est l'expression de Tertullien: *Quasi victima ad supplicium saginantur.*

Arrêtons-nous là, et pour conclusion de cette première partie, raisonnons, s'il vous plaît, un moment ensemble. Voilà donc, par cela seul que je viens de vous présenter, la Providence justifiée sur le partage qu'elle fait des prospérités et des adversités temporelles entre les justes et les pécheurs. Car cette justification doit se réduire à deux points: l'un, que Dieu, dès cette vie, prenne soin de ses élus; l'autre, que dès cette vie même il se tourne contre les pécheurs, et qu'il laisse agir contre eux sa justice. Or, éprouver ses élus, purifier ses élus, préserver ses élus, se les attacher d'un nœud plus étroit, leur faire amasser mérites sur mérites pour les faire monter à un plus haut point de gloire, et lever par de légères satisfactions le seul obstacle qui pourrait retarder leur bonheur, ne sont-ce pas là les soins salutaires d'une miséricorde également sage et bienfaisante? Mais, par une règle toute contraire, livrer les pécheurs à eux-mêmes et à leurs passions; ne point troubler un repos mortel où ils demeurent tranquillement endormis; ne répandre jamais l'amertume sur de fausses douceurs qui les corrompent; les laisser dans une élévation qui les enfle, dans un éclat qui les éblouit, dans une abondance qui leur inspire la mollesse, dans une vie voluptueuse qui les entretient en toutes sortes de désordres, dans un oubli du salut et dans un état d'impénitence qui les conduit à une mort éprouvée, ne sont-ce pas là les coups redoutables d'une justice d'autant plus à craindre qu'elle se fait moins connaître? Ce qui nous trompe, c'est que nous ne jugeons des choses que par rapport au temps où nous sommes et qui passe, mais que Dieu en juge par rapport à l'éternité où nous nous trouverons un jour et qui ne passera jamais. Or, de ces deux règles quelle est la meilleure et la plus avantageuse? J'en conviens, dit saint Augustin: selon la première, le pécheur a droit, ce semble, d'insulter au juste et de lui demander, où est votre Dieu? *Ubi est Deus tuus* (Ps. XLI)? mais selon l'autre, qui des deux est sans contredit la plus droite et l'unique même qu'il y ait à suivre, le juste peut bien répondre aux insultes du pécheur: mon heure n'est pas encore venue, ni la vôtre;

attendons, l'une et l'autre viendra, et c'est alors que je vous demanderai, où sont ces dieux que vous adoriez et en qui vous mettiez toute votre confiance? où est cette félicité dont le goût vous enchantait et dont vous étiez idolâtre? que ne la rappelez-vous, pour vous retirer de l'éternelle misère où vous êtes tombé? *Ubi sunt dii eorum, in quibus habebant fiduciam* (DEUTER. XXXII)?

Ainsi, mon cher auditeur, ce qui vous reste, c'est d'entrer dans les vues de votre Dieu qui vous afflige, et de seconder par votre patience ses desseins; et le regret le plus vif qui doit présentement vous toucher, c'est peut-être de n'avoir point encore profité d'un talent que vous pouviez faire valoir au centuple, c'est d'avoir trop écouté les sentiments d'une défiance toute naturelle, et de les avoir fait éclater par des plaintes si injurieuses à la providence du Maître qui veille sur vous; c'est d'avoir trop prêté l'oreille aux discours séducteurs du monde touchant votre infortune et le malheur apparent de votre condition; c'est d'avoir trop cherché à exciter la compassion des hommes, pour en recevoir de vains soulagements, lorsque vous deviez vous regarder comme un sujet digne d'envie, et ne mettre votre appui que dans la foi; c'est de n'avoir pas assez compris la vérité de ces grandes maximes de l'Évangile : que bienheureux sont les pauvres, parce que le royaume céleste leur appartient; que bienheureux sont ceux qui souffrent persécution sur la terre et qui pleurent, parce qu'ils seront éternellement consolés dans le ciel. Mais, Seigneur, me voici désormais instruit, et j'en sais plus qu'il ne faut pour éclaircir tous mes doutes et pour arrêter toutes les inquiétudes de mon esprit. De tant de raisons, une seule devait suffire, et même sans tant de raisons, n'était-ce pas assez de savoir que, quoi qu'il m'arrive, c'est vous qui l'avez voulu? Ordonnez, mon Dieu, comme il vous plaira, et faites de moi tout ce qu'il vous plaira. Que l'impie à son gré domine le juste, qu'il le foule sous les pieds, et que je sois le plus maltraité de tous, je ne m'écrierai point comme ces apôtres éperdus : *Domine, salva nos, perimus:* aidez-nous, Seigneur, nous voilà sur le point de périr; mais me reposant sur votre infinie sagesse et votre souveraine miséricorde, je vous dirai avec un de vos plus fidèles prophètes : *In te, Domine, speravi, non confundar* (Ps. XXX) : C'est en vous, mon Dieu, que j'espère;

mon espérance ne sera point trompée, car je suis certain que tout ira bien pour moi tant que je me confierai en vous, et que dans cette conduite de votre providence qui paraît si surprenante aux hommes, il n'y a rien, non-seulement qui doive ébranler leur foi, mais qui ne la doive confirmer. C'est la seconde partie.

SECONDE PARTIE.

Oui, chrétiens, s'il y a un motif capable de me confirmer dans la foi et d'affermir mon espérance, c'est de voir que les impies s'élèvent et qu'ils prospèrent dans le monde, pendant que les justes sont dans l'abaissement et dans l'adversité. Cette proposition vous paraît d'abord un paradoxe; mais je vais l'examiner avec vous, et bientôt vous en découvrirez avec moi l'incontestable vérité; nous la trouverons fondée sur les principes les plus solides et même les plus évidents de la raison naturelle, de l'expérience, de la religion. Appliquez-vous à ceci : j'ose dire que c'est le point essentiel d'où dépend toute la morale chrétienne. En effet, de voir les calamités des justes sur la terre, et la prospérité des pécheurs (ce qui nous semble un désordre), c'est un des arguments les plus forts et les plus sensibles pour nous convaincre qu'il y a une autre vie que celle-ci, et que nos âmes ne meurent point avec nos corps; qu'il y a une récompense, une gloire, un salut à espérer après la mort, que toutes nos prétentions ne sont point bornées à la condition présente où nous sommes, et que Dieu nous réserve à quelque chose de meilleur et de plus grand : voilà le principe de la raison. Je dis plus, c'est ce qui nous montre que Jésus-Christ notre Maître, en qui nous nous confions, est fidèle dans sa parole, que ses prédictions sont vraies, qu'il ne nous a point trompés, et que nous pouvons compter avec assurance sur ses promesses, puisqu'elles ont déjà leur accomplissement : voilà le principe de l'expérience. Enfin, c'est ce qui se justifie, parce que rien n'est plus conforme à l'ordre établi de Dieu dans la prédestination des hommes, que les souffrances des justes et les avantages temporels des pécheurs : voilà le principe de la religion. Or, je vous demande si ce ne sont pas là trois considérations bien puissantes pour soutenir notre confiance. Je sais qu'il y a une vie future où je suis appelé, une vie bienheureuse qui m'est destinée, et ma raison me le fait connaître. Je sais que tout ce que le Fils de Dieu a prédit devoir arriver, soit aux justes, soit aux pécheurs, est certain; par conséquent je puis faire fond sur tout ce qu'il m'a promis, et j'en ai déjà la preuve dans ma propre expérience. Je sais et je reconnais visiblement que la prédestination des hommes, de la manière que Dieu l'a conçue et l'a dû concevoir, que tout ce qu'il a réglé et ordonné sur cela, commence à s'exécuter. Dès qu'on est instruit de ces trois choses, y a-t-il une foi si faible et si chancelante, qui ne se fortifie, qui ne se réveille, qui ne se ranime tout entière : or, voilà, je le répète, ce qui s'ensuit évidemment de l'état de peine et d'afflictions où nous voyons les justes, tandis que les pécheurs vivent dans l'opulence et dans le plaisir. Reprenons, et mettons dans leur jour ces trois pensées.

Il n'y a point de libertin, soit de mœurs, soit de créance, qui ne cessât de l'être s'il était persuadé qu'il y a une autre vie : ce qui fait son libertinage, c'est qu'il ne croit pas, ou qu'il ne croit qu'à demi, qu'il y ait quelque chose de réel et de vrai en tout ce qu'on lui dit de cette vie future où nous aspirons comme au terme de notre course et à l'objet de notre espérance. Quoi qu'il en puisse penser (car ce n'est point à lui présentement que je m'adresse, ni pour lui que je parle), moi qui crois un Dieu, créateur de l'univers, voici, pour me rassurer et pour entretenir toujours dans mon cœur les sentiments d'une foi vive et d'une ferme confiance, comment je me sers de cette étrange diversité de conditions où se trouvent les gens de bien et les impies. Je dis en moi-même : le parti de la vertu est communément opprimé dans le monde : celui du vice y est dominant et triomphant; on y voit des justes dépouillés de tout et misérables, des amis de Dieu persécutés, des saints méprisés et abandonnés. Que dois-je conclure de là ? qu'il y a donc pour le juste après la vie présente, d'autres biens à espérer que ces biens visibles et périssables qui lui sont refusés. C'est ce que les Pères de l'Église ont toujours conclu, et c'est la grande preuve qu'ils ont toujours employée contre ces hérétiques qui, prévenus de la connaissance de Dieu, voulaient néanmoins douter de l'immortalité de nos âmes. Lisez sur cette matière l'excellent traité de Guillaume de Paris, ou plutôt écoutez-en le précis que je fais en peu de paroles. Après bien d'autres raisonnements tirés de la nature de l'homme, il en revient toujours à celui-ci, comme au plus pressant et au plus convaincant. Vous convenez avec moi, dit-il, de l'existence d'un premier Être; vous reconnaissez un Dieu : mais répondez-moi, ce Dieu aime-t-il ceux qui le servent et qui tâchent à lui plaire? S'il ne les aime pas et qu'il ne s'intéresse point pour eux, où est sa sagesse et sa bonté? s'il les aime, quand le fait-il paraître? Ce n'est pas dans cette vie, puisqu'il les y laisse dans l'affliction; ce n'est pas dans l'autre vie, puisque vous prétendez qu'il n'y en a point. Cherchez, ajoute ce saint évêque, ayez recours à toutes les subtilités que votre esprit peut imaginer; vous ne satisferez jamais à cette difficulté, qu'en avouant l'âme immortelle, et confessant avec moi qu'après la mort il y a un état de vie où Dieu doit récompenser chacun selon ses mérites. Car ce Dieu devant être, comme Dieu, parfait dans toutes ses qualités, il doit avoir une parfaite justice : or une justice parfaite doit nécessairement porter à un jugement parfait. Ce jugement parfait ne s'accomplit pas en ce monde, puisque les plus impies y sont quelquefois les plus heureux; il faut donc qu'il s'accomplisse en l'autre, et par conséquent qu'il y ait un autre siècle à venir, qui est celui que nous attendons. Sans cela, poursuit le même Père, on pourrait dire que les justes seraient des insensés, et que les impies seraient les vrais sages : pourquoi? parce que les impies chercheraient les véritables et solides biens, en s'attachant à la vie présente, au lieu que les justes souffriraient beaucoup, et se consumeraient de travaux, dans l'attente d'un bien imaginaire. Voyez-vous, chrétiens, comment ce savant évêque tirait des adversités des justes une raison invincible pour établir la foi d'une vie et d'une béatitude éternelles!

C'est aussi ce que prétendait saint Augustin dans l'exposition du Psaume xc1e, lorsque, parlant à un chrétien troublé de la vue de ses misères et du renversement qui paraît dans la conduite du monde, il allègue cette même raison pour lui inspirer une force à l'épreuve des événements les plus fâcheux. Voulez-vous avoir, dit-il, toute la longanimité des saints, considérez l'éternité de Dieu; alors les plus tristes accidents, bien loin de vous

abattre, seront pour vous autant de motifs d'une foi et d'une
espérance plus constante que jamais. Car quand vous vous troublez, parce que la vertu est maltraitée sur la terre, et que le
vice y est honoré, vous raisonnez sur un faux principe, et vous
êtes dans l'erreur. Vous n'avez égard qu'à ce petit nombre de
jours dont votre vie est composée, comme si dans ce peu de
jours tous les desseins de Dieu devaient s'accomplir sur les
hommes : *Attendis ad dies tuos paucos, et diebus tuis paucis vis
impleri omnia* (AUGUST.) : c'est-à-dire, que vous voudriez voir
dès maintenant tous les justes couronnés et récompensés, et les
impies frappés de tous les fléaux de la justice divine : que vous
voudriez que Dieu ne différât point, et que l'un et l'autre
s'exécutât dans la brièveté de vos années. Mais c'est ce que
vous ne devez pas demander. Dieu fera l'un et l'autre en son
temps, quoiqu'il ne le fasse pas dans le vôtre. Le temps de Dieu
c'est l'éternité, et le vôtre c'est cette vie mortelle : votre temps
est court, mais le temps de Dieu est infini. Or Dieu n'est pas
obligé de faire toutes choses dans votre temps; c'est assez qu'il
les fasse dans le sien : *Implebit Deus in tempore suo* (IDEM.). Et
c'est pourquoi je vous dis que si vous voulez vous affermir dans
votre foi et soutenir votre espérance, vous n'avez qu'à vous
remettre sans cesse dans l'esprit l'éternité de Dieu. Comment
cela? parce que témoin de l'injustice apparente avec laquelle
Dieu semble traiter les hommes sur la terre, se montrant si
rigoureux pour ses amis et si favorable à ses ennemis, vous
tirerez cette conséquence, qu'il prépare donc aux uns et aux
autres une éternité, où il leur rendra toute la justice qui leur
est due, puisqu'il la leur rend si peu dans le temps. Tout ceci est
de saint Augustin, et ce sont ses propres paroles que je rapporte.

C'est cette même vue d'une éternité qui a rendu les saints
invincibles dans les plus violentes tentations. Quand est-ce que
Job parlait de la vie future et immortelle avec une certitude
plus absolue et une foi plus vive? Ce fut lorsqu'il se trouva sans
biens, sans maisons, sans famille, privé de tout secours et réduit sur le fumier : *Scio quod Redemptor meus vivit* (JOB XIX).
Oui je sais, disait-il, que mon Rédempteur est vivant, et que
moi-même je vivrai éternellement avec lui. Je n'en ai pas seulement une révélation obscure, mais une espèce d'évidence :

15

Scio. Et d'où l'apprenait-il? demande saint Grégoire pape : de
ses souffrances mêmes et de toutes les calamités dont il était
affligé. Quand est-ce que David eut une connaissance plus claire
et plus distincte des biens éternels, et qu'il s'en expliqua comme
s'il eût eu devant les yeux le ciel ouvert : *Credo videre bona
Domini in terra viventium ?* (Ps. xxvi). Ce fut dans le temps
que Saül le persécutait avec plus de fureur. Ah! s'écriait-il, je
crois déjà voir la gloire que Dieu destine à ses élus, et il me
semble qu'elle se découvre à moi avec tout son éclat. Mais,
divin prophète, comment la voyez-vous? les afflictions, les
maux vous assiégent de toutes parts, et vous prétendez apercevoir au milieu de tout cela les biens du Seigneur? Mais c'est
en cela même, répond saint Jean Chrysostôme, c'est dans les
maux dont il était assiégé qu'il trouvait des gages certains qui
l'assuraient pour une autre vie de la possession des biens du
Seigneur. Car sa raison seule lui dictait au fond de l'âme que
les maux qu'il avait à souffrir de la part de Saül étant contre
toute justice, il était de la providence de Dieu qu'il y eût dans
l'avenir un autre état où son innocence fût reconnue et sa
patience glorifiée; et voilà ce qu'il entendait et ce qu'il voulait
faire entendre, quand il disait : *Credo videre bona Domini
in terra viventium.*

Nous avons encore, chrétiens, quelque chose de plus, ce sont
les prédictions de Jésus-Christ, dont notre propre expérience
nous fait voir l'accomplissement dans les souffrances des justes
et dans la prospérité des pécheurs. Ceci n'est pas moins digne
de vos réflexions. Si le Fils de Dieu avait dit dans l'Évangile que
ceux qui s'attacheraient à le suivre et qui marcheraient après
lui, seraient exempts en ce monde de toute peine, à couvert
de toute disgrâce, comblés de richesses, toujours dans le plaisir, et qu'il n'y aurait de chagrins et de traverses que pour les
impies; alors, je l'avoue, notre foi pourrait s'affaiblir à la vue
de l'homme de bien dans l'indigence, l'humiliation, la douleur,
et du libertin dans la fortune, l'autorité, l'élévation. Il me
serait difficile de résister aux sentiments de défiance qui naî-
traient dans mon cœur: pourquoi? parce que je me croirais
trompé par Jésus-Christ même, et que j'éprouverais tout le contraire de ce qu'il m'aurait promis. Mais quand je consulte les

sacrés oracles sortis de la bouche de ce Dieu Sauveur, et que je
les vois accomplis de point en point dans la conduite de la
Providence; quand j'entends ce Sauveur adorable dire clairement et sans équivoque à ses disciples : Le monde se réjouira,
et vous serez dans la tristesse : *Mundus gaudebit, vos autem con-
tristabimini* (JOAN. XVI); quand je l'entends leur déclarer dans
les termes les plus exprès qu'ils seront en butte aux persécutions des hommes; leur faire le détail des croix qu'ils auront à
porter, des mauvais traitements qu'ils auront à essuyer; leur
marquer là-dessus toutes les circonstances et conclure en les
avertissant que s'il leur annonce par avance toutes ces choses,
c'est afin qu'ils n'en soient point surpris ni scandalisés lorsqu'elles arriveront : *Hæc locutus sum vobis ut non scandalisemini*
(IBID.), et afin qu'ils se souviennent qu'il les leur avait prédites:
Ut cum venerit hora, eorum reminiscamini, quia ego dixi vobis
(IBID.) : quand, dis-je, tout cela se présente à mon esprit, et
que tout cela s'exécute à mes yeux, que j'en suis instruit par
moi-même, et que j'en ai les exemples les plus sensibles et les
plus présents, est-il possible que ma confiance ne redouble pas,
et qu'elle ne tire pas de là un accroissement tout nouveau? Si
je voyais tous les pécheurs dans l'infortune et tous les justes
dans le bonheur humain, c'est ce qui m'étonnerait, parce que
je ne verrais pas la parole de Jésus-Christ vérifiée. Mais tandis
que les gens de bien souffriront, et que les impies auront tous
les avantages du siècle, je ne craindrai rien, je me consolerai,
je me soutiendrai dans mon espérance. Car, voici comment je
pourrai raisonner. Le même Fils de Dieu qui a dit aux justes,
vous serez dans l'affliction, leur a dit aussi, votre tristesse se
changera en joie : *Tristitia vestra vertetur in gaudium* (IBID.). Le
même qui leur a prédit leurs peines et leurs adversités, s'est
engagé à leur donner son royaume, et dans ce royaume céleste
une félicité parfaite. Or, il n'est pas moins infaillible dans l'un
que dans l'autre, pas moins vrai quand il annonce le bien que
lorsqu'il annonce le mal, puisqu'il est toujours la vérité éternelle. Comme donc l'événement a justifié et justifie sans cesse
ce qu'il a prévu des afflictions de ses élus, il en sera de même
de la gloire qu'il leur fait espérer. De là je prends le sentiment
du grand apôtre, et je dis avec lui : je souffre, mais je souffre

sans me plaindre, et je n'en suis point déconcerté ni inquiet; car je sais en qui je me confie et sur la parole de qui je me repose; je le sais, et je suis certain, non-seulement qu'il peut faire pour moi tout ce qu'il m'a promis, mais qu'il le veut et qu'il le fera, puisqu'il me l'a promis, et à tous ceux qui se disposent dans le silence et la soumission au jour bienheureux où il viendra reconnaître ses prédestinés et remplir leur attente.

Est-ce tout? Non, mes chers auditeurs; mais je finis par un point qui me paraît, et qui doit vous paraître, comme à moi, le plus essentiel. Car, dans cette assemblée, je m'adresse à celui de tous que Dieu connaît le plus juste, et que Dieu toutefois a moins pourvu de ses dons temporels : qu'il m'écoute et qu'il me comprenne, c'est à lui que je parle. Il est vrai, mon cher frère, et je ne puis l'ignorer, votre sort parmi les hommes est triste et fâcheux; mais par là, si je puis m'exprimer de la sorte, à quel sceau vous trouvez-vous marqué? A celui que doivent porter les élus, à celui qui les distingue comme élus, en un mot, à celui du Fils unique de Dieu, le chef et l'exemplaire des élus. Tellement, que vous entrez ainsi dans l'ordre de votre prédestination, et que Dieu commence à exécuter le décret qu'il en a formé. Je m'explique, et je vais mieux vous faire entendre ce mystère du salut. On vous l'a dit cent fois après l'apôtre, et c'est un principe de notre foi, que Jésus-Christ, étant le modèle des prédestinés, il faut, pour être glorifié comme lui, avoir une sainte ressemblance avec lui. Car, selon l'excellente et sublime théologie du docteur des nations, tel est l'indispensable condition que Dieu demande pour faire part de sa gloire à ses élus, et c'est ainsi qu'il les a choisis : *Quos præscivit et prædestinavit conformes fieri imaginis Filii sui* (Rom. v). Or, il est évident que Jésus-Christ a vécu sur la terre dans le même état où Dieu permet que le juste soit réduit, qu'il a marché dans la même voie, qu'il a été exposé aux mêmes rebuts, aux mêmes mépris, aux mêmes contradictions. O profondeur des conseils de la divine Sagesse! Tibère régnait en souverain sur le trône, et le Fils de Dieu obéissait à ses ordres. Pilate était revêtu de la suprême autorité, et le Fils de Dieu comparaissait devant lui. Voilà comment Dieu opérait par Jésus-

Christ le salut des hommes, et voilà, mon cher auditeur, comment il opère ou comment il consomme le vôtre par vous-même. Il vous imprime les caractères de son Fils, il grave dans vous ses traits et son image. Sans cela tout serait à craindre pour vous : mais avec cela que ne pouvez-vous point espérer, puisque c'est l'exécution des favorables desseins de Dieu sur votre personne? *Quos præscivit et prædestinavit conformes fieri imaginis Filii sui.*

Vous me dites : L'on a vu et l'on voit encore des gens de bien riches et opulents, honorés et distingués dans le monde. J'en conviens : mais sur cela je réponds trois choses. En effet, s'il n'y avait de justes et d'élus que les pauvres et les petits; que ceux qui, par l'obscurité de leur condition ou par le désordre de leurs affaires, occupent les derniers rangs, les autres états seraient donc exclus du royaume de Dieu, ce seraient donc par eux-mêmes des états réprouvés, il y faudrait donc nécessairement renoncer. Or, il était néanmoins de la Providence d'établir dans la société des hommes ces états, et il est toujours de la même Providence de les y maintenir : d'où il s'ensuit que Dieu n'a donc pas dû y attacher une damnation inévitable, et qu'au contraire il devait y faire paraître des exemples de sainteté, afin de ne pas jeter dans un désespoir absolu tous ceux qui s'y trouveraient engagés. Je vais plus loin, et j'ajoute que, si les saints se sont vus quelquefois dans l'état d'une prospérité humaine, c'est ce qui les faisait trembler; que c'est ce qui les entretenait dans une défiance continuelle d'eux-mêmes; que c'est ce qui les humiliait, ce qui les confondait devant Dieu. Pourquoi? Parce que, ne reconnaissant point, dans leur prospérité, l'image de Jésus-Christ souffrant, ils craignaient que Dieu ne les eût rejetés, et de ne régner jamais avec Jésus-Christ glorieux et triomphant. De là, pour suppléer à ce qui leur manquait, et pour acquérir cette conformité si nécessaire, que faisaient-ils? Observez-le bien, c'est ce que j'ai en dernier lieu à répondre. Ils ne quittaient pas pour cela leur condition, parce qu'ils s'y croyaient appelés et qu'ils voulaient obéir à Dieu; mais sous les dehors spécieux d'une condition aisée et commode, ils conservaient toute l'abnégation chrétienne, et portaient sur leur corps toute la mortification de leur Sauveur.

Sans renoncer à leur état, ni à certain extérieur de leur état, ils renonçaient à ses douceurs, et surtout ils se renonçaient eux-mêmes. Au milieu de l'abondance ils savaient bien ressentir les incommodités de la pauvreté ; au milieu des honneurs, ils trouvaient bien des moyens pour se contenir dans les sentiments et s'exercer dans les actes d'une profonde humilité ; au milieu des divertissements mondains, où quelquefois ils semblaient avoir part, ils n'oubliaient pas les devoirs de la pénitence, et là même souvent la pratiquaient-ils dans toute son austérité : tout cela afin d'être du nombre de ceux dont l'apôtre a dit : *Quos præscivit et prædestinavit conformes fieri imaginis Filii sui.*

Vous me direz encore qu'on a vu des pécheurs et qu'on en voit dans les mêmes adversités que les justes, et aussi affligés qu'eux. Il est vrai : mais sans examiner toutes les raisons pourquoi Dieu ne veut pas ni ne doit pas vouloir que le vice prospère toujours, je me contenterai d'une réponse que j'ai à vous faire, et qui servira de preuve à l'importante vérité que je vous prêche. C'est que pour ces pécheurs, sujets comme les justes aux revers et aux disgrâces de la vie, une des plus précieuses et des plus sensibles marques, selon la doctrine de tous les Pères, que Dieu ne les a pas entièrement abandonnés, ce sont leurs souffrances mêmes et leurs peines ; que le plus grand de tous les malheurs pour eux, ce serait d'être ménagés, d'être flattés, de n'être jamais traversés dans le crime ; que la dernière ressource qui leur reste pour rentrer dans la voie du salut et pour être reçus dans le sein de la miséricorde, est que Dieu à présent les châtie, qu'en les châtiant il les corrige, qu'en les corrigeant il les réforme, et que ce renouvellement et cette réformation de mœurs retrace dans eux l'image de son Fils qu'ils y avaient effacée : de sorte qu'il en faut toujours revenir à la parole du Maître des Gentils : *Quos præscivit et prædestinavit conformes fieri imaginis Filii sui.*

Plaise au ciel, mes chers auditeurs, que vous ayez bien compris ce mystère de grâce et de sanctification que j'avais à développer ; que dans les coups dont Dieu vous frappe, vous reconnaissiez l'amour qui l'intéresse pour vous ; que le juste ranime son espérance, et qu'il se soutienne par sa patience ; que le pécheur ébloui du vain éclat qui l'environne, et enivré d'une trompeuse félicité qui le séduit, se détrompe enfin des idées qu'il en avait conçues, et que désormais il en détache son cœur pour l'attacher à des biens plus solides. Vous cependant, ô mon Dieu ! ne changez rien à l'ordre des choses que votre Providence a réglées : agissez selon vos vues, et non selon les nôtres. Vos vues sont infinies, et les nôtres sont bornées ; vos vues sont toutes pures, et les nôtres sont toutes terrestres ; vos vues ne tendent qu'à nous sauver, et les nôtres ne tendent qu'à nous perdre. Si la nature se révolte, si les sens murmurent, ah ! Seigneur, n'accordez ni à la nature indocile, ni aux sens aveugles et charnels ce qu'ils demandent. Ne nous livrez pas à nos désirs, et ne nous écoutez pas, comme vous écoutiez autrefois dans votre colère le peuple juif. Mais suivez toujours vos adorables desseins, et quoi qu'il nous en doive coûter, exécutez-les pour votre gloire et pour notre bonheur éternel, etc.

SERMON

SUR LA PENSÉE DE LA MORT

Memento, homo, quia pulvis es, et in pulverem reverteris.

Souvenez-vous, homme, que vous êtes poussière, et que vous retournerez en poussière.

Il serait difficile de ne s'en pas souvenir, chrétiens, lorsque la Providence nous en donne une preuve si récente, mais si douloureuse pour nous, et si sensible. Cette église où nous sommes assemblés, et que nous vîmes, il n'y a que trois jours, occupée à pleurer la perte de son aimable[1] prélat, et à lui rendre les devoirs funèbres, nous prêche bien mieux par son deuil cette vérité, que je ne le puis faire par toutes mes paroles. Elle regrette un pasteur qu'elle avait reçu du ciel comme un don précieux, mais que la mort, par une loi commune à tous les hommes, vient de lui ravir. Ni la noblesse du sang, ni l'éclat de la dignité, ni la sainteté du caractère, ni la force de l'esprit, ni les qualités du cœur, d'un cœur bienfaisant, droit, religieux, ennemi de l'artifice et du mensonge, rien ne l'a pu garantir du coup fatal qui nous l'a enlevé, et qui, du siége le plus distingué de notre France, l'a fait passer dans la poussière du tombeau. Vous, Messieurs, qui composez ce Corps vénérable dont il était le digne chef; vous qui, par un droit naturellement acquis, êtes maintenant les dépositaires de sa puissance spirituelle, et que nous reconnaissons à sa place comme autant de Pères et de pasteurs; vous, sous l'autorité et avec la bénédiction de qui je monte dans cette chaire pour y annoncer l'Évangile, vous n'avez pas oublié, et jamais oublierez-vous les témoi-

---

1. M. de Péréfixe, archevêque de Paris.

gnages de bonté, d'estime, de confiance que vous donna jusqu'à son dernier soupir cet illustre mort, et qui redoublent
d'autant plus votre douleur, qu'ils vous font mieux sentir ce
que vous avez perdu, et qu'ils vous rendent sa mémoire plus
chère ?

Cependant, après nous être acquitté de ce qu'exigeaient de
nous la piété et la reconnaissance, il est juste, mes chers auditeurs, que nous fassions un retour sur nous-mêmes, et que
pour profiter d'une mort si chrétienne et si sainte, nous joi-
gnions la cendre de son tombeau à celle que nous présente
aujourd'hui l'Église [1], et nous tirions de l'une et de l'autre une
importante instruction ; car telle est notre destinée temporelle.
Voilà le terme où doivent aboutir tous les desseins des hommes
et toutes les grandeurs du monde ; voilà l'unique et la solide
pensée qui doit partout et en tout temps nous occuper : *Memento, homo, quia pulvis es, et in pulverem reverteris*. Souvenez-vous, qui que vous soyez, riches ou pauvres, grands ou
petits, monarques ou sujets, en un mot, hommes, tous en
général, chacun en particulier, souvenez-vous que vous n'êtes
que poudre, et que vous retournerez en poudre. Ce souvenir
ne vous plaira pas ; cette pensée vous blessera, vous troublera,
vous affligera : mais en vous blessant elle vous guérira ; en
vous troublant et en vous affligeant, elle vous sera salutaire ; et
peut-être, comme salutaire, vous deviendra-t-elle enfin non-
seulement supportable, mais consolante et agréable. Quoi qu'il
en soit, je veux vous en faire voir les avantages, et c'est par là
que je commence le cours de mes prédications.

Divin Esprit, vous qui d'un charbon de feu purifiâtes les
lèvres du prophète et les fîtes servir d'organe à votre adorable
parole, purifiez ma langue, et faites que je puisse dignement
remplir le saint ministère que vous m'avez confié. Éloignez de
moi tout ce qui n'est pas de vous ; ne m'inspirez point d'autres
pensées que celles qui sont propres à toucher, à persuader, à
convertir. Donnez-moi comme à l'Apôtre des nations, non pas
une éloquence vaine, qui n'a pour but que de contenter la
curiosité des hommes, mais une éloquence chrétienne, qui,

---

1. Ce Sermon fut prêché le mercredi des Cendres.

tirant toute sa vertu de votre Évangile, a la force de remuer les
consciences, de sanctifier les âmes, de gagner les pécheurs et
de les soumettre à l'empire de votre Loi. Préparez les esprits de
mes auditeurs à recevoir les saintes lumières qu'il vous plaira
de me communiquer; et comme en leur parlant je ne dois point
avoir d'autre vue que leur salut, faites qu'ils m'écoutent avec
un désir sincère de ce salut éternel que je leur prêche, puisque
c'est l'essentielle disposition à toutes les grâces qu'ils doivent
attendre de vous. C'est ce que je vous demande, Seigneur, et
pour eux et pour moi, par l'intercession de Marie, à qui j'adresse
la prière ordinaire. *Ave, Maria.*

C'est un principe dont les sages même du paganisme sont
convenus, que la grande science ou la grande étude de la vie
est la science ou l'étude de la mort; et qu'il est impossible à
l'homme de vivre dans l'ordre et de se maintenir dans une
vertu solide et constante, s'il ne pense souvent qu'il doit mourir.
Or je trouve que toute notre vie, ou pour mieux dire, tout ce
qui peut être perfectionné dans notre vie, et par la raison et
par la foi, se rapporte à trois choses, à nos passions, à nos
délibérations et à nos actions. Je m'explique. Nous avons dans
le cours de la vie des passions à ménager, nous avons des conseils à prendre, et nous avons des devoirs à accomplir. En cela,
pour me servir du terme de l'Écriture, consiste tout l'homme;
tout l'homme, dis-je, raisonnable et chrétien : *Hoc est enim
omnis homo* (Eccl. xii). Des passions à ménager, en réprimant
leurs saillies et en modérant leurs violences; des conseils à
prendre, en se préservant et des erreurs qui les accompagnent,
et des repentirs qui les suivent; des devoirs à accomplir, et
dont la pratique doit être prompte et fervente. Or pour tout
cela, chrétiens, je prétends que la pensée de la mort nous suffit,
et j'avance trois propositions que je vous prie de bien comprendre, parce qu'elles vont faire le partage de mon discours.
Je dis que la pensée de la mort est le remède le plus souverain
pour amortir le feu de nos passions, c'est la première partie.
Je dis que la pensée de la mort est la règle la plus infaillible
pour conclure sûrement dans nos délibérations, c'est la seconde.
Enfin, je dis que la pensée de la mort est le moyen le plus

efficace pour nous inspirer une sainte ferveur dans nos actions, c'est la dernière. Trois vérités dont je veux vous convaincre, en vous faisant sentir toute la force de ces paroles de mon texte : *Memento, homo, quia pulvis es, et in pulverem reverteris.* Vos passions vous emportent, et souvent il vous semble que vous n'êtes pas maître de votre ambition et de votre cupidité; *Memento*, souvenez-vous, et pensez ce que c'est que l'ambition et la cupidité d'un homme qui doit mourir. Vous délibérez sur une matière importante, et vous ne savez à quoi vous résoudre; *Memento*, souvenez-vous, et pensez quelle résolution il convient de prendre à un homme qui doit mourir. Les exercices de la religion vous fatiguent et vous lassent, et vous vous acquittez négligemment de vos devoirs; *Memento*, souvenez-vous, et pensez comment il importe de les observer à un homme qui doit mourir. Tel est l'usage que nous devons faire de la pensée de la mort, et c'est aussi tout le sujet de votre attention.

PREMIÈRE PARTIE.

Pour amortir le feu de nos passions, il faut commencer par les bien connaître; et pour les connaître parfaitement, dit saint Chrysostôme, il suffit de bien comprendre trois choses, savoir : que nos passions sont vaines, que nos passions sont insatiables, et que nos passions sont injustes; qu'elles sont vaines, par rapport aux objets à quoi elles s'attachent; qu'elles sont insatiables et sans bornes, et par là incapables d'être jamais satisfaites et de nous satisfaire nous-mêmes; enfin, qu'elles sont injustes dans les sentiments présomptueux qu'elles nous inspirent, lorsque aveuglés et enflés d'orgueil nous prétendons nous distinguer en nous élevant au-dessus des autres. Voilà en quoi saint Chrysostôme a fait particulièrement consister le désordre des passions humaines; il nous fallait donc, pour en réprimer les saillies et les mouvements déréglés, quelque chose qui nous en découvrît sensiblement la vanité; qui, les soumettant à la loi d'une nécessité souveraine, les bornât dans nous malgré nous, et qui, faisant cesser toute distinction, les réduisît au grand principe de la modestie, c'est-à-dire à l'égalité que Dieu a mise entre tous les hommes, et nous obligeât, qui que nous soyons, à nous rendre au moins justice, et à rendre aux autres sans peine les devoirs de la charité; or, ce sont, mes chers auditeurs, les merveilleux effets que produit infailliblement dans les âmes touchées de Dieu le souvenir et la pensée de la mort. Écoutez-moi, et ne perdez rien d'une instruction si édifiante.

Nos passions sont vaines; et pour nous en convaincre, il ne s'agit que de nous former une juste idée de la vanité des objets auxquels elles s'attachent : cela seul doit éteindre dans nos cœurs ce feu de la concupiscence qu'elles y allument, et c'est l'importante leçon que nous fait le Saint-Esprit dans le livre de la Sagesse; car, avouons-le, chrétiens, quoiqu'à notre honte, tandis que les biens de la terre nous paraissent grands, et que nous les supposons grands, il nous est comme impossible de ne les pas aimer, et en les aimant, de n'en pas faire le sujet de nos plus ardentes passions. Quelque raison qui s'y oppose, quelque loi qui nous le défende, quelque vue de conscience et de religion qui nous en détourne, la cupidité l'emporte; et, préoccupés de l'apparence spécieuse du bien qui nous flatte et qui nous séduit, nous fermons les yeux à toute autre considération, pour suivre uniquement l'attrait et le charme de notre illusion. Si nous résistons quelquefois, et si, pour obéir à Dieu, nous remportons sur nous quelque victoire, cette victoire, par la violence qu'elle nous coûte, est une victoire forcée; la passion subsiste toujours, et l'erreur où nous sommes, que ces biens, dont le monde est idolâtre, sont des biens solides, capables de nous rendre heureux, nous fait concevoir des désirs extrêmes de les acquérir, une joie immodérée de les posséder, des craintes mortelles de les perdre; nous nous affligeons d'en avoir peu, nous nous applaudissons d'en avoir beaucoup, nous nous alarmons, nous nous troublons, nous nous désespérons à mesure que ces biens nous échappent, et que nous nous en voyons privés. Pourquoi? Parce que notre imagination, trompée et pervertie, nous les représente comme des biens réels et essentiels dont dépend le parfait bonheur.

Pour nous en détacher, dit saint Chrysostôme, le moyen sûr et immanquable est de nous en détromper; car du moment que nous en comprenons la vanité, ce détachement nous devient facile, il nous devient même comme naturel; ni l'ambition ni

l'avarice, si j'ose m'exprimer ainsi, n'ont plus sur nous aucune
prise : bien loin que nous nous empressions pour nous procurer par des voies indirectes et illicites les avantages du monde,
convaincus de leur peu de solidité, à peine pouvons-nous même
gagner sur nous d'avoir une attention raisonnable à conserver
les biens dont nous nous trouvons légitimement pourvus; et
cela fondé sur ce que les biens du monde, supposé cette conviction, ne nous paraissent presque plus valoir nos soins, beaucoup moins nos empressements et nos inquiétudes : or d'où
nous vient cette conviction salutaire? du souvenir de la mort,
saintement méditée et envisagée dans les principes de la foi.

Car la mort, ajoute saint Chrysostôme, est à notre égard la
preuve palpable et sensible du néant de toutes les choses humaines, pour lesquelles nous nous passionnons : c'est elle qui
nous le fait connaître; tout le reste nous impose, la mort seule
est le miroir fidèle qui nous montre sans déguisement l'instabi-
lité, la fragilité, la caducité des biens de cette vie, qui nous
désabuse de toutes nos erreurs, qui détruit en nous tous les
enchantements de l'amour du monde, et qui des ténèbres même
du tombeau nous fait une source de lumières, dont nos esprits
et nos sens sont également pénétrés : *In illa die*, dit l'Écriture,
en parlant des enfants du siècle livrés à leurs passions, *in illa
die, peribunt omnes cogitationes eorum*. Toutes leurs pensées, à
ce jour-là, s'évanouiront; ce jour de la mort que nous nous
figurons plein d'obscurité, les éclairera et dissipera tous les
nuages dont la vérité jusqu'alors avait été pour eux enveloppée;
ils cesseront de croire ce qu'ils avaient toujours cru, et ils
commenceront à voir ce qu'ils n'avaient jamais vu; ce qui faisait le sujet de leur estime deviendra le sujet de leur mépris;
ce qui leur donnait tant d'admiration les remplira de confusion,
en sorte qu'il se fera dans leur esprit comme une révolution
générale dont ils seront eux-mêmes surpris, saisis, effrayés; ces
idées chimériques qu'ils avaient du monde et de sa prétendue
félicité, s'effaceront tout à coup, et même s'anéantiront. *Peribunt omnes cogitationes eorum*. Et comme leurs passions n'auront point eu d'autre fondement que leurs pensées; et que leurs
pensées périront, selon l'expression du prophète, leurs passions
périront de même; c'est-à-dire qu'ils n'auront plus ni ces entête-

ments de se pousser, ni ces désirs de s'enrichir, parce qu'ils verront dans un plein jour, *In illa die*, la bagatelle, et si j'ose ainsi parler, l'extravagance de tout cela. Or, que faisons-nous quand nous nous occupons durant la vie du souvenir de la mort? nous anticipons ce dernier jour, ce dernier moment; et sans attendre que la catastrophe et le dénoûment des intrigues du monde nous développe malgré nous ce mystère de vanité, nous nous le développons à nous-mêmes par de saintes réflexions; car, quand je me propose devant Dieu le tableau de la mort, j'y contemple dès maintenant toutes les choses du monde dans le même point de vue où la mort me les fera considérer; j'en porte le même jugement que j'en porterai, je les reconnais méprisables comme je les reconnaîtrai; je me reproche de m'y être attaché comme je me le reprocherai; je déplore en cela mon aveuglement comme je le déplorerai, et de là ma passion se refroidit, la concupiscence n'est plus si vive, je n'ai plus que de l'indifférence pour ces biens passagers et périssables; en un mot, je meurs à tout d'esprit et de cœur, parce que je prévois que bientôt j'y dois mourir réellement et par nécessité.

Et voilà, mes chers auditeurs, le secret admirable que David avait trouvé pour tenir ses passions en bride et pour conserver jusque dans le centre du monde, qui est la cour, ce parfait détachement du monde où il était parvenu. Que faisait ce saint roi? il se contentait de demander à Dieu, comme une souveraine grâce, qu'il lui fît connaître sa fin, *Notum fac mihi, Domine, finem meum* (Ps. xxxviii), et qu'il lui fît même sentir combien il en était proche, afin qu'il sût, mais d'une science efficace et pratique, le peu de temps qu'il lui restait encore à vivre; *Et numerum dierum meorum quis est, ut sciam quid desit mihi* (Ibid.). Il ne doutait pas que cette seule pensée, il faut mourir, ne dût suffire pour éteindre le feu de ses passions les plus ardentes. Et en effet, ajoutait-il, vous avez, Seigneur, réduit mes jours à une mesure bien courte : *Ecce mensurabiles posuisti dies meos* (Ibid.); et par là tout ce que je suis, et tout ce que je puis désirer ou espérer d'être, n'est qu'un pur néant devant vous : *Et substantia mea tanquam nihilum ante te* (Ibid.). Devant moi ce néant est quelque chose, et même toutes choses; mais devant vous, ce que j'appelle toutes choses, se confond et se perd dans ce néant; et la mort que tout homme vivant doit regarder comme sa destinée inévitable, fait généralement et sans exception de tous les biens qu'il possède, de tous les plaisirs dont il jouit, de tous les titres dont il se glorifie, comme un abîme de vanité : *Verumtamen universa vanitas omnis homo vivens* (IBID.) L'homme mondain n'en convient pas, et il affecte même de l'ignorer; mais il est pourtant vrai que sa vie n'est qu'une ombre et une figure qui passe : *Verumtamen in imagine pertransit homo.* Il se trouble, et comme mondain il est dans une continuelle agitation; mais il se trouble inutilement; parce que c'est pour des entreprises que la mort déconcertera, pour des intrigues que la mort confondra, pour des espérances que la mort renversera : *Sed et frustra conturbatur* (IBID.). Il se fatigue, il s'épuise pour amasser et thésauriser; son malheur est de ne savoir pas même pour qui il amasse, ni qui profitera de ses travaux; si ce seront des enfants ou des étrangers, si ce seront des héritiers reconnaissants ou des ingrats, si ce seront des sages ou des dissipateurs : *Thesaurisat et ignorat cui congregabit ea* (IBID.). Ces sentiments dont le prophète était rempli et vivement touché, réprimaient en lui toutes les passions, et d'un roi assis sur le trône en faisaient un exemple de modération.

C'est ce que nous éprouvons nous-mêmes tous les jours; car disons la vérité, chrétiens, si nous ne devions point mourir, ou si nous pouvions nous affranchir de cette dure nécessité qui nous rend tributaires de la mort, quelques vaines que soient nos passions, nous n'en voudrions jamais reconnaître la vanité, jamais nous ne voudrions renoncer aux objets qui les flattent, et qu'elles nous font tant rechercher. On aurait beau nous faire là-dessus de longs discours; on aurait beau nous redire tout ce qu'en ont dit les philosophes; on aurait beau y procéder par voie de raisonnement et de démonstration, nous prendrions tout cela pour des subtilités encore plus vaines que la vanité même dont il s'agirait de nous persuader. La foi avec tous ces motifs n'y ferait plus rien : dégagés que nous serions de ce souvenir de la mort, qui comme un maître sévère nous retient dans l'ordre, nous nous ferions un point de sagesse de vivre au gré de nos désirs, nous compterions pour réel et pour vrai tout ce que le monde a de faux et de brillant, et notre raison, prenant parti contre nous-mêmes, commencerait à s'accorder et à être d'intelligence avec la passion.

Mais quand on nous dit qu'il faut mourir, et quand nous nous le disons à nous-mêmes, ah! chrétiens, notre amour-propre, tout ingénieux qu'il est, n'a plus de quoi se défendre; il se trouve désarmé par cette pensée; la raison prend l'empire sur lui, et il se soumet sans résistance au joug de la foi. Pourquoi cela? parce qu'il ne peut plus désavouer sa propre faiblesse, que la vue de la mort non-seulement lui découvre, mais lui fait sentir. Belle différence que saint Chrysostôme a remarquée entre les autres pensées chrétiennes et celles de la mort. Car pourquoi, demande ce saint docteur, la pensée de la mort fait-elle sur nous une impression plus forte, et nous fait-elle mieux connaître la vanité des biens créés, que toutes les autres considérations? Appliquez-vous à ceci; parce que toutes les autres considérations ne renferment tout au plus que des témoignages et des preuves de cette vanité, au lieu que la mort est l'essence même de cette vanité, ou que c'est la mort qui fait cette vanité. Il ne faut donc pas s'étonner que la mort ait une vertu spéciale pour nous détacher de tout, et telle était l'excellente conclusion que tirait saint Paul, pour porter les premiers fidèles à s'affranchir de la servitude de leurs passions, et à vivre dans la pratique de ce saint et bienheureux dégagement qu'il leur recommandait avec tant d'instance; car le temps est court, leur disait-il : *Tempus breve est* (I Cor. vii). Et que s'ensuit-il de là? que vous devez vous réjouir comme ne vous réjouissant pas; que vous devez posséder comme ne possédant pas; que vous devez user de ce monde comme n'en usant pas : *Reliquum est ut qui gaudent tanquam non gaudentes, et qui emunt tanquam non possidentes, et qui utuntur hoc mundo tanquam non utantur* (Ibid.). Quelle conséquence! elle est admirable, reprend saint Augustin; parce qu'en effet se réjouir et devoir mourir, posséder et devoir mourir, être honoré et devoir mourir, c'est comme être honoré et ne l'être pas, comme posséder et ne posséder pas, comme se réjouir et ne se réjouir pas; car ce terme, mourir, est un terme de privation et de destruction, qui abolit tout, qui anéantit tout, qui par une propriété tout opposée à celle de Dieu, nous fait paraître les choses qui sont comme si elles n'é-

taient pas; au lieu que Dieu, selon l'Écriture, appelle celles qui
ne sont pas comme si elles étaient.

Non-seulement nos passions sont vaines, mais, quoique
vaines, elles sont insatiables et sans bornes; car quel ambitieux entêté de sa fortune et des honneurs du monde s'est jamais
contenté de ce qu'il était? quel avare dans la poursuite et dans
la recherche des biens de la terre a jamais dit, c'est assez? quel
voluptueux esclave de ses sens a jamais mis de fin à ses plaisirs?
La nature, dit ingénieusement Salvien, s'arrête au nécessaire;
la raison veut l'utile et l'honnête; l'amour-propre, l'agréable et
le délicieux; mais la passion, le superflu et l'excessif : or, ce
superflu est infini; mais cet infini, tout infini qu'il est, trouve,
si nous voulons, ses limites et ses bornes dans le souvenir de la
mort, comme il les trouvera malgré nous dans la mort même;
car je n'ai qu'à me servir aujourd'hui des paroles de l'Église :
Memento, homo, quia pulvis es; souvenez-vous, homme, que
vous êtes poussière, *et in pulverem reverteris*, et que vous retournerez en poussière. Je n'ai qu'à l'adresser cet arrêt à tout
ce qu'il y a dans cet auditoire d'âmes passionnées, pour les
obliger à n'avoir plus ces désirs vastes et sans mesure qui
les tourmentent toujours, et qu'on ne remplit jamais; je n'ai
qu'à leur faire la même invitation que firent les Juifs au Sauveur
du monde, quand ils le prièrent d'approcher du tombeau de
Lazare, et qu'ils lui dirent : *Veni et vide* (JOAN. XI), venez et
voyez. Venez, avares; vous brûlez d'une insatiable cupidité,
dont rien ne peut amortir l'ardeur; et parce que cette cupidité
est insatiable, elle vous fait commettre mille iniquités, elle vous
endurcit aux misères des pauvres, elle vous jette dans un profond oubli de votre salut. Considérez bien ce cadavre, *Veni et
vide,* venez et voyez; c'était un homme de fortune comme vous,
en peu d'années il s'était enrichi comme vous, il a eu comme
vous la folie de vouloir laisser après lui une maison opulente
et des enfants avantageusement pourvus; mais le voyez-vous
maintenant? voyez-vous la nudité, la pauvreté où la mort l'a
réduit? où sont ses revenus? où sont ses richesses? où sont ses
meubles somptueux et magnifiques? a-t-il quelque chose de plus
que le dernier des hommes? cinq pieds de terre et un suaire
qui l'enveloppe, mais qui ne le garantira pas de la pourriture;

rien davantage. Qu'est devenu tout le reste? voilà de quoi borner votre avarice. *Veni et vide;* venez, homme du monde,
idolâtre d'une fausse grandeur; vous êtes possédé d'une ambition qui vous dévore, et parce que cette ambition n'a point de
terme, elle vous ôte tous les sentiments de la religion, elle
vous occupe, elle vous enchante, elle vous enivre : considérez
ce sépulcre; qu'y voyez-vous? c'était un seigneur de marque
comme vous, peut-être plus que vous, distingué par sa qualité
comme vous, et en passe d'être toutes choses; mais le reconnaissez-vous? voyez-vous où la mort l'a fait descendre? voyez-vous à
quoi elle a borné ses grandes idées; voyez-vous comme elle s'est
jouée de ses prétentions? c'est de quoi régler les vôtres. *Veni
et vide;* venez, femme mondaine, venez : vous avez pour votre
personne des complaisances extrêmes; la passion qui vous domine est le soin de votre beauté; et parce que cette passion est
démesurée, elle vous entretient dans une mollesse honteuse,
elle produit en vous des désirs criminels de plaire; elle vous
rend complice de mille péchés et de mille scandales. Venez et
voyez : c'était une jeune personne aussi bien que vous; elle
était l'idole du monde comme vous, aussi spirituelle que vous,
aussi recherchée et aussi adorée que vous; mais la voyez-vous à
présent? voyez-vous ces yeux éteints, ce visage hideux et qui
fait horreur? c'est de quoi réprimer cet amour infini de vous-
même : *Veni et vide.*

Enfin nos passions sont injustes, soit dans les sentiments
qu'elles nous inspirent à notre propre avantage, soit dans ceux
qu'elles nous font concevoir au désavantage des autres; mais la
mort, dit le philosophe, nous réduit aux termes de l'équité,
et par son souvenir nous oblige à nous faire justice à nous-
mêmes, et à la faire aux autres de nous-mêmes : *Mors sola jus
æquum est generis humani* (SENEC.). En effet, quand nous ne
pensons point à la mort, et que nous n'avons égard qu'à certaines distinctions de la vie, elles nous élèvent, elles nous
éblouissent, elles nous remplissent de nous-mêmes : on devient
fier et hautain, dédaigneux et méprisant, sensible et délicat,
envieux et vindicatif, entreprenant, violent, emporté; on parle
avec faste ou avec aigreur, on se pique aisément, on pardonne
difficilement, on attaque celui-ci, on détruit celui-là; il faut que

tout nous cède, et l'on prétend que tout le monde aura des ménagements pour nous, tandis qu'on n'en veut avoir pour personne. N'est-ce pas ce qui rend quelquefois la domination des
grands si pesante et si dure; mais méditons la mort, et bientôt
la mort nous apprendra à nous rendre justice, et à la rendre
aux autres de nos fiertés et de nos hauteurs, de nos dédains et
de nos mépris, de nos sensibilités et de nos délicatesses; de nos
envies, de nos vengeances, de nos chagrins, de nos violences,
de nos emportements. Comme donc il ne faut, selon l'ordre et
la parole du Dieu tout-puissant, qu'un grain de sable pour briser
les flots de la mer, *Hic confringes tumentes fluctus tuos* (Job XXXVIII)
il ne faut que cette cendre qu'on nous met sur la tête, et qui
nous retrace l'idée de la mort, pour rabattre toutes les enflures
de notre cœur, pour en arrêter toutes les fougues, pour nous
contenir dans l'humilité et dans une sage modestie. Comment
cela? c'est que la mort nous remet devant les yeux la parfaite
égalité qu'il y a entre tous les autres hommes et nous. Égalité que nous oublions si volontiers, mais dont la vue nous
est si nécessaire pour nous rendre plus équitables et plus trai-
tables.

Car quand nous repassons ce que disait Salomon, et que nous
le disons comme lui : tout sage et tout éclairé que je puis être,
je dois néanmoins mourir comme le plus insensé : *Unus et stulti
et meus occasus erit* (Eccl. II) : quand nous nous appliquons
ces paroles du prophète royal : vous êtes les divinités du monde,
vous êtes les enfants du Très-Haut; mais fausses divinités, vous
êtes mortelles, et vous mourrez en effet, comme ceux dont vous
voulez recevoir l'encens, et de qui vous exigez tant d'hommages
et tant d'adoration : *Dii estis, et filii excelsi omnes; vos autem
sicut homines moriemini.* Quand, selon l'expression de l'Écriture, nous descendons encore tout vivants et en esprit dans le
tombeau, et que le savant s'y voit confondu avec l'ignorant, le
noble avec l'artisan, le plus fameux conquérant avec le plus vil
esclave; même terre qui les couvre, mêmes ténèbres qui les
environnent, mêmes vers qui les rongent, même corruption,
même pourriture, même poussière : *Parvus et magnus ibi sunt,
servus liber à domino suo* (Job II) : quand, dis-je, on vient à
faire ces réflexions et à considérer que ces hommes au-dessus

de qui l'on se place si haut dans sa propre estime : que ces
hommes à qui l'on est si jaloux de faire sentir son pouvoir, et
sur qui l'on veut prendre un empire si absolu ; que ces hommes
pour qui l'on n'a ni compassion, ni charité, ni condescendance,
ni égards ; que ces hommes de qui l'on ne peut rien supporter,
et contre qui l'on agit avec tant d'animosité et tant de rigueur,
sont néanmoins des hommes comme nous, de même nature,
de même espèce que nous, ou si vous voulez, que nous ne
sommes que des hommes comme eux, aussi faibles qu'eux,
aussi sujets qu'eux à la mort et à toutes les suites de la mort :
ah ! mes chers auditeurs, c'est bien alors que l'on entre en
d'autres dispositions. Dès là l'on n'est plus si infatué de soi-
même, parce que l'on se connaît beaucoup mieux soi-même ;
dès là l'on n'exerce plus une autorité si dominante et si impé-
rieuse sur ceux que la naissance ou que la fortune a mis dans
un rang inférieur au nôtre, parce qu'on ne trouve plus après
tout que d'homme à homme il y ait tant de différence ; dès là
l'on n'est plus si vif sur ses droits, parce que l'on ne voit plus
tant de choses que l'on se croie dues ; dès là l'on ne se tient plus
si grièvement offensé dans les rencontres, et l'on n'est plus si
ardent ni si opiniâtre à demander des satisfactions outrées,
parce qu'on ne se figure plus être si fort au-dessus de l'agres-
seur ou véritable ou prétendu, et qu'on n'est plus si persuadé
qu'il doive nous relâcher tout et condescendre à toutes nos
volontés : on a de la douceur, de la retenue, de l'honnêteté,
de la complaisance, de la patience ; on sait compatir, prévenir, excuser, soulager, rendre de bons offices et obliger.
Saints et salutaires effets de la pensée de la mort ; c'est le
remède le plus souverain pour amortir le feu de nos passions,
comme c'est encore la règle la plus infaillible pour conclure
sûrement dans nos délibérations : vous l'allez voir dans la
seconde partie.

SECONDE PARTIE.

Quelque pénétration que nous ayons, et de quelque force
d'esprit que nous puissions nous piquer, c'est un oracle de la
foi, que nos pensées sont timides, et nos prévoyances incertaines : *Cogitationes mortalium timidæ, et incertæ providentiæ*

nostræ (SAP. IX). Nos pensées sont timides, dit saint Augustin, expliquant ce passage, parce que souvent, dans les choses même qui regardent le salut, nous ne savons pas si nous prenons le meilleur parti, ni même si le parti que nous prenons est absolument bon ; et que nous n'avons point assez d'évidence pour en faire un discernement exact, beaucoup moins un discernement sûr et infaillible ; d'où il s'ensuit que, malgré toutes nos lumières, nous craignons de nous y tromper, et que nous avons sujet de le craindre, puisque la voie où nous nous engageons, quelque droite qu'elle nous paraisse, peut ne l'être pas en effet ; et que les vues courtes et bornées d'une faible raison qui nous sert de guide, n'empêchent pas que nous ne soyons exposés aux funestes égarements dont saint Paul voulait nous garantir, quand il nous avertissait d'opérer notre salut avec crainte et avec tremblement : *Cogitationes mortalium timidæ.* Comme nos pensées sont timides, l'Écriture ajoute que nos prévoyances sont incertaines, parce que l'avenir n'étant pas en notre pouvoir, et Dieu s'en étant réservé la connaissance, de quelque précaution que nous usions, nous sommes toujours dans le doute si ce que nous entreprenons, quoique avec des intentions pures et en apparence chrétiennes, est bien entrepris ; si nous n'aurons point lieu un jour de nous en repentir, si notre conscience ne nous le reprochera jamais, et si ce que nous avons cru innocent pendant la vie, ne sera point à la mort la matière de nos regrets et de nos désespoirs. *Et incertæ providentiæ nostræ.* État malheureux, que le plus éclairé des hommes déplorait, et qu'il regardait comme la suite fatale du péché. Il serait donc important de trouver un moyen qui nous délivrât de ces incertitudes affligeantes, et de ces craintes si opposées à la paix intérieure de nos âmes ; qui, dans les occasions où il s'agit de nos devoirs, nous mît en état de conclure toujours sûrement, et qui, dans mille conjonctures où le salut et la conscience se trouvent mêlés, nous préservât également et de l'erreur et du repentir ; or je soutiens que le moyen pour cela le plus efficace est le souvenir de la mort. Pourquoi ? le voici : parce que le souvenir de la mort est une application vive et touchante que nous nous faisons à nous-mêmes de la fin dernière, qui doit être le solide fondement de toutes nos délibérations, et qu'il est certain qu'en pratiquant ce saint exercice du souvenir fréquent de la mort, nous prévenons ainsi tous les remords et tous les troubles dont pourraient être, sans cela, suivies nos résolutions. Dans l'engagement indispensable où nous sommes de régler selon Dieu notre conduite, est-il rien de plus instructif, rien de plus édifiant, et même de plus consolant pour nous que ces vérités? Suivez-moi.

Pour bien délibérer et pour bien résoudre, il faut toujours avoir devant les yeux cette fin dernière, qui est la règle de tout, et à laquelle par conséquent tout ce que nous nous proposons dans le monde doit aboutir comme autant de lignes au centre. J'entends par la fin dernière ce souverain bien, cet unique nécessaire, ce salut que nous ne devons jamais perdre de vue, et dont toutes nos actions doivent avoir une dépendance essentielle et immédiate. C'est un axiome indubitable dans la morale chrétienne, et un principe universellement reconnu. Mais le moyen d'avoir toujours ce regard fixe sur un objet aussi élevé que celui-là, et de pouvoir être assez attentifs sur nous-mêmes, pour observer dans chaque action de la vie le rapport qu'elle a, je ne dis pas à la fin particulière et prochaine qui nous a fait agir, mais à la fin commune et plus éloignée où nous devons tous aspirer? c'est, mes chers auditeurs, d'envisager et de prévoir la mort; la mort malgré nous-mêmes nous rappelle toute l'éternité qui la suit; elle la rapproche de nos yeux, comme un rayon de lumière, mais un rayon vif et perçant qui se répand dans nos esprits, et par là elle nous découvre tout ce qu'il y a dans nos entreprises et dans nos desseins de bon ou de mauvais, de sûr ou de dangereux, d'avantageux ou de nuisible.

En effet, pénétré que je suis de cette pensée, il faut mourir, je commence à juger bien plus sainement de toutes choses; dégagé de mille illusions que la mort et l'éternité dissipent, quelque occasion qui se présente, je vois bien plus clairement et bien plus vite ce qui m'éloigne de ma fin ou ce qui peut m'aider à y parvenir; et dès que je le vois, je ne balance point sur la résolution que j'ai à former touchant ce qui m'est ou salutaire ou préjudiciable dans la voie de Dieu. Je dis sans hésiter : ceci m'est pernicieux, ceci m'est utile, ceci m'exposera, ceci me perdra. Et puisqu'il m'est pernicieux, je le dois donc rejeter;

et puisqu'il m'est utile, je le dois donc prendre : et puisqu'il m'exposera, je le dois donc craindre ; et puisqu'il me perdra, je le dois donc éviter. Sans la vue de la mort cette considération de ma dernière fin ne ferait tout au plus sur moi qu'une impression superficielle, qui ne m'empêcherait pas de donner dans mille écueils, et de faire mille fausses démarches : c'est ce que l'expérience nous apprend tous les jours. Mais quand je médite la mort et l'éternité qui en est inséparable, elle frappe mon esprit et toutes les puissances de mon âme ; en sorte même que je ne puis plus me distraire ni me détourner de cette fin bienheureuse à laquelle je suis appelé, et pour laquelle j'ai été créé ; je me trouve comme déterminé à la faire encore dans tous les projets que je trace, dans tous les intérêts que je recherche, dans tous les droits que je poursuis ; et parce que cette fin ainsi appliquée est la règle infaillible du mal qu'il faut fuir, et du bien qu'il faut embrasser, la méditation de la mort devient pour moi, selon l'Écriture, un fonds de prudence et d'intelligence : *Utinam saperent et intelligerent, et novissima providerent* (Deut. xxxii).

Aussi, pourquoi les païens mêmes rendaient-ils une espèce de culte aux tombeaux de leurs ancêtres ? pourquoi y avaient-ils recours comme à leurs oracles ? pourquoi, dans les traités et dans les négociations importantes, y tenaient-ils leurs conseils et leurs assemblées ? C'était une superstition ; mais cette superstition, remarque Clément Alexandrin, ne laissait pas d'être fondée sur un instinct secret de raison et de religion ; car ils semblaient ainsi reconnaître que leurs conseils ne pouvaient être ni régulièrement ni constamment sages, sans le souvenir et la vue de la mort. C'est pour cela qu'ils ne s'assemblaient pas dans des lieux de réjouissance, mais dans le séjour de l'affliction et des larmes ; parce que c'est là, comme dit Salomon, que l'on est authentiquement averti de la fin de tous les hommes, et par conséquent que l'on est plus capable de consulter et de décider ; *Illic enim finis cunctorum admonetur hominum* (Eccl. vii). Or ce que faisaient les païens peut nous servir de modèle en le rectifiant et le sanctifiant par la foi.

En effet, il n'y a point de jour, mes chers auditeurs, où vous ne deviez, pour ainsi dire, tenir conseil avec Dieu et avec vous-

mêmes; tantôt pour le choix de votre état, tantôt pour le gouvernement de vos familles, tantôt pour l'usage de vos biens,
tantôt pour la disposition de vos emplois, tantôt pour la mesure
de vos divertissements, tantôt pour l'ordre de vos dévotions,
tantôt pour votre propre conduite, tantôt pour la conduite de
ceux dont vous devez répondre; car malheur à nous si nous
abandonnons tout cela au hasard, et si nous agissons sans règle
et sans principe. En vain dirons-nous que nous n'avons pas eu
assez de lumières pour trouver là-dessus, parmi les embarras
du siècle, le point fixe et immobile de la vraie sagesse. Abus,
chrétiens, puisque nous en avons le moyen le plus efficace. En
voulez-vous une preuve sensible? faites-en l'essai, et jugez-en
par vous-mêmes. Il s'agit de choisir un état de vie, choisissez-le
comme devant un jour mourir, et vous verrez si la tentation et
le désir de vous élever vous y fera prendre un vol trop haut. Il
est question de régler l'usage de vos biens; réglez-le comme les
devant bientôt perdre, parce qu'il faudra bientôt mourir, et
vous verrez si l'attachement aux richesses tiendra votre cœur
étroitement resserré dans les bornes d'une avare convoitise.
On vous propose un intérêt, un gain, un profit, examinez-le
comme étant sûrs d'en rendre compte à Dieu et de mourir, et
vous verrez si les maximes du monde vous y feront rien hasarder
contre les lois de la conscience. Vous êtes embarqués dans une
affaire, vous avez un différend à terminer; videz l'un et l'autre
comme vous voudriez l'avoir fait s'il fallait maintenant mourir,
et vous verrez si l'entêtement ou l'orgueil vous fera oublier les
lois de la justice et manquer aux devoirs de la charité. Non,
chrétiens, il n'y aura plus rien à craindre pour vous. La seule
pensée que vous devez mourir, corrigera vos erreurs, détruira
vos préjugés, arrêtera vos précipitations, servira de frein à vos
empressements et de contre-poids à vos légèretés, et n'est-ce
pas ce qui, de tout temps, a conduit les saints dans les voies
droites qu'ils ont tenues, sans s'égarer et sans tomber? n'est-ce
pas ce qui leur a fait prendre si souvent des résolutions que le
monde condamnait de folie, mais que leur inspirait la plus
haute sagesse de l'Évangile? n'est-ce pas ce qui les a portés à
embrasser des vocations pénibles, humiliantes, contraires à
toutes les inclinations de la nature, et où la seule grâce de Dieu

les pouvait soutenir? Les routes qu'ils devaient suivre pour ne
se pas perdre, étaient autant de secrets de prédestination; mais
ces secrets, autrement impénétrables, se développaient sensiblement à leurs yeux dès qu'ils regardaient la mort. Il y avait
des dangers et des piéges dans le chemin où ils marchaient,
puisqu'il y en a partout; mais la vue de la mort les préservait
de tous les piéges et de tous les dangers; et il ne tient qu'à vous
et à moi d'en tirer le même avantage.

Si donc nous n'avons pas assez de discernement pour nous
bien conduire, et si, manque de connaissance, nous faisons
des fautes irréparables; si nous nous engageons témérairement,
si nous choisissons des états où Dieu ne nous a point appelés,
et où il nous prive de mille grâces qu'il voulait nous donner
ailleurs; si nous prenons des emplois à quoi nous ne sommes
pas propres et où notre incapacité nous fait commettre des
péchés sans nombre; si nous contractons des alliances qui ne
produisent que des chagrins, que des amertumes, que des
guerres intestines, que des divorces scandaleux; si nous nous
jetons dans des intrigues qui nous attirent de tristes revers, et
dont le succès ne tourne qu'à notre confusion et à notre ruine;
si nous entrons en des sociétés, en des parties, en des négoces
qui intéressent la conscience et où le salut nous devient comme
impossible (car vous savez combien ce que je dis est ordinaire,
et Dieu sait combien d'âmes seront éternellement malheureuses pour s'être livrées de la sorte elles-mêmes sans réflexions
et sans discrétion); si, dis-je, tout cela nous arrive, ne l'imputons point à Dieu, chrétiens, ne l'imputons pas même à notre
misère; Dieu y avait pourvu, et malgré notre misère le souvenir de la mort pouvait et devait nous mettre à couvert. Mais
n'en accusons que notre infidélité, qui nous fait éloigner de
nous ce souvenir si nécessaire, comme un objet fâcheux et
désagréable, et qui, par une suite inévitable, nous expose à
tous les égarements où nous nous laissons entraîner.

De là vient un autre avantage, qui est comme une conséquence du premier; car pour délibérer sagement, il faut prévenir les inquiétudes, beaucoup plus les repentirs et les désespoirs
dont nos résolutions pourraient être suivies, puisque, comme
dit saint Bernard, ce qui doit être le sujet d'un repentir, ne

peut être le conseil d'un homme sensé. Or, d'où peut venir un effet aussi avantageux que celui-là? qui peut nous mettre en état de dire, si nous voulons, à chaque moment : je prends un parti dont je ne me repentirai jamais; ce que je fais, je me saurai éternellement bon gré de l'avoir fait : qui le peut, chrétiens? l'usage fréquent de ce que j'appelle la science pratique de la mort : pourquoi? excellente raison de saint Augustin, parce que la mort, dit ce saint docteur, étant le terme où aboutissent tous les desseins des hommes, c'est là même que naissent leurs repentirs les plus douloureux. Mais le secret de les prévenir, c'est de prévenir autant qu'il est possible, le moment de la mort. Et comment? en se demandant à soi-même : quel sentiment aurai-je à la mort de ce que j'entreprends aujourd'hui? ce que je vais faire me troublera-t-il alors? me consolera-t-il? me donnera-t-il de la confiance? me causera-t-il des regrets? l'approuverai-je? le condamnerai-je? Car pour chacune de ces questions nous avons dans nous-mêmes une réponse générale, mais décisive, sur laquelle nous pouvons faire fond; et cette réponse, pour appliquer ici la parole du grand apôtre, c'est la réponse de la mort : *Et ipsi in nobis responsum mortis habuimus* (II Cor. I). Tandis que nous raisonnons selon les principes de la vie, les réponses que nous nous rendons à nous-mêmes, nous entretiennent dans un déréglement de conduite, qui fait que nous nous repentons maintenant de ce qui devrait nous consoler, et que nous nous applaudissons de ce qui devrait nous affliger : mais la pensée de la mort, par une vertu toute contraire et que l'expérience nous fait sentir, redresse, si je puis ainsi parler, tous ces sentiments; elle ne nous donne de joie que pour ce qui doit être le vrai sujet de notre joie, et ce qui le fera toujours; elle ne nous donne de douleur et de repentir que pour ce qui doit être le vrai sujet de notre repentir et de notre douleur, et ce qui ne le sera plus à la mort après l'avoir été dans la vie. En nous attachant à la vie, nous ne concevons que des repentirs passagers et variables, qui nous font aujourd'hui condamner ce que demain nous approuverons; d'où vient que nos repentirs mêmes ne peuvent former en nous cette conduite uniforme, qui est le caractère de la prudence chrétienne. Mais quand nous méditons la mort, nous la prévoyons, et en la prévoyant nous prévenons les repentirs éternels, dont l'horreur, toujours la même, non-seulement est suffisante, mais toute-puissante pour arrêter les saillies de notre esprit, et pour empê-cher que la cupidité ne l'aveugle, et qu'elle ne l'emporte. Or, c'est bien ici que la prudence des justes triomphe de la témérité des impies. Car enfin, mon frère, dirais-je avec saint Jérôme à un libertin du siècle, quelque endurci que vous soyez dans votre péché, quelque tranquille que vous affectiez de paraître en le commettant, quelque force d'esprit que vous marquiez lorsqu'il faut vous y résoudre, votre malheur est de ne pouvoir faire un retour sur vous-même, sans porter déjà contre vous-même ce triste arrêt : je vais faire un pas qui me jettera dans le plus cruel désespoir, du moins à la mort, et que je voudrais alors réparer par le sacrifice de mille vies.

Je sais, qu'autant qu'il est en vous, vous étouffez ce senti-ment; mais je sais aussi qu'il n'est pas toujours en votre pouvoir de vous en défaire; je sais que cette réflexion se présente à vous malgré vous lors même que vous faites plus d'efforts pour l'éloi-gner de vous; je sais qu'elle vient jusqu'au milieu de vos plai-sirs, parmi les divertissements et les joies du monde, dans les moments les plus heureux en apparence, vous saisir, vous troubler; et qu'au fond de l'âme elle vous fait bien payer avec usure cette fausse tranquillité qui ne consiste que dans des dehors trompeurs; mais moi qui veux me garantir de ces alarmes et de ces agitations secrètes, que fais-je? j'aime à m'oc-cuper du souvenir de la mort, afin qu'un remords piquant et importun ne l'excite pas dans moi contre moi. Je préviens par la pensée tous les repentirs de la mort, et au lieu de les réserver à cette dernière heure, je me les rends utiles pour l'heure pré-sente; j'en veux être touché maintenant, afin qu'ils ne me désespèrent pas à la mort; c'est-à-dire, je veux maintenant me remplir de cette idée, que je me repentirais, afin de ne me repentir jamais. Je dis comme le prophète royal : *Circumdede-runt me dolores mortis* (Ps. xvii) : les douleurs de la mort, ses regrets, ses désespoirs m'ont investi, m'ont assiégé de toutes parts, et bien loin de m'en défendre, j'en fais mon bonheur et ma sûreté ; car qu'y a-t-il de plus désirable pour moi, que d'avoir en moi ce qui me répond de moi-même, ce qui me sert à régler toutes mes démarches, à mesurer tous mes pas, à en découvrir les suites fâcheuses, et à les éviter? Avec cela que puis-je craindre? ou avec cela que ne puis-je pas entreprendre? Pensée de la mort, remède le plus souverain pour amortir le feu de nos passions, règle la plus infaillible pour conclure sûrement dans nos délibérations; enfin, motif le plus efficace pour nous inspirer une sainte ferveur dans nos actions : c'est la troisième partie.

TROISIÈME PARTIE.

C'est de la ferveur de nos actions que dépend la sainteté de notre vie, et c'est la sainteté de notre vie qui doit rendre devant Dieu notre mort précieuse. Voilà, dit saint Chrysostôme, l'ordre naturel que Dieu a établi pour ses élus, et dont on peut dire que sa providence ne peut pas même nous dispenser; ce qui déconcerte, ou plutôt ce qui renverse ce bel ordre, c'est un fonds de lâcheté et de tiédeur : tiédeur si hautement réprouvée de Dieu dans l'Écriture, tiédeur qui corrompt nos meilleures actions, je dis celles à quoi la religion et le christianisme nous engagent par devoir; en sorte que, toutes bonnes qu'elles sont en elles-mêmes, notre vie, bien loin d'en être sanctifiée, n'en devient souvent que plus imparfaite, et même que plus criminelle, et se termine enfin à une mort qui nous doit faire trembler, si l'on en juge dans les vues de Dieu par l'extrême rigueur de sa souveraine justice. Il s'agit, chrétiens, de combattre cette lâcheté, qui, sans autre désordre qu'elle-même, est seule capable de nous perdre; il s'agit de la surmonter, et c'est ce que le fils de Dieu a voulu particulièrement nous apprendre, et à quoi, si nous y prenons bien garde, il a, ce semble, réduit tout son Évangile : car qu'est venu faire sur la terre ce Dieu Sauveur? il est venu répandre dans le cœur des hommes le feu de la charité et le zèle des bonnes œuvres; *Ignem veni mittere in terram* (LUC. XII). Telle est la fin de sa mission : or, de tous les motifs qu'il pouvait nous proposer, et qu'il nous a en effet proposés, pour exciter cette ferveur et pour allumer ce feu céleste, les deux plus puissants sont sans doute la proximité de la mort et l'incertitude de la mort. Proximité de la mort, qu'il s'est efforcé, pour ainsi dire, de nous faire sentir, comme l'aiguillon le plus vif et le plus capable de nous piquer. Incertitude de la mort, qu'il nous a tant de fois représentée comme le sujet de notre vigilance et d'une continuelle attention : deux motifs où ce divin Maître a rapporté toutes ses adorables instructions, et où nous trouvons de quoi réveiller toute notre ardeur, et de quoi nous animer à faire tout le bien que sa grâce nous inspire.

Oui, chrétiens, il faut travailler, et travailler avec cette ferveur d'esprit qui doit être l'âme de toutes nos actions, parce que nous approchons de notre terme : premier motif qui confond notre lâcheté. Marchez, disait le Sauveur du monde, tandis que la lumière vous éclaire. Pourquoi? Parce que la nuit vient où personne ne peut plus agir. Veillez. Pourquoi? Parce que le Fils de l'homme que vous attendez est déjà à la porte. Négociez, et faites profiter les talents que vous avez en main. Pourquoi? Parce que le Maître qui vous les a confiés est sur le point de revenir et de vous en demander compte. Tenez vos lampes allumées. Pourquoi? Parce que voici l'Époux qui arrive. Hâtez-vous de porter des fruits. Pourquoi? Parce que c'est bientôt le temps de la récolte. Que voulait-il nous faire entendre par là? Ah! chrétiens, ces paroles, toutes mystérieuses qu'elles sont, s'expliquent assez d'elles-mêmes, et nous font connaître malgré nous notre folie, lorsque nous proposant la mort dans un éloignement imaginaire, quoique, selon le terme de l'Écriture, il n'y ait qu'un point entre elle et nous, nous croyons avoir droit de nous relâcher dans la pratique de nos devoirs; car tel est notre aveuglement, et voilà l'erreur dont Jésus-Christ nous veut détromper. Cette marche qu'il nous ordonne, n'est rien autre chose que l'avancement et le progrès dans le chemin du salut : *Ambulate* (JOAN. XII); cette veille, que l'attention sur nous-mêmes : *Vigilate* (LUC XXI); ce négoce, que le bon usage du temps : *Negotiamini* (IBID. XIX); ces lampes allumées, que l'édification d'une vie exemplaire : *Luceat lux vestra coram hominibus* (MATTH. V); ces fruits, que les œuvres de pénitence et de sanctification : *Facite ergo fructus dignos pœnitentiæ* (LUC. III); et ce jour de la récolte, ce retour du Maître, cette arrivée de l'Époux, cette nuit qui vient, n'étaient, dans le langage ordinaire du Fils de Dieu, que les symboles, mais les symboles naturels d'une mort prochaine; comme si Jésus-Christ nous eût déclaré que sa sagesse, tout infinie qu'elle est, ne lui fournissait rien de plus propre à nous embraser d'un saint zèle et à nous retirer d'une vie tiède et languissante, que la proximité de la mort.

En effet, chrétiens, quand nous aurions à vivre des siècles entiers, et que Dieu, par une conduite ou de sévérité ou de bonté, nous laisserait sur la terre aussi longtemps que ces premiers patriarches fondateurs du monde, nous aurions encore mille raisons de nous reprocher nos relâchements. Quelque éloignée que fût la mort, chacune de nos actions, se rapportant toujours à l'éternité, étant toujours la matière du jugement de Dieu, pouvant toujours nous mériter une gloire immortelle, il serait toujours juste qu'elle fût faite d'une manière digne de Dieu, puisque Dieu doit toujours être servi en Dieu : il serait toujours juste qu'elle fût faite d'une manière digne de la récompense que nous attendons de Dieu; et malheur à nous, si nous abusions, alors même, d'un temps si cher, et si nous faisions, comme parle l'Écriture, l'œuvre du Seigneur négligemment. Mais être à la veille de paraître devant Dieu, et demeurer tranquille dans une vie négligente, toucher de près au terme où l'on ne peut plus rien faire, et ne pas redoubler ses soins par une vie plus agissante; avoir déjà la mort à ses côtés, mourir, comme l'apôtre, à chaque moment, *Quotidie morior* (I Cor. xv), et ne s'empresser pas d'arriver à la sainteté par la voie courte et abrégée d'une vie fervente; il n'y a, mes chers auditeurs, ou qu'une stupidité grossière, ou qu'une infidélité consommée, au moins commencée, qui puisse aller jusque-là; c'est néanmoins notre état et l'état le plus déplorable. Ah! chrétiens, Jésus-Christ nous dit en termes exprès : *Ecce venio cito*, me voici, j'arrive, *merces mea mecum est* (Apoc. xxii), j'ai ma récompense avec moi, pour donner à chacun selon ses œuvres. Pesez bien ces paroles : il ne dit pas, je viendrai, ni, je me dispose à venir, mais il dit, je viens : *Ecce venio;* et je viens bientôt : *Ecce venio cito*. Hâtez-vous donc, conclut le Seigneur, en s'adressant à une âme paresseuse et lente; chargez-vous de dépouilles; faites-vous un riche butin de tant d'actions vertueuses que vous omettez, que vous négligez, et dont vous perdez le mérite : *Accelera spolia detrahere, festina prœdari.* Dieu, dis-je, dans l'un et dans l'autre testament, par lui-même, par ses prophètes, par ses prêtres, nous parle de la sorte, nous presse de la sorte ; et toujours insensible aux avertissements qu'il vous donne et qu'il vous fait donner, vous demeurez dans le même assoupissement et dans la même langueur : pourquoi? parce que vous n'avez jamais bien considéré la brièveté de votre vie.

Car enfin, si vous et moi, mes frères, nous étions bien convaincus qu'il ne nous reste plus que fort peu de jours; si nous nous disions souvent avec saint Paul, mais en sorte que nous fussions bien remplis de cette pensée : *Ego enim jam delibor, et tempus resolutionis meæ instat* (II Tim. iv); je suis comme une victime qui va être immolée, et qui a reçu l'aspersion pour le sacrifice; le temps de ma dernière dissolution approche, et il me semble que j'y suis déjà : si, par le ministère d'un ange, Dieu nous annonçait que ce sera pour demain, que ferions-nous? ou plutôt que ne ferions-nous pas? Cette seule idée que je vous propose, et qui n'est après tout qu'une supposition, toute pure supposition qu'elle est, a néanmoins, au moment que je vous parle, je ne sais quoi qui nous touche, qui nous frappe, qui nous anime; nous ferions tout, et en faisant tout nous gémirions encore d'en faire trop peu; bien loin de nous ralentir, nous nous porterions à des excès qu'il faudrait modérer. Ni divertissement, ni plaisir, ni jeu qui nous dissipât; ni spectacle, ni compagnie, ni assemblée qui nous attirât; ni espérance, ni intérêt qui nous engageât; ni passion, ni liaison, ni attachement qui nous arrêtât. Tout recueillis et comme tout abîmés dans nous-mêmes, ou, pour mieux dire, tout recueillis et comme tout abîmés en Dieu, morts au monde et à tous ses biens, à toutes les vanités, à tous les amusements du monde, nous n'aurions plus de pensées que pour Dieu, plus de désirs que pour Dieu, plus de vie que pour Dieu; pas un moment qui ne lui fût consacré, pas une action qui ne fût sanctifiée par le mérite de la plus pure et de la plus fervente charité; et comme il arrive qu'un élément, à mesure qu'il retourne vers son centre, s'y porte avec un mouvement plus rapide; ainsi, plus nous avancerions vers notre terme, plus nous sentirions croître notre activité et notre zèle. C'est le miracle visible que la présence de la mort opérerait : or, pourquoi ne l'opère-t-elle pas dès maintenant? Jésus-Christ ne

s'est-il pas expliqué en des termes assez précis? et la Parole
d'un Dieu a-t-elle moins d'efficace que la parole d'un ange?

Voulez-vous savoir, chrétiens, comment parle et surtout comment agit un homme qui envisage la mort de près, et qui en
fait le sujet de ses réflexions? Écoutez le saint roi Ézéchias, et
formez-vous sur cet exemple. J'ai dit, s'écriait-il profondément
humilié devant Dieu, j'ai dit au milieu de ma course : je m'en
vais aux portes de l'enfer, c'est-à-dire selon le langage du Saint-
Esprit, aux portes de la mort : *Ego dixi: In dimidio dierum meorum
vadam ad portas inferi* (ISAI. XXXVIII) : j'ai supputé le nombre de
mes années : *Quæsivi residuum annorum meorum* (IBID.) : et j'ai
reconnu que je devais dans peu quitter cette demeure terrestre,
pour être transféré ailleurs, comme l'on transporte la tente
d'un berger d'un champ à un autre : *Generatio mea ablata
est et convoluta est a me, quasi tabernaculum pastorum* (IBID.);
que par une destinée à laquelle je suis forcé de me soumettre,
le fil de mes jours allait être coupé comme une toile à demi
tissue : *Præcisa est velut a texente, vita mea* (IBID.); que du matin au soir ce serait fait de moi, et que mon arrêt ayant été
prononcé dans le conseil de Dieu, l'exécution n'en pouvait plus
être longtemps retardée : *De mane usque ad vesperam finies me*
(IBID.). Or, ces principes ainsi établis (car c'était là en effet,
remarque saint Ambroise, comme autant de principes qu'il
posait), quelles conséquences en tirait-il? quelles conclusions
pratiques pour la réformation de sa vie? Elles sont admirables,
et je ne puis vous donner un plus beau modèle. Ah ! Seigneur,
poursuivait le saint roi, c'est donc pour cela que je pousserai
sans cesse des cris vers vous, comme le petit d'une hirondelle
qui demande la pâture : *Sicut pullus hirundinis sic clamabo*
(IBID.); voilà la ferveur de sa prière. C'est pour cela que je
gémirai comme la colombe, et que je m'appliquerai jour et nuit
à méditer la profondeur de vos jugements : *Meditabor ut columba*
(IBID.) : voilà la ferveur de la méditation. C'est pour cela que
mes yeux se sont affaiblis à force de regarder en haut, d'où j'at-
tendais tout mon secours, et où je cherchais mon unique bien :
Attenuati sunt oculi mei, suspicientes in excelsum (IBID.) : voilà la
ferveur de sa confiance. C'est pour cela que je résiste aux plus
violentes tentations qui m'attaquent, et que pour n'y pas suc-

comber, instruit que je suis de la force de votre grâce, je vous prie de combattre et de répondre pour moi : *Domine, vim patior, responde pro me* (IBID.); voilà la ferveur de sa foi. C'est pour cela que je repasserai devant vous toutes les années de ma vie dans l'amertume de mon âme : *Recogitabo tibi omnes annos meos in amaritudine animœ meœ* (IBID.) : voilà la ferveur de sa pénitence; car je sais, ô mon Dieu, ajoutait-il, que ce n'est ni l'enfer ni la mort qui célèbrent vos louanges : *Quia non infernus confitebitur tibi, neque mors laudabit te* (IBID.); c'est-à-dire, selon l'explication de saint Jérôme, je sais que ce ne sont pas les mourants qui vous glorifient, ni qui sont en état de vous glorifier par leurs œuvres; et qui donc? ceux qui vivent, Seigneur, mais qui vivent aussi persuadés que moi qu'ils doivent bientôt mourir, mais qui vivent déterminés comme moi à faire de cette persuasion la règle de toutes leurs actions : *Vivens, vivens ipse confitebitur tibi, sicut et ego hodiè* (IBID.). Ainsi parlait ce religieux monarque; et de là, chrétiens, nous apprenons cette méthode si solide, si connue des saints, si peu pratiquée parmi nous, mais si praticable néanmoins, et d'où dépend la sanctification de notre vie; savoir, de faire toutes nos actions comme si chacune était la dernière, et devait être suivie de la mort; prier comme je prierais à la mort; examiner ma conscience comme je l'examinerais à la mort; pleurer mon péché comme je le pleurerais à la mort; le confesser comme je le confesserais à la mort; recevoir le sacrement de Jésus-Christ comme je le recevrais à la mort; voilà de quoi corriger toutes nos tiédeurs et toutes nos lâchetés, de quoi vivifier toutes nos œuvres par le souvenir même de la mort et de sa proximité.

Mais il m'est incertain si la mort est proche ou si elle est encore éloignée de moi : je le veux, mon cher auditeur; que concluez-vous de là? Parce qu'il est incertain quand et à quel jour vous mourrez, en devez-vous être moins actif, moins vigilant, moins fervent dans l'observation de vos devoirs? et cette incertitude qui peut-être vous sert de prétexte pour justifier vos négligences, n'est-elle pas au contraire une nouvelle raison pour les condamner? car pourquoi le Sauveur du monde nous ordonne-t-il de veiller? ce n'est pas seulement parce que la mort est prochaine, mais parce qu'elle est incertaine, c'est-à-dire parce que nous n'en savons ni le jour ni l'heure : *Quia nescitis diem neque horam* (MATTH. XXV). Ah ! chrétiens, Jésus-Christ sans doute aurait bien mal raisonné, si l'incertitude de la mort autorisait en aucune sorte nos lâchetés et nos tiédeurs ; mais c'est ici que saint Augustin a admiré la sagesse de Dieu qui nous a caché le jour de notre mort, pour nous faire employer utilement et saintement tous les jours de notre vie : *Latet ultimus dies, ut observentur omnes dies* (AUGUST.).

En effet, si nous connaissions précisément le jour et l'heure où nous mourrons, plus de pénitence dans la vie, plus d'exercice de piété ; tout serait remis à la dernière année, et dans la dernière année au dernier mois, et dans le dernier mois à la dernière semaine, et dans la dernière semaine au dernier jour, et dans le dernier jour à la dernière heure, ou même [au dernier moment : et de là plus de salut : pourquoi ? parce que le moment de la mort n'est ni le temps des bonnes œuvres ni le temps de la pénitence, et qu'on ne peut néanmoins se sauver que par la pénitence et les bonnes œuvres. Mais que fait Dieu ? par une conduite également sage et miséricordieuse il nous tient dans une incertitude absolue touchant ce dernier moment afin que nous nous tenions nous-mêmes en garde à tous les moments ; car quelle pensée est plus capable de nous renouveler sans cesse en esprit que celle-ci : peut-être ce jour sera-t-il le dernier de mes jours ; peut-être après cette confession, peut-être après cette communion, peut-être après cette prédication, peut-être après cette conversation, peut-être après cette occupation, la mort tout à coup viendra-t-elle m'enlever du monde, pour me transporter devant le tribunal de Dieu ? Quand on porte partout cette idée, et que partout on la conserve fortement imprimée dans son souvenir ; bien loin de se relâcher et de se laisser abattre, il n'y a plus rien qui arrête, plus rien qui étonne, plus rien que l'on n'entreprenne, que l'on ne soutienne, à quoi l'on ne parvienne ; on devient (belle peinture d'une vie fervente que l'apôtre lui-même nous a tracée), on devient laborieux et appliqué : *Sollicitudine non pigri* (ROM. XII) ; prompt et ardent, *Spiritu ferventes ;* infatigable dans le service du Seigneur *Domino servientes* (IBID.) ; détaché du monde et uniquement attentif aux choses du ciel : *Spe gaudentes* (IBID.) ; patient dans les maux : *In tribulatione patientes;* adonné à l'oraison : *Orationi instantes;* charitable envers ses frères et toujours prêt à exercer la miséricorde : *Necessitatibus sanctorum communicantes : hospitalitatem sectantes;* également fidèle à tout ce que l'on doit à Dieu, à tout ce que l'on doit au prochain et à tout ce que l'on se doit à soi-même : *Providentes bona non tantum coram Deo, sed etiam coram omnibus hominibus* (IBID.).

Disons quelque chose de plus pressant encore et de plus convenable à ce que Dieu demande surtout de nous dans ce saint temps où nous entrons; c'est un temps de pénitence, et la grande action de notre vie, étant pécheurs comme nous le sommes, c'est notre retour à Dieu, c'est une sincère et parfaite conversion à Dieu. Or, n'est-ce pas sur cela même que nous sentons davantage notre faiblesse, et que nous paraissons plus lâches et plus irrésolus? Il s'agit de nous déterminer à rompre nos liens par un généreux effort; il s'agit de nous inspirer cette ferveur de conversion qui ravit une âme, qui l'arrache au monde et à elle-même, qui ne lui permet pas le moindre délai, et voilà ce que doit faire l'incertitude de la mort; car dites-moi, pécheur, à quoi serez-vous sensible, si vous ne l'êtes pas au danger affreux où elle vous expose? Mourez dans votre péché, vous êtes perdu et perdu sans ressource; mais tandis que vous y demeurez, n'y pouvez-vous pas mourir, et n'y pouvez-vous pas mourir à chaque moment, puisqu'il n'y a rien de plus incertain pour vous et pour moi que la mort?

Je me trompe, chrétiens, il y a dans la mort quelque chose de certain pour nous, et quoi? c'est que nous y serons surpris. Le Sauveur du monde ne s'est pas contenté de nous dire : veillez parce que vous ne savez ni le jour ni l'heure que viendra le Fils de l'homme; il ne s'en est point tenu là; mais il a expressément ajouté : veillez parce que le Fils de l'homme viendra à l'heure que vous ne l'attendrez pas. Est-il rien de plus formel que cette parole? et l'infaillibilité de cette parole, n'est-ce pas encore ce qui redouble mon crime quand je vis tranquillement dans mon péché et que je néglige ma conversion? Si ce divin Maître ne m'avait dit autre chose sinon que le temps de la mort est incertain, peut-être serais-je moins coupable. Puisqu'il est incertain, dirais-je, je n'ai pas perdu tout droit d'espérer; je suis un téméraire, il est vrai, d'en vouloir courir les risques; mais enfin ma témérité ne détruit pas absolument ma confiance; je puis être surpris, mais aussi je puis ne l'être pas; et dans la conduite que je tiens, tout aveugle qu'elle est, j'ai du moins encore quelque prétexte : ainsi raisonnerais-je. Mais après la parole de Jésus-Christ il ne m'est plus permis de raisonner de la sorte, et je dois compter de mourir à l'heure que je n'y penserai pas; le Fils de Dieu ne me la fait connaître que par là, cette heure fatale : tout ce que je sais, mais ce que je sais à n'en pouvoir douter, c'est que le jour de ma mort sera pour moi un jour trompeur : *Qua hora non putatis* (Luc. xii). Après cela ne faut-il pas que j'aie moi-même conjuré ma perte, si dans le désordre où je suis, et me voyant exposé à toute la haine et à toutes les vengeances de mon Dieu, je ne prends pas de justes et de promptes mesures pour me remettre en grâce avec lui, et pour prévenir par la pénitence le coup dont il m'a si hautement et tant de fois menacé? Y avez-vous jamais fait, chrétiens, je ne dis pas toute la réflexion nécessaire, mais quelque réflexion? maintenant même que je vous parle de la mort, pensez-vous à la mort, ou y pensez-vous bien? y pensez-vous attentivement? y pensez-vous chrétiennement? y pensez-vous efficacement? mais si vous n'y pensez pas, à quoi pensez-vous? et si vous n'y pensez pas à présent, quand y penserez-vous, ou qui jamais y pensera pour vous? Heureux qui n'attend pas à y penser lorsqu'il ne sera plus temps d'y penser, heureux qui y pense dans la vie! C'est ainsi que la mort, châtiment du péché, en sera pour nous le remède; elle est entrée dans le monde par le péché; mais si nous la considérons comme les saints, si nous y pensons comme les saints, elle nous fera entrer comme eux par la grâce dans l'éternité bienheureuse, que je vous souhaite, etc.

PETIT CARÊME

DE MASSILLON

NOTICE SUR MASSILLON

Jean-Baptiste Massillon naquit à Hières, en Provence, en 1663. Il eut pour père un citoyen pauvre de cette petite ville. L'obscurité de sa naissance, qui ajoute tant à l'éclat de son mérite personnel, doit être le premier trait de son éloge; et l'on peut dire de lui comme de cet illustre Romain qui ne devait rien à ses aïeux : *Videtur ex se natus*, « Il n'a été fils que de lui-même. »

Ses humanités finies, il entra chez les Oratoriens à l'âge de dix-sept ans. Résolu de consacrer ses travaux à l'Église, il préféra, aux liens indissolubles qu'il aurait pu prendre dans quelqu'un des autres ordres religieux, les engagements libres que l'on contracte dans une congrégation à laquelle le grand Bossuet a donné ce rare éloge, *que tout le monde y obéit sans que personne y commande.*

Les supérieurs de Massillon jugèrent bientôt, par ses premiers essais, de l'honneur qu'il devait faire à leur congrégation. Ils le destinèrent à la chaire; mais ce ne fut que par obéissance qu'il consentit à remplir leurs vues : lui seul ne prévoyait pas la célébrité dont on le flattait, et dont sa soumission et sa modestie allaient être récompensées.

Le jeune Massillon fit d'abord tout ce qu'il put pour se dérober à cette gloire. Déjà il avait prononcé par pure obéissance, étant encore en province, les oraisons funèbres de M. de Villeroy, archevêque de Lyon, et de M. de Villars, archevêque de Vienne. Ces deux discours, qui n'étaient, à la vérité, que le coup d'essai d'un jeune homme, mais d'un jeune homme qui annonçait déjà ce qu'il fut depuis, eurent le plus brillant succès. L'humble orateur, effrayé de sa réputation naissante, et craignant, comme il le disait, *le démon de l'orgueil*, résolut de lui échapper pour toujours, en se vouant à la retraite la plus profonde, et même la plus austère. Il alla s'ensevelir dans l'abbaye de Septfonds, où l'on suit la même règle qu'à la Trappe, et il y prit l'habit. Pendant son noviciat, le cardinal de Noailles adressa à l'abbé de Septfonds, dont il respectait la

vertu, un mandement qu'il venait de publier. L'abbé, plus religieux qu'é-
loquent, mais conservant encore, au moins pour sa communauté, quelque reste d'amour-propre, voulut faire au prélat une réponse digne du
mandement qu'il avait reçu. Il en chargea le novice ex-oratorien, et Massillon le servit avec autant de succès que de promptitude. Le cardinal,
étonné de recevoir de cette Thébaïde un ouvrage si bien écrit, ne craignit
point de blesser la vanité du pieux abbé de Septfonds, en lui demandant qui en était l'auteur. L'abbé nomma Massillon, et le prélat lui répondit qu'il ne fallait pas qu'un si grand talent, suivant l'expression de
l'Écriture, demeurât *caché sous le boisseau.* Il exigea qu'on fît quitter
l'habit au jeune novice, lui fit reprendre celui de l'Oratoire, et le plaça
dans le séminaire de Saint-Magloire à Paris [1], en l'exhortant à cultiver
l'éloquence de la chaire, et en se chargeant, disait-il, *de sa fortune,* que
les vœux du jeune orateur bornaient à celle des apôtres, c'est-à-dire au
nécessaire le plus étroit, et à la simplicité la plus exemplaire.

Ses premiers sermons produisirent l'effet que ses supérieurs et le cardinal de Noailles avaient prévu. A peine commença-t-il à se montrer dans
les églises de Paris, qu'il effaça presque tous ceux qui brillaient alors dans
cette carrière. Il avait déclaré qu'*il ne prêcherait pas comme eux;* non
par un sentiment présomptueux de sa supériorité, mais par l'idée, aussi juste
que réfléchie, qu'il s'était faite de l'éloquence chrétienne. Il était persuadé
que si le ministre de la parole divine se dégrade en annonçant d'une manière triviale des vérités communes, il manque aussi son but en croyant
subjuguer, par des raisonnements profonds, des auditeurs qui, pour la
plupart, ne sont guère à portée de le suivre; que si tous ceux qui l'écoutent n'ont pas le bonheur d'avoir des lumières, tous ont un cœur où le
prédicateur doit aller chercher ses armes; qu'il faut dans la chaire montrer l'homme à lui-même, moins pour le révolter par l'horreur du portrait, que pour l'affliger par la ressemblance; et qu'enfin, s'il est quelquefois utile de l'effrayer et de le troubler, il l'est encore plus de faire
couler ces larmes douces, bien plus efficaces que celles du désespoir.

Tel fut le plan que Massillon se proposa, et qu'il remplit en homme qui
l'avait conçu, c'est-à-dire en homme supérieur. Il excelle dans la partie
de l'orateur qui seule peut tenir lieu de toutes les autres, dans cette éloquence qui va droit à l'âme, mais qui l'agite sans la renverser, qui la consterne sans la flétrir, et qui la pénètre sans la déchirer. Il va chercher au
fond du cœur ces replis cachés où les passions s'enveloppent, ces sophis-
mes secrets dont elles savent si bien s'aider pour nous aveugler et nous

1. En 1696.

séduire. On s'étonnait comment un homme voué par état à la retraite pouvait connaître assez bien le monde pour faire des peintures si vraies des passions, et surtout de l'amour-propre. *C'est en me sondant moi-même,* disait-il avec candeur, *que j'ai appris à tracer ces peintures.* Il le prouva d'une manière aussi énergique qu'ingénue, par l'aveu qu'il fit à un de ses confrères, qui le félicitait sur ses sermons. *Le diable*, répondit-il, *me l'a déjà dit plus éloquemment que vous.*

Son action était parfaitement assortie au genre d'éloquence qu'il avait embrassé. Au moment où il entrait en chaire, il paraissait vivement pénétré des grandes vérités qu'il allait dire; les yeux baissés, l'air modeste et recueilli, sans mouvements violents et presque sans gestes, mais animant tout par une voix touchante et sensible, il répandait dans son auditoire le sentiment religieux que son extérieur annonçait; il se faisait écouter avec ce silence profond qui loue encore mieux l'éloquence que les applaudissements les plus tumultueux. Sur la réputation seule de sa déclamation, le célèbre Baron voulut assister à un de ses discours; et s'adressant, au sortir du sermon, à un ami qui l'accompagnait : *Voilà*, dit-il, *un orateur, et nous ne sommes que des comédiens.*

Bientôt la cour désira de l'entendre, ou plutôt de le juger. Il parut [1], sans orgueil comme sans crainte, sur ce grand et dangereux théâtre : son début y fut des plus brillants, et l'exorde du premier discours qu'il y prononça est un des chefs-d'œuvre de l'éloquence moderne. Louis XIV était alors au comble de sa puissance et de sa gloire, vainqueur et admiré de toute l'Europe, adoré de ses sujets, enivré d'encens, et rassasié d'hommages. Massillon prit pour texte le passage de l'Écriture qui semblait le moins fait pour un tel prince, *Bienheureux ceux qui pleurent*, et sut tirer de ce texte un éloge du monarque d'autant plus neuf, plus adroit et plus flatteur, qu'il parut dicté par l'Évangile même, et tel qu'un apôtre l'aurait pu faire. « Sire, dit-il au roi, si le monde parlait ici à Votre Majesté, il ne « lui dirait pas : *Bienheureux ceux qui pleurent.* Heureux, vous dirait- « il, ce prince qui n'a jamais combattu que pour vaincre; qui a rempli « l'univers de son nom; qui, dans le cours d'un règne long et florissant, « jouit avec éclat de tout ce que les hommes admirent, de la grandeur de « ses conquêtes, de l'amour de ses peuples, de l'estime de ses ennemis, « de la sagesse de ses lois... Mais, sire, l'Évangile ne parle pas comme le « monde. » L'auditoire de Versailles, tout accoutumé qu'il était aux Bossuet et aux Bourdaloue, ne l'était pas à une éloquence tout à la fois si fine

1. Dans l'Avent de 1699.

et si noble ; aussi excita-t-elle dans l'assemblée, malgré la gravité du lieu, un mouvement involontaire d'admiration. Il ne manquait à ce morceau, pour en rendre l'impression plus touchante encore, que d'avoir été prononcé au milieu des malheurs qui suivirent nos triomphes, et lorsque le monarque, qui pendant cinquante années n'avait eu que des succès, ne répandait plus que des larmes.

La vérité, même lorsqu'elle parle au nom de Dieu, doit se contenter de frapper à la porte des rois, et ne doit jamais la briser. Massillon, persuadé de cette maxime, n'imita point quelques-uns de ses prédécesseurs, qui, soit pour déployer leur zèle, soit pour le faire remarquer, avaient prêché la morale chrétienne dans le séjour du vice avec une dureté capable de la rendre odieuse, et d'exposer la religion au ressentiment de l'autorité orgueilleuse et offensée. Notre orateur fut toujours ferme, mais toujours respectueux, en annonçant à son souverain les volontés de celui qui juge les rois ; il remplit la mesure de son ministère, mais il ne la passa jamais ; et le monarque, qui aurait pu sortir de sa chapelle mécontent de la liberté de quelques autres prédicateurs, ne sortit jamais des sermons de Massillon que *mécontent de lui-même.* C'est ce que le prince eut le courage de dire en propres termes à l'orateur ; éloge le plus grand qu'il pût lui donner, mais que tant d'autres, avant et depuis Massillon, n'ont pas même désiré d'obtenir, plus jaloux de renvoyer des juges satisfaits que des pécheurs convertis.

Louis XIV mourut ; et le régent, qui honorait les talents de Massillon, le nomma à l'évêché de Clermont [1] ; il voulut de plus que la cour l'entendît encore une fois, et l'engagea à prêcher un carême devant le roi, alors âgé de neuf ans.

Ces sermons, composés en moins de trois mois, sont connus sous le nom de *Petit Carême.* C'est peut-être, sinon le chef-d'œuvre, au moins le vrai modèle de l'éloquence de la chaire. Les grands sermons du même orateur peuvent avoir plus de mouvement et de véhémence : l'éloquence du *Petit Carême* est plus insinuante et plus sensible ; et le charme qui en résulte augmente encore par l'intérêt du sujet, par le prix inestimable de ces leçons simples et touchantes qui, destinées à pénétrer avec autant de douceur que de force dans le cœur d'un monarque enfant, semblent préparer le bonheur de plusieurs millions d'hommes, en annonçant au jeune prince qui doit régner sur eux, tout ce qu'ils ont droit d'en attendre. C'est là que l'orateur met sous les yeux des souverains les écueils et les mal-

1. Le 7 novembre 1717.

heurs du rang suprême ; la vérité fuyant les trônes, et se cachant pour les princes mêmes qui la cherchent : la confiance présomptueuse que peuvent leur inspirer les louanges même les plus justes ; le danger presque égal pour eux de la faiblesse qui n'a point d'avis, et de l'orgueil qui n'écoute que le sien ; le funeste pouvoir de leurs vices pour corrompre, avilir et perdre toute une nation ; la détestable gloire des princes conquérants, si cruellement achetée par tant de sang et tant de larmes ; Dieu enfin, placé entre les rois oppresseurs et les peuples opprimés, pour effrayer les rois et venger les peuples. Tel est l'objet de ce *Petit Carême*, digne d'être appris par tous les enfants destinés à régner, et d'être médité par tous les hommes chargés de gouverner le monde.

La même année où ces discours furent prononcés, Massillon entra à l'Académie Française [1]. L'abbé Fleury, qui le reçut en qualité de directeur, lui donna, entre autres éloges, celui d'avoir su se mettre à la portée du jeune roi, dans les instructions qu'il lui avait destinées. « Il semble, lui « dit-il, que vous ayez voulu imiter le prophète, qui, pour ressusciter le « fils de la Sunamite, se rapetissa, pour ainsi dire, en mettant sa bouche « sur la bouche, ses yeux sur les yeux, et ses mains sur les mains de l'en- « fant, et qui, après l'avoir ainsi réchauffé, le rendit à sa mère plein de « vie. »

Vivement pénétré des vraies obligations de son état, Massillon remplit surtout le premier devoir d'un évêque, celui qui le fait chérir et respecter de l'incrédulité même, le devoir ou plutôt le plaisir si doux de l'humanité et de la bienfaisance. Il réduisit à des sommes très-modiques ses droits épiscopaux, qu'il aurait entièrement abolis, s'il n'avait cru devoir respecter le patrimoine de ses successeurs, c'est-à-dire leur laisser de bonnes actions à faire. Il fit porter en deux ans vingt mille livres à l'Hôtel-Dieu de Clermont. Tout son revenu appartint aux pauvres. Son diocèse en conserva longtemps le souvenir, et sa mémoire y est honorée encore de nos jours.

Il avait joui, dès son vivant, de cette oraison funèbre qu'il ne peut plus entendre. Dès qu'il paraissait dans les rues de Clermont, le peuple se prosternait autour de lui en criant : *Vive notre père !* Aussi ce vertueux prélat disait-il souvent que ses confrères ne sentaient pas assez quel degré de considération et d'autorité ils pouvaient tirer de leur état ; que ce n'était ni par le faste, ni par une dévotion minutieuse, qu'ils pouvaient se rendre chers à l'humanité et redoutables à ceux qui l'oppriment, mais

---

1. Il fut reçu le 23 février 1719, à la place de l'abbé de Louvois.

par ces vertus dont le cœur du peuple est le juge, et qui, dans un ministre de la vraie religion, retracent à tous les yeux l'Être juste et bienfaisant dont il est l'image.

Non-seulement il prodiguait sa fortune aux indigents; il les assistait
encore, avec autant de zèle que de succès, de son crédit et de sa plume.
Témoin, dans ses visites diocésaines, de la misère sous laquelle gémissaient les habitants de la campagne, et son revenu ne suffisant pas pour
donner du pain à tant d'infortunés qui lui en demandaient, il écrivit à la
cour en leur faveur; et, par la peinture énergique et touchante qu'il faisait de leurs besoins, il obtenait, ou des secours pour eux, ou des diminutions considérables sur les impôts. On assure que ses lettres sur cet
objet intéressant sont des chefs-d'œuvre d'éloquence et de pathétique,
supérieurs encore aux plus touchants de ses sermons.

Plus il respectait sincèrement la religion, plus il avait de mépris pour
les superstitions qui la dégradent, et de zèle pour les détruire. Il abolit,
non sans peine, des processions très-anciennes et très-indécentes, que la
barbarie des siècles d'ignorance avait établies dans son diocèse, qui tra-
vestissaient le culte divin en une mascarade scandaleuse, et auxquelles
les habitants de Clermont couraient en foule, les uns par une dévotion
stupide, les autres pour tourner cette farce religieuse en ridicule. Les
curés de la ville, craignant la fureur du peuple, d'autant plus attaché à
ces pieuses comédies qu'elles sont plus absurdes, n'osaient publier le
mandement qui défendait ces processions. Massillon monta en chaire,
publia son mandement lui-même, se fit écouter d'un auditoire tumultueux qui aurait insulté tout autre prédicateur, et jouit, par cette victoire,
du fruit de sa bienfaisance et de sa vertu.

Il mourut comme était mort Fénelon, et comme tout évêque doit mourir, sans argent et sans dettes. Ce fut le 28 septembre 1742 que l'Église,
l'éloquence et l'humanité firent cette perte irréparable.

Ce grand orateur prononça, soit avant que d'être évêque, soit depuis
qu'il le fut devenu, quelques oraisons funèbres, dont le mérite fut éclipsé
par celui de ses sermons. S'il n'avait pas dans le caractère cette inflexibilité
qui annonce la vérité avec rudesse, il avait cette candeur qui ne permet
pas de la déguiser. A travers les louanges qu'il accorde dans ses discours,
soit à la bienséance, soit même à la justice, le jugement secret qu'il porte
au fond de son cœur sur celui qu'il est chargé de célébrer, échappe, sans

1. Massillon, prêchant devant Louis XIV, resta un moment sans se rappeler la suite de son
discours : « Remettez-vous, mon père, lui dit le roi; il est bien juste de nous laisser goûter les
« belles et utiles choses que vous nous dites. »

qu'il y pense, à sa franchise naturelle, et surnage, pour ainsi dire, malgré lui ; et l'on sent en le lisant qu'il est tel de ses héros dont il aurait fait plus volontiers l'histoire que l'éloge.

Il lui était arrivé une seule fois de manquer de mémoire en prêchant : trompé par le dégoût léger que cet accident lui donna, il pensait qu'il y aurait beaucoup plus d'avantage à lire les sermons qu'à les réciter. Nous osons n'être pas de son avis; la lecture forcerait l'orateur, ou à se priver de ces grands mouvements qui sont l'âme de la chaire, ou à rendre ces mouvements ridicules, en y donnant un air d'apprêt et d'exagération qui détruirait le naturel et la vérité. Massillon semble avoir senti lui-même que le mérite le plus propre à séduire dans un discours oratoire, est qu'il paraisse débité sur-le-champ, et sans qu'aucune trace de préparation s'y laisse apercevoir; car lorsqu'on lui demandait quel était celui de ses sermons qu'il croyait le meilleur, il répondait : *Celui que je sais le mieux.*

Quoique voué à l'éloquence chrétienne par goût et par devoir, il s'était quelquefois, par délassement, exercé sur d'autres objets : on assure qu'il a laissé une Vie manuscrite du *Corrége.* Il ne pouvait choisir pour sujet de ses éloges un peintre dont les talents fussent plus analogues aux siens; car il était (qu'on nous pardonne cette expression) le Corrége des orateurs.

AVIS DE L'AUTEUR.

Ces Sermons ne sont que des entretiens particuliers faits pour l'instruction du roi (Louis XV) avant sa majorité, et pour les personnes de la
cour, qui composaient seules l'auditoire de la chapelle du château des
Tuileries, quand ces discours y furent prononcés.

PETIT CARÊME
DE MASSILLON

SERMON

POUR

LA FÊTE DE LA PURIFICATION DE LA SAINTE VIERGE

DES EXEMPLES DES GRANDS

Ecce positus est hic in ruinam, et in resur-
rectionem multorum in Israël.

Celui que vous voyez est établi pour la ruine
et pour la résurrection de plusieurs en
Israël.   LUC., II, 34.

SIRE,

Telle est la destinée des rois et des princes de la terre, d'être
établis pour la perte comme pour le salut du reste des hommes;
et quand le ciel les donne au monde, on peut dire que ce sont
des bienfaits ou des châtiments publics que sa miséricorde ou
sa justice prépare aux peuples.

Oui, Sire, en ce jour heureux où vous fûtes donné à la France,
et où, porté dans le temple saint, le pontife vous marqua, sur
les autels, du signe sacré de la foi, il fut vrai de dire de vous :
Cet enfant auguste vient de naître pour la perte comme pour
le salut de plusieurs.

Jésus-Christ lui-même, prenant possession aujourd'hui, dans
le temple, de sa nouvelle royauté, n'est pas exempt de cette loi.
Il est vrai que ses exemples, ses miracles, et sa doctrine, qui

vont assurer le salut à tant de brebis d'Israël, ne deviendront une occasion de chute et de scandale pour le reste des Juifs, que par l'incrédulité qui les rendra plus inexcusables; et qu'ainsi le même Évangile, qui sera le salut et la rédemption des uns, sera la ruine et la condamnation des autres.

Heureux les princes et les grands, si leur sainteté toute seule était, pour les hommes corrompus, une occasion de censure et de scandale; et si leurs exemples, comme ceux de Jésus-Christ, ne devenaient l'écueil et la condamnation du vice, qu'en le rendant plus inexcusable, en devenant l'appui et le modèle de la vertu!

Ainsi, mes frères, vous que la Providence a élevés au-dessus des autres hommes; et vous surtout, Sire, vous que la main de Dieu, protectrice de cette monarchie, a comme retiré du milieu des ruines et des débris de la maison royale, pour vous placer sur nos têtes; vous qu'il a rallumé comme une étincelle précieuse dans le sein même des ombres de la mort, où il venait d'éteindre toute votre auguste race, et où vous étiez sur le point de vous éteindre vous-même : oui, Sire, je le répète, voilà les destinées que le ciel vous prépare : vous êtes établi pour la perte comme pour le salut de plusieurs : *positus in ruinam et in resurrectionem multorum in Israël.*

Les exemples des princes et des grands roulent sur cette alternative inévitable : ils ne sauraient ni se perdre ni se sauver tout seuls. Vérité capitale qui va faire le sujet de ce discours.

PREMIÈRE PARTIE.

SIRE,

Comme le premier penchant des peuples est d'imiter les rois, le premier devoir des rois est de donner de saints exemples aux peuples. Les hommes ordinaires ne semblent naître que pour eux seuls; leurs vices ou leurs vertus sont obscurs comme leur destinée : confondus dans la foule, s'ils tombent ou s'ils demeurent fermes, c'est également à l'insu du public; leur perte ou leur salut se bornent à leur personne : ou du moins leur exemple peut bien séduire et détourner quelquefois de la vertu, mais il ne saurait imposer et autoriser le vice.

Les princes et les grands, au contraire, ne semblent nés que pour les autres. Le même rang qui les donne en spectacle les propose pour modèles, leurs mœurs forment bientôt les mœurs publiques : on suppose que ceux qui méritent nos hommages ne sont pas indignes de notre imitation : la foule n'a point d'autre loi que les exemples de ceux qui commandent : leur vie se reproduit, pour ainsi dire, dans le public; et si leurs vices trouvent des censeurs, c'est d'ordinaire parmi ceux même qui les imitent.

Aussi la même grandeur qui favorise les passions les contraint et les gêne; et, comme dit un ancien, plus l'élévation semble nous donner de licence par l'autorité, plus elle nous en ôte par les bienséances [1].

Mais d'où viennent ces suites inévitables que les exemples des grands ont toujours parmi les peuples? le voici : du côté des peuples, c'est la vanité et l'envie de plaire; du côté des grands, c'est l'étendue et la perpétuité.

Je dis la vanité du côté des peuples. Oui, mes frères, le monde, toujours inexplicable, a de tout temps attaché également de la honte et au vice et à la vertu : il donne du ridicule à l'homme juste; il perce de mille traits l'homme dissolu : les passions et les œuvres saintes fournissent la même matière à ses dérisions et à ses censures; et, par une bizarrerie que ses caprices seuls peuvent justifier, il a trouvé le secret de rendre en même temps et le vice méprisable et la vertu ridicule. Or les exemples de dissolution dans les grands, en autorisant le vice, en ennoblissent la honte et l'ignominie, et lui ôtent ce qu'il a de méprisable aux yeux du public : leurs passions deviennent bientôt dans les autres de nouveaux titres d'honneur, et la vanité seule peut leur former des imitateurs.

Notre nation surtout, ou plus vaine ou plus frivole, comme on l'en accuse, ou, pour parler plus équitablement et lui faire plus d'honneur, plus attachée à ses maîtres et plus respectueuse envers les grands, se fait une gloire de copier leurs mœurs, comme un devoir d'aimer leur personne : on est flatté d'une ressemblance qui, nous rapprochant de leur conduite, semble

---

1. *Ita, in maxima fortuna, minima licentia est.* SALLUST.

nous rapprocher de leur rang. Tout devient honorable d'après de grands modèles; et souvent l'ostentation toute seule nous jette dans des excès auxquels l'inclination se refuse. La ville croirait dégénérer en ne copiant pas les mœurs de la cour : le citoyen obscur, en imitant la licence des grands, croit mettre à ses passions le sceau de la grandeur et de la noblesse; et le désordre dont le goût lui-même se lasse bientôt, la vanité toute seule le perpétue.

Mais, Sire, d'un autre côté tout reprend sa place dans un État où les grands, et le prince surtout, adorent le Seigneur. La piété est en honneur dès qu'elle a de grands exemples pour elle : les justes ne craignent plus ce ridicule que le monde jette sur la vertu, et qui est l'écueil de tant d'âmes faibles; on craint Dieu sans craindre les hommes; la vertu n'est plus étrangère à la cour; le désordre lui-même n'y va plus la tête levée, il est réduit à se cacher, ou à se couvrir des apparences de la sagesse; la licence ne paraît plus revêtue de l'autorité publique; et si le vice n'y perd rien, le scandale du moins diminue. En un mot, les devoirs de la religion entrent dans l'ordre public; ils deviennent une bienséance que le monde lui-même nous impose : le culte peut encore être méprisé en secret par l'impie, mais il est vengé du moins par la majesté et la décence publique. Le temple saint peut encore voir au pied de ses autels des pécheurs et des incrédules; mais il n'y voit plus de profanateurs : le zèle de votre auguste bisaïeul avait, par des lois sévères, puni souvent, et toujours flétri de son indignation et de sa disgrâce, ce scandale dans son royaume. Il peut se trouver encore des hommes corrompus qui refusent à Dieu leur cœur; mais ils n'oseraient lui refuser leurs hommages. En un mot, il peut être encore aisé de se perdre; mais du moins il n'est pas honteux de se sauver.

Or, quand l'exemple des grands ne servirait qu'à autoriser la vertu, qu'à la rendre respectable sur la terre, qu'à lui ôter ce ridicule impie et insensé que le monde lui donne, qu'à mettre les justes à couvert de la tentation des dérisions et des censures, qu'à établir qu'il n'est pas honteux à l'homme de servir le Dieu qui l'a fait naître et qui le conserve, que le culte qu'on lui rend est le devoir le plus glorieux et le plus honorable à la créature, et que le titre de serviteur du Très-Haut est mille fois plus grand et plus réel que tous les titres vains et pompeux qui entourent le diadème des souverains; quand l'exemple des grands n'aurait que cet avantage, quel honneur pour la religion, et quelle abondance de bénédictions pour un empire!

Sire, heureux le peuple qui trouve ses modèles dans ses maîtres, qui peut imiter ceux qu'il est obligé de respecter, qui apprend dans leurs exemples à obéir à leurs lois, et qui n'est pas contraint de détourner ses regards de ceux à qui il doit des hommages!

Mais quand les exemples des grands ne trouveraient pas dans la vanité seule des peuples une imitation toujours sûre, l'intérêt et l'envie de leur plaire leur donneraient autant d'imitateurs de leurs actions, que leur autorité forme de prétendants à leurs grâces.

Le jeune roi Roboam oublie les conseils d'un père le plus sage des rois; une jeunesse inconsidérée est bientôt appelée aux premières places, et partage ses faveurs en imitant ses désordres.

Les grands veulent être applaudis; et comme l'imitation est de tous les applaudissements le plus flatteur et le moins équivoque, on est sûr de leur plaire dès qu'on s'étudie à leur ressembler : ils sont ravis de trouver dans leurs imitateurs l'apologie de leurs vices, et ils cherchent avec complaisance dans tout ce qui les environne de quoi se rassurer contre eux-mêmes.

Ainsi l'ambition, dont les voies sont toujours longues et pénibles, est charmée de se frayer un chemin plus court et plus agréable : le plaisir, d'ordinaire irréconciliable avec la fortune, en devient l'artisan et le ministre : les passions, déjà si favorisées par nos penchants, trouvent encore dans l'espoir de la récompense un nouvel attrait qui les anime; tous les motifs se réunissent contre la vertu; et s'il est si malaisé de se défendre du vice qui plaît, qu'il est difficile de ne pas s'y livrer lorsque de plus il nous honore!

Tel est, Sire, le malheur des grands que des passions injustes entraînent. Leur exemple corrompt tous ceux que leur autorité leur soumet : ils répandent leurs mœurs en distribuant leurs grâces; tout ce qui dépend d'eux veut vivre comme eux. Sire, n'estimez dans les hommes que l'amour du devoir, et vos bien-

faits ne tomberont que sur le mérite : condamnez dans les
autres ce que vous ne sauriez vous justifier à vous-mêmes. Les
imitateurs des passions des grands insultent à leurs vices en les
imitant. Quel malheur quand le souverain, peu content de se
livrer au désordre, semble le consacrer par les grâces dont il
l'honore dans ceux qui en sont ou les imitateurs ou les honteux
ministres! quel opprobre pour un empire! quelle indécence
pour la majesté du gouvernement! quel découragement pour
une nation, et pour les sujets habiles et vertueux à qui le vice
enlève les grâces destinées à leurs talents et à leurs services!
quel décri et quel avilissement pour le prince dans l'opinion
des cours étrangères! et de là quel déluge de maux dans le
peuple! les places occupées par des hommes corrompus; les
passions, toujours punies par le mépris, devenues la voie des
honneurs et de la gloire; l'autorité, établie pour maintenir
l'ordre et la pudeur des lois, méritée par les excès qui les violent; les mœurs corrompues dans leur source; les astres qui
devaient marquer nos routes, changés en des feux errants qui
nous égarent; les bienséances même publiques, dont le vice est
toujours jaloux, renvoyées comme des usages surannés à l'antique gravité de nos pères; le désordre débarrassé de la gêne
même des ménagements; la modération dans le vice devenue
presque aussi ridicule que la vertu.

Mais, Sire, si la justice et la piété dans les grands prennent
la place des passions et de la licence, quelle source de bénédictions pour les peuples! C'est la vertu qui distribue les grâces;
c'est elle qui les reçoit : les honneurs vont chercher l'homme
sage qui les mérite et qui les fuit, et fuient l'homme vendu à
l'iniquité qui court après; les fonctions publiques ne sont con-
fiées qu'à ceux qui se dévouent au bien public; le crédit et l'intrigue ne mènent à rien; le mérite et les services n'ont besoin
que d'eux-mêmes; le goût même du souverain ne décide pas de
ses largesses; rien ne lui paraît digne de récompense dans ses
sujets, que les talents utiles à la patrie; les faveurs annoncent
toujours le mérite, ou le suivent de près; il n'y a de mécontents dans l'État que les hommes oiseux et inutiles; la paresse
et la médiocrité murmurent toutes seules contre la sagesse et
l'équité des choix; les talents se développent par les récom-

penses qui les attendent; chacun cherche à se rendre utile au public; et toute l'habileté de l'ambition se réduit à se rendre digne des places auxquelles on aspire. En un mot, les peuples sont soulagés, les faibles soutenus, les vicieux laissés dans la boue, les justes honorés, Dieu béni dans les grands qui tiennent ici-bas sa place; et si l'envie de leur plaire peut former des hypocrites, outre que le masque tombe tôt ou tard, et que l'hypocrisie se trahit toujours par quelque endroit elle-même, c'est du moins un hommage que le vice rend à la vertu, en s'honorant même de ses apparences.

Voilà du côté des peuples les suites que la vanité et l'envie de plaire attachent toujours aux exemples des grands : de leur côté, c'est l'étendue et la perpétuité qui en font comme le signal ou du désordre ou de la vertu parmi les hommes.

SECONDE PARTIE.

Je dis l'étendue, une étendue d'autorité : que de ministres de leurs passions n'enveloppent-ils pas dans leur condamnation et dans leur destinée !

Si un amour outré de la gloire les enivre, tout leur souffle la désolation et la guerre; et alors, Sire, que de peuples sacrifiés à l'idole de leur orgueil! que de sang répandu qui crie vengeance contre leur tête! que de calamités publiques dont ils sont les seuls auteurs! que de voix plaintives s'élèvent au ciel contre des hommes nés pour le malheur des autres hommes! que de crimes naissent d'un seul crime! leurs larmes pourraient-elles jamais laver les campagnes teintes du sang de tant d'innocents? et leur repentir tout seul peut-il désarmer la colère du ciel, tandis qu'il laisse encore après lui tant de troubles et de malheurs sur la terre?

Sire, regardez toujours la guerre comme le plus grand fléau dont Dieu puisse affliger un empire : cherchez à désarmer vos ennemis plutôt qu'à les vaincre. Dieu ne vous a confié le glaive que pour la sûreté de vos peuples, et non pour le malheur de vos voisins. L'empire sur lequel le ciel vous a établi est assez vaste; soyez plus jaloux d'en soulager les misères que d'en étendre les limites; mettez plutôt votre gloire à réparer le malheur des guerres passées, qu'à en entreprendre de nouvelles; rendez votre règne immortel par la félicité de vos peuples plus que par le nombre de vos conquêtes; ne mesurez pas sur votre puissance la justice de vos entreprises; et n'oubliez jamais que, dans les guerres les plus justes, les victoires traînent toujours après elles autant de calamités pour un État que les plus sanglantes défaites.

Mais si l'amour du plaisir l'emporte dans les souverains sur la gloire, hélas! tout sert à leurs passions, tout s'empresse pour en être les ministres, tout en facilite le succès, tout en réveille les désirs, tout prête des armes à la volupté; des sujets indignes la favorisent; les adulateurs lui donnent des titres d'honneur; des auteurs profanes la chantent et l'embellissent; les arts s'épuisent pour en diversifier les plaisirs; tous les talents destinés par l'Auteur de la nature à servir à l'ordre et à la décoration de la société ne servent plus qu'à celle du vice; tout devient les ministres, et par là les complices de leurs passions injustes. Sire, qu'on est à plaindre dans la grandeur! les passions, qui s'usent par le temps, s'y perpétuent par les ressources; les dégoûts, toujours inséparables du désordre, y sont réveillés par la diversité des plaisirs; le tumulte seul, et l'agitation qui environne le trône, en bannit les réflexions, et ne laisse jamais un instant le souverain avec lui-même. Les Nathan eux-mêmes, les prophètes du Seigneur, se taisent et s'affaiblissent en l'approchant: tout lui met sans cesse sous l'œil sa gloire; tout lui parle de sa puissance, et personne n'ose lui montrer, même de loin, ses faiblesses.

A l'étendue de l'autorité ajoutez encore une étendue d'éclat; ce n'est pas à leur nation seule que se borne l'impression et l'effet contagieux de leurs exemples. Les grands sont en spectacle à tout l'univers; leurs actions passent de bouche en bouche, de province en province, de nation en nation; rien n'est privé dans leur vie; tout appartient au public: l'étranger, dans les cours les plus éloignées, a les yeux sur eux comme le citoyen: ils vont se faire des imitateurs jusque dans les lieux où leur puissance leur forme des ennemis: le monde entier se sent de leurs vertus ou de leurs vices; ils sont, si je l'ose dire, citoyens de l'univers; au milieu de tous les peuples se passent des événements qui prennent leur source dans leurs exemples ; ils sont chargés devant Dieu de la justice ou des iniquités des nations, et leurs vices ou leurs vertus ont des bornes encore plus étendues que celles de leur empire.

La France surtout, qui depuis longtemps fixe tous les regards de l'Europe, est encore plus en spectacle qu'aucune autre nation ; les étrangers y viennent en foule étudier nos mœurs, et les porter ensuite dans les contrées les plus éloignées : nous y voyons même les enfants des souverains s'éloigner des plaisirs et de la magnificence de leur cour, venir ici comme des hommes privés substituer à la langue et aux manières de leur nation la politesse de la nôtre, et, comme le trône a toujours leurs premiers regards, se former sur la sagesse et la modération, ou sur l'orgueil et les excès du prince qui le remplit. Sire, montrez-leur un souverain qu'ils puissent imiter ; que vos vertus et la sagesse de votre gouvernement les frappent encore plus que votre puissance ; qu'ils soient encore plus surpris de la justice de votre règne que de la magnificence de votre cour : ne leur montrez pas vos richesses, comme ce roi de Juda aux étrangers venus de Babylone ; montrez-leur votre amour pour vos sujets, et leur amour pour vous, qui est le véritable trésor des souverains ; soyez le modèle des bons rois ; et, en faisant l'admiration des étrangers, vous ferez le bonheur de vos peuples.

Mais ce n'est pas seulement aux hommes de leur siècle que les princes et les grands sont redevables ; leurs exemples ont un caractère de perpétuité qui intéresse tous les siècles à venir.

Les vices ou les vertus des hommes du commun meurent d'ordinaire avec eux ; leur mémoire périt avec leur personne : le jour de la manifestation tout seul révélera leurs actions aux yeux de l'univers ; mais, en attendant, leurs œuvres sont ensevelies, et reposent sous l'obscurité du même tombeau que leurs cendres.

Mais les princes et les grands, Sire, sont de tous les siècles ; leur vie, liée avec les événements publics, passe avec eux d'âge en âge ; leurs passions, ou conservées dans des monuments publics, ou immortalisées dans nos histoires, ou chantées par une poésie lascive, iront encore préparer des piéges à la dernière postérité : le monde est encore plein d'écrits pernicieux qui ont transmis jusqu'à nous les désordres des cours précédentes : les dissolutions des grands ne meurent point; leurs exemples prêcheront encore le vice ou la vertu à nos plus reculés neveux, et l'histoire de leurs mœurs aura la même durée que celle de leur siècle.

Que d'engagements heureux, Sire, leur état seul ne forme-t-il pas aux grands et aux rois pour la piété et pour la justice! S'ils y trouvent plus d'attraits pour le vice, que de puissants motifs n'y trouvent-ils pas aussi pour la vertu! quelle noble retenue ne doit pas accompagner des actions qui seront écrites en caractères ineffaçables dans le livre de la postérité! quelle gloire mieux placée que de ne point se livrer à des vices et à des passions dont le souvenir souillera l'histoire de tous les temps et les hommes de tous les siècles! quelle émulation plus louable que de laisser des exemples qui deviendront les titres les plus précieux de la monarchie, et les monuments publics de la justice et de la vertu! enfin, quoi de plus grand que d'être né pour le bonheur même des siècles à venir, de compter que nos exemples seuls formeront une succession de vertu et de crainte du Seigneur parmi les hommes, et que de nos cendres mêmes il en renaîtra d'âge en âge des princes qui nous seront semblables!

Telle est, Sire, la destinée des bons rois; et tel fut votre auguste bisaïeul, ce grand roi que nous vous proposerons toujours pour modèle : hélas! il le sera de tous les rois à venir. N'oubliez jamais ces derniers moments où cet héroïque vieillard, comme aujourd'hui Siméon, vous tenant entre ses bras, vous baignant de ses larmes paternelles, et offrant au Dieu de ses pères ce reste précieux de sa race royale, quitta la vie avec joie, puisque ses yeux voyaient l'enfant miraculeux que Dieu réservait encore pour être le salut de la nation et la gloire d'Israël.

Sire, ne perdez jamais de vue ce grand spectacle, ce père des rois, mourant, et voyant revivre en vous seul l'espérance de toute sa postérité éteinte; recommandant votre enfance à la tendre et respectable dépositaire[1] de votre première éducation,

---

1. Madame la duchesse de Ventadour.

laquelle, en formant vos premières inclinations, et pour ainsi dire vos premières paroles, fut sur le point de recueillir vos derniers soupirs; confiant le sacré dépôt de votre personne au pieux prince [1] qui vous inspire des sentiments dignes de votre sang; à l'illustre maréchal [2] qui a reçu comme une vertu héréditaire la science d'élever les rois, et qui, devenu un des premiers sujets de l'État, vous apprendra à devenir le plus grand roi de votre siècle; au prélat fidèle [3] qui, après avoir gouverné sagement l'Église, lui formera en vous son plus zélé protecteur; enfin à toute la nation, dont vous êtes en même temps et le précieux pupille et le père.

Puissiez-vous, Sire, n'effacer jamais de votre souvenir les maximes de sagesse que ce grand prince vous laissa dans ses derniers moments, comme un héritage plus précieux que sa couronne !

Il vous exhorta à soulager vos peuples; soyez-en le père, et vous en serez doublement le maître.

Il vous inspira l'horreur de la guerre, et vous exhorta de ne pas suivre là-dessus son exemple : soyez un prince pacifique; les conquêtes les plus glorieuses sont celles qui nous gagnent les cœurs.

Il vous avertit de craindre le Seigneur : marchez devant lui dans l'innocence; vous ne régnerez heureusement qu'autant que vous régnerez saintement [4].

Sire, que les dernières paroles de ce grand roi, de ce patriarche de votre famille royale, soient, comme celles du patriarche Jacob mourant, les prédictions de ce qui doit arriver un jour à sa race ! et puissent ses dernières instructions devenir la prophétie de votre règne ! Ainsi soit-il.

1. Le duc du Maine. — 2. Le maréchal de Villeroi. — 3. L'ancien évêque de Fréjus.

4. Louis XV a toujours conservé, écrites au chevet de son lit, les paroles remarquables que Louis XIV lui dit, en le tenant sur son lit entre ses bras : ces paroles ne sont point telles qu'elles sont rapportées dans toutes les histoires. Les voici fidèlement copiées :

« Vous allez bientôt être roi d'un grand royaume. Ce que je vous recommande plus fortement « est de n'oublier jamais les obligations que vous avez à Dieu. Souvenez-vous que vous lui devez « tout ce que vous êtes. Tâchez de conserver la paix avec vos voisins. J'ai trop aimé la guerre ; « ne m'imitez pas en cela, non plus que dans les trop grandes dépenses que j'ai faites. Prenez « conseil en toutes choses, et cherchez à connaître le meilleur, pour le suivre toujours. Soulagez « vos peuples le plus tôt que vous pourrez, et faites ce que j'ai eu le malheur de ne pouvoir faire « moi-même. »

(VOLTAIRE, *Siècle de Louis XIV*, ch. XXVIII.)

SERMON

POUR LE PREMIER DIMANCHE DE CARÊME

SUR LES TENTATIONS DES GRANDS

Jesus ductus est in desertum a spiritu, ut tentaretur a diabolo.

Jésus fut conduit par l'esprit dans le désert, pour y être tenté par le diable.

MATTH., IV, 1.

SIRE,

Les signes éclatants qui avaient accompagné la naissance et les commencements de la vie de Jésus-Christ, ne permettaient pas au démon d'ignorer que le Très-Haut ne le destinât à de grandes choses.

Plus il entrevoit les premières lueurs de sa grandeur future, plus il se hâte de lui dresser des piéges. Sa descendance des rois de Juda, son droit à la couronne de ses ancêtres, les prophéties qui annonçaient que, dans les derniers temps, Dieu susciterait de la race de David le prince de la paix et le libérateur de son peuple, tout ce qui annonce la grandeur de Jésus-Christ arme la malice du tentateur contre son innocence.

Les grands, Sire, sont les premiers objets de sa fureur : plus exposés que les autres hommes à ses séductions et à ses piéges, il commence de bonne heure à leur en préparer ; et comme leur chute lui répond de celle de tous ceux presque qui dépendent d'eux, il rassemble tous ses traits pour les perdre.

« Changez ces pierres en pain[1], » dit-il à Jésus-Christ. Il l'attaque d'abord par le plaisir ; et c'est le premier piége qu'il dresse à leur innocence.

1. MATTH., IV, 3.

« Puisque vous êtes le Fils de Dieu, ajoute-t-il, il enverra
« ses anges pour vous garder[1]. » Il continue par l'adulation,
et c'est un trait encore plus dangereux dont il empoisonne
leur âme.

Enfin, « je vous donnerai les royaumes du monde et toute
« leur gloire[2] ; » et il finit par l'ambition, et c'est la dernière et
la plus sûre ressource qu'il emploie pour triompher de leur
faiblesse.

Ainsi le plaisir commence à leur corrompre le cœur ; l'adulation l'affermit dans l'égarement, et lui ferme toutes les voies de la
vérité ; l'ambition consomme l'aveuglement, et achève de creuser le précipice. Exposons ces vérités importantes, après avoir
imploré, etc. *Ave, Maria.*

PREMIÈRE PARTIE.

SIRE,

Le premier écueil de notre innocence, c'est le plaisir. Les
autres passions, plus tardives, ne se développent et ne mûrissent
pour ainsi dire, qu'avec la raison : celle-ci la prévient, et nous
nous trouvons corrompus avant presque d'avoir pu connaître ce
que nous sommes : ce penchant infortuné, qui souille tout le
cours de la vie des hommes, prend toujours sa source dans les
premières mœurs ; c'est le premier trait empoisonné qui blesse
l'âme, c'est lui qui efface sa première beauté, et c'est de lui que
coulent ensuite tous ses autres vices.

Mais ce premier écueil de la vie humaine devient comme
l'écueil privilégié de la vie des grands. Dans les autres hommes,
cette passion déplorable n'exerce jamais qu'à demi son empire ;
les obstacles la traversent, la crainte des discours publics la
retient, l'amour de la fortune la partage.

Dans les princes et dans les grands, ou elle ne trouve point
d'obstacles, ou les obstacles eux-mêmes, facilement écartés,
l'enflamment et l'irritent. Hélas ! quels obstacles a jamais trouvés
là-dessus la volonté de ceux qui tiennent en leurs mains la fortune publique ? Les occasions préviennent presque leurs désirs ;

1. MATTH., IV, 4. — 2. Ibid., 3.

leurs regards, si j'ose parler ainsi, trouvent partout des crimes qui les attendent; l'indécence du siècle et l'avilissement des cours honorent même d'éloges publics les attraits qui réussissent à les séduire : on rend des hommages indignes à l'effronterie la plus honteuse ; un bonheur si honteux est regardé avec envie au lieu de l'être avec exécration, et l'adulation publique couvre l'infamie du crime public. Non, Sire, les princes, dès qu'ils se livrent au vice, ne connaissent plus d'autre frein que leur volonté, et leurs passions ne trouvent pas plus de résistance que leurs ordres.

David veut jouir de son crime : l'élite de son armée est bientôt sacrifiée ; et par là périt le seul témoin incommode à son incontinence. Rien ne coûte et rien ne s'oppose aux passions des grands : ainsi la félicité des passions en devient un nouvel attrait; devant eux toutes les voies du crime s'aplanissent, et tout ce qui plaît est bientôt possible.

La crainte du public est un autre frein pour la licence du commun des hommes. Quelque corrompues que soient nos mœurs, le vice n'a pas encore perdu parmi nous toute sa honte; il reste encore une sorte de pudeur publique qui nous force à le cacher : et le monde lui-même, qui semble s'en faire honneur, lui attache pourtant encore une espèce de flétrissure et d'opprobre : il favorise les passions, et il impose pourtant des bienséances qui les gênent; il fait les leçons publiques du vice et de la volupté, et il exige pourtant le secret et une sorte de ménagement de ceux qui s'y livrent.

Mais les princes et les grands ont secoué ce joug : ils ne font pas assez de cas des hommes pour redouter leurs censures; les hommages publics qu'on leur rend les rassurent sur le mépris secret qu'on a pour eux; ils ne craignent pas un public qui les craint et qui les respecte ; et, à la honte du siècle, ils se flattent avec raison qu'on a pour leurs passions les mêmes égards que pour leur personne. La distance qu'il y a d'eux au peuple le leur montre dans un point de vue si éloigné, qu'ils le regardent commé s'il n'était pas : ils méprisent des traits partis de si loin, et qui ne sauraient venir jusqu'à eux; et presque toujours devenus les seuls objets de la censure publique, ils sont les seuls qui l'ignorent.

Ainsi plus on est grand, Sire, plus on est redevable au public. L'élévation, qui blesse déjà l'orgueil de ceux qui nous sont soumis, les rend des censeurs plus sévères et plus éclairés de nos vices; il semble qu'ils veulent regagner par les censures ce qu'ils perdent par la soumission; ils se vengent de la servitude par la liberté des discours. Non, Sire, les grands se croient tout permis, et on ne pardonne rien aux grands; ils vivent comme s'ils n'avaient point de spectateurs, et cependant ils sont tout seuls comme le spectacle éternel du reste de la terre.

Enfin l'ambition et l'amour de la fortune dans les autres hommes partage l'amour du plaisir; les soins qu'elle exige sont autant de moments dérobés à la volupté; le désir de parvenir suspend du moins des passions qui, de tout temps, en ont été l'obstacle : on ne saurait allier les mouvements sages et mesurés de l'ambition avec le loisir, l'oisiveté, et presque toujours le dérangement et les extravagances du vice : en un mot, la débauche a toujours été l'écueil inévitable de l'élévation; et jusques ici les plaisirs ont arrêté bien des espérances de fortune, et l'ont rarement avancée.

Mais les princes et les grands, qui n'ont plus rien à désirer du côté de la fortune, n'y trouvent rien aussi qui gêne leurs plaisirs : la naissance leur a tout donné; ils n'ont plus qu'à jouir, pour ainsi dire, d'eux-mêmes; leurs ancêtres ont travaillé pour eux; le plaisir devient l'unique soin qui les occupe : ils se reposent de leur élévation sur leurs titres; tout le reste est pour les passions.

Aussi les enfants des hommes illustres sont d'ordinaire les successeurs du rang et des honneurs de leurs pères, et ne le sont pas de leur gloire et de leurs vertus : l'élévation dont la naissance les met en possession, les empêche toute seule de s'en rendre dignes : héritiers d'un grand nom, il leur paraît inutile de s'en faire un à eux-mêmes; ils goûtent les fruits d'une gloire dont ils n'ont pas goûté l'amertume : le sang et les travaux de leurs ancêtres deviennent le titre de leur mollesse et de leur oisiveté : la nature a tout fait pour eux, elle ne laisse plus rien à faire au mérite; et souvent l'époque glorieuse de l'élévation d'une race devient, un moment après, elle-même, sous un indigne héritier, le signal de sa décadence et de son opprobre : les exemples là-dessus sont de toutes les nations et de tous les siècles.

Salomon avait porté la gloire de son nom jusqu'aux extrémités de la terre ; l'éclat et la magnificence de son règne avait surpassé celle de tous les rois d'Orient : un fils insensé devient le jouet de ses propres sujets, et voit dix tribus se choisir un nouveau maître. Les enfants de la gloire et de la magnificence sont rarement les enfants de la sagesse et de la vertu ; et il est presque plus rare de soutenir la gloire et les honneurs auxquels on succède, que de les acquérir soi-même.

SECONDE PARTIE.

Le plaisir est donc le premier écueil des grands, et c'est par là que le tentateur commence à les séduire ; il continue par l'adulation. Le plaisir corrompt le cœur par le vice ; l'adulation achève de le fermer à la vertu. Les attraits qui environnent le trône soufflent de toutes parts la volupté ; l'adulation la justifie. Le désordre laisse toujours au fond de l'âme le ver dévorant ; mais le flatteur traite le remords de faiblesse, enhardit la timidité du crime, et lui ôte la seule ressource qui pouvait le ramener à la pudeur de l'ordre et de la raison.

Sire, quel fléau pour les grands, que ces hommes nés pour applaudir à leurs passions, ou pour dresser des piéges à leur innocence ! Quel malheur pour les peuples, quand les princes et les puissants se livrent à ces ennemis de leur gloire, parce qu'ils le sont de la sagesse et de la vérité ! Les fléaux des guerres et des stérilités sont des fléaux passagers, et des temps plus heureux ramènent bientôt la paix et l'abondance : les peuples en sont affligés ; mais la sagesse du gouvernement leur laisse espérer des ressources. Le fléau de l'adulation ne permet plus d'en attendre ; c'est une calamité pour l'État, qui en promet toujours de nouvelles ; l'oppression des peuples déguisée au souverain ne leur annonce que des charges plus onéreuses ; les gémissements les plus touchants que forme la misère publique passent bientôt pour des murmures ; les remontrances les plus justes et les plus respectueuses, l'adulation les travestit en une témérité punissable; et l'impossibilité d'obéir n'a plus d'autre nom que la rébellion et la mauvaise volonté qui refuse. Que le Seigneur [1], disait autrefois un saint roi, confonde ces langues trompeuses et ces lèvres fausses qui cherchent à nous perdre, parce qu'elles ne s'étudient qu'à nous plaire!

Sire, défiez-vous de ceux qui, pour autoriser les profusions immenses des rois, leur grossissent sans cesse l'opulence de leurs peuples. Vous succédez à une monarchie florissante, il est vrai, mais que les pertes passées ont accablée : le zèle de vos sujets est inépuisable; mais ne mesurez pas là-dessus les droits que vous avez sur eux : leurs forces ne répondront de long-temps à leur zèle; les nécessités de l'État les ont épuisées, laissez-les respirer de leur accablement : vous augmenterez vos ressources en augmentant leur tendresse. Écoutez les conseils des sages et des vieillards auxquels votre enfance est confiée, et qui présidèrent aux conseils de votre auguste bisaïeul; et souvenez-vous de ce jeune roi de Juda dont je vous ai déjà cité l'exemple, qui, pour avoir préféré les avis d'une jeunesse inconsidérée à la sagesse et à la maturité de ceux aux conseils desquels Salomon son père était redevable de la gloire et de la prospérité de son règne, et qui lui conseillaient d'affermir les commencements du sien par le soulagement de ses peuples, vit un nouveau royaume se former des débris de celui de Juda; et pour avoir voulu exiger de ses sujets au delà de ce qu'ils lui devaient, il perdit leur amour, et leur fidélité qui lui était due. Les conseils agréables sont rarement des conseils utiles; et ce qui flatte les souverains fait d'ordinaire le malheur des sujets.

Oui, Sire, par l'adulation les vices des grands se fortifient, leurs vertus mêmes se corrompent. Leurs vices se fortifient : et quelle ressource peut-il rester à des passions qui ne trouvent autour d'elles que des éloges? Hélas! comment pourrions-nous haïr et corriger ceux de nos défauts que l'on loue, puisque ceux même qu'on censure trouvent encore au dedans de nous, non-seulement des penchants, mais des raisons même qui les défendent? Nous nous faisons à nous-mêmes l'apologie de nos

---

1. Ps. xi, 4.

vices : l'illusion peut-élle se dissiper, lorsque tout ce qui nous environne nous les donne pour des vertus?

Leurs vertus mêmes se corrompent; c'est l'expérience de tous les siècles, disait Assuérus : les suggestions flatteuses des méchants ont toujours perverti les inclinations louables des meilleurs princes, et les plus anciennes histoires nous en fournissent des exemples : *et ex veteribus probatur historiis... quomodo malis quorumdam suggestionibus regum studia depraventur* [1]. C'était un roi infidèle qui fit cet aveu public à ses sujets : les conseils spécieux et iniques d'un flatteur allaient souiller toute la gloire de son empire; la fidélité du seul Mardochée arrêta le bras prêt à tomber sur les innocents. Un seul sujet fidèle décide souvent de la félicité d'un règne et de la gloire du souverain; et il ne faut aussi qu'un seul adulateur pour flétrir toute la gloire du prince, et faire tout le malheur d'un empire.

En effet, l'adulation enfante l'orgueil, et l'orgueil est toujours l'écueil fatal de toutes les vertus. L'adulateur, en prêtant aux grands les qualités louables qui leur manquent, leur fait perdre celles même que la nature leur avait données; il change en source de vice des penchants qui étaient en eux des espérances de vertu : le courage dégénère en présomption; la majesté qu'inspire la naissance, qui sied si bien au souverain, n'est plus qu'une vaine fierté qui l'avilit et le dégrade; l'amour de la gloire, qui coule en eux avec le sang des rois leurs ancêtres, devient une vanité insensée, qui voudrait voir l'univers entier à leurs pieds, qui cherche à combattre seulement pour avoir l'honneur frivole de vaincre, et qui, loin de dompter leurs ennemis, leur en fait de nouveaux, et arme contre eux leurs voisins et leurs alliés : l'humanité, si aimable dans l'élévation, et qui est comme le premier sentiment qu'on verse dès l'enfance dans l'âme des rois, se bornant à des largesses outrées et à une familiarité sans réserve pour un petit nombre de favoris, ne leur laisse plus qu'une dure insensibilité pour les misères publiques : les devoirs mêmes de la religion, dont ils sont les premiers protecteurs, et qui avaient fait la plus sérieuse occupation de leur premier âge, ne leur paraissent plus bientôt que

---

1. Esth., xvi, 7.

les amusements puérils de l'enfance. Non, Sire, les princes naissent d'ordinaire vertueux, et avec des inclinations dignes de leur sang : la naissance nous les donne tels qu'ils devraient être ; l'adulation toute seule les fait tels qu'ils sont.

Gâtés par les louanges, on n'oserait plus leur parler le langage de la vérité : eux seuls ignorent dans leur état ce qu'eux seuls devraient connaître ; ils envoient des ministres pour être informés de ce qui se passe de plus secret dans les cours et dans les royaumes les plus éloignés, et personne n'oserait leur apprendre ce qui se passe dans leur royaume propre : les discours flatteurs assiégent leur trône, s'emparent de toutes les avenues, et ne laissent plus d'accès à la vérité. Ainsi le souverain est seul étranger au milieu de ses peuples; il croit manier les ressorts les plus secrets de l'empire, et il en ignore les événements les plus publics : on lui cache ses pertes, on lui grossit ses avantages, on lui diminue les misères publiques; on le joue à force de le respecter : il ne voit plus rien tel qu'il est; tout lui paraît tel qu'il le souhaite.

Telles sont les tristes suites de l'adulation. Cependant, Sire, c'est là le vice le plus commun des cours, et l'écueil des meilleurs princes. A peine le jeune roi Joas eut-il perdu le fidèle pontife Joïada, ce sage tuteur de son enfance, et le seul homme par qui la vérité allait encore jusqu'au pied de son trône, que, séduit par les flatteries des courtisans, dit l'Écriture, il se livra à leurs mauvais conseils et à ses propres faiblesses : *delinitus obsequiis eorum, acquievit eis* [1].

C'est l'adulation qui fait d'un bon prince un prince né pour le malheur de son peuple; c'est elle qui fait du sceptre un joug accablant, et qui, à force de louer les faiblesses des rois, rend leurs vertus mêmes méprisables.

Oui, Sire, quiconque flatte ses maîtres, les trahit; la perfidie qui les trompe est aussi criminelle que celle qui les détrône : la vérité est le premier hommage qu'on leur doit; il n'y a pas loin de la mauvaise foi du flatteur à celle du rebelle : on ne tient plus à l'honneur et au devoir, dès qu'on ne tient plus à la vérité, qui seule honore l'homme, et qui est la base de tous les devoirs.

1. II PARAL., XXIV, 27.

La même infamie qui punit la perfidie et la révolte devrait être destinée à l'adulation : la sûreté publique doit suppléer aux lois, qui ont omis de la compter parmi les grands crimes auxquels elles décernent des supplices; car il est aussi criminel d'attenter à la bonne foi des princes qu'à leur personne sacrée; de manquer à leur égard de vérité, que de manquer de fidélité; puisque l'ennemi qui veut nous perdre est encore moins à craindre que l'adulateur qui ne cherche qu'à nous plaire.

Mais l'adulation la plus dangereuse est dans la bouche de ceux qui, par la sainteté de leur caractère, sont établis les ministres de la vérité. Allez, dit le Seigneur à l'esprit du mensonge, entrez dans la bouche des prophètes du roi Achab; vous réussirez, vous le tromperez, et sa séduction est inévitable : *decipies, et prevalebis* [1]. Hélas! si l'adulation a tant de charmes lors même que les vices et les dissolutions du flatteur en affaiblissent l'autorité et la rendent suspecte, quelle séduction ne forme-t-elle point lorsqu'elle est consacrée par les apparences mêmes de la vertu! Quel avilissement pour nous, si nous faisons du ministère même de la vérité un ministère d'adulation et de mensonge; si, dans ces chaires mêmes destinées à instruire et à corriger les grands, nous leur donnons de fausses louanges qui achèvent de les séduire; si le seul canal par où la vérité peut encore aller jusqu'à eux, n'y porte qu'une lueur trompeuse qui leur aide à se méconnaître; si nous empruntons le langage flatteur et rampant des cours, en venant leur annoncer la parole généreuse et sublime du Seigneur; et si, loin d'être ici les maîtres et les docteurs des rois, nous ne sommes que les vils esclaves de la vanité et de la fortune! Mais quel malheur pour les grands de trouver d'indignes apologistes de leurs vices parmi ceux qui en auraient dû être les censeurs, d'entendre autour de leur trône les ministres et les interprètes de la religion parler comme le courtisan, et de trouver des adulateurs où ils auraient dû trouver des Ambroises!

O vous, Sire, que Dieu a établi pour commander aux hommes, n'aimez dans les hommes que la vérité; elle seule les rend aimables : fermez l'oreille aux discours qui vous flattent; le

1. III Reg., XXII, 22.

flatteur hait votre personne, il n'aime que vos faveurs : écoutez
les louanges qui nous prêtent de fausses vertus, comme des
reproches publics de nos vices véritables ; souvenez-vous que
l'amour des peuples est l'éloge le moins suspect du souverain :
les bons et les mauvais princes ont été également loués pendant
leur vie ; il semble même que les basses flatteries ont été encore
plus prodiguées à ces derniers : la haine publique se cache
d'ordinaire sous l'adulation. Sire, rendez-vous digne d'être loué,
et vous mépriserez les louanges.

TROISIÈME PARTIE.

L'adulation ferme donc le cœur à la vérité ; mais l'ambition
est bientôt le triste fruit de l'aveuglement où jette l'adulation,
et achève de creuser le précipice ; c'est le dernier piége que le
démon tend aujourd'hui à Jésus-Christ : « Je vous donnerai les
« royaumes du monde et toute leur gloire. »

Oui, Sire, c'est l'adulation qui mène toujours les grands à la
gloire insensée et mal entendue de l'ambition ; et ce désir
insensé de gloire, où ne mène-t-il point un cœur qui s'y livre !

Cette passion infortunée rend d'abord malheureux l'ambitieux qu'elle possède ; elle l'avilit ensuite, et le dégrade ; enfin
elle le conduit à une fausse gloire par des moyens injustes qui
lui font perdre la gloire véritable : tels sont les caractères honteux de l'ambition, de ce vice dont le monde honore ses héros,
et dont ils s'honorent si fort eux-mêmes.

Ce n'est pas que je prétende autoriser dans les grands, non
plus que dans le reste des hommes, une vie molle et obscure,
des sentiments bas et timides, et, sous prétexte de blâmer l'ambition, consacrer l'oisiveté et l'indolence.

Je sais qu'il y a une noble émulation qui mène à la gloire
par le devoir ; la naissance nous l'inspire, et la religion l'autorise ; c'est elle qui donne aux empires des citoyens illustres,
des ministres sages et laborieux, de vaillants généraux, des
auteurs célèbres, des princes dignes des louanges de la postérité. La piété véritable n'est pas une profession de pusillanimité
et de paresse : la religion n'abat et n'amollit point le cœur, elle

l'ennoblit et l'élève; elle seule sait former de grands hommes; on est toujours petit quand on n'est grand que par la vanité : ainsi la mollesse et l'oisiveté blessent également les règles de la piété et les devoirs de la vie civile, et le citoyen inutile n'est pas moins proscrit par l'Évangile que par la société.

Mais l'ambition, ce désir insatiable de s'élever au-dessus et sur les ruines mêmes des autres, ce ver qui pique le cœur et ne le laisse jamais tranquille, cette passion qui est le grand ressort des intrigues et de toutes les agitations des cours, qui forme les révolutions des États, et qui donne tous les jours à l'univers de nouveaux spectacles; cette passion, qui ose tout, et à laquelle rien ne coûte, est un vice encore plus pernicieux aux empires que la paresse même.

Déjà il rend malheureux celui qui en est possédé : l'ambitieux ne jouit de rien, ni de sa gloire, il la trouve obscure; ni de ses places, il veut monter plus haut; ni de sa prospérité, il sèche et dépérit au milieu de son abondance; ni des hommages qu'on lui rend, ils sont empoisonnés par ceux qu'il est obligé de rendre lui-même; ni de sa faveur, elle devient amère dès qu'il faut la partager avec ses concurrents; ni de son repos, il est malheureux à mesure qu'il est obligé d'être plus tranquille : c'est un Aman, l'objet souvent des désirs et de l'envie publique, et qu'un seul honneur refusé à son excessive autorité rend insupportable à lui-même.

L'ambition le rend donc malheureux; mais, de plus, elle l'avilit et le dégrade. Que de bassesses pour parvenir! il faut paraître, non pas tel qu'on est, mais tel qu'on nous souhaite. Bassesse d'adulation, on encense et on adore l'idole qu'on méprise; bassesse de lâcheté, il faut savoir essuyer des dégoûts, dévorer des rebuts, et les recevoir presque comme des grâces; bassesse de dissimulation, point de sentiments à soi, et ne penser que d'après les autres; bassesse de déréglement, devenir les complices et peut-être les ministres des passions de ceux de qui nous dépendons, et entrer en part de leurs désordres pour participer plus sûrement à leurs grâces : enfin, bassesse même d'hypocrisie, emprunter quelquefois les apparences de la piété, jouer l'homme de bien pour parvenir, et faire servir à l'ambition la religion même qui la condamne. Ce n'est point là une peinture imaginée; ce sont les mœurs des cours, et l'histoire de la plupart de ceux qui y vivent.

Qu'on nous dise après cela que c'est le vice des grandes âmes : c'est le caractère d'un cœur lâche et rampant; c'est le trait le plus marqué d'une âme vile. Le devoir tout seul peut nous amener à la gloire : celle qu'on doit aux bassesses et aux intrigues de l'ambition porte toujours avec elle un caractère de honte qui nous déshonore; elle ne promet les royaumes du monde et toute leur gloire qu'à ceux qui se prosternent devant l'iniquité, et qui se dégradent honteusement eux-mêmes : *si cadens adoraveris me* [1]. On reproche toujours vos bassesses à votre élévation; vos places rappellent sans cesse les avilissements qui les ont méritées; et les titres de vos honneurs et de vos dignités deviennent eux-mêmes les traits publics de votre ignominie. Mais, dans l'esprit de l'ambitieux, le succès couvre la honte des moyens : il veut parvenir, et tout ce qui le mène là est la seule gloire qu'il cherche; il regarde ces vertus romaines, qui ne veulent rien devoir qu'à la probité, à l'honneur, et aux services, comme des vertus de roman et de théâtre, et croit que l'élévation des sentiments pouvait faire autrefois les héros de la gloire, mais que c'est la bassesse et l'avilissement qui fait aujourd'hui ceux de la fortune.

Aussi l'injustice de cette passion en est un dernier trait encore plus odieux que ses inquiétudes et sa honte. Oui, mes frères, un ambitieux ne connaît de loi que celle qui le favorise; le crime qui l'élève est pour lui comme une vertu qui l'ennoblit. Ami infidèle, l'amitié n'est plus rien pour lui dès qu'elle intéresse sa fortune : mauvais citoyen, la vérité ne lui paraît estimable qu'autant qu'elle lui est utile : le mérite qui entre en concurrence avec lui est un ennemi auquel il ne pardonne point : l'intérêt public cède toujours à son intérêt propre; il éloigne des sujets capables, et se substitue à leur place; il sacrifie à ses jalousies le salut de l'État; et il verrait avec moins de regret les affaires publiques périr entre ses mains, que sauvées par les soins et par les lumières d'un autre.

Telle est l'ambition dans la plupart des hommes : inquiète,

1. Matth., iv, 9.

honteuse, injuste. Mais, Sire, si ce poison gagne et infecte le cœur du prince; si le souverain, oubliant qu'il est le protecteur de la tranquillité publique, préfère sa propre gloire à l'amour et au salut de ses peuples; s'il aime mieux conquérir des provinces que régner sur les cœurs; s'il lui paraît plus glorieux d'être le destructeur de ses voisins que le père de son peuple; si le deuil et la désolation de ses sujets est le seul chant de joie qui accompagne ses victoires; s'il fait servir à lui seul une puissance qui ne lui est donnée que pour rendre heureux ceux qu'il gouverne; en un mot, s'il n'est roi que pour le malheur des hommes, et que, comme ce roi de Babylone, il ne veuille élever la statue impie, l'idole de sa grandeur, que sur les larmes et les débris des peuples et des nations : grand Dieu ! quel fléau pour la terre ! quel présent faites-vous aux hommes dans votre colère, en leur donnant un tel maître !

Sa gloire, Sire, sera toujours souillée de sang : quelque insensé chantera peut-être ses victoires; mais les provinces, les villes, les campagnes en pleureront : on lui dressera des monuments superbes, pour immortaliser ses conquêtes; mais les cendres encore fumantes de tant de villes autrefois florissantes, mais la désolation de tant de campagnes dépouillées de leur ancienne beauté, mais les ruines de tant de murs sous lesquelles des citoyens paisibles ont été ensevelis, mais tant de calamités qui subsisteront après lui, seront des monuments lugubres qui immortaliseront sa vanité et sa folie. Il aura passé comme un torrent pour ravager la terre, et non comme un fleuve majestueux pour y porter la joie et l'abondance : son nom sera écrit dans les annales de la postérité parmi les conquérants, mais il ne le sera pas parmi les bons rois; et l'on ne rappellera l'histoire de son règne que pour rappeler le souvenir des maux qu'il a faits aux hommes. Ainsi son orgueil[1], dit l'esprit de Dieu, sera monté jusqu'au ciel; sa tête aura touché dans les nuées; ses succès auront égalé ses désirs; et tout cet amas de gloire ne sera plus à la fin qu'un monceau de boue qui ne laissera après elle que l'infection et l'opprobre.

Grand Dieu ! vous qui êtes le protecteur de l'enfance des rois

---

1. *Si ascenderit usque ad cœlum superbia ejus, et caput ejus nubes tetigerit; quasi sterquilinium in fine perdetur* (JOB , XX, 6, 7.)

et surtout des rois pupilles, éloignez tous ces piéges de l'enfant précieux que vous nous avez laissé dans votre .miséricorde ! Il peut vous dire, comme autrefois un roi selon votre cœur : « Mon père et ma mère m'ont abandonné[1]. » A peine avais-je les yeux ouverts à la lumière, qu'une mort prématurée les ferma en même temps à Adélaïde qui m'avait porté dans son sein, et dont les traits aimables 'et majestueux sont encore peints sur mon visage ; et au prince pieux de qui je tiens la vie, et dont les sentiments religieux seront toujours gravés dans mon cœur : *pater meus et mater mea dereliquerunt me.* Mais vous, Seigneur, qui êtes le père des rois et le Dieu de mes pères, vous m'avez pris sous votre protection, et mis à couvert sous l'ombre de vos ailes et de votre bonté paternelle : *Dominus autem assumpsit me*[2].

Grand Dieu ! gardez donc son innocence comme un trésor encore plus estimable que sa couronne ; faites-la croître avec son âge ; prenez son cœur entre vos mains, et que le feu impur de la volupté ne profane jamais un sanctuaire que vous vous êtes réservé depuis tant de siècles : *custodi innocentiam*[3].

Voyez ces semences de droiture et de vérité que vous avez jetées dans son âme ; cet esprit de justice et d'équité qui se développe de jour en jour, et qui paraît être né avec lui ; cette aversion naissante pour les artifices et les fausses louanges du flatteur ; et ne permettez pas que l'adulation corrompe jamais ces présages heureux de notre félicité future : *et vide œquitatem*[4].

Qu'il règne pour notre bonheur, et il régnera pour sa gloire. Que son unique ambition soit de rendre ses sujets heureux ; que son titre le plus chéri soit celui de roi bienfaisant et pacifique : il ne sera grand qu'autant qu'il sera cher à son peuple. Qu'il soit le modèle de tous les bons rois, et que ce prince pacifique puisse laisser encore après lui des princes qui lui ressemblent : *quoniam sunt reliquiæ homini pacifico*[5]. Recevez ces vœux, ô mon Dieu ! et qu'ils soient pour nous les gages de la tranquillité de la vie présente, et l'espérance de la future ! Ainsi soit-il.

1. Ps. xxvi, 10. — 2. Ibid. — 3. Ibid. — 4. Ibid. — 5. Ibid.

SERMON

POUR LE SECOND DIMANCHE DE CARÊME

SUR LE RESPECT

QUE LES GRANDS DOIVENT A LA RELIGION.

*Et ecce apparuerunt illis Moyses et Elias cum
Jesu loquentes.*

En même temps ils virent paraître Moïse et
Élie, qui s'entretenaient avec Jésus.

MATTH., XVII, 3.

SIRE,

Ce sont les deux plus grands hommes qui eussent encore
paru sur la terre qui viennent aujourd'hui sur la montagne
sainte rendre hommage à la gloire et à la grandeur de Jésus-
Christ :

Moïse, ce dieu de Pharaon, ce législateur des peuples, ce
vainqueur des rois, ce maître de la nature, et plus grand encore
par le titre de serviteur fidèle de la maison du Seigneur ;

Élie, cet homme miraculeux, la terreur des princes impies,
qui pouvait faire descendre le feu du ciel, ou s'y élever lui-même
sur un char de gloire et de lumière, et plus célèbre encore par
le zèle saint qui le dévorait que par toutes les merveilles qui
accompagnèrent sa vie.

Cependant l'un et l'autre n'avaient été grands que parce qu'ils
avaient été les images de Jésus-Christ. Ils viennent donc adorer
celui qu'ils avaient figuré, et rendre à ce divin original la
puissance et la gloire qui appartiennent à lui seul, et dont ils
n'avaient été eux-mêmes que comme les précurseurs et les
dépositaires.

Telle est, Sire, la destinée des princes et des grands de la terre

Ils ne sont grands que parce qu'ils sont les images de la gloire du Seigneur et les dépositaires de sa puissance. Ils doivent donc soutenir les intérêts de Dieu dont ils représentent la majesté, et respecter la religion, qui seule les rend eux-mêmes respectables.

Je dis la respecter : elle exige d'eux un respect de fidélité figuré par Moïse, qui leur en fasse observer les maximes, et un respect de zèle, représenté dans Élie, qui les rende protecteurs de sa doctrine et de sa vérité.

Fidèles dans l'observance de ses maximes; zélés dans la défense de sa doctrine et de sa vérité. *Ave, Maria.*

PREMIÈRE PARTIE.

SIRE,

Être né grand, et vivre en chrétien, n'ont rien d'incompatible, ni dans les fonctions de l'autorité, ni dans les devoirs de la religion; ce serait dégrader l'Évangile, et adopter les anciens blasphèmes de ses ennemis, de le regarder comme la religion du peuple et une secte de gens obscurs.

Il est vrai que les Césars, et les puissants selon le siècle, ne crurent pas d'abord en Jésus-Christ; mais ce n'est pas que sa doctrine réprouvât leur état; elle ne réprouvait que leurs vices : il fallait même montrer au monde que la puissance de Dieu n'avait pas besoin de celle des hommes; que le crédit et l'autorité du siècle était inutile à une doctrine descendue du ciel; qu'elle se suffisait à elle-même pour s'établir dans l'univers; que toutes les puissances du siècle, en se déclarant contre elle, et en la persécutant, devaient l'affermir; et que si elle n'eût pas eu d'abord les grands pour ennemis, elle eût manqué du principal caractère qui les rendit ensuite ses disciples.

La loi de l'Évangile est donc la loi de tous les états; plus même la naissance nous élève au-dessus des autres hommes, plus la religion nous fournit des motifs de fidélité envers Dieu. Je dis des motifs de reconnaissance et de justice.

Oui, mes frères, ce n'est pas le hasard qui vous a fait naître grands et puissants. Dieu, dès le commencement des siècles, vous avait destiné cette gloire temporelle, marqués du sceau de sa grandeur, et séparés de la foule par l'éclat des titres et des distinctions humaines. Que lui aviez-vous fait, pour être ainsi préférés au reste des hommes, et à tant d'infortunés surtout qui ne se nourrissent que d'un pain de larmes et d'amertume? Ne sont-ils pas comme vous l'ouvrage de ses mains, et rachetés du même prix? n'êtes-vous pas sortis de la même boue? n'êtes-vous pas peut-être chargés de plus de crimes? le sang dont vous êtes issus, quoique plus illustre aux yeux des hommes, ne coule-t-il pas de la même source empoisonnée qui a infecté tout le genre humain? Vous avez reçu de la nature un nom plus glorieux; mais en avez-vous reçu une âme d'une autre espèce, et destinée à un autre royaume éternel que celle des hommes les plus vulgaires? Qu'avez-vous au-dessus d'eux devant celui qui ne connaît de titres et de distinctions dans ses créatures que les dons de sa grâce? Cependant Dieu, leur père comme le vôtre, les livre au travail, à la peine, à la misère, et à l'affliction; et il ne réserve pour vous que la joie, le repos, l'éclat et l'opulence; ils naissent pour souffrir, pour porter le poids du jour et de la chaleur, pour fournir, de leurs peines et de leurs sueurs, à vos plaisirs et à vos profusions; pour traîner, si j'ose parler ainsi, comme de vils animaux, le char de votre grandeur et de votre indolence. Cette distance énorme que Dieu laisse entre eux et vous a-t-elle jamais été seulement l'objet de vos réflexions, loin de l'être de votre reconnaissance? Vous vous êtes trouvés, en naissant, en possession de tous ces avantages; et, sans remonter au souverain dispensateur des choses humaines, vous avez cru qu'ils vous étaient dus, parce que vous en aviez toujours joui. Hélas! vous exigez de vos créatures une reconnaissance si vive, si marquée, si soutenue, un assujettissement si déclaré de ceux qui vous sont redevables de quelques faveurs; ils ne sauraient sans crime oublier un instant ce qu'ils vous doivent; vos bienfaits vous donnent sur eux un droit qui vous les assujettit pour toujours. Mesurez là-dessus ce que vous devez au Seigneur, le bienfaiteur de vos pères et de toute votre race. Quoi! vos faveurs vous font des esclaves, et les bienfaits de Dieu ne lui feraient que des ingrats et des rebelles!

Ainsi, mes frères, plus vous avez reçu de lui, plus il attend de vous. Mais, hélas! cette loi de reconnaissance, que tout ce qui vous environne vous annonce, et qui devrait être, pour ainsi dire, écrite sur les portes et sur les murs de vos palais, sur vos terres et sur vos titres, sur l'éclat de vos dignités et de vos vêtements, n'est point même écrite dans votre cœur ! Dieu reprendra ses propres dons, mes frères, puisque, loin de lui en rendre la gloire qui lui est due, vous les tournez contre lui-même ; ils ne passeront point à votre postérité ; il transportera cette gloire à une race plus fidèle. Vos descendants expieront peut-être dans la peine et dans la calamité le crime de votre ingratitude ; et les débris de votre élévation seront comme un monument éternel où le doigt de Dieu écrira jusqu'à la fin l'usage injuste que vous en avez fait.

Que dis-je ! il multipliera peut-être ses dons ; il vous accablera de nouveaux bienfaits ; il vous élèvera encore plus haut que vos ancêtres : mais il vous favorisera dans sa colère ; ses bienfaits seront des châtiments ; votre prospérité consommera votre aveuglement et votre orgueil ; ce nouvel éclat ne sera qu'un nouvel attrait pour vos passions ; et l'accroissement de votre fortune verra croître dans le même degré vos dissolutions, votre irréligion et votre impénitence.

C'est donc une erreur, mes frères, de regarder la naissance et le rang comme un privilége qui diminue et adoucit à votre égard vos devoirs envers Dieu et les règles sévères de l'Évangile ; au contraire, il exigera plus de ceux à qui il aura plus donné ; ses bienfaits deviendront la mesure de vos devoirs ; et comme il vous a distingués des autres hommes par des largesses plus abondantes, il demande que vous vous en distinguiez aussi par une plus grande fidélité. Mais, outre la reconnaissance qui vous y engage, plus tout allume les passions dans votre état, plus vous avez besoin de vigilance pour vous défendre. Il faut aux grands de grandes vertus : la prospérité est comme une persé-cution continuelle contre la foi ; et si vous n'avez pas toute la force et le courage des saints, vous aurez bientôt plus de vices et de faiblesses que le reste des hommes.

Mais d'ailleurs sur quoi prétendez-vous que Dieu doit se relâ-cher en votre faveur, et exiger moins de vous que du commun des fidèles ? Avez-vous moins de plaisirs à expier ? votre inno-cence est-elle le titre qui vous donne droit à son indulgence ? vous êtes-vous moins livrés aux désirs de la chair, pour vous croire plus dispensés des violences qui la mortifient et la punissent? Votre élévation a multiplié vos crimes; et elle adoucirait votre pénitence! Vos excès vous distinguent encore plus du peuple que votre rang; et vous prétendriez trouver là-dessus dans la religion des exceptions qui vous fussent favorables!

Quelle idée de la Divinité avons-nous, mes frères? quel Dieu de chair et de sang nous formons-nous? Quoi! dans ce jour terrible où Dieu seul sera grand, où le roi et l'esclave seront confondus, où les œuvres seules seront pesées, Dieu n'exercerait que des jugements favorables envers ces hommes que nous appelons grands! ces hommes qu'il avait comblés de biens, qui avaient été les heureux de la terre, qui s'étaient fait ici-bas une injuste félicité, et qui, oubliant presque tous l'auteur de leur prospérité, n'avaient vécu que pour eux-mêmes! et il s'armerait alors de toute sa sévérité contre le pauvre qu'il avait toujours affligé! et il réserverait toute la rigueur de ses jugements pour des infortunés qui n'avaient passé que des jours de deuil et des nuits laborieuses sur la terre, et qui souvent l'avaient béni dans leur affliction, et invoqué dans leur délaissement et leur amertume! Vous êtes juste, Seigneur, et vos jugements seront équitables.

Mais, Sire, quand ces motifs de justice et de reconnaissance n'engageraient pas les grands à la fidélité qu'ils doivent par tant de titres à Dieu, que de motifs n'en trouvent-ils pas encore en eux-mêmes!

N'est-ce pas en effet la sagesse et la crainte de Dieu toute seule qui peut rendre les princes et les grands plus aimables aux peuples? C'est par elle, disait autrefois un jeune roi, que je deviendrai illustre parmi les nations; que les vieillards respecteront ma jeunesse; que les princes qui sont autour de mon trône baisseront par respect les yeux devant moi; que les rois voisins, quelque redoutables qu'ils soient, me craindront; que je serai aimé dans la paix, et redouté dans la guerre : *per hanc timebunt me reges horrendi : in multitudine videbor bonus et in bello fortis*[1]. C'est par elle que mon règne sera agréable à votre peuple, ô mon Dieu! que je le gouvernerai justement, et que

---

1. SAP., VIII, 13, 15.

je serai digne du trône de mes pères : *per hanc disponam popu-*
lum tuum juste, et ero dignus sedium patris mei[1].

Non, Sire, ce ne sera ni la force de vos armées, ni l'étendue
de votre empire, ni la magnificence de votre cour, qui vous
rendront cher à vos peuples : ce seront les vertus qui font les
bons rois, la justice, l'humanité, la crainte de Dieu. Vous êtes
un grand roi par votre naissance, mais vous ne pouvez être un
roi cher à vos peuples que par vos vertus. Les passions qui nous
éloignent de Dieu nous rendent toujours injustes et odieux aux
hommes : les peuples souffrent toujours des vices du souverain.
Tout ce qui outre l'autorité l'affaiblit et la dégrade ; les princes
dominés par les passions sont toujours des maîtres incommodes
et bizarres : le gouvernement n'a plus de règle quand le maître
lui-même n'en a point. Ce n'est plus la sagesse et l'intérêt public qui président aux conseils, c'est l'intérêt des passions : le
caprice et le goût forment les décisions que devait dicter l'amour
de l'ordre ; et le plaisir devient le grand ressort de toute la
prudence de l'empire. Oui, Sire, la sagesse et la piété du souverain toute seule peut faire le bonheur de ses sujets ; et le roi qui
craint Dieu est toujours cher à son peuple.

Mais si la crainte de Dieu rend dans les princes et les grands
l'autorité aimable, c'est elle encore, Sire, qui la rend glorieuse.
Tous les biens et tous les succès, disait encore un sage roi, me
sont venus avec elle, et c'est par elle que l'honneur et la gloire
m'ont toujours accompagné : *et innumerabilis honestas per ma-*
num illius[2]. Dieu ne prend pas sous sa protection ceux qui ne
vivent pas sous ses ordres.

Je sais que l'impie prospère quelquefois ; qu'il paraît élevé
comme le cèdre du Liban, et qu'il semble insulter le ciel par
une gloire orgueilleuse qu'il ne croit tenir que de lui-même.
Mais attendez ; son élévation va lui creuser elle-même son précipice : la main du Seigneur l'arrachera bientôt de dessus la
terre. La fin de l'impie est presque toujours sans honneur ; tôt
ou tard il faut enfin que cet édifice d'orgueil et d'injustice s'é-
croule. La honte et les malheurs vont succéder ici-bas à la gloire
de ses succès : on le verra peut-être traîner une vieillesse triste

1. SAP., IX, 12. — 2. Ibid., VII, 11.

et déshonorée; il finira par l'ignominie. Dieu aura son tour, et la gloire de l'homme injuste ne descendra pas avec lui dans le tombeau.

Repassez sur les siècles qui nous ont précédés, comme disait autrefois un prince juif à ses enfants : *cogitate generationes singulas* [1] *;* et vous verrez que le Seigneur a toujours soufflé sur les races orgueilleuses, et en a fait sécher la racine; que la prospérité des impies n'a jamais passé à leurs descendants; que les trônes eux-mêmes, et les successions royales, ont manqué sous des princes fainéants et efféminés; et que l'histoire des crimes et des excès des grands est en même temps l'histoire de leurs malheurs et de leur décadence.

Mais enfin, Sire, en quoi les princes et les grands sont moins excusables lorsqu'ils abandonnent Dieu, c'est que d'ordinaire ils naissent avec des inclinations plus nobles et plus heureuses pour la vertu, que le peuple.

J'étais encore enfant, disait le roi Salomon, mais je me trouvais déjà les lumières d'un âge avancé, et je sentais que je devais à ma naissance une âme bonne, et des sentiments plus élevés que ceux des autres hommes : *puer autem eram ingeniosus, et sortitus sum animam bonam* [2].

Le sang, l'éducation, l'histoire des ancêtres, jette dans le cœur des grands et des princes, des semences et comme une tradition naturelle de vertu. Le peuple, livré en naissant à un naturel brut et inculte, ne trouve en lui, pour les devoirs sublimes de la foi, que la pesanteur et la bassesse d'une nature laissée à elle-même : les bienséances inséparables du rang, et qui sont comme la première école de la vertu, ne gênent pas ses passions : l'éducation fortifie le vice de la naissance; les objets vils qui l'environnent lui abattent le cœur et les sentiments; il ne sent rien au-dessus de ce qu'il est; né dans les sens et dans la boue, il s'élève difficilement au-dessus de lui-même. Il y a dans les maximes de l'Évangile une élévation où les cœurs vils et rampants ne sauraient atteindre : la religion, qui fait les grandes âmes, ne paraît faite que pour elles; et il faut être grand ou le devenir, pour être chrétien.

---

1. MAC., II, 64. — 2. SAP., VIII, 19.

Je n'ignore pas que la grâce supplée à la nature ; que la chair et le sang ne donnent aucun droit au royaume de Dieu ; que les premiers héros de la foi sortirent d'entre le peuple ; que les vases de boue, entre les mains de l'ouvrier souverain, deviennent bientôt des vases de gloire et de magnificence ; et que tout chrétien est né grand, parce qu'il est né pour le ciel.

Mais une haute naissance nous prépare, pour ainsi dire, aux sentiments nobles et héroïques qu'exige la foi : un sang plus pur s'élève plus aisément ; il en doit moins coûter de vaincre les passions à ceux qui sont nés pour remporter des victoires : le mensonge et la duplicité entrent plus difficilement dans un cœur à qui la vérité ne saurait nuire, et qui n'a rien à craindre ni à espérer des hommes. L'espérance d'une fortune éclatante ne peut corrompre la probité de ceux qui ne voient plus de fortune au-dessus de la leur, et qui tiennent en leurs mains la fortune et la destinée publique. Le respect humain n'intimide et n'arrête pas la vertu des grands, eux que tout le monde fait gloire d'imiter, et dont les mœurs deviennent toujours la loi de la multitude. La bassesse de la débauche et de la dissolution trouve moins d'accès dans une âme que la naissance destine à de grandes choses : la règle et les devoirs sont moins étrangers à ceux qui sont établis pour maintenir l'ordre et la règle parmi les peuples. S'ils sont entourés de plus de piéges, ils trouvent en eux plus de freins et plus de ressources : la nature toute seule a environné leur âme d'une garde d'honneur et de gloire : enfin, les premiers penchants dans les grands sont pour la vertu ; et ils dégénèrent dès qu'ils les tournent au vice. Ils doivent donc à la religion un respect de fidélité qui leur en fasse observer les maximes ; mais ils lui doivent encore un respect de zèle qui les rende défenseurs de sa doctrine et de sa vérité.

SECONDE PARTIE.

La religion est la fin de tous les desseins de Dieu sur la terre : tout ce qu'il a fait ici-bas, il ne l'a fait que pour elle ; tout doit servir à l'agrandissement de ce royaume de Jésus-Christ. Les vertus et les vices, les grands et le peuple, les bons et les mauvais succès, l'abondance ou les calamités publiques, l'élévation ou la décadence des empires, tout enfin, dans l'ordre des conseils éternels, doit coopérer à la formation et à l'accroissement de cette sainte Jérusalem. Les tyrans l'ont purifiée par les persécutions ; les fidèles la perpétuent par la charité ; les incrédules et les libertins l'éprouvent et l'affermissent par les scandales ; les justes sont les témoins de sa foi ; les pasteurs, les dépositaires de sa doctrine ; les princes et les puissants, les protecteurs de sa vérité.

Ce n'est pas assez pour eux d'obéir à ses lois ; c'est le devoir de tout fidèle : la majesté de son culte, la sainteté de ses maximes, le dépôt de sa vérité, doivent trouver une sûre protection dans leur autorité et dans leur zèle.

Je dis la majesté de son culte. Rien, Sire, n'honore plus la religion que de voir les grands et les princes confondus au pied des autels avec le reste des fidèles, dans les devoirs communs et extérieurs de la foi : c'est à eux à opposer leurs hommages publics et respectueux dans le temple saint aux irrévérences et aux profanations publiques, et à venir montrer à la multitude combien il est indécent à des sujets de paraître sans pudeur et sans contrainte au pied du sanctuaire, devant lequel les princes et les rois eux-mêmes s'anéantissent : ils doivent cet exemple aux peuples, et ce respect à la majesté du culte saint. Hélas ! ils regardent comme une bienséance de leur rang d'autoriser par leur présence les plaisirs publics, et ils croiraient souvent se dégrader en paraissant à la tête des cantiques de joie et des solennités saintes de la religion ! Ils se font un intérêt d'État de donner du crédit par leur exemple aux amusements du théâtre et aux vains spectacles du siècle : l'Église est-elle donc moins intéressée que leurs exemples en donnent aux spectacles sacrés et religieux de la foi ?

Les plaisirs publics n'ont pas besoin de protection. Hélas ! la corruption des hommes leur répond assez de la perpétuité de leur crédit et de leur durée ; et s'ils sont nécessaires aux États, l'autorité n'a que faire de s'en mêler : de tous les besoins publics, c'est celui qui court moins de risque.

Mais les devoirs de la religion, qui ne trouvent rien pour eux dans nos cœurs, il faut que de grands exemples les soutiennent : le culte achève de s'avilir, dès que les princes et les grands le négligent. Dieu ne paraît plus si grand, si j'ose parler ainsi, dès qu'on ne compte que le peuple parmi ses adorateurs : sa parole n'est plus écoutée, ou perd tous les jours son autorité, dès qu'elle n'est plus destinée qu'à être le pain des pauvres et des petits. Les devoirs publics de la piété sont abandonnés ; tout tombe et languit, si la religion du prince et des grands ne le soutient et ne le ranime. C'est ici où l'intérêt du culte se trouve mêlé avec celui de l'État ; où il importe au souverain de maintenir, et les dehors augustes de la religion, et l'unité de sa doctrine, qui soutiennent eux-mêmes le trône, et d'accoutumer ses sujets à rendre à Dieu et à l'Église le respect et la soumission qui leur sont dus, de peur qu'ils ne les lui refusent ensuite à lui-même. Les troubles de l'Église ne sont jamais loin de ceux de l'État ; on ne respecte guère le joug des puissances quand on est parvenu à secouer le joug de la foi : et l'hérésie a beau se laver de cet opprobre, elle a partout allumé le feu de la sédition ; elle est née dans la révolte ; en ébranlant les fondements de la foi, elle a ébranlé les trônes et les empires ; et partout, en formant des sectateurs, elle a formé des rebelles : elle a beau dire que les persécutions des princes lui mirent en main les armes d'une juste défense, l'Église n'opposa jamais aux persécutions que la patience et la fermeté ; sa foi fut le seul glaive avec lequel elle vainquit les tyrans. Ce ne fut pas en répandant le sang de ses ennemis qu'elle multiplia ses disciples ; le sang de ses martyrs tout seul fut la semence de ses fidèles. Ses premiers docteurs ne furent pas envoyés dans l'univers comme des lions pour porter partout le meurtre et le carnage, mais comme des agneaux pour être eux-mêmes égorgés : ils prouvèrent, non en combattant, mais en mourant pour la foi, la vérité de leur mission : on devait les traîner devant les rois pour y être jugés comme des criminels, et non pour y paraître les armes à la main, et les forcer de leur être favorables : ils respectaient le sceptre dans les mains même profanes et idolâtres, et ils auraient cru déshonorer et détruire l'œuvre de Dieu, en recourant, pour l'établir, à des ressources humaines.

Les princes affermissent donc leur autorité en affermissant l'autorité de la religion. Aussi c'est à eux que le culte doit sa première magnificence. Ce fut sous les plus grands rois de la

race de David que le temple du Seigneur vit revivre sa gloire et
sa majesté. Les Césars, sous l'Évangile, tirèrent l'Église de l'obscurité où les persécutions l'avaient laissée. Les Charlemagne,
les saint Louis, relevèrent l'éclat de leur règne en relevant celui
du culte; et les monuments publics de leur piété, que les temps
n'ont pu détruire, et que nous respectons encore parmi nous,
font plus d'honneur à leur mémoire que les statues et les inscriptions qui, en immortalisant les victoires et les conquêtes, n'immortalisent d'ordinaire que la vanité des princes et le malheur
des sujets.

Mais les mêmes motifs qui obligent les grands à soutenir la
majesté et la décence extérieure du culte, les rendent en même
temps protecteurs de la sainteté de ses maximes : il faut qu'ils
apprennent au peuple à respecter la piété, en respectant eux-
mêmes ceux qui la pratiquent; c'est une protection publique
qu'ils doivent à la vertu.

Oui, Sire, les gens de bien sont la seule source du bonheur
et de la prospérité des empires : c'est pour eux seuls que Dieu
accorde aux peuples l'abondance et la tranquillité. S'il se fût
trouvé dix justes dans Sodome, le feu du ciel ne serait jamais
tombé sur cette ville criminelle. L'État périrait, le trône serait
renversé, nos villes abîmées et réduites en cendres, et nous
aurions le même sort que Sodome et Gomorrhe, si Dieu ne
voyait encore au milieu de nous des serviteurs fidèles, s'il
ne nous laissait encore une semence sainte, si l'innocence peut-
être de l'enfant auguste et précieux, la seule semence qui nous
reste du sang de nos rois, n'arrêtait les foudres que la dissolution publique de nos mœurs aurait dû déjà attirer sur nos têtes :
*nisi Dominus sabaoth reliquisset nobis semen, sicut Sodoma facti
essemus, et sicut Gomorrha similes fuissemus* [1]. Les princes, Sire,
sont donc intéressés à protéger la vertu, puisque les empires,
et les monarchies, et le monde entier ne subsistera que tant
qu'il y aura de la vertu sur la terre.

Mais ce n'est pas, Sire, par un simple respect que les princes
doivent honorer les gens de bien : c'est par la confiance; ils
ne trouveront d'amis fidèles que ceux qui sont fidèles à Dieu :

1. ROM., IX, 29.

c'est par les emplois publics; l'autorité n'est sûre et bien placée qu'entre les mains de ceux qui le craignent : c'est par des préférences; les grands talents sont quelquefois les plus dangereux, si la crainte de Dieu ne sait les rendre utiles : c'est par l'accès auprès de leur personne; la familiarité n'a rien à craindre de ceux qui respecteraient même nos rebuts et nos mauvais traitements : c'est enfin par les grâces; nos bienfaits ne sauraient faire des ingrats de ceux que le devoir tout seul et la conscience nous attachent.

Quel bonheur, Sire, pour un siècle, pour un empire, pour les peuples, lorsque Dieu leur donne dans sa miséricorde des princes favorables à la piété ! Par eux croissent et s'animent les talents utiles à l'Église : par eux se forment et sont protégés des ouvriers fidèles destinés à répandre la science du salut, à arracher les scandales du royaume de Jésus-Christ, et à ranimer la foi par des ouvrages pleins de l'esprit qui les a dictés : par eux s'élèvent au milieu de nous des maisons saintes, des établissements pieux où l'innocence est préservée, où le vice sauvé du naufrage trouve un port heureux : par eux enfin nos neveux trouveront encore ces ressources publiques de salut, monuments heureux qui perpétuent la piété dans les empires, qui assurent aux princes la reconnaissance des âges à venir, qui mettent la postérité dans leurs intérêts, et qui les rendent les héros de tous les siècles.

Non, Sire, la gloire des monuments que l'orgueil ou l'adulation ont élevés sera ou ensevelie dans l'oubli par le temps, ou effacée par les censures et les jugements plus équitables de la postérité : les races futures disputeront à la plupart des souverains les titres et les honneurs que leur siècle leur aura déférés; mais la gloire des secours publics accordés à la piété, et qui subsisteront après eux, ne leur sera pas disputée; et quelque grand qu'ait été le roi que nous pleurons encore, de tous les monuments élevés si justement pour immortaliser la gloire de son règne, les deux édifices pieux et augustes où la valeur d'un côté, et la noblesse du sexe de l'autre, trouveront jusqu'à la fin des ressources sûres et publiques, sont les titres qui lui répondent le plus des éloges et des actions de grâces de la postérité.

Tel est le zèle de protection que les princes et les grands

doivent à la sainteté des maximes de la religion : mais ils le doivent encore au dépôt sacré de sa doctrine et de sa vérité; et notre siècle surtout, où l'irréligion fait tant de progrès, doit encore plus réveiller là-dessus leur attention et leur zèle.

J'avoue que les impies ont été de tous les siècles; que chaque âge et chaque nation a vu des esprits noirs et superbes dire non-seulement dans leur cœur et en secret, mais oser blasphémer tout haut qu'il n'y a point de Dieu ; et que, dès le temps même de Salomon, où le souvenir des merveilles du Seigneur en Égypte et dans le désert était encore si récent, ils proposaient déjà, contre tout culte rendu au Très-Haut, ces doutes impies qui sont devenus le langage vulgaire de l'incrédulité.

Mais s'il a paru autrefois des impies, le monde lui-même les a regardés avec horreur; et ces ennemis de Dieu n'ont paru sur la terre que pour être comme le rebut et l'anathème de tous les hommes.

Aujourd'hui, hélas ! l'impiété est presque devenue un air de distinction et de gloire, c'est un titre qui honore; et souvent on se le donne à soi-même par une affreuse ostentation, tandis que la conscience n'ose encore secouer le joug, et nous le refuse. Aujourd'hui c'est un mérite qui donne accès auprès des grands ; qui relève, pour ainsi dire, la bassesse du nom et de la naissance; qui donne à des hommes obscurs, auprès des princes du peuple, un privilége de familiarité dont nos mœurs mêmes, toutes corrompues qu'elles sont, rougissent; et l'impiété, qui devrait avilir l'éclat même de la naissance et de la gloire, décore et ennoblit l'obscurité et la roture. Ce sont les grands qui ont donné du crédit à l'impie; c'est à eux à le dégrader et à le confondre.

Quelle honte pour la religion, mes frères ! Les plus grands hommes du paganisme ne parlaient qu'avec respect des superstitions de l'idolâtrie, dont ils connaissaient la puérilité et l'extravagance : ils pensaient avec les sages, et ils n'osaient parler que comme le peuple; ils n'auraient osé, avec toute leur réputation et leurs lumières, insulter tout haut un culte si insensé, mais que la majesté des lois de l'empire et l'ancienneté rendaient respectable; et Socrate lui-même, l'honneur de la Grèce, ce premier philosophe du monde, si estimé de tous les siècles, et qui devait être si cher au sien, perd la vie par un arrêt public d'Athènes pour avoir parlé avec moins de circonspection de ces dieux bizarres auxquels ses citoyens devaient moins de respect et d'honneur qu'à lui-même.

Et parmi nous le Dieu du ciel et de la terre est insulté hautement, sans que le zèle public se réveille ! et, sous l'empire même de la foi, des hommes vils et ignorants font des dérisions publiques d'une doctrine descendue du ciel ! et on applaudit à l'impiété ! et, dans un royaume où le titre de chrétien honore nos rois, l'incrédulité impunie devient même un titre d'honneur pour des sujets ! Les vaines idoles auraient donc eu le ministère public pour vengeur contre les savants et les sages; et le seul Dieu véritable ne l'aurait pas contre les libertins et les insensés !

Vengez l'honneur de la religion, vous, mes frères, dont les illustres ancêtres en ont été les premiers dépositaires, et dont vous devez être par conséquent les premiers défenseurs : éloignez l'impie d'auprès de vous; n'ayez jamais pour amis les ennemis de Dieu : il y a tant de dignité pour les grands à ne pas souffrir qu'on insulte et qu'on avilisse devant eux la foi de leurs pères ! ce doit être, pour vous, manquer de respect à votre rang, que d'en manquer en votre présence à la religion que vous professez; c'est un langage indécent qui blesse les égards et les attentions qui vous sont dues : on vous méprise, en méprisant devant vous le Dieu que vous adorez. N'écoutez donc qu'avec une indignation qui ferme la bouche à l'incrédule, les discours de l'incrédulité : comme c'est la vanité seule qui fait les impies, ils seront rares dès qu'ils seront méprisés.

Ayez vous-mêmes un noble et religieux respect pour les vérités de la religion. La véritable élévation de l'esprit, c'est de pouvoir sentir toute la majesté et toute la sublimité de la foi. Les grandes lumières nous conduisent elles-mêmes à la soumission; l'incrédulité est le vice des esprits faibles et bornés : c'est tout ignorer que de vouloir tout connaître. Les contradictions et les abîmes de l'impiété sont encore plus incompréhensibles que les mystères de la foi; et il y a encore moins de ressource pour la raison à secouer tout joug, qu'à obéir et à se soumettre.

Que votre respect et votre zèle pour la religion de vos pères cultive et fasse croître celui du jeune prince auprès duquel vos noms et vos dignités vous attachent, et dont l'éducation est, pour ainsi dire, confiée à tous ceux qui ont l'honneur de l'approcher de plus près; qu'il retrouve en vous les premiers témoins de la foi, que ses ancêtres placèrent sur le trône; que le zèle pour la défense de l'Église, qui coule en lui avec le sang, soit encore réveillé et animé par vos exemples; que les erreurs et les profanes nouveautés soient les premiers ennemis qu'il se propose de combattre; et qu'il soit encore plus jaloux qu'on ne touche point aux anciennes bornes de la foi, qu'à celles de la monarchie.

Que la tranquillité de son règne, ô mon Dieu, devienne celle de l'Église; que les troubles qui l'agitent soient calmés avant qu'il puisse les connaître; que la concorde et l'union rétablies parmi nous préviennent la sévérité de ses lois, et ne laissent plus rien à faire à son zèle; que son règne soit le règne de la paix et de la vérité; que le lion et l'agneau vivent ensemble paisiblement sous son empire; et que cet enfant miraculeux, comme dit Isaïe, les mène encore et les voie réunis dans les mêmes pâturages : *et puer parvulus minabit eos*[1]. Que le camp des infidèles et des Philistins ne se réjouisse plus de nos dissensions; et que s'ils entendent encore des clameurs autour de l'arche, ce ne soient plus celles qui annoncent ses périls et des malheurs nouveaux, mais ses triomphes et sa gloire. Ainsi soit-il.

[1] ISAIE, XI, 6.

SERMON

POUR LE TROISIÈME DIMANCHE DE CARÊME

SUR LE MALHEUR DES GRANDS

QUI ABANDONNENT DIEU

Cum immundus spiritus exierit de homine,
ambulat per loca inaquosa, quærens requiem,
et non invenit.

Lorsque l'esprit immonde est sorti d'un homme,
il s'en va par des lieux arides, cherchant du
repos, et il n'en trouve point.

S. LUC.

SIRE,

Cet esprit inquiet et immonde, qui sort et rentre dans l'homme
d'où il est sorti, qui change sans cesse de lieu, qui essaie
toutes les situations, et ne peut se plaire et se fixer dans aucune,
qui court toujours pour découvrir des sentiers agréables et délicieux, et qui ne marche jamais que par des lieux tristes et
arides, qui cherche le repos et ne le trouve pas, c'est l'image
de l'humeur et du caractère des grands de la terre, toujours
plus inquiets, plus agités et plus malheureux que le simple
peuple, dès que, livrés à leurs passions et à eux-mêmes, ils ont
abandonné Dieu.

C'est la figure naturelle de cet état d'élévation et de prospérité
si envié du monde, et si peu digne d'envie selon Dieu. Le bonheur, Sire, n'est pas attaché à l'éclat du rang et des titres; il
n'est attaché qu'à l'innocence de la vie. Ce n'est pas ce qui nous
élève au-dessus des autres hommes qui nous rend heureux,
c'est ce qui nous réconcilie avec Dieu. Vous portez la plus belle
couronne de l'univers; mais si la piété ne vous aide à la soutenir

elle va devenir le fardeau même qui vous accablera. En un mot, point de bonheur où il n'y a point de repos, et point de repos où Dieu n'est point.

Ainsi l'élévation toute seule ne fait pas le bonheur des grands, si elle n'est accompagnée de la vertu et de la crainte du Seigneur. Au contraire, plus on est grand, plus on vit malheureux, si l'on ne vit point avec Dieu.

Vérité importante qui va faire le sujet de ce discours. Implorons, etc. *Ave, Maria.*

SIRE,

Si l'homme n'était fait que pour la terre, plus il y occuperait de place, et plus il serait heureux.

Mais l'homme est né pour le ciel : il porte écrits dans son cœur les titres augustes et ineffaçables de son origine ; il peut les avilir, mais il ne peut les effacer. L'univers entier serait sa possession et son partage, qu'il sentirait toujours qu'il se dégrade, et ne se satisfait pas en s'y fixant : tous les objets qui l'attachent ici-bas l'arrachent, pour ainsi dire, du sein de Dieu, son origine et son repos éternel, et laissent une plaie de remords et d'inquiétude dans son âme, qu'ils ne sauraient plus fermer eux-mêmes : il sent toujours la douleur secrète de la rupture et de la séparation ; et tout ce qui altère son union avec Dieu le rend irréconciliable avec lui-même.

Cependant nous nous promettons toujours ici-bas une injuste félicité. Nous courons tous dans cette terre aride, comme l'esprit de notre évangile, après un bonheur et un repos que nous ne saurions trouver. A peine détrompés, par la possession d'un objet, du bonheur qui semblait nous y attendre, un nouveau désir nous jette dans la même illusion ; et, passant sans cesse de l'espérance du bonheur au dégoût, et du dégoût à l'espérance, tout ce qui nous fait sentir notre méprise devient lui-même l'attrait qui la perpétue.

Il semble d'abord que cette erreur ne devrait être à craindre que pour le peuple. La bassesse de sa fortune laissant toujours un espace immense au-dessus de lui, il serait moins étonnant qu'il se figurât une félicité imaginaire dans les situations élevées où il ne peut atteindre, et qu'il crût (car tel est l'homme) que tout ce qu'il ne peut avoir, c'est cela même qui est le bonheur qu'il cherche.

Mais l'éclat du rang, des titres et de la naissance, dissipe bientôt cette vaine illusion. On a beau monter et être porté sur les ailes de la fortune au-dessus de tous les autres, la félicité se trouve toujours placée plus haut que nous-mêmes : plus on s'élève, plus elle semble s'éloigner de nous. Les chagrins et les noirs soucis montent, et vont s'asseoir même avec le souverain sur le trône. Le diadème qui orne le front auguste des rois, n'est souvent armé que de pointes et d'épines qui le déchirent ; et les grands, loin d'être les plus heureux, ne sont que les tristes témoins qu'on ne peut l'être sans la vertu sur la terre.

Il est vrai même que l'élévation nous rend plus malheureux, si elle ne nous rend pas plus fidèles à Dieu. Les passions y sont plus violentes, l'ennui plus à charge, la bizarrerie plus inévitable, c'est-à-dire le vide de tout ce qui n'est pas Dieu plus sensible et plus affreux.

PREMIÈRE RÉFLEXION.

Les passions plus violentes. Oui, Sire, les passions font tous nos malheurs ; et tout ce qui les flatte et les irrite augmente nos peines. Un grand voluptueux et plus malheureux est plus à plaindre que le dernier et le plus vil d'entre le peuple : tout lui aide à assouvir son injuste passion, et tout ce qui l'assouvit la réveille ; ses désirs croissent avec ses crimes. Plus il se livre à ses penchants, plus il en devient le jouet et l'esclave : sa prospérité rallume sans cesse le feu honteux qui le dévore, et le fait renaître de ses propres cendres : les sens, devenus ses maîtres, deviennent ses tyrans : il se rassasie de plaisirs, et sa satiété fait elle-même son supplice ; et les plaisirs enfantent eux-mêmes, dit l'esprit de Dieu, le ver qui le ronge et qui le dévore : *et dulcedo illius vermes*[1]. Ainsi ses inquiétudes naissent de son abondance ; ses désirs, toujours satisfaits, ne lui laissant plus rien à désirer, le laissent tristement avec lui-même : l'excès de ses plaisirs en augmente de jour en jour le vide ; et plus il en goûte, plus ils deviennent tristes et amers.

1. JOB, XXIV, 20.

Son rang même, ses bienséances, ses devoirs, tout empoisonne sa passion criminelle. Son rang, plus il est élevé, plus il en coûte pour la dérober aux regards et à la censure publique : ses bienséances; plus il en est jaloux, plus les alarmes qu'une indiscrétion ne trahisse ses précautions et ses mesures sont cruelles : ses devoirs; parce qu'il les faut toujours prendre sur ses plaisirs.

Non, Sire, le trône où vous êtes assis a autour de lui encore plus de remparts qui le défendent contre la volupté, que d'attraits qui l'y engagent. Si tout dresse des piéges à la jeunesse des rois, tout leur tend les mains aussi pour leur aider à les éviter. Donnez-vous à vos peuples à qui vous vous devez; le poison de la volupté ne trouvera guère de moment pour infecter votre cœur; elle n'habite et ne se plaît qu'avec l'oisiveté et l'indolence : que les soins de la royauté en deviennent pour vous les plus chers plaisirs. Ce n'est pas régner de ne vivre que pour soi-même; les rois ne sont que les conducteurs des peuples : ils ont, à la vérité, ce nom et ce droit par la naissance; mais ils ne le méritent que par les soins et l'application. Aussi les règnes oisifs forment un vide obscur dans nos annales : elles n'ont pas daigné même compter les années de la vie des rois fainéants; il semble que, n'ayant pas régné eux-mêmes, ils n'ont pas vécu. C'est un chaos qu'on a de la peine à éclaircir encore aujourd'hui; loin de décorer nos histoires, ils ne font que les obscurcir et les embarrasser; et ils sont plus connus par les grands hommes qui ont vécu sous leur règne, que par eux-mêmes.

Je ne parle pas ici de toutes les autres passions, qui, plus violentes dans l'élévation, font sur le cœur des grands des plaies plus douloureuses et plus profondes. L'ambition y est plus démesurée. Hélas! le citoyen obscur vit content dans la médiocrité de sa destinée : héritier de la fortune de ses pères, il se borne à leur nom et à leur état; il regarde sans envie ce qu'il ne pourrait souhaiter sans extravagance; tous ses désirs sont renfermés dans ce qu'il possède; et s'il forme quelquefois des projets d'élévation, ce sont de ces chimères agréables qui amusent le loisir d'un esprit oiseux, mais non pas des inquiétudes qui le dévorent.

Au grand rien ne suffit, parce qu'il peut prétendre à tout :

ses désirs croissent avec sa fortune ; tout ce qui est plus élevé
que lui le fait paraître petit à ses yeux ; il est moins flatté de
laisser tant d'hommes derrière lui, que rongé d'en avoir encore
qui le précèdent ; il ne croit rien avoir, s'il n'a tout ; son âme
est toujours aride et altérée ; et il ne jouit de rien, si ce n'est
de ses malheurs et de ses inquiétudes.

Ce n'est pas tout : de l'ambition naissent les jalousies dévo-
rantes ; et cette passion si basse et si lâche est pourtant le vice
et le malheur des grands. Jaloux de la réputation d'autrui, la
gloire qui ne leur appartient pas est pour eux comme une tache
qui les flétrit et qui les déshonore. Jaloux des grâces qui tombent à côté d'eux, il semble qu'on leur arrache celles qui se
répandent sur les autres. Jaloux de la faveur, on est digne de
leur haine et de leur mépris, dès qu'on l'est de l'amitié et de la
confiance du maître. Jaloux même des succès glorieux à l'État,
la joie publique est souvent pour eux un chagrin secret et
domestique : les victoires remportées par leurs rivaux sur les
ennemis leur sont plus amères qu'à nos ennemis mêmes ; leur
maison, comme celle d'Aman, est une maison de deuil et de
tristesse, tandis que Mardochée triomphe, et reçoit au milieu
de la capitale les acclamations publiques ; et, peu contents
d'être insensibles à la gloire des événements, ils cherchent à se
consoler en s'efforçant de les obscurcir par la malignité des
réflexions et des censures : enfin, cette injuste passion tourne
tout en amertume ; et on trouve le secret de n'être jamais heureux, soit par ses propres maux, soit par les biens qui arrivent
aux autres.

Enfin, parcourez toutes les passions ; c'est sur le cœur des
grands qui vivent dans l'oubli de Dieu qu'elles exercent un
empire plus triste et plus tyrannique. Leurs disgrâces sont plus
accablantes : plus l'orgueil est excessif, plus l'humiliation est
amère. Leurs haines plus violentes : comme une fausse gloire
les rend plus vains, le mépris aussi les trouve plus furieux et
plus inexorables. Leurs craintes plus excessives : exempts de
maux réels, ils s'en forment même de chimériques, et la feuille
que le vent agite est comme la montagne qui va s'écrouler sur
eux. Leurs infirmités plus affligeantes : plus on tient à la vie,
plus tout ce qui la menace nous alarme. Accoutumés à tout ce

que les sens offrent de plus doux et de plus riant, la plus légère douleur déconcerte toute leur félicité, et leur est insoutenable : ils ne savent user sagement ni de la maladie ni de la santé, ni des biens ni des maux inséparables de la condition humaine. Les plaisirs abrégent leurs jours; et les chagrins, qui suivent toujours les plaisirs, précipitent le reste de leurs années. La santé, déjà ruinée par l'intempérance, succombe sous la multiplicité des remèdes. L'excès des attentions achève ce que n'avait pu faire l'excès des plaisirs; et s'ils se sont défendu les excès, la mollesse et l'oisiveté toute seule devient pour eux une espèce de maladie et de langueur qui épuise toutes les précautions de l'art, et que les précautions usent et épuisent elles-mêmes. Enfin, leurs assujettissements plus tristes : élevés à vivre d'humeur et de caprice, tout ce qui les gêne et les contraint les accable. Loin de la cour, ils croient vivre dans un triste exil; sous les yeux du maître, ils se plaignent sans cesse de l'assujettissement des devoirs, et de la contrainte des bienséances : ils ne peuvent porter ni la tranquillité d'une condition privée, ni la dignité d'une vie publique.

Le repos leur est aussi insupportable que l'agitation, ou plutôt ils sont partout à charge à eux-mêmes. Tout est un joug pesant à quiconque veut vivre sans joug et sans règle.

Non, mes frères, un grand dans le crime est plus malheureux qu'un autre pécheur : la prospérité l'endurcit, pour ainsi dire, au plaisir, et ne lui laisse de sensibilité que pour la peine. Vous l'avez voulu, ô mon Dieu, que l'élévation, qu'on regarde comme une ressource pour les grands qui vivent dans l'oubli de vos commandements, soit elle-même leur ennui et leur supplice !

SECONDE RÉFLEXION.

Je dis leur ennui : et c'est une seconde réflexion que me fournit le malheur des grands qui ont abandonné Dieu. Non-seulement les passions sont plus violentes dans cet état si heureux aux yeux du monde, mais l'ennui y devient plus insupportable.

Oui, mes frères, l'ennui, qui paraît devoir être le partage du peuple, ne s'est pourtant, ce semble, réfugié que chez les grands; c'est comme leur ombre qui les suit partout. Les plaisirs, presque tous épuisés pour eux, ne leur offrent plus qu'une triste uniformité qui endort ou qui lasse : ils ont beau les diversifier, ils diversifient leur ennui. En vain ils se font honneur de paraître à la tête de toutes les réjouissances publiques ; c'est une vivacité d'ostentation ; le cœur n'y prend presque plus de part : le long usage des plaisirs les leur a rendus inutiles : ce sont des ressources usées, qui se nuisent chaque jour à elles-mêmes. Semblables à un malade à qui une longue langueur a rendu tous les mets insipides, ils essaient de tout, et rien ne les pique et ne les réveille : et un dégoût affreux, dit Job, succède à l'instant à une vaine espérance de plaisir dont leur âme s'était d'abord flattée : *et spes illorum abominatio animæ* [1].

Toute leur vie n'est qu'une précaution pénible contre l'ennui, et toute leur vie n'est qu'un ennui pénible elle-même : ils l'avancent même, en se hâtant de multiplier les plaisirs. Tout est déjà usé pour eux à l'entrée même de la vie ; et leurs premières années éprouvent déjà les dégoûts et l'insipidité que la lassitude et le long usage de tout semble attacher à la vieillesse.

Il faut au juste moins de plaisirs, et ses jours sont plus heureux et plus tranquilles. Tout est délassement pour un cœur innocent. Les plaisirs doux et permis qu'offre la nature, fades et ennuyeux pour l'homme dissolu, conservent tout leur agrément pour l'homme de bien : il n'y a même que les plaisirs innocents qui laissent une joie pure dans l'âme ; tout ce qui la souille l'attriste et la noircit. Les saintes familiarités et les jeux chastes et pudiques d'Isaac et de Rebecca, dans la cour du roi de Gérare, suffisaient à ces âmes pures et fidèles. C'était un plaisir assez vif pour David de chanter sur la lyre les louanges du Seigneur, ou de danser avec le reste de son peuple autour de l'arche sainte. Les festins d'hospitalité faisaient les fêtes les plus agréables des premiers patriarches, et la brebis la plus grasse suffisait pour les délices de ces tables innocentes.

Il faut moins de joie au dehors à celui qui la porte déjà dans le cœur ; elle se répand de là sur les objets les plus indifférents : mais si vous ne portez pas au dedans la source de la joie véritable, c'est-à-dire la paix de la conscience et l'innocence du

1. Job, xi, 20.

cœur, en vain vous la cherchez au dehors. Rassemblez tous les amusements autour de vous, il s'y répandra toujours du fond de votre âme une amertume qui les empoisonnera. Raffinez sur tous les plaisirs, subtilisez-les, mettez-les dans le creuset; de toutes ces transformations il n'en sortira et résultera jamais que l'ennui.

Grand Dieu, ce qui nous éloigne de vous est cela même qui devrait nous rappeler à vous : plus la prospérité multiplie nos plaisirs, plus elle nous en détrompe ; et les grands sont moins excusables et plus malheureux de ne pas s'attacher à vous, ô mon Dieu, parce qu'ils sentent mieux et plus souvent le vide de tout ce qui n'est pas vous.

TROISIÈME RÉFLEXION.

Et non-seulement ils sont plus malheureux par l'ennui qui les poursuit partout, mais encore par la bizarrerie et le fonds d'humeur et de caprice qui en sont inséparables. Lorsqu'il sera rassasié, dit Job, son esprit paraîtra triste et agité; l'inégalité de son humeur imitera l'inconstance des flots de la mer, et les pensées les plus noires et les plus sombres viendront fondre dans son âme : *quum satiatus fuerit arctabitur, æstuabit, et omnis dolor irruet super eum* [1].

Telle est, Sire, la destinée des princes et des grands qui vivent dans l'oubli de Dieu, et qui n'usent de leur prospérité que pour la félicité de leurs sens. Ennuyés bientôt de tout, tout leur est à charge, et ils sont à charge à eux-mêmes : leurs projets se détruisent les uns les autres; et il n'en résulte jamais qu'une incertitude universelle que le caprice forme, et que lui seul peut fixer : leurs ordres ne sont jamais, un moment après, les interprètes sûrs de leur volonté : on déplaît en obéissant : il faut les deviner, et cependant ils sont une énigme inexplicable à eux-mêmes. Toutes leurs démarches, dit l'Esprit saint, sont vagues, incertaines, incompréhensibles : *vagi sunt gressus ejus, et investigabiles* [2]. On a beau s'attacher à les suivre, on les perd de vue à chaque instant; ils changent de sentier; on s'égare

1. Job, xx, 22.
2. Prov. v, 6.

avec eux, et on les manque encore : ils se lassent des hommages qu'on leur rend, et ils sont piqués de ceux qu'on leur refuse. Les serviteurs les plus fidèles les importunent par leur sincérité, et ne réussissent pas mieux à plaire par leur complaisance. Maîtres bizarres et incommodes, tout ce qui les environne porte le poids de leur caprice et de leur humeur, et ils ne peuvent le porter eux-mêmes : ils ne semblent nés que pour leur malheur, et pour le malheur de ceux qui les servent.

Voyez Saül au milieu de ses prospérités et de sa gloire. Quel homme aurait dû passer des jours plus agréables et plus heureux? D'une fortune obscure et privée, il s'était vu élever sur le trône : son règne avait commencé par des victoires : un fils digne de lui succéder semblait assurer la couronne à sa race : toutes les tribus soumises fournissaient à sa magnificence et à ses plaisirs, et lui obéissaient comme un seul homme. Que lui manquait-il pour être heureux, si l'on pouvait l'être sans Dieu?

Il perd la crainte du Seigneur, et avec elle il perd son repos et tout le bonheur de sa vie. Livré à un esprit mauvais et aux vapeurs noires et bizarres qui l'agitent, on ne le connaît plus, et il ne se connaît plus lui-même. La harpe d'un berger, loin d'amuser sa tristesse, redouble sa fureur. Ses louanges et ses victoires, chantées par les filles de Juda, sont pour lui comme des censures et des opprobres. Il se dérobe aux hommages publics, et il ne peut se dérober à lui-même. David lui déplaît en paraissant au pied de son trône, et, s'en éloignant, il est encore plus sûr de déplaire. Touché de sa fidélité, il fait son éloge, et se reconnaît moins juste et moins innocent que lui ; et le lendemain il lui dresse des embûches pour s'en assurer et lui faire perdre la vie. La tendresse de son propre fils l'ennuie et lui devient suspecte. Tous les courtisans cherchent, étudient ce qui pourrait adoucir son humeur sombre et bizarre : soins inutiles ! lui-même ne le sait pas. Il a négligé Samuel pendant la vie de ce prophète, et il s'avise de le rappeler du tombeau et de le consulter après sa mort. Il ne croit plus en Dieu, et il est assez crédule pour aller interroger les démons. Il est impie, et il est superstitieux : destin, pour le dire ici en passant, assez ordinaire aux incrédules. Ils traitent d'imposteurs les Samuel, les prophètes autrefois envoyés de Dieu ; ils regardent comme une force d'esprit de mépriser ces interprètes respectables des conseils éternels, et de se moquer des prédictions que les événements ont toutes justifiées; ils refusent au Très-Haut la connaissance de l'avenir, et le pouvoir d'en favoriser ses serviteurs fidèles; et ils ont la faiblesse populaire d'aller consulter une pythonisse.

Oui, mes frères, le malheureux état des grands dans le crime est une preuve éclatante qu'un Dieu préside aux choses humaines. Si les hommes ennemis de Dieu pouvaient être heureux, ils le seraient du moins sur le trône. Mais quiconque, dit un roi lui-même, quiconque, fût-il maître de l'univers, s'éloigne de la règle et de la sagesse, il s'éloigne du seul bonheur où l'homme puisse aspirer sur la terre : *sapientiam enim et disciplinam qui abjicit, infelix est*[1].

Plus même vous êtes élevés, plus vous êtes malheureux. Comme rien ne vous contraint, rien aussi ne vous fixe : moins vous dépendez des autres, plus vous êtes livrés à vous-mêmes : vos caprices naissent de votre indépendance; vous retournez sur vous votre autorité. Vos passions ayant essayé de tout, et tout usé, il ne vous reste plus qu'à vous dévorer vous-mêmes : vos bizarreries deviennent l'unique ressource de votre ennui et de votre satiété. Ne pouvant plus varier les plaisirs déjà tous épuisés, vous ne sauriez plus trouver de variété que dans les inégalités éternelles de votre humeur; et vous vous en prenez sans cesse à vous du vide que tout ce qui vous environne laisse au dedans de vous-mêmes.

Et ce n'est pas ici une de ces vaines images que le discours embellit, et où l'on supplée par les ornements à la ressemblance. Approchez des grands; jetez les yeux vous-mêmes sur une de ces personnes qui ont vieilli dans les passions, et que le long usage des plaisirs a rendues également inhabiles et au vice et à la vertu. Quel nuage éternel sur l'humeur! quel fonds de chagrin et de caprice! Rien ne plaît, parce qu'on ne saurait plus soi-même se plaire : on se venge sur tout ce qui nous environne des chagrins secrets qui nous déchirent; il semble qu'on fait un crime au reste des hommes de l'impuissance où l'on est

---

1. Sap., III, 11.

d'être encore aussi criminel qu'eux : on leur reproche en secret tout ce qu'on ne peut plus se permettre à soi-même, et l'on met l'humeur à la place des plaisirs.

Non, mes frères, tournez-vous de tous les côtés : les grands séparés de Dieu ne sont plus que les tristes jouets de leurs passions, de leurs caprices, des événements, et de toutes les choses humaines. Eux seuls sentent le malheur d'une âme livrée à elle-même, en qui toutes les ressources des sens et des plaisirs ne laissent qu'un vide affreux, et à qui le monde entier, avec tout cet amas de gloire et de fumée qui l'environne, devient inutile si Dieu n'est point avec elle : ils sont comme les témoins illustres de l'insuffisance des créatures, et de la nécessité d'un Dieu et d'une religion sur la terre. Eux seuls prouvent au reste des hommes qu'il ne faut attendre de bonheur ici-bas que dans la vertu et dans l'innocence; que tout ce qui augmente nos passions multiplie nos peines; que les heureux du monde n'en sont, pour ainsi dire, que les premiers martyrs, et que Dieu seul peut suffire à un cœur qui n'est fait que pour lui seul.

Dieu de mes pères, disait autrefois un jeune roi, et qui de l'enfance comme vous, Sire, était monté sur le trône; Dieu de mes pères, vous m'avez établi prince sur votre peuple, et juge des enfants d'Israël. Au sortir presque du berceau, vous m'avez placé sur le trône; et, en un âge où l'on ignore encore l'art de se conduire soi-même, vous m'avez choisi pour être le conducteur d'un grand peuple : *Deus patrum meorum, tu elegisti me regem populo tuo*[1]. Vous m'avez environné de gloire, de prospérité, et d'abondance; mais la magnificence de vos dons sera elle-même la source de mes malheurs et de mes peines, si vous n'y ajoutez l'amour de vos commandements et la sagesse. Envoyez-la-moi du haut des cieux, où elle assiste sans cesse à vos côtés; c'est elle qui préside aux bons conseils, et qui donnera à ma jeunesse toute la prudence des vieillards et toute la majesté des rois mes ancêtres; elle seule m'adoucira les soucis de l'autorité et le poids de ma couronne : *ut mecum sit et mecum laboret*[2] : elle seule me fera passer des jours heureux, et me soutiendra dans les ennuis et les pensées inquiètes que la

---

1. Sap., ix, 7. — 2. Ibid., ix, 10.

royauté traîne après elle; *et erit allocutio cogitationis et tædii mei*[1]. Je ne trouverai de repos au milieu même de la magnificence de mes palais, et parmi les hommages qu'on m'y rendra, qu'avec elle : *intrans in domum meam, conquiescam cum illa*[2]. Les plaisirs finissent par l'amertume; le trône lui-même, grand Dieu, si vous n'y êtes assis avec le souverain, est le siége des noirs soucis : mais votre crainte et la sagesse ne laisse point de regrets après elle : on ne s'ennuie point de la posséder, et la joie même et la paix ne se trouvent jamais qu'avec elle : *nec enim habet amaritudinem conversatio illius, nec tædium, sed lætitiam et gaudium*[3].

Heureux donc le prince, ô mon Dieu, qui ne croit commencer à régner que lorsqu'il commence à vous craindre, qui ne se propose d'aller à la gloire que par la vertu, et qui regarde comme un malheur de commander aux autres s'il ne vous est pas soumis lui-même !

Donnez donc, grand Dieu, votre sagesse et votre jugement au roi, et votre justice à cet enfant de tant de rois[4]. Vous, qui êtes le secours du pupille, rendez-lui, par l'abondance de vos bénédictions, ce que vous lui avez ôté en le privant des exemples d'un père pieux, et des leçons d'un auguste bisaïeul : réparez ses pertes par l'accroissement de vos grâces et de vos bienfaits. Vous seul, grand Dieu, tenez-lui lieu de tout ce qui lui manque : regardez avec des yeux paternels cet enfant auguste que vous avez, pour ainsi dire, laissé seul sur la terre, et dont vous êtes par conséquent le premier tuteur et le père : que son enfance, qui le rend si cher à la nation, réveille les entrailles de votre miséricorde et de votre tendresse : environnez sa jeunesse des secours singuliers de votre protection. La faiblesse de son âge, et les grâces qui brillent déjà dans ses premières années, nous arrachent tous les jours des larmes de crainte et de tendresse. Rassurez nos frayeurs en éloignant de lui tous les périls qui pourraient menacer sa vie; et récompensez notre tendresse en le rendant lui-même tendre et humain pour ses peuples. Rendez-le heureux en lui conservant votre crainte, qui seule fait le bonheur des peuples et des rois. Assurez la félicité de son règne

1. Sap., viii, 9. — 2. Ibid., viii, 16.
3. Ibid., viii, 9. — 4. Ps. lxxi, 1.

par la bonté de son cœur et par l'innocence de sa vie : que votre loi sainte soit écrite au fond de son âme et autour de son diadème, pour lui en adoucir le poids; qu'il ne sente les soucis de la royauté que par sa sensibilité aux misères publiques; et que sa piété, plus encore que sa puissance et ses victoires, fasse tout son bonheur et le nôtre ! Ainsi soit-il.

SERMON

POUR LE QUATRIÈME DIMANCHE DE CARÊME

SUR L'HUMANITÉ DES GRANDS
ENVERS LE PEUPLE

*Cum sublevasset ergo oculos Jesus, et vidis-
set quia multitudo maxima venit ad eum..*

Jésus ayant levé les yeux, et voyant une
grande foule de peuple qui venait à lui...

JEAN, VI, 5.

SIRE,

Ce n'est pas la toute-puissance de Jésus-Christ, et la merveille des pains multipliés par sa seule parole, qui doit aujourd'hui nous toucher et nous surprendre. Celui par qui tout était fait pouvait tout sans doute sur des créatures qui sont son ouvrage ; et ce qui frappe le plus les sens dans ce prodige n'est pas ce que je choisis aujourd'hui pour nous consoler et nous instruire.

C'est son humanité envers les peuples. Il voit une multitude errante et affamée au pied de la montagne, et ses entrailles se troublent, et sa pitié se réveille, et il ne peut refuser aux besoins de ces infortunés non-seulement son secours, mais encore sa compassion et sa tendresse : *vidit turbam multam, et misertus est eis*[1].

Partout il laisse échapper des traits d'humanité pour les peuples. A la vue des malheurs qui menacent Jérusalem, il soulage sa douleur par sa pitié et par ses larmes.

Quand deux disciples veulent faire descendre le feu du ciel sur une ville de Samarie, son humanité s'intéresse pour ce peuple contre leur zèle, et il leur reproche d'ignorer encore

---

1. MATTH., XIV, 14.

l'esprit de douceur et de charité dont ils vont être les ministres.

Si les apôtres éloignent rudement une foule d'enfants qui s'empressent autour de lui, sa bonté s'offense qu'on veuille l'empêcher d'être accessible; et plus un respect mal entendu éloigne de lui les faibles et les petits, plus sa clémence et son affabilité s'en rapproche.

Grande leçon d'humanité envers les peuples, que Jésus-Christ donne aujourd'hui aux princes et aux grands. Ils ne sont grands que pour les autres hommes; et ils ne jouissent proprement de leur grandeur qu'autant qu'ils la rendent utile aux autres hommes.

C'est-à-dire, l'humanité envers les peuples est le premier devoir des grands; et l'humanité envers les peuples est l'usage le plus délicieux de la grandeur.

PREMIÈRE PARTIE.

SIRE,

Toute puissance vient de Dieu, et tout ce qui vient de Dieu n'est établi que pour l'utilité des hommes. Les grands seraient inutiles sur la terre, s'il ne s'y trouvait des pauvres et des malheureux; ils ne doivent leur élévation qu'aux besoins publics; et loin que les peuples soient faits pour eux, ils ne sont eux-mêmes tout ce qu'ils sont que pour les peuples.

Quelle affreuse providence, si toute la multitude des hommes n'était placée sur la terre que pour servir aux plaisirs d'un petit nombre d'heureux qui l'habitent, et qui souvent ne connaissent pas le Dieu qui les comble de bienfaits!

Si Dieu en élève quelques-uns, c'est donc pour être l'appui et la ressource des autres. Il se décharge sur eux du soin des faibles et des petits; c'est par là qu'ils entrent dans l'ordre des conseils de la sagesse éternelle. Tout ce qu'il y a de réel dans leur grandeur, c'est l'usage qu'ils en doivent faire pour ceux qui souffrent; c'est le seul trait de distinction que Dieu ait mis en nous : ils ne sont que les ministres de sa bonté et de sa providence; et ils perdent le droit et le titre qui les fait grands, dès qu'ils ne veulent l'être que pour eux-mêmes.

L'humanité envers les peuples est donc le premier devoir

des grands, et l'humanité renferme l'affabilité, la protection, et les largesses.

Je dis l'affabilité. Oui, Sire, on peut dire que la fierté, qui d'ordinaire est le vice des grands, ne devrait être que comme la triste ressource de la roture et de l'obscurité. Il paraîtrait bien plus pardonnable à ceux qui naissent, pour ainsi dire, dans la boue, de s'enfler, de se hausser, et de tâcher de se mettre, par l'enflure secrète de l'orgueil, de niveau avec ceux au-dessous desquels ils se trouvent si fort par la naissance. Rien ne révolte plus les hommes d'une naissance obscure et vulgaire, que la distance énorme que le hasard a mise entre eux et les grands : ils peuvent toujours se flatter de cette vaine persuasion que la nature a été injuste de les faire naître dans l'obscurité, tandis qu'elle a réservé l'éclat du sang et des titres pour tant d'autres dont le nom fait tout le mérite : plus ils se trouvent bas, moins ils se croient à leur place. Aussi l'insolence et la hauteur deviennent souvent le partage de la plus vile populace ; et plus d'une fois les anciens règnes de la monarchie l'ont vue se soulever, vouloir secouer le joug des nobles et des grands, et conjurer leur extinction et leur ruine entière.

Les grands, au contraire, placés si haut par la nature, ne sauraient plus trouver de gloire qu'en s'abaissant : ils n'ont plus de distinction à se donner du côté du rang et de la naissance ; ils ne peuvent s'en donner que par l'affabilité ; et s'il est encore un orgueil qui puisse leur être permis, c'est celui de se rendre humains et accessibles.

Il est vrai même que l'affabilité est comme le caractère inséparable et la plus sûre marque de la grandeur. Les descendants de ces races illustres et anciennes, auxquels personne ne dispute la supériorité du nom et l'antiquité de l'origine, ne portent point sur leur front l'orgueil de leur naissance : ils vous la laisseraient ignorer, si elle pouvait être ignorée. Les monuments publics en parlent assez, sans qu'ils en parlent eux-mêmes : on ne sent leur élévation que par une noble simplicité : ils se rendent encore plus respectables, en ne souffrant qu'avec peine le respect qui leur est dû ; et parmi tant de titres qui les distinguent, la politesse et l'affabilité est la seule distinction qu'ils affectent. Ceux, au contraire, qui se parent d'une antiquité douteuse, et à qui l'on dispute tout bas l'éclat et les prééminences de leurs ancêtres, craignent toujours qu'on n'ignore la grandeur de leur race, l'ont sans cesse dans la bouche, croient en assurer la vérité par une affectation d'orgueil et de hauteur, mettent la fierté à la place des titres; et, en exigeant au delà de ce qui leur est dû, ils font qu'on leur conteste même ce qu'on devrait leur rendre.

En effet, on est moins touché de son élévation quand on est né pour être grand : quiconque est ébloui de ce degré éminent où la naissance et la fortune l'ont placé, c'est-à-dire qu'il n'était pas fait pour monter si haut. Les plus hautes places sont toujours au-dessous des grandes âmes; rien ne les enfle et ne les éblouit, parce que rien n'est plus haut qu'elles.

La fierté prend donc sa source dans la médiocrité, ou n'est plus qu'une ruse qui la cache; c'est une preuve certaine qu'on perdrait en se montrant de trop près : on couvre de la fierté des défauts et des faiblesses que la fierté trahit et manifeste elle-même : on fait de l'orgueil le supplément, si j'ose parler ainsi, du mérite; et on ne sait pas que le mérite n'a rien qui lui ressemble moins que l'orgueil.

Aussi les plus grands hommes, Sire, et les plus grands rois, ont toujours été les plus affables. Une simple femme thécuite venait exposer simplement à David ses chagrins; et si l'éclat du trône était tempéré par l'affabilité du souverain, l'affabilité du souverain relevait l'éclat et la majesté du trône.

Nos rois, Sire, ne perdent rien à se rendre accessibles : l'amour des peuples leur répond du respect qui leur est dû. Le trône n'est élevé que pour être l'asile de ceux qui viennent implorer votre justice ou votre clémence; plus vous en rendez l'accès facile à vos sujets, plus vous en augmentez l'éclat et la majesté. Et n'est-il pas juste que la nation de l'univers qui aime le plus ses maîtres ait aussi plus de droit de les approcher? Montrez, Sire, à vos peuples tout ce que le ciel a mis en vous de dons et de talents aimables; laissez-leur voir de près le bonheur qu'ils attendent de votre règne. Les charmes et la majesté de votre personne, la bonté et la droiture de votre cœur assureront toujours plus les hommages qui sont dus à votre rang, que votre autorité et votre puissance.

Ces princes invisibles et efféminés, ces Assuérus devant lesquels c'était un crime digne de mort pour Esther même d'oser paraître sans ordre, et dont la seule présence glaçait le sang dans les veines des suppliants, n'étaient plus, vus de près, que de faibles idoles, sans âme, sans vie, sans courage, sans vertu, livrés dans le fond de leurs palais à de vils esclaves, séparés de tout commerce comme s'ils n'avaient pas été dignes de se montrer aux hommes, ou que des hommes faits comme eux n'eussent pas été dignes de les voir : l'obscurité et la solitude en faisaient toute la majesté.

Il y a dans l'affabilité une sorte de confiance en soi-même qui sied bien aux grands, qui fait qu'on ne craint point de s'avilir en s'abaissant, et qui est comme une espèce de valeur et de courage pacifique ; c'est être faible et timide que d'être inaccessible et fier.

D'ailleurs, Sire, en quoi les princes et les grands qui n'offrent jamais aux peuples qu'un front sévère et dédaigneux sont plus inexcusables, c'est qu'il leur en coûte si peu de se concilier les cœurs : il ne faut pour cela ni effort ni étude ; une seule parole, un sourire gracieux, un seul regard suffit. Le peuple leur compte tout ; leur rang donne du prix à tout. La seule sérénité du visage du roi, dit l'Écriture, est la vie et la félicité des peuples ; et son air doux et humain est pour les cœurs de ses sujets ce que la rosée du soir est pour les terres sèches et arides : *in hilaritate vultus regis, vita; et clementia ejus quasi imber serotinus* [1].

Et peut-on laisser aliéner des cœurs qu'on peut gagner à si bas prix ? n'est-ce pas s'avilir soi-même, que de dépriser à ce point toute l'humanité ? et mérite-t-on le nom de grand, quand on ne sait pas même sentir ce que valent les hommes ?

La nature n'a-t-elle pas déjà imposé une assez grande peine aux peuples et aux malheureux, de les avoir fait naître dans la dépendance et comme dans l'esclavage ? n'est-ce pas assez que la bassesse ou le malheur de leur condition leur fasse un devoir, et comme une loi, de ramper et de rendre des hommages ? faut-il encore leur aggraver le joug par le mépris, et par une fierté

1. Prov., XVI, 15.

qui en est si digne elle-même? Ne suffit-il pas que leur dépendance soit une peine? faut-il encore les en faire rougir comme
d'un crime? et si quelqu'un devait être honteux de son état,
serait-ce le pauvre qui le souffre, ou le grand qui en abuse?

Il est vrai que souvent c'est l'humeur toute seule, plutôt que
l'orgueil, qui efface du front des grands cette sérénité qui les
rend accessibles et affables : c'est une inégalité de caprice plus
que de fierté. Occupés de leurs plaisirs, et lassés des hommages,
ils ne les reçoivent plus qu'avec dégoût : il semble que l'affabilité leur devienne un devoir importun, et qui leur est à charge.
A force d'être honorés, ils sont fatigués des honneurs qu'on
leur rend, et ils se dérobent souvent aux hommages publics,
pour se dérober à la fatigue d'y paraître sensibles. Mais qu'il faut
être né dur, pour se faire même une peine de paraître humain?
N'est-ce pas une barbarie, non-seulement de n'être pas touchés,
mais de recevoir même avec ennui les marques d'amour et de
respect que nous donnent ceux qui nous sont soumis? n'est-ce
pas déclarer tout haut qu'on ne mérite pas l'affection des peuples, quand on en rebute les plus tendres témoignages? Peut-on
alléguer là-dessus les moments d'humeur et de chagrin que les
soins de la grandeur et de l'autorité traînent après soi? L'humeur est-elle donc le privilége des grands, pour être l'excuse
de leurs vices?

Hélas! s'il pouvait être quelquefois permis d'être sombre,
bizarre, chagrin, à charge aux autres et à soi-même, ce devrait
être à ces infortunés que la faim, la misère, les calamités, les
nécessités domestiques, et tous les plus noirs soucis, environnent : ils seraient bien plus dignes d'excuse, si portant déjà le
deuil, l'amertume, le désespoir souvent dans le cœur, ils en
laissaient échapper quelques traits au dehors. Mais que les
grands, que les heureux du monde, à qui tout rit, et que les
joies et les plaisirs accompagnent partout, prétendent tirer
de leur félicité même un privilége qui excuse leurs chagrins
bizarres et leurs caprices, qu'il leur soit plus permis d'être
fâcheux, inquiets, inabordables, parce qu'ils sont plus heureux; qu'ils regardent comme un droit acquis à la prospérité
d'accabler encore du poids de leur humeur des malheureux qui
gémissent déjà sous le joug de leur autorité et de leur puis

sance; grand Dieu! serait-ce donc là le privilége des grands, ou
la punition du mauvais usage qu'ils font de la grandeur? Car il
est vrai que les caprices et les noirs chagrins semblent être le
partage des grands; et l'innocence de la joie et de la sérénité
n'est que pour le peuple.

Mais l'affabilité, qui prend sa source dans l'humanité, n'est
pas une de ces vertus superficielles qui ne résident que sur le
visage; c'est un sentiment qui naît de la tendresse et de la bonté
du cœur. L'affabilité ne serait plus qu'une insulte et une dérision pour les malheureux, si, en leur montrant un visage doux
et ouvert, elle leur fermait nos entrailles, et ne nous rendait
plus accessibles à leurs plaintes que pour nous rendre plus insensibles à leurs peines.

Les malheureux et les opprimés n'ont droit de les approcher
que pour trouver auprès d'eux la protection qui leur manque.
Oui, mes frères, les lois qui ont pourvu à la défense des
faibles ne suffisent pas pour les mettre à couvert de l'injustice
et de l'oppression : la misère ose rarement réclamer les lois
établies pour la protéger, et le crédit souvent leur impose
silence.

C'est donc aux grands à remettre le peuple sous la protection
des lois : la veuve, l'orphelin, tous ceux qu'on foule et qu'on
opprime, ont un droit acquis à leur crédit et à leur puissance;
elle ne leur est donnée que pour eux; c'est à eux à porter au
pied du trône les plaintes et les gémissements de l'opprimé : ils
sont comme le canal de communication, et le lien des peuples
avec le souverain, puisque le souverain n'est lui-même que le
père et le pasteur des peuples. Ainsi ce sont les peuples tout seuls
qui donnent aux grands le droit qu'ils ont d'approcher du trône,
et c'est pour les peuples tout seuls que le trône lui-même est
élevé. En un mot, et les grands et le prince ne sont, pour ainsi
dire, que les hommes du peuple.

Mais si, loin d'être les protecteurs de sa faiblesse, les grands
et les ministres des rois en sont eux-mêmes les oppresseurs; s'ils
ne sont plus que comme ces tuteurs barbares qui dépouillent
eux-mêmes leurs pupilles; grand Dieu! les clameurs du pauvre
et de l'opprimé monteront devant vous; vous maudirez ces
races cruelles; vous lancerez vos foudres sur les géants : vous

renverserez tout cet édifice d'orgueil, d'injustice, et de prospérité, qui s'était élevé sur les débris de tant de malheureux; et leur prospérité sera ensevelie sous ses ruines.

Aussi la prospérité des grands et des ministres des souverains qui ont été les oppresseurs des peuples, n'a jamais porté que la honte, l'ignominie, et la malédiction à leurs descendants. On a vu sortir de cette tige d'iniquité des rejetons honteux, qui ont été l'opprobre de leur nom et de leur siècle. Le Seigneur a soufflé sur l'amas de leurs richesses injustes, et l'a dissipé comme de la poussière, et s'il laisse encore traîner sur la terre des restes infortunés de leur race, c'est pour les faire servir de monument éternel à ses vengeances, et perpétuer la peine d'un crime qui perpétue presque toujours avec lui l'affliction et la misère publique dans les empires.

La protection des faibles est donc le seul usage légitime du crédit et de l'autorité; mais les secours et les largesses qu'ils doivent trouver dans notre abondance forment le dernier caractère de l'humanité.

Oui, mes frères, si c'est Dieu seul qui vous a fait naître ce que vous êtes, quel a pu être son dessein en répandant avec tant de profusion sur vous les biens de la terre? A-t-il voulu vous faciliter le luxe, les passions, et les plaisirs qu'il condamne? sont-ce des présents qu'il vous ait faits dans sa colère? Si cela est, si c'est pour vous seuls qu'il vous a fait naître dans la prospérité et dans l'opulence, jouissez-en, à la bonne heure; faites-vous, si vous le pouvez, une injuste félicité sur la terre; vivez comme si tout était fait pour vous; multipliez vos plaisirs. Hâtez-vous de jouir, le temps est court. N'attendez plus rien au delà que la mort et le jugement; vous avez reçu ici-bas votre récompense.

Mais si, dans les desseins de Dieu, vos biens doivent être les ressources et les facilités de votre salut, il ne laisse donc des pauvres et des malheureux sur la terre que pour vous; vous leur tenez donc ici-bas la place de Dieu même; vous êtes, pour ainsi dire, leur Providence visible : ils ont droit de vous réclamer, et de vous exposer leurs besoins; vos biens sont leurs biens, et vos largesses le seul patrimoine que Dieu leur ait assigné sur la terre.

SECONDE PARTIE.

Et qu'y a-t-il dans votre état de plus digne d'envie que le pouvoir de faire des heureux? Si l'humanité envers les peuples est le premier devoir des grands, n'est-elle pas aussi l'usage le plus délicieux de la grandeur?

Quand toute la religion ne serait pas elle-même un motif universel de charité envers nos frères, et que notre humanité à leur égard ne serait payée que par le plaisir de faire des heureux et de soulager ceux qui souffrent, en faudrait-il davantage pour un bon cœur? Quiconque n'est pas sensible à un plaisir si vrai, si touchant, si digne du cœur, il n'est pas né grand, il ne mérite pas même d'être homme. Qu'on est digne de mépris, dit saint Ambroise, quand on peut faire des heureux, et qu'on ne le veut pas! *Infelix cujus in potestate est tantorum animas a morte defendere, et non est voluntas* [1].

Il semble même que c'est une malédiction attachée à la grandeur. Les personnes nées dans une fortune obscure et privée, n'envient dans les grands que le pouvoir de faire des grâces et de contribuer à la félicité d'autrui : on sent qu'à leur place on serait trop heureux de répandre la joie et l'allégresse dans les cœurs en y répandant des bienfaits, et de s'assurer pour toujours leur amour et leur reconnaissance. Si, dans une condition médiocre, on forme quelquefois de ces désirs chimériques de parvenir à de grandes places, le premier usage qu'on se propose de cette nouvelle élévation, c'est d'être bienfaisant, et d'en faire part à tous ceux qui nous environnent : c'est la première leçon de la nature, et le premier sentiment que les hommes du commun trouvent en eux. Ce n'est que dans les grands seuls qu'il est éteint : il semble que la grandeur leur donne un autre cœur, plus dur et plus insensible que celui du reste des hommes ; que plus on est à portée de soulager des malheureux, moins on est touché de leurs misères ; que plus on est le maître de s'attirer l'amour et la bienveillance des hommes, moins on en fait cas ; et qu'il suffit de pouvoir tout, pour n'être touché de rien.

1. S. AMBR., in vita Nab. 13.

Mais quel usage plus doux et plus flatteur, mes frères, pourriez-vous faire de votre élévation et de votre opulence? Vous attirer des hommages? mais l'orgueil lui-même s'en lasse. Commander aux hommes et leur donner des lois? mais ce sont là les soins de l'autorité, ce n'en est pas le plaisir. Voir autour de vous multiplier à l'infini vos serviteurs et vos esclaves? mais ce sont des témoins qui vous embarrassent et vous gênent, plutôt qu'une pompe qui vous décore. Habiter des palais somptueux? mais vous vous édifiez, dit Job, des solitudes où les soucis et les noirs chagrins viennent bientôt habiter avec vous. Y rassembler tous les plaisirs? ils peuvent remplir ces vastes édifices, mais ils laisseront toujours votre cœur vide. Trouver tous les jours dans votre opulence de nouvelles ressources à vos caprices? la variété des ressources tarit bientôt, tout est bientôt épuisé; il faut revenir sur ses pas, et recommencer sans cesse ce que l'ennui rend insipide, et ce que l'oisiveté a rendu nécessaire. Employez tant qu'il vous plaira vos biens et votre autorité à tous les usages que l'orgueil et les plaisirs peuvent inventer : vous serez rassasiés, mais vous ne serez pas satisfaits; ils vous montreront la joie, mais ils ne la laisseront pas dans votre cœur[1].

Employez-les à faire des heureux, à rendre la vie plus douce et plus supportable à des infortunés que l'excès de la misère a peut-être réduits mille fois à souhaiter, comme Job, que le jour qui les vit naître eût été lui-même la nuit éternelle de leur tombeau : vous sentirez alors le plaisir d'être nés grands, vous goûterez la véritable douceur de votre état; c'est le seul privilége qui le rend digne d'envie. Toute cette vaine montre qui vous environne est pour les autres; ce plaisir est pour vous seuls. Tout le reste a ses amertumes; ce plaisir seul les adoucit toutes. La joie de faire du bien est tout autrement douce et touchante que la joie de le recevoir. Revenez-y encore, c'est un plaisir qui ne s'use point; plus on le goûte, plus on se rend digne de le goûter : on s'accoutume à sa prospérité propre, et on y devient insensible; mais on sent toujours la joie d'être l'auteur de la prospérité d'autrui : chaque bienfait porte avec

1. Comme toutes ces expressions coulent d'un âme qui s'épanche! Est-il possible de donne plus de charme à la vérité et à la vertu? (LA HARPE.)

lui ce tribut doux et secret dans notre âme : le long usage, qui endurcit le cœur à tous les plaisirs, le rend ici tous les jours plus sensible.

Et qu'a la majesté du trône elle-même, Sire, de plus délicieux que le pouvoir de faire des grâces? Que serait la puissance des rois, s'ils se condamnaient à en jouir tout seuls? une triste solitude, l'horreur des sujets et le supplice du souverain. C'est l'usage de l'autorité qui en fait le plus doux plaisir; et le plus doux usage de l'autorité, c'est la clémence et la libéralité qui la rendent aimable.

Nouvelle raison. Outre le plaisir de faire du bien, qui nous paie comptant de notre bienfait, montrez de la douceur et de l'humanité dans l'usage de votre puissance, dit l'esprit de Dieu, et c'est la gloire la plus sûre et la plus durable où les grands puissent atteindre : *in mansuetudine opera tua perfice, et super hominum gloriam diligeris*[1].

Non, Sire, ce n'est pas le rang, les titres, la puissance, qui rendent les souverains aimables; ce n'est pas même les talents glorieux que le monde admire, la valeur, la supériorité du génie, l'art de manier les esprits et de gouverner les peuples; ces grands talents ne les rendent aimables à leurs sujets qu'autant qu'ils les rendent humains et bienfaisants. Vous ne serez grand qu'autant que vous leur serez cher : l'amour des peuples a toujours été la gloire la plus réelle et la moins équivoque des souverains, et les peuples n'aiment guère dans les souverains que les vertus qui rendent leur règne heureux.

Et, en effet, est-il pour les princes une gloire plus pure et plus touchante que celle de régner sur les cœurs? la gloire des conquêtes est toujours souillée de sang; c'est le carnage et la mort qui nous y conduit; et il faut faire des malheureux pour se l'assurer. L'appareil qui l'environne est funeste et lugubre; et souvent le conquérant lui-même, s'il est humain, est forcé de verser des larmes sur ses propres victoires.

Mais la gloire, Sire, d'être cher à son peuple et de le rendre heureux, n'est environnée que de la joie et de l'abondance : il ne faut point élever de statues et de colonnes superbes pour

1. ECCL., III, 19.

l'immortaliser; elle s'élève dans le cœur de chaque sujet un monument plus durable que l'airain et le bronze, parce que l'amour dont il est l'ouvrage est plus fort que la mort. Le titre de conquérant n'est écrit que sur le marbre; le titre de père du peuple est gravé dans les cœurs.

Et quelle félicité pour le souverain, de regarder son royaume comme sa famille, ses sujets comme ses enfants; de compter que leurs cœurs sont encore plus à lui que leurs biens et leurs personnes, et de voir, pour ainsi dire, ratifier chaque jour le premier choix de la nation qui éleva ses ancêtres sur le trône! La gloire des conquêtes et des triomphes a-t-elle rien qui égale ce plaisir? Mais de plus, Sire, si la gloire des conquérants vous touche, commencez par gagner les cœurs de vos sujets; cette conquête vous répond de celle de l'univers. Un roi cher à une nation valeureuse comme la vôtre n'a plus rien à craindre que l'excès de ses prospérités et de ses victoires.

Écoutez cette multitude que Jésus-Christ rassasie aujourd'hui dans le désert; ils veulent l'établir roi sur eux : *ut raperent eum, et facerent eum regem* [1]. Ils lui dressent déjà un trône dans leur cœur, ne pouvant le faire remonter encore sur celui de David et des rois de Juda ses ancêtres : ils ne reconnaissent son droit à la royauté que par son humanité. Ah! si les hommes se donnaient des maîtres, ce ne serait ni les plus nobles ni les plus vaillants qu'ils choisiraient; ce serait les plus tendres, les plus humains, des maîtres qui fussent en même temps leurs pères.

Heureuse la nation, grand Dieu, à qui vous destinez dans votre miséricorde un souverain de ce caractère! D'heureux présages semblent nous le promettre : la clémence et la majesté, peintes sur le front de cet auguste enfant, nous annoncent déjà la félicité de nos peuples; ses inclinations douces et bienfaisantes rassurent et font croître tous les jours nos espérances. Cultivez donc, ô mon Dieu, ces premiers gages de notre bonheur! rendez-le aussi tendre pour ses peuples que le prince pieux auquel il doit la naissance, et que vous n'avez fait que montrer à la terre. Il ne voulait régner, vous le savez, que pour nous rendre heureux; nos misères étaient ses misères, nos afflictions étaient

1. JOAN., VI, 15.

les siennes, et son cœur ne faisait qu'un cœur avec le nôtre. Que la clémence et la miséricorde croissent donc avec l'âge dans cet enfant précieux, et coulent en lui avec le sang d'un père si humain et si miséricordieux ! que la douceur et la majesté de son front soient toujours une image de celle de son âme ! que son peuple lui soit aussi cher qu'il est lui-même cher à son peuple ! qu'il prenne dans la tendresse de la nation pour lui la règle et la mesure de l'amour qu'il doit avoir pour elle ! par là il sera aussi grand que son bisaïeul, plus glorieux que tous ses ancêtres ; et son humanité sera la source de notre félicité sur la terre et de son bonheur dans le ciel. Ainsi soit-il.

SERMON

SUR LES CARACTÈRES
DE LA GRANDEUR DE JÉSUS-CHRIST

> *Hic erit magnus.*
> Il sera grand.
> LUC, c. I, 82.

SIRE,

Quand les hommes augurent d'un jeune prince qu'il sera grand, cette idée ne réveille en eux que des victoires et des prospérités temporelles; ils n'établissent sa grandeur future que sur des malheurs publics; et les mêmes signes qui annoncent l'éclat de sa gloire sont comme des présages sinistres qui ne promettent que des calamités au reste de la terre.

Mais ce n'est pas à ces marques vaines et lugubres de grandeur que l'ange annonce aujourd'hui à Marie que Jésus-Christ sera grand : le langage du ciel et de la vérité ne ressemble pas à l'erreur et à la vanité des adulations humaines, et Dieu ne parle point comme l'homme.

Jésus-Christ sera grand, parce qu'il sera le Saint et le Fils de Dieu, *Sanctum, vocabitur Filius Dei* [1]; parce qu'il sauvera son peuple, *ipse enim salvum faciet populum suum* [2]; parce que son règne ne finira plus, *et regni ejus non erit finis* [3]. Tels sont les caractères de sa grandeur; une grandeur de sainteté, une grandeur de miséricorde, une grandeur de perpétuité et de durée.

Et voilà les caractères de la véritable grandeur. Ce n'est pas,

---

1. LUC., I, 85. — 2. MATTH., I, 21. — 3. LUC., I, 33.

Sire, dans l'élévation de la naissance, dans l'éclat des titres et des victoires, dans l'étendue de la puissance et de l'autorité, que les princes et les grands doivent la chercher : ils ne seront grands comme Jésus-Christ, qu'autant qu'ils seront saints, qu'ils seront utiles aux peuples, et que leur vie et leur règne deviendront un modèle qui se perpétuera dans tous les siècles; c'est-à-dire qu'ils auront comme Jésus-Christ une grandeur de sainteté, une grandeur de miséricorde, une grandeur de perpétuité et de durée.

PREMIÈRE PARTIE.

SIRE,

L'origine éternelle de Jésus-Christ, son titre de Fils de Dieu, qui est le titre essentiel de sa sainteté, l'est aussi de sa grandeur et de son éminence. Il n'est pas appelé grand parce qu'il compte des rois et des patriarches parmi ses ancêtres, et que le sang le plus auguste de l'univers coule dans ses veines; il est grand parce qu'il est le Saint et le Fils du Très-Haut : toute sa grandeur a sa source dans le sein de Dieu, d'où il est sorti; et le grand mystère de ses voies éternelles, qui se manifeste aujourd'hui, va puiser tout son éclat dans sa naissance divine.

Nous n'avons de grand que ce qui nous vient de Dieu. Oui, mes frères, que les grands se vantent d'avoir, comme Jésus-Christ, des princes et des rois parmi leurs ancêtres : s'ils n'ont point d'autre gloire que celle de leurs aïeux, si toute leur grandeur est dans leur nom, si leurs titres sont leurs uniques vertus, s'il faut rappeler les siècles passés pour les trouver dignes de nos hommages, leur naissance les avilit et les déshonore, même selon le monde. On oppose sans cesse leur nom à leur personne : le souvenir de leurs aïeux devient leur opprobre : les histoires où sont écrites les grandes actions de leurs pères ne sont plus que des témoins qui déposent contre eux. On cherche ces glorieux ancêtres dans leurs indignes successeurs, on redemande à leurs noms les vertus qui ont autrefois honoré la patrie; et cet amas de gloire dont ils ont hérité n'est plus qu'un poids de honte qui les flétrit et qui les accable.

Cependant la plupart portent sur leur front l'orgueil de leur origine. Ils comptent les degrés de leur grandeur par des siècles qui ne sont plus, par des dignités qu'ils ne possèdent plus, par des actions qu'ils n'ont point faites, par des aïeux dont il ne reste qu'une vile poussière, par des monuments que les temps ont effacés, et se croient au-dessus des autres hommes, parce qu'il leur reste plus de débris domestiques de la rapidité des temps, et qu'ils peuvent produire plus de titres que les autres hommes de la vanité des choses humaines.

Sans doute une haute naissance est une prérogative illustre à laquelle le consentement des nations a attaché de tout temps des distinctions d'honneur et d'hommage; mais ce n'est qu'un titre, ce n'est pas une vertu : c'est un engagement à la gloire; ce n'est pas elle qui la donne : c'est une leçon domestique, et un motif honorable de grandeur; mais ce n'est pas ce qui nous fait grands : c'est une succession d'honneur et de mérite; mais elle manque, et s'éteint en nous dès que nous héritons du nom sans hériter des vertus qui l'ont rendu illustre. Nous commençons, pour ainsi dire, une nouvelle race; nous devenons des hommes nouveaux; la noblesse n'est plus que pour notre nom, et la roture pour notre personne.

Mais si, devant le monde même, la naissance sans la vertu n'est plus qu'un vain titre qui nous reproche sans cesse notre oisiveté et notre bassesse, qu'est-elle devant Dieu, qui ne voit de grand et de réel en nous que les dons de sa grâce et de son esprit, qu'il y a mis lui-même?

C'est donc notre naissance selon la foi qui fait le plus glorieux de tous nos titres. Nous ne sommes grands que parce que nous sommes, comme Jésus-Christ, enfants de Dieu, et que nous soutenons la noblesse et l'excellence d'une si haute origine. C'est elle qui élève le chrétien au-dessus des rois et des princes de la terre; c'est par elle que nous entrons aujourd'hui dans tous les droits de Jésus-Christ, que tout est à nous, que tout l'univers n'est que pour nous, que les patriarches et tous les élus des siècles passés sont nos ancêtres, que nous devenons héritiers d'un royaume éternel, que nous jugerons les anges et les hommes, et que nous verrons un jour à nos pieds toutes les nations et les puissances du siècle.

Telle est, Sire, la prérogative des enfants de Dieu; aussi nos rois ont mis le titre de chrétien à la tête de tous les titres qui entourent et ennoblissent leur couronne ; et le plus saint de vos prédécesseurs n'allait pas chercher la source et l'origine de sa grandeur dans le nombre des villes et des provinces soumises à son empire, mais dans le lieu seul où il avait été mis par le baptême au nombre des enfants de Dieu.

Mais, Sire, ce n'est pas assez, dit saint Jean, d'en porter le nom, il faut l'être en effet : *ut filii Dei nominemur et simus* [1]. Si les enfants des rois, dégénérant de leur auguste naissance, n'avaient que des inclinations basses et vulgaires ; s'ils se proposaient la fortune d'un vil artisan comme l'objet le plus digne de leur cœur, et seul capable de remplir leurs grandes destinées ; si, perdant de vue le trône où ils doivent un jour être élevés, ils ne connaissaient rien de plus grand que de ramper dans la boue, et d'être confondus par leurs sentiments et leurs occupations avec la plus vile populace, quel opprobre pour leur nom, et pour la nation qui attendrait de tels maîtres !

Tels, et encore plus coupables, Sire, sont les enfants de Dieu quand ils se dégradent jusqu'à vivre comme les enfants du siècle. La grâce de votre baptême vous a élevé encore plus haut que la gloire de votre naissance, quoiqu'elle soit la plus auguste de l'univers. Par celle-ci vous n'êtes qu'un roi temporel ; l'autre vous rend héritier d'un royaume éternel. La première ne vous fait que l'enfant des rois ; par l'autre vous êtes devenu l'enfant de Dieu. Tous les jours nous voyons croître et se développer dans Votre Majesté des sentiments et des inclinations dignes de la naissance que vous avez eue des rois vos ancêtres ; mais ce ne serait rien, si vous n'en montriez encore qui répondissent à la grandeur de la naissance que vous tenez de Dieu, lequel vous a mis par le baptême au nombre de ses enfants.

Or, par tout ce qu'exige une naissance royale, jugez, Sire, de ce que doit exiger une naissance toute divine. Si les enfants des rois doivent être au-dessus des autres hommes ; si la moindre bassesse les déshonore ; si le plus léger défaut de courage est une tache qui flétrit tout l'éclat de leur naissance ; si on leur fait un crime d'une simple inégalité d'humeur ; s'il faut qu'ils soient plus vaillants, plus sages, plus circonspects, plus doux, plus

---

1. S. JOAN., ep. I, III, 1.

affables, plus humains, plus grands que le reste des hommes ;
si le monde exige tant des enfants de la terre, qu'est-ce que
Dieu ne doit pas demander des enfants du ciel ! quelle innocence,
quelle pureté de désirs, quelle élévation de sentiments, quelle
supériorité au-dessus des sens et des passions, quel mépris pour
tout ce qui n'est pas éternel ! qu'il faut être grand pour soutenir
l'éminence d'une si haute origine ! Premier caractère de la grandeur de Jésus-Christ, une grandeur de sainteté : *hic erit magnus, et filius Altissimi vocabitur.*

SECONDE PARTIE.

Mais, en second lieu, il sera grand, parce qu'il sauvera son
peuple, *ipse enim salvum faciet populum suum;* second caractère
de sa grandeur, une grandeur de miséricorde.

Il ne descend sur la terre que pour combler les hommes de
ses bienfaits. Nous étions sous la servitude et sous la malédiction ; et il vient rompre nos chaînes et nous mettre en liberté.
Nous étions ennemis de Dieu et étrangers à ses promesses ; et il
vient nous réconcilier avec lui, et nous rendre concitoyens des
saints et enfants d'une nouvelle alliance. Nous vivions sans loi,
sans joug, sans Dieu dans ce monde ; et il vient être notre loi,
notre vérité, notre justice, et répandre l'abondance de ses dons
et de ses grâces sur tout l'univers. En un mot, il vient renouveler toute la nature, sanctifier ce qui était souillé, fortifier ce
qui était faible, sauver ce qui était perdu, réunir ce qui était
divisé. Quelle grandeur ! car il n'y a rien de si grand que de
pouvoir être utile à tous les hommes.

Et telle est la grandeur où les princes et les souverains, et tout
ce qui porte le nom de grand sur la terre, doit aspirer ; ils ne
peuvent être grands qu'en se rendant utiles aux peuples, et leur
portant, comme Jésus-Christ, la liberté, la paix, et l'abondance.

Je dis la liberté, non celle qui favorise les passions et la licence,
c'est un nouveau joug et une servitude honteuse que ce funeste
libertinage ; et la règle des mœurs est le premier principe de la
félicité et de l'affermissement des empires. Ce n'est pas celle
encore, ou qui s'élève contre l'autorité légitime, ou qui veut
partager avec le souverain celle qui réside en lui seul, et, sous

prétexte de la modérer, l'anéantir et l'éteindre. Il n'y a de bonheur pour les peuples que dans l'ordre et dans la soumission. Pour peu qu'ils s'écartent du point fixe de l'obéissance, le gouvernement n'a plus de règle; chacun veut être à lui-même sa loi; la confusion, les troubles, les dissensions, les attentats, l'impunité, naissent bientôt de l'indépendance; et les souverains ne sauraient rendre leurs sujets heureux qu'en les tenant soumis à l'autorité, et leur rendant en même temps l'assujettissement doux et aimable.

La liberté, Sire, que les princes doivent à leurs peuples, c'est la liberté des lois. Vous êtes le maître de la vie et de la fortune de vos sujets; mais vous ne pouvez en disposer que selon les lois. Vous ne connaissez que Dieu seul au-dessus de vous, il est vrai; mais les lois doivent avoir plus d'autorité que vous-même. Vous ne commandez pas à des esclaves, vous commandez à une nation libre et belliqueuse, aussi jalouse de sa liberté que de sa fidélité, et dont la soumission est d'autant plus sûre, qu'elle est fondée sur l'amour qu'elle a pour ses maîtres. Ses rois peuvent tout sur elle, parce que sa tendresse et sa fidélité ne mettent point de bornes à son obéissance; mais il faut que ses rois en mettent eux-mêmes à leur autorité, et que plus son amour ne connaît point d'autre loi qu'une soumission aveugle, plus ses rois n'exigent de sa soumission que ce que les lois leur permettent d'en exiger : autrement ils ne sont plus les pères et les protecteurs de leurs peuples, ils en sont les ennemis et les oppresseurs; ils ne règnent pas sur leurs sujets, ils les subjuguent.

La puissance de votre auguste bisaïeul sur la nation a passé celle de tous les rois vos ancêtres : un règne long et glorieux l'avait affermie; sa haute sagesse la soutenait, et l'amour de ses sujets n'y mettait presque plus de bornes. Cependant il a su plus d'une fois la faire céder aux lois, les prendre pour arbitres entre lui et ses sujets, et soumettre noblement ses intérêts à leurs décisions.

Ce n'est donc pas le souverain, c'est la loi, Sire, qui doit régner sur les peuples. Vous n'en êtes que le ministre et le premier dépositaire. C'est elle qui doit régler l'usage de l'autorité; et c'est par elle que l'autorité n'est plus un joug pour les

sujets, mais une règle qui les conduit, un secours qui les pro-
tége, une vigilance paternelle qui ne s'assure leur soumission
que parce qu'elle s'assure leur tendresse. Les hommes croient
être libres quand ils ne sont gouvernés que par les lois : leur
soumission fait alors tout leur bonheur, parce qu'elle fait toute
leur tranquillité et toute leur confiance : les passions, les volontés injustes, les désirs excessifs et ambitieux que les princes
mêlent à l'usage de l'autorité, loin de l'étendre, l'affaiblissent :
ils deviennent moins puissants dès qu'ils veulent l'être plus que
les lois ; ils perdent en croyant gagner. Tout ce qui rend l'autorité injuste et odieuse l'énerve et la diminue : la source de leur
puissance est dans le cœur de leurs sujets ; et quelque absolus
qu'ils paraissent, on peut dire qu'ils perdent leur véritable pouvoir dès qu'ils perdent l'amour de ceux qui les servent.

J'ai dit encore la paix et l'abondance, qui sont toujours les
fruits heureux de la liberté dont nous venons de parler ; et voilà
les biens que Jésus-Christ vient apporter sur la terre : il n'est
grand que parce qu'il est le bienfaiteur de tous les hommes.

Oui, Sire, il faut être utile aux hommes, pour être grand
dans l'opinion des hommes. C'est la reconnaissance qui les
porta autrefois à se faire des dieux mêmes de leurs bienfaiteurs ; ils adorèrent la terre qui les nourrissait, le soleil qui
les éclairait, des princes bienfaisants, un Jupiter roi de Crète,
un Osiris roi d'Égypte, qui avaient donné des lois sages à leurs
sujets, qui avaient été les pères de leurs peuples, et les avaient
rendus heureux pendant leur règne. L'amour et le respect
qu'inspire la reconnaissance fut si vif, qu'il dégénéra même en
culte.

Il faut mettre les hommes dans les intérêts de notre gloire,
si nous voulons qu'elle soit immortelle ; et nous ne pouvons
les y mettre que par nos bienfaits. Les grands talents et les
titres qui nous élèvent au-dessus d'eux, et qui ne font rien à
leur bonheur, les éblouissent sans les toucher, et deviennent
plutôt l'objet de l'envie que de l'affection et de l'estime publique.
Les louanges que nous donnons aux autres se rapportent toujours par quelque endroit à nous-mêmes ; c'est l'intérêt ou la
vanité qui en sont les sources secrètes ; car tous les hommes
sont vains, et n'agissent presque que pour eux ; et d'ordinaire

ils n aiment pas à donner en pure perte des louanges qui les humilient, et qui sont comme des aveux publics de la supériorité qu'on a sur eux : mais la reconnaissance l'emporte sur la vanité, et l'orgueil souffre sans peine que nos bienfaiteurs soient en même temps nos supérieurs et nos maîtres.

Non, Sire, un prince qui n'a eu que des vertus militaires n'est pas assuré d'être grand dans la postérité. Il n'a travaillé que pour lui ; il n'a rien fait pour ses peuples ; et ce sont les peuples qui assurent toujours la gloire et la grandeur du souverain. Il pourra passer pour un grand conquérant ; mais on ne le regardera jamais comme un grand roi : il aura gagné des batailles ; mais il n'aura pas gagné le cœur de ses sujets : il aura conquis des provinces étrangères ; mais il aura épuisé les siennes : en un mot, il aura conduit habilement des armées ; mais il aura mal gouverné ses sujets.

Mais, Sire, un prince qui n'a cherché sa gloire que dans le bonheur de ses sujets, qui a préféré la paix et la tranquillité, qui seule peut les rendre heureux, à des victoires qui n'eussent été que pour lui seul, et qui n'auraient abouti qu'à flatter sa vanité ; un prince qui ne s'est regardé que comme l'homme de ses peuples, qui a cru que ses trésors les plus précieux étaient les cœurs de ses sujets ; un prince qui, par la sagesse de ses lois et de ses exemples, a banni les désordres de son État, corrigé les abus, conservé la bienséance des mœurs publiques, maintenu chacun à sa place, réprimé le luxe et la licence, toujours plus funestes aux empires que les guerres et les calamités les plus tristes ; rendu au culte et à la religion de ses pères l'autorité, l'éclat, la majesté, l'uniformité qui en perpétuent le respect parmi les peuples ; maintenu le sacré dépôt de la foi contre toutes les entreprises des esprits indociles et inquiets ; qui a regardé ses sujets comme ses enfants, son royaume comme sa famille ; et qui n'a usé de sa puissance que pour la félicité de ceux qui la lui avaient confiée : un prince de ce caractère sera toujours grand, parce qu'il l'est dans le cœur des peuples. Les pères raconteront à leurs enfants le bonheur qu'ils eurent de vivre sous un si bon maître ; ceux-ci le rediront à leurs neveux ; et dans chaque famille ce souvenir, conservé d'âge en âge, deviendra comme un monument domestique élevé dans l'en ceinte des murs paternels, qui perpétuera la mémoire d'un si bon roi dans tous les siècles.

Non, Sire, ce ne sont pas les statues et les inscriptions qui immortalisent les princes : elles deviennent tôt ou tard le triste jouet des temps et de la vicissitude des choses humaines. En vain Rome et la Grèce avaient autrefois multiplié à l'infini les images de leurs rois et de leurs Césars, et épuisé toute la science de l'art pour les rendre plus précieuses aux siècles suivants : de tous ces monuments superbes, à peine un seul est venu jusqu'à nous. Ce qui n'est écrit que sur le marbre et sur l'airain est bientôt effacé; ce qui est écrit dans les cœurs demeure toujours.

TROISIÈME PARTIE.

Aussi le dernier caractère de la grandeur de Jésus-Christ, c'est la durée et la perpétuité de son règne : *et regni ejus non erit finis.* Il était hier, il est aujourd'hui, et il sera dans tous les siècles : ses bienfaits perpétueront sa royauté et sa puissance. Les hommes de tous les temps le reconnaîtront, l'adoreront comme leur chef, leur libérateur, leur pontife toujours vivant, et qui s'offre toujours pour nous à son père : il sera même le prince de l'éternité, il régnera sur tous les élus dans le ciel, et l'Église triomphante ne sera pas moins son royaume et son héritage que celle qui combat sur la terre. C'est ici une grandeur de perpétuité et de durée.

En effet, la gloire qui doit finir avec nous est toujours fausse. Elle était donnée à nos titres plus qu'à nos vertus; c'était un faux éclat qui environnait nos places, mais qui ne sortait pas de nous-mêmes. Nous étions sans cesse entourés d'admirateurs, et vides au dedans des qualités qu'on admire. Cette gloire était le fruit de l'erreur et de l'adulation, et il n'est pas étonnant de la voir finir avec elles. Telle est la gloire de la plupart des princes et des grands. On honore leurs cendres encore fumantes d'un reste d'éloge; on ajoute encore cette vaine décoration à celle de leur pompe funèbre. Mais tout s'éclipse et s'évanouit le lendemain : on a honte des louanges qu'on leur a données; c'est un langage suranné et insipide qu'on n'oserait plus parler : on en voit presque rougir les monuments publics où elles sont encore écrites, et où elles ne semblent subsister que pour rappeler publiquement un souvenir qui les désavoue. Ainsi les adulations ne survivent jamais à leurs héros ; et les éloges mercenaires, loin d'immortaliser la gloire des princes, n'immortalisent que la bassesse, l'intérêt et la lâcheté de ceux qui ont été capables de les donner.

Pour connaître la grandeur véritable des souverains et des grands, il faut la chercher dans les siècles qui sont venus après eux. Plus même ils s'éloignent de nous, plus leur gloire croît et s'affermit lorsqu'elle a pris sa source dans l'amour des peuples. On dispute encore aujourd'hui à un de vos plus vaillants prédécesseurs les éloges magnifiques que son siècle lui donna à l'envi ; et, malgré la gloire de Marignan, on doute si la valeur doit le faire compter parmi les grands rois qui ont occupé votre trône : et avec moins de ces talents brillants qui font les héros, et plus de ces vertus pacifiques qui font les bons rois, son prédécesseur sera toujours grand dans nos histoires, parce qu'il sera toujours cher à la nation dont il fut le père. On ne compte pour rien les éloges donnés aux souverains pendant leur règne, s'ils ne sont répétés sous les règnes suivants. C'est là que la postérité, toujours équitable, ou les dégrade d'une gloire dont ils n'étaient redevables qu'à leur puissance et à leur rang, ou leur conserve un rang qu'ils durent à leur vertu bien plus qu'à leur puissance. Il faut, Sire, que la vie d'un grand roi puisse être proposée comme une règle à ses successeurs, et que son règne devienne le modèle de tous les règnes à venir : c'est par là qu'il sera, si je l'ose dire, éternel comme le règne de Jésus-Christ : *et regni ejus non erit finis.*

Le règne de David fut toujours le modèle des bons rois de Juda, et sa durée égala celle du trône de Jérusalem. Ce ne furent pas ses victoires toutes seules qui le rendirent le modèle des rois ses successeurs : Saül en avait remporté, comme lui, sur les Philistins et sur les Amalécites. Ce fut sa piété envers Dieu, son amour pour son peuple, son zèle pour la loi et pour la religion de ses pères, sa soumission à Dieu dans les disgrâces, sa modération dans la victoire et dans la prospérité, son respect pour les prophètes qui venaient de la part de Dieu l'avertir de ses devoirs et lui ouvrir les yeux sur ses faiblesses, les larmes publiques de pénitence et de piété dont il baigna son trône pour expier le scandale de sa chute, les richesses immenses qu'il amassa pour élever un temple au Dieu de ses pères, sa confiance dans le grand prêtre et dans les ministres du culte saint, le soin qu'il prit d'inspirer à son fils Salomon les maximes de la vertu et de la sagesse, et enfin le bon ordre et la justice des lois qu'il établit dans tout Israël.

Voilà, Sire, la grandeur que Votre Majesté doit se proposer. Régnez de manière que votre règne puisse être éternel; que non-seulement il vous assure la royauté immortelle des enfants de Dieu, mais encore que, dans tous les âges qui suivront, on vous propose aux princes vos successeurs comme le modèle des bons rois.

Ce ne sera pas seulement en remportant des victoires que vous deviendrez un grand roi; ce sera votre amour pour vos peuples, votre fidélité envers Dieu, votre zèle pour la religion de vos pères, votre attention à rendre vos sujets heureux, qui feront de votre règne le plus bel endroit de nos histoires, et le modèle de tous les règnes à venir.

Aimez vos peuples, Sire; et que ces mêmes paroles si souvent portées à vos oreilles trouvent toujours un accès favorable dans votre cœur. Soyez tendre, humain, affable, touché de leurs misères, compatissant à leurs besoins; et vous serez un grand roi, et la durée de votre règne égalera celle de la monarchie. Dieu vous a établi sur une nation qui aime ses princes, et qui par cela seul mérite d'en être aimée. Dans un royaume où les peuples naissent, pour ainsi dire, bons sujets, il faut que les souverains en naissant naissent de bons maîtres. Vous voyez déjà tous les cœurs voler après vous : Sire, l'amour ne peut se payer que par l'amour; et vous ne seriez pas digne de la tendresse de vos sujets, si vous leur refusiez la vôtre.

Il n'y a point d'autre gloire pour les rois : leur grandeur est toute dans l'amour de leurs peuples; ce sont eux qui perpétuent de siècle en siècle la mémoire des bons princes. Et quelle gloire en effet pour un roi de régner encore après sa mort sur les cœurs de ses sujets! d'être sûr que, dans tous les temps à venir, les peuples, ou regretteront de n'avoir pas vécu sous son règne, ou se féliciteront d'avoir un roi qui lui ressemble! Quelle gloire, Sire, de faire dire de soi, dans toute la suite des siècles, comme la reine de Saba le disait de Salomon : Heureux ceux qui le virent, et qui vécurent sous la douceur de ses lois et de son empire! Heureux l'âge qui montre à la terre un si bon maître! Heureuses les villes et les campagnes qui virent revivre sous son règne l'abondance, la paix, la joie, la justice, l'innocence des âges les plus fortunés! Heureuse la nation que le ciel favorisera un jour d'un prince qui lui soit semblable!

Grand Dieu! c'est vous seul qui donnez les bons rois aux peuples; et c'est le plus grand don que vous puissiez faire à la terre. Vous tenez encore entre vos mains l'enfant auguste que vous destinez à la monarchie. Son âge, son innocence, le laissent encore l'ouvrage commencé de vos miséricordes. Il n'est pas encore sorti de dessous la main qui le forme et qui l'achève. Grand Dieu! il est encore temps, formez-le pour le bonheur des peuples à qui vous l'avez réservé; et que cette prière, si souvent ici renouvelée, ne lasse pas votre bonté, puisqu'elle intéresse si fort le salut et la félicité d'une nation que vous avez toujours protégée!

C'est sous les bons rois que votre culte s'affermit, que la foi triomphe des erreurs, que l'affreuse incrédulité est bannie ou obligée de se cacher, que les nouvelles doctrines sont proscrites, que les esprits rebelles ne trouvent de protection et de sûreté que dans l'obéissance et dans l'unité; que vos ministres, paisibles dans l'exercice de leurs fonctions, et veillant sans cesse à la conservation du dépôt, voient l'autorité de l'empire donner les mains à celle du sacerdoce; et que tous les cœurs, déjà réunis au pied du trône, portent la même union et la même concorde au pied des autels. Ajoutez donc en lui de jour en jour, ô mon Dieu, de ces traits heureux qui promettent de bons rois à leurs peuples, que l'ouvrage de vos miséricordes croisse et se développe tous les jours en lui avec ses années. Nous ne vous demandons pas qu'il devienne le vainqueur de l'Europe; nous vous demandons qu'il soit le père de son peuple. C'est la puissance de votre bras qui nous l'a conservé, en frappant autour de son berceau tout le reste de sa famille royale; que ce soit elle qui nous le forme et qui nous le prépare. Il est, comme

Moïse, l'enfant sauvé des funérailles de toute sa race; qu'il soit comme lui le sauveur et le libérateur de son peuple; et que ce premier prodige, qui l'a retiré du sein de la mort, soit pour nous le présage assuré de ceux que vous nous faites espérer sous son empire! Ainsi soit-il.

SERMON

POUR LE DIMANCHE DE LA PASSION

SUR LA FAUSSETÉ

DE LA GLOIRE HUMAINE

> *Si ego glorifico meipsum, gloria mea nihil est.*
>
> Si je me glorifie moi-même, ma gloire n'est rien.
>
> JEAN, VIII, 54.

SIRE,

Si la gloire du monde, sans la crainte de Dieu, était quelque chose de réel, quel homme jusque-là avait paru sur la terre qui eût plus de lieu de se glorifier lui-même que Jésus-Christ?

Outre la gloire de descendre d'une race royale, et de compter les David et les Salomon parmi ses ancêtres, avec quel éclat n'avait-il pas paru dans le monde?

Suivez-le dans tout le cours de sa vie, toute la nature lui obéit; les eaux s'affermissent sous ses pieds; les morts entendent sa voix; les démons, frappés de sa puissance, vont se cacher loin de lui; les cieux s'ouvrent sur sa tête, et annoncent eux-mêmes aux hommes sa gloire et sa magnificence: la boue entre ses mains rend la lumière aux aveugles; tous les lieux par où il passe ne sont marqués que par ses prodiges: il lit dans les cœurs, il voit l'avenir comme le présent; il entraîne après lui les villes et les peuples: personne avant lui n'avait parlé comme il parle; et, charmées de son éloquence céleste, les femmes de Juda appellent heureuses les entrailles qui l'ont porté.

Quel homme s'était jamais montré sur la terre environné de

tant de gloire? et cependant il nous apprend que s'il se l'attribue à lui-même, et que sa gloire ne soit qu'une gloire humaine, sa gloire n'est plus rien : *si ego glorifico meipsum, gloria mea nihil est.*

La probité mondaine, les grands talents, les succès éclatants, ne sont donc plus rien, dès qu'ils ne sont que les vertus de l'homme; et il n'y a point de gloire véritable sans la crainte de Dieu. C'est ce qui va faire le sujet de ce discours.

PREMIÈRE PARTIE.

SIRE,

Il y a longtemps que les hommes, toujours vains, font leur idole de la gloire : ils la perdent la plupart en la cherchant, et croient l'avoir trouvée quand on donne à leur vanité les louanges qui ne sont dues qu'à la vertu.

Il n'est point de prince ni de grand, malgré la bassesse et le dérèglement de ses mœurs et de ses penchants, à qui de vaines adulations ne promettent la gloire et l'immortalité, et qui ne compte sur les suffrages de la postérité, où son nom même ne passera peut-être pas, et où du moins il ne sera connu que par ses vices. Il est vrai que le monde, qui avait élevé ces idoles de boue, les renverse lui-même le lendemain, et qu'il se venge à loisir, dans les âges suivants, par la liberté de ses censures, de la contrainte et de l'injustice de ses éloges.

Il n'attend pas même si tard : les applaudissements publics qu'on donne à la plupart des grands pendant leur vie, sont presque toujours à l'instant démentis par les jugements et les discours secrets. Leurs louanges ne font que réveiller l'idée de leurs défauts : et à peine sorties de la bouche même de celui qui les publie, elles vont, s'il m'est permis de parler ainsi, expirer dans son cœur qui les désavoue.

Mais si la gloire humaine est presque toujours dégradée devant le tribunal même du monde, aurait-elle quelque chose de plus réel aux yeux de Dieu, devant qui il n'y a de véritables grands que ceux qui le craignent? *Qui autem timent te, magni erunt apud te per omnia[1].*

1. JUDITH, c. XVI 19.

Et pour mettre cette vérité dans un point de vue qui nous la montre tout entière, remarquez, je vous prie, mes frères, que les hommes ont de tout temps établi la gloire dans l'honneur et la probité, dans l'éminence et la distinction des talents, et enfin dans les succès éclatants.

Or, sans la crainte de Dieu, toute probité humaine est ou fausse, ou du moins elle n'est pas sûre : les plus grands talents deviennent dangereux, ou à celui qui s'en glorifie, ou à ceux auprès desquels il en fait usage : et enfin les succès les plus éclatants, ou prennent leur source dans le crime, ou ne sont souvent que des crimes éclatants eux-mêmes : *si ego glorifico meipsum, gloria mea nihil est.*

Je dis premièrement que la probité humaine, sans la crainte de Dieu, est presque toujours fausse, ou du moins qu'elle n'est jamais sûre.

Je sais que le monde se vante d'un fantôme d'honneur et de probité indépendant de la religion : il croit qu'on peut être fidèle aux hommes sans être fidèle à Dieu; être orné de toutes les vertus que demande la société sans avoir celles qu'exige l'Évangile; et, en un mot, être honnête homme sans être chrétien.

On pourrait laisser au monde cette faible consolation, ne pas lui disputer une gloire aussi vaine et aussi frivole que lui-même, et, puisqu'il renonce aux vertus des saints, lui passer du moins celles des hommes. C'est l'attaquer par son endroit sensible et dans son dernier retranchement, de vouloir lui ôter le seul nom de bien qui lui reste, et qui le console de la perte de tous les autres; et de le déposséder d'un honneur et d'une probité qu'il croit n'appartenir qu'à lui seul, et qu'il dispute même souvent aux justes.

Ne le troublons donc pas dans une possession si paisible, et en même temps si injuste. Convenons qu'au milieu de la dépravation et de la décadence des mœurs publiques, le monde a encore sauvé du débris des restes d'honneur et de droiture; que malgré les vices et les passions qui les dominent, paraissent encore sous ses étendards des hommes fidèles à l'amitié, zélés pour la patrie, rigides amateurs de la vérité, esclaves religieux de leur parole, vengeurs de l'injustice, protecteurs de la faiblesse; en un mot, partisans du plaisir, et néanmoins sectateurs de la vertu.

Voilà les justes du monde, ces héros d'honneur et de probité qu'il fait tant valoir, qu'il propose même tous les jours, avec une espèce d'insulte et d'ostentation, aux véritables justes de l'Évangile. Il les dégrade pour élever son idole : il se vante que l'honneur et la véritable probité ne résident que chez lui. Il nous laisse l'obscurité, les petitesses, les travers, et tout le faux de la vertu, et s'en arroge à lui-même l'héroïsme et la gloire. Mais qu'il serait aisé de venger l'honneur de Dieu contre le culte vain et pompeux que le monde rend à son idole! Il n'y aurait qu'à souffler sur cet édifice d'orgueil et de vanité, à peine en retrouveriez-vous les faibles vestiges.

Ces hommes vertueux, dont le monde se fait tant d'honneur, n'ont au fond souvent pour eux que l'erreur publique. Amis fidèles, je le veux; mais c'est le goût, la vanité ou l'intérêt qui les lie, et dans leurs amis ils n'aiment qu'eux-mêmes. Bons citoyens, il est vrai; mais la gloire et les honneurs qui nous reviennent en servant la patrie, sont l'unique lien et le seul devoir qui les attachent. Amateurs de la vérité, je l'avoue; mais ce n'est pas elle qu'ils cherchent, c'est le crédit et la confiance qu'elle leur acquiert parmi les hommes. Observateurs de leurs paroles; mais c'est un orgueil qui trouverait de la lâcheté et de l'inconstance à se dédire, ce n'est pas une vertu qui se fait une religion de ses promesses. Vengeurs de l'injustice; mais en la punissant dans les autres, ils ne veulent que publier qu'ils n'en sont pas capables eux-mêmes. Protecteurs de la faiblesse; mais ils veulent avoir des panégyristes de leur générosité, et les éloges des opprimés sont ce que leur offrent de plus touchant leur oppression et leur misère. En un mot, dit l'Écriture, on les appelle miséricordieux : ils ont toutes les vertus pour le public; mais n'étant pas fidèles à Dieu, ils n'en ont pas une seule pour eux-mêmes : *multi homines misericordes vocantur; virum autem fidelem quis inveniet*[1] ?

Mais quand la probité du monde ne serait pas presque toujours fausse, il faudrait convenir du moins qu'elle n'est jamais

[1]. Prov., xx, 6.

sûre. La religion toute seule assure la vertu, parce que les motifs qu'elle nous fournit sont partout les mêmes. La honte et l'opprobre en seraient le prix devant les hommes, qu'elle n'en paraîtrait que plus belle et plus glorieuse à l'homme de bien. Sa vie même serait en péril, qu'il ne voudrait pas la racheter aux dépens de sa vertu. Le secret et l'impunité ne sont pas pour lui des attraits pour le vice, puisque Dieu est le seul témoin qu'il craint; et le reproche de sa conscience, la seule peine qui l'afflige. La gloire même et les acclamations publiques le solliciteraient à une entreprise ambitieuse et injuste, qu'il préférerait le devoir et la règle qui la condamnent, aux applaudissements de l'univers qui l'approuve. Enfin, changez tant qu'il vous plaira les situations d'un véritable juste : le monde peut varier à son égard; les suffrages publics qui l'élèvent aujourd'hui peuvent demain le dégrader et l'abattre; sa fortune peut changer, mais sa vertu ne changera point avec sa fortune.

Il ne s'agit pas ici de nous alléguer des exemples où la piété la plus estimée s'est démentie plus d'une fois. Outre que le monde est plein de faux justes, et que tous ceux qui en portent le nom aux yeux des hommes n'en ont pas le mérite devant Dieu, ç'a été de tout temps l'injustice du monde d'attribuer à la vertu les faiblesses de l'homme. Le juste peut tomber : mais la vertu seule peut le défendre ou le relever de ses chutes, elle seule marche sûrement, parce que les principes sur lesquels elle s'appuie sont toujours les mêmes. Les occasions ne l'autorisent pas contre le devoir, parce que les occasions ne changent jamais rien aux règles. La lumière et les regards publics sont pour elle comme la solitude et les ténèbres. En un mot, elle ne compte les hommes pour rien, parce que Dieu seul, qui la voit, doit être son juge.

Trouvez, si vous le pouvez, la même sûreté dans les vertus humaines. Nées le plus souvent dans l'orgueil et dans l'amour de la gloire, elles y trouvent un moment après leur tombeau. Formées par les regards publics, elles vont s'éteindre le lendemain, comme ces feux passagers, dans le secret et dans les ténèbres. Appuyées sur les circonstances, sur les occasions, sur les jugements des hommes, elles tombent sans cesse avec ces appuis fragiles. Les tristes fruits de l'amour-propre, elles sont

toujours sous l'inconstance de son empire. Enfin, le faible ouvrage de l'homme, elles ne sont, comme lui, à l'épreuve de rien.

Qu'il s'offre à ce vertueux du siècle une occasion sûre de
décréditer un ennemi ou de supplanter un concurrent : pourvu
qu'il conserve la réputation et la gloire de la modération, il
sera peu touché d'en avoir le mérite. Que sa vengeance n'intéresse point son honneur, elle ne sera plus indigne de sa vertu.
Placez-le dans une situation où il puisse accorder sa passion
avec l'estime publique, il ne s'embarrassera pas de l'accorder
avec son devoir. En un mot, qu'il passe toujours pour un
homme de bien, c'est la même chose pour lui que de l'être.

Tout Israël paraît applaudir d'abord à la révolte d'Absalon :
Achitophel, cet homme si sage et si vertueux dans l'estime
publique, et dont les conseils étaient regardés comme les conseils de Dieu, préfère pourtant le parti du crime, où il trouve
les suffrages publics et l'espérance de son élévation, à celui de
la justice, qui ne lui offre plus que le devoir.

Non, mes frères, rien n'est sûr dans les vertus humaines, si
la vertu de Dieu ne les soutient et ne les fixe. Soyez bienfaisant,
juste, généreux, sincère : vous pouvez être utile au public,
mais vous devenez inutile à vous-même : vous faites des œuvres
louables aux yeux des hommes; mais en ferez-vous jamais une
véritable vertu? Tout est faux et vide dans un cœur que Dieu ne
remplit point (c'est un roi lui-même qui parle); et connaître
votre justice et votre vertu, ô mon Dieu, c'est la seule racine
qui porte des fruits d'immortalité, et la source de la véritable
gloire : *vani autem sunt omnes homines in quibus non subest
scientia Dei* [1].

C'est donc en vain qu'on met la véritable gloire dans l'honneur et la probité mondaine; on n'est grand que par le cœur,
et le cœur vide de Dieu n'a plus que le faux et les bassesses de
l'homme.

SECONDE PARTIE.

Mais peut-être que les vertus civiles toutes seules sont trop
obscures, et que la distinction et la supériorité des grands
talents nous donnera plus de droit à la gloire.

[1]. SAP., XIII, 1.

Hélas! Sire, que sont les grands talents, que de grands vices, si, les ayant reçus de Dieu, nous ne les employons que pour nous-mêmes? Que deviennent-ils entre nos mains? souvent l'instrument des malheurs publics; toujours la source de notre condamnation et de notre perte.

Qu'est-ce qu'un souverain né avec une valeur bouillante, et dont les éclairs brillent déjà de toutes parts dès ses plus jeunes ans, si la crainte de Dieu ne le conduit et ne le modère? un astre nouveau et malfaisant, qui n'annonce que des calamités à la terre. Plus il croîtra dans cette science funeste, plus les misères publiques croîtront avec lui; ses entreprises les plus téméraires n'offriront qu'une faible digue à l'impétuosité de sa course; il croira effacer par l'éclat de ses victoires leur témérité ou leur injustice; l'espérance du succès sera le seul titre qui justifiera l'équité de ses armes; tout ce qui lui paraîtra glorieux deviendra légitime; il regardera les moments d'un repos sage et majestueux comme une oisiveté honteuse, et des moments qu'on dérobe à sa gloire; ses voisins deviendront ses ennemis dès qu'ils pourront devenir sa conquête; ses peuples eux-mêmes fourniront, de leurs larmes et de leur sang, la triste matière de ses triomphes; il épuisera et renversera ses propres États pour en conquérir de nouveaux; il armera contre lui les peuples et les nations; il troublera la paix de l'univers; il se rendra célèbre en faisant des millions de malheureux. Quel fléau pour le genre humain! Et s'il y a un peuple sur la terre capable de lui donner des éloges, il n'y a qu'à lui souhaiter un tel maître.

Repassez sur tous les grands talents qui rendent les hommes illustres; s'ils sont donnés aux impies, c'est toujours pour le malheur de leur nation et de leur siècle. Les vastes connaissances empoisonnées par l'orgueil ont enfanté ces chefs et ces docteurs célèbres de mensonge qui, dans tous les âges, ont levé l'étendard du schisme et de l'erreur, et formé, dans le sein même du christianisme, les sectes qui le déchirent.

Ces beaux esprits si vantés, et qui par des talents heureux ont rapproché leur siècle du goût et de la politesse des anciens, dès que leur cœur s'est corrompu, ils n'ont laissé au monde que des ouvrages lascifs et pernicieux, où le poison, préparé par des mains habiles, infecte tous les jours les mœurs publiques, et où les siècles qui nous suivront viendront encore puiser la licence et la corruption du nôtre.

Tournez-vous d'un autre côté. Comment ont paru sur la terre ces génies supérieurs, mais ambitieux et inquiets, nés pour faire mouvoir les ressorts des États et des empires, et ébranler l'univers entier? Les peuples et les rois sont devenus le jouet de leur ambition et de leurs intrigues : les dissensions civiles et les malheurs domestiques ont été les théâtres lugubres où ont brillé leurs grands talents.

Un seul homme obscur, avec ces avantages éminents de la nature, mais sans conscience et sans probité, a pu s'élever, les siècles passés, sur les débris de sa patrie ; changer la face entière d'une nation voisine et belliqueuse, si jalouse de ses lois et de sa liberté ; se faire rendre des hommages que ses concitoyens disputent même à leurs rois ; renverser le trône, et donner à l'univers le spectacle d'un souverain dont la couronne ne peut mettre la tête sacrée à couvert de l'arrêt inouï qui le condamna à la perdre.

Esprits vastes, mais inquiets et turbulents, capables de tout soutenir, hors le repos ; qui tournent sans cesse autour du pivot même qui les fixe et qui les attache, et qui, semblables à Samson, sans être animés de son esprit, aiment encore mieux ébranler l'édifice et être écrasés sous ses ruines, que de ne pas s'agiter et faire usage de leurs talents et de leur force. Malheur au siècle qui produit de ces hommes rares et merveilleux ! et chaque nation a eu là-dessus ses leçons et ses exemples domestiques.

Mais enfin, si ce n'est pas un malheur pour leur siècle, c'est du moins un malheur pour eux-mêmes. Semblables à un navire sans gouvernail que des vents favorables poussent à pleines voiles, plus notre course est rapide, plus le naufrage est inévitable. Rien n'est si dangereux pour soi que les grands talents dont la foi ne règle pas l'usage ; les vaines louanges qu'attirent ces qualités brillantes corrompent le cœur ; et plus on était né avec de grandes qualités, plus la corruption est profonde et désespérée. Dieu abandonne l'orgueil à lui-même ; ces hommes si vantés expient souvent, dans la honte d'une chute éclatante, l'injustice des applaudissements publics ; leurs vices déshonorent leurs talents. Ces vastes génies, nés pour soutenir l'État, ne sont plus, dit Job, que de faibles roseaux qui ne peuvent se soutenir eux-mêmes. On a vu plus d'une fois les pierres même les plus brillantes du sanctuaire s'avilir et se traîner indignement dans la boue; et les plus grands talents sont souvent livrés aux plus grandes faiblesses : *qui ducit sacerdotes inglorios, et optimates supplantat* [1].

TROISIÈME PARTIE.

Les succès éclatants, et les grands événements qui les suivent, ne méritent pas plus de louanges dans les ennemis de Dieu, et ne leur donnent pas plus de droit à la gloire que leurs talents.

Je sais que le monde y attache de la gloire, et que d'ordinaire chez lui ce ne sont pas les vertus, mais les succès, qui font les grands hommes. Les provinces conquises, les batailles gagnées, les négociations difficiles terminées, le trône chancelant affermi; voilà ce que publient les titres et les inscriptions, et à quoi le monde consacre des éloges et des monuments publics pour en immortaliser la mémoire.

Je ne veux pas qu'on abatte ces marques de la reconnaissance publique : tout ce qui est utile aux hommes est digne, en un sens, de la reconnaissance des hommes. Comme l'émulation donne les sujets illustres aux empires, il faut que les récompenses excitent l'émulation, et que les succès voient toujours marcher après eux les récompenses.

Le gouvernement politique ne sonde pas les cœurs; il ne pèse que les actions : il est même en ce genre des erreurs nécessaires à l'ordre public. Tout ce qui l'embellit doit être glorieux, et les mœurs, ou les motifs qui ne déshonorent que la personne, ne doivent pas ternir des succès qui ont honoré la patrie.

Mais s'il est permis au monde d'exalter la gloire de ses héros, il n'est pas défendu à la vérité de ne pas parler comme le monde : hélas! il en est si peu qu'il ne dégrade lui-même! Ceux que la distance des temps et des lieux éloigne de ses regards, sont les seuls à couvert de ses traits; ceux qui vivent sous ses yeux n'échappent guère à sa censure, et il cesse de les admi-

1. Job, xii, 19.

rer dès qu'il a le loisir de les connaître : et en cela ne l'accusons point de malignité et d'injustice; il faut l'en croire, puisqu'il parle contre lui-même.

Et, en effet, je ne vous dis pas : Percez jusque dans les motifs des actions les plus éclatantes et des plus grands événements. Tout en est brillant au dehors, vous voyez le héros; entrez plus avant, cherchez l'homme lui-même ; c'est là que vous ne trouverez plus, dit le Sage, que de la cendre et de la boue : *cinis est enim cor ejus, et terra supervacua spes illius* [1].

L'ambition, la jalousie, la témérité, le hasard, la crainte souvent, et le désespoir, ont donné les plus grands spectacles et les événements les plus brillants à la terre. David ne devait peut-être les victoires et la fidélité de Joab qu'à sa jalousie contre Abner. Ce sont souvent les plus vils ressorts qui nous font marcher vers la gloire; et presque toujours les voies qui nous y ont conduits nous en dégradent elles-mêmes.

Aussi, écoutez ceux qui ont approché autrefois de ces hommes que la gloire des succès avait rendus célèbres : souvent ils ne leur trouvaient de grand que le nom; l'homme désavouait le héros; leur réputation rougissait de la bassesse de leurs mœurs et de leurs penchants ; la familiarité trahissait la gloire de leurs succès; il fallait rappeler l'époque de leurs grandes actions, pour se persuader que c'étaient eux qui les avaient faites. Ainsi ces décorations si magnifiques qui nous éblouissent et qui embellissent nos histoires, cachent souvent les personnages les plus vils et les plus vulgaires.

Non, Sire, il n'y a de grand dans les hommes que ce qui vient de Dieu. La droiture du cœur, la vérité, l'innocence et la règle des mœurs, l'empire sur les passions, voilà la véritable grandeur, et la seule gloire réelle que personne ne peut nous disputer; tout ce que les hommes ne trouvent que dans eux-mêmes est sali, pour ainsi dire, par la même boue dont ils sont formés. Le sage tout seul, dit un grand roi, est en possession de la véritable gloire; celle du pécheur n'est qu'un opprobre et une ignominie : *gloriam sapientes possidebunt; stultorum exaltatio ignominia* [2].

1. Sap., xv, 10.
2. Prov., c. iii, v. 35.

La religion, la piété envers Dieu, la fidélité à tous les devoirs qu'il nous impose à l'égard des autres et de nous-mêmes; une conscience pure et à l'épreuve de tout; un cœur qui marche droit dans la justice et dans la vérité, supérieur à tous les obstacles qui pourraient l'arrêter, insensible à tous les attraits rassemblés autour de lui pour le corrompre, élevé au-dessus de tout ce qui se passe, et soumis à Dieu seul; voilà la véritable gloire, et la base de tout ce qui fait les grands hommes. Si vous frappez ce fondement, tout l'édifice s'écroule, toutes les vertus tombent; et il ne reste plus rien, parce qu'il ne reste que nous-mêmes.

Sire, votre règne serait plein de merveilles, vous porteriez la gloire de votre nom jusqu'aux extrémités de la terre, vos jours ne seraient marqués que par vos triomphes, vous ajouteriez de nouvelles couronnes à celles des rois vos ancêtres, l'univers entier retentirait de vos louanges; si Dieu n'était point avec vous, si l'orgueil, plutôt que la justice et la piété, était l'âme de vos entreprises, vous ne seriez point un grand roi, vos prospérités seraient des crimes, vos triomphes, des malheurs publics; vous seriez l'effroi et la terreur de vos voisins, mais vous ne seriez pas le père de votre peuple : vos passions seraient vos seules vertus; et, malgré les éloges que l'adulation, la compagne immortelle des rois, vous aurait donnés, aux yeux de Dieu, et peut-être même de la postérité, elles ne paraîtraient plus que de véritables vices.

Ce n'est donc pas cette gloire humaine, grand Dieu, que nous vous demandons pour cet enfant auguste; elle paraît déjà peinte sur la majesté de son front, elle coule même dans ses veines avec le sang des rois ses ancêtres; et vous l'avez fait naître grand aux yeux des hommes, dès que vous l'avez fait naître du sang des héros; c'est la gloire qui vient de vous. Rehaussez les dons de la nature, dont vous l'avez ennobli, par l'éclat immortel de la piété : ajoutez à toutes les qualités aimables qui le rendent déjà les délices de son peuple, toutes celles qui peuvent le rendre agréable à vos yeux : laissez à sa naissance et à la valeur de la nation le soin de cette gloire qui vient du monde; nous ne vous demandons, grand Dieu, que de veiller au soin de sa conservation et de son salut. L'histoire de ses an-

cêtres est un titre qui nous répond de l'éclat et des prospérités
de son règne; mais vous seul pouvez répondre de l'innocence
et de la sainteté de sa vie. La gloire du monde est comme l'héritage qu'il a reçu de ses pères selon la chair; mais vous, grand
Dieu, qui êtes son père selon la foi, donnez-lui la sagesse, qui
est la gloire et l'héritage de vos enfants.

Que son cœur soit toujours entre vos mains, et son cœur sera
encore plus grand que ses succès et ses triomphes : qu'il vous
craigne, grand Dieu; ses ennemis le craindront, ses peuples
l'aimeront, il deviendra à l'univers un spectacle digne de l'admiration de tous les siècles; et comme nous n'aurons plus rien
à craindre pour sa gloire, nous n'aurons plus rien aussi à souhaiter pour notre bonheur. Ainsi soit-il.

SERMON

POUR LE DIMANCHE DES RAMEAUX

SUR LES ÉCUEILS

DE LA PIÉTÉ DES GRANDS

Ecce rex tuus venit tibi mansuetus.

Voici votre roi qui vient à vous plein
de douceur.

MATTH., XXI, 5.

SIRE,

Partout ailleurs Jésus-Christ semble n'exercer qu'avec une
sorte de ménagement les fonctions éclatantes de son ministère.
Il se dérobe aux empressements d'un peuple qui veut l'élever
sur le trône : il choisit le sommet solitaire d'une montagne
écartée, pour manifester sa gloire à trois disciples : les démons
eux-mêmes, qui veulent la publier, sont forcés par ses ordres
de la cacher et de la taire.

Aujourd'hui il paraît en roi, et comme un roi qui vient
prendre possession de son empire. Il souffre des hommages
publics ; il dispose en maître de l'appareil innocent de son
triomphe : *Dicite quia Dominus his opus habet*[1]. Il entre dans
le temple ; et, par des châtiments éclatants, il rend à ce lieu
sacré la majesté que l'indécence d'un trafic honteux lui avait
ôtée. Ce n'est plus cet homme qui se dérobe aux regards publics ; c'est le fils de David, qui donne des lois, qui exerce une
autorité suprême, et qui veut avoir tout Jérusalem pour témoin
de son zèle et de sa puissance.

Il est donc ici le modèle de la piété des grands. Les vertus

[1] MATTH., XXI, 3.

privées ne leur suffisent pas; il leur faut encore les vertus publiques. Ce serait peu de les avoir jusques ici exhortés à la
piété : l'essentiel est de leur montrer quelle est la piété de leur
état. Quoique l'Évangile propose à tous la même doctrine, il ne
propose pas à tous les mêmes règles : les devoirs changent avec
l'état ; plus il est élevé, plus ils se multiplient ; plus nos places
nous rendent redevables au public, plus elles exigent des vertus
publiques ; et nous devenons mauvais, si nous ne sommes bons
que pour nous-mêmes.

Or, la piété des grands a trois écueils à craindre, qui peuvent
changer en vices toutes leurs vertus.

Premièrement, une piété oisive et renfermée en elle-même,
qui les éloigne des soins et des devoirs publics.

Secondement, une piété faible, timide, scrupuleuse, qui jette
l'indécision dans leurs entreprises et dans toute leur conduite.

Enfin, une piété crédule et bornée, facile à recevoir l'impression du préjugé, et incapable de revenir quand une fois elle
l'a reçue.

C'est-à-dire qu'il faut à la piété des grands la vigilance publique, qui fait agir ; le courage et l'élévation, qui font décider
et entreprendre ; enfin, ou les lumières qui empêchent d'être
surpris, ou une noble docilité qui se fait une gloire de revenir
dès qu'elle a senti qu'on l'a surprise.

PREMIÈRE PARTIE.

Sire,

La piété véritable est l'ordre de la société : elle laisse chacun
à sa place, fait de l'état où Dieu nous a placés l'unique voie de
notre salut, ne met pas une perfection chimérique dans des
œuvres que Dieu ne demande pas de nous, ne sort pas de l'ordre
de ses devoirs pour s'en faire d'étrangers, et regarde comme
des vices les vertus qui ne sont pas de notre état.

Tout ce qui trouble l'harmonie publique est un excès de
l'homme, et non un zèle et une perfection de la vertu. La religion désavoue les œuvres les plus saintes qu'on substitue aux
devoirs, et l'on n'est rien devant Dieu quand on n'est pas ce
que l'on doit être.

Il y a donc une piété, pour ainsi dire, propre à chaque état. L'homme public n'est point vertueux s'il n'a que les vertus de l'homme privé : le prince s'égare et se perd par la même voie qui aurait sauvé le sujet ; et le souverain en lui peut devenir très-criminel, tandis que l'homme est irréprochable.

Aussi le premier écueil de la piété des grands est de les retirer des soins publics, et de les renfermer en eux-mêmes. Comme l'indolence et l'amour du repos est le vice ordinaire des grands, il devient encore plus dangereux et plus incorrigible quand ils le couvrent du prétexte de la vertu. La gloire peut réveiller quelquefois dans les grands l'assoupissement de la paresse ; mais celui qui a pour principe une piété mal entendue est en garde contre la gloire même, et ne laisse plus de ressource. Un reste d'honneur et de respect pour le public et pour la place qu'on occupe rompt souvent les charmes d'une oisiveté honteuse, et rend aux peuples le souverain qui se doit à eux ; mais quand ce repos indigne est occupé par des exercices pieux, il devient à ses yeux honorable : on peut rougir d'un vice ; mais on se fait honneur de ce qu'on croit une vertu.

Mais, Sire, un grand, un prince n'est pas né pour lui seul ; il se doit à ses sujets. Les peuples, en l'élevant, lui ont confié la puissance et l'autorité, et se sont réservé en échange ses soins, son temps, sa vigilance. Ce n'est pas une idole qu'ils ont voulu se faire pour l'adorer, c'est un surveillant qu'ils ont mis à leur tête pour les protéger et pour les défendre : ce n'est pas de ces divinités inutiles qui ont des yeux et ne voient point, une langue et ne parlent point, des mains et n'agissent point ; ce sont de ces dieux qui les précèdent, comme parle l'Écriture, pour les conduire et les défendre. Ce sont les peuples qui, par l'ordre de Dieu, les ont faits tout ce qu'ils sont ; c'est à eux à n'être ce qu'ils sont que pour les peuples. Oui, Sire, c'est le choix de la nation qui mit d'abord le sceptre entre les mains de vos ancêtres ; c'est elle qui les éleva sur le bouclier militaire, et les proclama souverains. Le royaume devint ensuite l'héritage de leurs successeurs ; mais ils le durent originairement au consentement libre des sujets. Leur naissance seule les mit ensuite en possession du trône ; mais ce furent les suffrages publics qui attachèrent d'abord ce droit et cette prérogative à leur naissance.

En un mot, comme la première source de leur autorité vient de nous, les rois n'en doivent faire usage que pour nous. Les flatteurs, Sire, vous rediront sans cesse que vous êtes le maître, et que vous n'êtes comptable à personne de vos actions. Il est vrai que personne n'est en droit de vous en demander compte ; mais vous vous le devez à vous-même, et, si je l'ose dire, vous le devez à la France qui vous attend, et à toute l'Europe qui vous regarde : vous êtes le maître de vos sujets ; mais vous n'en aurez que le titre, si vous n'en avez pas les vertus : tout vous est permis ; mais cette licence est l'écueil de l'autorité, loin d'en être le privilége : vous pouvez négliger les soins de la royauté ; mais, comme ces rois fainéants si déshonorés dans nos hitoires, vous n'aurez plus qu'un vain nom de roi, dès que vous n'en remplirez pas les fonctions augustes.

Quel serait donc ce fantôme de piété qui ferait une vertu aux grands et au souverain, de craindre et d'éviter la dissipation des soins publics ; de ne vaquer qu'à des pratiques religieuses, comme des hommes privés et qui n'ont à répondre que d'euxmêmes ; de se renfermer au milieu d'un petit nombre de confidents de leurs pieuses illusions, et de fuir presque la vue du reste de la terre ! Sire, un prince établi pour gouverner les hommes doit connaître les hommes : le choix des sujets est la première source du bonheur public ; et, pour les choisir, il faut les connaître. Nul n'est à sa place dans un État où le prince ne juge pas par lui-même : le mérite est négligé, parce qu'il est, ou trop modeste pour s'empresser, ou trop noble pour devoir son élévation à des sollicitations et à des bassesses : l'intrigue supplante les plus grands talents, des hommes souples et bornés s'élèvent aux premières places, et les meilleurs sujets demeurent inutiles. Souvent un David, seul capable de sauver l'État, n'emploie sa valeur dans l'oisiveté des champs que contre des animaux sauvages, tandis que des chefs timides, effrayés de la seule présence de Goliath, sont à la tête des armées du Seigneur. Souvent un Mardochée, dont la fidélité est même écrite dans les monuments publics, qui, par sa vigilance, a découvert autrefois des complots funestes au souverain et à l'empire, seul en état, par sa probité et par son expérience, de donner de bons conseils et d'être appelé aux premières places, rampe à la porte du palais, tandis qu'un orgueilleux Aman est à la tête de tout, et abuse de son autorité et de la confiance du maître.

Ainsi les fonctions essentielles aux grands ne sont pas la prière et la retraite. Elles doivent les préparer aux soins publics, et non les en détourner ; ils doivent se sanctifier en contribuant au salut et à la félicité de leurs peuples ; les grâces de leur état sont des grâces de travail, de soins, de vigilance. Quiconque leur promet, dit l'Évangile, qu'ils trouveront Jésus-Christ dans le désert, ou dans le secret de leurs palais, est un faux prophète : *ecce in deserto, nolite exire ; ecce in penetralibus, nolite credere* [1]. Ils y seront seuls, et livrés à eux-mêmes : Dieu n'est point avec nous dans les situations qu'il ne demande pas de nous ; et le calme où nous nous croyons le plus en sûreté, si la main du Seigneur ne nous y conduit et ne nous y soutient, devient lui-même le gouffre qui nous voit périr sans ressource : une piété oisive et retirée ne sanctifie pas le souverain, elle l'avilit et le dégrade.

Eh quoi ! Sire, tandis que celui que son rang et sa naissance établissent dépositaire de l'autorité publique, se renfermerait dans l'enceinte d'un petit nombre de devoirs pieux et secrets, les soins publics seraient abandonnés, les affaires demeureraient, les subalternes abuseraient de leur autorité, les lois céderaient la place à l'injustice et à la violence, les peuples seraient comme des brebis sans pasteur, tout l'État dans la confusion et dans le désordre ! et Dieu, auteur de l'ordre public, regarderait avec des yeux de complaisance une piété oisive qui le renverse ! et les peuples, exposés à la merci des flots, n'auraient pas droit de dire à ce pilote endormi et infidèle, avec plus de raison que les disciples sur la mer ne le disaient à Jésus-Christ : Seigneur, il vous est donc indifférent que nous périssions, et notre perte ou notre salut n'est plus une affaire qui vous intéresse ? *Magister, non ad te pertinet, quia perimus* [2] ? La religion autoriserait donc des abus que la raison elle-même condamne !

Mais la religion elle-même n'est-elle pas nécessairement liée à l'ordre public ? Elle tombe ou s'affaiblit avec lui. Les mœurs

1. MATTH., XXIV, 26.
2. MARC., IV, 38.

souffrent toujours de la faiblesse des lois ; la confusion du gouvernement est aussi funeste à la piété des peuples qu'au bonheur des empires ; le bon ordre de la société est la première base des vertus chrétiennes ; l'observance des lois de l'État doit préparer les voies à celles de l'Évangile. L'Église ne doit compter sur rien dans un empire où le gouvernement n'a rien de fixe ; aussi les États où la multitude gouverne, et ceux où elle partage la puissance avec le souverain, sans cesse exposés à des révolutions, se départent aussi facilement des lois que du culte de leurs pères : les soulèvements y sont aussi impunis que les erreurs ; et c'est là où l'hérésie a toujours trouvé son premier asile ; elle se fortifie au milieu de la confusion des lois et de la faiblesse de l'autorité ; elle doit toujours sa naissance ou son progrès aux troubles et aux dissensions publiques. Les règnes les plus faibles et les plus agités ont toujours été parmi nous, comme partout ailleurs, les règnes funestes de son accroissement et de sa puissance ; et dès que l'harmonie civile se dément, toute la religion elle-même chancelle.

Aussi les plus saints rois de Juda, Sire, mêlaient les devoirs de la piété avec ceux de la royauté. Le pieux Josaphat, au sortir du temple où il venait tous les jours offrir ses vœux et ses sacrifices au Dieu de ses pères, envoyait, dit l'Écriture, dans toutes les villes de Juda, des hommes habiles et des prêtres éclairés, pour rétablir l'autorité des lois et la pureté du culte, que les malheurs des règnes précédents avaient fort altérées.

David lui-même, malgré ces pieux cantiques qui faisaient son occupation et ses plus chères délices, et qui instruiront jusqu'à la fin les peuples et les rois, paraissait sans cesse à la tête de ses armées et des affaires publiques ; ses yeux étaient ouverts sur tous les besoins de l'État ; et, ne pouvant suffire seul à tout, il allait chercher, jusqu'aux extrémités de la Judée, des hommes fidèles, pour les faire asseoir à ses côtés, et partager avec eux les soins qui environnent le trône : *oculi mei ad fideles terræ, ut sedeant mecum* [1].

Les plus pieux rois vos prédécesseurs ont toujours été les

Ps. 100, 6.

plus appliqués à leurs peuples. Celui surtout que l'Église honore d'un culte public descendait même dans le détail des différends de ses sujets : comme il en était le père, il ne dédaignait pas d'en être l'arbitre. Jaloux des droits de sa couronne, il voulait la transmettre à ses successeurs avec le même éclat et les mêmes prérogatives qu'il l'avait reçue de ses pères. Il croyait que l'innocence de la vie seule ne suffit pas au souverain, qu'il doit vivre en roi pour vivre en saint, et qu'il ne saurait être l'homme de Dieu s'il n'est pas l'homme de ses peuples.

Il est vrai, Sire, que la piété dans les grands va quelquefois dans un autre excès. Elle les jette dans une multitude de soins et de détails inutiles; ils se croient obligés de tout voir de leurs yeux et de tout toucher de leurs mains : les plus grandes affaires les trouvent souvent insensibles, tandis que les plus petits objets réveillent leur attention et leur zèle; ils ont les sollicitudes de l'homme privé, ils n'ont pas celles de l'homme public; ils peuvent avoir la piété du sujet, ils n'ont pas celle du prince. Ce n'est pas à eux cependant à abandonner le gouvernail pour vaquer à des fonctions obscures qui n'intéressent pas la sûreté publique : leurs mains sont premièrement destinées à manier ces ressorts principaux des États, qui font mouvoir toute la machine; et tout doit être grand dans la piété des grands.

SECONDE PARTIE.

Mais si l'inaction en est le premier écueil, l'incertitude et l'indécision, que traîne d'ordinaire après soi une conscience timide et scrupuleuse, ne paraissent pas moins à craindre.

Ce n'est pas que je prétende autoriser ici cette sagesse profane qui fait toujours marcher les intérêts de l'État avant ceux de l'Évangile, ni cette erreur commune qui ne croit pas l'exactitude des règles de l'Évangile compatible avec les maximes du gouvernement et les intérêts de l'État.

Dieu, qui est auteur des empires, ne l'est-il pas des lois qui les gouvernent? A-t-il établi des puissances qui ne puissent se soutenir que par le crime Et les rois seraient-ils son ouvrage, s'ils ne pouvaient régner sans que la fraude et l'injustice fussent les compagnes inséparables de leur règne? N'est-ce pas la justice et le jugement qui soutiennent les trônes? La loi de Dieu ne doit-elle pas être écrite sur le front du souverain, comme la première loi de l'empire? et, s'il fallait toujours la violer pour maintenir la tranquillité des sociétés humaines, ou la loi de Dieu serait fausse, ou les sociétés humaines ne seraient pas l'ouvrage de Dieu.

Quelle erreur, mes frères, de se persuader que ceux qui sont en place ne doivent pas regarder de si près à la rigidité des règles saintes; que les empires et les monarchies ne se mènent point par des maximes de religion; que la loi de Dieu est la règle du particulier, mais que les États ont une règle supérieure à la loi de Dieu même; que tout tomberait dans la langueur et dans l'inaction, si les maximes du christianisme conduisaient les affaires publiques; et qu'il n'est pas possible d'être en même temps et l'homme de l'État, et l'homme de Dieu!

Quoi! mes frères, la justice, la vérité, la bonne foi, seraient funestes au gouvernement des États et des empires! La religion, qui fait tout le bonheur et toute la sûreté des peuples et des rois en deviendrait elle-même l'écueil! Un bras de chair soutiendrait plus sûrement les royaumes que la main de Dieu, qui les a élevés! Les peuples ne pourraient devoir l'abondance et la tranquillité qu'à la fraude et à la mauvaise foi de ceux qui les gouvernent! Et les ministres des rois ne pourraient acheter que par la perte de leur salut le salut de la patrie! Quel outrage pour la religion, et pour tant de bons rois qui n'ont régné heureusement que par elle !

J'avoue, Sire, que, lorsque le souverain est ambitieux et médite des entreprises injustes, l'artifice et la mauvaise foi deviennent comme inévitables à ses ministres, ou pour cacher ses mauvais desseins, ou pour colorer ses injustices. Mais que le prince soit juste et craignant Dieu, la justice et la vérité suffiront alors pour soutenir un trône qu'elles-mêmes ont élevé; l'habileté de ses ministres ne sera plus que dans leur équité et dans leur droiture : on ne donnera plus à la fraude et à la dissimulation les noms pompeux d'art de régner et de science des affaires. En un mot, donnez-moi des David et des Pharaon amis

24

du peuple de Dieu, et ils pourront avoir des Nathan et des Joseph pour leurs ministres.

C'est donc déshonorer la religion, dit saint Augustin[1], de croire qu'elle ne doit pas être consultée dans le gouvernement des républiques et des empires. Mais c'est lui faire un égal outrage de prendre dans une piété mal entendue des motifs d'indécision et d'incertitude qui entrevoient partout les apparences du mal, et qui opposent sans cesse un fantôme de religion aux entreprises les plus justes et aux maximes les plus capitales.

C'est à la sagesse humaine et corrompue à être incertaine et timide; toujours enveloppée sous de fausses apparences, elle doit toujours craindre qu'un coup d'œil plus heureux ne la perce enfin et ne la démasque. Mais la sagesse qui vient du ciel nous rend plus décidés et plus tranquilles; on marche avec bien plus de sécurité quand on ne veut marcher que dans la lumière. L'homme vertueux tout seul a le droit d'aller la tête levée, et de défier la prudence timide et incertaine de l'homme trompeur : une sainte fierté sied bien à la vérité.

Aussi, c'est se faire une fausse idée de la piété de se la figurer toujours timide, faible, indécise, scrupuleuse, bornée, se faisant un crime de ses devoirs, et une vertu de ses faiblesses; obligée d'agir, et n'osant entreprendre; toujours suspendue entre les intérêts publics et ses pieuses frayeurs, et ne faisant usage de la religion que pour mettre le trouble et la confusion où elle aurait dû mettre l'ordre et la règle. Ce sont là les défauts que les hommes mêlent souvent à la piété; mais ce ne sont pas ceux de la piété même. C'est le caractère d'un esprit faible et borné; mais ce n'est pas une suite de l'élévation et de la sagesse de la religion. En un mot, c'est l'excès de la vertu; mais la vertu finit toujours où l'excès commence.

Non, Sire, la piété véritable élève l'esprit, ennoblit le cœur, affermit le courage. On est né pour de grandes choses quand on a la force de se vaincre soi-même. L'homme de bien est capable de tout dès qu'il a pu se mettre par la foi au-dessus de tout. C'est le hasard qui fait les héros; c'est une valeur de tous les

1. *De civitate Dei.*

jours qui fait le juste. Les passions peuvent nous placer bien haut, mais il n'y a que la vertu qui nous élève au-dessus de nous-mêmes.

Quel règne, Sire, plus glorieux en Israël que celui de Salomon, tandis qu'il demeura fidèle à la loi de ses pères ? quel gouvernement plus sage et plus absolu ? Tous les raffinements de la politique ont-ils jamais poussé si loin l'art de régner et de conduire les peuples ? Quelle gloire et quelle magnificence environnait son trône ! La piété en avilissait-elle la majesté ? Quel prince vit jamais ses sujets plus soumis, ses voisins s'estimer plus heureux de son alliance, et des souverains à la tête des empires plus vastes et plus puissants que le sien, avoir pour sa personne des égards et des déférences qu'ils ne devaient pas à sa couronne ? Les sages des autres nations ne se regardaient-ils pas comme des insensés devant lui ? Ne venait-on pas des contrées les plus éloignées, admirer l'ordre et l'harmonie qui lui faisait gouverner tous ses sujets comme un seul homme ? N'est-ce pas dans les préceptes divins qu'il nous a laissés que les princes apprennent encore tous les jours à régner ? et la piété serait-elle l'écueil du gouvernement, puisque c'est elle seule qui lui valut la sagesse ?

Heureux s'il ne fût pas sorti de ses premières voies, et si les égarements de sa vieillesse n'eussent pas flétri la gloire de son règne, et altéré le bonheur de ses sujets ! Ils ne commencèrent à éprouver des charges excessives, et ne cessèrent d'être heureux, que lorsqu'il cessa lui-même d'être fidèle à Dieu, et que, corrompu par les femmes étrangères, il ne mit plus de bornes à ses profusions et à l'oppression de ses peuples, et prépara à son fils le soulèvement qui sépara dix tribus du royaume de David, et leur donna un nouveau maître.

Hélas ! les hommes, pour excuser leurs vices, cherchent à décrier la vertu : comme elle est incommode aux passions, ils voudraient se persuader qu'elle est funeste à la conduite des États et des empires, et lui opposer l'intérêt public, pour se cacher à soi-même l'intérêt personnel, qui seul en nous s'oppose à elle. La crainte du Seigneur est la seule source de la véritable sagesse ; et ce qui met l'ordre dans l'homme peut seul le mettre dans les États.

TROISIÈME PARTIE.

Enfin, l'indécision et l'incertitude conduisent souvent au préjugé et à la surprise ; c'est le dernier écueil de la piété des grands.

Oui, mes frères, la piété a ses erreurs comme le vice. Plus on aime la vérité, plus tout ce qui se couvre de ses apparences peut nous séduire : la vertu, simple et sincère, juge des autres par elle-même. C'est presque toujours notre propre obliquité qui nous instruit à la défiance ; on est moins en garde contre la fraude et l'artifice, quand on n'a jamais fait usage que de la droiture et de la simplicité ; et les justes sont plus exposés à être surpris, parce qu'ils ignorent eux-mêmes l'art de surprendre.

Mais c'est dans les grands surtout, Sire, que la piété doit craindre les préjugés et la surprise : outre que les suites en sont plus dangereuses, c'est que nés, disait autrefois Assuérus, plus droits et plus sincères, ils sont d'autant plus susceptibles de préjugés qu'ils aiment moins la peine de l'examen et l'embarras de la défiance, et qu'ils trouvent plus court et plus aisé de juger sur ce qu'on leur dit, que de l'approfondir et de s'en convaincre : *dum aures principum simplices, et ex sua natura alios æstimantes callida fraude decipiunt*[1].

Et de combien de sortes de préjugés la piété dans les grands ne peut-elle pas les rendre capables ! préjugés de crédulité. C'est la piété elle-même qui ouvre souvent leurs oreilles à la malignité de la calomnie ; et plus ils aiment la vertu, plus aisément on leur rend suspects de dissolution et de vices ceux qu'une basse jalousie a intérêt de perdre. Mais tout zèle qui cherche à nuire doit leur être suspect : la véritable piété, ou ne croit pas facilement le mal, ou, loin de le publier, le cache du moins, et l'excuse : elle ne cherche pas à rendre son frère odieux à ses maîtres, elle ne cherche qu'à le réconcilier avec Dieu ; les délations secrètes se proposent plus le renversement de la fortune d'autrui que le règlement de ses mœurs ; et d'ordinaire le délateur découvre plus ses propres vices que les vices de son frère.

Préjugés de confiance. L'hypocrite prend souvent auprès d'eux

1. Esth., xvi, 6.

la place de l'homme de bien ; ils donnent aux apparences de la
piété l'accès, les places, la confiance, qui n'étaient dus qu'à la
piété elle-même ; ils chargent de soins publics ceux qui, par leurs
lumières bornées, n'étaient nés que pour vaquer aux fonctions
les plus obscures. Des mœurs réglées tiennent lieu auprès d'eux
des plus grands talents et des services les plus importants ; et ils
décrient la vertu par les faveurs mêmes dont ils l'honorent.

Enfin, préjugés de zèle. C'est ici où les princes les plus pieux
ont trouvé souvent dans leur zèle même l'écueil de leur piété.
'Les Constantin, les Théodose, ont vu autrefois leur amour pour
l'Église se tourner contre l'Église même, et favoriser l'erreur
par un zèle de la vérité. Les princes, Sire, ne doivent toucher à
la religion que pour la protéger et pour la défendre : leur zèle
n'est utile à l'Église que lorsqu'il est demandé par les pasteurs.
Les sollicitations des dépositaires de la doctrine sont les seules
qui doivent avoir du crédit auprès d'eux, lorsqu'il s'agit de la
doctrine elle-même ; toute autre voix que la voix unanime des
pasteurs doit leur être suspecte. C'est ici où ils ne doivent se
réserver que l'honneur de la protection, et leur laisser celui de
la décision et du jugement. Les évêques sont leurs sujets ; mais
ils sont leurs pères selon la foi. Leur naissance les soumet à
l'autorité du trône ; mais sur les mystères de la foi, l'autorité du
trône fait gloire de se soumettre à celle de l'Église. Les princes
n'en sont que les premiers enfants ; et nos rois ont toujours
regardé le titre de ses fils aînés comme le plus beau titre de leur
couronne. Ils n'ont point d'autre droit que de faire exécuter ses
décrets, et, en s'y soumettant les premiers, donner l'exemple
de la soumission aux autres fidèles. Dès qu'ils ont voulu aller
plus loin, et usurper sur la doctrine un droit réservé au sacerdoce, ils ont aigri les maux de l'Église, loin d'y remédier ; leurs
tempéraments ont été de nouvelles plaies, et ont enfanté de
nouveaux excès. Toutes les conciliations inventées pour calmer
les esprits rebelles et les ramener à l'unité, les ont autorisés
dans leur séparation et leur révolte ; et leur autorité a toujours
perpétué les erreurs quand elle a voulu se mêler toute seule de
les rapprocher de la vérité. Ils peuvent environner l'arche et la
garder comme David ; mais ce n'est pas à eux à y porter les
mains. Le trône est élevé pour être l'appui et l'asile de la doc-

trine sainte; mais il ne doit jamais en être la règle, ni le tribunal d'où partent ses décisions.

Hélas ! si les passions et les intérêts humains n'environnaient pas le trône, sans doute la piété des souverains serait la plus sûre ressource de l'Église ; mais souvent, ou l'on fait agir leur religion contre leurs propres intérêts, ou l'on se sert du vain prétexte de leurs intérêts pour les faire agir contre la religion même.

Les préjugés sont donc presque inévitables à la piété des grands ; mais c'est l'obstination dans le préjugé qui rend le mal plus incurable. Il ne leur est pas honteux d'avoir pu être surpris. Hélas ! comment pourraient-ils s'en défendre ? Tout ce qui les environne presque s'étudie à les tromper : est-il étonnant que l'attention se relâche quelquefois, et qu'ils puissent se laisser séduire ? L'artifice est plus habile et plus persévérant que la défiance ; il prend toutes les formes, et met à profit tous les moments : et quand tous ceux presque qui nous approchent ont intérêt que nous nous trompions, nos précautions elles-mêmes les aident souvent à nous conduire au piége.

Mais, Sire, s'il n'est pas honteux aux princes d'être surpris, malheur inévitable à l'autorité suprême, il leur est glorieux d'avouer qu'ils ont pu l'être. Rien n'est plus grand dans le souverain que de vouloir être détrompé, et d'avoir la force de convenir soi-même de sa méprise. Assuérus ne crut point déroger à la majesté de l'empire en déclarant, même par un édit public, que sa bonne foi avait été surprise par les artifices d'Aman. C'est un mauvais orgueil de croire qu'on ne peut avoir tort ; c'est une faiblesse de n'oser reculer quand on sent qu'on nous a fait faire une fausse démarche. Les variations qui nous ramènent au vrai affermissent l'autorité, loin de l'affaiblir. Ce n'est pas se démentir que de revenir de sa méprise : ce n'est pas montrer aux peuples l'inconstance du gouvernement ; c'est leur en étaler l'équité et la droiture. Les peuples savent assez et voient assez souvent que les souverains peuvent se tromper ; mais ils voient rarement qu'ils sachent se désabuser, et convenir de leur méprise. Il ne faut pas craindre qu'ils respectent moins la puissance qui avoue son tort et qui se condamne elle-même ; leur respect ne s'affaiblit qu'envers celle ou qui ne le connaît pas, ou qui le justifie ;

et dans leur esprit rien ne déshonore l'autorité que la faiblesse qui se laisse surprendre, et la mauvaise gloire qui croirait s'avilir en convenant de son erreur et de sa surprise.

Sire, fermez l'oreille aux mauvais conseils et aux insinuations dangereuses de l'adulation : mais comme elles se couvrent du voile du bien public, et que tôt ou tard elles trouvent accè auprès du trône, si l'inattention vous les a fait suivre, que l'intérêt seul de votre gloire, quand vous serez détrompé, vous les fasse à l'instant désavouer. Il est encore plus glorieux d'avouer sa surprise que de n'avoir pas été surpris. Rien n'est plus beau dans le souverain qui ne dépend de personne, que de vouloir toujours dépendre de la vérité. On craindra de vous en imposer, quand l'imposture et l'adulation démasquée n'aura plus à attendre que votre désaveu et votre colère. C'est l'orgueil des rois tout seul qui autorise et enhardit les adulations et les mauvais conseils; et s'il est vrai que ce sont d'ordinaire les adulateurs qui font les mauvais rois, il est encore plus vrai que ce sont les mauvais rois qui forment et multiplient les adulateurs.

C'est en évitant ces écueils que la piété des grands deviendra respectable, qu'ils lui rendront la gloire et la dignité que les dérisions du monde ou les faiblesses de la fausse vertu lui ont presque ôtées, et qu'on n'entendra plus se perpétuer parmi les hommes ce blasphème si injurieux à la religion : Que les princes pieux sont les moins propres à gouverner, et que la piété peut en faire de grands saints, mais qu'elle n'en fera jamais de grands rois.

Puissent ces discours licencieux, Sire, ne jamais blesser l'innocence de vos oreilles! Mais si l'adulation ose les porter un jour jusques au pied de votre trône, qu'il en sorte des éclairs et des foudres, pour confondre ces ennemis de la religion et de votre véritable gloire! Écoutez ces adulations impies comme des blasphèmes contre la majesté des rois, comme des outrages faits à vos plus glorieux ancêtres, aux Charlemagne, aux saint Louis, à votre auguste bisaïeul. C'est par une piété tendre et sincère qu'ils devinrent de grands rois. Leur zèle pour la religion les a encore plus illustrés que leurs victoires. Les louanges que l'Église leur donnera à jamais dureront autant que l'Église elle-même. Leurs grandes actions, ou auraient été ensevelies dans la révolution des temps, ou n'eussent eu qu'un éclat vulgaire, si la piété ne les eût immortalisées.

Soyez, Sire, comme eux le défenseur de la gloire de Dieu, et il ne permettra pas que la vôtre s'efface jamais de la mémoire des hommes. Justifiez, en vous proposant ces grands modèles, que la piété ne déshonore point les rois ; que les passions toutes seules avilissent le trône et dégradent le souverain ; qu'on n'est pas digne de régner quand on ne règne pas sur soi-même ; et que, pour être dans les âges suivants aussi grand qu'eux aux yeux des hommes, il faut avoir été, comme eux, fidèle à Dieu.

Grand Dieu ! plus le trône est environné de piéges, plus les rois ont besoin que vous les environniez de votre protection et des secours de votre grande miséricorde. Mais plus une tendre jeunesse et une enfance délaissée à elle-même et à tous les périls de la royauté expose cet enfant auguste, plus il doit devenir l'objet de vos soins et de votre tendresse paternelle.

Armez de bonne heure l'innocence de son cœur contre les dérisions qui avilissent la piété, et contre les écueils de la piété même ; donnez-lui ces vertus qui sanctifient l'homme, et qui font en même temps le grand roi ; faites qu'il respecte ceux qui vous servent, et qu'il serve lui-même le Dieu de ses pères avec cette majesté qui seule peut rendre les rois respectables.

Jetez les yeux sur lui du haut du ciel, grand Dieu ; et voyez ici, à vos pieds cet enfant auguste et précieux, la seule ressource de la monarchie, l'enfant de l'Europe, le gage sacré de la paix des peuples et des nations. Les entrailles de votre miséricorde n'en sont-elles pas émues ? regardez-le, grand Dieu, avec les yeux et la tendresse de toute la nation.

Écoutez la première voix de son cœur innocent, qui vous dit ici, comme autrefois un saint roi : Dieu de mes pères, regardez-moi ; laissez-vous toucher de pitié à la vue des périls que mon âge et mon rang me préparent, et qui vont m'entourer de toutes parts au sortir de l'enfance : *Respice in me, et miserere mei* [1]. Soyez vous-même le défenseur de mon trône et de ma jeunesse. Conservez l'empire à l'enfant de tant de rois, et qui ne connaît pas de titre plus glorieux que d'être le premier-né de vos enfants : *da imperium puero tuo.*

1. Ps. LXXXV, 16.

Mais que la conservation d'une couronne terrestre, grand Dieu, ne soit pas le seul de vos bienfaits. Sauvez le fils d'Adélaïde. des Blanche, des Clotilde, et de tant de pieuses princesses qui me portent encore devant vous dans leur sein comme l'enfant de leur amour et de leurs plus chères espérances : *et salvum fac filium ancillæ tuæ.* Et puisque l'innocence attire toujours sur elle vos regards les plus propices et les plus tendres, conservez-la-moi, grand Dieu, aussi longtemps que ma couronne, afin qu'après avoir régné par vous heureusement sur la terre, je puisse régner avec vous éternellement dans le ciel. Ainsi soit-il.

SERMON

POUR LE VENDREDI SAINT

SUR LES OBSTACLES

QUE LA VÉRITÉ TROUVE DANS LE COEUR DES GRANDS

Astiterunt reges terræ, et principes convenerunt in unum, adversus Dominum, et adversus Christum ejus.

Les rois de la terre se sont présentés, et les princes se sont assemblés contre le Seigneur et contre son Christ.

Ps. ii, 2.

SIRE,

Toutes les puissances de la terre semblent se réunir aujourd'hui pour condamner Jésus-Christ à la mort; et la mort de Jésus-Christ n'est qu'une condamnation éclatante des passions des grands et des puissants de la terre.

C'est un pontife éternel qui s'offre lui-même pour son peuple, comme la seule victime capable d'expier ses iniquités et d'apaiser la colère de Dieu; c'est un ministre et un envoyé de son père qui rend témoignage par son sang à la vérité de sa mission et de son ministère; c'est un roi qui entre en possession par sa mort de l'empire de l'univers; il réunit en sa personne tous les titres glorieux dont l'orgueil des hommes se pare.

Cependant ce pontife est livré aujourd'hui par la jalousie des grands prêtres; ce ministre et cet envoyé du ciel oppose en vain son innocence à l'ambition et à la lâcheté d'un ministre de César; ce roi à qui toutes les nations ont été données comme son héritage, devient le jouet de l'indifférence et de la vaine curiosité d'un roi usurpateur de la Judée. Il fallait que tout ce qui porte le nom de grand sur la terre, la jalousie des pontifes, la lâcheté de Pilate, et l'indifférence d'Hérode, en condamnant Jésus-Christ, fissent éclater sa grandeur et sa puissance : *astite-runt reges terræ*, etc.

De toutes les instructions que nous offre aujourd'hui le spectacle de la croix, il n'en est pas ici de plus convenable ; et puisque nous ne saurions en exposer à votre piété toutes les circonstances, contentons-nous de vous y montrer les obstacles que la vérité trouve dans le cœur des grands de la terre ; c'est-à-dire Jésus-Christ condamné à la mort par les passions des grands, et les passions des grands condamnées par la mort de Jésus-Christ.

PREMIÈRE PARTIE.

SIRE,

La vérité, toujours odieuse aux grands, trouve encore aujourd'hui sur la terre les mêmes ennemis qui l'attachèrent autrefois avec Jésus-Christ sur la croix ; la jalousie la persécute, un lâche intérêt la sacrifie, l'indifférence la méprise, et la tourne même en risée.

Mais de toutes les passions que les hommes opposent à la vérité, la jalousie est la plus dangereuse, parce qu'elle est la plus incurable ; c'est un vice qui mène à tout, parce qu'on se le déguise toujours à soi-même ; c'est l'ennemi éternel du mérite et de la vertu ; tout ce que les hommes admirent l'enflamme et l'irrite, il ne pardonne qu'au vice et à l'obscurité ; il faut être indigne des regards publics pour mériter ses égards et son indulgence.

Si les prodiges de Jésus-Christ avaient moins éclaté dans la Judée, les princes des prêtres, moins éblouis de sa gloire, ne lui eussent pas disputé son innocence ; et leur zèle jaloux ne l'aurait pas trouvé digne de mort, s'il ne l'eût été des louanges et des acclamations publiques : *quid facimus, quia hic homo multa signa facit*[1] ?

Telle est l'impression de haine et de jalousie que la grande renommée de Jésus-Christ fait sur le cœur des pontifes et des prêtres, des dépositaires de la loi et de la religion. Mais, hélas !

[1]. JOAN., XI, 47.

faut-il que le sanctuaire lui-même devienne presque toujours l'asile d'une passion si méprisable ; que les dons éclatants de l'esprit de paix et de charité mettent l'amertume et la division parmi ses ministres ; que la moisson si abondante, et qui manque d'ouvriers, excite des sentiments de jalousie parmi le petit nombre de ceux qui travaillent ; que les anges destinés au ministère ne puissent arracher les scandales du royaume de Jésus-Christ, sans y en mettre souvent un nouveau ; que dès la naissance de l'Évangile cette triste zizanie se soit glissée parmi ses plus saints ouvriers, et que l'Église souvent soit presque aussi affligée par le faux zèle qui la défend que par l'erreur même qui l'attaque ! Pourvu que Jésus-Christ soit annoncé, la gloire n'en est-elle pas commune à tous ceux qui l'aiment ? ne partageons-nous pas ses triomphes, dès que nous ne combattons que pour lui ? et tous les succès qui agrandissent son royaume ne deviennent-ils pas les nôtres ? C'est lui seul qui donne accroissement, et nos faibles travaux ne sont plus comptés pour rien dès que nous les comptons nous-mêmes pour quelque chose.

Tous les traits les plus odieux semblent se réunir dans un cœur où domine cette passion injuste de l'envie. Cependant c'est le vice et comme la contagion universelle des cours, et souvent la première source de la décadence des empires : il n'est point de bassesse que cette passion ou ne consacre ou ne justifie ; elle éteint même les sentiments les plus nobles de l'éducation et de la naissance ; et dès que ce poison a gagné le cœur, on trouve des âmes de boue où la nature avait d'abord placé des âmes grandes et bien nées.

La mauvaise foi n'est plus comptée pour rien : ces grands prêtres cherchent eux-mêmes de faux témoignages contre Jésus-Christ ; eux qui devaient proscrire ces hommes infâmes qui font un trafic honteux de la vérité et de l'innocence des autres hommes, ils se les associent, et favorisent le crime qui favorise leur passion.

C'est ainsi que ce vice ne rougit point de se faire des appuis honteux et méprisables. Les hommes les plus décriés et les plus perdus, on les adopte dès qu'ils veulent bien adopter et servir l'amertume secrète qui nous dévore ; ils nous deviennent chers dès qu'ils peuvent devenir les vils instruments de notre passion, et ce qui devait les rendre encore plus hideux à nos yeux, efface en un instant toutes leurs taches. Le monde ne manque jamais de ces hommes vendus à l'iniquité, dont l'unique emploi est de noircir auprès des grands ceux qui ont le malheur de leur déplaire, ou qui plaisent trop pour être de leur goût : et ces hommes corrompus, et qu'on devrait bannir de la société, ne manquent jamais de trouver des grands qui les écoutent et qui les protégent. On érige en mérite le zèle qu'ils étalent pour nos intérêts, et on leur fait une vertu d'un ministère infâme, dont on rougit tout bas soi-même : Doëg l'Iduméen devient cher à Saül dès qu'il devient le ministre de sa jalousie et de sa haine contre David.

Mais de quoi n'est pas capable un cœur que la jalousie noircit et envenime ! Non-seulement on applaudit à l'imposture, mais on ne craint pas de s'en rendre coupable soi-même. Ces pontifes témoins des prodiges et de la sainteté de Jésus-Christ, ne pouvant ignorer qu'il est fils de David et descendu des rois de Juda, ayant ouï de sa propre bouche qu'il fallait rendre à Dieu ce qui est à Dieu, et à César ce qui est à César, le font pourtant passer pour un séditieux, un ennemi de César, et qui veut en usurper la souveraine puissance ; un impie qui veut renverser la loi et le temple de ses pères ; enfin pour un homme de néant, né dans la boue et dans la plus vile populace.

Cette passion amère est comme une frénésie qui change tous les objets à nos yeux ; rien ne nous paraît plus sous sa forme naturelle. David a beau remporter des victoires sur les Philistins, et assurer la couronne à son maître ; aux yeux de Saül ce n'est plus qu'un ambitieux qui veut monter lui-même sur le trône. En vain Jérémie justifie la vérité de ses prédictions par les événements et par la sainteté de sa vie ; les prêtres, jaloux de sa réputation, publient que c'est un imposteur et un traître qui annonce les malheurs et la ruine entière de Jérusalem, plus pour décourager ses citoyens et favoriser l'ennemi, que pour prévenir la destruction entière de sa patrie.

Tout s'empoisonne entre les mains de cette funeste passion : la piété la plus avérée n'est plus qu'une hypocrisie mieux conduite ; la valeur la plus éclatante, une pure ostentation, ou un bonheur qui tient lieu de mérite ; la réputation la mieux établie une erreur publique où il entre plus de prévention que de vérité ; les talents les plus utiles à l'État, une ambition démesurée qui ne cache qu'un grand fonds de médiocrité et d'insuffisance ; le zèle pour la patrie, un art de se faire valoir et de se rendre nécessaire ; les succès même les plus glorieux, un assemblage de circonstances heureuses qu'on doit à la bizarrerie du hasard plus qu'à la sagesse des mesures ; la naissance la plus illustre, un grand nom sur lequel on est enté, et qu'on ne tient pas de ses ancêtres.

Enfin la langue du jaloux flétrit tout ce qu'elle touche, et ce langage si honteux est pourtant le langage commun des cours : c'est lui qui lie les sociétés et les commerces ; chacun se cache la plaie secrète de son cœur, et chacun se la communique ; on a honte du nom du vice, et l'on se fait honneur du vice même.

Enfin il emprunte même les apparences du zèle et de l'amour du bien public ; les intérêts de la nation et la conservation du temple et de la loi paraissent consacrer la jalousie des pontifes contre Jésus-Christ.

Le zèle du bien public devient tous les jours comme la décoration et l'apologie de ce vice. Il semble qu'on ne craint que pour l'État, et on n'envie que les places de ceux qui gouvernent : on blâme les choix du maître comme tombant sur des sujets incapables ; mais ce n'est pas l'intérêt public qui nous pique, c'est la jalousie et le chagrin de n'avoir pas été nous-mêmes choisis : les places où nous aspirions ne sont jamais, selon nous, données au mérite ; la faveur du maître et le bien de l'État ne nous paraissent jamais aller ensemble : on se donne pour amateur de la patrie, et on n'en aime que les honneurs et les prééminences. Aman trouve la puissance et la religion des Juifs dangereuses à l'empire ; mais ce n'est pas l'État qu'il a dessein de sauver ; c'est Mardochée qu'il veut perdre. Les courtisans de Darius accusent Daniel d'avoir violé la loi des Perses ; mais ce n'est pas de la majesté de la loi dont ils sont jaloux, c'est la gloire et la faveur de Daniel qu'ils haïssent.

Tout est plein dans les cours de ces zèles de jalousies : on étale le titre de bon citoyen, et on cache dessous celui de jaloux ; on a sans cesse l'État dans la bouche et la jalousie dans le cœur ; on paraît contristé quand les événements sont malheureux, et ne répondent pas aux vues et aux mesures de ceux qui sont en place ; et l'on s'applaudit plus du blâme qui en retombe sur eux, qu'on n'est touché des maux qui en peuvent revenir à la patrie.

Et voilà un des plus tristes effets de cette passion infortunée. Ces pontifes demandent que le sang du juste soit sur eux et sur leurs enfants : la désolation du temple et de la cité sainte, la cessation des sacrifices, la dispersion de Juda, la perte de tout ne leur paraît rien, pourvu que l'innocent périsse.

Et combien de fois a-t-on vu des hommes publics sacrifier l'État à leurs jalousies particulières, faire échouer des entreprises glorieuses à la patrie, de peur que la gloire n'en rejaillît sur leurs rivaux ; ménager des événements capables de renverser l'empire, pour ensevelir leurs concurrents sous ses ruines, et risquer de tout perdre pour faire périr un seul homme ! Les histoires des cours et des empires sont remplies de ces traits honteux, et chaque siècle presque en a vu de tristes exemples. Mais le véritable zèle du bien ne cherche qu'à se rendre utile ; et à l'homme vertueux et qui aime l'État, les services tiennent lieu de récompense.

Première passion dans les pontifes, qui livre aujourd'hui Jésus-Christ, la jalousie : mais, en second lieu, c'est un lâche intérêt dans Pilate qui le condamne.

SECONDE PARTIE.

Oui, mes frères, la passion, le dieu des grands, c'est la fortune. Ils veulent plaire à César, et c'est le seul devoir qui les occupe ; tout ce qui favorise leur élévation s'accorde toujours avec leur conscience ; la probité qui nuirait à leur fortune, et qui leur ferait perdre la faveur du maître, n'est plus pour eux que la vertu des sots. Mais dès là qu'on craint plus la disgrâce de César que le reproche de sa conscience, si l'on n'a pas encore sacrifié l'honneur et la probité, ce n'est pas le cœur et la volonté, c'est l'occasion qui a manqué aux plus grands crimes.

En effet, il paraît d'abord dans le caractère de Pilate des restes de droiture et de probité ; sa conscience s'élève en faveur

de l'innocent; il semble lui-même plaider sa cause; il n'ose le
délivrer, et il souhaite pourtant qu'on le délivre : premier degré
de l'ambition, la lâcheté. On aime le devoir et l'équité lorsqu'il est utile ou glorieux de se déclarer pour elle, qu'on peut
compter sur les suffrages publics, que notre fermeté va nous
donner en spectacle au monde, et que nous devenons plus
grands aux yeux des hommes par la défense héroïque de la
vérité, que nous ne l'aurions été par la dissimulation et la sou-
plesse; nous cherchons la gloire et les applaudissements dans
le devoir, et presque toujours c'est la vanité qui donne des
défenseurs à la vérité.

A la lâcheté succède la crainte. On menace Pilate de l'indignation de César : *si hunc dimittis, non es amicus Cæsaris*[1].
A cette raison tous les droits les plus sacrés s'évanouissent, et
ne sont plus comptés pour rien. On n'est pas digne de soutenir
la justice et la vérité quand on peut aimer quelque chose plus
qu'elle : une démarche opposée à l'honneur et à la conscience
est bien plus à craindre, pour une âme noble, que la colère de
César. Mais d'ailleurs, Sire, c'est servir la gloire du prince que
de ne pas servir à ses passions; il est beau d'oser s'exposer à
son indignation plutôt que de manquer à la fidélité qu'on lui a
jurée; et si les princes comme vous peuvent compter sur un ami
fidèle, il faut qu'ils le cherchent parmi ceux qui les ont assez
aimés pour avoir eu le courage d'oser quelquefois leur déplaire :
plus ceux qui leur applaudissent sans cesse sont nombreux,
plus l'homme vertueux qui ne se joint point aux adulations
publiques doit leur être respectable. Mais cet héroïsme de fidélité
est rare dans les cours : à peine se trouva-t-il un Daniel dans
l'empire parmi tous les satrapes, qui ne connaissaient point
d'autre loi que la volonté du prince. Telle est la destinée des
souverains : la même puissance qui multiplie autour d'eux les
adulateurs, y rend aussi les amis plus rares.

Aussi la crainte de déplaire à César conduit Pilate au dernier
degré de la lâcheté, il abandonne et livre Jésus-Christ. Les cris
de ce peuple furieux ne peuvent être calmés que par le sang du
juste : s'exposer à leur violence, ce serait allumer le feu de la

---

1. JOAN., XIX, 12.

sédition ; il vaut encore mieux que l'innocent périsse que si toute la nation allait se révolter contre César, et il faut acheter le bien public par un crime.

Et voilà toujours le grand prétexte de l'abus que ceux qui sont en place font de l'autorité : il n'est point d'injustice que le bien public ne justifie ; il semble que le bonheur et la sûreté publique ne puissent subsister que par des crimes ; que l'ordre et la tranquillité des empires ne soient jamais dus qu'à l'injustice et à l'iniquité, et qu'il faille renoncer à la vertu pour se dévouer à la patrie.

Non, Sire, je l'ai déjà dit ailleurs, et on ne saurait trop le redire, la loi de Dieu est toute la force et toute la sûreté des lois humaines ; tout ce qui attire la colère du ciel sur les États ne saurait faire le bonheur des peuples ; l'ordre et l'utilité publique ne peuvent être le fruit du crime : on sert mal la patrie quand on la sert aux dépens des règles saintes ; c'est saper les fondements de l'édifice pour l'embellir et l'élever plus haut ; c'est, en affaiblissant ses principaux appuis, y ajouter de vains ornements qui hâtent sa ruine. Les empires ne peuvent se soutenir que par l'équité des mêmes lois qui les ont formés ; et l'injustice a bien pu détrôner des souverains, mais elle n'a jamais affermi les trônes : les ministres qui ont outré la puissance des rois l'ont toujours affaiblie ; ils n'ont élevé leurs maîtres que sur la ruine de leurs États ; et leur zèle n'a été utile aux Césars qu'autant qu'il a respecté les lois de l'empire.

C'est donc la jalousie dans les princes des prêtres qui persécute aujourd'hui Jésus-Christ, un vil intérêt dans Pilate qui le livre, et enfin une indifférence criminelle dans Hérode qui en fait un sujet de mépris et de risée.

Hélas ! quelle autre destinée pouvait se promettre la doctrine de l'Évangile en se montrant à une cour superbe et voluptueuse ? La doctrine sainte n'offre rien qui ne combatte l'orgueil et la volupté ; et il n'y a de grand pour ceux qui habitent les palais des rois, que le plaisir et la gloire. Si vous n'y paraissez pas sous ces étendards, où l'on vous prend pour un censeur et un ennemi, ou ils vous méprisent comme un homme d'une autre espèce, et un nouveau venu qui vient porter au milieu d'eux un langage inouï et des manières étrangères.

Nous-mêmes, dans ces chaires chrétiennes qui seules leur parlent encore le langage de la vérité, nous-mêmes nous venons souvent ici affaiblir ce langage divin, respecter ce que nous devrions combattre, adoucir par des idées humaines la sévérité des règles saintes, autoriser presque leurs préjugés avant d'oser combattre leurs passions, et, sous prétexte de ne pas les révolter contre la vérité, la leur rendre presque méconnaissable.

Hérode, instruit des merveilles qu'on publiait de Jésus-Christ, s'attend à lui voir opérer des prodiges, et, dans cette attente, il le voit arriver à sa cour avec joie : ce n'est pas la vérité qui l'intéresse, c'est une vaine curiosité qu'il veut satisfaire, et faire servir Jésus-Christ de spectacle à son loisir et à son oisiveté. Car c'est de tout temps que la plupart des princes et des grands ont fait de la religion un spectacle : les mystères les plus augustes et les plus terribles, égayés par tous les attraits d'une harmonie recherchée, deviennent pour eux comme des réjouissances profanes qui les amusent; ils ne cherchent que le plaisir des sens, jusque dans les devoirs d'un culte qui n'est établi que pour les combattre : il faut que la religion, pour leur plaire, emprunte les joies et tout l'appareil du siècle, et qu'un spectacle digne des anges ait encore besoin de décoration pour être un spectacle digne d'eux.

Hérode fait à Jésus-Christ des questions vaines et frivoles, *interrogabat autem eum multis sermonibus*[1]; de ces questions où l'orgueil et l'irréligion ont plus de part que l'amour de la vérité, qu'on propose plutôt pour se faire une gloire de ses doutes, que par un désir sincère de les éclaircir; de ces questions qui n'aboutissent à rien qu'à nous affermir dans l'incrédulité, qui n'ont de sérieux que l'aveuglement d'où elles prennent leur source; de ces questions où l'on discourt des vérités éternelles du salut comme de ces vérités douteuses et peu intéressantes que Dieu a livrées à l'oisiveté et à la dispute des hommes, où l'on traite ce qui doit décider du bonheur ou du malheur éternel, comme un problème indifférent dont les deux côtés ont leur vraisemblance, et où l'on peut opter; de ces questions enfin qui sont plutôt des dérisions secrètes de la foi que les recherches respectueuses d'un véritable fidèle.

1. Luc., XXIII, 9.

Et voilà le seul usage que la plupart des grands font de Jésus-Christ, des questions éternelles sur la religion, *interrogabat eum multis sermonibus;* faisant de Jésus-Christ et de sa doctrine un sujet oiseux et frivole d'entretien et de contestation, au lieu d'en faire l'objet de leur espérance et de leur culte; s'informant de la vérité d'un avenir et de cette autre patrie qui nous attend après le trépas, avec moins d'intérêt qu'ils n'écouteraient les relations d'une terre inconnue et peut-être fabuleuse, où nul mortel n'a pu encore aborder; parlant des faits miraculeux qui établissent la certitude et la divinité de la religion de leurs pères, avec la même incertitude qu'ils parleraient d'un point peu important d'histoire qu'on n'a pas encore éclairci; et, par la manière peu sérieuse dont ils veulent s'instruire de la foi, montrant qu'ils l'ont tout à fait perdue.

Aussi Jésus-Christ n'oppose qu'un silence profond à la vanité des questions d'Hérode. On ne mérite les réponses de la vérité que lorsque c'est le désir de la connaître qui l'interroge ; et c'est dans le cœur de ceux qui parlent et disputent plus sur la religion, qu'elle est d'ordinaire plus effacée. Oui, mes frères, on a déjà trouvé la vérité quand on la cherche de bonne foi : il ne faut, pour la trouver, ni creuser dans les abîmes, ni s'élever au-dessus des airs; il ne faut que l'écouter au dedans de nous-mêmes. Un cœur innocent et docile entend d'abord sa voix; les doutes et les recherches que forme l'orgueil, loin de la rapprocher de nous, ferment les yeux à sa lumière; elle aveugle les sages et les juges orgueilleux de ses mystères, et ne se communique qu'à ceux qui font gloire d'en être les disciples. La soumission est la source des lumières; plus on veut raisonner, plus on s'égare; plus on doute, plus Dieu permet que les doutes augmentent : la raison, une fois sortie de la règle, ne trouve plus rien qui l'arrête; plus elle avance, plus elle se creuse de précipices. Aussi l'hérésie, d'abord timide dans sa naissance, va toujours croissant, et ne garde plus de mesures dans ses progrès : elle n'en voulait d'abord, parmi nous, qu'aux abus prétendus du culte; elle a depuis attaqué le culte lui-même : elle se plaignait que nous dégradions Jésus-Christ de sa qualité de médiateur; elle a enfanté des disciples qui l'ont dégradé de sa divinité et de sa naissance éternelle : elle voulait réformer la religion, elle a fini par les approuver toutes, ou, pour mieux dire, par n'en plus avoir et n'en plus connaître aucune : elle prétendait s'en tenir à la lettre aux livres saints ; et cette lettre a été pour elle une lettre de mort, et ses faux prophètes y ont puisé un fanatisme et des visions sur l'avenir que l'événement a démenties, et dont elle a rougi elle-même. Non, mes frères, la foi est le seul point qui peut fixer l'esprit humain : si vous passez au delà, vous n'avez plus de route assurée, vous entrez dans une terre ténébreuse et couverte des ombres de la mort, vous n'y voyez plus que des fantômes, les tristes enfants des ténèbres ; et comme la raison n'a plus de frein, l'erreur aussi n'a plus de bornes.

En effet, les questions d'Hérode le conduisent à faire de Jésus-Christ un sujet de risée, *sprevit autem illum Herodes* [1] *; et* toute sa cour suit son exemple, *cum exercitu suo.* La vertu la plus pure, dès qu'elle déplaît au souverain, est bientôt digne de l'oubli et du mépris même du courtisan : c'est le goût du prince qui décide presque toujours pour eux de la vérité et du mérite ; leur religion est toute, pour ainsi dire, sur le visage du maître ; c'est là leur loi et leur évangile ; et ils n'ont rien de plus fixe dans leur culte que les caprices et les passions de l'idole qu'ils adorent.

Aussi l'attention, Sire, la plus essentielle que les rois doivent à la place où Dieu les a fait asseoir, c'est de rendre la religion respectable, en ne se permettant jamais la plus légère dérision qui puisse en blesser la majesté. Les plus jeunes années de votre auguste bisaïeul ne le virent jamais s'écarter de cette règle ; ce fut pour lui la règle de tous les temps et de tous les lieux ; son respect pour la religion de ses pères imposa toujours devant lui un silence éternel à l'impiété ; son langage fut toujours le langage du premier roi chrétien, c'est-à-dire le langage respectable de la foi ; l'irréligion était le seul crime auquel il ne pardonnait point ; tout était sérieux pour lui sur cet article ; nulle joie, nul plaisir n'autorisa jamais devant lui la moindre dérision qui pût intéresser le culte de ses ancêtres ; religieux jusqu'au milieu des réjouissances d'une cour jeune et florissante, la foi ne souffrit jamais des plaisirs et des dissipations

1. Luc., XXIII, 11.

inévitables à la jeunesse des rois. Sur ce point, Sire, tout devient capital dans la bouche d'un souverain : une simple légèreté va autoriser la licence de l'impiété, ou faire de nouveaux impies ; on croit plaire en enchérissant, et les railleries du maître deviennent bientôt des blasphèmes dans la bouche du courtisan.

Telles sont les passions que les grands opposent à la vérité, et qui condamnent Jésus-Christ à la mort. Que ne puis-je achever, et vous montrer les passions des grands condamnées par la mort de Jésus-Christ !

Hélas ! en est-il un seul que sa croix ne confonde ? Il ne meurt que pour rendre témoignage à la vérité, il en est le premier martyr ; et les grands craignent la vérité, et il est rare qu'elle ait accès auprès de leur trône. Il n'est roi que pour être la victime de son peuple ; et les peuples sont d'ordinaire la victime de l'ambition des princes et des rois. Les marques de son autorité, son sceptre, sa couronne. sont les instruments de ses souffrances, et l'unique usage que les grands ont de leur autorité, c'est de la faire servir à leurs plaisirs injustes. Au milieu de ses peines et de ses douleurs, il n'est occupé que de nos intérêts ; et les grands, au milieu de leurs plaisirs, ne daignent pas même s'occuper des peines et des souffrances de leurs frères. Il souffre à notre place, et les grands croient que tout doit souffrir pour eux. Il vient de tous les peuples ne faire qu'un peuple, réconcilier toutes les nations, éteindre toutes les guerres ; et c'est la vanité des grands qui les allume et qui les éternise sur la terre. Que dirai-je ? Il n'est roi que parce qu'il est sauveur ; ses bienfaits forment tous ses titres, ses qualités glorieuses ne sont que les différents offices de son amour pour nous : tout ce qu'il est de plus grand, il ne l'est que pour les hommes, il est tout à nos usages ; et les grands comptent le reste des hommes pour rien, et ne croient être nés que pour eux-mêmes.

Voilà, Sire, le grand modèle des rois. Du haut de sa croix, il instruit les grands et les princes de la terre : Regardez, leur dit-il, et faites selon ce modèle ; j'ai quitté mon royaume, et je suis descendu de ma gloire pour sauver mes sujets : vous n'êtes rois que pour eux, et leur bonheur doit être l'unique objet de tous les soins attachés à votre couronne. Oui, Sire, c'est un roi qui donne sa vie pour son peuple, et il ne vous demande que votre amour pour le vôtre : c'est un roi qui ne va conquérir le monde que pour l'acquérir à Dieu ; ne combattez que pour lui, et vous serez toujours sûr de la victoire : c'est un roi qui fait de la croix son trône, et le lieu de ses douleurs et de ses souffrances ; regardez le vôtre comme un lieu de soins et de travail, et non comme le siége de la volupté et de la mollesse : c'est un roi qui ne veut régner que sur les cœurs ; l'usage le plus glorieux de votre autorité, c'est celui qui vous assurera l'amour de vos peuples : c'est un roi qui vient apporter la paix, la vérité, la justice aux hommes, et qui ne veut que les rendre heureux ; Sire, régnez pour notre bonheur, et vous régnerez pour le vôtre.

O mon Sauveur ! c'est aujourd'hui que vous commencez à régner vous-même sur toutes les nations ; vos derniers soupirs sont comme les prémices sacrées de votre règne, et c'est par la croix que vous allez conquérir l'univers. Grand Dieu ! que ce soit elle qui affermisse le règne de l'enfant précieux que vous voyez ici à vos pieds ; que la religion en consacre les prémices et en couronne la durée : ce sont ses glorieux ancêtres qui l'ont placée parmi nous sur le trône ; que ce soit elle qui y soutienne l'enfant auguste qui ne peut vous offrir encore que son innocence, la foi de ses pères, les malheurs qui ont entouré son berceau royal, et la tendresse la plus vive de ses sujets.

Conservez l'enfant de tant de saints et de tant de protecteurs de la foi sainte : ils exposèrent autrefois leur vie et leur couronne pour aller recouvrer votre héritage ; conservez le sien à cet enfant précieux, afin qu'il puisse un jour défendre et protéger l'Église que le Père vous donne aujourd'hui comme l'héritage que vous avez acquis par votre sang : ils revinrent chargés des dépouilles sacrées de la croix ; que ce dépôt saint dont ils enrichirent cette ville régnante, que ce gage précieux de la piété de ses pères, sollicite aujourd'hui surtout vos grâces en sa faveur. N'abandonnez pas l'héritier de tant de princes qui ont été les premiers défenseurs de votre nom et de votre gloire. Les coups de votre colère l'ont épargné au milieu des débris de son auguste famille : laissez-nous, grand Dieu, jouir de votre bienfait, que nous avons acheté si cher : que ce reste heureux de tant de têtes augustes que nous avons vues tomber à la fois,

répare nos pertes et essuie nos larmes; comblez-le lui seul de
toutes les grâces que vous aviez réservées dans vos trésors éternels à tant de princes qui devaient régner à sa place, et auxquels
sa couronne était destinée : réunissez en lui tout ce que vous
deviez partager sur les autres ; et que son règne rassemble toutes
les bénédictions et tous les genres de bonheur que nous nous
promettions séparément sous les règnes des princes qu'une
mort prématurée nous a enlevés, et auxquels vous n'avez refusé
sans doute sur la terre une couronne que la naissance leur destinait, que pour leur en préparer dans le ciel une éternelle.
Ainsi soit-il.

SERMON

SUR LE TRIOMPHE DE LA RELIGION

> *Exspolians principatus et potestates, traduxit*
> *confidenterpalam triumphans illos in semet-*
> *ipso.*
>
> Jésus-Christ ayant désarmé les principautés et
> les puissances, il les a menées hautement en
> triomphe à la face de tout le monde, après
> les avoir vaincues en sa propre personne.
>
> Col., ii, 15.

SIRE,

Les vains triomphes des conquérants n'étaient qu'un spectacle d'orgueil, de larmes, de désespoir, et de mort; c'était le triomphe lugubre des passions humaines : et ils ne laissaient après eux que les tristes marques de l'ambition des vainqueurs et de la servitude des vaincus.

Le triomphe de Jésus-Christ est aujourd'hui, pour les nations mêmes qui deviennent sa conquête, un triomphe de paix, de liberté et de gloire.

Il triomphe de ses ennemis, mais pour les délivrer et les associer à sa puissance. Il triomphe du péché; mais, en effaçant et attachant à la croix cet écrit fatal de notre condamnation, il en fait couler sur nous une source de sainteté et de grâce. Il triomphe de la mort, mais pour nous assurer l'immortalité.

Telle est la gloire de la religion : elle n'offre d'abord que les opprobres et les souffrances de la croix; mais c'est un triomphe glorieux, et le plus grand spectacle que l'homme puisse donner à la terre. Rien ici-bas n'est plus grand que la vertu : tous les autres genres de gloire, on les doit au hasard ou à l'adulation, et à l'erreur publique ; celle-ci, on ne la doit qu'à Dieu et à soi-même. On en fait une honte aux princes et aux puissants ; et cependant c'est par elle seule qu'ils peuvent être grands, puisque c'est par elle seule qu'ils peuvent triompher de leurs ennemis, de leurs passions, et de la mort même.

Exposons ces vérités si honorables à la foi, et consacrons à la gloire de la religion l'instruction de ce dernier jour, qui est le grand jour des triomphes de Jésus-Christ.

PREMIÈRE PARTIE.

SIRE,

La gloire des princes et des grands a trois écueils à craindre sur la terre : la malignité de l'envie, ou les inconstances de la fortune qui l'obscurcissent ; les passions qui la déshonorent ; enfin, la mort même qui l'ensevelit, et qui change en censures les vaines adulations qui l'avaient exaltée.

La religion seule les met à couvert de ces écueils inévitables, et où toute la gloire humaine vient d'ordinaire échouer, elle les élève au-dessus des événements et de l'envie, elle leur assujettit leurs passions ; enfin, elle leur assure, après leur mort, la gloire que la malignité leur avait peut-être refusée pendant leur vie. C'est ce qui fait aujourd'hui le triomphe de Jésus-Christ ; et c'est ce modèle glorieux que nous proposons aux grands de la terre.

Toute la gloire de sa sainteté et de ses prodiges n'avait pu le sauver des traits de l'envie ; et son innocence avait paru succomber aux puissances des ténèbres qui l'avaient opprimée. Mais sa résurrection attache à son char de triomphe ces principautés et ces puissances mêmes, sa gloire sort triomphante du sein de ses opprobres : sa croix devient le signal éclatant de de sa victoire ; la Judée seule l'avait rejeté, et l'univers entier l'adore.

Oui, mes frères, quelle que puisse être la gloire des grands sur la terre, elle a toujours à craindre : premièrement la malignité de l'envie qui cherche à l'obscurcir. Hélas ! c'est à la cour surtout où cette vérité n'a pas besoin de preuve. Quelle est la vie la plus brillante où l'on ne trouve des taches ? où sont les victoires qui n'aient une de leurs faces peu glorieuse au vainqueur? Quels sont les succès où les uns ne prêtent au hasard les mêmes événements dont les autres font honneur aux talents et à la sagesse? Quelles sont les actions héroïques qu'on ne dégrade en y cherchant des motifs lâches et rampants? En un mot où sont les héros dont la malignité, et peut-être la vérité, ne fasse des hommes?

Tant que vous n'aurez que cette gloire où le monde aspire, le monde vous la disputera : ajoutez-y la gloire de la vertu ; le monde la craint et la fuit, mais le monde pourtant la respecte.

Non, Sire, un prince qui craint Dieu, et qui gouverne sagement ses peuples, n'a plus rien à craindre des hommes. Sa gloire toute seule aurait pu faire des envieux ; sa piété rendra sa gloire même respectable. Ses entreprises auraient trouvé des censeurs ; sa piété sera l'apologie de sa conduite. Ses prospérités auraient excité la jalousie ou la défiance de ses voisins ; il en deviendra par sa piété l'asile et l'arbitre. Ses démarches ne seront jamais suspectes, parce qu'elles seront toujours annoncées par la justice. On ne sera pas en garde contre son ambition, parce que son ambition sera toujours réglée par ses droits. Il n'attirera point sur ses États le fléau de la guerre, parce qu'il regardera comme un crime de la porter sans raison dans les États étrangers. Il réconciliera les peuples et les rois, loin de les diviser pour les affaiblir, et élever sa puissance sur leurs divisions et sur leur faiblesse. Sa modération sera le plus sûr rempart de son empire : il n'aura pas besoin de garde qui veille à la porte de son palais ; les cœurs de ses sujets entoureront son trône, et brilleront autour, à la place des glaives qui le défendent. Son autorité lui sera inutile pour se faire obéir ; les ordres les plus sûrement accomplis sont ceux que l'amour exécute : et la soumission sera sans murmure, parce qu'elle sera sans contrainte. Toute sa puissance l'aurait rendu à peine maître de ses peuples ; par la vertu il deviendra l'arbitre même des souverains. Tel était, Sire, un de vos plus saints prédécesseurs, à qui l'Église rend des honneurs publics, et qu'elle regarde comme le protecteur de votre monarchie. Les rois ses voisins, loin d'envier sa puissance, avaient recours à sa sagesse : ils s'en remettaient à lui de leurs différends et de leurs intérêts. Sans être leur vainqueur, il était leur juge et leur arbitre; et la vertu toute seule lui donnait sur toute l'Europe un empire bien plus sûr et plus glorieux que n'auraient pu lui donner ses victoires. La puissance ne nous fait que des sujets et des esclaves : la vertu toute seule nous rend maîtres des hommes.

Mais si elle nous met au-dessus de l'envie, c'est elle encore qui nous rend supérieurs aux événements. Oui, Sire, les plus grandes prospérités ont toujours ici-bas des retours à craindre. Dieu, qui ne veut pas que notre cœur s'attache où notre trésor et notre bonheur ne se trouvent point, fait quelquefois du plus haut point de notre élévation le premier degré de notre décadence. La gloire des hommes, montée à son plus grand, éclat, s'attire, pour ainsi dire, à elle-même des nuages. L'histoire des États et des empires n'est elle-même que l'histoire de la fragilité et de l'inconstance des choses humaines : les bons et les mauvais succès semblent s'être partagé la durée des ans et des siècles; et nous venons de voir le règne le plus long et le plus glorieux de la monarchie finir par des revers et par des disgrâces.

Mais, sur les débris de cette gloire humaine, votre pieux et auguste bisaïeul sut s'en élever une plus solide et plus immortelle. Tout sembla fondre et s'éclipser autour de lui; mais c'est alors que nous le vîmes à découvert lui-même : plus grand par la simplicité de sa foi et par la constance de sa piété que par l'éclat de ses conquêtes, ses prospérités nous avaient caché sa véritable gloire; nous n'avions vu que ses succès, nous vîmes alors toutes ses vertus : il fallait que ses malheurs égalassent ses prospérités, qu'il vît tomber autour de lui tous les princes les appuis de son trône, que votre vie même fût menacée, cette vie si chère à la nation, et le seul gage de ses miséricordes que Dieu laisse encore à son peuple; il fallait qu'il demeurât tout seul avec sa vertu, pour paraître tout ce qu'il était : ses succès inouïs lui avaient valu le nom de grand; ses sentiments héroïques et chrétiens dans l'adversité lui en ont assuré pour tous les âges à venir le nom et le mérite.

Non, mes frères, il n'est que la religion qui puisse nous mettre au-dessus des événements; tous les autres motifs nous laissent toujours entre les mains de notre faiblesse. La raison, la philosophie, promettait la constance à son sage, mais elle ne la donnait pas ; la fermeté de l'orgueil n'était que la dernière ressource du découragement, et l'on cherchait une vaine consolation en faisant semblant de mépriser des maux qu'on n'était pas capable de vaincre. La plaie qui blesse le cœur ne peut trouver son remède que dans le cœur même ; or la religion toute seule porte son remède dans le cœur. Les vains préceptes de la philosophie nous prêchaient une insensibilité ridicule, comme s'ils avaient pu éteindre les sentiments naturels sans éteindre la nature elle-même : la foi nous laisse sensibles, mais elle nous rend soumis ; et cette sensibilité fait elle-même tout le mérite de notre soumission : notre sainte philosophie n'est pas insensible aux peines, mais elle est supérieure à la douleur. C'était ôter aux hommes la gloire de la fermeté dans les souffrances, que de leur en ôter le sentiment ; et la sagesse païenne ne voulait les rendre insensibles que parce qu'elle ne pouvait les rendre soumis et patients ; elle apprenait à l'orgueil à cacher, et non à surmonter ses sensibilités et ses faiblesses ; elle formait des héros de théâtre, dont les grands sentiments n'étaient que pour les spectateurs, et aspirait plus à la gloire de paraître constant qu'à la vertu même de la constance.

Mais la foi nous laisse tout le mérite de la fermeté, et ne veut pas même en avoir l'honneur devant les hommes : elle sacrifie à Dieu seul les sentiments de la nature, et ne veut pour témoin de son sacrifice que celui seul qui peut en être le rémunérateur ; elle seule donne de la réalité à toutes les autres vertus, parce qu'elle seule en bannit l'orgueil qui les corrompt, ou qui n'en fait que des fantômes.

Ainsi, qu'on vante l'élévation et la supériorité de vos lumières, qu'une haute sagesse vous fasse regarder comme l'ornement et le prodige de votre siècle : si cette gloire n'est qu'au dehors, si la religion, qui seule élève le cœur, n'en est pas la première base ; le premier échec de l'adversité renversera tout cet édifice de philosophie et de fausse sagesse ; tous ces appuis de chair s'écrouleront sous votre main, ils deviendront inutiles à votre malheur ; on cherchera vos grandes qualités dans votre découragement, et votre gloire ne sera plus qu'un poids ajouté à votre affliction, qui vous la rendra plus insupportable. Le monde se vante de faire des heureux, mais la religion toute seule peut nous rendre grands au milieu de nos malheurs mêmes.

SECONDE PARTIE.

Premier triomphe de Jésus-Christ : il triomphe de la malignité de l'envie, et de tous les opprobres qu'elle lui avait attirés de la part de ses ennemis. Mais il triomphe encore du péché : il emmène captif ce premier auteur de la captivité de tous les hommes; il nous rétablit dans tous les droits glorieux dont nous étions déchus, et nous rend par la grâce la supériorité sur nos passions, que nous avions perdue avec l'innocence.

Second avantage de la religion : elle nous élève au-dessus de nos passions, et c'est le plus haut degré de gloire où l'homme puisse ici-bas atteindre. Oui, mes frères, en vain le monde insulte tous les jours à la piété par des dérisions insensées : en vain, pour cacher la honte des passions, il fait presque à l'homme de bien une honte de la vertu; en vain il la représente, aux grands surtout, comme une faiblesse et comme l'écueil de leur gloire; en vain il autorise leurs passions par les grands exemples qui les ont précédés, et par l'histoire des souverains qui ont allié la licence des mœurs avec un règne glorieux et l'éclat des victoires et des conquêtes : leurs vices, venus jusqu'à nous, et rappelés d'âge en âge, formeront jusqu'à la fin le trait honteux qui efface l'éclat de leurs grandes actions, et qui déshonore leur histoire.

Plus même ils sont élevés, plus le dérèglement des mœurs les dégrade; et *leur ignominie*, dit l'Esprit de Dieu, *croît à porportion de leur gloire*[1]. Outre que leur rang, en les plaçant au-dessus de nos têtes, expose leurs vices comme leurs personnes aux yeux du public, quelle honte lorsque ceux qui sont établis pour régler les passions de la multitude deviennent eux-mêmes les vils jouets de leurs passions propres, et que la force, l'autorité, la pudeur des lois se trouve confiée à ceux qui ne connaissent de loi que le mépris public de toute bienséance, et

1. MAC., c. I, v. 42.

leur propre faiblesse ! Ils devaient régler les mœurs publiques, et ils les corrompent; ils étaient donnés de Dieu pour être les protecteurs de la vertu, et ils deviennent les appuis et les modèles du vice.

Toute la gloire humaine ne saurait jamais effacer l'opprobre que leur laisse le désordre des mœurs et l'emportement des passions; les victoires les plus éclatantes ne couvrent pas la honte de leurs vices : on loue les actions, et l'on méprise la personne; c'est de tout temps qu'on a vu la réputation la plus brillante échouer contre les mœurs du héros, et ses lauriers flétris par ses faiblesses : le monde, qui semble mépriser la vertu, n'estime et ne respecte pourtant qu'elle; il élève des monuments superbes aux grandes actions des conquérants; il fait retentir la terre du bruit de leurs louanges; une poésie pompeuse les chante et les immortalise; chaque Achille a son Homère, l'éloquence s'épuise pour leur donner du lustre : l'appareil des éloges est donné à l'usage et à la vanité; l'admiration secrète et les louanges réelles et sincères, on ne les donne qu'à la vertu et à la vérité.

Et en effet, le bonheur ou la témérité ont pu faire des héros; mais la vertu toute seule peut former de grands hommes : il en coûte bien moins de remporter des victoires que de se vaincre soi-même; il est bien plus aisé de conquérir des provinces et de dompter des peuples, que de dompter une passion : la morale même des païens en est convenue. Du moins les combats où président la fermeté, la grandeur du courage, la science militaire, sont de ces actions rares que l'on peut compter aisément dans le cours d'une longue vie; et quand il ne faut être grand que certains moments, la nature ramasse toutes ses forces, et l'orgueil, pour un peu de temps, peut suppléer à la vertu. Mais les combats de la foi sont des combats de tous les jours : on a affaire à des ennemis qui renaissent de leur propre défaite. Si vous vous lassez un instant, vous périssez : la victoire même a ses dangers; l'orgueil, loin de vous aider, devient le plus dangereux ennemi que vous ayez à combattre : tout ce qui vous environne fournit des armes contre vous; votre cœur lui-même vous dresse des embûches; il faut sans cesse recommencer le combat. En un mot, on peut être quelquefois plus fort ou plus heureux que ses ennemis; mais qu'il est grand d'être toujours plus fort que soi-même!

Telle est pourtant la gloire de la religion : la philosophie découvrait la honte des passions, mais elle n'apprenait pas à les vaincre; et ses préceptes pompeux étaient plutôt l'éloge de la vertu que le remède du vice.

Il était même nécessaire à la gloire et au triomphe de la religion que les plus grands génies et toute la force de la raison humaine se fût épuisée pour rendre les hommes vertueux. Si les Socrate et les Platon n'avaient pas été les docteurs du monde avant Jésus-Christ, et n'eussent pas entrepris en vain de régler les mœurs et de corriger les hommes par la force seule de la raison, l'homme aurait pu faire honneur de sa vertu à la supériorité de sa raison, ou à la beauté de la vertu même; mais ces prédicateurs de la sagesse ne firent point de sages, et il fallait que les vains essais de la philosophie préparassent de nouveaux triomphes à la grâce.

C'est elle enfin qui a montré à la terre le véritable sage, que tout le faste et tout l'appareil de la raison humaine nous annonçait depuis si longtemps. Elle n'a pas borné toute sa gloire, comme la philosophie, à essayer d'en former à peine un dans chaque siècle parmi les hommes; elle en a peuplé les villes, les empires, les déserts; et l'univers entier a été pour elle un autre Lycée, où, au milieu des places publiques[1], elle a prêché la sagesse à tous les hommes. Ce n'est pas seulement parmi les peuples les plus polis qu'elle a choisi ses sages; le Grec et le Barbare, le Romain et le Scythe, ont été également appelés à sa divine philosophie : ce n'est pas aux savants tout seuls qu'elle a réservé la connaissance sublime de ses mystères; le simple a prophétisé comme le sage, et les ignorants eux-mêmes sont devenus ses docteurs et ses apôtres : il fallait que la véritable sagesse pût devenir la sagesse de tous les hommes.

Que dirai-je? sa doctrine était insensée en apparence, et les philosophes soumirent leur raison orgueilleuse à cette sainte folie; elle n'annonçait que des croix et des souffrances, et les Césars devinrent ses disciples; elle seule vint apprendre aux

1. Prov., c. viii, v. 1, 3, 4.

hommes que la chasteté, l'humilité, la tempérance, pouvaient être assises sur le trône, et que le siège des passions et des plaisirs pouvait devenir le siège de la vertu et de l'innocence : quelle gloire pour la religion !

Mais, Sire, si la piété des grands est glorieuse à la religion, c'est la religion toute seule qui fait la gloire véritable des grands. De tous leurs titres, le plus honorable, c'est la vertu : un prince, maître de ses passions, apprenant sur lui-même à commander aux autres; ne voulant goûter de l'autorité que les soins et les peines que le devoir y attache; plus touché de ses fautes que des vaines louanges qui les lui déguisent en vertus; regardant comme l'unique privilège de son rang l'exemple qu'il est obligé de donner aux peuples; n'ayant point d'autre frein ni d'autre règle que ses désirs, et faisant pourtant à tous ses désirs un frein de la règle même; voyant autour de lui tous les hommes prêts à servir à ses passions, et ne se croyant fait lui-même que pour servir à leurs besoins; pouvant abuser de tout, et se refusant même ce qu'il aurait eu droit de se permettre; en un mot, entouré de tous les attraits du vice, et ne leur montrant jamais que la vertu : un prince de ce caractère est le plus grand spectacle que la foi puisse donner à la terre; une seule de ses journées compte plus d'actions glorieuses que la longue carrière d'un conquérant; l'un a été le héros d'un jour, et l'autre l'est de toute la vie.

TROISIÈME PARTIE

C'est ainsi que Jésus-Christ triomphe aujourd'hui du péché; mais il triomphe encore de la mort; il nous ouvre les portes de l'immortalité, que le péché nous avait fermées, et le sein même de son tombeau enfante tous les hommes à la vie éternelle.

C'est le dernier trait qui achève le triomphe de la religion.

L'impiété ne donnait à l'homme que la même fin qu'a la bête; tout devait mourir avec son corps : et cet être si noble, seul capable d'aimer et de connaître, n'était pourtant qu'un vil assemblage de boue que le hasard avait formé, et que le hasard seul allait dissoudre pour toujours.

La superstition païenne lui promettait au delà du tombeau

une félicité oiseuse, où les vains fantômes des sens devaient faire tout le bonheur d'un homme qui ne peut être heureux que par la vérité.

La religion nous ouvre des espérances plus nobles et plus sublimes : elle rend à l'homme l'immortalité, que l'impiété de la philosophie avait voulu lui ravir, et substitue la possession éternelle du bien souverain à ces champs fabuleux et à ces idées puériles de bonheur que la superstition avait imaginées.

Mais cette immortalité, qui est la plus douce espérance de la foi, n'est promise qu'à la foi même : ses promesses sont la récompense de ses maximes ; et pour ne mourir jamais, même devant les hommes, il faut avoir vécu selon Dieu.

Oui, mes frères, cette immortalité même de renommée, que la vanité promet ici-bas dans le souvenir des hommes, les grands ne peuvent la mériter que par la vertu.

La mort est presque toujours l'écueil et le terme fatal de leur gloire : les vaines louanges dont on les avait abusés pendant leur vie descendent presque aussitôt avec eux dans l'oubli du tombeau ; ils ne survivent pas longtemps à eux-mêmes, ou, s'il en reste quelque souvenir parmi les hommes, ils en sont plus redevables à la malignité des censures qu'à la vanité des éloges : leurs louanges n'ont eu que la même durée que leurs bienfaits ; ils ne sont plus rien dès qu'ils ne peuvent plus rien ; leurs adulateurs mêmes deviennent leurs censeurs (car l'adulation dégénère toujours en ingratitude) ; de nouvelles espérances forment un nouveau langage ; on élève sur les débris de la gloire du mort la gloire du vivant, on embellit de ses dépouilles et de ses vertus celui qui prend sa place. Les grands sont proprement le jouet des passions des hommes ; leur gloire n'a point de consistance assurée, et elle augmente ou diminue avec les intérêts de ceux qui les louent.

Combien de princes, vantés pendant leur vie, n'ont pas même laissé leur nom à la postérité ! Et que sont les histoires des États et des empires, qu'un petit reste de noms et d'actions échappé de cette foule innombrable qui, depuis la naissance des siècles, est demeurée dans l'oubli !

Qu'ils vivent selon Dieu, et leur nom ne périra jamais de la mémoire des hommes : les princes religieux sont écrits en

26

caractères ineffaçables dans les annales de l'univers. Les victoires et les conquêtes sont de tous les siècles et de tous les règnes, et elles s'effacent, pour ainsi dire, les unes les autres dans nos histoires; mais les grandes actions de piété, plus rares, y conservent toujours tout leur éclat. Un prince pieux se démêle toujours de la foule des autres princes dans la postérité; sa tête et son nom s'élèvent au-dessus de toute cette multitude, comme celle de Saül s'élevait au-dessus de toute la multitude des tribus; sa gloire va même croissant en s'éloignant; et plus les siècles se corrompent, plus il devient un grand spectacle par sa vertu.

Oui, Sire, on a presque oublié les noms de ces premiers conquérants qui jetèrent dans les Gaules les premiers fondements de votre monarchie; ils sont plus connus par les fables et par les romans que par les histoires; et l'on dispute même s'il faut les mettre au nombre de vos augustes prédécesseurs : ils sont demeurés comme ensevelis dans les fondements de l'empire qu'ils ont élevé; et leur valeur, qui a perpétué la conquête du royaume à leurs descendants, n'a pu y perpétuer leur mémoire.

Mais le premier prince qui a fait asseoir avec lui la religion sur le trône des Français a immortalisé tous ses titres par celui de chrétien. La France a conservé chèrement la mémoire du grand Clovis; la foi est devenue, pour ainsi dire, la première et la plus sûre époque de l'histoire de la monarchie, et nous ne commençons à connaître vos ancêtres que depuis qu'ils ont commencé eux-mêmes à connaître Jésus-Christ.

Les saints rois dont les noms sont écrits dans nos annales seront toujours les titres les plus précieux de la monarchie, et les modèles illustres que chaque siècle proposera à leurs successeurs.

C'est sur la vie, Sire, de ces pieux princes vos ancêtres qu'on a déjà fixé vos premiers regards : on vous anime tous les jours à la vertu par ces grands exemples. Souvenez-vous des Charlemagne et des saint Louis, qui ajoutèrent à l'éclat de la couronne que vous portez l'éclat immortel de la justice et de la piété; c'est ce que répètent tous les jours à Votre Majesté de sages instructions. Ne remontez pas même si haut : vous touchez à des exemples d'autant plus intéressants qu'ils doivent vous être plus chers; et la piété coule de plus près dans vos veines avec le sang d'un père pieux et d'un auguste bisaïeul.

Vous êtes, Sire, le seul héritier de leur trône, puissiez-vous l'être de leurs vertus! Puissent ces grands modèles revivre en vous par l'imitation plus encore que par le nom! Puissiez-vous devenir vous-même le modèle des rois vos successeurs!

Déjà, si notre tendresse ne nous séduit pas; si une enfance cultivée par tant de soins et par des mains si habiles, et où l'excellence de la nature semble prévenir tous les jours celle de l'éducation, ne nous fait pas de nos désirs de vaines prédictions; déjà s'ouvrent à nous de si douces espérances; déjà nous voyons briller de loin les premières lueurs de votre prospérité future; déjà la majesté de vos ancêtres, peinte sur votre front, nous annonce vos grandes destinées. Puissiez-vous donc, Sire, et ce souhait les renferme tous, puissiez-vous être un jour aussi grand que vous nous êtes cher!

Grand Dieu! si ce n'étaient là que mes vœux et mes prières, les dernières sans doute que mon ministère, attaché désormais par les jugements secrets de votre providence au soin d'une de vos églises, me permettra de vous offrir dans ce lieu auguste; si ce n'étaient là que mes vœux et mes prières; et qui suis-je pour espérer qu'elles pussent monter jusqu'à votre trône? mais ce sont les vœux de tant de saints rois qui ont gouverné la monarchie, et qui, mettant leurs couronnes devant l'autel éternel aux pieds de l'Agneau, vous demandent pour cet enfant auguste la couronne de justice qu'ils ont eux-mêmes méritée.

Ce sont les vœux du prince pieux surtout qui lui donna la naissance, et qui, prosterné dans le ciel, comme nous l'espérons, devant la face de votre gloire, ne cesse de vous demander que cet unique héritier de sa couronne le devienne aussi des grâces et des miséricordes dont vous l'aviez prévenu lui-même.

Ce sont les vœux de tous ceux qui m'écoutent, et qui, ou chargés du soin de son enfance, ou attachés de plus près à sa personne sacrée, répandent ici leur cœur en votre présence, afin que cet enfant précieux, qui est comme l'enfant de nos soupirs et de nos larmes, non-seulement ne périsse pas, mais devienne lui-même le salut de son peuple.

Que dirai-je encore? ce sont, ô mon Dieu, les vœux que toute la nation vous offre aujourd'hui par ma bouche, cette nation que vous avez protégée dès le commencement, et qui, malgré ses crimes, est encore la portion la plus florissante de votre Église.

Pourrez-vous, grand Dieu, fermer à tant de vœux les entrailles de votre miséricorde? Dieu des vertus, tournez-vous donc vers nous : *Deus virtutum, convertere* [1]. Regardez du haut du ciel, et voyez, non les dissolutions publiques et secrètes, mais les malheurs de ce premier royaume chrétien, de cette vigne si chérie que votre main elle-même a plantée, et qui a été arrosée du sang de tant de martyrs! *Respice de cœlo, et vide, et visita vineam istam quam plantavit dextera tua.* Jetez sur elle vos anciens regards de miséricorde; et si nos crimes vous forcent encore de détourner de nous votre face, que l'innocence du moins de cet auguste enfant que vous avez établi sur nous vous rappelle et vous rende à votre peuple : *Et super filium hominis, quem confirmasti tibi.*

Vous nous avez assez affligés, grand Dieu! essuyez enfin les larmes que tant de fléaux que vous avez versés sur nous dans votre colère nous font répandre : faites succéder des jours de joie et de miséricorde à ces jours de deuil, de courroux et de vengeance : que vos faveurs abondent où vos châtiments avaient abondé, et que cet enfant si cher soit pour nous un don qui répare toutes nos pertes.

Faites-en, grand Dieu, un roi selon votre cœur, c'est-à-dire le père de son peuple, le protecteur de votre Église, le modèle des mœurs publiques, le pacificateur plutôt que le vainqueur des nations, l'arbitre plus que la terreur de ses voisins; et que l'Europe entière envie plus notre bonheur, et soit plus touchée de ses vertus, qu'elle ne soit jalouse de ses victoires et de ses conquêtes.

Exaucez des vœux si tendres et si justes, ô mon Dieu; et que ses faveurs temporelles soient pour nous un gage de celles que vous nous préparez dans l'éternité. Ainsi soit-il.

1. Ps. 79, 15, 16.

FIN DU PETIT CARÊME.

SERMON

POUR LE JOUR DES MORTS.

LA MORT DU PÉCHEUR ET LA MORT DU JUSTE.

Beati mortui qui in Domino moriuntur.

Heureu ㅂ sont les morts qui meurent dans le Seigneur.

Apoc., xiv, 13.

Les passions humaines ont toujours quelque chose d'étonnant et d'incompréhensible. Tous les hommes veulent vivre ; ils regardent la mort comme le dernier des malheurs ; toutes leurs passions les attachent à la vie : et cependant ce sont leurs passions elles-mêmes qui les poussent sans cesse vers cette mort pour laquelle ils ont tant d'horreur ; et il semble qu'ils ne vivent que pour se hâter de mourir. Ils se promettent tous qu'ils mourront de la mort des justes ; ils l'espèrent, ils le désirent. Ne pouvant se flatter d'être immortels sur la terre, ils comptent du moins qu'avant ce dernier moment les passions, qui actuellement les souillent et les captivent, seront éteintes. Ils se représentent la destinée d'un pécheur qui meurt dans son péché et dans la haine de Dieu, comme une destinée affreuse ; et cependant ils se la préparent à eux-mêmes tranquillement et sans inquiétudes. Ce terme horrible de la vie humaine, qui est la mort dans le péché, les saisit et les épouvante, et cependant ils marchent en dansant comme des insensés par la voie qui y conduit. Nous avons beau leur annoncer qu'on meurt comme on a vécu ; ils veulent vivre en pécheurs, et mourir pourtant de la mort des justes.

Je veux donc aujourd'hui, mes frères, non pas vous détromper d'une illusion si commune et si grossière (réservons ce sujet pour une autre occasion) : mais puisque la mort du juste vous paraît si désirable, et celle du pécheur si affreuse, je veux vous exposer ici l'une et l'autre, et réveiller sur l'une et sur l'autre vos désirs et votre terreur. Comme vous mourrez dans l'une de ces deux situations, il importe de vous en rapprocher le spectacle ; afin que, vous mettant sous les yeux le portrait affreux de l'une et l'image consolante de l'autre, vous puissiez décider par avance laquelle des deux destinées vous attend, et prendre des mesures afin que la décision vous soit favorable.

Dans le portrait du pécheur mourant, vous verrez où aboutit enfin le monde avec tous ses plaisirs et toute sa gloire : dans le récit de la mort du juste, vous apprendrez où conduit la vertu avec toutes ses peines. Dans l'une, vous verrez le monde des yeux d'un pécheur qui va mourir : et qu'il vous paraîtra vain et frivole, et différent de ce qu'il vous paraît aujourd'hui ! Dans l'autre, vous verrez la vertu des yeux du juste qui expire : et qu'elle vous paraîtra grande et estimable ! Dans l'une, vous comprendrez tout le malheur d'une âme qui a vécu dans l'oubli de Dieu : dans l'autre, le bonheur de celle qui n'a vécu que pour le servir et pour lui plaire. En un mot, le spectacle de la mort du pécheur vous fera souhaiter de vivre de la vie du juste ; et l'image de la mort du juste vous inspirera une sainte horreur de la vie du pécheur. Implorons, etc. *Ave, Maria.*

PREMIÈRE PARTIE.

Nous avons beau éloigner de nous l'image de la mort, chaque jour nous la rapproche. La jeunesse s'éteint, les années se précipitent ; et semblables, dit l'Écriture, aux eaux qui coulent dans la mer, et qui ne remontent plus vers leur source, nous nous rendons rapidement dans l'abîme de l'éternité, où, engloutis pour toujours, nous ne revenons plus sur nos pas reparaître encore sur la terre : *Et quasi aquæ dilabimur in terram, quæ non revertuntur* [1].

1. II Reg., xiv, 14.

Je sais que nous parlons tous les jours de la brièveté et de l'incertitude de la vie. La mort de nos proches, de nos sujets, de nos amis, de nos maîtres, souvent soudaine, toujours inopinée, nous fournit mille réflexions sur la fragilité de tout ce qui passe. Nous redisons sans cesse que le monde n'est rien ; que la vie est un songe ; et qu'il est bien insensé de tant s'agiter pour ce qui doit durer si peu. Mais ce n'est là qu'un langage, ce n'est pas un sentiment ; ce sont des discours qu'on donne à l'usage, et c'est l'usage qui fait qu'en même temps on les oublie.

Or, mes frères, faites-vous ici-bas une destinée à votre gré, prolongez-y vos jours dans votre esprit au delà même de vos espérances ; je veux vous laisser jouir de cette douce illusion. Mais enfin il faudra tenir la voie qu'ont tenue tous vos pères ; vous verrez enfin arriver ce jour auquel nul autre jour ne succédera plus ; et ce jour sera pour vous le jour de votre éternité : heureuse, si vous mourez dans le Seigneur ; malheureuse, si vous mourez dans votre péché. C'est l'une de ces deux destinées qui vous attend : il n'y aura que la droite ou la gauche, les boucs ou les brebis, dans la décision finale du sort de tous les hommes. Souffrez donc que je vous rappelle au lit de votre mort, et que je vous y expose le double spectacle de cette dernière heure, si terrible pour le pécheur, et si consolante pour le juste.

Je dis terrible pour le pécheur, lequel, endormi par de vaines espérances de conversion, arrive enfin à ce dernier moment, plein de désirs, vide de bonnes œuvres, ayant à peine connu Dieu, et ne pouvant lui offrir que ses crimes, et le chagrin de voir finir des jours qu'il avait crus éternels. Or, mes frères, je dis que rien n'est plus affreux que la situation de cet infortuné dans les derniers moments de sa vie ; et que, de quelque côté qu'il tourne son esprit, soit qu'il rappelle le passé, soit qu'il considère tout ce qui se passe à ses yeux, soit enfin qu'il perce jusque dans cet avenir formidable auquel il touche ; tous ces objets, les seuls alors qui puissent l'occuper et se présenter à lui, ne lui offrent plus rien que d'accablant, de désespérant, et de capable de réveiller en lui les images les plus sombres et les plus funestes.

Car, mes frères, que peut offrir le passé à un pécheur qui,

étendu dans le lit de la mort, commence à ne plus compter sur la vie, et lit sur le visage de tous ceux qui l'environnent, la terrible nouvelle que tout est fini pour lui? Que voit-il dans cette longue suite de jours qu'il a passés sur la terre? Hélas! il voit des peines inutiles, des plaisirs qui n'ont duré qu'un instant, des crimes qui vont durer éternellement.

Des peines inutiles : toute sa vie passée en un clin d'œil s'offre à lui, et il n'y voit qu'une contrainte et une agitation éternelle et inutile. Il rappelle tout ce qu'il a souffert pour un monde qui lui échappe, pour une fortune qui s'évanouit; pour une vaine réputation qui ne l'accompagne pas devant Dieu; pour des amis qu'il perd, pour des maîtres qui vont l'oublier, pour un nom qui ne sera écrit que sur les cendres de son tombeau. Quel regret alors pour cet infortuné, de voir qu'il a travaillé toute sa vie, et qu'il n'a rien fait pour lui! Quel regret de s'être fait tant de violences, et de n'en être pas plus avancé pour le ciel; de s'être toujours cru trop faible pour le service de Dieu; et d'avoir eu la force et la constance d'être le martyr de la vanité, et d'un monde qui va périr! Ah! c'est alors que le pécheur accablé, effrayé de son aveuglement et de sa méprise, ne trouvant plus qu'un grand vide dans une vie que le monde seul a toute occupée; voyant qu'il n'a pas encore commencé à vivre après une longue suite d'années qu'il a vécu; laissant peut-être les histoires remplies de ses actions, les monuments publics chargés des événements de sa vie, le monde plein du bruit de son nom, et ne laissant rien qui mérite d'être écrit dans le livre de l'éternité, et qui puisse le suivre devant Dieu; c'est alors qu'il commence, mais trop tard, à se tenir à lui-même un langage que nous avons souvent entendu : Je n'ai donc vécu que pour la vanité! que n'ai-je fait pour Dieu tout ce que j'ai fait pour mes maîtres! Hélas! fallait-il tant d'agitations et de peines pour se perdre? Que ne recevais-je ma consolation en ce monde! j'aurais du moins joui du présent, de cet instant qui m'échappe, et je n'aurais pas tout perdu. Mais ma vie a toujours été pleine d'agitations, d'assujettissements, de fatigues, de contraintes; et tout cela pour me préparer un malheur éternel. Quelle folie d'avoir plus souffert pour me perdre, qu'il n'en eût fallu souffrir pour me sauver; et d'avoir regardé la vie des

gens de bien comme une vie triste et insoutenable, puisqu'ils
n'ont rien fait de si difficile pour Dieu, que je ne l'aie fait au
centuple pour le monde qui n'est rien, et de qui par conséquent
je n'ai rien à espérer! *Ambulavimus vias difficiles... erravimus
a via veritatis*[1].

Oui, mes frères, c'est dans ce dernier moment que toute votre
vie s'offrira à vous sous des idées bien différentes de celles que
vous en avez aujourd'hui. Vous comptez maintenant les services rendus à l'État; les places que vous avez occupées; les
actions où vous vous êtes distingués; les plaies qui rendent
encore témoignage à votre valeur; le nombre de vos campagnes;
les distinctions de vos commandements : tout cela vous paraît
réel. Les applaudissements publics qui l'accompagnent; les
récompenses qui le suivent; la renommée qui le publie; les
distinctions qui y sont attachées : tout cela ne vous rappelle vos
jours passés que comme des jours pleins, occupés, marqués
chacun par des actions mémorables, et par des événements
dignes d'être conservés à la postérité. Vous vous distinguez
même dans votre esprit de ces hommes oiseux de votre rang,
qui ont toujours mené une vie obscure, lâche, inutile, et dés-
honoré leur nom par l'oisiveté et par des mœurs efféminées,
qui les ont laissés dans la poussière. Mais au lit de mort, mais
dans ce dernier moment, où le monde s'enfuit et l'éternité
approche, vos yeux s'ouvriront; la scène changera; l'illusion
qui vous grossit ses objets se dissipera; vous verrez tout au naturel; et ce qui vous paraissait si grand, comme vous ne l'aviez
fait que pour le monde, pour la gloire, pour la fortune, ne vous
paraîtra plus rien : *Aperiet oculos suos*, dit Job, *et nihil inveniet*[2].
Vous ne trouverez plus rien de réel dans votre vie que ce que
vous aurez fait pour Dieu; rien de louable que les œuvres de
la foi et de la piété; rien de grand que ce qui sera digne de
l'éternité : et un verre d'eau froide donné au nom de Jésus-
Christ, et une seule larme répandue en sa présence, et la plus
légère violence soufferte pour lui; tout cela vous paraîtra plus
précieux, plus estimable, que toutes ces merveilles que le monde
admire, et qui périront avec le monde.

1. Sap., v, 6, 7.
2. Job, xxvii, 19.

Ce n'est pas que le pécheur mourant ne trouve dans sa vie passée que des peines perdues : il y trouve encore le souvenir de ses plaisirs; mais c'est ce souvenir même qui le consterne et qui l'accable. Des plaisirs qui n'ont duré qu'un instant! il voit qu'il a sacrifié son âme et son éternité à un moment fugitif de volupté et d'ivresse. Hélas! la vie lui avait paru trop longue pour être tout entière consacrée à Dieu; il n'osait prendre de trop bonne heure le parti de la vertu, de peur de n'en pouvoir soutenir l'ennui, les longueurs, et les suites; il regardait les années qui étaient encore devant lui, comme un espace immense qu'il eût fallu traverser en portant la croix, en vivant séparé du monde, dans la pratique des œuvres chrétiennes : cette seule pensée avait toujours suspendu tous ses bons désirs, et il attendait, pour revenir à Dieu, le dernier âge, comme celui où la persévérance est plus sûre. Quelle surprise, dans cette dernière heure, de trouver que ce qui lui avait paru si long n'a duré qu'un moment; que son enfance et sa vieillesse se touchent de si près, qu'elles ne forment presque qu'un seul jour; et que du sein de sa mère il n'a fait, pour ainsi dire, qu'un pas vers le tombeau! Ce n'est pas encore ce qu'il trouve de plus amer dans le souvenir de ses plaisirs. Ils ont disparu comme un songe; mais lui, qui s'en était fait autrefois honneur, en est maintenant couvert de honte et de confusion : tant d'emportements honteux, tant de faiblesse et d'abandonnement! Lui qui s'était piqué de raison, d'élévation, de fierté devant les hommes, ô mon Dieu, il se retrouve alors le plus faible, le plus méprisable de tous les pécheurs! Une vie sage peut-être en apparence, et cependant toute dans l'infamie des sens et la puérilité des passions! une vie glorieuse peut-être devant les hommes, et cependant aux yeux de Dieu la plus honteuse, la plus digne de mépris et d'opprobre! une vie que le succès avait peut-être toujours accompagnée, et cependant en secret la plus insensée, la plus frivole, la plus vide de réflexions et de sagesse! Enfin, des plaisirs qui ont été même la source de tous ses chagrins; qui ont empoisonné toute la douceur de sa vie; qui ont changé ses plus beaux jours en des jours de fureur et de tristesse; des plaisirs qu'il a toujours fallu acheter bien cher, et dont il n'a presque jamais senti que le désagrément et l'amertume : voilà à

quoi se réduit cette vaine félicité. Ce sont ses passions qui l'ont
fait vivre malheureux ; et il n'y a eu de tranquillité dans toute
sa vie que les moments où son cœur en a été libre. Les jours de
mes plaisirs se sont enfuis, se dit alors à lui-même le pécheur,
mais dans des dispositions bien différentes de celles de Job ; ces
jours, qui ont fait tous les malheurs de ma vie, qui ont troublé
mon repos, et changé même pour moi le calme de la nuit en
des pensées noires et inquiètes : *dies mei transierunt, cogitationes meæ dissipatæ sunt torquentes cor meum* [1] ; et cependant,
grand Dieu, vous punirez encore les chagrins et les inquiétudes
de ma vie infortunée ! vous écrivez contre moi dans le livre de
votre colère toutes les amertumes de mes passions ; et vous préparez à des plaisirs qui ont toujours fait tous mes malheurs, un
malheur sans fin et sans mesure ! *Scribis enim contra me ama-
ritudines, et consumere me vis peccatis adolescentiæ meæ* [2].

Et voilà ce que le pécheur mourant trouve encore dans le
souvenir du passé : des crimes qui dureront éternellement, les
faiblesses de l'enfance, les dissolutions de la jeunesse, les passions et les scandales d'un âge plus avancé ; que sais-je ? peut-
être encore les dérèglements honteux d'une vieillesse licencieuse. Ah ! mes frères, durant la santé nous ne voyons de notre
conscience que la surface : nous ne rappelons de notre vie
qu'un souvenir vague et confus : nous ne voyons de nos passions que celle qui actuellement nous captive : une habitude
d'une vie entière ne nous paraît qu'un crime seul. Mais au lit
de la mort, les ténèbres répandues sur la conscience du pécheur
se dissipent. Plus il approfondit son cœur, plus de nouvelles
souillures se manifestent : plus il creuse dans cet abîme, plus
s'offrent à lui de nouveaux monstres. Il se perd dans ce chaos ;
il ne sait par où s'y prendre, pour commencer à l'éclaircir ; il
lui faudrait une vie entière, hélas ! et le temps passe ; et à peine
reste-t-il quelques moments ; et il faut précipiter une confession
à laquelle le plus grand loisir pourrait à peine suffire, et qui ne
doit précéder que d'un moment le jugement redoutable de la
justice de Dieu. Hélas ! on se plaint souvent durant la vie qu'on
a la mémoire infidèle, qu'on oublie tout ; il faut qu'un confes-

1. Job, xvii, 11. — 2. Ibid., xiii, 26.

seur supplée à notre inattention, et nous aide à nous juger et à nous connaître nous-mêmes. Mais, dans ce dernier moment, le pêcheur mourant n'aura pas besoin de ce secours; la justice de Dieu, qui l'avait livré durant la santé à toute la profondeur de ses ténèbres, l'éclairera alors dans sa colère. Tout ce qui environne le lit de sa mort fait revivre dans son souvenir quelque nouveau crime : des domestiques qu'il a scandalisés; des enfants qu'il a négligés; une épouse qu'il a contristée par des passions étrangères; des ministres de l'Église qu'il a méprisés; les images criminelles de ses passions encore peintes sur ses murs; les biens dont il a abusé; le luxe qui l'entoure, dont les pauvres et ses créanciers ont souffert; l'orgueil de ses édifices, que le bien de la veuve et de l'orphelin, que la misère publique a peut-être élevés; tout enfin, le ciel et la terre, dit Job, s'élèvent contre lui, et lui rappellent l'histoire affreuse de ses passions et de ses crimes : *Revelabunt cœli iniquitatem ejus, et terra consurget adversus eum* [1].

Voilà comme le souvenir du passé forme une des plus terribles situations du pêcheur mourant, parce qu'il n'y trouve que des peines perdues, des plaisirs qui n'ont duré qu'un instant, et des crimes qui vont durer éternellement.

Mais tout ce qui se passe à ses yeux n'est pas moins triste pour cet infortuné : ses surprises, ses séparations, ses changements.

Ses surprises. Il s'était toujours flatté que le jour du Seigneur ne le surprendrait point. Tout ce qu'on disait là-dessus dans la chaire chrétienne ne l'avait pas empêché de se promettre qu'il mettrait ordre à sa conscience avant ce dernier moment : et cependant l'y voilà arrivé, encore chargé de tous ses crimes, sans préparation, sans avoir fait aucune démarche pour apaiser son Dieu; l'y voilà arrivé : il n'y a pas encore pensé, et il va être jugé.

Ses surprises. Dieu le frappe au plus fort de ses passions, dans le temps que la pensée de la mort était plus éloignée de son esprit; qu'il était parvenu à certaines places, qu'il avait jusque-là vivement désirées; et que, semblable à l'insensé de l'Évangile, il exhortait son âme à se reposer, et à jouir en paix du fruit de

1 JOB, XX, 27.

ses travaux. C'est dans ce moment que la justice de Dieu le surprend, et qu'il voit d'un clin d'œil sa vie et toutes ses espérances éteintes.

Ses surprises. Il va mourir; et Dieu permet que personne n'ose lui dire qu'il ne doit plus compter sur la vie. Ses proches le flattent, ses amis le laissent s'abuser; on le pleure déjà en secret comme mort, et on lui montre encore des espérances de vie; on le trompe, afin qu'il se trompe lui-même. Il faut que les Écritures s'accomplissent, que le pécheur soit surpris dans ce dernier moment : vous l'avez prédit, ô mon Dieu, et vous êtes véritable dans vos paroles.

Ses surprises. Abandonné de tous les secours de l'art, livré tout seul à ses maux et à ses douleurs, il ne peut se persuader encore qu'il va mourir; il se flatte, il espère encore : la justice de Dieu ne lui laisse, ce semble, encore un reste de raison, qu'afin qu'il l'emploie à se séduire. A voir ses terreurs, son étonnement, ses inquiétudes, on voit bien qu'il ne comprend pas encore qu'on meure : il se tourmente, il s'agite, comme s'il pouvait se dérober à la mort; et ses agitations ne sont qu'un regret de perdre la vie, et non pas une douleur de l'avoir mal passée. Il faut que le pécheur aveugle le soit jusqu'à la fin, et que sa mort ressemble à sa vie.

Enfin ses surprises. Il voit alors que le monde l'a toujours trompé; qu'il l'a toujours mené d'illusion en illusion, et d'espérance en espérance ; que les choses ne sont jamais arrivées comme il se les était promises, et qu'il a toujours été la dupe de ses propres erreurs. Il ne comprend pas que sa méprise ait pu être si constante; qu'il ait pu s'obstiner, durant tant d'années, à se sacrifier pour un monde, pour des maîtres qui ne l'ont jamais payé que de vaines promesses, et que toute sa vie n'ait été qu'une indifférence du monde pour lui, et une ivresse de lui pour le monde. Mais ce qui l'accable, c'est que la méprise n'a plus de ressource; c'est qu'on ne meurt qu'une fois; et qu'après avoir mal fourni sa carrière, on ne revient plus sur ses pas pour reprendre d'autres routes. Vous êtes juste, ô mon Dieu, et vous voulez que le pécheur prononce d'avance contre lui-même, afin que vous le jugiez par sa propre bouche.

Les surprises du pécheur mourant sont donc alors acca-

blantes ; mais les séparations qui se font dans ce dernier moment ne le sont pas moins pour lui. Plus il tenait au monde, à
la vie, à toutes les créatures, plus il souffre quand il faut s'en
séparer : autant de liens qu'il faut rompre, autant de plaies qui
le déchirent : autant de séparations, autant de nouvelles morts
pour lui.

Séparation de ses biens qu'il avait accumulés avec des soins si
longs et si pénibles, par des voies peut-être si douteuses pour le
salut ; qu'il s'était obstiné de conserver, malgré les reproches de
sa conscience ; qu'il avait refusés durement à la nécessité de ses
frères. Ils lui échappent cependant ; ce tas de boue fond à ses
yeux : il n'en emporte avec lui que l'amour, que le regret de
les perdre, que le crime de les avoir acquis.

Séparation de la magnificence qui l'environne ; de l'orgueil
de ses édifices, où il croyait s'être bâti un asile contre la mort ;
du luxe et de la vanité de ses ameublements, dont il ne lui restera que le drap lugubre qui va l'envelopper dans le tombeau ;
de cet air d'opulence au milieu duquel il avait toujours vécu.
Tout s'enfuit, tout l'abandonne : il commence à se regarder
comme étranger au milieu de ses palais, où il aurait toujours
dû se regarder de même ; comme un inconnu qui n'y possède
plus rien ; comme un infortuné qu'on va dépouiller de tout à
ses yeux, et qu'on ne laisse jouir encore quelque temps de la
vue de ses dépouilles, que pour augmenter ses regrets et son
supplice.

Séparation de ses charges, de ses honneurs, qu'il va laisser
peut-être à un concurrent ; où il était parvenu à travers tant de
périls, de peines, de bassesses, et dont il avait joui avec tant
d'insolence. Il est déjà dans le lit de la mort, dépouillé de toutes
les marques de ses dignités, et ne conservant de tous ses titres
que celui de pécheur, qu'il se donne alors en vain et trop tard.
Hélas ! il se contenterait en ce dernier moment de la plus vile
des conditions ; il accepterait comme une grâce l'état le plus
obscur et le plus rampant, si l'on voulait prolonger ses jours ;
il envie la destinée de ses esclaves qu'il laisse sur la terre : il
marche à grands pas vers la mort, et il tourne encore les yeux
avec regret du côté de la vie.

Séparation de son corps, pour lequel il avait toujours vécu, avec lequel il avait contracté des liaisons si vives, si étroites, en favorisant toutes ses passions ! Il sent que cette maison de boue s'écroule; il se sent mourir peu à peu à chacun de ses sens : il ne tient plus à la vie que par un cadavre qui s'éteint par les douleurs cruelles que ses maux lui font sentir, par l'amour excessif qui l'y attache, et qui devient plus vif à mesure qu'il est plus près de s'en séparer.

Séparation de ses proches, de ses amis, qu'il voit autour de son lit, et dont les pleurs et la tristesse achèvent de lui serrer le cœur, et de lui faire sentir plus cruellement la douleur de les perdre !

Séparation du monde, où il occupait tant de places; où il s'était établi, agrandi, étendu, comme si ç'avait dû être le lieu de sa demeure éternelle; du monde sans lequel il n'avait jamais pu vivre; dont il avait toujours été un des principaux acteurs; aux événements duquel il avait eu tant de part; où il avait paru avec tant d'agréments et tant de talents pour lui plaire. Son corps en va sortir, mais son cœur, mais toutes ses affections y demeurent encore; le monde meurt pour lui, mais lui-même, en mourant, ne meurt pas encore au monde.

Enfin, séparation de toutes les créatures. Tout est anéanti autour de lui : il tend les mains à tous les objets qui l'environnent, comme pour s'y prendre encore; et il ne saisit que des fantômes, qu'une fumée qui se dissipe, et qui ne laisse rien de réel dans ses mains : *et nihil invenerunt omnes viri divitiarum in manibus suis* [1].

C'est alors que Dieu est grand aux yeux du pécheur mourant. C'est dans ce moment terrible, que le monde entier fondant, disparaissant à ses yeux, il ne voit plus que Dieu seul qui demeure, qui remplit tout, qui seul ne passe et ne change point. Il se plaignait autrefois, d'un ton d'ironie et d'impiété, qu'il était bien difficile de sentir quelque chose de vif pour un Dieu qu'on ne voyait point; et de ne pas aimer des créatures qu'on voyait, et qui occupaient tous nos sens. Ah! dans ce dernier moment, il ne verra plus que Dieu seul; l'invisible sera visible pour lui; ses sens déjà éteints se refuseront à toutes les choses

1. Ps. LXXIV, 6

sensibles; tout s'évanouira autour de lui; et Dieu prendra la place de tous ces prestiges qui l'avaient abusé pendant sa vie.

Ainsi tout change pour cet infortuné; et ces changements font, avec ses surprises et ses séparations, la dernière amertume du spectacle de sa mort.

Changement dans son crédit et dans son autorité. Dès qu'on n'espère plus rien de sa vie, le monde commence à ne plus compter sur lui : ses amis prétendus se retirent; ses créatures se cherchent déjà ailleurs d'autres protecteurs et d'autres maîtres; ses esclaves même sont occupés à s'assurer après sa mort une fortune qui leur convienne : à peine en reste-t-il auprès de lui pour recueillir ses derniers soupirs. Tout l'abandonne, tout se retire; il ne voit plus autour de lui ce nombre empressé d'adulateurs : c'est peut-être un successeur qu'on lui désigne déjà, chez qui tout se rend en foule, tandis que lui, dit Job, seul dans le lit de sa douleur, n'est plus environné que des horreurs de la mort, entre déjà dans cette solitude affreuse que le tombeau lui prépare, et fait des réflexions amères sur l'inconstance du monde, et sur le peu de fond qu'il y a à faire sur les hommes : *affligetur relictus in tabernaculo suo* [1].

Changement dans l'estime publique, dont il avait été si flatté, si enivré. Hélas! le monde, qui l'avait tant loué, l'a déjà oublié. Le changement que sa mort va faire sur la scène, réveillera encore durant quelques jours les discours publics; mais, ce court intervalle passé, il va retomber dans le néant et dans l'oubli; à peine se souviendra-t-on qu'il a vécu; on ne sera peut-être occupé que des merveilles d'un successeur, qu'à l'élever sur les débris de sa réputation et de sa mémoire. Il voit déjà cet oubli : qu'il n'a qu'à mourir; que le vide sera bientôt rempli; qu'il ne restera pas même de vestiges de lui dans le monde; et que les gens de bien tout seuls, qui l'avaient vu environné de tant de gloire, se diront à eux-mêmes : Où est-il maintenant? que sont devenus ces applaudissements que lui attirait sa puissance? Voilà à quoi conduit le monde, et ce qu'on gagne en le servant : *et qui eum viderant, dicent : Ubi est* [2]*?*

Changement dans son corps. Cette chair qu'il avait tant flattée,

1. Job., XX, 26.
2. Job, XX, 7.

idolâtrée ; cette vaine beauté qui lui avait attiré **tant de regards**, et corrompu tant de cœurs, n'est déjà plus qu'un spectacle d'horreur, dont on peut à peine soutenir la vue : ce n'est plus qu'un cadavre dont on craint déjà l'approche. Cette infortunée créature, qui avait allumé tant de passions injustes, hélas ! ses amis, ses proches, ses esclaves même la fuient, s'écartent, se retirent, n'osent approcher qu'avec précaution, ne lui rendent plus que des offices de bienséance et de contrainte ; elle-même ne se souffre plus qu'avec peine, et ne se regarde qu'avec horreur. Moi qui attirais autrefois tous les regards, se dit-elle avec Job, mes esclaves que j'appelle refusent maintenant de m'approcher ; et mon souffle même est devenu une infection, et un souffle de mort pour mes enfants et pour mes proches : *servum meum vocavi, et non respondit..... Halitum meum exhorruit uxor mea, et orabam filios uteri mei* [1].

Enfin, changement dans tout ce qui l'environne. Ses yeux cherchent à se reposer quelque part, et ils ne retrouvent partout que les images lugubres de la mort. Mais ce n'est rien encore pour ce pécheur mourant, que le souvenir du passé et le spectacle du présent ; il ne serait pas si malheureux, s'il pouvait borner là toutes ses peines ; c'est la pensée de l'avenir qui le jette dans un saisissement d'horreur et de désespoir : cet avenir, cette région de ténèbres où il va entrer seul, accompagné de sa seule conscience : cet avenir, cette terre inconnue d'où nul mortel n'est revenu, où il ne sait ni ce qu'il trouvera, ni ce qu'on lui prépare : cet avenir, cet abîme immense, où son esprit se perd et se confond, et où il va s'ensevelir incertain de sa destinée : cet avenir, ce tombeau, ce séjour d'horreur, où il va prendre sa place avec les cendres et les cadavres de ses ancêtres : cet avenir, cette éternité étonnante, dont il ne peut soutenir le premier coup d'œil : cet avenir enfin, ce jugement redoutable où il va paraître devant la colère de Dieu, et rendre compte d'une vie dont tous les moments presque ont été des crimes. Ah ! tandis qu'il ne voyait cet avenir terrible que de loin, il se faisait une gloire affreuse de ne pas le craindre ; il demandait sans cesse d'un ton de blasphème et de dérision : Qui en est revenu ? Il se moquait des frayeurs vulgaires, et se piquait

1. Job, XIX, 16, 17.

là-dessus de fermeté et de bravoure. Mais dès qu'il est frappé de la main de Dieu; dès que la mort se fait voir de près, que les portes de l'éternité s'ouvrent à lui, et qu'il touche enfin à cet avenir terrible contre lequel il avait paru si rassuré : ah! il devient alors, ou faible, tremblant, éploré, levant au ciel des mains suppliantes; ou sombre, taciturne, agité, roulant au dedans de lui des pensées affreuses, et n'attendant pas plus de ressources, du côté de Dieu, de la faiblesse de ses lamentations et de ses larmes, que de ses fureurs et de son désespoir.

Oui, mes frères, cet infortuné qui s'était toujours endormi dans ses désordres, toujours flatté qu'il ne fallait qu'un bon moment, qu'un sentiment de componction à la mort pour apaiser la colère de Dieu, désespère alors de sa clémence. En vain on lui parle de ses miséricordes éternelles; il comprend à quel point il en est indigne; en vain le ministre de l'Église tâche de rassurer ses frayeurs, en lui ouvrant le sein de la clémence divine; ces promesses le touchent peu, parce qu'il sent bien que la charité de l'Église, qui ne désespère jamais du salut de ses enfants, ne change pourtant rien aux arrêts formidables de la justice de Dieu; en vain on lui promet le pardon de ses crimes : une voix secrète et terrible lui dit au fond du cœur qu'il n'y a point de salut pour l'impie, et qu'il ne faut pas compter sur des espérances qu'on donne à ses malheurs plutôt qu'à la vérité; en vain on l'exhorte de recourir aux derniers remèdes que la religion offre aux mourants : il les regarde comme ces remèdes désespérés, qu'on hasarde lorsqu'il n'y a plus d'espérance, et qu'on donne plus pour la consolation des vivants que pour l'utilité de celui qui meurt. On appelle des serviteurs de Jésus-Christ pour le soutenir dans cette dernière heure; et tout ce qu'il peut faire, c'est d'envier en secret leur destinée, et détester le malheur de la sienne. On lui met dans la bouche les paroles des livres saints, et les sentiments d'un roi pénitent; et il sent bien que son cœur désavoue ces expressions divines, et que des paroles qu'une charité ardente et une componction parfaite a formées, ne conviennent pas à un pécheur surpris comme lui dans ses désordres. On assemble autour de son lit ses amis et ses proches, pour recueillir ses derniers soupirs; et il en détourne les yeux, parce qu'il retrouve encore au milieu d'eux le souvenir de ses crimes. Le ministre de l'Église lui présente un Dieu mourant; et cet objet si consolant, et si capable d'exciter sa confiance, lui reproche tout bas ses ingratitudes et l'abus perpétuel de ses grâces. Cependant la mort approche; le prêtre tâche de soutenir par les prières des mourants ce reste de vie qui l'anime encore : « Partez, âme chrétienne, » lui dit-il, *Proficiscere, anima christiana.* Il ne lui dit pas : Prince, grand du monde, partez. Durant sa vie, les monuments publics pouvaient à peine suffire au nombre et à l'orgueil de ses titres : dans ce dernier moment on ne lui donne que le titre tout seul qu'il avait reçu dans le baptême, le seul dont il ne faisait aucun cas, et le seul qui lui doit demeurer éternellement. *Proficiscere, anima christiana :* « Partez, âme chrétienne. » Hélas! elle avait vécu comme si le corps eût été tout son être; elle avait même tâché de se persuader que son âme n'était rien; que l'homme n'était qu'un ouvrage de chair et de sang, et que tout mourait avec nous : et on vient lui déclarer que c'est son corps, qui n'était rien qu'un peu de boue, qui va se dissoudre; et que tout son être immortel, c'est cette âme, cette image de la Divinité, cette intelligence seule capable de l'aimer et de la connaître, qui va se détacher de sa maison terrestre, et paraître devant le tribunal redoutable. « Partez, âme chrétienne : » vous aviez regardé la terre comme votre patrie, et ce n'était qu'un lieu de pèlerinage dont il faut partir; l'Église croyait vous annoncer une nouvelle de joie, la fin de votre exil, le terme de vos misères, en vous annonçant la dissolution du corps terrestre : hélas! et elle ne vous annonce qu'une nouvelle lugubre et effroyable, et le commencement de vos malheurs et de vos peines. « Partez donc, « âme chrétienne : » *Proficiscere, anima christiana,* âme marquée du sceau du salut, que vous avez effacé; rachetée du sang de Jésus-Christ, que vous avez foulé aux pieds; lavée par la grâce de la régénération, que vous avez mille fois souillée; éclairée des lumières de la foi, que vous avez toujours rejetées; comblée de toutes les miséricordes du ciel, que vous avez toujours indignement profanées : « Partez, âme chrétienne; » allez porter devant Jésus-Christ ce titre auguste, qui devait être le signe magnifique de votre salut, et qui va devenir le plus grand de vos crimes : *Proficiscere, anima christiana.*

Alors le pécheur mourant, ne trouvant plus dans le souvenir du passé que des regrets qui l'accablent ; dans tout ce qui se passe à ses yeux, que des images qui l'affligent ; dans la pensée de l'avenir, que des horreurs qui l'épouvantent ; ne sachant plus à qui avoir recours, ni aux créatures qui lui échappent, ni au monde qui s'évanouit, ni aux hommes qui ne sauraient le délivrer de la mort, ni au Dieu juste qu'il regarde comme un ennemi déclaré, dont il ne doit plus attendre d'indulgence : il se roule dans ses propres horreurs, il se tourmente, il s'agite pour fuir la mort qui le saisit, ou du moins pour se fuir lui-même ; il sort de ses yeux mourants je ne sais quoi de sombre et de farouche, qui exprime les fureurs de son âme ; il pousse du fond de sa tristesse des paroles entrecoupées de sanglots qu'on n'entend qu'à demi, et qu'on ne sait si c'est le désespoir ou le repentir qui les a formées ; il jette sur un Dieu crucifié des regards affreux, et qui laissent douter si c'est la crainte ou l'espérance, la haine ou l'amour qu'ils expriment ; il entre dans des saisissements, où l'on ignore si c'est le corps qui se dissout ou l'âme qui sent l'approche de son juge ; il soupire profondément, et l'on ne sait si c'est le souvenir de ses crimes qui lui arrache ses soupirs, ou le désespoir de quitter la vie. Enfin, au milieu de ces tristes efforts, ses yeux se fixent, ses traits changent, son visage se défigure, sa bouche livide s'entr'ouvre d'elle-même, tout son corps frémit ; et, par ce dernier effort, son âme infortunée s'arrache comme à regret de ce corps de boue, tombe entre les mains de Dieu, et se trouve seule au pied du tribunal redoutable.

Mes frères, ainsi meurent ceux qui ont oublié Dieu pendant leur vie, ainsi mourrez-vous vous-mêmes, si vos crimes vous accompagnent jusqu'à ce dernier moment. Tout changera à vos yeux, et vous ne changerez pas vous-mêmes. Vous mourrez, et vous mourrez pécheurs, comme vous avez vécu, et votre mort sera semblable à votre vie. Prévenez ce malheur : vivez de la vie des justes, et votre mort, semblable à la leur, ne sera accompagnée que de joie, de douceur, et de consolation : c'est ce que nous allons voir dans la suite de ce discours.

SECONDE PARTIE.

Je sais que la mort a toujours quelque chose de terrible pour les âmes même les plus justes. Les jugements de Dieu, dont elles craignent toujours les secrets impénétrables; les ténèbres de leur propre conscience, où elles se figurent toujours des souillures cachées et connues de Dieu seul; la vivacité de leur foi et de leur amour, qui grossit toujours à leurs yeux leurs fautes les plus légères; enfin, la dissolution toute seule du corps terrestre, et l'horreur naturelle du tombeau; tout cela laisse toujours à la mort je ne sais quoi d'affreux pour la nature, qui fait que les plus justes même, comme dit saint Paul, voudraient, à la vérité, être revêtus de l'immortalité qui leur est promise, mais sans être dépouillés de la mortalité qui les environne.

Il n'est pas moins vrai cependant que la grâce surmonte en eux cette horreur de la mort qui leur vient de la nature; et que dans ce moment, soit qu'ils rappellent le passé, dit saint Bernard, soit qu'ils considèrent ce qui se passe à leurs yeux, soit qu'ils se tournent du côté de l'avenir, ils trouvent dans le souvenir du passé la fin de leurs peines, *requies de labore;* dans tout ce qui se passe à leurs yeux, une nouveauté qui les remplit d'une joie sainte, *gaudium de novitate;* dans la pensée de l'avenir, l'assurance de l'éternité qui les transporte, *securitas de æternitate:* de sorte que les mêmes situations qui forment le désespoir du pécheur mourant, deviennent alors une source abondante de consolation pour l'âme fidèle.

Je dis, soit qu'ils rappellent le passé. Et ici, mes frères, représentez-vous au lit de la mort une âme fidèle, qui depuis longtemps se préparait à ce dernier moment, amassait par la pratique des œuvres chrétiennes un trésor de justice pour ne pas aller paraître vide devant son juge, et vivait de la foi, pour mourir dans la paix et dans la consolation de l'espérance : représentez-vous cette âme arrivée enfin à cette dernière heure, qu'elle n'avait jamais perdue de vue, et à laquelle elle avait toujours rapporté toutes les peines, toutes les privations, toutes les violences, tous les événements de sa vie mortelle. Je dis que rien n'est plus consolant pour elle que le souvenir du passé, de ses souffrances, de ses macérations, de ses renoncements, de toutes les situations qu'elle a éprouvées : *requies et labore.*

Oui, mes frères, il vous paraît affreux maintenant de souffrir pour Dieu. Les plus légères violences que la religion exige, vous paraissent accablantes : un jeûne seul vous abat et vous rebute ; la seule approche des jours de pénitence vous jette dans l'ennui et dans la tristesse ; vous regardez comme malheureux ceux qui portent le joug de Jésus-Christ, et qui renoncent au monde et à tous ses plaisirs pour lui plaire. Mais au lit de mort, la pensée la plus consolante pour une âme fidèle, c'est le souvenir des violences qu'elle s'est faites pour son Dieu. Elle comprend alors tout le mérite de la pénitence, et combien les hommes sont insensés de disputer à Dieu un instant de contrainte, qui doit être payé d'une félicité sans fin et sans mesure. Car ce qui la console, c'est qu'elle n'a sacrifié que des plaisirs d'un instant, et dont il ne lui resterait alors que la confusion et la honte ; c'est que tout ce qu'elle aurait souffert pour le monde serait perdu pour elle dans ce dernier moment : au lieu que tout ce qu'elle a souffert pour Dieu, une larme, une violence, un goût mortifié, une vivacité réprimée, une vaine satisfaction sacrifiée, tout cela ne sera jamais oublié, et durera autant que Dieu même. Ce qui la console, c'est que de toutes les joies et les voluptés humaines, hélas ! il n'en reste pas plus, au lit de la mort, au pécheur qui les a toujours goûtées, qu'au juste qui s'en est toujours abstenu ; que les plaisirs sont également passés pour tous les deux ; mais que l'un portera éternellement le crime de s'y être livré, et l'autre la gloire d'avoir su les vaincre.

Voilà ce qu'offre le passé à l'âme fidèle au lit de la mort : des violences, des afflictions qui ont peu duré, et qui vont être éternellement consolées ; le temps des dangers et des tentations passé ; les attaques que le monde livrait à sa foi enfin terminées ; les périls où son innocence avait couru tant de risques enfin disparus ; les occasions où sa vertu avait été si près du naufrage, enfin pour toujours éloignées ; les combats éternels qu'elle avait eus à soutenir du côté de ses passions finis enfin ; les obstacles que la chair et le sang avaient toujours mis à sa piété, enfin anéantis : *requies de labore*. Quand on est arrivé au port, qu'il est doux de rappeler le souvenir des orages et de la tempête ! Quand on est sorti vainqueur de la course, qu'on aime à retourner en esprit sur ses pas, et à revoir les endroits de la carrière les plus marqués par les travaux, les obstacles, les difficultés qui les ont rendus célèbres ! *requies de labore*. Il me semble que le juste est alors comme un autre Moïse mourant sur la montagne sainte, où le Seigneur lui avait marqué son tombeau : *ascende in montem... et morere*[1] ; lequel, avant d'expirer, tournant la tête du haut de ce lieu sacré, et jetant les yeux sur cette étendue de terres, de peuples, de royaumes, qu'il vient de parcourir et qu'il laisse derrière lui, y retrouve les périls innombrables auxquels il est échappé ; les combats de tant de nations vaincues ; les fatigues du désert ; les embûches de Madian ; les murmures et les calomnies de ses frères ; les rochers brisés ; les difficultés des chemins surmontées ; les dangers de l'Égypte évités ; les eaux de la mer Rouge franchies ; la faim, la soif, la lassitude combattues ; et touchant enfin au terme heureux de tant de travaux, et saluant enfin de loin cette patrie promise à ses pères, il chante un cantique d'action de grâces, meurt transporté, et par le souvenir de tant de dangers évités, et par la vue du lieu du repos que le Seigneur lui montre de loin ; et regarde la montagne sainte où il va expirer, comme la récompense de ses travaux, et le terme heureux de sa course : *requies de labore*.

Ce n'est pas que le souvenir du passé, en rappelant au juste mourant les combats et les périls de sa vie passée, ne lui rappelle aussi ses infidélités et ses chutes : mais ce sont des chutes expiées par les gémissements de la pénitence : des chutes heureuses par le renouvellement de ferveur et de fidélité dont elles ont été toujours suivies ; des chutes qui lui rappellent les miséricordes de Dieu sur son âme, lequel a fait servir ses crimes à sa pénitence, ses passions à sa conversion, et ses chutes à son salut. Ah ! la douleur de ses fautes, dans ce dernier moment, n'est plus pour elle qu'une douleur de consolation et de tendresse : les larmes que ce souvenir lui arrache encore, ne sont

1. Deut., XXXII, 49.

plus que des larmes de joie et de reconnaissance. Les anciennes miséricordes de Dieu sur elle la remplissent de confiance, et lui en font espérer de nouvelles; toute la conduite passée de Dieu à son égard la rassure, et semble lui répondre de l'avenir. Elle ne se le représente plus alors, comme dans les jours de son deuil et de sa pénitence, sous l'idée d'un juge terrible, qu'elle avait outragé, et qu'il fallait apaiser; mais comme un père de miséricorde, et un Dieu de toute consolation, qui va la recevoir dans son sein, et l'y délasser de toutes ses peines.

Levez-vous, âme fidèle, lui dit alors en secret son Seigneur et son Dieu : *elevare, consurge, Jerusalem* [1]. Vous qui avez bu toute l'amertume de mon calice, oubliez enfin vos larmes et vos peines passées : *quæ bibisti calicem; usque ad fundum* [2] *calicis….* Le temps des pleurs et des souffrances est enfin passé pour vous : *non adjicies ut bibas illum ultra* [3]. Dépouillez-vous donc, fille de Jérusalem, de ce vêtement de deuil et de tristesse dont vous avez été jusqu'ici environnée; laissez là les tristes dépouilles de votre mortalité, revêtez-vous de vos habits de gloire et de magnificence; entrez dans la joie de votre Seigneur, cité sainte, dans laquelle j'ai pour toujours choisi ma demeure : *induere vestimentis gloriæ tuæ, Jerusalem, civitas sancti* [4]. Brisez enfin les liens de votre captivité; sortez du milieu de Babylone, où vous gémissiez depuis si longtemps des rigueurs et de la durée de votre exil : *solve vincula colli tui captiva filia Sion* [5]. Les incirconcis n'habiteront plus au milieu de vous; les scandales des pécheurs n'affligeront plus votre foi : il est temps enfin que je reprenne ce qui m'appartient; que je rentre dans mon héritage; que je vous retire du milieu d'un monde auquel vous n'apparteniez pas, et qui n'était pas digne de vous; et que je vous réunisse à l'Église du ciel dont vous étiez une portion pure et immortelle : *non adjiciet ultra ut pertranseat per te incircumcisus et immundus* [6].

Première consolation de l'âme juste au lit de la mort, le souvenir du passé : *requies de labore*. Mais tout ce qui se passe à ses yeux : le monde, qui s'enfuit; toutes les créatures, qui disparaissent; tout ce fantôme de vanité, qui s'évanouit; ce change-

1. Is., LI, 17. — 2. Ibid. — 3. Ibid., LI, 22.
4. Ibid., LII, 1. — 5. Ibid., LII, 2. — 6. Ibid., LII, 1.

ment, cette nouveauté est encore pour elle une source de mille nouvelles consolations : *gaudium de novitate*.

En effet, nous venons de voir que ce qui fait le désespoir du pécheur mourant, lorsqu'il considère tout ce qui se passe à ses yeux, sont ses surprises, ses séparations, ses changements; et voilà précisément toute la consolation de l'âme fidèle dans ce dernier moment. Rien ne la surprend; elle ne se sépare de rien; rien ne change à ses yeux.

Rien ne la surprend. Ah! le jour du Seigneur ne la surprend point : elle l'attendait; elle le désirait. La pensée de cette dernière heure entrait dans toutes ses actions, était de tous ses projets, réglait tous ses désirs, animait toute la conduite de sa vie. Chaque heure, chaque moment lui avait paru celui où le juste juge allait lui demander ce compte terrible où les justices elles-mêmes seront jugées. C'est ainsi qu'elle avait vécu, préparant sans cesse son âme à cette dernière heure : c'est ainsi qu'elle meurt tranquille, consolée, sans surprise, sans frayeur, dans la paix de son Seigneur; ne voyant pas alors la mort de plus près qu'elle l'avait toujours vue; ne mourant pas plus alors à elle-même qu'elle y mourait chaque jour; et ne trouvant rien de différent entre le jour de sa mort et les jours ordinaires de sa vie mortelle.

D'ailleurs, ce qui fait la surprise et le désespoir du pécheur au lit de la mort, c'est de voir que le monde, en qui il avait mis toute sa confiance, n'est rien, n'est qu'un songe qui s'évanouit et qui lui échappe. Mais l'âme fidèle en ce dernier moment, ah! elle voit le monde des mêmes yeux qu'elle l'avait toujours vu : comme une figure qui passe, comme une fumée qui ne trompe que de loin, et qui de près n'a rien de réel et de solide. Elle sent alors une joie sainte, d'avoir toujours jugé du monde comme il en fallait juger; de n'avoir pas pris le change; de ne s'être pas attachée à ce qui devait lui échapper en un instant; et de n'avoir mis sa confiance qu'en Dieu seul, qui demeure toujours pour récompenser éternellement ceux qui espèrent en lui. Qu'il est doux alors pour une âme fidèle, de pouvoir se dire à elle-même : J'ai choisi le meilleur parti; j'avais bien raison de ne m'attacher qu'à Dieu seul, puisqu'il ne devait me rester que lui seul! On regardait mon choix comme une folie, le monde s'en moquait, et on trouvait bizarre et singulier de ne pas se conformer à lui; mais enfin ce dernier moment répond à tout. C'est la mort qui décide de quel côté sont les sages ou les insensés, et lequel des deux avait raison, ou le mondain, ou le fidèle.

Ainsi voit le monde et toute sa gloire, une âme juste au lit de la mort. Aussi, lorsque les ministres de l'Église viennent l'entretenir des discours de Dieu, et du néant de toutes les choses humaines, ces vérités saintes, si nouvelles pour le pécheur en ce dernier moment, sont pour elle des objets familiers, des lumières accoutumées qu'elle n'avait jamais perdues de vue. Ces vérités consolantes font alors sa plus douce occupation : elle les médite; elle les goûte; elle les tire du fond de son cœur où elles avaient toujours été, pour se les remettre devant les yeux. Ce n'est pas un langage nouveau et étranger que les ministres de Jésus-Christ lui parlent : c'est le langage de son cœur; ce sont les sentiments de toute sa vie. Rien ne la console alors comme d'entendre parler du Dieu qu'elle a toujours aimé; des biens éternels qu'elle a toujours désirés; du bonheur d'une autre vie après laquelle elle a toujours soupiré; du néant du monde qu'elle a toujours méprisé. Tout autre langage lui devient insupportable. Elle ne peut plus entendre raconter que les miséricordes du Dieu de ses pères, et regrette les moments qu'il faut alors donner à régler une maison terrestre, et à disposer de la succession de ses ancêtres. Grand Dieu, que de lumière! que de paix! que de transports heureux! que de saints mouvements d'amour, de joie, de confiance, d'actions de grâces, se passent alors dans cette âme fidèle! Sa foi se renouvelle; son amour s'enflamme; sa ferveur s'excite; sa componction se réveille. Plus la dissolution de l'homme terrestre approche, plus l'homme nouveau s'achève et s'accomplit. Plus sa maison de boue s'écroule, plus son âme s'élève et se purifie. Plus le corps se détruit, plus l'esprit se dégage et se renouvelle : semblable à une flamme pure qui s'élève, et paraît plus éclatante à mesure qu'elle se dégage d'un reste de matière qui la retenait, et que le corps où elle était attachée se consume et se dissipe.

Ah! les discours de Dieu fatiguent alors le pécheur au lit de

la mort; ils aigrissent ses maux, sa tête en souffre, son repos
en est altéré. Il faut ménager sa faiblesse en ne coulant que
quelques mots à propos; prendre des précautions, de peur que
la longueur n'importune; choisir ses moments pour lui parler
du Dieu qui va le juger, et qu'il n'a jamais connu. Il faut de
saints artifices de charité, et le tromper presque, pour le faire
souvenir de son salut. Les ministres même de l'Église n'approchent que rarement, parce qu'on sent bien qu'ils sont à charge :
on les écarte comme des prophètes tristes et désagréables; on
détourne les discours de salut, comme des nouvelles de mort
et des discours lugubres qui fatiguent; on ne cherche qu'à
égayer ses maux par le récit des affaires et des vanités du siècle,
qui l'avaient occupé durant sa vie. Grand Dieu! et vous permettez que cet infortuné porte jusqu'à la mort le dégoût de la
vérité; que les images du monde l'occupent encore en ce dernier moment, et qu'on craigne de lui parler du Dieu qu'il a
toujours craint de servir et de connaître!

Mais ne perdons pas de vue l'âme fidèle : non-seulement elle
ne voit rien au lit de la mort qui la surprenne, mais elle ne se
sépare de rien qui lui coûte et qu'elle regrette. Car, mes frères,
de quoi la mort pourrait-elle la séparer, qui lui coûtât encore
des regrets et des larmes? Du monde? hélas! d'un monde où
elle avait toujours vécu comme étrangère; où elle n'avait jamais
trouvé que des scandales qui affligeaient sa foi, des écueils qui
faisaient trembler son innocence, des bienséances qui la gê-
naient, des assujettissements qui la partageaient encore malgré
elle-même entre le ciel et la terre : on ne regrette guère ce qu'on
n'a jamais aimé. De ses biens et de ses richesses? hélas! son
trésor était dans le ciel; ses biens avaient été les biens des pauvres : elle ne les perd pas, elle va seulement les retrouver immortels dans le sein de Dieu même. De ses titres et de ses
dignités? hélas! c'est un joug qu'elle secoue; le seul titre qui
lui fut cher était celui qu'elle avait reçu sur les fonts sacrés,
qu'elle doit porter devant Dieu, et qui lui donne droit aux promesses éternelles. De ses proches et de ses amis? hélas! elle sait
qu'elle ne les devance que d'un moment; que la mort ne sépare
pas ceux que la charité avait unis sur la terre; et que, réunis
bientôt dans le sein de Dieu, ils formeront avec elle la même

Église et le même peuple, et jouiront des douceurs d'une société immortelle. De ses enfants? elle leur laisse le Seigneur pour père, ses exemples et ses instructions pour héritage, ses vœux et ses bénédictions pour dernière consolation ; et, comme David, elle meurt en demandant pour son fils Salomon, non pas des prospérités temporelles, mais un cœur parfait, l'amour de la loi, et la crainte du Dieu de ses pères : *Salomoni quoque filio meo da cor perfectum* [1]. De son corps ? hélas ! de son corps qu'elle avait toujours châtié, crucifié ; qu'elle regardait comme son ennemi ; qui la faisait encore dépendre des sens et de la chair ; qui l'accablait sous le poids de tant de nécessités humiliantes ; de cette maison de boue qui la retenait captive, qui prolongeait les jours de son exil et de sa servitude, et l'empêchait de s'aller réunir à Jésus-Christ : ah ! elle souhaite, comme Paul, sa dissolution. C'est un vêtement étranger dont on la débarrasse ; c'est un mur de séparation d'avec son Dieu, qu'on détruit, qui la laisse libre et en état de prendre son essor, et de voler vers les montagnes éternelles. Ainsi, la mort ne la sépare de rien, parce que la foi l'avait déjà séparée de tout.

Je n'ajoute pas que les changements qui se font au lit de la mort, si désespérants pour le pécheur, ne changent rien dans l'âme fidèle. Sa raison s'éteint, il est vrai ; mais depuis longtemps elle l'avait captivée sous le joug de la foi, et éteint ses vaines lumières devant la lumière de Dieu et la profondeur de ses mystères. Ses yeux mourants s'obscurcissent, et se ferment à toutes les choses visibles ; mais depuis longtemps elle ne voyait plus que les invisibles. Sa langue immobile se lie et s'épaissit ; mais depuis longtemps elle y avait mis une garde de circonspection, et méditait dans le silence les miséricordes du Dieu de ses pères. Tous ses sens s'émoussent, et perdent leur usage naturel ; mais depuis longtemps elle se l'était interdit à elle-même ; et, dans un sens bien différent des vaines idoles, elle avait des yeux, et ne voyait pas ; des oreilles, et n'entendait pas ; un odorat, et ne s'en servait pas ; un goût, et ne goûtait plus que les choses du ciel. Enfin, les traits d'une vaine beauté s'effacent ; mais depuis longtemps toute sa beauté était au dedans, et elle n'était occupée

1. I PARAL. XXIX, 19.

qu'à embellir son âme des dons de la grâce et de la justice.

Rien ne change donc pour cette âme au lit de la mort. Son corps se détruit; toutes les créatures s'évanouissent; la lumière se retire; toute la nature retombe dans le néant; et au milieu de tous ces changements elle seule ne change pas; elle seule est toujours la même. Que la foi, mes frères, rend le fidèle grand au lit de la mort! Que le spectacle de l'âme juste en ce dernier moment est digne de Dieu, des anges, et des hommes! C'est alors que le fidèle paraît maître du monde et de toutes les créatures : c'est alors que cette âme, participant déjà à la grandeur et à l'immutabilité du Dieu auquel elle va se réunir, est élevée au-dessus de tout : dans le monde, sans y prendre part; dans un corps mortel, sans y être attachée; au milieu de ses proches et de ses amis, sans les voir et sans les connaître; parmi les larmes et les gémissements des siens, sans les entendre; au milieu des embarras et des mouvements que sa mort fait naître à ses yeux, sans rien perdre de sa tranquillité : *elle est libre parmi les morts* [1]; elle déjà immobile dans le sein de Dieu, au milieu de la destruction de toutes choses. Qu'il est grand, encore une fois, d'avoir vécu dans l'observance de la loi du Seigneur, et de mourir dans sa crainte! Que l'élévation de la foi se fait bien sentir en ce dernier moment de l'âme fidèle! C'est le moment de sa gloire et de ses triomphes; c'est le point auquel se réunit tout l'éclat de sa vie et de ses vertus. Qu'il est beau de voir alors le juste marcher d'un pas tranquille et majestueux vers l'éternité! et que ce prophète infidèle avait bien raison autrefois, en voyant Israël entrer dans la terre de promesse, le triomphe de sa marche, et la confiance de ses cantiques, de s'écrier : « Que mon âme meure de la mort des justes, et que ma mort leur soit « semblable [2]! »

Et voilà, mes frères, ce qui achève en dernier lieu de remplir l'âme fidèle, au lit de la mort, de joie et de consolation : la pensée de l'avenir, *securitas de æternitate*. Le pécheur durant la santé voit l'avenir d'un œil tranquille; mais, dans ce dernier moment, le voyant de plus près, sa tranquillité se change en saisissement et en terreur. L'âme juste, au contraire, durant les

1 Ps. LXXXVII, 6.
2. Nomb. XXII, 10.

jours de sa vie mortelle, n'osait regarder d'un œil fixe la profondeur des jugements de Dieu ; elle opérait son salut avec crainte et tremblement ; elle frémissait à la seule pensée de cet avenir terrible, où les justes même seront à peine sauvés, s'ils sont jugés sans miséricorde : mais au lit de la mort, ah ! le Dieu de paix, qui se montre à elle, calme ses agitations : ses frayeurs cessent tout d'un coup, et se changent en une douce espérance. Elle perce déjà avec des yeux mourants le nuage de la mortalité qui l'environne encore, et voit comme Étienne le sein de la gloire, et le Fils de l'homme à la droite de son Père, tout prêt à la recevoir ; cette patrie immortelle, après laquelle elle avait tant soupiré, et où elle avait toujours habité en esprit ; cette sainte Sion, que le Dieu de ses pères remplit de sa gloire et de sa présence, où il enivre ses élus d'un torrent de délices, et leur fait goûter tous les jours les biens incompréhensibles qu'il a préparés à ceux qui l'aiment ; cette cité du peuple de Dieu, le séjour des saints, la demeure des justes et des prophètes, où elle retrouvera ses frères que la charité lui avait unis sur la terre, et avec lesquels elle bénira éternellement les miséricordes du Seigneur, et chantera avec eux les louanges de sa grâce.

Ah ! aussi, quand les ministres de l'Église viennent enfin annoncer à cette âme que son heure est venue, et que l'éternité approche ; quand ils viennent lui dire, au nom de l'Église qui les envoie : « Partez, âme chrétienne ; » *Proficiscere, anima christiana ;* sortez enfin de cette terre où vous avez été si longtemps étrangère et captive ; le temps des épreuves et des tribulations est fini ; voici enfin le juste Juge qui vient briser les liens de votre mortalité : retournez dans le sein de Dieu d'où vous étiez sortie ; quittez enfin un monde qui n'était pas digne de vous : *Proficiscere, anima christiana.* Le Seigneur s'est enfin laissé toucher à vos larmes ; il vient enfin vous ouvrir la voie des saints et les portes éternelles : Partez, âme fidèle, allez vous réunir à l'Église du ciel qui vous attend ; souvenez-vous seulement de vos frères que vous laissez sur la terre, encore exposés aux tentations et aux orages ; laissez-vous toucher au triste état de l'Église d'ici-bas, qui vous a engendrée en Jésus-Christ, et qui vous voit partir avec envie ; sollicitez la fin de sa captivité, et sa réunion entière avec son Époux, dont elle est encore séparée :

Proficiscere, anima christiana. Ceux qui dorment dans le Seigneur ne périssent pas sans ressource; nous ne vous perdrons sur la terre que pour vous retrouver dans peu avec Jésus-Christ dans le royaume de ses saints : le corps que vous allez laisser en proie aux vers et à la pourriture, vous suivra bientôt immortel et glorieux; pas un cheveu de votre tête ne périra; il restera dans vos cendres une semence d'immortalité jusqu'au jour de la révélation, où vos os arides se ranimeront, et paraîtront plus brillants que la lumière. Quel bonheur pour vous, d'être enfin quitte de toutes les misères qui nous affligent encore; de n'être plus exposée comme vos frères à perdre le Dieu que vous allez posséder; de fermer enfin les yeux à tous les scandales qui nous contristent; à la vanité qui nous séduit, aux exemples qui nous entraînent, aux attachements qui nous partagent, aux agitations qui nous dissipent! Quel bonheur de sortir enfin d'un lieu où tout nous lasse et tout nous souille; où nous nous sommes à charge à nous-mêmes, où nous ne vivons que pour nous rendre malheureux; et d'aller dans un séjour de paix, de joie, de sérénité, où l'on n'a plus d'autre occupation que de jouir du Dieu que l'on aime! *Proficiscere, anima christiana.*

Quelle nouvelle de joie et d'immortalité alors pour cette âme juste! Quel ordre heureux! Avec quelle paix, quelle confiance, quelle action de grâces l'accepte-t-elle! Elle lève au ciel, comme le vieillard Siméon, ses yeux mourants; et, regardant son Seigneur qui vient à elle : Brisez, ô mon Dieu, quand il vous plaira, lui dit-elle en secret, ces restes de mortalité, ces faibles liens qui me retiennent encore; j'attends dans la paix et dans l'espérance l'effet de vos promesses éternelles. Ainsi, purifiée par les expiations d'une vie sainte et chrétienne, fortifiée par les derniers remèdes de l'Église, lavée dans le sang de l'Agneau, soutenue de l'espérance des promesses, consolée par l'onction secrète de l'esprit qui habite en elle, mûre pour l'éternité, elle ferme les yeux avec une sainte joie à toutes les créatures, elle s'endort tranquillement dans le Seigneur, et s'en retourne dans le sein de Dieu, d'où elle était sortie.

Mes frères, les réflexions sont ici inutiles. Telle est la fin de ceux qui ont vécu dans la crainte du Seigneur : leur mort est précieuse devant Dieu comme leur vie. Telle est la fin déplorable de ceux qui l'ont oublié jusqu'à cette dernière heure : la mort des pécheurs est abominable aux yeux de Dieu comme leur vie. Si vous vivez dans le péché, vous mourrez dans les horreurs et dans les regrets inutiles du pécheur, et votre mort sera une mort éternelle. Si vous vivez dans la justice, vous mourrez dans la paix et dans la confiance du juste, et votre mort ne sera qu'un passage à la bienheureuse immortalité. Ainsi soit-il.

SERMON

LE LUNDI DE LA TROISIÈME SEMAINE DE CARÊME

———

SUR LE PETIT NOMBRE DES ÉLUS

> *Multi leprosi erant in Israël sub Eliseo propheta ;
> et nemo eorum mundatus est, nisi Naaman Syrus.*

> Il y avait beaucoup de lépreux en Israël du temps
> du prophète Élisée, et aucun d'eux ne fut guéri
> que le seul Naaman le Syrien.
>
> Luc., iv, 27.

Vous nous demandez tous les jours, mes frères, s'il est vrai que le chemin du ciel soit si difficile, et si le nombre de ceux qui se sauvent est aussi petit que nous le disons. A une question si souvent proposée, et encore plus souvent éclaircie, Jésus-Christ vous répond aujourd'hui, qu'il y avait beaucoup de veuves en Israël affligées de la famine, et que la seule veuve de Sarepta mérita d'être secourue par le prophète Élie ; que le nombre des lépreux était grand en Israël du temps du prophète Élisée, et que cependant Naaman tout seul fut guéri par l'homme de Dieu.

·Pour moi, mes frères, si je venais ici vous alarmer plutôt que vous instruire, il me suffirait de vous exposer simplement ce qu'on lit de plus terrible dans les livres saints sur cette grande vérité ; et, parcourant de siècle en siècle l'histoire des justes, vous montrer que dans tous les temps les élus ont été fort rares. La famille de Noé, seule, sur la terre, sauvée de l'inondation générale ; Abraham, seul discerné de tout le reste des hommes, et devenu le dépositaire de l'alliance ; Josué et Caleb, seuls de six

28

cent mille Hébreux, introduits dans la terre de promesse; un Job, seul juste dans la terre de Hus; Loth, dans Sodome; les trois enfants juifs, dans Babylone.

A des figures si effrayantes auraient succédé les expressions des prophètes; vous auriez vu dans Isaïe les élus aussi rares que ces grappes de raisin qu'on trouve encore après la vendange, et qui ont échappé à la diligence du vendangeur; aussi rares que ces épis qui restent par hasard après la moisson, et que la faux du moissonneur a épargnés.

L'Évangile aurait encore ajouté de nouveaux traits à la terreur de ces images: je vous aurais parlé de deux voies, dont l'une est étroite, rude, et la voie d'un très-petit nombre; l'autre, large, spacieuse, semée de fleurs, et qui est comme la voie publique de tous les hommes; enfin, en vous faisant remarquer que partout dans les livres saints la multitude est toujours le parti des réprouvés, et que les élus, comparés au reste des hommes, ne forment qu'un petit troupeau qui échappe presque à la vue, je vous aurais laissés, sur votre salut, dans des alarmes toujours cruelles à quiconque n'a pas encore renoncé à la foi, et à l'espérance de sa vocation.

Mais que ferais-je en bornant tout le fruit de cette instruction à vous prouver seulement que très-peu de personnes se sauvent? Hélas! je découvrirais le danger, sans apprendre à l'éviter; je vous montrerais, avec le prophète, le glaive de la colère de Dieu levé sur vos têtes, et je ne vous aiderais pas à vous dérober au coup qui vous menace; je troublerais les consciences, et je n'instruirais pas les pécheurs.

Mon dessein donc aujourd'hui est de chercher dans nos mœurs les raisons de ce petit nombre. Comme chacun se flatte qu'il n'en sera pas exclu, il importe d'examiner si sa confiance est bien fondée. Je veux, en vous marquant les causes qui rendent le salut si rare, non pas vous faire conclure en général que peu seront sauvés, mais vous réduire à vous demander à vous-mêmes si, vivant comme vous vivez, vous pouvez espérer de l'être: qui suis-je? que fais-je pour le ciel? et quelles peuvent être mes espérances éternelles?

Je ne me propose point d'autre ordre dans une matière aussi importante. Quelles sont les causes qui rendent le salut si rare?

Je vais en marquer trois principales, et voilà le seul plan de ce discours : l'art et les recherches seraient ici mal placés. Appliquez-vous, qui que vous soyez : le sujet ne saurait être plus digne de votre attention, puisqu'il s'agit d'apprendre quelles peuvent être les espérances de votre destinée éternelle. Implorons, etc. *Ave, Maria*, etc.

PREMIÈRE PARTIE.

Peu de gens se sauvent, parce qu'on ne peut comprendre dans ce nombre que deux sortes de personnes, ou celles qui ont été assez heureuses pour conserver leur innocence pure et entière, ou celles qui, après l'avoir perdue, l'ont retrouvée dans les travaux de la pénitence : première cause. Il n'y a que ces deux voies de salut; et le ciel n'est ouvert, ou qu'aux innocents ou qu'aux pénitents. Or, de quel côté êtes-vous? êtes-vous innocent? êtes-vous pénitent? Rien de souillé n'entrera dans le royaume de Dieu : il faut donc y porter ou une innocence conservée ou une innocence recouvrée. Or, mourir innocent est un privilége où peu d'âmes peuvent aspirer; vivre pénitent est une grâce que les adoucissements de la discipline et le relâchement de nos mœurs rendent presque encore plus rare.

En effet, qui peut prétendre aujourd'hui au salut par un titre d'innocence? Où sont ces âmes pures en qui le péché n'ait jamais habité, et qui aient conservé jusqu'à la fin le trésor sacré de la première grâce que l'Église leur avait confié dans le baptême, et que Jésus-Christ leur redemandera au jour terrible des vengeances?

Dans ces temps heureux où toute l'Église n'était encore qu'une assemblée de saints, il était rare de trouver des fidèles qui, après avoir reçu les dons de l'Esprit saint, et confessé Jésus-Christ dans le sacrement qui nous régénère, retombassent dans le déréglement de leurs premières mœurs. Ananie et Saphire furent les seuls prévaricateurs de l'Église de Jérusalem; celle de Corinthe ne vit qu'un incestueux; la pénitence canonique était alors un remède rare; et à peine parmi ces vrais Israélites se trouvait-il un seul lépreux qu'on fût obligé d'éloigner de l'autel saint, et de séparer de la communion de ses frères.

Mais depuis, la foi s'affaiblissant en commençant à s'étendre, le nombre des justes diminuant à mesure que celui des fidèles augmentait, le progrès de l'Évangile a, ce semble, arrêté celui de la piété; et le monde entier devenu chrétien a porté enfin avec lui dans l'Église sa corruption et ses maximes. Hélas! nous nous égarons presque tous dès le sein de nos mères : le premier usage que nous faisons de notre cœur est un crime; nos premiers penchants sont des passions, et notre raison ne se développe et ne croît que sur les débris de notre innocence. La terre, dit un prophète, est infectée par la corruption de ceux qui l'habitent; tous ont violé les lois, changé les ordonnances, rompu l'alliance qui devait durer éternellement; tous opèrent l'iniquité, et à peine s'en trouve-t-il un seul qui fasse le bien; l'injustice, la calomnie, le mensonge, la perfidie, l'adultère, les crimes les plus noirs, ont inondé la terre : *Mendacium, et furtum, et adulterium, inundaverunt*[1]. Le frère dresse des embûches au frère; le père est séparé de ses enfants, l'époux de son épouse; il n'est point de lien qu'un vil intérêt ne divise; la bonne foi n'est plus que la vertu des simples; les haines sont éternelles; les réconciliations sont des feintes, et jamais on ne regarde un ennemi comme un frère : on se déchire, on se dévore les uns les autres, les assemblées ne sont plus que des censures publiques; la vertu la plus entière n'est plus à couvert de la contradiction des langues; les jeux sont devenus ou des trafics, ou des fraudes, ou des fureurs; les repas, ces liens innocents de la société, des excès dont on n'oserait parler; les plaisirs publics, des écoles de lubricité : notre siècle voit des horreurs que nos pères ne connaissaient même pas; la ville est une Ninive pécheresse; la cour est le centre de toutes les passions humaines; et la vertu, autorisée par l'exemple du souverain, honorée de sa bienveillance, animée par ses bienfaits, y rend le crime plus circonspect, mais ne l'y rend pas peut-être plus rare : tous les états, toutes les conditions ont corrompu leurs voies; les pauvres murmurent contre la main qui les frappe; les riches oublient l'auteur de leur abondance; les grands ne semblent être nés que pour eux-mêmes, et la licence paraît le seul privilége

1. Osée, iv.

de leur élévation; le sel même de la terre s'est affadi; les lampes de Jacob se sont éteintes; les pierres du sanctuaire se traînent indignement dans la boue des places publiques, et le prêtre est devenu semblable au peuple. O Dieu! est-ce donc là votre Église et l'assemblée des saints? Est-ce là cet héritage si chéri, cette vigne bien-aimée, l'objet de vos soins et de vos tendresses? et qu'offrait de plus coupable à vos yeux Jérusalem, lorsque vous la frappâtes d'une malédiction éternelle? Voilà donc déjà une voie de salut fermée presque à tous les hommes : tous se sont égarés. Qui que vous soyez qui m'écoutez ici, il a été un temps où le péché régnait en vous : l'âge a peut-être calmé vos passions, mais quelle a été votre jeunesse? Des infirmités habituelles vous ont peut-être dégoûté du monde; mais quel usage faisiez-vous avant cela de la santé? un coup de la grâce a peut-être changé votre cœur; mais tout le temps qui a précédé ce changement, ne priez-vous pas sans cesse le Seigneur qu'il l'efface de son souvenir?

Mais à quoi m'amusé-je? Nous sommes tous pécheurs, ô mon Dieu! et vous nous connaissez. Ce que nous voyons même de nos égarements n'en est peut-être à vos yeux que l'endroit le plus supportable : et, du côté de l'innocence, chacun de nous convient assez qu'il n'a plus rien à prétendre au salut. Il ne reste donc plus qu'une ressource : c'est la pénitence. Après le naufrage, disent les saints, c'est la planche heureuse qui seule peut encore nous mener au port; il n'y a plus d'autre voie de salut pour nous. Qui que vous soyez qui avez été pécheur, prince, sujet, grand, peuple, la pénitence seule peut vous sauver.

Or, souffrez que je vous demande où sont les pénitents parmi nous : où sont-ils? forment-ils dans l'Église un peuple nombreux? Vous en trouverez plus, disait autrefois un Père, qui ne soient jamais tombés, que vous n'en trouverez qui, après leur chute, se soient relevés par une véritable pénitence : cette parole est terrible. Mais je veux que ce soit là une de ces expressions qu'il ne faut pas trop presser, quoique les paroles des saints soient toujours respectables. Ne portons pas les choses si loin la vérité est assez terrible, sans y ajouter de nouvelles terreurs par de vaines déclamations. Examinons seulement si, du côté de la pénitence, nous sommes en droit la plupart de prétendre au salut. Qu'est-ce qu'un pénitent? Un pénitent, disait autrefois Tertullien, est un fidèle qui sent, tous les moments de la vie, le malheur qu'il a eu de perdre et d'oublier autrefois son Dieu; qui a sans cesse son péché devant les yeux; qui en retrouve partout le souvenir et les tristes images : un pénitent, c'est un homme chargé des intérêts de la justice de Dieu contre lui-même; qui s'interdit les plaisirs les plus innocents, parce qu'il s'en est permis de criminels; qui ne souffre les plus nécessaires qu'avec peine; qui ne regarde plus son corps que comme un ennemi qu'il faut affaiblir, comme un rebelle qu'il faut châtier, comme un coupable à qui désormais il faut presque tout refuser, comme un vase souillé qu'il faut purifier, comme un débiteur infidèle, dont il faut exiger jusqu'au dernier denier : un pénitent, c'est un criminel qui s'envisage comme un homme destiné à la mort, parce qu'il ne mérite plus de vivre; ses mœurs par conséquent, sa parure, ses plaisirs même, doivent avoir je ne sais quoi de triste et d'austère, et il ne doit plus vivre que pour souffrir : un pénitent ne voit dans la perte de ses biens et de sa santé, que la privation des faveurs dont il a abusé; dans les humiliations qui lui arrivent, que la peine de son péché; dans les douleurs qui le déchirent, que le commencement des supplices qu'il a mérités; dans les calamités publiques qui affligent ses frères, que le châtiment peut-être de ses crimes particuliers : voilà ce que c'est qu'un pénitent. Mais je vous demande encore où sont parmi nous les pénitents de ce caractère : où sont-ils ?

Ah ! les siècles de nos pères en voyaient encore aux portes de nos temples : c'étaient des pécheurs moins coupables que nous sans doute, de tout rang, de tout âge, de tout état; prosternés devant le vestibule du temple; couverts de cendre et de cilice; conjurant leurs frères qui entraient dans la maison du Seigneur, d'obtenir de sa clémence le pardon de leurs fautes; exclus de la participation à l'autel, de l'assistance même aux mystères sacrés; passant les années entières dans l'exercice des jeûnes, des macérations, des prières, et dans des épreuves si laborieuses, que les pécheurs les plus scandaleux ne voudraient pas les soutenir aujourd'hui un seul jour; privés non-

seulement des plaisirs publics, mais encore des douceurs de
la société, de la communication avec leurs frères, de la joie
commune des solennités; vivant comme des anathèmes, séparés de l'assemblée sainte; dépouillés même pour un temps
de toutes les marques de leur grandeur selon le siècle, et
n'ayant plus d'autre consolation que celle de leurs larmes et de
leur pénitence.

Tels étaient autrefois les pénitents dans l'Église : si l'on y
voyait encore des pécheurs, le spectacle de leur pénitence édifiait bien plus l'assemblée des fidèles, que leurs chutes ne
l'avaient scandalisée; c'étaient de ces fautes heureuses, qui devenaient plus utiles que l'innocence même. Je sais qu'une sage
dispensation a obligé l'Église de se relâcher des épreuves publiques de la pénitence; et si j'en rappelle ici l'histoire, ce n'est
pas pour blâmer la prudence des pasteurs qui en ont aboli
l'usage, mais pour déplorer la corruption générale des fidèles
qui les y a forcés. Les changements des mœurs et des siècles entraînent nécessairement avec eux les variations de la discipline.
La police extérieure, fondée sur les lois des hommes, a pu changer; la loi de la pénitence, établie sur l'Évangile et sur la parole
de Dieu, est toujours la même. Les degrés publics de la pénitence ne subsistent plus, il est vrai; mais les rigueurs et l'esprit
de la pénitence sont encore les mêmes, et ne sauraient jamais
prescrire. On peut satisfaire à l'Église sans subir les peines publiques qu'elle imposait autrefois; on ne peut satisfaire à Dieu
sans lui en offrir de particulières qui les égalent, et qui en soient
une juste compensation.

Or regardez autour de vous : je ne dis pas que vous jugiez
vos frères; mais examinez quelles sont les mœurs de tous ceux
qui vous environnent : je ne parle pas même ici de ces pécheurs
déclarés qui ont secoué le joug, et qui ne gardent plus de mesures dans le crime, je ne parle que de ceux qui vous ressemblent, qui sont dans des mœurs communes, et dont la vie n'offre
rien de scandaleux ni de criant : ils sont pécheurs, ils en con-
viendraient; vous n'êtes pas innocent, et vous en convenez vous-
même : or sont-ils pénitents, et l'êtes-vous? L'âge, les emplois,
des soins plus sérieux vous ont fait peut-être revenir des emportements d'une première jeunesse; peut-être même les amer-

tumes que la bonté de Dieu a pris plaisir de répandre sur vos passions, les perfidies, les bruits désagréables, une fortune reculée, la santé ruinée, des affaires en décadence, tout cela a refroidi et retenu les penchants déréglés de votre cœur : le crime vous a dégoûté du crime même ; les passions d'elles-mêmes se sont peu à peu éteintes ; le temps et la seule inconstance du cœur a rompu vos liens. Cependant, dégoûté des créatures, vous n'en êtes pas plus vif pour votre Dieu : vous êtes devenu plus prudent, plus régulier, selon le monde, plus homme de probité, plus exact à remplir vos devoirs publics et particuliers, mais vous n'êtes pas pénitent ; vous avez cessé vos désordres, mais vous ne les avez pas expiés, mais vous ne vous êtes pas converti, mais ce grand coup qui change le cœur et qui renouvelle tout l'homme, vous ne l'avez pas encore senti.

Cependant cet état si dangereux n'a rien qui vous alarme : des péchés qui n'ont jamais été purifiés par une sincère pénitence, ni par conséquent remis devant Dieu, sont à vos yeux comme s'ils n'étaient plus ; et vous mourrez tranquille dans une impénitence d'autant plus dangereuse que vous mourrez sans la connaître. Ce n'est pas ici une simple expression et un mouvement de zèle ; rien n'est plus réel et plus exactement vrai ; c'est la situation de presque tous les hommes, et même des plus sages et des plus approuvés dans le monde : les premières mœurs sont toujours licencieuses ; l'âge, les dégoûts, un établissement, fixent le cœur, retirent du désordre, réconcilient même avec les saints mystères : mais où sont ceux qui se convertissent ? où sont ceux qui expient leurs crimes par des larmes et des macérations ? où sont ceux qui, après avoir commencé comme des pécheurs, finissent comme des pénitents ? où sont-ils ? je vous le demande.

Montrez-moi seulement dans vos mœurs des traces légères de pénitence. Quoi ? les lois de l'Église ? mais elles ne regardent plus les personnes d'un certain rang, et l'usage en a presque fait des devoirs obscurs et populaires. Quoi ? les soins de la fortune, les inquiétudes de la faveur et de la prospérité, les fatigues du service, les dégoûts et les gênes de la cour, les assujettissements des emplois et des bienséances ? mais voudriez-vous mettre vos crimes au nombre de vos vertus ; que Dieu vous tînt compte des travaux que vous n'endurez pas pour lui ; que votre ambition, votre orgueil, votre cupidité, vous déchargeassent d'une obligation qu'elles-mêmes vous imposent? Vous êtes pénitent du monde; mais vous ne l'êtes pas de Jésus-Christ. Quoi enfin? les infirmités dont Dieu vous afflige? les ennemis qu'il vous suscite? les disgrâces et les pertes qu'il vous ménage? Mais recevez-vous ces coups avec soumission seulement? et, loin d'y trouver des occasions de pénitence, n'en faites-vous pas la matière de nouveaux crimes? Mais quand vous seriez fidèle sur tous ces points, seriez-vous pénitent? Ce sont les obligations d'une âme innocente, de recevoir avec soumission les coups dont Dieu la frappe; de remplir avec courage les devoirs pénibles de son état, d'être fidèle aux lois de l'Église : mais vous, qui êtes pécheur, ne devez-vous rien au delà? Et cependant vous prétendez au salut, mais sur quel titre? Dire que vous êtes innocent devant Dieu, votre conscience rendrait témoignage contre vous-même : vouloir nous persuader que vous êtes pénitent, vous n'oseriez, et vous vous condamneriez par votre propre bouche : sur quoi donc pouvez-vous compter, ô homme qui vivez si tranquille? *Ubi est ergo gloriatio tua* [1]?

Et ce qu'il y a ici de terrible, c'est qu'en cela vous ne faites que suivre le torrent : vos mœurs sont les mœurs de presque tous les hommes. Vous en connaissez peut-être de plus coupables que vous (car je suppose qu'il vous reste encore des sentiments de religion, et quelque soin de votre salut); mais de véritables pénitents, en connaissez-vous? Il faut les aller chercher dans les cloîtres et dans les solitudes : vous comptez à peine, parmi les personnes de votre rang et de votre état, un petit nombre d'âmes dont les mœurs, plus austères que celles du commun, s'attirent les regards, et peut-être aussi la censure du public. Tout le reste marche dans la même voie. Je vois que chacun se rassure sur son voisin; que les enfants succèdent làdessus à la fausse sécurité de leurs pères; que nul ne vit innocent, que nul ne meurt pénitent : je le vois, et je m'écrie : O Dieu! si vous ne nous avez pas trompés; si tout ce que vous nous avez dit sur la voie qui conduit à la vie, doit s'accomplir jusqu'à un point; si le nombre de ceux qu'il faudrait perdre ne

1. Rom., III, 27.

vous fait rien rabattre de la sévérité de vos lois, où va donc se rendre cette multitude infinie de créatures qui disparaissent tous les jours à nos yeux? Où sont nos amis, nos proches, nos maîtres, nos sujets qui nous ont précédés; et quelle est leur destinée dans la région éternelle des morts? Que serons-nous un jour nous-mêmes?

Lorsque autrefois un prophète se plaignait au Seigneur que tous avaient abandonné son alliance dans Israël, il répondit qu'il s'était encore réservé sept mille hommes qui n'avaient pas fléchi le genou devant Baal : c'est tout ce qu'un royaume entier renfermait alors d'âmes pures et fidèles. Mais pourriez-vous encore aujourd'hui, ô mon Dieu, consoler les gémissements de vos serviteurs par la même assurance? Je sais que votre œil discerne encore des justes au milieu de nous; que le sacerdoce a encore ses Phinée; la magistrature, ses Samuel; l'épée, ses Josué; la cour, ses Daniel, ses Esther, et ses David, car le monde ne subsiste que pour vos élus, et tout serait détruit si leur nombre était accompli : mais ces restes heureux des enfants d'Israël qui se sauveront, que sont-ils, comparés aux grains de sable de la mer; je veux dire à cette multitude infinie qui se damne? Venez nous demander après cela, mes frères, s'il est vrai que peu seront sauvés! Vous l'avez dit, ô mon Dieu ! et par là c'est une vérité qui demeure éternellement. Mais quand Dieu ne l'aurait pas dit, je ne voudrais, en second lieu, que voir un instant ce qui se passe parmi les hommes; les lois sur lesquelles ils se gouvernent, les maximes qui sont devenues les règles de la multitude : et c'est ici la seconde cause de la rareté des élus, qui n'est proprement qu'un développement de la première; la force des coutumes et des usages.

SECONDE PARTIE.

Peu de gens se sauvent, parce que les maximes les plus universellement reçues dans tous les états, et sur lesquelles roulent les mœurs de la multitude, sont des maximes incompatibles avec le salut : sur l'usage des biens, sur l'amour de la gloire, sur la modération chrétienne, sur les devoirs des charges et des conditions, sur le détail des œuvres prescrites, les règles reçues, approuvées, autorisées dans le monde, contredisent celles de l'Évangile ; et dès là elles ne peuvent que conduire à la mort.

Je n'entrerai pas ici dans un détail trop vaste pour un discours, et trop peu sérieux même pour la chaire chrétienne. Je ne vous dis pas que c'est un usage établi dans le monde, qu'on peut mesurer sa dépense sur son bien et sur son rang ; et que pourvu que ce soit du patrimoine de ses pères, on peut s'en faire honneur, ne point mettre de bornes à son luxe, et ne consulter dans ses profusions que son orgueil et ses caprices. Mais la modération chrétienne a ses règles ; mais vous n'êtes pas le maître absolu de vos biens, et tandis surtout que mille malheureux souffrent, tout ce que vous employez au delà des besoins et des bienséances de votre état est une inhumanité, et un vol que vous faites aux pauvres. Ce sont là, dit-on, des raffinements de dévotion ; et en matière de dépense et de profusion, rien n'est blâmable et excessif, selon le monde, que ce qui peut aboutir à déranger la fortune et altérer les affaires. Je ne vous dis pas que c'est un usage reçu, que l'ordre de la naissance, ou les intérêts de la fortune, décident toujours de nos destinées, et règlent le choix du siècle ou de l'Église, de la retraite ou du mariage. Mais la vocation du ciel, ô mon Dieu ! prend-elle sa source dans les lois humaines d'une naissance charnelle ? On ne peut pas tout établir dans le monde, et il serait triste de voir prendre à des enfants des partis peu dignes de leur rang et de leur naissance. Je ne vous dis pas que l'usage veut que les jeunes personnes du sexe, qu'on élève pour le monde, soient instruites de bonne heure de tous les arts propres à réussir et à plaire, et exercées avec soin dans une science funeste, sur laquelle nos cœurs ne naissent que trop instruits. Mais l'éducation chrétienne est une éducation de retraite, de pudeur, de modestie, de haine du monde. On a beau dire ; il faut vivre comme on vit : et des mères, d'ailleurs chrétiennes et timorées, ne s'avisent pas même d'entrer en scrupule sur cet article.

Ainsi vous êtes jeune encore ; c'est la saison des plaisirs : il ne serait pas juste de vous interdire à cet âge ce que tous les autres se sont permis : des années plus mûres amèneront des mœurs plus sérieuses. Vous êtes né avec un nom ; il faut parvenir à force d'intrigues, de bassesses, de dépense ; faire votre idole de votre fortune ; l'ambition, si condamnée par les règles de la foi, n'est plus qu'un sentiment digne de votre nom et de votre naissance. Vous êtes d'un sexe et d'un rang qui vous met dans les bienséances du monde; vous ne pouvez pas vous faire des mœurs à part : il faut vous trouver aux réjouissances publiques, aux lieux où celles de votre rang et de votre âge s'assemblent; être des mêmes plaisirs, passer les jours dans les mêmes inutilités, vous exposer aux mêmes périls : ce sont des manières reçues, et vous n'êtes pas pour les réformer. Voilà la doctrine du monde.

Or souffrez que je vous demande ici : Qui vous rassure dans ces voies? Quelle est la règle qui les justifie dans votre esprit, qui vous autorise, vous, à ce faste, qui ne convient ni au titre que vous avez reçu dans votre baptême, ni peut-être à ceux que vous tenez de vos ancêtres? vous, à ces plaisirs publics, que vous ne croyez innocents que parce que votre âme, trop familiarisée avec le crime, n'en sent plus les dangereuses impressions? vous, à ce jeu éternel, qui est devenu la plus importante occupation de votre vie? vous, à vous dispenser de toutes les lois de l'Église; à mener une vie molle, sensuelle, sans vertu, sans souffrance, sans aucun exercice pénible de religion? vous, à solliciter le poids formidable des honneurs du sanctuaire, qu'il suffit d'avoir désirés pour en être indigne devant Dieu? vous, à vivre comme étranger au milieu de votre propre maison, à ne pas daigner vous informer des mœurs de ce peuple de domestiques qui dépend de vous, à ignorer par grandeur s'ils croient au Dieu que vous adorez, et s'ils remplissent les devoirs de la religion que vous professez? Qui vous autorise à des maximes si peu chrétiennes? Est-ce l'Évangile de Jésus-Christ? Est-ce la doctrine des saints? Sont-ce les lois de l'Église? car il faut une règle pour être en sûreté : quelle est la vôtre? L'usage ; voilà tout ce que vous avez à nous opposer; on ne voit personne autour de soi qui ne se conduise sur les mêmes règles; entrant dans le monde, on y a trouvé ces mœurs établies; nos pères avaient ainsi vécu, et c'est d'eux que nous les tenons; les plus sensés du siècle s'y conforment; on n'est pas plus sage tout seul que tous les hommes ensemble; il faut s'en tenir à ce qui s'est toujours pratiqué, et ne vouloir pas être tout seul de son côté.

Voilà ce qui vous rassure contre toutes les terreurs de la religion ; personne ne remonte jusqu'à la loi ; l'exemple public est le seul garant de nos mœurs ; on ne fait pas attention que les lois des peuples sont vaines, comme dit l'Esprit saint : *Quia leges populorum vanæ sunt* [1]*; que* Jésus-Christ nous a laissé des règles auxquelles ni les temps, ni les siècles, ni les mœurs, ne sauraient jamais rien changer ; que le ciel et la terre passeront ; que les mœurs et les usages changeront ; mais que ces règles divines seront toujours les mêmes.

On se contente de regarder autour de soi : on ne pense pas que ce qu'on appelle aujourd'hui usage, était des singularités monstrueuses avant que les mœurs des chrétiens eussent dégénéré ; et que si la corruption a depuis gagné, les déréglements, pour avoir perdu leur singularité, n'ont pas pour cela perdu leur malice : on ne voit pas que nous serons jugés sur l'Évangile, et non sur l'usage ; sur les exemples des saints, et non sur les opinions des hommes ; que les coutumes qui ne se sont établies parmi les fidèles qu'avec l'affaiblissement de la foi sont des abus dont il faut gémir, et non des modèles à suivre ; qu'en changeant les mœurs, elles n'ont pas changé les devoirs ; que l'exemple commun qui les autorise prouve seulement que la vertu est rare, mais non pas que le désordre est permis : en un mot, que la piété et la vie chrétienne sont trop amères à la nature, pour être jamais le parti du plus grand nombre.

Venez nous dire maintenant que vous ne faites que ce que font tous les autres ; c'est justement pour cela que vous vous damnez. Quoi ! le plus terrible préjugé de votre condamnation deviendrait le seul motif de votre confiance ! Quelle est dans l'Écriture la voie qui conduit à la mort ? N'est-ce pas celle où marche le grand nombre ? Quel est le parti des réprouvés ? N'est-ce pas la multitude ? Vous ne faites que ce que font les autres ? mais ainsi périrent, du temps de Noé, tous ceux qui furent ensevelis sous les eaux du déluge ; du temps de Nabuchodonosor, tous ceux qui se prosternèrent devant la statue sacrilége ; du temps d'Élie, tous ceux qui fléchirent le genou devant Baal ; du temps d'Éléazar, tous ceux qui abandonnèrent

1. Jérém., x, 3.

la loi de leurs pères. Vous ne faites que ce que font les autres, mais c'est ce que l'Écriture vous défend : *Ne vous conformez point à ce siècle corrompu* [1], nous dit-elle : or le siècle corrompu n'est pas le petit nombre de justes que vous n'imitez point ; c'est .a multitude que vous suivez. Vous ne faites que ce que font les autres ! vous aurez donc le même sort qu'eux. Or malheur à toi, s'écriait autrefois saint Augustin, torrent fatal des coutumes humaines ! ne suspendras-tu jamais ton cours ? entraîneras-tu jusqu'à la fin les enfants d'Adam dans l'abîme immense et terrible ? *Væ tibi, flumen moris humani ! quousque volves Evæ filios in mare magnum et formidolosum* [2] ?

Au lieu de se dire à soi-même : Quelles sont mes espérances ? Il y a dans l'Église deux voies : l'une large, où passe presque tout le monde, et qui aboutit à la mort ; l'autre étroite, où très-peu de gens entrent, et qui conduit à la vie. De quel côté suis-je ? mes mœurs, sont-ce les mœurs ordinaires de ceux de mon rang, de mon âge, de mon état ? suis-je avec le grand nombre ? je ne suis donc pas dans la bonne voie ; je me perds ; le grand nombre dans chaque état n'est pas le parti de ceux qui se sauvent. Loin de raisonner de la sorte, on se dit à soi-même : Je ne suis pas de pire condition que les autres ; ceux de mon rang et de mon âge vivent ainsi, pourquoi ne vivrais-je pas comme eux ? Pourquoi, mon cher auditeur ? pour cela même : la vie commune ne saurait être une vie chrétienne ; les saints ont été dans tous les siècles des hommes singuliers ; ils ont eu leurs mœurs à part ; et ils n'ont été saints que parce qu'ils n'ont pas ressemblé au reste des hommes.

L'usage avait prévalu au siècle d'Esdras, qu'on s'alliât, malgré la défense, avec des femmes étrangères ; l'abus était universel ; les prêtres et le peuple n'en faisaient plus de scrupule. Mais que fit ce saint restaurateur de la loi ? suivit-il l'exemple de ses frères ? Crut-il qu'une transgression commune fût devenue plus légitime ? Il en appela de l'abus à la règle ; il prit le livre de la loi entre les mains ; il l'expliqua au peuple consterné, et corrigea l'usage par la vérité.

Suivez de siècle en siècle l'histoire des justes, et voyez si Loth

---

1. Rom., xii, 2. — 2. S. Aug., in Conf. lib. i, xvi, nᵒ 25.

se conformait aux voies de Sodome, et si rien ne le distinguait de ses concitoyens ; si Abraham vivait comme ceux de son siècle; si Job était semblable aux autres princes de sa nation ; si Esther, dans la cour d'Assuérus, se conduisait comme les autres femmes de ce prince ; s'il y avait beaucoup de veuves à Béthulie et dans Israël qui ressemblassent à Judith ; si, parmi les enfants de la captivité, il n'est pas dit de Tobie seul qu'il n'imitait pas la conduite de ses frères, et qu'il fuyait même le danger de leur société et de leur commerce : voyez si dans ces siècles heureux, où les chrétiens étaient encore saints, ils ne brillaient pas comme des astres au milieu des nations corrompues, et s'ils ne servaient pas de spectacle aux anges et aux hommes, par la singularité de leurs mœurs ; si les païens ne leur reprochaient pas leur retraite, leur éloignement des théâtres, des cirques, et des autres plaisirs publics ; s'ils ne se plaignaient pas que les chrétiens affectaient de se distinguer sur toutes choses de leurs concitoyens ; de former comme un peuple à part au milieu de leur peuple ; d'avoir leurs lois et leurs usages particuliers ; et si, dès là qu'un homme avait passé du côté des chrétiens, ils ne le comptaient pas comme un homme perdu pour leurs plaisirs, pour leurs assemblées, et pour leurs coutumes : enfin, voyez si dans tous les siècles les saints, dont la vie et les actions sont venues jusqu'à nous, ont ressemblé au reste des hommes.

Vous nous direz peut-être que ce sont là des singularités et des exceptions, plutôt que des règles que tout le monde soit obligé de suivre : ce sont des exceptions, il est vrai ; mais c'est que la règle générale est de se perdre ; c'est qu'une âme fidèle au milieu du monde est toujours une singularité qui tient du prodige. Tout le monde, dites-vous, n'est pas obligé de suivre ces exemples : mais est-ce que la sainteté n'est pas la vocation générale de tous les fidèles ? Est-ce que pour être sauvé il ne faut pas être saint ? Est-ce que le ciel doit beaucoup coûter à quelques-uns, et rien du tout aux autres ? Est-ce que vous avez un autre Évangile à suivre, d'autres devoirs à remplir, et d'autres promesses à espérer que les saints ? Ah ! puisqu'il y avait une voie plus commode pour arriver au salut, pieux fidèles qui jouissez dans le ciel d'un royaume que vous n'avez emporté que par la violence, et qui a été le prix de votre sang et de vos travaux, pourquoi nous laissiez-vous des exemples si dangereux et si inutiles? Pourquoi nous avez-vous frayé un chemin âpre, désagréable, et tout propre à rebuter notre faiblesse, puisqu'il y en avait un autre plus doux et plus battu, que vous auriez pu nous montrer pour nous encourager et nous attirer, en nous facilitant notre carrière? Grand Dieu! que les hommes consultent peu la raison dans l'affaire de leur salut éternel!

Rassurez-vous après cela sur la multitude; comme si le grand nombre pouvait rendre le crime impuni, et que Dieu n'osât perdre tous les hommes qui vivent comme vous! Mais que sont tous les hommes ensemble devant Dieu? La multitude des coupables l'empêcha-t-elle d'exterminer toute chair au temps du déluge; de faire descendre le feu du ciel sur cinq villes infâmes; d'engloutir Pharaon et toute son armée sous les eaux; de frapper de mort tous les murmurateurs dans le désert? Ah! les rois de la terre peuvent avoir égard au grand nombre de coupables, parce que la punition devient impossible, ou du moins dangereuse, dès que la faute est trop générale. Mais Dieu, qui secoue les impies de dessus la terre, dit Job, comme on secoue la poussière qui s'est attachée au vêtement; Dieu, devant qui les peuples et les nations sont comme si elles n'étaient pas, il ne compte pas les coupables, il ne regarde que les crimes : et tout ce que peut présumer la faible créature des complices de sa transgression, c'est de les avoir pour compagnons de son infortune.

Mais si peu de gens se sauvent, parce que les maximes les plus universellement reçues sont des maximes de péché; peu de gens se sauvent, parce que les maximes et les obligations les plus universellement ignorées ou rejetées sont les plus indispensables au salut. Dernière réflexion qui n'est encore que la preuve et l'éclaircissement des précédentes.

TROISIÈME PARTIE.

Quels sont les engagements de la vocation sainte à laquelle nous avons été tous appelés? les promesses solennelles du baptême. Qu'avons-nous promis au baptême? de renoncer au monde, à la chair, à Satan, et à ses œuvres; voilà nos vœux, voilà l'état du chrétien, voilà les conditions essentielles du traité

saint conclu entre Dieu et nous, par lequel la vie éternelle nous
a été promise. Ces vérités paraissent familières, destinées au
simple peuple; mais c'est un abus : il n'en est pas de plus sublimes, et il n'en est pas aussi de plus ignorées : c'est à la cour
des rois, c'est aux grands de la terre, qu'il faut sans cesse les
annoncer : *Regibus et principibus terræ.* Hélas ! ils sont des enfants de lumière pour les affaires du siècle; et les premiers principes de la morale chrétienne leur sont quelquefois plus inconnus qu'aux âmes simples et vulgaires : ils auraient besoin de
lait, et ils exigent de nous une nourriture solide, et que nous
parlions le langage de la sagesse, comme si nous parlions parmi
les parfaits.

Vous avez donc premièrement renoncé au monde dans votre
baptême : c'est une promesse que vous avez faite à Dieu à la face
des autels saints; l'Église en a été le garant et la dépositaire; et
vous n'avez été admis au nombre des fidèles et marqué du sceau
ineffaçable du salut, que sur la foi que vous avez jurée au Seigneur de n'aimer ni le monde, ni tout ce que le monde aime.
Si vous eussiez répondu alors sur les fonts sacrés ce que vous
dites tous les jours, que vous ne trouvez pas le monde si noir et
si pernicieux que nous le disons; qu'au fond on peut l'aimer in-
nocemment; qu'on ne le décrie tant dans la chaire, que parce
qu'on ne le connaît pas; et que puisque vous avez à vivre dans
le monde, vous voulez vivre comme le monde; si vous eussiez
ainsi répondu, ah! l'Église eût refusé de vous recevoir dans son
sein, de vous associer à l'espérance des chrétiens, à la communion de ceux qui ont vaincu le monde; elle vous eût conseillé d'aller vivre parmi ces infidèles qui ne connaissent pas
Jésus-Christ, et où le prince du monde se faisant adorer, il est
permis d'aimer ce qui lui appartient. Et voilà pourquoi, dans les
premiers temps, ceux des catéchumènes qui ne pouvaient encore se résoudre de renoncer au monde et à ses plaisirs diffé-
raient leur baptême jusqu'à la mort, et n'osaient venir contrac-
ter au pied des autels, dans le sacrement qui nous régénère,
des engagements dont ils connaissaient l'étendue et la sainteté,
et auxquels ils ne se sentaient pas encore en état de satisfaire.
Vous êtes donc obligé, par le plus saint de tous les serments, de
haïr le monde, c'est-à-dire de ne pas vous conformer à lui : si

vous l'aimez, si vous suivez ses plaisirs et ses usages, non-seulement vous êtes ennemi de Dieu, comme dit saint Jean, mais
de plus vous renoncez à la foi donnée dans le baptême; vous
abjurez l'Évangile de Jésus-Christ; vous êtes un apostat dans la
religion, et foulez aux pieds les vœux les plus saints et les plus
irrévocables que l'homme puisse faire.

Or, quel est ce monde que vous devez haïr? je n'aurais qu'à
vous répondre que c'est celui que vous aimez : vous ne vous
tromperez jamais à cette marque : ce monde, c'est une société
de pécheurs dont les désirs, les craintes, les espérances, les
soins, les projets, les joies, les chagrins, ne roulent plus que
sur les biens ou sur les maux de cette vie : ce monde, c'est un
assemblage de gens qui regardent la terre comme leur patrie, le
siècle à venir comme un exil, les promesses de la foi comme un
songe, la mort comme le plus grand de tous les malheurs : ce
monde, c'est un royaume temporel où l'on ne connaît pas Jésus-
Christ; où ceux qui le connaissent ne le glorifient pas comme
le Seigneur, le haïssent dans ses maximes, le méprisent dans ses
serviteurs, le persécutent dans ses œuvres, le négligent ou l'ou-
tragent dans ses sacrements et dans son culte : enfin le monde,
pour laisser à ce mot une idée plus marquée, c'est le grand
nombre. Voilà ce monde que vous devez éviter, haïr, combattre
par vos exemples; être ravi qu'il vous haïsse à son tour, qu'il
contredise vos mœurs par les siennes : c'est ce monde qui doit
être pour vous un crucifié, c'est-à-dire un anathème et un objet
d'horreur, et à qui vous devez vous-même paraître tel.

Or, est-ce là votre situation par rapport au monde? ses plaisirs
vous sont-ils à charge? ses scandales affligent-ils votre foi? y
gémissez-vous sur la durée de votre pèlerinage? n'avez-vous
plus rien de commun avec le monde? n'en êtes-vous pas vous-
même un des principaux acteurs? ses lois ne sont-elles pas les
vôtres? ses maximes vos maximes? ce qu'il condamne, ne le
condamnez-vous pas? n'approuvez-vous pas ce qu'il approuve?
et quand vous resteriez seul sur la terre, ne peut-on pas dire
que ce monde corrompu revivrait en vous, et que vous en lais-
seriez un modèle à vos descendants? Et quand je dis vous, je
m'adresse presque à tous les hommes. Où sont ceux qui renoncent de bonne foi aux plaisirs, aux usages, aux maximes, aux

espérances du monde? tous l'ont promis; qui le tient? On voit bien des gens qui se plaignent du monde; qui l'accusent d'injustice, d'ingratitude, de caprice; qui se déchaînent contre lui; qui parlent vivement de ses abus et de ses erreurs; mais en le décriant ils l'aiment, ils le suivent, ils ne peuvent se passer de lui : en se plaignant de ses injustices, ils sont piqués, ils ne sont pas désabusés; ils sentent ses mauvais traitements, ils ne connaissent pas ses dangers; ils le censurent; mais où sont ceux qui le haïssent? et de là jugez si bien des gens peuvent prétendre au salut.

En second lieu, vous avez renoncé à la chair dans votre baptême; c'est-à-dire vous vous êtes engagé à ne pas vivre selon les sens, à regarder l'indolence même et la mollesse comme un crime, à ne pas flatter les désirs corrompus de votre chair, à la châtier, à la dompter, à la crucifier; ce n'est pas ici une perfection, c'est un vœu; c'est le premier de tous vos devoirs; c'est le caractère le plus inséparable de la foi : or, où sont les chrétiens qui là-dessus soient plus fidèles que vous? Enfin, vous avez dit anathème à Satan et à ses œuvres; et quelles sont ses œuvres? celles qui composent presque le fil et comme toute la suite de votre vie; les pompes, les jeux, les plaisirs, les spectacles, le mensonge dont il est le père, l'orgueil dont il est le modèle, les jalousies et les contentions dont il est l'artisan. Mais je vous demande, où sont ceux qui n'ont pas levé l'anathème qu'ils avaient prononcé là-dessus contre Satan?

Et de là, pour le dire ici en passant, voilà bien des questions résolues. Vous nous demandez sans cesse si les spectacles et les autres plaisirs publics sont innocents pour des chrétiens? Je n'ai, à mon tour, qu'une demande à vous faire. Sont-ce des œuvres de Satan ou des œuvres de Jésus-Christ? car, dans la religion, il n'est pas de milieu. Ce n'est pas qu'il n'y ait des délassements et des plaisirs qu'on peut appeler indifférents; mais les plaisirs les plus indifférents que la religion permet, et que la faiblesse de la nature rend même nécessaires, appartiennent, en un sens, à Jésus-Christ, par la facilité qui doit nous en revenir de nous appliquer à des devoirs plus saints et plus sérieux : tout ce que nous faisons, que nous pleurions, que nous nous réjouissions, il doit être d'une telle nature, que nous puissions du moins le rapporter à Jésus-Christ, et le faire pour sa gloire.

Or, sur ce principe le plus incontestable, le plus universellement reçu de la morale chrétienne, vous n'avez qu'à décider. Pouvez-vous rapporter à la gloire de Jésus-Christ les plaisirs des théâtres? Jésus-Christ peut-il entrer pour quelque chose dans ces sortes de délassements? et, avant que d'y entrer, pourriez-vous lui dire que vous ne vous proposez dans cette action que sa gloire et le désir de lui plaire? Quoi! les spectacles, tels que nous les voyons aujourd'hui, plus criminels encore par la débauche publique des créatures infortunées qui montent sur le théâtre, que par les scènes impures ou passionnées qu'elles débitent, les spectacles seraient des œuvres de Jésus-Christ? Jésus-Christ animerait une bouche d'où sortent des airs profanes et lascifs? Jésus-Christ formerait lui-même les sons d'une voix qui corrompt les cœurs? Jésus-Christ paraîtrait sur les théâtres en la personne d'un acteur, d'une actrice effrontée, gens infâmes même selon les lois des hommes? Mais ces blasphèmes me font horreur : Jésus-Christ présiderait à des assemblées de péché où tout ce qu'on entend anéantit sa doctrine, où le poison entre par tous les sens dans l'âme, où tout l'art se réduit à inspirer, à réveiller, à justifier les passions qu'il condamne? Or, si ce ne sont pas des œuvres de Jésus-Christ dans le sens déjà expliqué, c'est-à-dire des œuvres qui puissent du moins être rapportées à Jésus-Christ, ce sont donc des œuvres de Satan, dit Tertullien : *Nihil enim non diaboli est, quidquid non Dei est... hoc ergo erit pompa diaboli.* Donc, tout chrétien doit s'en abstenir; donc il viole les vœux de son baptême lorsqu'il y participe; donc, de quelque innocence dont il puisse se flatter, en reportant de ces lieux son cœur exempt d'impression, il en sort souillé, puisque, par sa seule présence, il a participé aux œuvres de Satan, auxquelles il avait renoncé dans son baptême, et violé les promesses les plus sacrées qu'il avait faites à Jésus-Christ et à son Église.

Voilà les vœux de notre baptême, mes frères : ce ne sont point ici des conseils et des pratiques pieuses, je vous l'ai déjà dit; ce sont nos obligations les plus essentielles : il ne s'agit pas d'être plus ou moins parfait en les négligeant ou en les observant; il s'agit d'être chrétien ou de ne l'être pas. Cependant qui les observe? qui les connaît seulement? qui s'avise de venir s'accuser au tribunal d'y avoir été infidèle? On est souvent en peine pour trouver de quoi fournir à une confession; et, après une vie toute mondaine, on n'a presque rien à dire au prêtre. Hélas! mes frères, si vous saviez à quoi vous engage le titre de chrétien que vous portez; si vous compreniez la sainteté de votre état, le détachement de toutes les créatures, qu'il vous impose; la haine du monde, de vous-même, et de tout ce qui n'est pas Dieu, qu'il vous ordonne; la vie de la foi, la vigilance continuelle, la garde des sens, en un mot la conformité avec Jésus-Christ crucifié, qu'il exige de vous; si vous le compreniez; si vous faisiez attention que, devant aimer Dieu de tout votre cœur et de toutes vos forces, un seul désir qui ne peut se rapporter à lui vous souille; si vous le compreniez, vous vous trouveriez un monstre devant ses yeux. Quoi! diriez-vous, des obligations si saintes, et des mœurs si profanes? une vigilance si continuelle, et une vie si peu attentive et si dissipée? un amour de Dieu si pur, si plein, si universel, et un cœur toujours en proie à mille affections ou étrangères ou criminelles? Si cela est ainsi, ô mon Dieu, qui pourra donc se sauver? *Quis ergo poterit salvus esse* [1]? Peu de gens, mon cher auditeur : ce ne sera pas vous, du moins si vous ne changez; ce ne seront pas ceux qui vous ressemblent : ce ne sera pas la multitude.

Qui pourra se sauver? Voulez-vous le savoir, ce seront ceux qui opèrent leur salut avec tremblement; qui vivent au milieu du monde, mais qui ne vivent pas comme le monde. Qui pourra se sauver? cette femme chrétienne qui, renfermée dans l'enceinte de ses devoirs domestiques, élève ses enfants dans la foi et dans la piété; laisse au Seigneur la décision de leur destinée; ne partage son cœur qu'entre Jésus-Christ et son époux; est ornée de pudeur et de modestie; ne s'assied pas dans les assemblées de vanité; ne se fait point une loi des usages insensés du monde, mais corrige les usages par la loi de Dieu, et donne du crédit à la vertu par son rang et par ses exemples. Qui pourra se sauver? ce fidèle qui, dans le relâchement de ces derniers temps, imite les premières mœurs des chrétiens; qui a les mains innocentes et le cœur pur : vigilant, *qui n'a pas reçu son âme en vain* [2],

1. Matth., xix, 25. — 2. Ps. xxiii, 4.

mais qui, au milieu même des périls du grand monde, s'applique sans cesse à la purifier ; juste, *qui ne jure pas frauduleusement à son prochain* [1], et ne doit pas à des voies douteuses l'innocent accroissement de sa fortune ; généreux , qui comble de bienfaits l'ennemi qui a voulu le perdre , et ne nuit à ses concurrents que par son mérite ; sincère, qui ne sacrifie pas la vérité à un vil intérêt, et ne sait point plaire en trahissant sa conscience ; charitable, qui fait de sa maison et de son crédit l'asile de ses frères ; de sa personne, la consolation des affligés ; de son bien, le bien des pauvres ; soumis dans les afflictions, chrétien dans les injures, pénitent même dans la prospérité. Qui pourra se sauver? vous, mon cher auditeur, si vous voulez suivre ces exemples : voilà les gens qui se sauveront. Or, ces gens-là ne forment pas assurément le plus grand nombre : donc, tandis que vous vivrez comme la multitude, il est de foi que vous ne devez pas prétendre au salut : car si, en vivant ainsi, vous pouviez vous sauver, tous les hommes presque se sauveraient, puis qu'à un petit nombre d'impies près, qui se livrent à des excès monstrueux, tous les autres hommes ne font que ce que vous faites ; or, que tous les hommes presque se sauvent, la foi nous défend de le croire : il est donc de foi que vous ne devez rien prétendre au salut, tandis que vous ne pourrez vous sauver si le grand nombre ne se sauve.

Voilà des vérités qui font trembler ; et ce ne sont pas ici de ces vérités vagues qui se disent à tous les hommes, et que nul ne prend pour soi et ne se dit à soi-même. Il n'est peut-être personne ici qui ne puisse dire de soi : Je vis comme le grand nombre, comme ceux de mon rang, de mon âge, de mon état : je suis perdu si je meurs dans cette voie. Or, quoi de plus propre à effrayer une âme à qui il reste encore quelque soin de son salut? Cependant c'est la multitude qui ne tremble point ; il n'est qu'un petit nombre de justes qui opèrent à l'écart leur salut avec crainte ; tout le reste est calme : on sait en général que le grand nombre se damne ; mais on se flatte qu'après avoir vécu avec la multitude, on en sera discerné à la mort ; chacun se met dans le cas d'une exception chimérique ; chacun augure favorablement pour soi.

1. Ps. XXIII, 4.

Et c'est pour cela que je m'arrête à vous, mes frères, qui êtes ici assemblés. Je ne parle plus du reste des hommes, je vous regarde comme si vous étiez seuls sur la terre; et voici la pensée qui m'occupe et qui m'épouvante. Je suppose que c'est ici votre dernière heure et la fin de l'univers; que les cieux vont s'ouvrir sur vos têtes, Jésus-Christ paraître dans sa gloire au milieu de ce temple, et que vous n'y êtes assemblés que pour l'attendre, et comme des criminels tremblants à qui l'on va prononcer ou une sentence de grâce, ou un arrêt de mort éternelle : car vous avez beau vous flatter, vous mourrez tels que vous êtes aujourd'hui; tous ces désirs de changement qui vous amusent, vous amuseront jusqu'au lit de la mort; c'est l'expérience de tous les siècles; tout ce que vous trouverez alors en vous de nouveau sera peut-être un compte un peu plus grand que celui que vous auriez aujourd'hui à rendre; et sur ce que vous seriez si l'on venait vous juger dans le moment, vous pouvez presque décider de ce qui vous arrivera au sortir de la vie.

Or, je vous demande, et je vous le demande frappé de terreur, ne séparant pas en ce point mon sort du vôtre, et me mettant dans la même disposition où je souhaite que vous entriez; je vous demande donc : si Jésus-Christ paraissait dans ce temple, au milieu de cette assemblée, la plus auguste de l'univers, pour nous juger, pour faire le terrible discernement des boucs et des brebis, croyez-vous que le plus grand nombre de tout ce que nous sommes ici fût placé à la droite; croyez-vous que les choses du moins fussent égales? croyez-vous qu'il s'y trouvât seulement dix justes, que le Seigneur ne put trouver autrefois en cinq villes tout entières? Je vous le demande, vous l'ignorez, je l'ignore moi-même; vous seul, ô mon Dieu! connaissez ceux qui vous appartiennent : mais si nous ne connaissons pas ceux qui lui appartiennent, nous savons du moins que les pécheurs ne lui appartiennent pas. Or, qui sont les fidèles ici assemblés? les titres et les dignités ne doivent être comptés pour rien; vous en serez dépouillés devant Jésus-Christ : qui sont-ils? beaucoup de pécheurs qui ne veulent pas se convertir; encore plus qui le voudraient, mais qui diffèrent leur conversion, plusieurs autres qui ne se convertissent jamais que pour retomber; enfin un grand nombre qui croient n'avoir pas besoin de conversion :

voilà le parti des réprouvés. Retranchez ces quatre sortes de pécheurs de cette assemblée sainte; car ils en seront retranchés
au grand jour : paraissez maintenant, justes; où êtes-vous? restes
d'Israël, passez à la droite : froment de Jésus-Christ, démêlez-
vous de cette paille destinée au feu : ô Dieu! où sont vos élus? et
que reste-t-il pour votre partage?

    Mes frères, notre perte est presque assurée, et nous n'y pen-
sons pas. Quand même, dans cette terrible séparation qui se
fera un jour, il ne devrait y avoir qu'un seul pécheur de cette
assemblée du côté des réprouvés, et qu'une voix du ciel viendrait nous en assurer dans ce temple, sans le désigner; qui de
nous ne craindrait d'être le malheureux? qui de nous ne retom-
berait d'abord sur sa conscience, pour examiner si ses crimes
n'ont pas mérité ce châtiment? qui de nous, saisi de frayeur, ne
demanderait pas à Jésus-Christ, comme autrefois les apôtres :
Seigneur, ne serait-ce pas moi? *Numquid ego sum, Domine* [1]? et
si l'on laissait quelque délai, qui ne se mettrait en état de détourner de lui cette infortune, par les larmes et les gémissements d'une sincère pénitence?

    Sommes-nous sages, mes chers auditeurs? Peut-être que
parmi tous ceux qui m'entendent il ne se trouvera pas dix justes;
peut-être s'en trouvera-t-il encore moins; que sais-je? ô mon
Dieu! je n'ose regarder d'un œil fixe les abîmes de vos jugements et de votre justice; peut-être ne s'en trouvera-t-il qu'un
seul; et ce danger ne vous touche point, mon cher auditeur?
et vous croyez être ce seul heureux dans le grand nombre qui
périra, vous qui avez moins sujet de le croire que tout autre;
vous sur qui seul la sentence de mort devrait tomber, quand
elle ne tomberait que sur un seul des pécheurs qui m'écoutent?

    Grand Dieu, que l'on connaît peu dans le monde les terreurs
de votre loi! Les justes de tous les siècles ont séché de frayeur
en méditant la sévérité et la profondeur de vos jugements sur la
destinée des hommes : on a vu de saints solitaires, après une
vie entière de pénitence, frappés de la vérité que je prêche, entrer au lit de la mort dans des terreurs qu'on ne pouvait presque
calmer, faire trembler d'effroi leur couche pauvre et austère,

---

1 Matth., xxvi, 22.

demander sans cesse d'une voix mourante à leurs frères: Croyez-vous que le Seigneur me fasse miséricorde? et être presque sur le point de tomber dans le désespoir, si votre présence, ô mon Dieu, n'eût à l'instant apaisé l'orage, et commandé encore une fois aux vents et à la mer de se calmer; et aujourd'hui, après une vie commune, mondaine, sensuelle, profane, chacun meurt tranquille; et le ministre de Jésus-Christ, appelé, est obligé de nourrir la fausse paix du mourant, de ne lui parler que des trésors infinis des miséricordes divines, et de l'aider, pour ainsi dire, à se séduire lui-même. O Dieu! que prépare donc aux enfants d'Adam la sévérité de votre justice?

Mais que conclure de ces grandes vérités? qu'il faut désespérer de son salut? A Dieu ne plaise! Il n'y a que l'impie qui, pour se calmer sur ses désordres, tâche ici de conclure en secret que tous les hommes périront comme lui : ce ne doit pas être là le fruit de ce discours; mais de vous détromper de cette erreur si universelle, qu'on peut faire tout ce que les autres font, et que l'usage est une voie sûre; mais de vous convaincre que pour se sauver il faut se distinguer des autres, être singulier, vivre à part au milieu du monde, et ne pas ressembler à la foule.

Lorsque les Juifs, emmenés en servitude, furent sur le point de quitter la Judée et de partir pour Babylone, le prophète Jérémie, à qui le Seigneur avait ordonné de ne pas abandonner Jérusalem, leur parla de la sorte : Enfants d'Israël, lorsque vous serez arrivés à Babylone, vous verrez les habitants de ce pays-là qui porteront sur leurs épaules des dieux d'or et d'argent; tout le peuple se prosternera devant eux pour les adorer; mais pour vous alors, loin de vous laisser entraîner à l'impiété de ces exemples, dites en secret : C'est vous seul, Seigneur, qu'il faut adorer : *Te oportet adorari Domine* [1].

Souffrez que je finisse en vous adressant les mêmes paroles. Au sortir de ce temple et de cette autre sainte Sion, vous allez rentrer dans Babylone; vous allez revoir ces idoles d'or et d'argent, devant lesquelles tous les hommes se prosternent : vous allez retrouver les vains objets des passions humaines; les biens,

1. BARUCH., VI, 5.

la gloire, les plaisirs, qui sont les dieux de ce monde, et que presque tous les hommes adorent; vous verrez ces abus que tout le monde se permet; ces erreurs que l'usage autorise; ces désordres dont une coutume impie a presque fait des lois. Alors, mon cher auditeur, si vous voulez être du petit nombre des vrais Israélites, dites dans le secret de votre cœur : C'est vous seul, ô mon Dieu, qu'il faut adorer : *Te oportet adorari Domine;* je ne veux point avoir de part avec un peuple qui ne vous connaît pas; je n'aurai jamais d'autre loi que votre loi sainte : les dieux que cette multitude insensée adore ne sont pas des dieux, ils sont l'ouvrage de la main des hommes; ils périront avec eux; vous seul êtes l'immortel, ô mon Dieu ! et vous seul méritez qu'on vous adore : *Te oportet adorari Domine.* Les coutumes de Babylone n'ont rien de commun avec les saintes lois de Jérusalem; je vous adorerai avec ce petit nombre d'enfants d'Abraham qui composent encore votre peuple au milieu d'une nation infidèle; je tournerai avec eux tous mes désirs vers la sainte Sion : on traitera de faiblesse la singularité de mes mœurs; mais heureuse faiblesse, Seigneur, qui me donnera la force de résister au torrent et à la séduction des exemples ! et vous serez mon Dieu, au milieu de Babylone, comme vous le serez un jour dans la sainte Jérusalem : *Te oportet adorari Domine.* Ah ! le temps de la captivité finira enfin; vous vous souviendrez d'Abraham et de David; vous délivrerez votre peuple; vous nous transporterez dans la sainte cité ; et alors vous régnerez seul sur Israël, et sur les nations qui ne vous connaissent pas : alors, tout étant détruit, tous les empires, tous les sceptres, tous les monuments de l'orgueil humain étant anéantis, et vous seul demeurant éternellement, on connaîtra que vous seul devez être adoré : *Te oportet adorari Domine.*

Voilà le fruit que vous devez retirer de ce discours : vivez à part; pensez sans cesse que le grand nombre se damne; ne comptez pour rien les usages, si la loi de Dieu ne les autorise; et souvenez-vous que les saints ont été dans tous les siècles des hommes singuliers. C'est ainsi qu'après vous être distingués des pécheurs sur la terre, vous en serez séparés glorieusement dans l'éternité. Ainsi soit-il.

ORAISON FUNÈBRE

DE LOUIS LE GRAND, ROI DE FRANCE

PRONONCÉE

DANS LA SAINTE-CHAPELLE DE PARIS

Ecce magnus effectus sum, et præcessi omnes sapientia qui fuerunt ante me in Jerusalem... et agnovi quod in his quoque esset labor et afflictio spiritus.

Je suis devenu grand, et j'ai surpassé en gloire et en sagesse tous ceux qui m'ont précédé dans Jérusalem; et j'ai reconnu qu'en cela même il n'y avait que vanité et affliction d'esprit.

ECCLES., 1, 16, 17.

Dieu seul est grand[1], mes frères, et dans ces derniers moments surtout, où il préside à la mort des rois de la terre : plus leur gloire et leur puissance ont éclaté, plus, en s'évanouissant alors, elles rendent hommage à sa grandeur supême : Dieu paraît tout ce qu'il est, et l'homme n'est plus rien de tout ce qu'il croyait être.

Heureux le prince dont le cœur ne s'est point élevé au milieu de ses prospérités et de sa gloire; qui, semblable à Salomon, n'a pas attendu que toute sa grandeur expirât avec lui au lit de la mort, pour avouer qu'elle n'était que vanité et affliction d'esprit, et qui s'est humilié, sous la main de Dieu, dans le temps

---

1. Représentons-nous Massillon dans la chaire, prêt à faire l'oraison funèbre de Louis XIV, jetant d'abord les yeux autour de lui, les fixant quelque temps sur cette pompe lugubre et imposante qui suit les rois jusque dans ces asiles de mort, où il n'y a que des cercueils et des cendres, les baissant ensuite un moment avec l'air de la méditation, puis les relevant vers le ciel, et prononçant ces mots d'une voix ferme et grave : *Dieu seul est grand, mes frères !* Quel exorde renfermé dans une seule parole accompagnée de cette action ! Comme elle dev ent sublime par le spectacle qui entoure l'orateur ! Comme ce seul mot anéantit tout ce qui n'est pas Dieu ! (LA HARPE.)

même que l'adulation semblait le mettre au-dessus de l'homme!

Oui, mes frères, la grandeur et les victoires du roi que nous pleurons ont été autrefois assez publiées : la magnificence des éloges a égalé celle des événements : les hommes ont tout dit, il y a longtemps, en parlant de sa gloire. Que nous reste-t-il ici, que d'en parler pour notre instruction?

Ce roi, la terreur de ses voisins, l'étonnement de l'univers, le père des rois; plus grand que tous ses ancêtres, plus magnifique que Salomon dans toute sa gloire, a reconnu comme lui que tout était vanité. Le monde a été ébloui de l'éclat qui l'environnait; ses ennemis ont envié sa puissance; les étrangers sont venus des îles les plus éloignées baisser les yeux devant la gloire de sa majesté; ses sujets lui ont presque dressé des autels; et le prestige qui se formait autour de lui n'a pu le séduire lui-même.

Vous l'aviez rempli, ô mon Dieu! de la crainte de votre nom, vous l'aviez écrit sur le livre éternel, dans la succession des saints rois qui devaient gouverner vos peuples; vous l'aviez revêtu de grandeur et de magnificence. Mais ce n'était pas assez, il fallait encore qu'il fût marqué du caractère propre de vos élus: vous avez récompensé sa foi par des tribulations et par des disgrâces. L'usage chrétien des prospérités peut nous donner droit au royaume des cieux; mais il n'y a que l'affliction et la violence qui nous l'assurent.

Voyons-nous des mêmes yeux, mes frères, la vicissitude des choses humaines? Sans remonter aux siècles de nos pères, quelles leçons Dieu n'a-t-il pas données au nôtre? Nous avons vu toute la race royale presque éteinte; les princes, l'espérance et l'appui du trône, moissonnés à la fleur de leur âge; l'époux et l'épouse auguste, au milieu de leurs plus beaux jours, enfermés dans le même cercueil, et les cendres de l'enfant suivre tristement et augmenter l'appareil lugubre de leurs funérailles; le roi, qui avait passé d'une minorité orageuse au règne le plus glorieux dont il soit parlé dans nos histoires, retomber de cette gloire dans des malheurs presque supérieurs à ses anciennes prospérités, se relever encore plus grand de toutes ces pertes, et survivre à tant d'événements divers pour rendre gloire à Dieu et s'affermir dans la foi des biens immuables.

Ces grands objets passent devant nos yeux comme des scènes fabuleuses : le cœur se prête pour un moment au spectacle ; l'attendrissement finit avec la représentation, et il semble que Dieu n'opère ici-bas tant de révolutions que pour se jouer dans l'univers, et nous amuser plutôt que nous instruire.

Ajoutons donc les paroles de la foi à cette triste cérémonie, qui sans cela nous prêcherait en vain : racontons, non les merveilles d'un règne que les hommes ont déjà tant exalté, mais les merveilles de Dieu sur le roi qui nous est ôté. Rappelons ici ses vertus plutôt que ses victoires ; montrons-le plus grand encore au lit de la mort qu'il ne l'était autrefois sur son trône, dans les jours de sa gloire. N'ôtons les louanges à la vanité que pour les rendre à la grâce. Et quoiqu'il ait été grand et par l'éclat inouï de son règne, et par les sentiments héroïques de sa piété, deux réflexions sur lesquelles va rouler ce devoir de religion que nous rendons à la mémoire de très-haut, très-puissant, et très-excellent prince Louis XIV du nom, roi de France et de Navarre, ne parlons de la gloire et de la grandeur de son règne que pour en montrer les écueils et le néant qu'il a connus ; et de sa piété, que pour en proposer et immortaliser les exemples.

Louis se trouva seul, jeune, paisible, absolu, puissant, à la tête d'une nation belliqueuse, maître du cœur de ses sujets et du plus florissant royaume du monde, avide de gloire, environné des vieux chefs, dont les exploits passés semblaient lui reprocher le repos où il les laissait encore.

Qu'il est difficile, quand on peut tout, de se défier qu'on peut aussi trop entreprendre !

Les succès justifient bientôt nos entreprises. La Flandre est d'abord revendiquée comme le patrimoine de Thérèse ; et tandis que les manifestes éclaircissent notre droit, nos victoires le décident.

La Hollande, ce boulevard que nous avions élevé nous-mêmes contre l'Espagne, tombe sous nos coups : ces villes, devant lesquelles l'intrépidité espagnole avait tant de fois échoué, n'ont plus de murs à l'épreuve de la bravoure française, et Louis est sur le point de renverser en une campagne l'ouvrage lent et pénible de la valeur et de la politique d'un siècle entier.

Déjà le feu de la guerre s'allume dans toute l'Europe : le nombre de nos victoires augmente celui de nos ennemis ; et plus nos ennemis augmentent, plus nos victoires se multiplient. L'Escaut, le Rhin, le Pô, le Ther, n'opposent qu'une faible digue à la rapidité de nos conquêtes. Toute l'Europe se ligue, et ses forces réunies ne servent qu'à montrer la supériorité des nôtres ; les mauvais succès irritent nos ennemis sans les désarmer ; leurs défaites, qui doivent finir la guerre, l'éternisent ; tant de sang déjà répandu nourrit les haines, loin de les éteindre ; les traités de paix ne sont que comme l'appareil d'une nouvelle guerre. Munster, Nimègue, Ryswick, où toute la sagesse de l'Europe assemblée promettait de si beaux jours, ne forment que des éclairs qui annoncent de nouveaux orages : les situations changent, et nos prospérités continuent. La monarchie n'avait pas encore vu des jours si brillants : elle s'était relevée autrefois de ses malheurs ; elle a pensé périr et écrouler sous le poids de sa propre gloire.

La terre toute seule ne semblait pas même suffire à nos triomphes : la mer encore gémissait sous le nombre et sous la grandeur énorme de nos navires. Nos flottes, qui suffisaient à peine, sous les derniers règnes, pour mettre nos côtes à couvert de l'insulte des pirates, portaient partout au loin la terreur et la victoire. Les ennemis, attaqués jusque dans leurs ports, avaient paru céder à l'étendard de la France l'empire des deux mers. La Sicile, la Manche, les îles du nouveau monde, avaient vu leurs ondes rougies par les défaites les plus sanglantes. Et l'Afrique même, encore fière d'avoir vu autrefois échouer sur ses côtes la valeur de saint Louis et toute la puissance de Charles-Quint, ne trouvant plus d'asile sous ses remparts foudroyés, avait été obligée de venir s'humilier, et d'en chercher un au pied du trône de Louis.

Nous nous élevions de tant de prospérités, et nous ne savions pas que l'orgueil des empires est toujours le premier signal de leur décadence.

Telle fut la grandeur de Louis dans la guerre. Jamais la France n'avait mis sur pied des armées si formidables ; jamais l'art militaire, c'est-à-dire l'art funeste d'apprendre aux hommes à s'exterminer les uns les autres, n'avait été poussé si loin ; jamais

tant de généraux fameux; et, pour ne parler que de ces premiers temps, un Condé, dont le premier coup d'œil décidait toujours de la victoire; un Turenne, qui, plus tardif en apparence,
n'en était que plus sûr du succès; un Créqui, plus grand le jour
de sa défaite que dans les jours de ses triomphes; un Luxem-
bourg, qui semblait se jouer de la victoire; et tant d'autres venus
depuis, que nos annales mettront un jour parmi les Guesclins
et les Dunois de notre siècle.

Mais, hélas! triste souvenir de nos victoires, que nous rappelez-vous? Monuments superbes, élevés au milieu de nos places
publiques pour en immortaliser la mémoire, que rappellerez-
vous à nos neveux, lorsqu'ils vous demanderont, comme autrefois les Israélites, ce que signifient vos masses pompeuses et
énormes? *Quando interrogaverint vos filii vestri cras, dicentes :
Quid sibi volunt isti lapides*[1]*?* Vous leur rappellerez un siècle entier d'horreur et de carnage; l'élite de la noblesse française précipitée dans le tombeau; tant de maisons anciennes éteintes; tant
de mères point consolées, qui pleurent encore sur leurs enfants;
nos campagnes désertes, et, au lieu des trésors qu'elles renferment dans leur sein, n'offrant plus que des ronces au petit
nombre des laboureurs forcés de les négliger; nos villes déso-
lées; nos peuples épuisés; les arts à la fin sans émulation; le
commerce languissant : vous leur rappellerez nos pertes plutôt
que nos conquêtes, *Quando interrogaverint vos filii vestri cras,
dicentes : Quid sibi volunt isti lapides ?* Vous leur rappellerez tant
de lieux saints profanés; tant de dissolutions capables d'attirer
la colère du ciel sur les plus justes entreprises; le feu, le sang,
le blasphème, l'abomination, et toutes les horreurs qu'enfante
la guerre : vous leur rappellerez nos crimes plutôt que nos victoires : *Quando interrogaverint vos filii vestri cras, dicentes :
Quid sibi volunt isti lapides ?*

O fléau de Dieu! ô guerre! cesserez-vous enfin de ravager
l'héritage de Jésus-Christ? O glaive du Seigneur! levé depuis
longtemps sur les peuples et sur les nations, ne vous reposerez-
vous pas encore? *O mucro Domini! usquequo non quiesces?* Vos
vengeances, ô mon Dieu! ne sont-elles pas encore accomplies?

1. Jos. iv, 6.

N'auriez-vous encore donné qu'une fausse paix à la terre? L'innocence de l'auguste enfant que vous venez d'établir sur la nation, ne désarme-t-elle pas votre bras plus que nos iniquités ne l'irritent? Regardez-le du haut du ciel, et n'exercez plus sur nous des châtiments qui n'ont servi jusqu'ici qu'à multiplier nos crimes : *O mucro Domini! usquequo non quiesces? Ingredere in vaginam tuam, refrigerare, et sile.*

Un si long cours de prospérités inouïes, qui devait un jour nous coûter si cher, éleva bientôt le royaume à un point de gloire et de magnificence où les siècles passés ne l'avaient pas encore vu. La France devint comme le spectacle pompeux de toute l'Europe. Que de maisons royales s'élevèrent, demeure superbe de Louis, où toutes les merveilles de l'Asie et de l'Italie rassemblées, semblaient venir rendre hommage à sa grandeur! Paris, comme Rome triomphante, s'embellissait des dépouilles des nations. La cour, à l'exemple du souverain, plus brillante et plus magnifique que jamais, se piqua d'effacer l'éclat des cours étrangères. La ville, l'imitatrice éternelle de la cour, en copia le faste. Les provinces à l'envi marchèrent de loin sur les traces de la ville. La simplicité des anciennes mœurs changea : il ne resta plus de vestiges de la modestie de nos pères que dans leurs vieux et respectables portraits, qui, en ornant les murs de nos palais, nous en reprochaient tout bas la magnificence. Le luxe, toujours le précurseur de l'indigence, en corrompant les mœurs, tarit la source de nos biens ; la misère même qu'il avait enfantée ne put le modérer : la perpétuelle inconstance des ornements fut un des attributs de la nation ; la bizarrerie devint un goût ; nos voisins même, à qui notre faste nous rendait si odieux, ne laissèrent pas d'en venir chercher chez nous le modèle ; et, après les avoir épuisés par nos victoires, nous sûmes encore les corrompre par nos exemples.

Cependant, chaque jour embellissait le règne de Louis. La navigation, plus florissante que sous les règnes précédents, étendit notre commerce dans toutes les parties du monde connu. Des hommes habiles furent envoyés vers les côtes les plus éloignées de l'un et de l'autre hémisphère, pour prendre des points fixes et en perfectionner les connaissances. Un édifice célèbre [1]

---

1. L'Observatoire,

s'éleva hors de nos murs, où, en observant le cours des astres et toute la magnificence des cieux, on marque au pilote des routes certaines sur la vaste étendue de l'Océan, et on apprend au philosophe à s'humilier sous la majesté immense de l'Auteur de l'univers. Nos flottes, aidées de ces secours, nous apportaient tous les ans, comme celles de Salomon, les richesses du nouveau monde. Hélas! ces nations insulaires et simples nous envoyaient leur or et leur argent, et nous leur portions peut-être en échange, au lieu de la foi, nos dérèglements et nos vices.

Le commerce, si étendu au dehors, fut facilité au dedans par des ouvrages dignes de la grandeur des Romains. Des rivières, malgré les terres et les collines qui les séparaient, virent réunir leurs eaux, et porter au pied des murs de la capitale le tribut et les richesses diverses de chaque province. Les deux mers qui entourent et qui enrichissent ce vaste royaume se donnèrent pour ainsi dire la main; et un canal miraculeux, par la hardiesse et les travaux incompréhensibles de l'entreprise, rapprocha ce que la nature avait séparé par des espaces immenses.

Il était réservé à Louis d'achever ce que les siècles précédents de la monarchie n'auraient même osé souhaiter; c'était le règne des prodiges : nos pères ne les avaient pas même imaginés, et nos neveux n'en verront jamais de semblables; mais, plus heureux que nous, ils verront peut-être le règne de la paix, de la frugalité, et de l'innocence. Qu'ils n'arrivent jamais au comble frivole de notre gloire, plutôt que de l'acheter au prix des vices et des malheurs où elle nous a précipités!

Il est vrai que les soins de Louis, pour augmenter l'éclat et le bon ordre du royaume, ne se proposaient point de bornes. La ville régnante, l'abord de toutes les nations, et qui rassemble le choix comme le rebut de nos provinces, vit ce nombre prodigieux d'habitants si différents de mœurs, d'intérêts, de pays, vivre comme un seul homme. La police y ôta au crime la sûreté que la confusion et la multitude lui avaient jusque-là donnée. Au milieu de ce chaos régnèrent l'ordre et la paix, et, dans ce concours innombrable d'hommes si inconnus les uns aux autres, nul presque ne fut inconnu à la vigilance du magistrat.

Le royaume entier changea de face comme la capitale : la justice eut des lois fixes; et le bon droit ne dépendit plus ou du

30

caprice du juge, ou du crédit de la partie ; des règlements utiles,
et qui deviendront la jurisprudence de tous les règnes à venir,
furent publiés ; l'étude du droit français et du droit public se
ranima ; des sénateurs célèbres, et dont les noms formeront un
jour la tradition des grands hommes qui embelliront l'histoire
de la magistrature, ornèrent nos tribunaux ; l'éloquence et la
science des lois et des maximes brillèrent dans le barreau, et la
tribune du sénat principal devint aussi célèbre par la majesté
des plaidoyers publics, que l'avait été, sous les Hortense et sous
les Cicéron, celle de Rome.

A quel point de perfection les sciences et les arts ne furent-ils
pas portés ? Vous en serez les monuments éternels, écoles fameuses rassemblées autour du trône, et qui en assurez plus
l'éclat et la majesté que les soixante vaillants qui environnaient
le trône de Salomon[1] ! l'émulation y forma le goût ; les récompenses augmentèrent l'émulation ; le mérite, qui se multipliait,
multiplia les récompenses.

Quels hommes et quels ouvrages vois-je sortir à la fois de ces
assemblées savantes ? des Phidias, des Apelles, des Platons, des
Sophocles, des Plautes, des Démosthènes, des Horaces ; des
hommes et des ouvrages, au goût desquels le goût des âges fu-
turs de la monarchie se rappellera toujours ? Je vois revivre le
siècle d'Auguste, et les temps les plus polis et les plus cultivés
de la Grèce. Il fallait que tout fût marqué au coin de l'immortalité sous le règne de Louis, et que les époques des lettres y
fussent aussi célèbres que celles des victoires.

La France a retenti longtemps de ces pompeux éloges, et
nous nous sommes comme rassasiés là-dessus de nos propres
louanges. Mais, le dirai-je ici ? en ajoutant à la science, nous
avons ajouté au travail et à la malice ; les arts, en flattant la curiosité, ont enfanté la mollesse ; le théâtre plus florissant, mais
toujours le triste fruit de l'abondance, de l'oisiveté, et de la corruption, ou a donné du ridicule au vice sans corriger les mœurs,
ou a corrompu les mœurs en rendant le vice plus aimable ; la
poésie, en nous rappelant tout le sel et tous les agréments des
anciens, nous en a rappelé les séductions et la licence : la phi-

1. CANT. III, 7.

losophie a paru perdre du côté de la simplicité de la foi ce
qu'elle acquérait de plus sur les connaissances de la nature :
l'éloquence, toujours flatteuse dans les monarchies, s'est affadie
par des adulations dangereuses aux meilleurs princes ; enfin, la
science même de la religion, plus exacte et plus approfondie,
et d'où devaient naître la paix et la vérité, a dégénéré en vaines
subtilités, et éternisé les disputes. O siècle si vanté ! *votre ignominie s'est donc multipliée avec votre gloire*[1]*!* mais la gloire appartenait à Louis, et l'abus qu'on en a fait a été notre seul
ouvrage. Ainsi éclatait au loin la grandeur et la réputation de la
France, tandis qu'au dedans elle s'affaiblissait par ses propres
avantages.

Je ne rappelle ici qu'une partie des merveilles dont vous avez
été témoins. Tout ce qui fait la grandeur des empires se trouvait
réuni autour de Louis. Des ministres sages et habiles, ressource
des peuples et des rois ; nos frontières reculées, et qui semblaient éloigner de nous la guerre pour toujours ; des forteresses
inaccessibles élevées de toutes parts, et qui paraissaient plus
destinées à menacer les États voisins qu'à mettre nos États à
couvert ; l'Espagne, forcée de nous céder, par un acte solennel,
la préséance qu'elle nous avait jusque-là disputée ; Rome même
désavouer, par un monument public, le droit des gens violé,
et l'outrage fait à une couronne de qui elle tient sa splendeur et
la vaste étendue de son patrimoine : enfin, le souverain lui-
même d'une république florissante, descendre de son trône d'où
ses prédécesseurs n'étaient pas encore descendus, quitter ses citoyens et sa patrie, et venir mettre les marques fastueuses de sa
dignité aux pieds de Louis, pour fléchir sa clémence.

Grands événements qui nous attiraient la jalousie bien plus que
l'admiration de l'Europe ! Et des événements qui font tant de jaloux peuvent bien embellir l'histoire d'un règne, mais ils n'assurent jamais le bonheur d'un État.

Que manquait-il, dans ces temps heureux, à la gloire de
Louis ? Arbitre de la paix et de la guerre ; maître de l'Europe ;
formant presque avec la même autorité les décisions des cours
étrangères que celles de ses propres conseils ; trouvant dans

1. Osée, iv, 7.

l'amour de ses sujets des ressources qui, en tarissant leurs biens, ne pouvaient épuiser leur zèle; conservant sur les princes issus de son sang, signalés par mille victoires, un pouvoir aussi absolu que sur le reste de ses sujets; voyant autour de son trône les enfants de ses enfants, le père d'une nombreuse postérité, le patriarche, pour ainsi dire, de la famille royale, et élevant tout à la fois sous ses yeux les successeurs des trois règnes suivants. Jamais la succession royale n'avait paru plus affermie. Nous voyions croître au pied du trône les rois de nos enfants et de nos neveux. Hélas! à peine en reste-t-il un pour nous-mêmes, et il n'est demeuré qu'une étincelle dans Israël. Mais ne hâtons pas ces tristes images, que la constance de Louis doit nous ramener dans la suite de ce discours.

Que ces jours de deuil paraissaient loin de nous en ce jour brillant où nous donnions des rois à nos voisins, et où l'Espagne même, qui depuis si longtemps usurpait une de nos couronnes, vint mettre toutes les siennes sur la tête d'un des petits-fils de Louis!

Ce fut ce grand jour qu'il parut, comme un nouveau Charlemagne, établissant ses enfants souverains dans l'Europe; voyant son trône environné de rois sortis de son sang, réunissant encore une fois, sous la race auguste des Francs, les peuples et les nations; faisant mouvoir du fond de son palais les ressorts de tant de royaumes; et devenu le centre et le lien de deux vastes monarchies, dont les intérêts avaient semblé jusque-là aussi incompatibles que les humeurs.

Jour mémorable! il est vrai, vous ne serez écrit sur nos fastes qu'avec le sang de tant de Français que vous avez fait verser: les malheurs que vous prépariez nous ont rendu cette gloire triste et amère: vos dons éclatants, en flattant notre vanité, ont humilié et pensé renverser notre puissance. L'Espagne ennemie n'avait pu nous nuire: l'Espagne alliée nous a accablés: nos disgrâces seront éternellement gravées autour de la couronne qu'elle a mise sur la tête d'un de nos princes. Mais si la Castille a vu notre joie modérée par nos pertes, elle ne verra jamais notre estime pour sa valeur et sa fidélité, et notre reconnaissance pour son choix, affaiblie.

J'avoue, mes frères, que la gloire des événements qui embellit un règne est souvent étrangère au souverain : les rois ne sont grands que par les vertus qui leur sont propres : leurs succès les plus éclatants peuvent ne couvrir que des qualités fort obscures, et prouver qu'ils sont bien servis, plutôt que dignes de commander.

Mais ici nous ne craignons pas de dépouiller Louis de tout cet éclat qui l'environnait, et de vous le montrer lui-même. Quelle sagesse et quel usage des affaires ! L'Europe redoutait la supériorité de ses conseils autant que celle de ses armes : ses ministres étudiaient sous lui l'art de gouverner ; sa longue expérience mûrissait leur jeunesse, et assurait leurs lumières ; les négociations conduites par l'habileté, réussissaient toujours par le secret. Quel bonheur la réputation seule du gouvernement ne promettait-elle pas à la France, si nous eussions su nous contenter de la gloire et de la sagesse? Tous les rois voisins qui, en naissant, avaient trouvé Louis déjà vieilli sur le trône, se fussent regardés comme les enfants et les pupilles d'un si grand roi : il n'eût pas été leur vainqueur; *mais il était assez grand pour mépriser les triomphes* [1]; et il eût été leur tuteur et leur père.

De ce fonds de sagesse sortait la majesté répandue sur sa personne; la vie la plus privée ne le vit jamais un moment oublier la gravité et les bienséances de la dignité royale; jamais roi ne sut mieux que lui soutenir le caractère majestueux de la souveraineté. Quelle grandeur, quand les ministres des rois venaient au pied de son trône ! quelle précision dans ses paroles! quelle majesté dans ses réponses ! nous les recueillions comme les maximes de la sagesse, jaloux que son silence nous dérobât trop souvent des trésors qui étaient à nous; et, s'il m'est permis de le dire, qu'il ménageât trop ses paroles à des sujets qui lui prodiguaient leur sang et leur tendresse.

Cependant, vous le savez, cette majesté n'avait rien de farouche : un abord charmant, quand il voulait se laisser approcher; un art d'assaisonner les grâces, qui touchait plus que les grâces mêmes; une politesse de discours qui trouvait toujours à placer ce qu'on aimait le plus à entendre. Nous en sortions transportés, et nous regrettions des moments que sa solitude et

1. Jam Cæsar tantus erat, ut posset triumphos contemnere.   FLOR.

ses occupations rendaient tous les jours plus rares. Nation fidèle, nous aimons de tout temps à voir nos rois, et les rois gagnent toujours à se montrer à une nation qui les aime.

Et quel roi y aurait plus gagné que Louis? Vous pouvez le dire ici à ma place, anciens et illustres sujets occupés autour de sa personne. Au milieu de vous ce n'était plus ce grand roi, la terreur de l'Europe, et dont nos yeux pouvaient à peine soutenir la majesté; c'était un maître humain, facile, bienfaisant, affable : l'éclat qui l'environnait le dérobait à nos regards; nous ne voyions que sa gloire, et vous voyiez toutes ses vertus.

Un fonds d'honneur, de droiture, de probité, de vérité, qualités si essentielles aux rois, et si rares pourtant même parmi les autres hommes : un ami fidèle; un époux, malgré les faiblesses qui partagèrent son cœur, toujours respectueux pour la vertu de Thérèse; condamnant, pour ainsi dire, par ses égards pour elle, l'injustice de ses engagements, et renouant par l'estime un lien affaibli par les passions; un père tendre, plus grand dans cette histoire domestique, qui ne passera peut-être point à nos neveux, que dans les événements éclatants de son règne, que les histoires publiques conserveront à la postérité.

Louis porta en naissant un fonds de religion et de crainte de Dieu, que les égarements même de l'âge ne purent jamais effacer. Le sang de saint Louis et de tant de rois chrétiens qui coulait dans ses veines; le souvenir encore tout récent d'un père juste; les exemples d'une mère pieuse; les instructions du prélat irrépréhensible qui présidait à son éducation; d'heureuses inclinations, encore plus sûres que les instructions et les exemples, tout paraissait le destiner à la vertu comme au trône.

Mais hélas! qu'est-ce que la jeunesse des rois? une saison périlleuse, où les passions commencent à jouir de la même autorité que le souverain, et à monter avec lui sur le trône. Et que pouvait attendre Louis, surtout dans ce premier âge? L'homme le mieux fait de sa cour, tout brillant d'agréments et de gloire; maître de tout vouloir, et ne voulant rien en vain; voyant naître tous les jours sous ses pas des plaisirs nouveaux qui attendaient à peine ses désirs; ne rencontrant autour de lui que des regards toujours trop instruits à plaire, et qui paraissaient tous réunis et conjurés pour plaire à lui seul; environné d'apologistes des passions, qui soufflaient encore le feu de la volupté, et qui cherchaient à effacer ses premières impressions de vertu, en donnant des titres d'honneur à la licence ; au milieu d'une cour polie, où la mollesse et le plaisir ont trouvé de tout temps le secret de s'allier, et même d'aller de pair avec la valeur et le courage ; et enfin, dans un siècle où le sexe, peu content d'oublier sa propre pudeur, semble même défier ce qui peut en rester encore dans ceux à qui il veut plaire.

Et cependant, de l'exemple du prince, quel déluge de maux dans le peuple ! Ses mœurs forment bientôt les mœurs publiques : l'imitation, toujours sûre de plaire et d'attirer des grâces, réconcilie l'ambition avec la volupté : les plaisirs, d'ordinaire gênés par les vues de la fortune, en facilitent les avenues, et en deviennent la plus sûre route : des écrivains profanes vendent leur plume à l'iniquité, et chantent des passions que le respect tout seul aurait dû ensevelir dans un éternel silence : de nouveaux spectacles s'élèvent pour en faire des leçons publiques ; tout devient la passion du souverain.

O rois des peuples, dit l'Esprit de Dieu ! vous qui, assis sur votre trône, voyez avec tant de complaisance à vos pieds la multitude des nations, c'est à vous que j'adresse ces paroles : *Ad vos, o reges, sunt hi sermones mei*[1]. Souvenez-vous que la puissance vous a été donnée d'en haut, que l'usage en doit être saint, comme l'origine en est sainte ; qu'un jugement très-dur est préparé à ceux qui sont établis pour commander aux autres, et qu'à l'étendue de l'autorité l'abondance du châtiment est presque toujours réservée.

Mais ici les miséricordes éternelles préparées à Louis commencent à se manifester. Dieu le prépare de loin à la vertu, en armant les premiers traits de son autorité contre les vices. L'usage barbare des duels, ancien reste de la férocité de nos premiers conquérants, que la religion et la politesse qu'elle met dans les mœurs n'avaient pu depuis modérer, que tant de rois avaient vainement condamné, et qui avait coûté tant de sang à la nation, fut aboli ; et Louis consacra le commencement de son règne par une action qui assure le repos et la tranquillité de tous les règnes à venir.

1. Sap. vi, 3, 4, 5, 10.

Dès la première démarche que Louis eut faite dans la voie de Dieu, il y marcha toujours d'un pas égal et majestueux. Un jour instruisait l'autre jour, et une nuit donnait des leçons semblables à l'autre nuit. L'histoire de sa piété est l'histoire d'une de ses journées; et hors les événements inattendus, qui montraient en lui de nouvelles vertus, la vertu du premier jour fut celle du reste de sa vie.

Soins immenses du gouvernement, dont il portait presque tout seul le poids, vous n'interrompîtes jamais l'exactitude de ses devoirs religieux : jamais la vie de la cour, toujours inégale, parce qu'elle est oiseuse, ne dérangea la respectable uniformité de sa conduite; et dans un lieu où le caprice et le loisir sont si ingénieux à varier les jours et les moments, Louis seul était le point fixe où tous les jours et tous les moments se trouvaient les mêmes; vertu rare, dans les princes surtout, que rien ne contraint, et en qui l'inconstance de l'imagination est sans cesse réveillée par le choix et la multiplicité des ressources.

La piété et la bonne foi des dispositions répondaient à l'exactitude des devoirs. Quelle profonde religion au pied des autels! Avec quel respect venait-il courber devant la gloire du sanctuaire cette tête qui portait pour ainsi dire l'univers, et que l'âge, la majesté, les victoires, rendaient encore moins auguste que la piété! Quelle terreur en approchant des mystères saints, et de cette viande céleste, qui fait les délices des rois! Quelle attention à la parole de vie! et, malgré les dégoûts et les censures d'une cour éclairée et difficile, quel respect pour la sainte liberté du ministère et pour les défauts mêmes du ministre! « Il nous en a dit assez pour nous corriger, » répondait-il à ceux de sa cour qui paraissaient mécontents de l'instruction. Quelle tendresse de conscience! quelle horreur pour les plus légères transgressions! Tout le bien qui lui fut montré, il l'aima; et s'il n'accomplit pas toute justice, c'est qu'elle ne lui fut pas toute connue. C'est la destinée des meilleurs rois; c'est le malheur du rang plutôt que le vice de la personne.

Mais l'épreuve la moins équivoque d'une vertu solide, c'est l'adversité. Et quels coups, ô mon Dieu! ne prépariez-vous pas à sa constance! Ce grand roi, que la victoire avait suivi dès le berceau, et qui comptait ses prospérités par les jours de son règne : ce roi, dont les entreprises toutes seules annonçaient toujours le succès, et qui jusque-là, n'ayant jamais trouvé d'obstacle, n'avait eu qu'à se défier de ses propres désirs; ce roi, dont tant d'éloges et de trophées publics avaient immortalisé les conquêtes, et qui n'avait jamais eu à craindre que les écueils qui naissent du sein même de la louange et de la gloire; ce roi, si longtemps maître des événements, les voit, par une révolution subite, tous tournés contre lui. Les ennemis prennent notre place; ils n'ont qu'à se montrer, la victoire se montre avec eux; leurs propres succès les étonnent; la valeur de nos troupes a semblé passer dans leur camp; le nombre prodigieux de nos armées en facilite la déroute; la diversité des lieux ne fait que diversifier nos malheurs; tant de champs fameux de nos victoires sont surpris de servir de théâtre à nos défaites; le peuple est consterné; la capitale est menacée; la misère et la mortalité semblent se joindre aux ennemis : tous les maux paraissent réunis sur nous; et Dieu, qui nous en préparait les ressources, ne nous les montrait pas encore : Denain et Landrecies étaient encore cachés dans les conseils éternels. Cependant notre cause était juste : mais l'avait-elle toujours été ? Et que sais-je, si nos dernières défaites n'expiaient pas l'équité douteuse ou l'orgueil inévitable de nos anciennes victoires?

Louis le reconnut; il le dit : « J'avais autrefois entrepris la « guerre légèrement, et Dieu avait semblé me favoriser; je la « fais pour soutenir les droits légitimes de mon petit-fils à la « couronne d'Espagne, et il m'abandonne; il me préparait cette « punition que j'ai méritée. » Il s'humilia sous la main qui s'appesantissait sur lui; sa foi ôta même à ses malheurs la nouvelle amertume que le long usage des prospérités leur donne toujours; sa grande âme ne parut point émue : au milieu de la tristesse et de l'abattement de la cour, la sérénité seule de son auguste front rassurait les frayeurs publiques. Il regarda les châtiments du ciel comme la peine de l'abus qu'il avait fait de ses faveurs passées : il répara, par la plénitude de sa soumission, ce qui pouvait avoir manqué autrefois à sa reconnaissance. Il s'était peut-être attribué la gloire des événements : Dieu la lui ôte, pour lui donner celle de la soumission et de la constance.

Mais le temps des épreuves n'est pas encore fini. Vous l'avez frappé dans son peuple, ô mon Dieu ! comme David ; vous le frappez encore comme lui dans ses enfants : il vous avait sacrifié sa gloire, et vous voulez encore le sacrifice de sa tendresse.

Que vois-je ici ! et quel spectacle attendrissant même pour nos neveux, quand ils en liront l'histoire ! Dieu répand la désolation et la mort sur toute la maison royale. Que de têtes augustes frappées ! que d'appuis du trône renversés ! Le jugement commence par le premier-né ; sa bonté nous promettait des jours heureux ; et nous répandîmes ici nos prières et nos larmes sur ces cendres chères et augustes. Mais il nous restait encore de quoi nous consoler. Elles n'étaient pas encore essuyées nos larmes, et une princesse aimable [1], qui délassait Louis des soins de la royauté, est enlevée, dans la plus belle saison de son âge, aux charmes de la vie, à l'espérance d'une couronne, et à la tendresse des peuples qu'elle commençait à regarder et à aimer comme ses sujets. Vos vengeances, ô mon Dieu ! se préparent encore de nouvelles victimes ; ses derniers soupirs soufflent la douleur et la mort dans le cœur de son royal époux [2]. Les cendres du jeune prince se hâtent de s'unir à celles de son épouse ; il ne lui survit que les moments rapides qu'il faut pour sentir qu'il l'a perdue ; et nous perdons avec lui les espérances de sagesse et de piété qui devaient faire revivre le règne des meilleurs rois, et les anciens jours de paix et d'innocence.

Arrêtez, grand Dieu ! montrerez-vous encore votre colère et votre puissance contre l'enfant qui vient de naître ? voulez-vous tarir la source de la race royale ? et le sang de Charlemagne et de saint Louis, qui ont tant combattu pour la gloire de votre nom, est-il devenu pour vous comme le sang d'Achab, et de tant de rois impies dont vous exterminiez toute la postérité ?

Le glaive est encore levé, mes frères ; Dieu est sourd à nos larmes, à la tendresse et à la piété de Louis. Cette fleur naissante, et dont les premiers jours étaient si brillants, est mois-

1. Adélaïde de Savoie.
2. Le duc de Bourgogne.

sonnée[1]; et si la cruelle mort se contente de menacer celui qui est encore attaché à la mamelle[2], ce reste précieux que Dieu voulait nous sauver de tant de pertes, ce n'est que pour finir cette triste et sanglante scène, par nous enlever le seul des trois princes[3] qui nous restait encore pour présider à son enfance, et le conduire ou l'affermir sur le trône.

Au milieu des débris lugubres de son auguste maison, Louis demeure ferme dans la foi. Dieu souffle sa nombreuse postérité, et en un instant elle est effacée, comme les caractères tracés sur le sable. De tous les princes qui l'environnaient, et qui formaient comme la gloire et les rayons de sa couronne, il ne reste qu'une faible étincelle, sur le point même alors de s'éteindre. Mais le fonds de sa foi ne peut être épuisé par ses malheurs : il espère, comme Abraham, que le seul enfant de la promesse ne périra point; il adore celui qui dispose des sceptres et des couronnes, et voit peut-être dans ces pertes domestiques la miséricorde qui expie et qui achève d'effacer du livre des justices du Seigneur ses anciennes passions étrangères.

Non, mes frères, la source du véritable héroïsme et de l'élévation des sentiments est dans la foi : le monde n'a jamais fait que de faux héros; et la mort, qui nous montre toujours tels que nous sommes, découvre enfin en eux, ou une faiblesse de timidité qui les déshonore, ou une ostentation de fermeté, encore plus faible et plus méprisable que leur frayeur, parce qu'elle est plus fausse.

Louis meurt en roi, en héros, en saint. Un soudain dépérissement ébranle d'abord les fondements, ce semble inaltérables, d'une santé que l'âge, les afflictions, et les soins laborieux d'un long règne, avaient jusque-là respectée. Il avait vécu au delà de l'âge de nos rois; et elle nous promettait encore une vie au delà du cours ordinaire de celle des autres hommes : il avait vu naître nos pères, et il semble que nous comptions que c'était à nos neveux à le voir mourir. Tout ce qui nous flatte nous paraît toujours devoir être éternel.

Mais Dieu, dont le règne seul ne finit point, et qui avait déjà

1. Mort du duc de Bretagne, frère aîné de Louis XV, arrivée encore peu de jours après.
2. Le roi Louis XV fut alors à l'extrémité.
3. Mort du duc de Berri, oncle du roi Louis XV.

empreint au dedans de lui les caractères ineffaçables de la mort, les cachait encore aux lumières de l'art, et aux vaines espérances d'une cour que l'excellence du tempérament rassurait encore. Mais enfin le secret de Dieu se déclare ; la mort, cachée au dedans, laisse voir au dehors des signes toujours trop infaillibles qui l'annoncent : on ne peut plus la méconnaître ; sa lenteur augmente encore les horreurs de l'appareil. Louis seul la voit d'un œil tranquille. Au milieu des sanglots de ses anciens et fidèles serviteurs, de la consternation des princes et des grands, des larmes de toute sa cour, Louis trouve dans la foi une paix, une fermeté, une grandeur d'âme que le monde n'a pas encore donnée. « Pourquoi pleurez-vous, » dit-il à un des siens, que les larmes abondantes d'une douleur moins circonspecte lui font remarquer ; « aviez-vous cru que les rois étaient im-« mortels ? »

Ce monarque, environné de tant de gloire, et qui voyait autour de lui tant d'objets si capables de réveiller ou ses désirs, ou sa tendresse, ne jette pas même un œil de regret sur la vie ; il ne lui reste pas même ces incertitudes qui montrent encore la vie au mourant, et qui mêlent du moins aux tristes saisissements de la crainte les douceurs de l'espérance. Il sait que son heure est venue, et qu'il n'y a plus de ressources ; et il conserve, dans le lit de sa douleur, cette majesté, cette sérénité, qu'on lui avait vue autrefois aux jours de ses prospérités sur son trône ; il règle les affaires de l'État, qui ne le regardent déjà plus, avec le même soin et la même tranquillité que s'il commençait seulement à régner : et la vue sûre et prochaine de la mort ne lui donne pas ce dégoût et cette horreur de penser à ce qu'on va quitter, qui est plutôt un désespoir secret de le perdre qu'une marque que l'on ne l'aime plus. Les sacrements des mourants n'ont pas autour de lui cet air sombre et lugubre qui d'ordinaire les accompagne ; ce sont des mystères de paix et de magnificence. Et ce n'est pas ici un de ces moments rapides et uniques où la vertu se rappelle tout entière, et trouve dans la courte durée de l'effroi du spectacle la ressource de sa fermeté ; les jours vides et les nuits laborieuses se prolongent, et l'intrépidité de sa vertu semble croître et s'affermir sur les débris de son corps terrestre. Qu'on est grand, quand on l'est par la foi !

La vue fixe et assurée de la mort, soutenue durant plusieurs jours sans faiblesse, mais avec religion ; sans philosophie, mais avec une majestueuse fermeté ; ne voulant exciter ni l'attendrissement, ni l'admiration des spectateurs ; ne cherchant ni à les intéresser à sa perte par ses regrets, ni à s'attirer leurs éloges par sa constance ; plus grand mille fois que s'il eût affecté de le paraître. Accourez à ce spectacle, censeurs frivoles et éternels de sa vertu, et qui aviez traité peut-être sa piété de faiblesse, et voyez si la vanité toute seule ne se ferait pas honneur de tout ce que la grâce opère de grand en Louis dans ces derniers moments. Mais la vanité n'a jamais eu que le masque de la grandeur ; c'est la grâce qui en a la vérité.

Il assemble autour de son lit, comme un autre David mourant, chargé d'années, de victoires et de vertus, les princes de son auguste sang et les grands de l'État. Avec quelle dignité soutient-il le spectacle de leur désolation et de leurs larmes ! Il leur rappelle, comme David, leurs anciens services : il leur recommande l'union, la bonne intelligence, si rares sous un prince enfant ; les intérêts de la monarchie, dont ils sont l'ornement et le plus ferme soutien ; il leur demande pour son fils Salomon et pour la faiblesse de son âge, le même zèle, la même fidélité qui les avait toujours si fort distingués sous son règne. Jamais il n'a paru plus véritablement roi : c'est qu'il l'était déjà dans le ciel ; et que le règne du juste est encore plus grand et plus glorieux que celui des rois de la terre.

Enfin le jeune Salomon, l'auguste enfant est appelé. Louis offre au Dieu de ses ancêtres ce reste précieux de sa maison royale ; cet enfant sauvé du débris qui lui rappelle la perte encore récente de tant de princes, et que ses prières et sa piété ont sans doute conservé à la France. Il demande pour lui à Dieu, comme David pour son fils Salomon, un cœur fidèle à sa loi, tendre pour ses peuples, zélé pour ses autels et pour la gloire de son nom : *Salomoni quoque filio meo da cor perfectum, ut custodiat mandata tua* [1]. Il lui laisse, pour dernières instructions, comme un héritage encore plus cher que sa couronne, les maximes de la piété et de la sagesse. « Mon fils, lui dit-il, vous

---

1. I Par. XXIX, 19.

« allez être un grand roi ; mais souvenez-vous que tout votre
« bonheur dépendra d'être soumis à Dieu, et du soin que vous
« aurez de soulager vos peuples. Évitez la guerre ; ne suivez pas
« là-dessus mes exemples : soyez un prince pacifique ; craignez
« Dieu, et soulagez vos sujets. » Il lève les mains au ciel, comme
les patriarches au lit de la mort, et répand sur cet enfant, avec
ses vœux et ses bénédictions, des larmes qui échappent à sa tendresse, ou à la joie qu'il a d'aller posséder le royaume de l'éternité qui lui est préparé.

TABLE

FLÉCHIER.

BOURDALOUE.

MASSILLON.

NOUVELLE COLLECTION

DE

CLASSIQUES FRANÇAIS

COMPRENANT

LES CHEFS-D'ŒUVRE LITTÉRAIRES DU XVIIᵉ SIÈCLE

12 vol. in-8°, cavalier vélin

ORNÉS DE MAGNIFIQUES PORTRAITS ET DE GRAVURES

Le prix de chaque volume variera de 5 à 7 francs,

SELON L'ÉTENDUE DES MATIÈRES

Corneille.	ŒUVRES	11 grav.	1 portrait.	1 vol.
Molière.	ŒUVRES COMPLÈTES	15 grav.	1 portrait.	2 vol.
Racine.	ŒUVRES	12 grav.	1 portrait.	1 vol.
Boileau.	ŒUVRES	6 grav.	1 portrait.	1 vol.
La Fontaine.	FABLES et ŒUVRES DIVERSES	12 grav.	1 portrait.	1 vol.
Bossuet.	DISCOURS SUR L'HISTOIRE et ORAISONS FUNÈBRES		1 portrait.	1 vol.
Fénelon.	AVENTURES DE TÉLÉMAQUE	12 grav.	1 portrait.	1 vol.
La Bruyère et La Rochefoucauld (CARACTÈRES, MAXIMES)			1 portrait.	1 vol.
Mme de Sévigné.	LETTRES CHOISIES		1 portrait.	1 vol.
Fléchier, Bourdaloue.	CHEFS-D'ŒUVRE ORATOIRES			
Massillon.	PETIT CARÊME			1 vol.
Voltaire.	CHEFS-D'ŒUVRE DRAMATIQUES	14 grav.	1 portrait.	1 vol.

Cette Collection, à laquelle nous apportons les soins les plus scrupuleux pour la correction et le bon choix des textes, offre toujours, dans un seul volume, excepté Molière, les œuvres de chaque auteur.

Ces nouvelles éditions font partie de la belle série de publications que nous avons inaugurée par les *Romans de Walter Scott*, l'*Histoire des Croisades*, de MICHAUD, les *Œuvres d'Augustin Thierry*, et qui sera complétée, jusqu'à 100 volumes du même format, par les meilleurs ouvrages de littérature ancienne et moderne, française et étrangère.

IMPRIMERIE DE J. CLAYE ET Cᵉ, RUE SAINT-BENOÎT, 7.

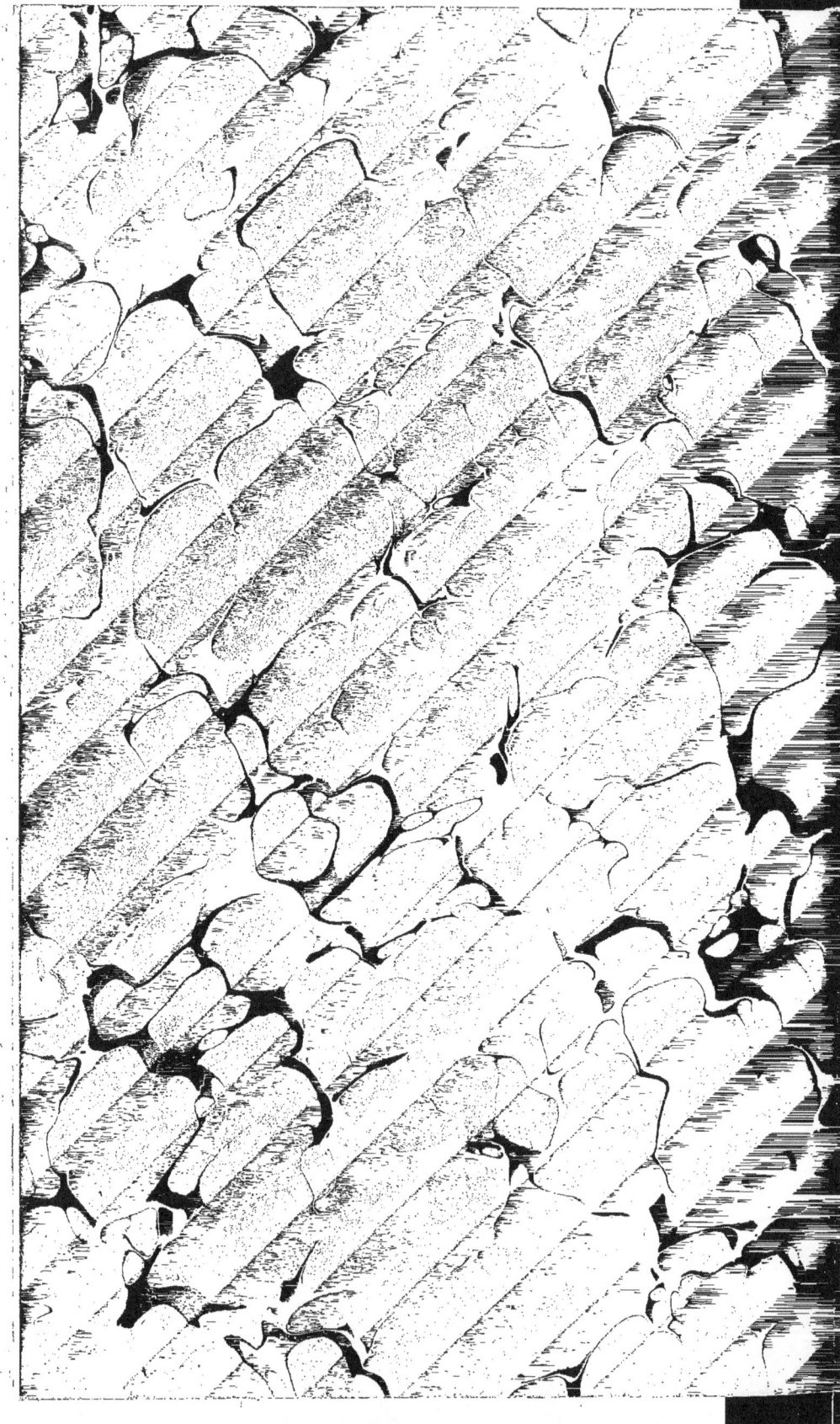

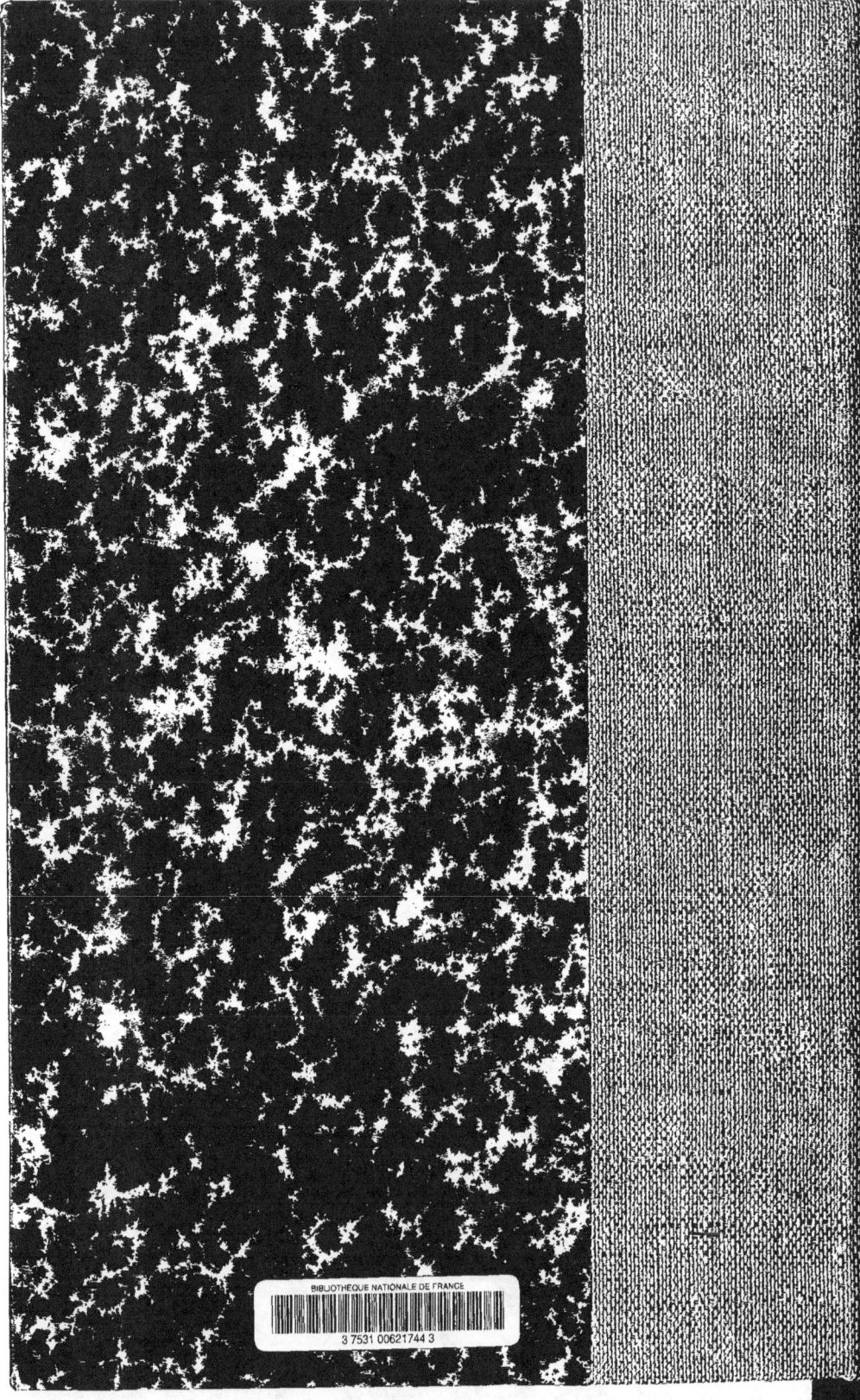